Samuel Shem
DOCTOR FINE

Samuel Shem

DOCTOR FINE

Roman

Aus dem Amerikanischen von
Rudolf Hermstein

URBAN & FISCHER
KNAUR

Titel der Originalausgabe:
Fine

Originalverlag:
Dell Publishing Co., New York

Dieses Buch wurde auf chlor- und säurefreiem Papier gedruckt.
Die Folie des Schutzumschlags sowie die Einschweißfolie
sind PE-Folien und biologisch abbaubar.

Urban & Fischer Verlag, München · Jena 1999
ISBN 3-437-46160-5
Knaur Verlag, München 1999
ISBN 3-426-66040-7

Umschlaggestaltung: Agentur ZERO, München
Umschlagfoto: Photonica, Hamburg
Satz: Ventura Publisher im Verlag
Schrift: 10/13,32 Punkt Stempel Garamond
Druck und Bindung: Graphischer Großbetrieb Pößneck
Printed in Germany

4 5 3

Wieder einmal
für
Janet Surrey
und
Ben Heinemann, Jr.

Inhalt

(Ariel kommt zurück in Gestalt einer Wassernymphe)
PROSPERO. Ach, schönes Luftbild, schmucker Ariel,
Hör insgeheim!
(Flüstert ihr ins Ohr.)
ARIEL. Mein Fürst, es soll geschehen.
(Ab.)

Shakespeare,
Der Sturm

I

BLIND

Liebesgeschichten
handeln immer
von drei Menschen.

Anonym

1

Leben heißt aufgeschlossen sein. Das ist nicht leicht zu erreichen. Und Glück? Das Glück scheint makellos. Das ist sein großer Makel.

Fine trat die Beifahrertür von Stephanies altem violettem Jaguar auf, sprang ins Dunkle hinaus und dachte, er sei glücklich.

Er bildete sich ein, die Dinge so zu sehen, wie sie tatsächlich sind.

Das Auto war noch nicht ganz zum Stehen gekommen, so daß Fine die Beine weggerissen wurden. Er drehte sich um die eigene Achse, prallte am hinteren Kotflügel ab, zerriß sich den Schritt seiner Hose und landete auf dem Hintern. Da er noch vom Champagner betäubt war, lächelte er. Pummelig und doch handfest, hatte er etwas Erdgebundenes, eine solide Präsenz, die ihn zur Führernatur machte. Hals, Schultern, Schenkel und Waden waren dick, muskulös. Als Jugendlicher ein grandioser Tolpatsch, hatte er später jene paradoxe Wendigkeit entwickelt, die man oft an großen Exemplaren der Klasse Säugetiere beobachten kann: beleibten Männern, Elefanten, Tanzbären. Er versuchte schon lange nicht mehr, seine physische Erscheinung unter Kontrolle zu halten. Im Gegenteil, schon vor Jahren hatte er mit Stephanies Hilfe gelernt, Spaß mit seinem Körper zu haben. Sie hatte ihm vor Augen geführt, daß andere ihn nicht mehr auslachen konnten, wenn er über sich selbst lachte. Er war ein fulminanter Mann mit kastanienrotem Haar und rosiger, sommersprossiger Haut, bullig wie ein Hydrant. Er hatte seine Figur liebgewonnen. Und das bedeutete, daß er essen durfte. Fine aß für sein Leben gern. Noch mit siebenundzwanzig erlebte er die Welt oral. Er steckte Sachen in den Mund. Wenn – selten genug – sein Körper ihn doch noch einmal attackierte, waren das spaßige Ereignisse, wahre Überraschungspartys der Seele. Fast wie wenn man sich verliebt, hatte er oft gedacht. In Überraschungen war Fine ganz groß. Sechs Monate zuvor, bei der Bewerbung um seine Psychiatrieausbildung, hatte er in das Kästchen »Hobbys« das Wort »Zufallsentdeckungen« eingetragen. Als Meister der Wahrscheinlichkeitsrechnung hatte er eine ausgeprägte Schwäche für die Gesetze des Zufalls. Er hegte den Verdacht, daß der Zufall, wenn man ihn weit genug zurückverfolgt, zu Schicksal wird. So lag er nun auf der kalten, taunassen Fahrbahn und kicherte.

»O Mann!« sagte Stephanie und schaltete die Scheinwerfer aus. Er merkte, daß sie zu ihm gelaufen kam. »Ist dir was passiert?«

Er lachte. Er befand sich an der Grenze zwischen Trunkenheit und Kater und konnte nicht mehr aufhören, lachte so haltlos, daß ihm die Tränen aus den graugrünen Augen rannen, seine jüdische Nase berührten – die er als großes »J« sah, das ohne eigenes Zutun im Winkel von fünfundvierzig Grad gegen den Uhrzeigersinn verdreht war – und ihm über die runden, sommersprossigen Wangen liefen.

»Du hast dir die Hose zerrissen!« sagte Stephanie. Er lachte weiter.

»Tja, mein lieber kleiner Falstaff«, sagte ihr bester Freund John, der jetzt hinten ausstieg und aus Fines Gesichtswinkel als geschmeidiger blonder Riese vor dem graublauen Himmel aufragte, »du darfst einfach nicht mehr so viel essen!«

»Warum denn nicht?« fragte Fine. »Früher war ich fünf Kilo kleiner.«

»Kleiner?« fragte John. »Ach herrje!«

»Ha!« sagte Fine. »Haha!« Seine Wangen wabbelten, und sein Bauch wölbte sich rosa und zottig aus dem verrutschten weißen Hemd.

Seine geringe Körpergröße focht ihn genausowenig an wie seine Untersetztheit.

Steph und John beugten sich über ihn, perspektivisch verkürzt, die Köpfe zusammengesteckt, und schauten auf ihn herab. Er spürte, wie verblüfft sie darüber waren, daß er, die unerschütterliche Basis

ihrer Pyramide, sich so unmöglich aufführte. Er befand sich auf einem Höhepunkt seines Lebens, was Hoffnung und Glück betraf, und alles floß weich und ungehindert, Welle für Welle.
»Wir haben's geschafft!« sagte Fine und stand auf. »Wir haben das Ende erreicht!«
Erster Mai, Morgengrauen. Die äußerste Spitze von Cape Cod. Er ging ein paar Schritte, bis zum Rand des hohen Vorgebirges aus Sand, mehr Fels als Düne.
Steph sagte: »Ich muß dringend pinkeln!« und verschwand.
»Mein Gott«, sagte John. »Ich auch!« Er zog seinen Reißverschluß auf. Fine sah kurz seinen Penis und staunte wieder einmal über dessen Länge, verglichen mit der seines eigenen Gliedes; es wurde ihm seltsam unbehaglich, und er wandte sich ab. Er hörte die beiden Ströme: der männliche zischend, der weibliche plätschernd. Da er noch immer die Ähnlichkeiten zwischen den Geschlechtern für wichtiger hielt als die Unterschiede, gab er nichts auf diesen Gegensatz.
Die Küstenluft überfiel Fine mit der Frische von Wasser. Seine Zunge war taub und schal von den Zigarren und dem Champagner. Er öffnete seinen Mund der jodhaltigen Seeluft und schaute nach Osten. Wie er es den anderen versprochen hatte, paßte hier alles – Zeit, Raum, Bewegung – perfekt zusammen: Die Sonne, eine tattrige Alte, die überall Rouge hatte, nur nicht auf den Wangen, kletterte mühsam über den Rand zwischen Meer und Himmel. Nach beiden Seiten entschwanden die langgezogenen Wellenlinien der Dünen in die Dunkelheit, und hinter ihm schlängelte sich die Asphaltstraße durch Kiefern, Seetrauben, Robinien, Riedgras und Heidekraut. Fine hatte eine Schwäche für Figuren. Diese gefiel ihm sehr gut.
Steph und John traten wieder zu ihm. Er schaute von ihr zu ihm auf und lächelte. John war im Smoking, Steph hatte ein weißes Leinenkleid an. Um den langen, schlanken Hals trug sie das enganliegende schwarze Band mit dem winzigen Brillanten, das er ihr vor einem Jahr zu ihrem und Johns Kabarett-Debüt geschenkt hatte. John trug seinen Brillanten, das Gegenstück dazu, in seiner Krawattennadel.

John hob die letzte Flasche Champagner und sagte: »Auf das Ende vom Anfang.« Er trank und gab die Flasche an Fine weiter. »Auf den Anfang vom Ende.« Fine reichte die Flasche an Steph weiter.
Stephanie trank, gab die Flasche Fine zurück und bildete mit dem Mund ein »O«. »Hört mal!« Die Flasche machte ein tutendes Geräusch im Wind.
Fine hielt sich die Flasche ans Ohr: »Ich hör den Ozean!«
»In der Flasche?« wollte Steph wissen.
»Nee. Mit dem anderen Ohr! Ätsch!«
John wirbelte schwungvoll wie ein Diskuswerfer herum und schleuderte die Flasche über den Lattenzaun in das niedrige Gebüsch.
Stille, bis auf das Krachen und Platschen der Wellen und den Wind. Fine hatte ein leeres Gefühl und füllte es mit einem plötzlichen Wunsch, ins Wasser einzutauchen, sich selbst umzustülpen, all seine inneren Membranen der frischen Luft und dem Wasser auszusetzen. »Ich will mein Inneres nach außen kehren.«
»Es ist kalt!« sagte Steph und zog Johns Jacke enger um sich.
Fine reckte die ausgebreiteten Arme hoch, und sein Smoking flatterte hinter ihm wie ein Umhang. »Schaut her, ich bin ein Vogel, ein Flugzeug –«
»Du bist der Superjude!« sagte Steph.
»Ja!« sagte Fine. »Ich kann alles, einfach alles – sogar fliegen! Damit ist der Fall klar. Ich geh rein!« Er gab John seine Smokingjacke und setzte sich hin, um Schuhe und Socken auszuziehen.
»Laß den Blödsinn«, sagte Steph, »bei der Eiseskälte!«
»Memme!« Er stand auf, barfuß, nahm die Runway ins Visier, stellte sich Start und Flug vor.
»Fine«, sagte sie ängstlich, »tu's nicht!«
»Genau wie meine Mutter – tu's nicht, tu's nicht –, der Fluch meines Lebens.«
»Sei vorsichtig!«
»Ich war schon vorsichtig genug für ein Menschenleben!«
»Aber hier gibt's Strömungen –«
»Was kann eine Strömung einem Übermenschen schon anhaben!«

»Jetzt mach mal halblang«, sagte John nüchtern, »hör auf die Stimme der Vernunft. Bei so was ist schon mancher ums Leben gekommen. Nach meinem Abschlußfest an der Highschool in South Boston …«

»Gibt's einen besseren Zeitpunkt zum Sterben? Auf lange Sicht ist das Leben kurz!« Fine lief um das Auto herum, um seinen Anlauf zu verlängern, und bevor die beiden ihn festhalten konnten, rannte er über die Abbruchkante und kollerte Hals über Kopf den Abhang hinunter. Alles war sandig, rauh wie Schmirgelpapier, und doch auch irgendwie sauber und frisch. Wie eine Ganzkörpermaniküre, dachte er. Rollend kam er unten an, sprang auf und lief weiter, sank tief in dem weichen Sand ein, und als er dann auf dem härteren Boden schneller wurde und außer Atem geriet, wußte er, wenn er jetzt stehenblieb, würde er es nicht mehr wagen, und mit geschlossenen Augen rannte er in vollem Lauf ins Wasser, platschte voll hinein mit dem rechten Fuß, strauchelte mit dem linken, fiel nach vorne, prallte von dem seichten Wasser ab wie ein stumpfnasiger Torpedo, stürzte sich mit dem Kopf voran in die erste große Welle und wurde, begraben unter zwei Meter hohem kompaktem Salzwasser, Richtung Island hinausgesogen.

Er hätte ohne weiteres ertrinken können. So überschwenglich war Fine zu der Zeit. Als er vier Jahre zuvor bei seiner Bewerbung an der Harvard Medical School aufgefordert wurde, eine »kurze und aufrichtige Beschreibung seines Charakters« zu geben, hatte er geschrieben: »Fine ist vertrauenswürdig, treu, hilfsbereit, freundlich, höflich, gutmütig, gehorsam, fröhlich, sparsam, tapfer, reinlich und ehrerbietig.« Das Pfadfindergelöbnis. Da er aus seinen Jahren in Yale wußte, daß Universitäten Stil höher schätzen als Inhalt, und da er wußte, daß er sich auf Papier gut machte, wußte er auch, daß sie ihn nicht ablehnen würden.

Hustend tauchte Fine aus dem Wasser auf, und seine Haut brannte wie Feuer von der Kälte. Die beiden rannten auf ihn zu, John mit der roten Decke, die Fine einem Araber in Marrakesch abgekauft hatte, auf seiner Marokkoreise mit Stephanie während des Collegestudiums. Ihm war noch nie so kalt gewesen, und doch sollte er sich später erinnern, daß er sich nie zuvor so gut gefühlt hatte. Mehr als alles andere auf der Welt wünschte er sich, in die warme Decke gehüllt zu werden, aber merkwürdigerweise sträubte sich auch etwas ihn ihm dagegen.

»Haltet mich fest«, rief er mit tränenden Augen.

Sie zogen ihm die nassen Sachen aus, wickelten ihn in die Decke und setzten sich zu ihm, wärmten ihn.

»Haben wir dir nicht gesagt, daß es zu kalt ist?« fragte John.

»K–k–kalt ist überhaupt kein Ausdruck«, sagte Fine mit klappernden Zähnen, »mir ist so k–kalt, daß ich heulen könnte!«

Die Erde drehte sich weiter. Wie durch Zauberei wurde es warm. Die Sonne brach durch den Nebel und zog ein wuscheliges warmes Kaninchen aus dem Hut des Tages. Alles färbte sich golden. Eine leichte, feuchte Brise erhob sich über dem Golfstrom und verjagte den harschen Nordwind. Stephanie, die Weitgereiste, die auch feinste Gerüche wahrnahm, behauptete, sie könne Aromen der Tropen entdecken – Orangenblüten, gelben Jasmin, Kokosnuß. Als die Flut zurückging, stieg Dampf von dem trocknenden Strand auf. Fine, dem allmählich wieder warm wurde, sagte: »Ein verzauberter Tag!«

Sein gewohnter Überschwang. Und doch war es für alle drei eine Nahtstelle in ihrem Leben. Jeder von ihnen stand vor seinem Studienabschluß: Fine an der Harvard Medical School, Stephanie und John am Harvard College. Drei Jahre lang hatten sie Seite an Seite im Adams House gewohnt, Fine als Tutor für die vorklinischen Semester, die anderen beiden als Studenten. Stephanie und John hatten gemeinsam eine Diplomarbeit über die Lebensgeschichte von George Washington aus psychologischer Sicht geschrieben und würden ein Magna cum laude in Geschichte bekommen. Fine, der Naturwissenschaftler, hatte Forschungsarbeit auf dem Gebiet der Neurophysiologie geleistet: Er hatte Heuschrecken beigebracht, die Beine zu heben. Er war dabei, ein Summa cum laude für seine überraschend originelle Arbeit einzustreichen; sie trug den Titel »Die biologischen Grundlagen von Lernprozessen bei der Wüstenheuschrecke, *Schistocerca gregaria*.« Sie hatten die ganze Nacht ihren Abschluß und zugleich Abschied gefeiert. John wollte nach Irland, um am Abbey Theatre in Dublin Schauspielkunst zu studieren, Stephanie ging nach Paris, um sich ins Import-Export-Geschäft ihres Vaters einzuarbeiten (ihre Kindheit in Europa war der Grund gewesen, warum sie erst mit fünfundzwanzig ihren Abschluß in Radcliffe gemacht hatte), und Fine wollte sich in die psychiatrische Ausbildung am McLean Hospital in Belmont bei Boston stürzen. Die Party hatte bis in den ersten Mai gedauert, Johns dreiundzwanzigsten Geburtstag. Impulsiv hatte Fine den Vorschlag gemacht, an diesem letzten Tag noch an die äußerste Spitze von Cape Cod zu fahren, um zusammen den Sonnenaufgang zu betrachten.

Was hatten die drei nicht schon alles gemeinsam unternommen! Steph und Fine hatten sich im Sommer vor Fines letztem Jahr an der Highschool ineinander verliebt. Stephanie war nach Radcliffe gegangen, er an die Harvard Medical School. Im zweiten Studienjahr hatten sie im Adams House ihre Zimmer unmittelbar nebeneinander gehabt. Direkt gegenüber wohnte ein hochgewachsener, aschblonder, graziöser Student namens John James Michael O'Day, Jr. Wie John es ausgedrückt hatte: »Ein Sproß der O'Days aus South Boston, Ergebnis von zwei Irlandreisen.«

Die beiden Juden hatten sich mit dem Katholiken angefreundet. Seine Gegenwart gab allen dreien ein Gefühl der Vollständigkeit, so als sei jeder für sich allein – und auch jedes Zweiergespann – nicht ganz komplett. Es war, als besäße jeder einen geheimen fehlenden Teil der anderen beiden. Und so sorgte jeder, sorgten sie alle zusammen für die Dreieinigkeit. Dennoch waren die Lasten nicht gleichmäßig verteilt: Fine, der Älteste und intellektuell Einschüchterndste, bildete stets den festen Kern. Als älterer von zwei Brüdern aufgewachsen, war er auch für Stephanie und John der ältere Bruder, den sie sich gewünscht hatten. Als Zentrum sorgte er dafür, daß sie alle zentriert blieben. Und so waren sie ständig zusammengewesen, eine Troika, erfüllt von dem verrückten Wagemut, dem jähen Aufblühen, das nur einmal kommt, mit den Narzissen des Lebens.

Als die Party sich um zwei Uhr morgens aufzulösen begann, waren sie in Stephs Auto gestiegen und im anbrechenden Morgengrauen mit Höchstgeschwindigkeit auf der Route 3 und dann auf der Route 6 nach Wellfleet und an den Newcomb Hollow Beach gefahren. Unterwegs hatten sie die meiste Zeit gesungen – Stephanie und John hatten ihre Zwanziger-Jahre-Kabarettnummer mit Songs von Mabel Mercer vorgetragen. Sie waren gerade fertig, als sich die Linie zwischen Meer und Himmel ins Licht zu kräuseln begann.

Und jetzt saßen sie zu dritt eng zusammengekuschelt da und prosteten dem verlassenen Strand zu.

»Der Aufgang der Sonne«, sagte Steph.

»Nichts da«, sagte Fine, »die Drehung der Erde um ihre eigene Achse.«

»Woher willst du das wissen?«

»Ich kenn mich eben aus!«

»Stellt euch vor«, sagte sie, »die halbe Welt steht auf, und die andere Hälfte geht schlafen.«

Fine spürte, wie Johns Körper schwer gegen seinen sackte, und vernahm lautes Schnarchen dicht an seinem Ohr. »Also gut – hilf mir mal, John James schlafen zu legen.«

Sie spielten oft Johns Eltern. Während Fine Johns Kopf hielt, rollte Stephanie Fines nasse Kleider zu einem Kissen zusammen. Sie beugte sich vor, und Fine sah durch den weiten Ausschnitt ihres Kleides ihre Brüste. Er hielt sich für einen »Busen-Mann«, und Stephs Brüste hatte er von jeher phantastisch gefunden. Es war unglaublich erotisch, ihr in den Ausschnitt zu sehen – als könnte er hineintauchen, mit der Zunge voran, sich ihre weiche, elastische Haut über die Ohren ziehen und alles bis auf die Quintessenz der Sinnlichkeit von sich fernhalten. Titten! Wohlgeformt, glatt, weich. Er sehnte sich danach, selbst Brüste zu haben – nein, Brüste zu *sein*, und wenn er sie sah, sie berührte und an ihnen saugte, fühlte er sich fast eins mit der Reife, den nährenden Rundungen der Frau, die er liebte. Er folgte den schwellenden Kurven bis zu den braunen Rändern der Warzenhöfe. Sie wußte, wie gern er es sah, wenn sich ihre Brüste frei bewegten und die Nippel durch die Reibung am Stoff groß und hart wurden, und trug deshalb fast nie mehr einen BH. Fine sagte: »Oh, mein Naturkind.« Sie sah, wo er hinsah, und lachte. Ihre Brüste wippten.

Sie war eine heimliche Exhibitionistin, er ein heimlicher Voyeur. Was für ein Tag, als sie das herausgefunden hatten! Seligkeit, schiere Seligkeit!

Fine der Spanner verstand sich vortrefflich darauf, durch die Kleidung Blicke auf weibliches Brustgewebe zu erhaschen – durch den Armausschnitt, seitlich durch eine zwischen den Knöpfen klaffende Bluse, auf den mannigfaltigsten Wegen von oben und gelegentlich sogar von unten. Wenn er in irgendein Kleid spähen konnte, drehte Fine durch. Und ein Blick in Stephs Kleid war vollends unerträglich.

Gemeinsam senkten sie Johns Kopf auf das feuchte Kissen ab.

»Steph, ich bin verrückt nach deinen Titten!« sagte Fine.

John machte die blutunterlaufenen, trüben Augen auf, spielte den Schwulen und murmelte: »Titten? Ach, Fine, mein Süßer, du wirst nie einer von uns sein!« Er lächelte, schmiegte sich in das provisorische Kissen und seufzte, und die feuchte Kühle war eine Wohltat für seine vom Alkohol fiebrige Stirn.

Diese Indiskretion war zwar nichts Ungewöhnliches, überraschte die beiden aber trotzdem.

Im Lauf der Jahre war John oft anwesend gewesen, wenn es bei den beiden zur Sache ging. Wie ein jüngerer Bruder hatte er jeden von beiden und beide zusammen schon in verschiedenen Stadien der Nacktheit gesehen. Stephanie, die stolz auf ihren Körper war und es mit der Bekleidung nicht immer so genau nahm, erwischte ihn manchmal dabei, daß er guckte – und wußte genau, daß er ein Stück von einer Brust sah oder die hohe Innenseite eines Schenkels; einmal, als ihr Bademantel aufging, hatte er sie sogar ganz von vorne gesehen, vom Busen bis zum Busch, und als sie sich umdrehte, auch ihren Po. »Busen, Busch, Po« war zu einem Scherz geworden. Sie waren damit umgegangen wie Familienmitglieder, die sich gegenseitig nackt sehen. Es war nicht sinnlich, es geschah einfach. Als sie und John gemeinsam auftraten, hatten sie einander nackt in der Garderobe gesehen. Einmal, ganz am Anfang, war John hereingeplatzt, als sie sich gerade liebten. Verlegen

hatte er eine Entschuldigung gemurmelt und war rückwärts wieder hinausgegangen. Sie waren in der orthodoxen Missionarsstellung gewesen, und John hatte hauptsächlich Fines großes, auf und ab gehendes Hinterteil gesehen. Sie waren auf vollen Touren gewesen. Stephanie, kurz vor dem Orgasmus, hatte gewimmert – sie wußte, daß John ihre Schreie gehört hatte. Trotzdem waren Fine und sie noch einmal davongekommen: Zehn Minuten früher, und er hätte sie bei ihrer jüngsten Entdeckung, *soixante-neuf*, ertappt. John sprach hinterher vom »Tier mit den zwei Rücken«. In der Zeit, seit sie John kennengelernt hatten, war ihr Sex aufgeblüht, jedes Jahr üppiger. Es war ein sagenhaftes erotisches Experiment gewesen, denn es war Liebe dabei. Sie probierten so gut wie alles aus, was zwei Liebende ausprobieren können. Sie fragten sich natürlich, ob es John störte. Fine in seiner forschen Art hatte gedacht, wenn er ganz vernünftig an die Tür der Wahrheit klopfte, würde sie sich auftun, und hatte ihn gefragt:
»Macht es dir was aus?«
John hatte gelacht und »nein« gesagt.
Aber es machte ihm etwas aus.
Als Schauspieler war John auf Zuneigung angewiesen wie auf die Luft, die er atmete. Sein neuester Gag war, den Schwulen zu spielen. Sie wußten, daß er hetero war, für homo hatten sie keine Beweise. Es hatte mit seiner skurrilen Darstellung des Junkers Christoph von Bleichenwang in »Was ihr wollt« begonnen. John, der Star, bekam alle Frauen, die er wollte. Jede seiner Affären war theatralisch, schwül, abartig, infantil und tragisch – manchmal alles an einem einzigen Nachmittag. John James hatte Fine erzählt, daß er, wenn er als Teenager masturbierte, immer die Madonnenfigur zur Wand gedreht hatte. Als Scherz hatte Fine ihm eine Abhandlung von Freud geschenkt: *Zur Onanie-Diskussion*, 1912. John, der das nicht lustig fand, hatte gefragt: »Ist das nicht zu hoch für mich?«
Schmunzelnd hatte Fine geantwortet: »Im Gegenteil, es ist zwischen deinen Beinen.«
Um sich schadlos zu halten, hatte John in seinem besten Wiener Akzent vorgelesen:

»Jedenfalls haben wir es bei den Neurosen mit Fällen zu tun, in denen die Onanie Schaden gebracht hat ... Eine andauernde Abschwächung der Potenz kann ich nach meinen ärztlichen Erfahrungen nicht aus der Reihe der Onaniefolgen ausschließen ... Gerade diese Folge der Onanie kann man aber nicht ohne weiteres zu den Schädigungen rechnen. Eine gewisse Herabsetzung der männlichen Potenz und der mit ihr verknüpften brutalen Initiative ist kulturell recht verwertbar. Tugend bei voller Potenz wird meist als eine schwierige Aufgabe erfunden.«

John hatte laut gelacht und gesagt: »Das klingt, als hätte er bei der Kirche abgeschrieben. Hört euch den Schluß an: ›Wir sind ja alle in dem Urteil einig, daß das Thema der Onanie unerschöpflich ist.‹«
Jetzt schaute John von Steph zu Fine, fixierte sie beide nacheinander mit seinem Blick. »Immer noch verliebt?« fragte er, dann drehte er sich seufzend auf den Bauch und murmelte: »Da bin ich ja beruhigt.«
Wie so oft hatte er, ein Schauspieler, der an der Unzulänglichkeit der Welt litt und ihr stets halb den Rücken kehrte, einen Scheinwerfer voll auf die beiden gerichtet. Steph und Fine spürten, daß es diesmal nicht bloßes Theater war – es war einer seiner seltenen Ausbrüche aus tiefstem Herzen. Fine bekam eine Gänsehaut, er hatte eine Art Vorahnung. Wie in einem Hologramm war alles, buchstäblich alles in dem Gefühl enthalten, das ihn bewegte, während sie über John gebeugt miteinander schmusten. Eine Zauberpyramide war umgestürzt, auf die Seite gefallen, und hatte eine schon lange vorhandene, aber schlummernde Kraft geweckt, die nun in eine sich beschleunigende Bewegung umgesetzt wurde, gerade außerhalb ihres Gesichtsfelds. Ein ebenso nebulöser wie unausweichlicher Vorgang, machtvoll und sehnsüchtig, wie die melancholische Musik einer unsichtbaren Flöte.
John schlief ein. Fine, der Lüstling, dachte nicht an Verzicht. Er schaute von Stephs langen Wimpern in ihre dunkelblauen Augen – »lakustrisch« hatte sie einmal jemand genannt –, Augen, die

eine so schrille Dissonanz zu ihrem rabenschwarzen Haar und ihrem Modigliani-Gesicht bildeten, und genoß ihre unvollkommene Vollkommenheit: Ihre rechte Lippe und Wange waren (Folge einer leichten Fazialislähmung in der Kindheit) ganz leicht nach unten gezogen, zu einem reizenden Schmollen. Er beugte sich über John hinweg und küßte sie naß auf die rechte Schulter, an der Grenze zwischen Kappen- und Deltamuskel. Sie schaute hinab und sah in seinen buschigen roten Locken seinen Penis größer und größer werden.

»Schau dir den an«, sage sie, »oh, ist er nicht nett!«

»Stephanie«, sagte Fine, »ich will dich haben.«

»Jetzt gleich?«

»Ja!«

»Kannst du nicht warten?«

»Nein! Komm – in die Dünen – schnell!«

Er hielt ihr die Hand hin, und sie nahm sie, und halb gingen, halb rannten sie den Strand entlang. Sie, größer als er, legte ihm den Arm um die Schulter. Sein lockiges braunrotes Haar kitzelte sie an der Wange. Er war stolzer Besitzer einer Erektion, die nicht nachließ, und sogar im Gehen, nackt unter der Decke, stand sein Penis von seinem Körper ab wie der Stiel eines kandierten Apfels. Sie liefen den steilen, vom Meer ausgewaschenen Hang hinauf zu einer Lücke in den Dünen und folgten einem gewundenen Pfad bis zu einer Mulde, die von knorrigen, duftenden Kiefern vor dem Morgenwind geschützt war.

Fine breitete die Decke aus und legte sich auf den Rücken. Stephanie blieb stehen, von ihm abgewandt. Durch das durchscheinende Weiß traten, als sei der Stoff verdampft, ihre Konturen hervor: die schlanken Beine, die nach oben hin in einem umgekehrten V kräftiger wurden und sich an der Spitze trafen, der Po flacher, als man angenommen hätte, aber noch wohlgerundet, und dann seine Lieblinge, die Brüste. Sie drehte sich um und schaute Richtung Princetown. Ihre Brüste wölbten sich mit der sanften Krümmung einer zwischen Pfosten aufgehängten Kette nach außen und dann aufwärts, aufwärts bis zu den frechen, kegelförmigen Spitzen. Ihr langes dunkles Haar ergoß sich über ihre

Schultern. Sie wandte den Kopf, sah, daß er sie anstarrte, und sein Blick erregte sie. Er platzte fast vor Erwartung, während ihre Nippel, diese allerliebsten Lieblinge, sich knospend aufrichteten. Groß und knubbelig, stießen sie hervor wie Antennen, hoben ihr Kleid ein Stückchen an.

Langsam knöpfte sie es auf. Sie trug einen rosa Satinslip, über Pappi aus Frankreich bezogen. Den Augenblick auskostend, beugte sie sich mit hängenden Brüsten vor und zog den Slip herunter, rollte ihn zu einem seidenen Strick zusammen, stieg heraus, richtete sich auf, die Arme zum Himmel erhoben, die Brüste hoch. Ein so frischer Augenblick, wie ihn das Leben nur bieten kann, dachte Fine, sie ist mein Wunsch geworden, mein süßer Traum. Sie lachte, ließ den Slip um den Zeigefinger kreisen und wirbelte herum, eine Tänzerin, die sich mit der Grazie und linkischen Freiheit eines kleinen Mädchens bewegt. Und doch war sie ein großes Mädchen – ihre Schenkel so geschmeidig, ihre Brüste so vielgestaltig: voll und schwer, als sie sich bückte, spitz und keck, während sie mit zurückgelegtem Kopf herumwirbelte, und klein, fast knabenhaft, als sie sich streckte. Ein tanzender Derwisch. Fine sagte: »Ein Sufi!«

»Ja!« lachte sie: »*Ça suffit.*«

Sie hörte auf, sich zu drehen. Fast greifbar drehte sich ihr gemeinsamer Wunsch – ein Leben zu zweit – wie zum Ausgleich in der entgegengesetzten Richtung weiter. Ihr war schwindlig, und sie fiel hin. Sie packte den Stamm einer Krüppelkiefer und hielt sich daran fest, als könnte die Erde selbst durch ihre Rotation sie abwerfen.

Er streckte die Arme nach ihr aus. Sein Glied war so hart und dick, daß es kein Teil von ihm zu sein schien, sondern er ein Teil seines Glieds. Sein ganzes Wesen war in diesen dichtgepackten Zylinder geströmt – pure Lust, drauf und dran, hervorzubrechen. Sie kniete sich rittlings über ihn und ließ sich herab, die Arme in die Hüften gestemmt. Sie sahen sich in die Augen, und Wärme und Zuneigung strömten zwischen ihnen. Er schaute an sich hinab und sah ein wunderbares Bild: über seinem Penis, unter ihrer Möse, die Sonne. Ihre Schamhaare bildeten einen kleinen Spitzbart und waren von hinten beleuchtet, fast so, als glühten sie. Ein Bild so vollkommen, daß es nicht zufällig sein konnte, daß es gewollt sein mußte.

Und dann war das Bild weg, und er rieb sich einmal an ihren Lippen, und mit einem leisen Lustseufzer ließ sie sich sanft auf ihn hinab, und er drang sanft in sie ein. Sie hielt ihn fest, Haut an Haut, naß. Zu Hause, zu Hause, frei von zu Hause. Angesichts ihrer beider Familien ihr Zuhause fern von zu Hause.

Sie liebten sich. Fine, der nicht gerne unten lag, war schon bald obenauf. Er war außer sich, wild, seine Adern traten hervor, sein Gesicht war hochrot, er keuchte wie ein erschöpfter Mustang.

Fines Erotik war damals noch spätpubertär.

Die Gangart wurde schärfer, heftig, beinahe wütend, sie zischten und rissen aneinander wie Tiere, schrien und stöhnten, als wäre da draußen etwas, etwas so Geheimnisvolles, Bedrohliches und furchtbar Verkehrtes, daß sie all ihre sinnliche Kraft brauchten, um es im Zaum zu halten.

So sehr sie gewütet hatten, so sanft waren sie hinterher miteinander, so still, als hielte selbst der Wind den Atem an.

Stephanie fing zu weinen an. Fine fragte: »Was ist denn?«

»Wir lieben uns schon so lange, Kind.«

»Kind« hatte ihr Vater sie genannt. »Ja, Kind«, erwiderte Fine, »es ist, als wären wir einander aufgeprägt worden.«

»Mein Kumpel. Es war, als wär ich aus einem Traum aufgewacht, und du warst da! Ich lieb dich so sehr, wie ich nur je irgend jemanden lieben kann. So sehr, wie Gott diesen Tag lieben muß.« Sie schluchzte. »Da drüben, mein Liebster, liegt Frankreich.«

»Ja, und?«

»Uns kann alles mögliche passieren.«

»Na, na, immer langsam – uns wird gar nichts passieren.«

»Ich hab Angst. Hilf mir, Fine!«

Sie hatte ihn gelehrt, daß Gefühl, Herz an Herz, immer der einzige Trost ist, und er nahm sie in die Arme: »Ich bin ja da, mein Schatz, ich bin ja da.«

Trotzdem ließ er sich ablenken, von einer einsamen Möwe, die über dem Rand der Düne schwebte. Gegen den vom Meer kommenden Wind balancierte sie Auftrieb und Schwerkraft perfekt gegeneinander aus. Von hinten sah es aus, als stünde sie bewegungslos in der Luft, nur den Kopf drehte sie hin und her und suchte den unsichtbaren Strand nach Nahrung ab. Der Schnabel pendelte an dem torpedoförmigen Körper von links nach rechts und zurück, lautlos bis auf das Flattern und gelegentliche Aufheulen des Windes. Fine schloß die Augen und sah die Gleichungen vor sich, die der Möwe dieses Kunststück ermöglichten.

Stephanie beruhigte sich nach einer Weile und stand auf. Wortlos entrollte sie ihren Slip und zog ihn an. Sie schüttelte den Sand aus ihrem Kleid, hielt sich mühsam im Gleichgewicht, stieg hinein, streifte es hoch und schob sich die schmalen Träger über die Schultern. Sie fuhr sich durchs Haar, das in der auffrischenden Brise flatterte.

Sie hielt Fine die Hand hin, mit der Handfläche nach oben, sah ihn düster und zweifelnd an und tat dann etwas ganz Seltsames, etwas, was sie seit Jahren nicht mehr getan hatte: Sie nannte ihn beim Vornamen.

Fine wurde rot. Gefühle stiegen in ihm auf, durchströmten ihn, klatschten gegen Knochen, plätscherten in Körperhöhlen, so daß er fast seekrank wurde, und sammelten sich schließlich wo? In seinem linken Bein?

Natürlich in seinem linken Bein! Das Unbewußte lügt niemals!

In diesem Strudel der Emotionen fiel ihm wieder ein, wie er sich das erste Mal vor seinem Vornamen gefürchtet hatte.

2

Als er gerade vier geworden war, radelte Fine an einem glühendheißen Augusttag auf dem Dreirad hinter seiner Mutter her. Sie war im achten Monat schwanger, mit seinem Bruder Moe. Sie be-

fanden sich auf der einzigen Hauptstraße von Columbia, New York, einem Städtchen am Hudson River. Es war gerade zu der Zeit, als er eine erste Vorstellung von der Existenz Gottes bekam. Fine fragte seine Mutter:
»Hast du mich lieb?«
Seine Mutter Anna, die sich vier Jahre lang redlich bemüht hatte, die gefräßige Neugier ihres seltsamen Erstgeborenen zu stillen, hatte sich in einem Zustand leidenschaftlicher, liebevoller Verwunderung eingerichtet. An diesem Nachmittag – sie war ungeheuer aufgetrieben, litt unter ihren Krampfadern und schwitzte – antwortete sie, ohne sich umzudrehen. Er hörte es nicht. Weil er es unbedingt wissen wollte, fragte er noch einmal und trat wie wild in die Pedale, um sie einzuholen.
Er fuhr ihr von hinten in die Beine, so daß ihr die Knie einknickten. Sie schrie seinen Vornamen, fiel rücklings auf ihn und brach ihm das linke Bein unterhalb des Knies.
An den Schmerz erinnerte er sich eigentlich nie. Abgesehen davon, daß sie seinen Namen – bis zur Unkenntlichkeit verzerrt – so laut geschrien hatte, waren seine Erinnerungen an das Ereignis angenehm: ein körperlich spürbarer, weicher Erdrutsch. Anna war außer sich vor Angst um ihn und ihr Ungeborenes. Sie redete auf ihn ein, versuchte, sein Bein anzuwinkeln. Während sie mit einer Hand ihren Bauch betastete, griff sie mit der anderen nach ihm und drängte ihn aufzustehen. Doch dann – es verwunderte ihn mehr, als daß es ihn erschreckt hätte – wurde sein Bein wäßrig-weich, und er fiel hin.
Wie so oft bei Unfällen waren sofort kundige Samariter zur Stelle: zwei Maler, Ben und Curt, die gerade die Markise des einzigen Kinos der Stadt, des Columbia, auffrischten.
Und dann geschah etwas Unerhörtes: Wie durch ein Wunder wurde er hochgehoben, hoch, hoch, hoch über den Beton, auf den er gestürzt war, getragen von den Schultern dieser Maler, den Arm um Bens Hals, die Beine auf Curts Schultern. Schmerzfrei und weich und höher, als er jemals gewesen war, schwebte er, befreit von der Schwerkraft, die sein bisheriges Leben bestimmt hatte, nach Hause. Mit einem Schlag hatte sich die krampfhafte

Unbeholfenheit des Kindes in dahintreibende Spinnweben verwandelt, so zart und doch so zielbewußt wie die Millionen kleinen Fallschirme des Löwenzahns. Wie durch Magie – religiöse Magie (»Es werde ...«) – hatte sich Schwer in Leicht verwandelt. So begann Fines lebenslange Vorliebe für den Geruch von Terpentin und das Fliegen. Seinem Unbewußten prägte sich so etwas wie ein Gesetz göttlichen Schwebens ein: Wer nicht laufen kann, wird getragen werden.

Wie so oft im Leben erwies sich ein vermeintliches Desaster im nachhinein als Segen. Wie die gebrochenen Knochen heilte auch die Psyche und war von da an stärker als zuvor. Calcium – die Obsession, der Magnet in Fines späterem Leben als Mediziner – war hier ins Spiel gekommen.

Fines Vater Leo, ein koscherer Metzger, kümmerte sich nicht um die Geburt seines zweiten Kindes – Moe, entnervt von den Schreien, den Erschütterungen, den Malern, stürmte zwanzig Stunden danach ans Licht der Welt –, sondern um die Verletzung seines ersten. Er brachte Fine zum Röntgen ins Krankenhaus – sein Leben lang hatte Fine den wiederkehrenden Alptraum, daß er mit Gurten auf einer eiskalten Metallplatte festgeschnallt wurde, daß alles kippte und schwankte, keine Fixpunkte mehr da waren, daß er zu entkommen versuchte und doch gefangen war, festgenagelt, bewegungsunfähig –, und nachdem der alte Doc Levine einen abnehmbaren, beweglichen Gips um Fines Bein gemacht hatte, befreite der ergraute Metzger Fine jeden Abend von dem Gips und rieb ihm die kleine Wade stundenlang mit Kakaobutter (noch so ein Zauberduft!) ein. Vater, ein schlichter, aufrechter Mann, der sich ebenfalls nicht genug über seinen frühreifen, bereits so komplizierten Sohn wundern konnte, las ihm stundenlang vor, während die Mutter sich um das durchgerüttelte Baby kümmerte. Und so entwickelte der Sohn, statt mit dem Vater zu konkurrieren, eine enge, tiefe Bindung zu ihm. Von Leo bekam er, in Form von Liebe, alles.

Und es wurde der Grundstein zu seiner Stärke gelegt – seinem prallen Selbstwertgefühl, das sich in seiner Bodenständigkeit, seiner *Gegenwärtigkeit* äußerte –, einer Stärke, die zwangsläufig irgendwann seine Schwäche werden sollte. Seine ersten Eindrücke?

Nummer eins: ein magisches Selbstgefühl, ein Gefühl, *meta*sterblich zu sein; wie ein Superman des Geistes, von einem anderen Planeten.

Nummer zwei: eine pathologische Abneigung gegen seinen eigenen Namen.

Jedem fiel es auf, und keiner verstand es: Immer wenn ihn jemand beim Vornamen rief, schrie er, hielt sich die Hände vors Gesicht und rannte davon, als würde ihm gleich eine Tonne Ziegelsteine (später: »eine Atombombe«) auf den Kopf fallen. Seine Eltern und Verwandten verzichteten darauf, ihn beim Namen zu nennen. Aber irgendwie mußten sie ihn ja anreden. Da er in einem für die Eßgewohnheiten entscheidenden Alter zur Unbeweglichkeit verurteilt war und seine hingebungsvolle, ratlose und schuldbewußte Mutter ihm ihre Liebe über das Essen bewies, aß er. Er wurde dick. Er bekam den Spitznamen »Bubby«.

Wie die meisten Menschen von beträchtlicher Masse fiel er allmählich seiner Trägheit (Masse mal Beschleunigung) zum Opfer. Wurde er aufgehalten, rührte er sich nicht mehr vom Fleck. Brachte man ihn in Schwung, blieb er in Bewegung. Der Abstammung nach war er ein Aschkenasi – ein osteuropäischer Jude. Viele seiner Vorfahren, darunter zwei illustre Männer – ein wohlhabender Obsthändler namens Fuchs aus Pinsk und ein armer Rabbi, Leazar ben Epstein, aus Kolomea – hatten genauso dicke Fesseln gehabt und waren, um der Kraft und Schnelligkeit willen, genauso untersetzt gewesen wie er. Ihre Frauen waren groß, hübsch, rothaarig und attraktiv – was man auch von Fines Mutter sagen konnte. Die Leute von Columbia fragen sich oft, wie sich der dicke, kahl werdende, dunkle kleine Leo wohl die ansehnliche Anna geangelt hatte. Geboren in Europa und in New York aufgewachsen, waren sie nach dem Krieg nach Columbia gekommen, gewissermaßen als indirekte Abpraller von Hitler. Dem Konsum nach waren sie Amerikaner: Sie verwendeten Ajax, schliefen auf Posturepedic, bereisten in ihrem Chevrolet die Vereinigten Staaten. Ihre Vergangenheit war bekannt und doch, da sie sich nicht in

Columbia abgespielt hatte, geheimnisumwittert. Fine war im Columbia Memorial zur Welt gekommen. Gerüchte über Leos Potenz machten in der Stadt die Runde.

Eines Tages, bald nachdem sein Bein wieder geheilt war, kam Fine aus der Wohnung über dem Metzgerladen herunter, auf dem Gesicht einen fragenden Ausdruck. Leo stand in der hellen, mit Blut besprenkelten Sägemehlschicht vor den baumelnden, gummihälsigen Suppenhühnern und den in Vitrinen liegenden blutlosen roten Fleischklumpen und einem wahren Füllhorn voller herausgenommener Eingeweide, alles durchdrungen von dem sattwarmen Geruch nach Leben-Fleisch-Sägemehl-Tod –, in dem Laden also, wo Leo hackte und tranchierte und Anna die Kunden leimte, indem sie den Finger auf die Waagschale mit dem Fleisch legte, fragte Fine seinen Vater: »Papa? Ist Gott wirklich überall?«

»Ja«, sagte Leo zerstreut. Er war gerade dabei, ein Bruststück für Mrs. Flora (»Faith«) Geiger auszulösen.

»Also hab ich, als ich hier hereingekommen bin, ein Stückchen von Gott verdrängt?«

»Was?« Fine wiederholte die Frage. »O Mann!« sagte Leo. Sogar er merkte, wie »helle« das war.

Mit noch nicht ganz fünf Jahren entdeckte Fine, was andere erst in der Schule als den Satz des Pythagoras lernen. Bald darauf kam das »Wunderkind« hinter die harmonischen Entsprechungen zwischen Mathematik, Schach und Musik. Und dann nahm er sich die Welt als solche vor. Von einer unersättlichen Neugier getrieben, stellte er immer öfter »sonderbare« Fragen: »Papa, was ist ›wirklich‹?« Oder: »Papa, woher weiß ich, daß ich nicht träume?« Sie schickten ihn zum Rabbi, einem uralten, vergilbenden, kabbalistischen Flüchtling, zum Unterricht. Am ersten Tag wollte der Rabbi Fine die phonetischen Grundlagen des hebräischen Alphabets beibringen: »Aleph – Ahhh«, sagte der Rabbi. Er hatte starken Mundgeruch. Fine dachte, er meine das englische A, und wiederholte: »Aleph – Ej.«

»Aleph – Ahhh.« Der Rabbi griff nach einem Tischtennisschläger.

»Aleph – Ej«, sagte Fine, der den Unterschied zwischen phonetischem Laut und geschriebenem Buchstaben nicht begriff, und wandte das Gesicht von dem gelbzahnigen Gestank ab.

»*Oy!* Nicht der Buchstabe A, sondern der Laut Ahhh«, sagte der Rabbi, und seiner Stimme war anzuhören, was er dachte: »Was haben die mir da für einen Trottel geschickt?«

»Aleph – Ahhh«, sagte Fine, aber da er es nie gut sein lassen konnte, fügte er hinzu: »Aber eigentlich müßte es Ej ausgesprochen werden.«

»Ahhh. Ich schlag dich zum Krippel!« Der Rabbi schlug Fine mit dem Tischtennisschläger auf den Kopf.

»Ah-AH!« schrie Fine, aber insgeheim dachte er Ej.

Er weinte auf dem Heimweg. Er platzte in das Zimmer, in dem Anna in der Sonne saß und Moe stillte. Erschrocken über seine Tränen, legte sie das glückliche Baby hin und breitete die Arme aus. Fine spürte, daß sie ihm ihre Liebe anbot, und es drängte ihn, sich ihr zu öffnen, aber er konnte einfach nicht. Irgend etwas an ihrer üppigen Schönheit, der riesigen nackten Brustwarze, aus der noch Milch sickerte, dem Baby – nein! Figuren traten zwischen ihn und seine Mutter, die Jalousien waren so eingestellt, daß das in Streifen geschnittene Licht sie vor ihm verbarg. Sich zu öffnen hätte bedeutet, von unerträglich hellem Licht überschwemmt zu werden. Während er auf Abstand blieb und ihre Liebe spürte, war er von dem imaginären Gleißen gelähmt, fast geblendet. Er starrte sie nur an und wandte sich dann ab. Sie rief seinen Namen, aber er ging beschämt auf sein Zimmer und weinte, aus Schmerz über die Zurückweisung, das gegenseitige Zufügen von Leid und – vorübergehend – einem schattenhaften, nervösen Zorn. Er litt allein. Das Mysterium zwischen beiden vertiefte sich, blieb bestehen.

Fine wurde ein Kleinstadt-Außenseiter. Viele hielten ihn für zurückgeblieben. In seinen frühen Wachstumsjahren wurden seine schöpferischen Einfälle unter Schichten von Ratlosigkeit und Spott begraben. Sein Vorname eignete sich hervorragend für solchen Spott. Keiner, dem etwas an ihm lag, wagte, diesen Namen zu benutzen.

Auch ich werde hier darauf verzichten.

Er nährte seine Verzweiflung. Er wurde süchtig nach Sunshine Mallopuffs: gummiartig elastische rosa Dinger »mit echtem Kokosüberzug«. Er wurde dick und wabbelig, so daß die Schulmädchen hinter ihm herliefen und sich über seinen dicken *pupik* lustig machten. Die Einheimischen waren unverhohlen antisemitisch. In der Schule, deren Lehrerschaft aus Provinztypen wie aus Erzählungen von Tschechow – oder sogar Gogol – bestand, langweilte sich Fine fast zu Tode. Um sich zu beweisen, daß er nicht tot war, fühlte er sich ab und zu den Puls. Manchmal dachte er, sein Herz sei stehengeblieben, hätte einfach zu schlagen aufgehört, aus Langeweile. Von der zweiten Klasse an löste jeder Aufruf seines Vornamens stürmische Heiterkeit aus. Schon bald wurde er nicht nur zu Hause, sondern auch in der Schule Bubby genannt. Im Sport, nach dem allein sich Rang und Ansehen eines Jungen bemaßen, war Fine ein grandioser Versager. In der heruntergekommenen Stadt, in der die Juden eine wohlhabende, von Bürgersinn getragene Minderheit bildeten, war er ein dicklicher, verträumter Tolpatsch, der obendrein noch Klassenbester war, eine willkommene Zielscheibe für jugendliche Aggressionen, und so wurde Fine gejagt, geschlagen und auf alle erdenklichen anderen Arten getriezt; man zog ihm die Hosen herunter, und seine Plakate für die Wahl der Schülermitverwaltung wurden mit Hakenkreuzen beschmiert – in jedem Kind schwärte der ganze erbarmungslose Sadismus des Dritten Reiches. Seine schulischen Leistungen waren glänzend, aber er stellte sich dumm und verheimlichte seine guten Noten vor den Mitschülern. Im Unterricht sagte er nie etwas. Und wenn er in der Öffentlichkeit sprach, mußte es dümmlich klingen. In der siebten Klasse rotteten sich eingefleischte Lutheraner und militante Katholiken zusammen und verprügelten die beiden »Judenjungen«, Fine und Eddie »Nose« Cohen. Nose war einfältig und ein guter Sportler, im übrigen aber gewitzt genug, um sich mit den anderen Basketballkünstlern, den Schwarzen, zusammenzutun. Fine folgte Nose und den unfaßbar grazilen Schwarzen wie ein Schatten und sah sich zahllose Basketballspiele an, nur um auf dem Schulweg vor Handgreiflichkeiten sicher zu sein. Außer Haus hatte Fine Angst. Er nahm an, daß es allen anderen genauso ging. Lebendig zu sein bedeutete, daß die anderen einen kriegen konnten. Er wurde paranoid.

Und so zog sich Fine noch mehr zurück, von seinen bösartigen Mitschülern und von seiner ratlosen Familie. Sein jüngerer Bruder Moe war in mancher Hinsicht das genaue Gegenteil von ihm: groß und gutaussehend wie Anna, langsam im Denken und Sprechen, lieb und anhänglich, am Metzgerhandwerk interessiert, eine Freude für seine Eltern. Leo, Anna und Moe paßten zusammen, der ältere Bruder war eine Art Marsmensch. Und so lag Fine stundenlang mit aufgesetztem Kopfhörer auf dem Bett und las buchstäblich alles: *Talmud, Gemara, Kabbala* (in der zweiten Unterrichtsstunde begriff er den Unterschied zwischen Schreibweise und Phonetik, in der dritten das gesamte hebräische Alphabet und dazu die Lehre der Metempsychose [abermals Pythagoras], und von da an reihte er sich in die lange Tradition der Juden mit fotografischem Gedächtnis ein, die unersättlich Wissen in sich hineinsaugten), Aristoteles, Newton, Einstein, Frege, Morphy, Riemann, Gödel, Gauß, Bach, Spinoza, Beethoven – die letzten Figuren Beethovens waren sehr viel schwieriger zu erkennen, aber eindeutig vorhanden und dank ihrer Asymmetrie letztlich sogar noch befriedigender. Er spürte, daß die Beethovenschen Figuren über Bach hinausgingen, so wie die Einstein-Figuren über die Newtons hinausgingen. Lesen war eine Möglichkeit, die Figuren in seinem eigenen Kopf zu fixieren, sie mit seinen eigenen zur Deckung zu bringen.

Von klein auf versuchte er, Leo und Anna in seine Welt hineinzuziehen, sie in Diskussionen zu verwickeln. In ehrfürchtigem Staunen ermunterten sie ihn, so gut sie konnten, mit Essen, mit Liebe. Ein glanzvoller Augenblick kam, als er elf war. Fine veröffentlichte einen Aufsatz im *General Relativity Journal*: »Wellenbewegung in einem Torus – Nachweis der Unschärfe zwischen Vergangenheit und Zukunft anhand der Quantengravitationstheorie.« Bald darauf, an einem Freitag, erschien ein gutgelaunter junger Mann mit Bürstenschnitt bei den Fines, stellte sich als Ron von der NASA vor und bat um Hilfe bei der Lösung eines aeronautischen Problems. Fine mußte vor Sonnenuntergang – dem

Beginn des Schreibverbots am Sabbat – fertig werden, und es gelang ihm, die Aufgabe noch rechtzeitig zu lösen. Ron von der NASA sagte: »Bub, du bist ein großer Amerikaner!«
Fine war glücklich, daß zumindest sein Land ihn zu schätzen wußte. Und Ron von der NASA kam noch oft wieder, um sich bei kniffligen Aufgaben helfen zu lassen.
In der Pubertät, kurz vor der Bar-Mizwa, explodierte alles. Als erstes kam der Vulkanausbruch des Testosterons. Fine kaufte sich ein Fernglas. Abends beobachtete er aus seinem dunklen Zimmer die detonierende Bertha Schlagel. Tagsüber schnitt sie ihn. Aber die schlimmste Zurückweisung erlitt er von Leo: Der Vater hatte erkannt, daß er als koscherer Metzger ein armer Metzger bleiben würde, und beschloß, künftig auch unkoschere Fleischwaren zu verkaufen. Ein Sturm der Entrüstung erhob sich unter den Juden der Stadt. Die Fines liefen Gefahr, von ihresgleichen geächtet zu werden. Aber Leo, dessen Stolz auf dem Spiel stand, arbeitete wie besessen Tag und Nacht. Das Geschäft florierte, während der Sohn, vom Vater verlassen, dahinwelkte. Der neue Mixer in der Küche war da für Fine auch kein Lichtblick.
Eines Tages, bald nachdem er sich zum erstenmal rasiert hatte, hob er seinen Gillette-Rasierapparat an die eingeseifte Wange, und die eine Gesichtshälfte knallte zu! Er erschrak zu Tode. Die ganze rechte Seite – Kopfhaut, Auge, Mund – krampfte sich zusammen und wurde wie von Drähten in Richtung linkes Ohr gerissen! Entsetzt sah er, wie sein halbes Gesicht sich ohne sein Zutun zu einer Mischung aus Grimasse und Zwinkern verzerrte. Er hatte einen nervösen Tic!
Man kann sich vorstellen, wie er nun erst gehänselt wurde. Seine Eltern, verständnisvoll, aber ahnungslos, schickten ihn zu dem alten Doc Leine, der aber nichts fand. Fine hatte das Gefühl, daß es seine eigene Schuld war – die Strafe dafür, daß er Bertha heimlich beobachtet hatte? –, daß es etwas Willkürliches war, das er durch Willensanstrengung besiegen konnte. Keiner widersprach. Durch die Aufmerksamkeit verschlimmerte es sich. Es wurde unerträglich.
Fine ließ alle Hoffnung fahren, jemals die Figuren in den Men-

schen ergründen zu können. Menschen waren unberechenbar, emotional, chaotisch, ein einziges Rätsel. Beim Lesen der Biographien von Menschen, die wie er waren, stellte er voller Verzweiflung fest, daß er auf dem besten Wege in eine zwar tröstliche, aber doch verabscheute Vereinsamung war, die womöglich im Wahnsinn enden würde. Wie jeder andere in Columbia, New York, wußte er sehr gut, was Wahnsinn ist. Die Nervenheilanstalt des Staates New York befand sich eine Meile außerhalb der Stadt, an der Straße nach Germantown. Sie spielte eine wichtige Rolle im Leben der Stadt. Die psychisch Kranken hatten in Fines Kindheit zum Alltag gehört. Er hatte sie oft bei Ausflügen auf der Hauptstraße gesehen, angstvoll aneinanderhängend, ein menschliches Krokodil. Er sah, wie vorsichtig und furchtsam – und wie krampfhaft – sie auf die Welt reagierten, ganz ähnlich wie er. Oft ging er fasziniert in sicherem Abstand hinter ihnen her oder sprach sie sogar an, bezaubert von ihrer schrägen Weltanschauung und der Freundlichkeit, mit der sie ihn akzeptierten. Zu Tode gelangweilt, stellte er staunend fest, daß von allen, die er kannte, einzig die Verrückten nicht langweilig waren! Später kletterten Nose und er manchmal über die Mauern der Anstalt, um sich kostenlos Filme anzusehen, zusammen mit Noses weinerlichem Vater, der nach den vielen Elektroschocks nur noch ein Schatten seiner selbst war. Hätte er die Wahl gehabt zwischen den grausam bigotten Kleinstädtern und den Verrückten, er hätte sich allemal für die Verrückten entschieden.

So kam es, daß Fine nach seinem dritten Highschool-Jahr, noch vor seinem ersten Date, geächtet von allen außer Nose und den Schwarzen, von der Furcht ergriffen wurde, er könnte wahnsinnig werden. Er sprach mit niemandem darüber. Stille wurde sein Motto. Es gab kein Gegenmittel außer einem Abstecher zu der Anstalt in Germantown. Columbia, reich an Ärzten für den Körper, hielt nichts von Ärzten für die Seele. Repression war an der Tagesordnung, also blühte die Psychopathologie. Wie alle Kleinstädte war Columbia geradezu eine Brutstätte für Geistesgestörtheit. Der typische amerikanische Hang zum »gesunden Leben« war keineswegs ein Heilmittel, sondern ein Teil der Krank-

heit. Dies, so folgerte er, war das Ergebnis enger menschlicher Kontakte: Die von Klatsch genährte Reibung flammte zu schierer Unmenschlichkeit auf und führte zu Brutalität, Unmoral, Verfall und Wahnsinn. Fine war fasziniert von einer Tatsache, auf die er in der Biographie eines anderen Supergehirns gestoßen war: Turing, der Brite, der den Enigma-Verschlüsselungscode geknackt und damit die freie Welt vor den Nazis gerettet hatte, hatte seinem Leben durch einen Biß in einen mit Zyankali vergifteten Apfel selbst ein Ende gesetzt. Fine zwang sich weiterzuleben.
Doch dann …

3

Doch dann, im Juni vor seinem letzten Schuljahr, in Tanglewood, der Sommerresidenz des Boston Symphony, lernte er *sie* kennen, per Zufall. Sie saßen in der sanften Abenddämmerung nebeneinander auf dem großen Rasen, wenn auch jeder auf der kleinen Insel der jeweiligen familiären Picknickdecke.
Unmittelbar vor dem Beginn des Konzerts, nachdem er das letzte durchweichte Strudelstück verzehrt hatte, rückte Fine von Leo und Anna weg, an den äußersten Rand der Decke, vollgefressen und nur noch darauf bedacht, der Großen Oper der Familie zu entgehen und sich ganz einem seiner wenigen Vergnügen hinzugeben, der klassischen Musik. Auf dem Programm stand van Cliburn mit Brahms. Der Rasen war mit größeren und kleineren Grüppchen auf Decken übersät. Mit seinem untrüglichen kulinarischen Gespür hatte Fine längst bemerkt, daß das Ehepaar nebenan auf dem Gourmet-Trip war: Anstelle von fettem Brathuhn, steinharten Reibekuchen, Selters und Bier wie die Fines ließen sie sich Gänseleberpastete, Lachs, Endiviensalat und Mâcon schmecken. Statt Annas übelriechender Anti-Moskito-Bombe hatten sie zwei hohe, schlanke Kerzen in silbernen Leuchtern auf-

gestellt. Fine sah zu, wie sie sich an frischem Erdbeerkuchen gütlich taten und ihn mit Barsac hinunterspülten. Das Wasser lief ihm im Mund zusammen.

Plötzlich kam ein Mädchen in einem schwarzen Kleid angelaufen und setzte sich, mit dem Rücken zu ihm, auf den ihm nächsten Rand der Nachbardecke. Irgend etwas an ihr – das Schwarz ihres Kleides, ihr Haar, der Kirschgeruch oder der Bogen, den ihr Rücken vom Schenkel bis zur Schulter bildete – oder vielleicht auch etwas Biochemisches, ein Pheromon –, irgend etwas zog ihn zu ihr hin. Fast wünschte er, sie würde sich den ganzen Abend nicht umdrehen, denn sie würde bestimmt auf die eine oder andere Art sein Phantasiebild verderben: Wenn sie häßlich war, würde die Wirklichkeit seine Vorstellung von ihrem Gesicht, ihren Brüsten zunichte machen; war sie schön, würde sie nur einen Blick auf ihn werfen und sich wieder abwenden.

Sie drehte sich um und machte es sich mit einem großen Stück Erdbeerkuchen gemütlich.

Ihre Blicke trafen sich. Fine spürte, daß sein Herz sich aus seiner Vertäuung löste und ihm in den Hals stieg. Es war Liebe auf den ersten Blick. Und mit der Flut kam auch gleich die Ebbe, die Erwartung, daß dieses wunderschöne Gesicht – mit leicht herabhängender Lippe? – ihn wahrnehmen und sich verziehen würde.

Aber nein! Sie lächelte! Mehr noch, sie sprach: »Hi – amüsierst du dich?«

Verdattert fragte Fine: »Wer, ich?«

»Ja.«

»Na klar.«

»Wirklich?« Sie kicherte.

Fine hatte noch nie etwas so Leuchtendes, so im Zwielicht Strahlendes gesehen wie ihr Lächeln, und er tat, was er noch nie einem Mädchen gegenüber getan hatte, er sagte die Wahrheit: »Nein, stimmt gar nicht. In Wirklichkeit bin ich unglücklich.«

»Dann sind wir schon zwei.«

»*Du*? Du auch?«

»Nenn mich Steffy.«

»Du auch, Steffy?«

»Worauf du dich verlassen kannst.«
»Warum?«
»Ich hab grade mit dem Blödmann Jason Schluß gemacht – er steht da drüben.«
Zum erstenmal seit einer Ewigkeit antwortete Fine spontan: »Aber du siehst viel zu gut aus, um schön zu sein – unglücklich, meine ich.«
Sie sah ihn an, als käme er vom Mars, und lachte. Nie hatte er eine so melodische Figur gehört. Applaus. Van Cliburn war aufs Podium gekommen. In der erwartungsvollen Stille wurden auch sie still, lachten, stimmten sich ein.
Van Cliburn breitete die »Brahmsschen Trapezoide« (Fine) über den kühl dämmernden Berkshires aus. Bis zum Ende des ersten Satzes hatte sie Fine ein Stück Kuchen und einen Schluck süßen Wein zukommen lassen. Der Erdbeer-Barsac-Geschmack auf seiner Zunge mischte sich mit dem Kirsch- und Hautgeruch ihres Körpers. Fine war glücklich, aber er wartete darauf, daß die Axt auf ihn niederging. Der Haut, den Augen und dem strahlenden Lächeln nach mußte sie Italienerin sein. Ihr Bruder würde ihn windelweich prügeln. Die Musik war zu Ende. Applaus setzte ein.
»Langweilig!« sagte sie.
Fine wußte, das war seine große Chance, aber er hatte eine Heidenangst. Er platzte heraus: »Möchtest du einen Schluck Wasser trinken gehen?«
»Unsere erste Verabredung! Komm!«
Sie standen auf. Für ihre Eltern war das nichts Neues. Für seine war es ein Wunder. Sie sahen ihm mit offenem Mund nach. Na ja, dachte Fine bei sich selbst, dann werde ich wenigstens einmal im Leben mit einem schönen Mädchen einen Rasen überquert haben. Wenn Nose mich sehen könnte! Seine Hoffnungen stiegen, und da er spürte, daß er jetzt tiefer fallen konnte, ging er wieder seine Selbstmordpläne durch.
Fine schlenderte mit ihr zum Trinkbrunnen. Nach zwei unbeholfenen Versuchen gelang es ihm, den Knopf herunterzudrücken, während sie trank. Auf dem Rückweg hielt sie seine Hand. So-

weit er sich erinnerte, hatte noch nie jemand seine Hand gehalten. Seine Hand prickelte vor Leben, als sei sie gerade erst geboren worden. Und dann schwitzte sie. »Wie heißt du denn mit Vornamen, Fine?« wollte Steffy wissen.

»Das möchte ich dir jetzt lieber noch nicht sagen. Und wie heißt du mit Nachnamen?«

»Caro.«

»›Caro‹?«

»Keine Panik, wir sind keine Italiener.«

»Ich weiß.«

»Woher?«

Fine sagte, er wisse, daß Caro ein erlauchter sephardischer Name sei. Er hatte gerade Gordons Biographie des berühmtesten Caro gelesen. »Ich will damit natürlich nicht sagen, daß es irgendeine direkte Verbindung zwischen –«

»Aber die gibt es!«

»Ja?« Sie nickte. »Mann!« Sie mußte lachen. »Was ist da so lustig dran?«

»Du! Du bist lustig!«

»Das ist gar nicht lustig!« sagte er und brach in Lachen aus.

»Und warum lachst du dann?«

»Wer weiß? Weil du lustig bist!«

»Du bist ein dummer Kerl«, sagte sie freundlich, »stimmt's?«

»Ich bin sehr empfindlich, wenn man mich auslacht.«

»Na und? Das ist doch typisch für uns Juden!«

»Wer sagt das?«

»Mein Opa Al – er ist ein Jiddisch-Komiker –, also der sagt: ›Zeig mir einen Juden, und ich erzähl dir einen Witz!‹« Sie lachten beide. »New York ist voll von lachenden Juden. Unglücklichen lachenden Juden. Millionen von ihnen!«

»In unserer Stadt bin ich der einzige Jude in meinem Alter.«

»Soll das ein Witz sein?«

»Na ja, es gibt noch einen: meinen Freund Nose Cohen.«

»Nose Cohen! Ist ja herrlich! Das ist lustig! Du bist lustig!«

»Wirklich?«

»Ja! Wart nur, bis Opa Al dich kennenlernt – er kommt nächsten

Monat zu uns – wir haben für den ganzen Sommer ein Haus am Copake Lake und –«

»Findest du mich ehrlich lustig oder eher ein bißchen komisch?« beharrte Fine.

»Ehrlich lustig! Aber wieso gehst du gleich hoch, wenn ich sag, daß du lustig bist?«

»Das ist eine lange Geschichte. Sie hat mit dem Unterschied zwischen lustig und komisch zu tun.«

»Na gut – wir schenken uns den Rest von dieser doofen Musik und laufen rum, und du erzählst mir alles darüber. Komm –«

In diesem Augenblick schlug Fines Tic zu.

Erschrocken sah sie ihn an. »War das ein Zwinkern?«

»Nö. Das ist – äh – ein Tic. Die Nerven, verstehst du?« Er wappnete sich innerlich gegen den erwarteten Spott. Aber zu seiner Überraschung machte sie ein mitleidiges Gesicht und schob die Unterlippe vor – schief! –, wie aus Zorn über die Grausamkeit des Schicksals, und sagte mit feuchten Augen: »Ach, du armer Junge! Du armer, armer Junge!«

Da war's um ihn geschehen. Während sie Hand in Hand durchs Dunkel gingen, öffnete sich Fine. Ihre Bemerkungen waren eine Offenbarung: Wenn er über sich selbst lachen könne, würden andere einstimmen und *mit ihm* lachen; wie ein Komiker (ihr Traum) würde er lernen müssen, Witze über seinen eigenen Hintern zu machen. »Groß genug ist er ja, oder? Haha!« Er fragte sie nach ihren Eltern, den beiden auf der Decke. Ihren Vater – er war ein großer, schlanker, dunkeläugiger, in Paris geborener Mann, den man für einen Grafen halten konnte – vergötterte sie. Mit ihrer Mutter – einer attraktiven, elegant gekleideten blonden Frau, die als Redakteurin bei der Zeitschrift *Vogue* arbeitete – war sie »ewig am Streiten«. Am Ende ihres Spaziergangs hatte sie ihm zum erstenmal einen jiddischen Witz erzählt – (»Zwei Juden kommen nach Jersey ...«) –, und sie hatten begonnen, sich ineinander zu verlieben. Beim Abschied sagte sie: »Außerdem, Junge, hätte es noch schlimmer kommen können – du könntest den Tic ja auch auf beiden Seiten haben, stimmt's?«

Und die noch größere Offenbarung, die Fine die ganze Nacht

wach hielt: Jemand hatte ihm zugehört, hatte wirklich aufgenommen, was er sagte, und ihm geantwortet. Ihm kam es so vor, als hätte das in seinem ganzen Leben noch niemand getan.
Diesen kurzen Sommer waren sie ständig zusammen. Fines Leben lief jetzt reibungsloser. Steffy wurde für ihn das Bindeglied zu anderen Menschen, eine Rettungsleine, die ihn am Leben hielt. Seine Familie hegte anfangs einen Argwohn bezüglich ihrer Abstammung, doch diese Bedenken räumte der pergamenthäutige Rabbi aus, der feststellte, daß sie eine Nachkommin des »Maran *Beth Joseph*« war, und darüber in solche Aufregung geriet, daß sein Blutdruck stieg und er fünf Tage blind war. Von da an überwand Anna das Minderwertigkeitsgefühl, das Aschkenasim in Gegenwart von Sephardim haben, und lud Steffy in ihr Haus ein. Ihr Humor heiterte seinen Vater auf, ihre Schönheit ließ Anna wieder strahlen. Sie wollte unbedingt Nose Cohen kennenlernen. Fine zögerte, aber schließlich kam es zu dem Treffen. Nose drehte durch. Er arbeitete mit allen Tricks. Ein paar zittrige Stunden lang dachte Fine, er hätte sie an Nose verloren – an Nose, die Sportskanone, Nose, den Charmeur, Nose den tollen Hecht (ein Jahr zuvor hatte er als erster im Viertel den Tripper gehabt) – aber nein! Steffy entschied sich für Fine. Der Streber bekam das Mädchen!
Und sie tat noch etwas viel Besseres: Als sie hörte, daß Fine zu seinem Schutz immer mit den Basketballspielern zusammen war, schlug Stephanie vor, er solle nächstes Jahr Manager der Mannschaft werden.
»Ach, komm«, sagte Fine, »das ist doch ein Streberjob.«
»Na und«, lachte sie, »das paßt doch!«
Und Fine machte es. Ein echter Wendepunkt in seinem Leben, wie der Tag, an dem er gelernt hatte, die Socken *vor* den Schuhen anzuziehen. Fine war auch noch in anderer Hinsicht die Idealbesetzung – er war ein hervorragender Stratege. Er kam dahinter, wie man in Pressman's Army-Navy Basketbälle stehlen konnte (Luft rauslassen, unters Hemd stecken, hinausgehen), und er war Meister im Entziffern der Figuren des laufenden Spiels, hatte ein sicheres Gefühl für die topologischen Muster, den Spielfluß. Seine wissenschaftlichen Analysen ergänzten die ruppigen Standpauken

von Trainer Rann. »Cohoes denkt, sie sind so gut, daß sie denken, ihre Scheiße stinkt nicht!« Auf Vorschlag von Roosevelt, dem schwarzen Back Center, der eine Schönheitskonkurrenz im Senegal hätte gewinnen können (Fine machte seine Hausaufgaben), verpaßten sie Fine einen Dreß – mit der Nummer 34. Die Bluehawks wurden Meister in der D-Klasse. Nose und Roosevelt erhielten Stipendien am Oneonta Community beziehungsweise am Texas Western. Fine wurde ein Mitglied der menschlichen Gesellschaft.

Und so rettete Stephanie ihn nach den Gesetzen des Zufalls. Und er rettete sie, nach denselben Gesetzen. Er zeigte ihr die Figuren und Muster in der Welt, sie zeigte ihm die freien Formen der Frau. Sie ließ ihn die Grenzen seiner Wahrnehmung erkennen, er zeigte ihr die Grenzen ihrer Sichtweise auf. Da jeder der Kehrwert des anderen war, paßten sie zusammen wie einer des anderen Spiegelbild. Kern ihrer Liebe war der Humor. Fine war so anders als seine Welt, daß er nur ihre Erlaubnis brauchte, um den Widerspruch lustig zu finden. Sie sagte: »Du brauchst nicht genauso zu sein wie diese Clowns, die dich ablehnen – sei einfach du selbst.«

»Ich selbst? Das reicht nicht.«

»Es ist mehr als ... Es ist sehr viel. Also hör auf, dir Gedanken darüber zu machen, ja?«

Aus fast entgegengesetzten Gründen – dank ihrer Schönheit, ihrer großstädtischen Eleganz und ihrer überwiegend problemlosen familiären Beziehungen hatte sie es fast *zu* leicht, in ihrer Welt akzeptiert zu werden – spürte sie dieselbe Entfremdung und bekämpfte ihre Verzweiflung mit Humor, während sie sich danach verzehrte, ihr wahres Selbst fern von zu Hause mit jemand anderem zu teilen. Äußerlich so verschieden, traten sie die Reise nach innen an und entdeckten immer mehr Ähnlichkeiten. »Die Mondäne und der Hinterwäldler« machten sich über sich selbst lustig, ergingen sich in Rätseln und Wortspielen, erzählten sich makabre und verrückte Witze, spielten einander kindische Streiche – und verliebten sich.

Er liebte sie für ihre Schönheit, ihr Lachen, ihre jiddischen Witze, ihre Weltlichkeit, ihre gelähmte Lippe, ihre Brüste. Er begriff

nicht, warum sie ihn liebte. Er fragte sie. Sie sagte: »Du bist ein Verrückter. Du bringst die Verrückte in mir zum Vorschein. Endlich sehe ich meine Leute einmal *von außen*!«
»Das kann es wohl kaum sein«, sagte er. »Du bist ein Einzelkind, ich bin zwei Jahre älter als du. Vielleicht bin ich nur der große Bruder, den du nie gehabt hast?«
»Nö«, sagte sie. »Wahrscheinlich ist es, weil du Köpfchen hast?«
»Köpfchen?«
»Intelligenz. Intelligenz ist Macht, und Macht, Junge, ist sexy!«

Jede Liebe hat einen geheimen Ort, und sie fanden schon bald ihren: Kinderhook Crik, in den rossereichen Chatham Hills. Sie entdeckten es an einem schwülen Tag im August, als sie einen Pfad erkundeten, der von einem umgestürzten Baum blockiert war. Sie gingen durch das hohe Gras und kamen an den Rand einer tiefen Schlucht, auf deren anderer Seite Reste einer Brückenmauer zu sehen waren. Sie schlossen daraus, daß sie auf dem diesseitigen Gegenstück standen, und stellten sich vor, wie die alte Brücke den Abgrund überspannt hatte. Der Bach kam von den grünen Hügeln rechts herunter, bildete einen Tümpel und verschwand gurgelnd in dem Abgrund auf der linken Seite. Hand in Hand stiegen sie die verfallene Straße zu einem Kiefernhain am Ufer hinab und setzten sich schweigend ins Gras, überwältigt von dem friedlichen Idyll. Der Reichtum der Jahreszeit und des Landes erfüllte ihre Sinne: das reine Geräusch und der erdige Geruch des langsam fließenden Wassers, die rauhen Schreie der Stärlinge in den duftenden Kiefern, die Wildblumen, Ruinen und Schatten, die heiße Sonne – sogar die menschlichen Abfälle schienen anheimelnd: Die schon halb eingewachsene Cloroxflasche würde, da nicht biologisch abbaubar, jeden Stein überdauern.
Beeindruckt von der Harmonie dieses verwunschenen Ortes, zog Fine Schuhe und Socken aus und watete auf den glitschigen Steinen in die Bachmitte. Stephanie blieb am Ufer. Er schaute zu ihr zurück und sah, daß sie sich auszog. Der Seher und die Gesehene. Pure Seligkeit! Nackt stand sie da. Ihre Nacktheit in der üppigen Mittagshitze ließ sie so schutzbedürftig erscheinen, daß ihm die

Tränen kamen. Seit einem Monat hatten sie »geknutscht«. Sie war zwar kundiger als er, aber doch erstaunlich naiv. Beide noch Jungfrau, hatten sie jedesmal vor dem Akt selbst haltgemacht.
Sie streckte die Arme nach ihm aus und lächelte. Da wußte er, daß es soweit war. Der Moment begann dunkel und tief, aber als Fine über die bemoosten Steine auf sie zuging, glitt er aus, trat auf eine scharfe Kante und fiel ins Wasser. Wie ein begossener Pudel kroch er zu ihr hinaus und hinauf. In ihrem Gelächter löste sich die Spannung, vorübergehend. Er zog sich aus, sie legten sich auf das weiche Bett aus Kiefernnadeln. Als er das Willkommen in ihren Augen sah und ihre weichen Brüste fühlte, wurde er groß und hart.
Doch keiner von beiden wußte so recht, was zu tun sei. Die ungelenke Mechanik ließ das Ganze höchst unromantisch erscheinen. Lange Zeit war alles so unmöglich, so phantasiewidrig – die Erektion, der erste Versuch, der Verlust der Erektion, die spitzen Steinchen, die sich ihm in die Kniescheiben drückten, der Moskitostich ins nackte Gesäß, die ferne, ablenkende Stimme, der störende Gedanke, wie lächerlich sie vermutlich aussahen –, daß sie aufhören mußten. Sie musterten einander von Kopf bis Fuß, peinlich berührt und voller Zweifel, doch dann ging ihnen die Komik ihrer allzu menschlichen Situation auf, und sie mußten lachen, und beim Lachen bekam Fine wieder eine Erektion, und ohne groß nachzudenken legte er sich auf sie – er stieß, sie führte ihn, nichts geschah, doch dann stieß sie einmal kräftig von unten, irgend etwas gab nach, und er glitt hinein. Getrieben durch Leidenschaft aus Liebe, dauerte es nur Sekunden. Sie umarmte ihn fest. Er wurde schlaff. Fertig. Blut.
»Tut was weh?«
»Ja und nein«, sagte sie. »Es ist seltsam: ein süßer Schmerz.«
Sie hielten einander umarmt. Er sagte: »Ich liebe dich.«
»Jetzt, mein lieber Fine«, sagte sie mit einem nüchternen Ausdruck, so daß er nicht wußte, ob sie Spaß machte oder nicht, »jetzt *mußt* du mich heiraten.«
»Du wirst lachen, ich tu's!«
Sie lagen nackt im Schatten und verfolgten die Bewegung der

großen Meisterin der Schatten, der Sonne. Fine dachte, er wüßte, was Liebe ist: zwei, miteinander verschlungen zu einem, *neben* dem Leben, es gemeinsam von außen betrachtend. »Was für ein Tag!« sagte Fine. »Ein heiliger Tag – alles ist so klar und scharf, als wäre das Leben auf seine Essenz destilliert worden. Ich fühle mich – beschenkt.«

»Oder beschränkt?« fragte sie.

»Im Gegenteil, befreit! Endlich befreit!«

Im Herbst mußte Fine sich für ein College entscheiden. Er ging zu seinem Vater und verkündete: »Ich will Architekt werden.«

»Juden werden keine Architekten. Wer würde schon zu einem jüdischen Architekten gehen?« Sein schmaler schwarzer Schnurrbart zuckte, und seine dunklen Schlachteraugen wirkten traurig in dem müden weißen Gesicht. »Und komm mir nicht wieder mit ›Philosophie‹ – verhungernde Genies haben verhungernde Familien.«

»Soll ich vielleicht Metzger werden?«

»Ich dir ein Metzgermesser anvertrauen? Du könntest doch Arzt werden.«

»Ein Skalpell würdest du mir also anvertrauen?«

»Aber wer ißt schon Menschen? Auf welches College willst du denn gehen?«

Fine dachte an den netten Kerl von der NASA, er wußte, daß man von Columbia nur flußabwärts gehen konnte, und sagte deshalb: »West Point.«

»O, Mann!« Leo schlug sich mit der flachen Hand auf die Glatze.

»Warum nicht? Es heißt doch: ›Die Army macht einen Mann aus dir.‹«

»Wenn du so meschugge bist, daß man dir erst erklären muß, warum ein Jude nicht zum Militär geht, ist ein Studium vielleicht nicht das richtige für dich. Welches ist das beste College?«

»Steffy sagt Harvard, und das zweitbeste Yale.«

»Okay. Dann gehst du nach Harvard.« Aber als die Unterlagen kamen und Leo die hebräischen Buchstaben im Wappen von Yale sah, war die Sache klar.

In seinem letzten Jahr an der Highschool besuchten sie sich oft,

und die Trennungszeiten vertieften ihre Gefühle füreinander. Von Yale würden es mit dem Zug nur zwei Stunden zur Dalton School in Manhattan sein.
Als er in Yale anfing, war sein Tic verschwunden.
Er durchlief Yale in drei Jahren, sie absolvierte Dalton, und ihre Liebe nährte sich vom Verbotenen und vom Risiko. Ihr geheimer Lieblingsort in Yale war Noguchis *White Marble Garden* der Beinecke Library – die drei asymmetrischen Figuren auf einem schräggestellten Gitter aus Kurven waren ihnen ein unerklärlicher, lustiger Trost. In den Ferien waren sie abwechselnd in Columbia und Manhattan, die Sommer verbrachten sie zusammen, er jobbend als Gebühreneinnehmer auf der Rip Van Winkle Bridge – in der Nachtschicht, damit er lesen konnte –, sie im Sommerhaus ihrer Familie an dem See. Auf der Brücke wurde ihm, ohne daß er es merkte, einiges klar über die menschliche Natur, und er erfuhr, wie kurz die Nacht tatsächlich ist. Stephanie kam immer in ihrem Mercedes-Cabrio und machte sich über seine Uniform lustig. Dann zog er seine Dienstpistole. In Yale schrieb er sich zunächst für Philosophie ein, stellte jedoch fest, daß die akademische Version so steril wie seine Kindheit war. Er sattelte auf Naturwissenschaft um – zunächst reine, dann angewandte – und stieg die reduktionistische Leiter hinab, von der Psyche zum Verstand und vom Gehirn zur Zelle. Er beschloß, an die medizinische Fakultät zu gehen, um einen »Brotberuf« zu erlernen, und nahm sich vor, in die Gehirn-/Verhaltensforschung zu gehen. Im selben Jahr fing er an der Harvard Med und sie am Radcliffe an. Trotz des anstrengenden Studiums fanden sie es in diesem ersten Jahr aufregend und neu, fern vom Elternhaus zusammen in Cambridge zu sein.
»Weißt du was?« fragte Fine eines sonnigen Nachmittags, als er in der Vanderbilt Hall im Bett lag, *Gray's Anatomy* wiederholte und dabei Steffy beobachtete. Sie hatte ihre weiße Seidenbluse ausgezogen und wollte gerade den BH aufhaken. Seine Haut kribbelte. Das dicke Buch drückte eine Vertiefung in seinen Bauch und erinnerte so an die Fähigkeit der Gravitation, Dellen in der Raumzeit hervorzurufen.

»Hm?« reagierte sie zögernd, die Hände am Vorderverschluß, wie zum Beten.
»Als der Große Häuptling die Augen erfand, hat er damit etwas sehr Nettes getan.«
»Und ob!« Sie warf sich auf ihn, und das Buch fiel zu Boden.
»Sex ohne Schwerkraft!« sagte er. »Mein Traum ist in Erfüllung gegangen.«
Am Beginn ihres zweiten Studienjahrs bezogen sie nebeneinanderliegende Räume im Adams House. Obwohl es keinem von beiden bewußt wurde, spürten sie allmählich die einschränkende Enge einer Zweierbeziehung.

4

Eines Morgens Anfang September kamen sie auf den Gang hinaus, um zum Frühstück hinunterzugehen, und begegneten einem großen, aschblonden jungen Mann in enger Umschlingung mit einem funkelnden Rennrad. Er hatte sich das Rad mit dem Rahmen über die Schulter gehängt, und in der Hand hielt er ein Pedal mit Rennhaken. Er war so hochgewachsen und das Rad so imponierend, daß man die beiden kaum auseinanderhalten konnte. Fine und Stephanie stellten sich vor. Mit einem Zwinkern sagte er: »O'Day. John James Michael O'Day, Jr.«
»Aha!« sagte Fine grinsend, »ebenfalls knickerig! Studierst du auch Medizin?«
»Wieso denn das?« sagte John erschrocken. »Wie käme ich dazu?«
»Du hast es mit Metall, hm?« vermutete Stephanie.
»Iren lieben Fahrräder«, sagte John. »Und Wörter auch.«
»Wörter lieben Fahrräder?« fragte sie. »*Quel* bizarre!«
»Das ist meine Freundin Steffy«, sagte Fine stolz.
John musterte Fine von oben bis unten wie ein Wesen von ei-

nem anderen Stern. Dann schaute er Steph an und sagte: »Pervers!« Und lachte. Sein Lachen überraschte sie: Es war ein lauter Ausbruch, gefolgt von einem scharfen, nach innen gehenden Schnorcheln.

»Wo willst du hin?« fragte Stephanie.

»Nach Southie. Erster Schultag. Wieder ein Jahr mit Schulbuszwang – das muß ich mir ansehen. Kommt ihr mit?«

Steph zögerte. Fine sagte: »Ja!« Er schlug vor, in Stephs Auto zu fahren, aber John meinte, mit dem Rad sei er schneller. Es war einer der ersten Herbsttage – frisch, Footballwetter. Sie fuhren in dem violetten Jaguar durch Boston, über den Fort Point Channel nach »Southie«, ins ärmste weiße Viertel der Stadt. Noch bevor sie etwas sahen, hörten sie schon den Lärm. Sie parkten und liefen bergauf, zur South Boston High. Dort versuchten drei knallgelbe Busse, sich den Weg durch die Menschenmenge zur Schule zu bahnen. Hinter den Fenstern sah man schwarze Kindergesichter, die Augen weiß vor Angst. Die Polizeikette wies Lücken auf. Die durchweg weißen, überwiegend irischen Demonstranten formierten sich, um den Bussen den Weg zu versperren. Auf Plakaten und Transparenten protestierten sie dagegen, daß zwangsweise schwarze Schulkinder nach Southie und weiße in andere Stadtteile befördert wurden, und überall tauchte das Wort »Nigger« auf. Als Fine und Steph den Schauplatz erreichten, flogen die ersten Steine durch die Busfenster. Die Menge wollte Blut sehen. Die Polizei bildete einen Korridor, durch den die schwarzen Kinder sich in die Schule retten konnten. Beschimpfungen und Wurfgeschosse flogen durch die Luft. Und dort, mitten im Gewühl, sahen sie John, der die Gemüter zu beruhigen suchte.

Ein aussichtsloses Unterfangen. Er diskutierte mit einer schwarzhaarigen Frau in der Mitte einer dichten Kette von Frauen, die den Weg versperrten. Seine Beschwörungen fruchteten nichts. Er wurde zur Seite gestoßen und von einer Bierdose am Kinn getroffen. Er taumelte. Fine drängte sich zu ihm durch, mit Steph im Schlepptau. John hatte glasige Augen. Sie zogen ihn fort, den Hügel hinunter. In einem Hauseingang versorgte ihn Fine. Die Verletzung war nur oberflächlich. Beschämt schüttelte John den

Kopf und sagte: »Da habt ihr ja gleich den richtigen Eindruck von mir gekriegt!«

Steph fragte: »Wer war denn diese Fanatikerin, mit der du diskutiert hast?«

»Das war keine Fanatikerin«, sagte er, »das war meine Mutter.«

Er führte sie ins Bellevue, eine schmuddelige Bar nicht weit von seinem Zuhause. Der Barkeeper, sein Onkel – genannt »der Onkel« –, ein dicker, fast kahlköpfiger, nach Kaugummi riechender Mann, dessen Haut anscheinend nie einen Sonnenstrahl abkriegte, begrüßte John: »Na, schon vor Mittag auf? Was ist los, Junge, wird dein Bett frisch gestrichen?« John wurde rot. Der Onkel stellte jedem ein Bier hin und hörte zu. Fine und Stephanie waren erschüttert (Pogrom! dachte Fine). Detective O'Herlihey von der Bostoner Mordkommission kam herein. Der Kettenraucher mit madenweißem Teint und fast schwarzen Lippen verlangte einen Whiskey. John sagte, er habe gesehen, wer bei den Ausschreitungen die Bierdose geworfen hatte, und er wolle Anzeige erstatten, aber O'Herlihey sagte: »Ausschreitungen? Was für Ausschreitungen? Ich hab nix gesehn, Junge, rein gar nix.« Kurz darauf gingen sie.

Körperlich gesehen war John für Fine – und sogar für die größere Steph – ein Gigant: Über einsneunzig, schlank und muskulös, von der natürlichen Anmut des Sportlers. Er war an allen Schulen, die er besucht hatte, ein Hockey- und Baseball-Star gewesen. Er hatte einen klassisch irischen Kopf: hellblondes Haar, darunter eine hohe Stirn, die sich leicht vorwölbte, um sich dann unter buschige blonde Augenbrauen zurückzuziehen. Die Augen waren hellblau, die Nase ein imposantes Vorgebirge und doch geradezu zierlich im Vergleich zu dem gewaltigen Kinn. Der Mund dagegen war der einer Frau, die Lippen klein und voll und im Ruhezustand fast zu einem Schmollmündchen gespitzt.

An jenem ersten Tag redeten sie zunächst darüber, wie doch die Welt aus den Fugen gehe, und John sprach über sich selbst. Als Sohn irischer Einwanderer war er in einem zweistöckigen Haus direkt gegenüber dem Carson Beach aufgewachsen, nicht weit vom Freizeitzentrum L Street. Seinem Vater hatte das Bellevue

gehört. John war das jüngste von vier Kindern, der einzige Sohn. Er hatte oft den Unterhalter spielen müssen. Sein Vater war bei den L Street Brownies gewesen und jeden Tag des Jahres eine Meile im Atlantik geschwommen – die tägliche wäßrige Buße für das viele Bier am Abend. John war sechs, als sein Vater an Leberzirrhose starb. Da er sich mit den vier Frauen im Haus eingesperrt fühlte, hatte er die Flucht ergriffen. Er lebte in der rastlosen Suche der Vaterlosen, nach väterlichen Kontakten hungernd, auf alle Einzelheiten achtend. Der Bruder seines Vaters, »der Onkel«, brachte ihn dazu, Mitglied bei den Brownies zu werden, und so schwamm er jeden Morgen zwischen den ins Meer hinausragenden Zäunen hin und her; acht Bahnen ergaben eine Meile. Im Winter mußte man manchmal das Eis aufbrechen, aber vor der Kälte konnte man sich durch Vaseline schützen, und das Wasser war wärmer als die Luft. Er stählte sich, aber sein Gemüt wurde sanft. Er hatte eine unheimliche Begabung, das Wesentliche der äußeren Erscheinung eines anderen – Sprache, Bewegungen, Aura – zu erkennen und es täuschend echt nachzuahmen. Wenn der arthritische Pater O'Herlihey sich auf der Bank vor dem Haus sonnte, beobachtete John ihn und merkte, wie sich das ganze Wesen des Geistlichen in der Bewegung eines Schuhes auf dem Pflaster ausdrückte – vorwärts, *krriiitsch*, und wieder rückwärts, *krriitsch*; für seine Schwestern *war* er dann Pater O'Herlihey: »krriitsch, krriitsch«. Es war nicht zu übersehen: Er besaß eine außergewöhnliche Begabung zur Imitation, zur Wiederholung.
Aus einer armen irischen Familie, intelligent, ein guter Sportler – Vollstipendium in Harvard! Der Stolz von Southie! In seinem ersten Studienjahr probierte er es mit Hockey. Er spielte sich die Seele aus dem Leib für Harvard und trieb den Puck mit der blinden Wut des armen vaterlosen Kindes übers Eis – und keiner scherte sich darum. Unter dem Ansturm der vielen anderen Begabten suchte jeder wie besessen nach einer Nische. Sein Zimmergenosse im ersten Jahr, ein verzagter Torhüter aus Kansas, der an seiner Schule der beste in Mathematik gewesen war, mußte feststellen, daß er nur in den elementarsten Mathekursen mitkam, trat schließlich dem Bergsteigerclub bei, schlug vier

Haken in die Decke und hängte sein Bett daran auf. Im folgenden Sommer – den John verwirrt und deprimiert bei der Wasserwacht am Carson Beach verbrachte –, nutzte der junge Mann aus Kansas, wieder daheim im langweiligen Bauch des Landes, seine Harvard-Bildung, um zwei weitere Haken einzuschlagen, einen Flaschenzug anzubringen und sich zu erhängen. John, der jetzt allein war, wurde in einen vergammelten kleinen Raum im »Intellektuellenhaus«, Adams, gesteckt. Ein lascher Student, der in der Menge unterging und keinen Sportlerbonus mehr hatte, absolvierte er lustlos und vergrämt sein zweites Jahr, sehnte sich nach Applaus und hatte nicht die leiseste Ahnung, wie er ihn bekommen sollte.

Bis sie es ihm zeigten. Die zwei peppigen, waghalsigen Juden erschlossen ihm eine neue Welt. Durch Zufall mit ihnen in einen Topf geworfen, blieb er kleben. Er war fasziniert von Fines ungewöhnlich sorgloser Kreativität, seinem Überschwang und seinem scharfen Verstand, vor allem aber von seiner Selbstsicherheit, und äffte ihn nach – kleidete sich wie er, sprach wie er, witzelte wie er, übernahm seine Gesten, spielte ihn. Der vier Jahre ältere Fine durchdrang mit seiner bloßen Gegenwart Johns Selbstverständnis. Fine wurde mehr als ein bester Freund, er wurde Johns Idol. Anfangs war Fine – der rund dreißig Zentimeter kleiner war – verblüfft darüber, daß dieser kräftige, durchtrainierte Riese ihn zum Helden erkoren hatte. Obwohl er sich jetzt seiner selbst sehr sicher war, konnte er sich doch nicht vorstellen, was John an ihm fand. Das war Fines blinder Fleck: das Unbewußte. Fine weigerte sich, an das Unbewußte zu glauben, sein eigenes oder das von irgend jemand anderem. Als er einmal etwas ganz besonders Verrücktes gemacht hatte und Stephanie auf eine möglicherweise unbewußte Motivation anspielte, hatte er die Augen ungläubig aufgerissen und gefragt: »Du meinst also, ich mache manchmal Sachen aus Gründen, die mir gar nicht bewußt sind?!«

»Ja!«

»Dann beweise es! Ein ›Unbewußtes‹ ist nur dadurch definiert, daß es etwas *nicht* ist, nämlich ›bewußt‹. Der einzig gültige Beweis ist aber, daß etwas ›falsifizierbar‹ ist – wenn man sich Versuche ausdenken kann, die beweisen, daß es falsch ist. Mit einem ›Unbewußten‹ ist das ausgeschlossen. Ich glaube nicht, daß es überhaupt existiert!«

Aber Fine war nun einmal Fine: Er hielt unbeirrt Kurs, ohne Rücksicht darauf, was in seinem Kielwasser schwamm. Und so war er damit einverstanden, daß John ständig hinter ihm herpaddelte. Und John fand in diesem untersetzten, ungebändigten, selbstsicheren Juden die Vater- und Bruderfigur seiner Träume.

Im Leben – anders als in der Kunst – findet man oft, was man sucht.

Da er eine enge Bindung zu seiner Mutter und seinen Schwestern gehabt hatte, nahm Johns Beziehung zu Stephanie eine andere Form an. Anfangs war sie vorsichtig intellektuell. Das einzige, was John an Fine nicht interessierte, war der Naturwissenschaftler. Fines große Leidenschaft – die Heuschrecken – war John herzlich gleichgültig; er fand seine Experimente ganz nett, aber seine Studienobjekte waren ihm ungemütlich nahe mit Kakerlaken verwandt. Stephanie füllte die intellektuell-kulturelle Lücke: Sie führte ihn in die Philosophie ein, über Kierkegaards *Krise im Leben einer Schauspielerin*. Zutiefst beeindruckt las John *Die Wiederholung* und war schon bald davon besessen – und von Stephanie auch. Sie, die angehende Historikerin, gab ihm Isaiah Berlins *The Hedgehog and the Fox* zu lesen. Er kam dahinter, daß Fine, der bestrebt war, eine einheitliche innere Vision zu finden und Ordnung ins Chaos zu bringen, ein Igel war (wie Platon, Dante, Pascal, Dostojewski, Proust und viele Deutsche); Stephanie dagegen war ein Fuchs, weil sie die Mannigfaltigkeit der Welt akzeptierte (wie Aristoteles, Homer, Shakespeare, Rabelais, Joyce und viele mediterrane Autoren). John dachte (wie Tolstoi), er sehe nur das Viele, während er nach dem Einen suchte. Er sagte zu Stephanie: »Ich bin ein Fuchs, der sich danach sehnt, ein Igel zu sein.«

»Nö«, sagte sie, »du bist ein Chamäleon.«

Kurze Zeit danach stellte er ihr eine Quizfrage: »Wer hat gesagt: ›Wenn ein Tiger sprechen könnte, würden wir ihn nicht verstehen‹?« Sie hatte Wittgenstein nicht gelesen, kannte ihn nicht. John

hatte sie überholt. In Philosophie. Also wechselte er zur Geschichte, ging mit ihr in Vorlesungen und entwickelte eine neue Obsession, George Washington. Er fand, daß sich in seinem eigenen Leben – (Familie, »schizoide« Persönlichkeit, Liebesaffären) – das Leben des »Vaters seines Landes« wiederholte.
Trotzdem war die intellektuelle Bindung an Stephanie das Unwichtigste. Sie kümmerte sich um ihn. Sie führte ihn weiter. An Thanksgiving durfte John mit Stephanie und Fine nach New York – seine erste Reise dorthin. Fine und John wohnten bei Stephanies Tante Belle auf der West Side. John war von der Stadt überwältigt. Er fühlte sich so klein und unbedeutend, daß er sich irgendwie aufbauen muße. Am Vormittag der ersten Stadtbesichtigung kaufte er an einem Stand am Broadway eine Aubergine. Er hielt sie auf Kopfhöhe am Stiel und sprach mit ihr wie mit einem violetthäutigen Kumpel: »Also jetzt, Aubergine, jetzt sind wir in dem überfüllten Lift im Empire State Building. Und die Dame vor uns, Aubergine, fragt sich, warum ich mit dir spreche.« Beim Abendessen in der obersten Etage des G&W Building, von der aus man auf die gegenläufigen roten und weißen Lichterschlangen auf der Central Park West hinuntersah, lachte Belle sich halb tot über John. Fine sagte: »Das ist noch gar nichts – du hättest sehen sollen, was er für eine Schau abgezogen hat, als –«
»John James!« sagte Steph aufgeregt und packte ihn am Arm, »ich hab's! Hör zu: Ich weiß jetzt endlich, wer du bist. Und –«
»Mein Gott, ich wußte gar nicht, daß ich nicht weiß, wer –«
»– und was du sein wirst. Hör zu!« Und dann drehte sie beide Handflächen nach oben wie ein Zauberer und sagte: »Ein Schauspieler!!«
Sie brachte ihn dazu, Theater zu spielen, mit ihr zusammen. Nach den ersten paar Proben zu einer Aufführung des Studententheaters kam er zurück und sagte mit aufgerissenen Augen: »Unglaublich! Zum erstenmal im Leben mache ich etwas, was mir leichtfällt! Ich muß mich überhaupt nicht anstrengen, kein bißchen! Ich hab meine Berufung gefunden! So zu tun, als sei ich jemand anderer!« Erst später, als er las, was Borges über Shakespeare geschrieben hatte, begriff er, daß Theaterspielen eine Lüge

legitimierte: Es kaschierte seine Verzweiflung darüber, daß er nicht wußte, wer er eigentlich war.

In dem Jahr brachte er es vom Statisten zum Hamlet. Da er durch keine Ausbildung verdorben war, spielte er hinreißend spontan. Im Sturm eroberte er die Bühne des Loeb Drama Center, eine Sensation von einem Tag auf den anderen. Was schieres Talent, Hunger und Offenheit anging, war er konkurrenzlos. Das Theater nahm ihn in Anspruch wie eine erste Liebe. Er versuchte sich an allem, sogar an »den beiden großen Schwindlern«, wie er sie nannte: Brecht und Shaw. Ein Meilenstein war *Der Widerspenstigen Zähmung* mit Stephanie als Katharina und ihm als Petrucchio. Der einsame Sechsjährige hatte einen Vorgeschmack auf Applaus bekommen. Sein Hunger nach Liebe würde nie nachlassen, doch von nun an würde er häufiger – verzweifelt – gestillt werden. Wie so viele flüchtete er vor den verkümmerten Beziehungen seines Lebens, um eine Wirklichkeit in der Phantasiewelt des Theaters zu suchen. In der Fälscherwerkstatt der Schauspieler fand er seine Familie. Jemand verpaßte ihm ein Etikett: Wunderkind.

Alle drei blühten auf. Sie lebten in vollen Zügen, voller Verachtung für Zurückhaltung jeder Art. Außerhalb von Theater, Hörsaal und Krankenhaus hatten sie drei gemeinsame Betätigungsfelder: Oft fuhren sie mit John nach Southie – an den Strand, ins Freizeitzentrum, in die Bar. Stephanie begann sich für Lokalpolitik zu interessieren. Boston, die rassistischste Stadt im ganzen Land, war auch die korrupteste. Der Bürgermeister, schon in der zweiten Amtszeit, schwamm auf einer Abwasserwoge. John führte die beiden in die Politik ein. Detective O'Herlihey ließ Strafzettel verschwinden, die Stephanie für den Jaguar bekam. Fine lachte; Stephanie hörte zu und stellte die liberale Frage: Wer zahlt, wenn wir nicht zahlen? Was ist mit den Schwarzen? Die Armen sollten sich alle verbünden: Arbeiter aller Länder, vereinigt euch! Worauf John entgegnete: »Wer arbeitet denn hier?« Stephanie dachte daran, selbst Politikerin zu werden.

Das zweite gemeinsame Betätigungsfeld waren Fines »Briefe«.

Fine schrieb Briefe wie Bellows Herzog. Mindestens einmal pro

Woche packte ihn der unwiderstehliche Drang, einen Brief aufzusetzen, oft an eine Berühmtheit. War es diese Woche ein verehrungsvolles Schreiben an den zurückgezogen lebenden Henry Roth – Fine war begeistert von *Nenne es Schlaf* –, so war nächste Woche Frank Sinatra an der Reihe. (»Unsere Untersuchungen haben ergeben, daß zwei Millionen Dollar in bar *doch* in einen Aktenkoffer passen.«) Wieder eine Woche später wurde ein Starlet mit Atombusen gebeten, den »110-G-Preis der Suite 38« entgegenzunehmen. Der eine oder andere Brief war auch ernst – zum Beispiel der an die Witwe des armen Kerls, der auf der Autofähre von Staten Island zur Arbeit fuhr (er hatte verschlafen, kam gerade noch rechtzeitig und wurde als letzter auf die Fähre gelassen), im Auto einschlief und, als er aufwachte, vor Schreck den Rückwärtsgang einlegte und in den Hafen von New York stürzte – oder philanthropisch: Diesem legte Stephanie hundert Dollar bei. Jeder schickte Briefe an seine Idole: Mel Brooks, Simone de Beauvoir, den Rabbi der Schauspieler von New York City (Stephanie); John Updike, Flann O'Brien und Larry Bird von den Boston Celtics (John); Samuel Beckett, J. D. Watson, Blaze Starr (Fine). Manchmal schickten sie die Briefe ab, manchmal nicht; manchmal bekamen sie sogar eine Antwort (zum Beispiel von Beckett).

Drei wichtige Briefe entstanden in Zusammenarbeit: einer an die Schöpfer ihres Lieblingsfilms, *Morgan*, einer an den Papst und einer an den Präsidenten.

Der Brief an den Papst war ihr bislang bester und enthielt, aus Fines Feder, hitzige, düstere und provozierende Passagen:

> … und ist es nicht so, Euer Heiligkeit, daß die Kreuzigung eine seit Urzeiten verbotene Tat war, ein Menschenopfer? Wie konnte Gott das zulassen? Warum mußte Jesus, wenn er denn der Messias war, sterben und zum Symbol der Erlösung werden? Wenn Gott gut ist, hätte Er uns dann nicht die Erlösung selbst schenken müssen und nicht nur das Symbol? Im Alten Testament steht, wenn der Messias kommt, werden wir aus dem Fenster schauen und sehen, daß die Welt dann in der Tat besser ist. Diese Welt, nicht die nächste.

Könnte es nicht sein, daß die Crux nicht in der Ankunft liegt, sondern darin, wie wir bis dahin leben sollen? Daß die Ankunft die Moral des Wartens zunichte macht? Wie oft habe ich als Heranwachsender nicht nur »Christusmörder!« zu hören bekommen, sondern auch: »Stimmt, es ist eine Sünde, dich zu verprügeln – aber was soll's, am Dienstag geh ich beichten.« Moral liegt nicht darin, daß jemand für uns stirbt, sondern in uns selbst; nicht in jemandem, der kommt und geht und uns gewissermaßen »Optionsscheine« auf das »Gute« offeriert. Im Zweiten Weltkrieg stand Ihr Vorgänger Pius auf seinem Balkon und winkte, während unter ihm die Juden in die Verbrennungsöfen getrieben wurden. Nach dem Krieg verhalf Ihr Vatikan katholischen Nazis zur Flucht nach Südamerika. Wie soll ich das mit Jesus in Einklang bringen, ganz zu schweigen vom Großen Häuptling selbst. Ich weiß nicht mehr ein noch aus. RSVP.

Stephanie fand das zu ernst: »Du mußt ihn zum Lachen bringen – hier, bau das noch ein, das hat Grandpa Al alljährlich zu Ostern zum besten gegeben:

Jesus? Netter Junge. Hübscher Bart. Ist koscher geblieben, *sehr* koscher. Aber von Humor keine Spur! Eher fällst du tot um, als daß du diesem Jesus auch nur das leiseste Kichern entlockst! Wir Juden werden es wissen, wenn der Messias da ist, weil wir dann was zu lachen haben. Er wird sich vor Lachen schütteln, wenn er kommt, wartet's nur ab. Am nächsten sind ihm bis jetzt die Marx Brothers gekommen, oder vielleicht der junge Mel Brooks, bevor er nach Hollywood ging.

Und John sagte: »Hey, schreib ihm das hier, mit einem schönen Gruß von mir«:

Ich bin katholisch erzogen worden, dann vom Glauben abgefallen und erst zum Leben erwacht, als ich diese beiden ausgeflippten Juden kennenlernte. Meine Fragen: 1. Wie ist das zu erklären? 2. A) Sprechen Sie wirklich mit Gott? B) Antwortet er Ihnen auch? C) Wenn ja – könnten Sie sich mal erkundigen, wo mein Vater ist?

Fine schrieb den Schluß:

Nun ja, Euer Höchste Heiligkeit, ein langer Brief, aber, so meine ich, ein guter. Es ist wichtig, daß wir »einen Dialog führen«, daß Harvard und Rom »in Verbindung bleiben«. Dadurch werden die Fäden dieser verrückten Welt ein klein bißchen straffer angezogen, nicht wahr? Im Adams House gibt es eine Montagabend-Seminarreihe zum Thema »Große Persönlichkeiten der Welt«. Interessiert? Alsdann, wie man im Showbusiness sagt: Ciao!

Darauf bekamen sie keine Antwort. Der letzte Brief ihrer College-Laufbahn war an den Präsidenten gerichtet. Am Abend der Abschlußfeier saß Fine Pfeife rauchend im Wohnzimmer seiner Suite, bat die anderen beiden um Beiträge und formulierte:

Sehr geehrter Herr Präsident!
In den Nachrichten haben Sie neulich gesagt, Sie möchten von allen »großen Amerikanern« hören. Nun denn. Ich stimme Ihnen zwar darin zu, daß die »nukleare Bedrohung das größte Problem der Menschheit ist«, bin aber doch der Meinung, die Sache könnte ein wenig komplizierter sein, als Sie sie darstellten. Glauben Sie wirklich, daß wir »gut« und die anderen »böse« sind? Hat denn Ihre Sonne überhaupt keine Schatten? ...

Aber sie wurden es schon bald leid, dem Präsidenten zu schreiben. Die Ermordung von JFK und King, Vietnam, Watergate, die Auferstehung von Nixon, Kissinger und Haig als bedeutende Staatsmänner – wie die meisten ihrer Generation hatten sie den Glauben verloren. Sie sahen den Korruptionszirkus in Southie und extrapolierten, räumten ein, daß man keine menschlichen Eigenschaften mehr haben durfte, wenn man Präsident werden wollte. Das Ganze war jedesmal zeitlich hervorragend abgestimmt: Wenn die Wahl begann, war der Kandidat völlig ausgelaugt, wie ein zu oft gewaschenes Hemd. Die Welt zerbrach, verborgen in einem Dunst von Unwirklichkeit: Die Menschen fingen an, sich so zu verhalten, wie sie glaubten, sich verhalten zu sollen, wobei sie ihre Leitlinien aus dem Fernsehen bezogen. Vor allem die Fernsehwerbung – die moderne Entsprechung der Mythen – erzählte moralische Geschichten darüber, wie man zu leben habe. Schon bald würde das Zusammenwirken von Kriminalität auf den Straßen und Kabelfernsehen zu Hause dazu führen, daß keiner mehr die Wohnung verließ, von der Geburt bis zum Tode. Sie gaben auf.

Sie gingen auf das Fest. Der Saal war gesteckt voll. Fine saß strahlend in der ersten Reihe, während Stephanie und John, mit Zylinder und Spazierstock, ganz Ebenholz und Elfenbein, ihr letztes Kabarettprogramm sangen und tanzten und wie immer mit ihrer Lieblingsnummer, Mabel Mercer, schlossen:

»Carry me back to old Manhattan,
  That's where my heart belongs;
Give me a show spot to hang my hat in,
  Sing me those Broadway songs ...«

5

Als sie über die Dünen wieder zum Strand herunterkamen, ging John auf den Händen – wie er es auf der Bühne als Hamlet getan hatte (*Handstand* bei »Welch ein Meisterwerk ist der Mensch!« *Auf den Händen gehend* während des Monologs, *mit einem langsamen Radschlag wieder auf die Füße* bei »Und doch, was ist mir diese Quintessenz von Staube?«). Als sie näherkamen, markierte er lachend einen Sturz. Aber als er ihm gegenüberstand, hatte Fine den Eindruck, daß er im tiefsten Inneren keineswegs lachte. Mit einer melodramatischen Verbeugung sagte John: *»Fine, der tolle Hecht«*.

Wobei das »toll«, wie John betont hatte, als er den Beinamen erfand, nicht nur im üblichen Sinn zu verstehen war, sondern auch andeuten sollte, daß Fine ein bißchen verrückt sei. Fine hatte diesmal den Eindruck, daß John ihn damit herausfordern, ja sogar ärgern wollte, wie um zu sagen: »Denkst du vielleicht, sie gehört *dir*?«

Stephanie und John beschlossen, einen Strandspaziergang zu machen. Fine sah ihnen nach, bis sie im Dunst verschwanden, und dann, todmüde, wie er war, nickte er ein.

Ein lebhafter Traum riß Fine aus dem Schlaf. Halb jedenfalls, denn er war so benommen, als hätte er Tabletten geschluckt. Die heiß aufs Meerwasser herabbrennende Sonne hatte einen traumähnlichen Nebel aufgerührt. Am Rand seines Gesichtskreises sah er – oder glaubte zu sehen oder gesehen zu haben –, wie John und Steph Hand in Hand den Strand entlang auf ihn zu geschlendert kamen. Und dann passierte etwas, was ihn schaudern ließ. Oder er bildete es sich nur ein, denn er sah es nur ganz undeutlich: Sie blieben stehen, wandten sich einander zu, umarmten und küßten sich! Ihre Körper schienen sich aneinanderzupressen, voller Leidenschaft! Aber so plötzlich, wie die Vision erschienen war, verschwand sie auch wieder, verdeckt von einem ziehenden Nebelstreif. Fine war schockiert, von Argwohn gepackt. Sein bester Freund und seine Freundin sollten sich geküßt haben?! Was hat das zu bedeuten? Sicher, sie mögen sich, »lieben« einander vielleicht sogar in einem gewissen Sinn, aber das?! Sie gehört mir! Wie lange treiben sie das schon hinter meinem Rücken? Gelegenheit haben sie ja mehr als genug, wenn ich bei meinen Patienten bin oder im Labor bei den Heuschrecken. Wäre es möglich?

Nein, ausgeschlossen. Reiß dich zusammen, Fine. Denk doch mal nach: Sie liebt mich. Ich weiß, daß sie mich liebt. Sie könnte nie jemand anderen so lieben wie mich. Sie hat's gesagt – und gerade bewiesen, da oben in den Dünen. Die beiden sind kein Liebespaar, sie sind Kumpel. Schau, da kommen sie – was?! – Händchen haltend?! Natürlich halten sie sich an den Händen. Gerade *daß* sie sich an den Händen halten, bedeutet ja, daß sie nichts zu verbergen haben! Du Blödmann!

Fine fiel sein kürzlich gefaßter Entschluß ein, die erste von zwei überraschenden Ankündigungen, die er ihnen zu machen hatte, und er beruhigte sich. Und während er sich beruhigte, dachte er: Das kenne ich, das ist die Seite von mir, die schon immer ein bißchen paranoid war. Mann, vom zweiten Juni an komme ich mit alldem viel besser klar! Gott sei Dank habe ich diesen Entschluß gefaßt! Ich bin Naturwissenschaftler, ich weiß nicht allzuviel über die Menschen, aber, verdammt noch mal, ich werde dazulernen. Ich kann's kaum erwarten, ihnen die Neuigkeit mitzuteilen!

Doch als die beiden zurückkamen, suchte er in ihren Augen nach Hinweisen, wünschte fast zu sehen, was er befürchtete, und es kam ihm so vor, als sei in ihren Blicken und ihrem Gealbere etwas verrutscht, als liege etwas nicht klar zutage. Als hätten sie doch etwas zu verbergen. Sie setzten sich hin, Stephanie diesmal in der Mitte, und Fine und John legten beide den Arm um sie. Fine hatte väterliche Gefühle für sie; er war eifersüchtig auf Johns um Stephanie geschlungenen Arm, der seinen berührte, obwohl (weil?) Stephanie ihm gehörte. Und wie ein letztes Argument in einer Highschool-Debatte, gerade noch vorgebracht, nachdem die Glocke schon geläutet hat, sagte Fine der Mißtrauische zu Fine dem Vertrauensvollen: Hey, *Schmuck*! Die beiden gehen nach Paris und Dublin! Für ein ganzes Jahr! Lange gemeinsame Wochenenden in Europa, während du dich durch Krankenhäuser schleppst und vor lauter Heuschrecken und Geistesgestörten die Welt nicht siehst! Wieder meldete sich seine Paranoia. Aber dann dachte er an die zweite Ankündigung, die solchen Phantasien ein für allemal ein Ende machen würde – und seufzte erleichtert auf.

Verglichen mit dem Glanz der Nacht und der Magie des Sonnenaufgangs war das Tageslicht trist und trüb. Sie gaben sich Mühe, sich die gute Laune zu bewahren, während das Licht die Leichtigkeit aus dem Tag fegte. Und dennoch war es klar und deutlich ein Ende, durchdrungen von Hoffnungslosigkeit wie alles, was zu Ende geht.

Stephanie sagte: »Keiner von uns paßt wirklich in seine Familie. Deshalb hat jeder von uns den anderen beiden die Familie ersetzt. Wir haben einander großgezogen. Irgendwann einmal wird einer von uns oder werden zwei von uns schwanken, am Rand eines Abgrunds stehen, in Gefahr abzustürzen, und die beiden anderen oder den dritten wieder brauchen. Deshalb müssen wir jetzt geloben, einander nie im Stich zu lassen, egal, was geschieht. Da liegt nämlich Hoffnung, ihr Idioten, genau da drin, kapiert?«

Müde murmelten sie, daß sie es kapiert hätten. Fine, das personifizierte Mißtrauen, hörte eine Drohung heraus.

»Also, dann geloben wir es«, sagte sie.

Sie gelobten es. Dann wandte Stephanie sich Fine zu, zeigte mit dem Finger auf seinen Bauch und sagte: »Mann.« Dann zeigte sie auf sich selbst und sagte: »Frau.« Dann drehte sie sich so, daß sie und Fine gemeinsam John zugewandt waren, stieß ihm einen Finger in die Rippen und sagte: »Beides.«

»Beides?« japste John.

»Beides.« Mit fester Stimme wiederholte sie: »John James ist beides.«

»Er ist nicht beides«, widersprach Fine, »wir sollen nur denken, daß er beides ist. Das ist ›theatralisch‹. Genaugenommen ist er keins von beidem.«

»Keins von beidem?!« protestierte John. In seinem besten nachgemachten Dubliner Akzent sagte er: »Ach herrje, laß mich bloß damit zufrieden!«

»Er ist doch beides«, sagte Steph. »Irgendwo steckt in ihm eine Frauenseele.«

»Okay«, sagte John, »damit steht fest: Ich gehe nicht nach Irland, um ein großer Schauspieler zu werden, ich gehe nach Irland, um sämtliche Priester dort zu vernaschen.«

»Warum gehst du nicht zur U.S. Army?« fragte Fine.

»Warum sollte ich?«

»›Die Army macht einen Mann aus dir.‹«
»Hey«, sagte Steph, »ich weiß einen neuen Witz: Zwei Juden kommen nach Miami …«
Fine blendete sich aus. Er überlegte, wie er seine zwei überraschenden Ankündigungen möglichst dramatisch vorbringen konnte. Er wollte es nicht vermasseln. Immer wieder ging er im Geiste durch, was er sich zurechtgelegt hatte. Es war klar, daß sie bald nach Stephs letztem Witz wieder in den Jaguar steigen und heimfahren mußten. Oder besser gesagt zurückfahren. Und das war gar nicht lustig.
Von den anderen beiden unbemerkt, hatte Fine in den vergangenen sechs Monaten eine Bekehrung erfahren: Er hatte Sigmund Freud entdeckt.
Es war gleich am Anfang seiner wahlfreien Psychiatrieausbildung am Massachusetts Mental Health passiert. Sein Interesse an Psychiatrie war bis dahin bloßes Getändel gewesen, die »Psyche« war das erste Opfer seines reduktionistischen Abrutschens zu den Nervenzellen der Heuschrecke gewesen. Thema seiner Forschungsarbeit war das Calcium. Fine hegte die – durch harte wissenschaftliche Fakten gestützte – Vermutung, daß Calcium der entscheidende Faktor beim Lernen und bei Gedächtnisleistungen war. (Das Thema seiner Abschlußarbeit: »Makromolekulare Hypothesen bezüglich der Informationsspeicherung im Gehirn: Die Auswirkung von Calcium auf das Gedächtnis.«) Die Menschen und der »Geist« waren ihm zu komplex und zu chaotisch für den naturwissenschaftlichen Ansatz gewesen, und deshalb war er davor zurückgescheut, sich mit ihnen zu befassen. Er stand dicht vor der Lösung eines schwierigen Problems: eine einzelne Nervenzelle bei der Heuschrecke zu finden, die »lernen« und »sich erinnern« konnte. Als nächstes wollte er dann die Auswirkung von Calcium auf diesen Lernprozeß untersuchen. Inzwischen machten längst zwei verschiedene Gerüchte die Runde: Fine sei genial und verrückt, und Fine sei auf der Überholspur zum Nobelpreis. Und da er für die letzten sechs Monate seines Medizinstudiums vor Beginn seiner allgemeinen medizinischen *Internship* noch ein leichtes Fach für ein klinisches Praktikum brauchte, di-

lettierte er ein bißchen in Psychiatrie, für die der Logik-Positivist nur Verachtung übrig hatte.

Dann tauchte Sigmund Freud auf und biß Fine in den Hintern.

Das kam so: Ein stationärer Patient im Massachusetts Mental wurde vor einem Auditorium von Psychiatern und Sozialarbeitern interviewt. Der interviewende Analytiker war der legendäre Dr. Sean Vergessen. Als Protégé des jüngst verstorbenen »Meisters«, Dr. Semrad, war Vergessen Präsident von The Boston Institute (TBI), der Ausbildungsstätte für die Crème de la crème der Psychiater, der freudianischen Psychoanalytiker. Vergessen war ein Albino, ein kleiner, dicklicher, rosaäugiger Abkömmling jüdischer Einwanderer im Mittleren Westen. Dieses erste Interview von Vergessen, bei dem Fine zugegen war, gehörte zu den erstaunlichsten Dingen, die er je erlebt hatte.

Der Patient, ein rauhbeiniger, mit Schrapnellen gespickter Vietnamveteran, der gegen seinen Willen in die Klinik eingewiesen worden war, nachdem er gedroht hatte, seine dritte Frau umzubringen, war zu Beginn des Interviews so von Haß und Wut erfüllt, daß man ihm jederzeit einen Mord zugetraut hätte. Vergessen saß neben ihm, das bleiche Kinn auf der pummeligen weißen Faust, und hörte zu. Als er die Einzelheiten hörte, mußte Vergessen grinsen. Irgendwie fing dann der Veteran – und mit ihm alle anderen im Raum – zu lachen an. Worüber? Über die in der Wohnung verstreuten BHs der dritten Ehefrau? Den beißenden Rauch der angebrannten grünen Bohnen? Den Stau auf dem Southern Expressway? Die allgemeine menschliche Misere? Die hartnäckige Entschlossenheit angesichts der einen großen Chance im Leben? Und dann, unmerklich, mit so subtilem Geschick, daß niemand zu sagen gewußt hätte, worin dieses Geschick eigentlich lag, änderte sich die Grundstimmung. Und auch anderen gingen die Augen über. Vergessen saß schweigend da und ließ das Weinen weitergehen, das Trauern um Vietnam. Dann war es vorbei. Der Patient dankte ihm, sagte, er habe noch nie jemandem gesagt, was er ihm eben gesagt habe, und ging hinaus. Fine, der sich ebenfalls die Tränen aus den Augen wischen mußte, saß wie betäubt da. Nach der überwältigenden Epiphanie bekam er von der Exegese

kaum etwas mit. Hinterher erinnerte er sich nur, daß Vergessen lächelnd gesagt hatte:
»Alle Jobs sind langweilig, bis auf diesen.«
Tags darauf hatte Fine nichts Eiligeres zu tun, als einen Termin bei Vergessen zu vereinbaren. Bei diesem ersten Gespräch, in dem Fine seine Geschichte erzählte, sagte Vergessen so gut wie nichts. Und doch lachte und weinte auch Fine, fühlte sich fast durchsichtig, in seinen tiefsten Schichten wahrgenommen, und trotz seiner Schwächen *akzeptiert*, auf eine Weise verstanden, wie ihn bis dahin noch niemand, nicht einmal Stephanie, verstanden hatte.
»Wie verändern sich Menschen?« fragte Fine.
»Was glauben Sie, wie sie sich verändern?« fragte Vergessen.
»Durch Willenskraft«, sagte Fine, »dadurch, daß sie es sich stark genug wünschen.« Ein verwirrter Ausdruck erschien auf dem Gesicht des Albinos. Fine fragte, ob er ihn supervidieren würde, und Vergessen, noch verwirrter jetzt, sagte: »Warum nicht?«
Fine ging wöchentlich zu seinem neuen Idol. Anfangs lachten sie viel. Die Menschen waren ja so lächerlich! Fine hatte schon oft Idole gefunden und sie genausooft wieder verloren. Er hätte auch V. schon bald fallengelassen, wären da nicht zwei Dinge gewesen.
V. gab Fine immer das Gefühl, unzulänglich zu sein.
V. gab Fine immer das Gefühl, daß er seine Unzulänglichkeit *akzeptierte*.
Ohne es jemals klar zu sagen, machte er Fine plausibel, daß er gravierende psychische Defekte habe. Defekte, die V. lächelnd akzeptierte. Erschrocken erkannte Fine, daß er oft Dinge tat, die schlecht für ihn waren. Und als er dann diese selbstzerstörerischen Dinge durchging, war er schockiert – als wäre in seinem Inneren ein grelles Spotlight aufgeflammt: Es waren tatsächlich unbewußte Kräfte in ihm am Werk! Wenn er so über das rätselhafte Wesen ihrer Interaktionen nachdachte, machte er sich ein Bild von sich selbst: exzellent funktionierendes Gehirn; krankes, blockiertes Herz; Verbindungsleitung zwischen beiden verstopft. Da er sich nur selten spezifischer Gefühle bewußt war, kam Fine sich verloren vor. Wenn, wie Vergessen indirekt zu verstehen gab, Menschsein nicht mehr und nicht weniger war als die Integration

von Gefühl *(Affekt)* und Denken, konnte sich Fine nicht als richtiger Mensch fühlen. Dieses eisige Gefühl, ein Außerirdischer zu sein, weckte unangenehme Erinnerungen: »Schlauberger! Eierkopf!« Aber jetzt kamen diese Vorwürfe von Juden! Das tat weh. Fine fühlte sich schwach.

Doch Schwäche war seine Stärke. Unzulänglichkeit bedeutete für ihn Herausforderung, und Herausforderung bedeutete Tätigwerden. Nur ein klein wenig übermenschliche Anstrengung, und schon würde sich alles aufs schönste klären. Schon bald würde er diesen neuesten Gipfel seiner selbst bezwingen. Außerdem war das nichts Neues. Er brauchte nur ein bißchen Hilfe.

Freud half. Fine verschlang einen Band nach dem anderen und stellte mit Genugtuung fest, daß auch Freud von der Naturwissenschaft zur Psychiatrie gekommen war, nachdem er einen Sommer lang in Triest die Sexualorgane von vierhundert Zitteraalen präpariert hatte. (»Niemand«, schrieb Freud 1876, »hatte jemals die Hoden des Aals gesehen, trotz ungezählter Versuche im Lauf der Jahrhunderte!«) Daß Freud eine Zeitlang über den menschlichen Körper arbeitete (und dabei die Theorie seines Freundes Fließ übernahm, der Schlüssel zur menschlichen Sexualität sei in der Nasenschleimhaut zu finden). Welch ein Anblick: Freud und Fließ [das berühmte Foto: die beiden ernsten, bärtigen Juden], einander in die gewaltigen Zinken spähend und dabei an Sex denkend! Daß offenbar auch Freud kaltblütig, obsessiv, mißtrauisch war und oft am Rande des Abgrunds balancierte: der Paranoia.

Fine las in rasender Geschwindigkeit, las alles. Eines Tages platzte er bei dem friedfertigen Albino herein und rief aufgeregt: »Ein Hoch auf Freud!«

»Auf Freud?«

»Ich glaube, ich verstehe ihn.«

»Sie glauben, Sie verstehen ihn?« fragte Vergessen, und dann gelang es ihm, Fine mit einer Reihe scheinbar harmloser Fragen das Gefühl zu vermitteln, daß er ein noch größerer Dummkopf sei als vorher, daß aber er, Vergessen, ihn trotzdem – oder gerade deshalb? – akzeptiere. Fine verließ ihn im selben Zustand wie schon so oft – mit einem Gehirn wie Rührei und der Überzeugung, daß das Wissen, nach dem er strebte, nicht dadurch zu erlangen sei, daß er ein Buch las. Daß es vielmehr mit einem ganz besonderen, seltenen, tieferen und doch auf elegante Weise einfachen Verstehen seiner selbst zu tun habe.

Fine strauchelte. Er versagte kläglich bei dem Versuch, seine psychiatrischen Patienten zu verstehen. Ihr Zustand verschlechterte sich, einige verweigerten sich der Therapie. Im Angesicht des Chaos griff Fine auf alte Muster zurück – er sonderte sich ab, las. Da er das nicht mehr gewohnt war, wurde er depressiv. Aus seiner Vergangenheit sah er eine alte, atavistische Verzweiflung aufsteigen.

Er erzählte Vergessen von dieser Verzweiflung. Zu seiner Verblüffung schien Vergessen erfreut darüber, ganz so, als wäre Verzweiflung das Beste, was Fine passiert sei, seit er seine ersten Plinsen gegessen hatte. Lächelnd fragte er: »Verzweiflung?«

»Verzweiflung. Tiefe Verzweiflung.« Vergessen lächelte weise und allwissend, zwinkerte, nickte. Fine fragte: »Was soll ich tun?«

»Was meinen Sie, daß Sie tun sollten?«

Fine zitierte den berühmten Ausspruch Vergessens: »›Die obere Etage mit der unteren verbinden, den Kopf mit dem Herzen‹?«

»Aha.«

»Aber wie macht man das?« fragte Fine, wohl wissend, daß V. selten direkte Aussagen machte, statt dessen Fragen meist mit Gegenfragen beantwortete. Um so überraschter war er, als V. zum erstenmal mit einem simplen Vorschlag reagierte, der in seiner Bestimmtheit so zwingend wie ein Befehl war:

»Sehen Sie zu, daß Sie so rasch wie möglich eine Analyse machen.«

Das traf Fine wie ein Faustschlag in den Bauch. Irgend etwas tief drinnen klappte zusammen, schnappte nach Luft, tastete blind nach den Seilen.

Und dennoch war es zugleich auch, als wäre ein Vorhang hochgegangen und hätte den Blick auf eine erste Szene freigegeben. Gefühle wallten auf, die sich zu Worten verdichteten: Das Leben ist komplizierter, als man denkt. Ich taste mit den Fingern meines Verstandes über die Welt, als sei sie in Blindenschrift geschrieben.

Durch die Analyse werde ich mein »Selbst« verstehen lernen. Durch das Verständnis meiner selbst werde ich auch andere besser verstehen. Und die Welt. Die ganze weite Welt! Und auch das Universum, warum nicht? Meine Paranoia hat tiefe Wurzeln, die ich durch die Psychoanalyse kennenlernen werde. Ich muß meine Kindheit ans Tageslicht holen. Ich werde ein für allemal erfahren, ob ich wahnsinnig bin oder nicht. Nach der Analyse werde ich endlich die Muster in den Menschen erkennen. Ja! Ich werde eine Welt sehen, die für mich bisher im dunkeln gelegen hat: die Welt der Menschen!

Fine schluckte. Ich sollte Psychoanalytiker werden. Ich habe zwei linke Hände, und Analytiker brauchen nicht geschickt mit den Händen zu sein! Ich kann mir meine Zeit einteilen und meine Heuschreckenforschung fortsetzen. Und wie elegant wäre es, als einziges Handwerkszeug sich selbst zu haben!

»Meinen Sie, ich schaffe es?« fragte Fine Vergessen.

»Warum nicht?« fragte Vergessen Fine.

»Ist das nicht angeboren? Ist Verständnis für andere Menschen nicht eine Begabung?«

»Hmm. Und welche Phantasien verbinden Sie mit dieser ›Begabung‹?«

Fine fing an, ihm zu erzählen, für wie unbegabt er sich halte.

Für eine psychiatrische *Residency* am Massachusetts Mental war es zu spät, aber eine andere Harvard-Klinik akzeptierte Fine, das McLean. Er würde Analytiker werden wie V. Er würde Erfolg haben, wo Freud gescheitert war: Er würde eine grandiose Synthese von Biologie und Psyche, Naturwissenschaft und Geisteswissenschaft zustande bringen!

So demütig war Fine zu der Zeit.

John stand auf und reichte Stephanie und Fine je eine Hand. Das war's. Fine schlug das Herz bis zum Hals.

»Kommt«, sagte John und zog Stephanie hoch, »ich muß zur Probe.«

»Moment noch!« sagte Fine, der sitzen blieb und von beiden je eine Hand hielt. »Setzt euch noch mal hin. Ich muß euch zwei

unglaubliche Dinge erzählen – Dinge, die unser Leben verändern werden!« Verblüfft über diesen unheilschwangeren Ton, setzten sie sich wieder hin. Überrascht stellte Fine fest, daß er zitterte.
»Erstens: Ich fange eine Analyse an.«
Stephanie sah ihn an, als sei er nicht ganz bei Troste: »Analyse, du? Es ist noch gar nicht so lange her, da hast du mir gesagt, daß du nicht ans Unbewußte glaubst.«
»Siehst du!« sagte Fine stolz.
»Was soll sie sehen?« fragte John.
»Siehst du, wie sehr ich die Analyse brauche?« Sie stöhnten. »Vergessen hat einen Analytiker für mich gefunden, einen guten, nein, einen *großen* Analytiker, genau den richtigen für mich. Ich hab nächsten Monat meinen ersten Termin. Am zweiten Juni, um sechs Uhr morgens.«
»Sechs Uhr morgens?« fragte Steph. »Warum so früh?«
»Da siehst du, was für ein großer Analytiker er ist! Es war der einzige Termin, den er frei hatte.«
Die beiden sahen einander an, Stephanie verdrehte die Augen, John unterdrückte ein Lachen.
Stephanie fragte: »Und die zweite Überraschung?«
»Ich heirate.«
Ein paar Sekunden sagte keiner etwas, jeder sah in die Runde und dann weg. Stephanie fragte: »Wen?«
»Dich.«
»Was?« sagte sie. »Aber –«
»Am ersten Juni. Am Tag vor dem Beginn meiner Analyse.«
»Warum jetzt? Warum nicht warten, bis –«
»Es muß sein, bevor ich damit anfange. Es heißt, man soll während der Analyse keine Entscheidungen fällen.«
»Und mein Jahr in Paris?«
»Du kannst trotzdem nach Paris gehen. Du kannst tun und lassen, was du willst, vorausgesetzt, wir sind verheiratet, bevor ich mich auf die Couch lege. Ich kann's kaum erwarten!«
»Warum sollte ich dich heiraten, nur weil es dir jetzt gerade in den Kram paßt?« wollte Stephanie wissen.
»Weil du mich liebst«, sagte Fine.

»Aber *heiraten?!* Und wenn ich nein sage?«
»Dann warte ich.«
»Auf mich oder mit der Analyse?«
»Ja.« Fine lachte.
»Was sagst du dazu, John James?«
»Ich?« fragte er rasch, als fühlte er sich überrumpelt.
»Ja, du«, sagte Fine, »der Trauzeuge.«
»Na ja«, sagte John kühl, »ich dachte schon, er würde dich nie fragen.«
»Ich, ich weiß nicht, ich glaube, es war unvermeidlich«, sagte Stephanie. »Vielleicht hab ich sogar mehr Freiheit, wenn ich verheiratet bin.«
»Wovon redest du?« fragte Fine.
»Du hast gesagt, ich kann trotzdem nach Paris gehen und tun und lassen, was ich will.«
»Da komm ich nicht mit«, sagte Fine.
»Dann sind wir schon zwei«, sagte sie. »Mannomann! Da muß ich erst drüber nachdenken – eine wichtige Entscheidung, jetzt, wo's ernst wird.« Und dann sah Fine, daß es ihr allmählich dämmerte. Ihr ganzes Gesicht lief dunkelrot an. Mit einer Stimme, der man zunehmend anhörte, wie glücklich sie war, sagte sie: »Oh, Fine – eine wunderbare Idee! Ja!«

Am ersten Juni heirateten sie. John war Trauzeuge.
Am zweiten Juni um halb sechs Uhr morgens fuhr Fine, den Anweisungen folgend, nach Brookline, parkte am Straßenrand, ging über die Auffahrt um das graue Holzhaus herum und fand auf der Rückseite – er entdeckte den Basketballkorb, hörte einen großen Hund bellen – den Praxiseingang. Er befolgte das Schild (KLINGELN SIE NICHT, TRETEN SIE EIN), setzte sich ins Wartezimmer und wartete.
Sein Analytiker in spe kam herein, stellte sich vor und führte ihn zur Couch. Er war ein massiger, ergrauender Mann in einem dunklen dreiteiligen Anzug.
Fine erzählte seine Geschichte. Der Analytiker hörte zu und sagte wenig. Am Ende der Sitzung fragte Fine:

»Wie lange wird es dauern?«
»Welche Phantasien haben Sie darüber, wie lange es dauern wird?«
Fine beschrieb ihm seine Phantasien und fragte dann noch einmal:
»Also, wie lange, glauben Sie, wird es dauern?«
»Wie lange dauert es, ein Buch zu lesen?«
»Es dauert so lange, wie es dauert.«
»Na bitte«, sagte der Analytiker, »es dauert so lange, wie es dauert.«
Das einzige, was Fine über seinen Analytiker wußte, war, daß er am College Football gespielt hatte. Auf dem Heimweg gab Fine ihm den Spitznamen »Fummel«, weil er darauf vertraute, daß Fummel Fines Analyse nicht verfummeln würde. Er war optimistisch, dann übermütig. »Endlich außer Sicht«, rief er, als er wieder in seinem Auto saß. »Ich finde es phantastisch, ein Mensch zu sein! Ich führe ein zauberhaftes Leben.«

II

IM KÄFIG

So lockt mich jetzt die Lust,
an den Rätseln des Gehirnbaus zu lösen,
ich glaube, es ist die Gehirnanatomie
die einzige rechtschaffene Nebenbuhlerin,
die Du je gehabt hast oder haben wirst.

Sigmund Freud,
Brief an Martha Bernays,
Mai 1885

6

Sieben Jahre später, am Maifeiertag, lag Fine im rosigen Licht der Morgendämmerung im Bett und dachte, er sei glücklich.
Er hatte gerade seine Analyse beendet und war jetzt ein Mann, der sich für einen »perfekt analysierten Menschen« hielt.
Ich fürchtete nur noch mehr um ihn.
In der Analyse hatte er gelernt, seine Träume zu »ent-verdrängen«, und jetzt erinnerte er sich fast an jeden einzelnen von ihnen, und hatte nicht Freud den Traum als den Königsweg zum Unbewußten bezeichnet? Seltsamerweise hatte er fast jede Nacht Alpträume. Er hatte sie »verarbeitet«, sie *akzeptiert*, und Fummel hatte ihm gestattet, trotz dieser Reste die Analyse zu beenden. Ein Gutes hatten die Alpträume immerhin: Jeden Tag erwachte Fine mit einem Gefühl der Erleichterung, gleichsam am Beginn eines schönen Traums. Er war jetzt ausgelernter Psychiater und fühlte sich im Bett, als läge er auf der Analyse-Couch. Kein Wunder, denn war nicht genau diese Stunde – sechs Uhr morgens – sieben Jahre lang fünfmal die Woche bis auf die Ferien im August *seine* Stunde gewesen? Er war zum Experten im »freien Assoziieren« geworden, dieser erstaunlich schwierigen Fertigkeit, »alles zu sagen, was einem durch den Sinn geht«. Sein Idol Vergessen hatte es so ausgedrückt: »Lassen Sie Ihren Geist schwimmen wie eine Gummiente in einer Kinderbadewanne.« Dies, Freuds »psychoanalytische Grundregel«, war die einzige Anweisung, die er ihm je gegeben hatte. (*Zur Einleitung der Behandlung*, 1913. [»Du meinst, das ist leicht?« hatte Fine zu Stephanie gesagt. »Dann probier's mal.«])
Welche Eleganz, hatte Fine gedacht, so ein einfaches Werkzeug,

mit dem man die menschliche Seele aufschließen konnte! Lautlos, um seine Frau nicht aufzuwecken, assoziierte er: Freud. Mutter. Alptraum von Sigmund Freud, reinkarniert als meine Mutter. Abschied von Fummel, letzten Dienstag – hoppla! – *Montag!* – eine unglaubliche Fehlleistung. Einen so wichtigen Tag zu verwechseln! Warum geben Patienten ihren Therapeuten Spitznamen? Faszinierende Frage! Unsere letzte Sitzung, einfach phantastisch:

»Äh«, hatte Fummel gesagt, »vielleicht bezieht sich Ihr Traum darauf, daß Ihnen mein herunterhängendes Basketballnetz aufgefallen ist, als Sie hereinkamen?«

»Das hab ich doch gar nicht gesehen«, erwiderte ich. »Ich hab auf den Weg geschaut, wegen der Hundekacke.«

Haben wir gelacht! Richtiges Gelächter unter Männern, diese letzte Sitzung. Klassisch!

Noch in der Erinnerung mußte Fine lachen.

Stephanie bewegte sich. Sie schlief mit dem Bauch an seinem Rücken, den rechten Arm um seinen Hals, den linken auf seinem Po, wie immer. Fine hatte das ausanalysiert: Es kam daher, daß sie ein bedürftiges Einzelkind gewesen war; sie hielt ihn fest, damit sie nicht verlassen wurde (»Geh nicht weg!«). Er schlief auf der rechten Seite, die Beine wie auf einer Momentaufnahme, die ihn beim Weglaufen zeigt (»Laßt mich raus!«). Interessiert an der statistischen Wahrscheinlichkeit für ein gesundes Leben und ein gesundes Herz, hatte Fine immer so geschlafen, seit sein Bruder Moe, der am Albany State Sport studierte, ihm gesagt hatte, es sei gesünder, auf der rechten Seite zu liegen, weil dabei das Herz höher und vom Druck der Matratze befreit sei, wodurch sich venöser Rückstrom, Schlagvolumen usw. erhöhten. In Yale hatte man auf diese Dinge keinen Wert gelegt. Er spürte die Brüste seiner Frau durch das seidige Nachthemd und seinen Pyjama glatt an seinem Rücken und fragte sich, ob dieser kitzlige Hubbel eine Brustwarze war. Er assoziierte laut:

»Kumquat.«

Bis zur Analyse war ihm nie bewußt geworden, daß er im tiefsten Inneren Geschlechtsteile als Früchte sah. Am Beginn der Analyse

war ihm das peinlich gewesen, aber Fummel hatte das alles mit einer einzigen unglaublichen Bemerkung geklärt:
»Wenn Sie Früchte sehen, dann sehen Sie halt Früchte.«
Also sah Fine Früchte.
Im vierten Jahr seiner Analyse kam es zutage: Früchte = Mutter, beide geliebt; im fünften Jahr: Früchte auch = der Vater der Mutter seiner Mutter, der Obsthändler Fuchs (»Schöne Früchte«, Pinsk).
Fine spürte, wie seine Frau sich enger an ihn kuschelte, und wappnete sich für ihre Aufwach-Attacke, aber wie ein nachdieselnder Motor liefen seine Assoziationen erst einmal weiter:
Ich bin glücklich. Ich war dick, jetzt bin ich muskulös. Dank der fanatischen Begeisterung meiner Frau für gymnastische Übungen und meiner eigenen für calcium- und tryptophanhaltiges Essen. Pop hat erhöhte Cholesterin- und Triglyzerinwerte. Ich bin vierunddreißig. Meine Glückszahl. Vierunddreißig ist *der* Wendepunkt im Leben großer Männer: Buddha, vielleicht Moses, Christus, Shakespeare, Tschechow, Proust, Einstein, Freud – lauter *Juden*! Und in *meinem* Leben? Immerhin möglich, daß ich ein großer Mann bin. Ich bin zwar äußerlich ziemlich klein, aber innerlich ein Riese. Ich habe die halbe Ausbildung zum freudianischen Analytiker am Boston Institute hinter mir (TBI; es gibt jetzt eine rivalisierende Institution, also müssen wir Analytikerkandidaten uns entscheiden: »*To be or not to be*, TBI oder nicht TBI, das ist hier die Frage« – und meine Frau findet, ich hätte keinen Humor!) – nur noch sechs Jahre! –, und ich gelte als Aufsteiger, als Protégé keines Geringeren als des großen Vergessen persönlich! Ich forsche. Ich therapiere Patienten. Ich bin ein hölzerner Zapfen, der genau in ein hölzernes Loch in der Welt paßt. Auf dem Höhepunkt meines Lebens passe ich in ein Nest, so glatt wie Eukalyptus und so stark wie Eiche, warum nicht? Ich habe mir einen kastanienroten Schnurrbart und einen ebensolchen Vollbart wachsen lassen. Trage eine breite Krawatte. Stecke meine Krawatte in die Weste. Diese zum Anzug passende Nadelstreifenweste wurde zu einem vernünftigen Preis in England maßgeschneidert. In fünf Minuten nehmen die einem

Maß. Man sucht den Stoff aus. Fünf Monate danach kommen die Sachen: Sie passen perfekt. Eine Metapher: Das Leben eines perfekt analysierten Menschen ist maßgeschneidert. Tagaus, tagein, jahraus, jahrein: perfekte Paßform. Ich bin ein »konstantes Objekt« für meine Patienten und auch für meine Frau. Die Analyse hat mir ein seßhaftes Leben beschert und wird mir schon bald ein hohes Einkommen bescheren. Analytiker wie ich streben vor allem nach einem: nach Seßhaftigkeit. Per aspera zur Seßhaftigkeit.

Stephanie tauchte langsam aus dem Tiefschlaf auf. Fine versuchte, sein rechtes Bein vorsichtig zum Bettrand zu schieben, aber sie hakte mit einem verschlafenen Murmeln ihr Bein über seins. Gefangen, blieb er still liegen.

Stephanie. Ehefrau. Körper. Expertin für den Körper wie ich für die Seele. Arbeitet für den Senator, in Sachen »Fitneß«. Behauptet, sie habe mich »großgezogen«, und die Analyse habe mich wieder »schrumpfen lassen«. Ehepartner haben es nicht leicht. Linkshändige Frauen sind wegen ihrer abartig bilateralen Gehirnverdrahtung bizarr. Diagnose der Ehefrau: »Hysterikerin.« Ich wollte, sie würde sich einer Analyse unterziehen, der wirkungsvollsten Methode des Jahrhunderts. Als Junge interessierte ich mich für den Weltraum, Einstein; als Mann interessiere ich mich fürs Innere, Freud.

Stephanie rieb sich an ihm, mit Brustwarze und Bein, eine Wippe. Unser Sexleben verkümmert allmählich. Das ist normal. Jeder kennt die Bewegungen des anderen. Zeit, ein Kind zu bekommen. Ein Fine-Baby. Ich habe mich klar geäußert: Ich bin bereit. Sie ist es nicht. Was ist eigentlich los mit ihr? Aufgepaßt. Darüber mußt du nachdenken. Sie sollte sich analysieren lassen, ihre kindlichen Konflikte aufarbeiten, die sie hindern, ein Kind zu bekommen. Meine Sechs-Uhr-Patientin, mein analytischer »Kontrollfall« am TBI, steckt mitten in einer erotischen Übertragungsneurose, die einem die Schuhe auszieht! *Sehr* sexy! In ein paar Minuten wird sie sich auf die Couch legen, und ich werde durch den Ausschnitt ihres Kleides auf ihre phantastischen, jungen, runden, BH-losen Titten schauen! Zuckermelonen sind das, o ja, richtige Knaller!

Mein Penis rührt sich. Eine Erektion blüht auf, so handfest wie – nun ja, wie eine Banane!
Stephanies Hand fand Fines Penis. Schläfrig murmelte sie: »Oh! Was haben wir denn da?« Fine versuchte, sich aufzurichten, löste damit aber nur wie erwartet die reflexartige engere Krümmung ihres Arms um seinen Hals aus. Er fing zu husten an. Beim zweiten Versuch gelang es ihm normalerweise, sich aus der Umklammerung zu lösen, und er bereitete sich auf die Anstrengung vor. »Mhmm«, machte sie, »wie wär's mit ein bißchen Kuscheln?«
»Du weißt, daß das nicht geht. Ich muß zu meiner Sechs-Uhr-Patientin.«
»Zum Kuschln issaber noch Zeit. Carpe diem – und meinen Po, hmm?«
»Ich finde«, sagte Fine, eingedenk der Regel von den zwei Kardinalfehlern, die ein Analytiker machen kann – verführerisch zu sein (mehr versprechen, als gehalten wird) oder sadistisch zu sein (mehr halten, als versprochen wurde) –, »wenn du verführerisch bist, obwohl du weißt, daß ich keine Zeit habe, dann ist das sadistisch.«
»Is doch noch Zeit für'n bißchen Kuscheln vor deiner Sechs-Uhr-Sexbombe.«
Eine feindselige Erwähnung meiner Hysterikerin. »Denk drüber nach.« Mit einem Ruck riß Fine sich los und fiel mit dem Gesicht nach unten auf den Bettvorleger. Eine feine Art, das Bett zu verlassen, und das jeden Morgen.
»Ihhh!« kreischte Steph, stand plötzlich senkrecht auf der Matratze und trat, das Nachthemd hochgezogen, nach dem Kopfkissen. *»Igitt!«*
»Was ist denn?« fragte Fine und bestaunte den zarten Fächer aus Schamhaar, der durch das Nachthemd zu sehen war wie durch einen Vorhang – Kleider, der erotische Auslöser des Voyeurs.
»Ein Kakerlak!«
»Nein, nicht – halt! –, das ist eine Heuschrecke!« Fine sprang aufs Bett und fing den armen kleinen verängstigten Wirbellosen

ein. An der Markierung erkannte er, daß es sich um eines der calciumreichen, intelligenten Exemplare handelte. Er steckte es vorsichtig in seine Pyjamatasche und knöpfte die Klappe zu.

»Du und deine blöden Insekten!«

»Das ist aber ein gescheites! Vielleicht sogar ein Genie. *Yippie!*« Durch den Schrei verlor Fine das Gleichgewicht. Er riß die Arme auseinander, traf Stephanie am Rücken und fiel wieder auf den Bettvorleger. Sie machte mit vollendeter Grazie einen Salto vorwärts und kam knapp vor dem Fernseher zum Stillstand.

»Der erste Fall des Tages«, sagte sie fröhlich, »ein eheliches Doppel! Vergiß die Heuschrecken im Bett und die psycho-paralytische Party gestern abend! Komm, wir lassen uns einfach noch mal fallen – *ins* Bett!« Aber dann verzog sie das Gesicht, faßte sich an die Stirn und sagte: »Au! Brummschädel!«

»Wie du dich auf der Party benommen hast, damit werden sie mich im Institut die nächsten drei Monate quälen«, sagte Fine ärgerlich. (»Wenn Sie sich ärgern, dann ärgern Sie sich halt« – Fummel.)

»Wieso, was hab ich denn getan? Ich kann mich an nichts erinnern.«

»Du warst voll wie eine Strandhaubitze!«

»Deswegen kann ich mich an nichts erinnern. Jetzt sag schon!«

»Du weißt doch, daß die alle Schwierigkeiten damit haben, ihren ödipalen Neid darüber zu verarbeiten, daß ich als erster in meinem Jahrgang meine Analyse abgeschlossen habe – wie kannst du dann so etwas sagen?«

»Ja, aber was denn?«

»*Der Penis ist ein Ablenkungsmanöver*, das hast du gesagt!« Sie stieß ein schrilles Lachen aus, das ihn noch ärgerlicher machte. »Zu salopp, Stephanie, das haben alle gesagt, du bist zu salopp.«

»*Ich*, zu salopp? Die sind so verbiestert, denen wär sogar Hitler zu salopp gewesen! Mir ist der Puls eingeschlafen – ich mußte irgendwas unternehmen.«

»Viel zu salopp«, sagte Fine und ging zum Bad.

»Und dieser Albino-Weihnachtsmann, dieser Vergessen –«

»Denk drüber nach!«
»Weißt du was, Fine, du bist dabei, dich in einen Mann zu verwandeln, über den alle lachen.«
Fine verschwand im Bad. Da es in seiner Analyse um das Verständnis des Selbst (Geist-Körper) ging, achtete Fine sehr auf eine makellose äußere Erscheinung. Freud hatte *Lieben und Arbeiten* zum Lebenszweck erklärt, und Fines Lebenswerk war zur Zeit die *Fine-Theorie*, ein neuer Versuch, Biologie und Psychologie unter einen Hut zu bringen. Dieser Theorie folgend, hielt er eine calciumreiche Diät ein, joggte zwanghaft und analysierte. Er sah in den Spiegel und konzentrierte sich auf seinen Mund: Die Oberlippe war eine schmale, feste Linie, die Unterlippe – das Unbewußte? – dick, rosa, vorgeschoben, verwegen. Seine Nase wirkte immer noch wie ein in die Diaspora verschlagenes »J«, das trotzig gegen den Strom seines Gesichts schwamm. Und trotzdem habe ich meine Nase verarbeitet: In mancher Hinsicht war meine Analyse sieben Jahre Nasenarbeit. Und noch dazu von Erfolg gekrönt! Er nestelte an seinem Bart – er hatte ihn wachsen lassen, seit er am Institut war –, den er nach dem Vorbild von Sigmund Freud gestutzt hatte.
Fine wusch sich, pinkelte, wusch sich, rasierte sich, putzte sich die Zähne, bürstete sich das Haar und verspürte dann seltsamerweise ein Verlangen, sich zu erleichtern. Er setzte sich hin, betete um Frieden mit seiner Kehrseite und assoziierte: Warum kümmern wir uns um die frühesten Stadien unserer Entwicklung – oral, anal – ausgerechnet in den frühesten Stadien des Tages? Heute ist das Anale eindeutig auf dem aufsteigenden Ast. Phantasie: Stephanie, die drei Tage pro Woche in Washington arbeitet, hat eine Affäre mit einem großen Schwarzen mit einem großen violetten Penis, einem Washington Redskin. Er wischte sich ab, spülte und wusch sich, bereitete sich vor, ihr entgegenzutreten, hielt sich die Hand vor den Penis und ging zurück ins Schlafzimmer.
Stephanie stand im Nachthemd vor dem hell werdenden Fenster. Das goldgeränderte Morgenrot brach sich in weichen Ellipsen und scharfen, helleren Keilen Bahn. Aus dieser Höhe konnte man

über den Hafen bis nach Boston sehen. Stephanie steckte sich das Haar zu einem korrekten Knoten auf; ihre Brüste, hochgezogen, waren scharf konturiert, länglich.

»Mangos«, flüsterte er.

Seit seiner Analyse verstand Fine diese Fixierung: Kopf an der Mutterbrust, spüren, wie sie atmet: ein – aus, steigend – fallend – das tröstlichste Gefühl, das es gibt.

Mit zweiunddreißig war Stephanie körperlich in Topform. Sie trainierte jeden Tag: zunächst ein paar Stretchübungen und ihr morgendlicher Fünf-Meilen-Lauf, dann, in der Mittagspause, der Fitneß-Club in Boston oder das Pendant in Washington. Von Natur aus sportlich, hatte sie die letzten zwei Jahre Bodybuilding gemacht und inzwischen das Stadium erreicht, wo die weiblichen Rundungen härtere Konturen bekamen. Während sie sich das Haar kämmte und durchs Fenster über das Wasser schaute, stand sie breitbeinig da, statuesk. Als sie sich umdrehte, sah er den sanften Hügel ihres Bauches und assoziierte:

Da drin sollte ein Baby nisten. Die Kräfte, die sich im Frühling regen. Ein Baby. Und überrascht flüsterte er:

»Tomate!«

»Tut mir leid, Fine«, sagte sie, als sie ihn im Spiegel sah, »ich bin total verkatert.«

Ihre Seidigkeit erhöhte ihren mysteriösen Reiz. Wie recht Freud gehabt hatte: Die Phantasie ist tatsächlich erotischer als die Wirklichkeit. Im Puzzle der Welt ein passendes Stück finden? Im fünften Jahr der Analyse hatte er entdeckt, daß sie einander perfekt ergänzten: Obsession und Hysterie. Die Figur seiner Frau raubte ihm den Atem. Als sie sich ihm zuwandte, dachte er: Wie schön sie ist! Er versuchte sich an das letzte Mal zu erinnern, als seine Lippen auf ihren Brüsten gewesen waren, das letzte Mal, als Mann und Frau den quintessentiellen menschlichen Akt vollzogen, sich geliebt hatten. Sein Blick fiel auf ihre frierenden, harten Nippel. Die Spannung war hoch.

Stephanie drehte sich um und sagte: »Sieh da, der kleine rote Soldat steht stramm in dem hübschen roten Haar! Komm schon, nur mal anfassen, ja?«

Vorsichtig näherte Fine sich ihr und fragte: »Wo?«
»Wo du willst.«
Langsam hob er die Hand. Er wollte eine Brustwarze berühren und war schon fast soweit, als ihm einfiel, daß das »Ausagieren« wäre, und er beschloß, ihre defekte Lippe zu berühren, doch das wäre wiederum »Reaktionsbildung« gegen seinen ersten Impuls gewesen. Früchte wirbelten vorbei wie in einem Spielautomaten, und er hielt inne. Sie streckte die Hand aus, legte sie ihm auf die Wange, zog ihn sanft an sich, aber als sich ihre Körper schon fast trafen, zog er sich erschrocken zurück.
»Was ist denn jetzt wieder?«
Fine war bewußt geworden, daß sie vor dem zweiten Fenster in der Zimmerecke standen, dem von der Decke bis zum Boden reichenden Fenster, das zum Jefferson House hinüberging, wo er der verantwortliche Psychiater war, wo alle seine stationären Patienten lagen. Er hatte schon seit Monaten den Verdacht, daß sie ihn bespitzelten. »Man kann uns sehen, Stephanie!«
»Wie aufregend!« sagte sie. »Riskier's!«
»Später«, sagte Fine und trat an den Schrank, um seinen Nadelstreifenanzug herauszunehmen. Er tat die Heuschrecke in die Brusttasche seines Hemdes.
»Pfffff«, sagte Stephanie, die zusah, wie sein Penis erschlaffte, »das Fleisch ist willig, aber der Geist ist analysiert.«
»Es ist keine Zeit jetzt.«
»Vielleicht gibt es nie wieder ein ›Jetzt‹, Fine, nie wieder! Mein Flieger heute abend kann abstürzen! Ich hab schon das ganze Wochenende so eine Vorahnung! Warum warten, wenn man weiß, daß man sterben wird!«
»Freud sagt, was den Menschen von den Tieren unterscheide, sei ›der Aufschubsmechanismus des Denkens‹.«
»O Mann. Wenn das deine Sechs-Uhr-Patientin wüßte! Die denkt, du und ich lieben uns wild und leidenschaftlich, genau in diesem Moment – sie stellt sich vor, daß *wir* tun, was du dir mit *ihr* vorstellst! Was für eine Szene: In ganz Amerika haben Neurotiker Phantasien darüber, wie ihre Seelenklempner *wirklich* sind, und dabei ahnen sie nicht, daß sie immer dieselben verklemmten

Trottel sind, die grunzend und gähnend hinter ihnen sitzen, für fünfundsiebzig Doller die Stunde!«

»Hm«, machte Fine und zitierte Semrad, den Lehrer von Vergessen: »›Wir Analytiker sind Verkorkste, die versuchen, noch Verkorksteren zu helfen.‹«

»Ich wollte, du würdest mir einmal etwas sagen, was aus *dir* kommt. Nicht aus dem Kopf, sondern irgendwas Einfaches, aus dem Herzen. So wie früher.«

»Ja!« sagte er, erfreut darüber, daß sie milder wurde. »Lies die *Fine-Theorie* – da steht alles drin – die Synthese von Kopf und Herz!«

»Lesen soll ich das? Warum soll ich es lesen, wenn ich es *leben* muß?«

»Gedruckt wirkt es anders. Wenn du lernen wolltest, mit meinem WANG umzugehen, würdest du es schon sehen!« Mit Socken und Schuhen in der Hand stand er an der Tür.

»Toll, oder, Fine?«

»Was?«

»Zu denken, daß du unsterblich bist?«

Fine war verblüfft. Ungefähr vor einem Jahr ist ihr Vater gestorben, den sie herzlich geliebt hat. Ist das eine »Jahrestagsreaktion«? Welche Technik wäre da anzuwenden? Probier's mit Erkundung: »Ja, und an welchem Tag ist dein Vater gestorben?«

»Was?« fragte sie schockiert, und ihr Gesicht verriet, wie gekränkt sie war. »Bitte, Fine, laß ihn aus dem Spiel, ja?«

»Ich wollte, du würdest eine Analyse anfangen«, sagte er. »Je eher, je besser!« Sie blinzelte, lachte, griff nach ihren Nikes, schüttelte den Kopf.

»Als deine Frau, Fine, komme ich mir vor, als hätte ich sie schon hinter mir.«

»Was für ein unglaublicher Wunsch, mich als Analytiker zu haben! Ach, du meine Güte, sieh mal, wie spät es ist. Dann bis zum Frühstück, Schatz, okay?«

Fine, der sich angegriffen und seltsam beklommen fühlte – ihr »daß du unsterblich bist« hallte immer noch tief drinnen wider, wie ein nächtliches Erschrecken, an das man sich bei Tage undeut-

lich erinnert –, tappte barfuß die Treppe hinunter und durch die Haustür hinaus in die unschuldige, verläßliche Luft.
Es war ziemlich frisch, obwohl Frühling war. Die Jahreszeit hatte sich pro Tag fünfzehn Meilen nach Norden und dreißig Meter senkrecht nach oben ausgebreitet. Sie würde den Gipfel des Mount Washington zur selben Zeit erreichen wie Labrador. Die Jahreszeit der Fortpflanzung und des Selbstmords. Der Mai war vom Staat Massachusetts zum »Monat der psychischen Gesundheit« erklärt worden. Der Staatsfisch war der Kabeljau, das Staatsgetränk Preiselbeersaft. Fine saß auf der Vortreppe des stattlichen klassizistischen Hauses auf dem Stow-on-Wold-Gelände, das er mietfrei bewohnte, und zog sich Socken und Schuhe an. Er besaß ausschließlich schwarze Socken, so daß er nie aus Versehen zwei verschiedene anziehen konnte. Die riesige Rotbuche im Vorgarten mit ihrem elefantengrauen Stamm von anderthalb Meter Durchmesser, die mit ihrem Meer von Ästen und Zweigen sechzig Meter hoch in den Himmel ragte, bekam gerade erst dicke Knospen, denn der Frühling kam spät in diesem Jahr. Fine sah zu, wie ein schlankes Eichhörnchen einen Ast hinabhuschte und auf den Boden sprang, um in der harten Erde nach einer Buchecker zu scharren. Ein Rotkehlchen hielt den Kopf schräg und lauschte nach einem imaginären Wurm. Der kalte Morgen war bedrükkend. In Neuengland war der Mai der grausamste Monat, mit der größten Zahl von Selbstmorden. Der Höhepunkt des Leids fiel mit dem Höhepunkt der Erneuerung zusammen. Die Grenzfälle, dachte Fine, die eine Wiedergeburt mehr fürchten als den Abgang, die erwischt es jetzt. Die Zirbeldrüse: Im Frühling trifft das ganze Spektrum des Sonnenlichts auf die Zirbeldrüse im Zentrum des Kopfes, die Calciumresorption steigt, und schon sind sie da, die Frühlingsgefühle. Calcium als Fundament von allem!
Trotz der wärmenden Sonnenstrahlen fröstelte Fine. Der rauhe Winter war kaum vorüber, da und dort lagen noch grabähnliche Schneehügel, und er stieß sichtbare Atemwölkchen aus. Er ging den Weg entlang, machte das Tor auf, schloß es hinter sich und genoß die Aussicht: Im Nordwesten, jenseits der Bucht, lag Boston rosa schimmernd im Morgenlicht. Die Gebäude sahen dem

Tag entgegen – eine Reihe wartender grauer Damen. In ihren Jahren in Boston hatten Stephanie und Fine die öde Skyline sprießen sehen – so gesichtslos wie beispielsweise die Houstons –, genährt von Korruption. Die rassistischste und korrupteste Großstadt Amerikas, dachte er, wo sich Schwarze nach Einbruch der Dunkelheit nicht allein auf die Straße trauen. Die Kiefern und Seetrauben und der schlanke Sumach bewegten sich in der Meeresbrise. Wir leben in einem »Eishaus«-Zeitalter, wußte Fine: Kohlendioxid gelangt aus der Luft in das Calcium im Boden und wird in Form von »Ooiden« ins Meer geschwemmt, wo dann Muschelschalen daraus entstehen. Während er so über die Kälte nachdachte, hörte Fine kaum den Schrei der einsam im Wind segelnden Möwe. Vor seiner Analyse hätte diese Figur – dieses atonale Kreischen, das die asymmetrisch perfekte Flugmaschine in die Raumzeit-Topologie der Morgendämmerung schickte – ihn erfreut. Jetzt fand er nichts mehr daran.
Denn inzwischen hatte sich Fines Innenwelt von seiner Außenwelt getrennt – und diese überdeckt.
Fine ging den Hügel hinauf zu seinem Behandlungszimmer in der obersten Etage des Jefferson House. Er pfiff »Some Enchanted Evening« – sein Vater hatte das oft gepfiffen, während er Fleisch hackte –, aber ein dumpfer Stich hinter seinem rechten Augapfel, oberhalb des Schläfenlappens, ließ die Töne verstummen.
Schon wieder Kopfschmerzen? Ich hab in letzter Zeit ziemlich oft Kopfschmerzen. Warum? Ich hab die Analyse abgeschlossen. Kopfschmerzen sollten für mich der Vergangenheit angehören! Er begann, dieses Kopfweh zu analysieren, aber der Anblick des Wasserturms auf dem Hügel führte zu der Assoziation »Penis«. Wieder ein Stich. Er stellte sich Fummel vor. Der Schmerz ließ nach. Er ging weiter.
Stow-on-Wold war eine vier Jahre alte psychiatrische Privatklinik auf Long Island, einer langgestreckten, hügeligen Insel, die bei Squantum von Süden in den Bostoner Hafen hineinragt. Mit dem Festland ist die Insel durch die eine Meile lange, verrostete Curley Bridge verbunden, die nach dem korrupten Bürgermeister benannt ist. In den sieben Jahren seiner Analyse hatte Fine seine

vierjährige *Residency* am McLean Hospital absolviert, wodurch er die Berechtigung erworben hatte, als Psychiater zu praktizieren. (Außerdem hatte er sich am Boston Institute eingeschrieben, um freudianischer Psychoanalytiker zu werden.) Seit drei Jahren gehörte er zum Stab des Stow. Er war Chefpsychiater in einer der Abteilungen für stationäre Patienten, dem Jefferson House. Dort war er auf die Behandlung schwerer Fälle spezialisiert, die für eine freudianische Analyse nicht in Frage kamen und deren Psychosen oft Eßstörungen mit sich brachten. Das Stow-on-Wold stellte Fine außerdem ein modernes, voll eingerichtetes Labor für seine biologische Forschungsarbeit zur Verfügung. Dort war er nach wie vor bemüht, hinter die neurophysiologischen Mechanismen des Lernens und des Gedächtnisses zu kommen, und brachte nach wie vor Heuschrecken bei, die Beine zu heben. Seiner Meinung nach stand er vor einer bahnbrechenden Entdeckung hinsichtlich der Auswirkung des Calciums auf diese Lernprozesse. Er hatte sogar begonnen, seine stationären Patienten im Jefferson House als menschliche Versuchsobjekte zu benutzen und ihnen – nach eingehender Aufklärung und mit ihrer Zustimmung – Calcium zu verabreichen. Was hier geschah, war alles koscher …

»Hurra, es kommt der Maien, jetzt vögeln wir im Freien!« Ein hochgewachsener, gebräunter, sportlich wirkender junger Mann mit blondem Haar stand vor Fine. Name? Cooter. Diagnose? Manisch-depressive Psychose, manische Phase.

»Na, schon so früh auf, Cooter?« fragte Fine.

»Immer, Doc – wie läuft's?«

»Denken Sie drüber nach«, sagte Fine, um die Ich-Funktionen bei diesem bedauernswerten Psychotiker zu stärken. Er ging zur Hintertreppe des Jefferson House hinüber und stieg die drei Stockwerke zu seinem Behandlungszimmer unter dem Dach hinauf. Alle psychischen Erkrankungen bestehen aus drei Teilen: Neurose (»wir«), Psychose (»die anderen«) und Charakterstörungen (manchmal »wir«, manchmal »die anderen«). Außer Atem betrat Fine seine Praxis.

Jedes Detail seines Behandlungszimmers, das wußte er, verriet etwas über ihn selbst. Da er an den »leeren Schirm« für die Assoziationen seiner Analysepatienten glaubte, achtete er sorgfältig darauf, was er in seinem eichengetäfelten Allerheiligsten aufbewahrte und wo er es aufbewahrte. Die Couch war ein Standardmodell, neutrales dunkelbraunes Leder. Er nahm die Rolle mit den Papiertüchern, riß ein Stück ab und legte es sorgfältig aufs Kopfende. Er strich mit der Hand über das weiche Leder und war stolz darauf, einer in der langen Reihe der Ausübenden dieser heiligsten aller Künste zu sein, der Kunst, sich in die Seele eines anderen Menschen zu versenken, mit der Hoffnung, ihn heilen zu können. Nein, nicht »Hoffnung«, denn der Analytiker darf nicht »hoffen«. »Hoffnung« ist das Problem des Patienten, nicht meins. Fine überprüfte die Stellung seines Sessels, hinter und leicht seitlich von der Couch, außer Sicht des Analysanden. In seiner Blickrichtung, in dem Bücherregal an der gegenüberliegenden Wand, standen die Uhr und die über einen Meter breite vierundzwanzigbändige *Standard Edition of the Works of Sigmund Freud* mit ihren hellblauen Schutzumschlägen. Darüber zwei Fotos: die klassische Aufnahme von Freud mit vierunddreißig – Vollbart und Stirnlocke, dunkle, faszinierende, durchdringende Augen – und Vergessen, sein zeitgenössisches Idol, der Chef des TBI, mit seinen rosa Albino-Augen, die dickliche Faust an der feisten, rosigen Wange, den Kopf schräggelegt, lächelnd. Papa, Mama.

Fine war nervös, und da er nicht mehr genau wußte, wo er letzten Freitag mit seiner Sechs-Uhr-Patientin aufgehört hatte, holte er die Kladde mit seinen Notizen über alle Behandlungen des letzten Jahres hervor. Er hielt inne: Mein Wunsch, etwas für meine arme Hysterikerin zu tun, ist *mein* Problem, nicht ihres. (»Der ideale Analytiker ist ohne Denken, Gedächtnis oder Wunsch« – Vergessen.) Die Analyse urteilt nicht, sollte also »wunschlos« sein. (Das »sollte« hat natürlich etwas von einem Urteil, zugegeben.) Mein Wunsch ist ein Teil der sattsam bekannten »Montagmorgen-Kruste«: Nach der Unterbrechung am Samstag und Sonntag besitzt der Analysand eine höhere Resistenz gegenüber der Analyse. Und der Analytiker ebenso. Also, wie weit sind wir denn nun mit ihrer Analyse? Assoziiere: Titten. Entsetzt über dieses krude

Wort, hielt er inne. (»Wenn es Titten sind, dann sind es halt Titten« – Fummel.)
Also sind es Titten, dachte Fine erleichtert.
Er ging zur Tür. Ist es nicht großartig, dachte er, für etwas bezahlt zu werden, was man gern tut? Welche Eleganz, sich selbst als einziges Werkzeug zu haben!
Die Frage, die in Fines Bewußtsein ganz oben stand?
Wie verändern sich Menschen?
Die Antwort: durch orthodoxe freudianische Psychoanalyse.
Die Sechs-Uhr-Patientin, konditioniert durch ihre zweihundertneununddreißig vorangegangenen Sitzungen als »Acht-Uhr-Patientin« (Fine hatte sie eine Woche zuvor auf sechs Uhr gelegt, nachdem er seine Analyse bei Fummel beendet hatte), betrat pünktlich um sechs Uhr von der Toilette aus den Warteraum.

7

Sie hieß Duffy Adams, aber Fine hatte ihr den Spitznamen »Dora, die Hysterikerin« gegeben, nach Freuds berühmtem Fall (*Bruchstück einer Hysterie-Analyse*, 1905). Dies – ein am Boston Institute gängiges Verfahren – half Fine, die Regeln für die Analyse einer Hysterikerin im Gedächtnis zu behalten. Sie war einer der beiden Kontrollfälle, die er im Rahmen seiner Ausbildung zum Analytiker bearbeiten mußte. Der andere war sein Fünf-Uhr-nachmittags-Patient: Maurice Slotnick, alias »Rattenmann, der Obsessive«. Fine mußte seinem Supervisor am TBI, Vergessen, über jede Sitzung Bericht erstatten und war deshalb stets auf der Hut vor möglichen analytischen »Fehlern«. Falls Fine bei seiner Hysterikerin scheiterte, würde er mit einer anderen von vorn anfangen müssen, wodurch sich seine Ausbildung um weitere fünf Jahre verlängern würde. Er schwitzte an den Händen, so groß war der Druck, eine »perfekte« Sitzung hinzulegen. Von Vergessen hieß es, er habe sieben Kontrollanalysen gemacht, eine davon vor der Einwegscheibe im Institut. Vergessens Mentor, der legendäre Semrad, hatte Dutzende gemacht; und die mysteriöse Frau Metz machte einem Gerücht zufolge jedesmal eine, wenn sie ausging. (Obwohl Metz angeblich einmal geäußert hatte: »Eine wirklich gemütliche Sitzung – absolute Stille, kein Analytiker, kein Analysand – ist unmöglich.« Wie Heisenbergs Unschärferelation, dachte Fine.) Fine wußte, daß sein Ehrgeiz auf seiner ödipalen Rivalität mit dem »Mann am Hackblock«, seinem Vater, beruhte, und er *akzeptierte* das. (»Im ödipalen Kampf gibt es keine Sieger; es kommt darauf an, *wie* man verliert« – Vergessen.)

Fine öffnete die Tür und sah seine Hysterikerin: sechsundzwanzig, WASP – weiße Protestantin angelsächsischer Abstammung –, aus reicher Familie, Einzelkind, viele Liebesaffären, unglückliche Ehe, Kinderlosigkeit, Frigidität, glückliche Scheidung, Wiederverheiratung, Scheidung, viele weitere Liebesaffären, zunehmende Frigidität, genitale Fixierung, kometenhafter Aufstieg zur Direktorin der Federal Reserve Bank in Boston, lähmende Frigidität, Analyse, zur Zeit mitten in der erotischen Übertragung auf ihren Analytiker, Fine. Er dachte:

Ein Beispiel für den tiefsten Aspekt der menschlichen Natur: Unanalysiert machen wir andauernd Sachen, die unser Leben zerstören.

Als sie ihn sah, sprang sie sofort auf. An der harmonischen Gegenbewegung ihrer Brüste erkannte Fine, daß sie wieder keinen BH trug. Honigmelonen. Seine jahrelange Ausbildung hatte ihm gezeigt, daß jedes Detail von Körper und/oder Kleidung ein Hologramm der Psyche ist, und mit Sherlock-Holmesschem Scharfblick bemerkte er ihr frischgewaschenes flachsblondes Haar, den grünen Lidschatten und den knallrosa Lippenstift (Stephanie hatte ihm einmal gesagt, daß Frauen, die solches Make-up tragen, viel Geld für Reizwäsche ausgeben). Und warum ist »Dora« heute ganz in Schwarz?

Unbewußt wich Fine ihrem Blick aus. Er nahm nicht richtig Kontakt mit ihr auf. Er sah sie kaum.

Sie schien den Tränen nahe und wedelte schniefend mit einer

Zeitung. Hysterisch, von griechisch *hystéra*, Gebärmutter; die Theorie aus dem siebzehnten Jahrhundert, daß solche Symptome von einer Gebärmutter verursacht werden, die sich losgerissen hat, durch den Körper wandert und dadurch den Geist mit giftigen Dämpfen erfüllt. Sie begrüßte ihn nicht, weil sie wußte, er würde den Gruß nicht erwidern. Während er hinter ihr in sein Behandlungszimmer ging und dabei die gewellte Linie ihres Spitzenhöschens anstarrte, fragte sich Fine, wie es möglich war, daß diese schniefende blonde Sexbombe die ranghöchste Frau bei der Federal Reserve Bank war. Ein Schlenker, der Yen geht in den Keller? Ein Hüftwackeln, und Millionen Deutsche werden nostalgisch wegen Auschwitz? Ihr Geruch? Sex. Ihren Körper derart zur Schau zu stellen, obwohl sie weiß, daß ich nicht reagieren darf, das ist sadistisch! Furchteinflößend! Testosteron, das einzige Hormon, das seinen Spitzenspiegel morgens erreicht, spielt in der Pubertät eine wichtige Rolle bei der Entwicklung der räumlichen Wahrnehmung. Wozu soll das gut sein, Fine? Er setzte sich, nahm Block und Stift, bereit, die unter all dieser Hitze verborgene Frigidität durchzuarbeiten. (»Hysterikerinnen leiden an Erinnerungen« – Freud.) Zieh ihre Seele aus, Fine. Achte (aber nicht zu sorgfältig) auf »selektive Unaufmerksamkeit« – das »Hören mit dem dritten Ohr« ist der Schlüssel. Was für ein Job: Man wird fürs Tagträumen bezahlt! *Regel:* Der affektive (oder emotionale) Inhalt der *ersten* Äußerung des Patienten ist das, worum es in der ganzen Sitzung gehen wird. *Das Gefühl* lügt nie. Er konzentrierte sich darauf, eine makellose Sitzung hinzukriegen. Wäre es nicht toll, wenn ich heute überhaupt nichts sagen müßte?

»Haben Sie heute die Zeitung schon gelesen? O Gott, ich habe ja solche Angst um Sie, Dr. Fine. Haben Sie sie gelesen, hm?«

Affektives Wort: »Angst.« Achte darauf. Sie wartete auf eine Antwort, und da es Montag morgen war, beschloß Fine, ihr etwas Gutes zu tun, und schenkte ihr ein psychoanalytisches Grunzen: »Mmmpff?«

»Schon wieder ist ein Psychiater umgebracht worden – gleich gegenüber auf der anderen Seite der Bucht, in Boston! Erschossen!

Dr. Timothy Myer – haben Sie ihn gekannt? Schon der zweite, innerhalb von vier Wochen. Ich habe schreckliche Angst um Sie! Wenn Sie sterben würden, wüßte ich nicht, was ich tun soll!« Sie richtete sich auf und sagte mit nur mühsam beherrschter, zittriger Stimme: »Ich würde mich *umbringen*! Im Ernst! Vor weniger als einer Stunde hatte ich die Pillen schon in der Hand!«

Ein phantastischer Anfang! Hinter diesem albernen Geplapper über Mord und Selbstmord (Fine hatte das Opfer tatsächlich gekannt, flüchtig – ein arroganter, mittelmäßiger Therapeut) liegt diese Goldader der Analyse, eine »Übertragungsneurose«! Sie entstellt ihre »reale« Beziehung zu mir, ihrem Analytiker, entsprechend den verborgenen neurotischen Konflikten ihrer frühen Kindheit! Ihre Angst, ich könnte umgebracht werden, ist dasselbe wie der Wunsch, ich möge umgebracht werden. (»Das Unbewußte kennt keine Negationen« – Vergessen.) Die Aufgabe: herausfinden, wem diese Gefühle, die sie auf mich überträgt, wirklich gelten.

»Stellen Sie sich vor – Sie sitzen hier in Ihrem Zimmer, völlig ungeschützt, jeder könnte einfach hereinkommen, Sie sind ja so arglos und vertrauensvoll, der Typ zieht einen Revolver –«

Fine sah voll Unglauben, wie sie etwas tat, was sie seit der ersten Sitzung nicht mehr gemacht hatte: Sie drehte sich auf der Couch um, stützte sich auf die Hände auf und sah ihn an. Ob er wollte oder nicht, er mußte praktisch in ihre halb aufgeknöpfte Bluse und auf ihre Brüste schauen. Oh, geradezu unheimlich, wie die Hysterikerin meine sinnlichen Obsessionen spürt und dieses Wissen dazu benutzt, mich in die Enge zu treiben. Ihre Brüste hingen herab, schwangen hin und her, schienen über ihre natürliche Rundung hinaus zu schwellen, um sich dann zu den rosa Nippeln hin leicht abzuflachen. Hagebutten! Fine spürte, wie sich in seiner Hose etwas regte – das klassische Anzeichen für eine Hysteriediagnose. Aufs neue staunte er darüber, daß er ein Instrument war: Die Gefühle, die der Patient beim Analytiker hervorruft (falls der Analytiker perfekt analysiert ist, also frei von seinen eigenen Entstellungen, die man als »Gegenübertragung« bezeichnet) sind dieselben, die der Patient bei anderen Menschen auslöst, und deshalb sind sie neurotisch. Diese unbewußten Entstellungen bewußtzumachen, darin besteht die Analyse, die Heilung. Hysterikerinnen rufen Erektionen hervor, Patienten mit Zwangsstörungen machen schläfrig, Schizophrene bewirken, daß sich einem die Nackenhaare sträuben, Depressive ziehen einen herunter, Psychopathen bringen einen dazu, faule Schecks einzulösen. Meine Patientin setzt ihre Erotik als Angriffswaffe ein.

»Oh, Dr. Fine, das hat mir vor Augen geführt, wie sehr ich Sie liebe!«

Fine riß sich von ihrem Busen los und schaute ihr in die Augen, und es packte ihn das Verlangen, sie durchzubumsen, bis ihr Hören und Sehen verging. Vor hundert Jahren war Breuer in derselben Situation gewesen, als Dora sich auf der Couch umdrehte und ihn umarmte. Entsetzt erzählte Breuer Freud davon, der schon Ähnliches erlebt hatte. Breuer erwiderte die Umarmungen. Freud, der sich für unattraktiv hielt und nicht glauben konnte, daß sie mit *ihm* vögeln wollten, handelte nicht, sondern dachte darüber nach. Er kam zu dem Schluß: Sie verwechseln mich mit jemand anderem. Und damit war die Psychoanalyse geboren, die wirkungsvollste Methode des Jahrhunderts. Fine konnte es nicht fassen, daß er hier vor derselben Wahl stand wie jene wackeren Pioniere der Psychologie: die Umarmung erwidern, die Umarmung zurückweisen oder ein Bündnis zu schließen und zusammen mit der Patientin alles durcharbeiten, die Gefühle und Gedanken dahinter erkunden und durch Aufbiegen der Eisenstangen der Neurose dieses bedauernswerte, sexbesessene weibliche Wesen davor bewahren, daß es immer weiter sinnlos in seinem Käfig auf und ab tigert.

»Ich liebe Sie wirklich!«

Auge in Auge mit ihr, wurde Fine verlegen und schaute ihr auf die Brüste.

»Haben Sie denn überhaupt kein Gefühl, wenn ich das sage? Können Sie nichts weiter als mir auf den Busen stieren? Antworten Sie!«

Fine fühlte sich ertappt, und da er nun ein schlechtes Gewissen hatte, zermarterte er sich das Hirn nach der »korrekten« Reak-

tion. Sie waren noch in den ersten zehn Minuten, zu früh für eine Deutung. Hier lagen intensive Gefühle vor. (»Wenn sie von Gedanken sprechen, reden Sie über Gefühle; wenn sie von Gefühlen sprechen, reden Sie von Gedanken« – Reuben, Experte für anale Aggression, Fines Rivale am TBI.) Geh auf Nummer Sicher – widme dich der Verteidigung – dem Widerstand –, stell die »Und-was-hält-Sie-davon-ab«-Frage: »Ja, und was hält Sie davon ab, sich wieder auf die Couch zu legen?«
»Lassen Sie doch den Scheiß! Sie sind scharf auf mich, das wissen wir beide. Iiih, was ist denn das?« Fine, der perfekte Analytiker, zuckte nicht mit der Wimper, während sie auf sein Herz zeigte. »Da ist was in Ihrer Tasche, da bewegt sich was in Ihrer Tasche! Igitt! Was ist das?«
»Sie haben die Phantasie, daß sich in meiner Tasche etwas bewegt?«
»Aber es stimmt – schauen Sie doch hin. Brrr!«
»Erzählen Sie mir etwas über diese Phantasie.«
»Das ist keine Phantasie, das ist real. *Wirklich und wahrhaftig!*«
»Gut, und was denken Sie darüber?«
»Mein Gott, Sie machen mich so wahnsinnig, daß ich zur Mörderin werden könnte.«
Phantastisch! Dieser widerliche Mord, selbst wenn er tatsächlich passiert ist – es könnte ja auch nur ein Produkt ihrer Phantasie oder ein Scherz sein – liefert mir hervorragendes Material für die Sitzung.
»Passen Sie auf: Es macht mir nichts aus, daß Sie so komisch und unmenschlich sind. Es macht mir nicht mal was aus, daß Sie mir auf den Busen starren – aber ich kann's nicht ausstehen, wenn Sie wie ein Spanner nach mir schielen. Haben Sie wenigstens soviel Anstand und geben Sie's zu!«
Obwohl er innerlich zusammenzuckte, gab sich Fine Mühe, ihr ein Gesicht zu zeigen, das ein leerer Schirm für ihre Projektionen blieb. Wie machen die das? Wie erraten Hysterikerinnen intuitiv die Schwächen ihrer Analytiker, jedes einzelne Mal? Sie hat recht. Ich sollte es zugeben. Ich komme mir ja vor wie ein Vergewaltiger, als ob ich absolut unfähig wäre, mit ihr klarzukommen, als

Analytiker oder als Mann. Sie ist genauso anspruchsvoll wie meine Frau! Fine verspürte den Drang, ihr das alles zu sagen, und mit diesem Drang fühlte er sich ihr seltsamerweise näher, mehr bei ihr als ihr gegenüber. Sag's ihr. Aber nein. *Meine* Gefühle haben in der Analyse nichts verloren. In die Enge getrieben durch ihren intensiven Blick, richtete Fine seinen eigenen auf das Foto von Freud. Es hieß ja, Freud habe den Blickkontakt mit seinen Patienten nicht ausgehalten (in einem Brief an Ferenczi hatte er die Patienten als Gesindel bezeichnet) und deshalb diese Anordnung von Couch und Sessel gewählt. Als nächstes sah Fine auf das Foto von Vergessen, und in einer verzweifelten Vermengung der beiden berühmten Techniken – der »Gegenprojektion« und der »Empathie« – imitierte er dann den ernsten Tonfall des großen V.: »Ja, und *wie schwer muß es für Sie sein*, solche starken Gefühle für mich zu haben. Diese erotischen Gefühle, diese *sexuellen* Gefühle, hm?«

»Was?« Sie war verwirrt. »Ja, vielleicht haben Sie ...«

Ihr Verstummen sagte Fine, daß er ins Schwarze getroffen hatte. Das war die Geschichte ihres Lebens. So machte sie es mit jedem. Wieder unter Kontrolle, imitierte er erneut V.: »*Erzählen* Sie mir von diesen Gefühlen. Hm?«

»Na gut, Dr. Fine. Okay.« Sie drehte sich wieder auf den Rücken und sagte: »Brüste – ich habe die Phantasievorstellung, daß Sie meine Brüste berühren. Das macht mich verrückt. Ich sehe, wie Sie von dort, wo Sie sitzen, den Arm ausstrecken und mir Ihre langen schmalen Finger auf die Schulter legen, auf den Hals ...«

Ein großartiger Fall! Lange schmale Finger? Meine sind kurz und dick. Fine war erleichtert, er wußte, daß er sie jetzt assoziieren lassen konnte, bis insgesamt fünfundzwanzig Minuten um waren, und dann würde er sie fragen, *wem* – Mama, Papa oder diesem bösen Onkel, der sich, wie wir nun schon so oft gehört haben, immer wieder mit ihr in der Dienstbotenkammer eingeschlossen hatte –, wem denn nun eigentlich diese langen schmalen Finger gehörten, die nach den Knospen des kleinen Mädchens, nach der unbehaarten, duftenden Scham getastet hatten. Und sie dachte, dieser *Mord* sei das Thema, das muß man sich mal vorstellen!

V. hat mir ganz am Anfang auf sehr geschickte Weise klargemacht, was Übertragung ist:
»Sie sind mit Marilyn Monroe verabredet. Was kommt Ihnen in den Sinn?«
»Daß ich am besten meinen Gabardinemantel anziehe.«
Lächelnd sagt der schlaue Albino: »Warum ausgerechnet den *Gabardinemantel*?«
Fine, kleinlaut: »Meine Mama trägt Gabardinemäntel!«
»*Das* ist Übertragung.«
Die Folgerungen, dachte Fine, sind atemberaubend. Wir entstellen alle Beziehungen, wir behandeln den anderen immer wie Mama, Papa oder den bösen Onkel. Wir streichen jeden in den Farben unserer Kindheit an. Es klafft eine Riesenlücke zwischen dem Selbst und dem anderen, und jegliche Nähe ist nur ein Rufen über diese Kluft hinweg. Niemand ist je, wie er »wirklich ist«. Steph glaubt mir das nicht, sondern denkt, wir können einander noch näher kommen, und verlangt das von mir. Ihr Widerstand gegen die Analyse ist an sich schon eine neurotische Abwehr, die analysewürdig wäre. Wenn die Patienten doch nur wüßten: Therapie ist nicht das Erzählen der Geschichte, sondern die Analyse des *Widerstands* gegen das Erzählen und die *Übertragungsentstellung* durch den Erzählenden. Nicht Vergangenheit, sondern Gegenwart – die Analyse geschieht hier und jetzt.
Für Fine war die Übertragung eine doppelte Entstellung, denn das Schicksal hatte es so gewollt, daß er immer wieder mit anderen Männern verwechselt wurde.
»– Ihren Penis. Mit der Zungenspitze lecke ich die zarte Haut auf der Unterseite, dann führe ich meine Zunge nach oben, er ist wie der Hut eines Pilzes oder eine rosa Rosenknospe –«
Ein sagenhafter Beruf: fünfundsiebzig Dollar pro Stunde, dafür, daß man einer umwerfenden Blondine zuhört, die einem erzählt, wie sie einem den Pickel – hoppla! – den Pimmel lecken möchte? Das mächtigste Instrument des Jahrhunderts. Warum kann meine Frau das nicht machen? Oralsex gibt's bei uns nicht mehr. Was für ein Glück, daß ich die Psychiatrie für mich entdeckt habe!

Allerdings, leicht war es nicht gewesen. Fines erstes Jahr bei Fummel war eine unglückliche, stressige Zeit gewesen. Seine ganze Welt war ihm um die Ohren geflogen. Es war gleichzeitig das erste Jahr seiner psychiatrischen Ausbildung gewesen, und er hatte sechs Monate innere Medizin in einem Krankenhaus absolviert – furchterregend und ekelhaft. In der Psychiatrieausbildung hatte er sich absolut inkompetent gefühlt. Zwar regrediert jeder in der Analyse, aber Fine hatte es wie immer auch hier auf die Spitze getrieben und sich auf Fummels Couch nach ein paar Monaten in ein heulendes Kind verwandelt. Er wußte nicht mehr, wo ihm der Kopf stand, und Stephanie fehlte ihm sehr. Sie war nach Paris gegangen, und Fine hielt die Trennung nicht aus. Er schrieb ihr lange, leidenschaftliche Briefe, rief sie ohne Rücksicht auf die Zeitverschiebung mitten in der Nacht an und schluchzte ihr stundenlang etwas vor. Seine Paranoia, entflammt durch die Psychoanalyse, tobte sich aus – er war überzeugt, daß Stephanie einen anderen hatte. Er flehte sie an, zu ihm zurückzukommen. Immerhin sei sie ja seine Frau. Da sie ihre Freiheit genoß, sträubte sie sich. Fine sagte zu Fummel: »Ich muß rüberfliegen und sie sehen!«

»Wenn Sie fliegen müssen, fliegen Sie«, sagte Fummel.

Also flog Fine.

Sie hatte ihn noch nie so verletzlich erlebt. Es rührte sie, wie er um Hilfe schrie. Er weckte uralte fürsorgliche, fast mütterliche Gefühle in ihr. Er brauche sie, brauche sie dringend. Er würde sich umbringen! Er jammerte und bettelte ein ganzes Wochenende, und dann flog er zurück, um die Sitzung am Montagmorgen bei Fummel nicht zu verpassen.

Sie kam. Sie gab ihren Job in der Firma ihres Vaters auf, kam nach Boston zurück, zog zu Fine und bekam durch Kontakte, die sie über John in Southie angeknüpft hatte, eine Anstellung in der Politik: Sie arbeitete für den Senator, erst in »kulturellen Angelegenheiten«, dann in Fitneßfragen. Und Fine machte getröstet mit seiner Analyse und seiner Ausbildung weiter. Dank ihrer Unterstützung fing er sich wieder und sah die Ausbildung zum Psychiater schon bald als willkommene Herausforderung. Er gelangte allmählich zu der Überzeugung, daß in seiner Neurose eine echte Begabung lag: eine besondere Sensibilität für den geistig-seelischen Zustand anderer. Bei Fummel interpretierte er seine extrem geschärfte Wahrnehmung als ein gesundes Element seiner lebenslangen Paranoia – er hielt sich für einen Vertreter einer ganzen Generation von Juden, die durch Bigotterie in die Psychiatrie getrieben wurde. Während er sich früher immer vor Menschen gehütet hatte, wurzelte er jetzt in Menschen. Als er an das Institut ging, fühlte er sich sofort zu Hause. Und er entdeckte auch die Macht der Therapie: Im Gegensatz zur landläufigen Auffassung konnte man als Psychiater wirklich heilen. Für die meisten Krankheiten des Körpers – Lunge, Herz, Leber, Nieren – gibt es keine Heilung; die Ärzte lindern nur. Als Psychiater dagegen, so stellte er fest, konnte er in einem entscheidenden Moment ins Leben eines Menschen eingreifen und in lebensrettender Weise die Weichen stellen. Sie sind in ein tiefes schwarzes Loch gefallen? Wir holen Sie da raus! Eine vernünftige Therapie kann dafür sorgen, daß ein Mensch nie wieder in eine solche Lage gerät. Die meisten Patienten sind psychologisch völlig unaufgeklärt, selbst eine simple Einsicht kann da schon eine gewaltige Änderung bewirken – etwa wenn man sagt: »Denken Sie darüber nach, was Sie fühlen.« Das Beste. Und das Beste vom Besten? Die Analyse. Eine Tiefenanalyse, fünfmal die Woche, mehrere Jahre lang, führt zu einem Persönlichkeitswandel. Fine war begeistert, erfüllt von der Lebensfreude, die ihn gerettet hatte. Sein einziges echtes Problem war, daß man ihm diese Freude nicht anmerken durfte. So fragte Vergessen: »Freude? Welchen Stellenwert hat die Freude in der Arbeit?« Das war Jahre bevor Fine seine »Freude« als sein eigenes neurotisches Bedürfnis analysierte und sie erstickte. Sie kam von seiner –«

»– Mutter?«

Stille. Aha. Ärger. Fine bekam gerade noch das Ende der Frage mit, überlegte, ob sie wohl eine Antwort erforderte, und sah erst einmal auf die Uhr. Achtundzwanzig Minuten verstrichen? Der ideale Zeitpunkt für eine Deutung, aber er war zu lange mit den Gedanken woanders gewesen! Mist – die Sitzung läuft so gut –,

ich habe fast *nichts* gesagt. Eine meiner besten Sitzungen überhaupt! Er versuchte es noch einmal mit Räuspern, aber das gespannte Schweigen hielt an. Er spürte, wie er blockierte. Was konnte er sagen? (»Wenn Sie nicht wissen, was Sie sagen sollen, sagen Sie ›Erzählen Sie mir etwas darüber‹« – Vergessen.)
»Mhm, ja, erzählen Sie mir noch etwas über – Ihre Mutter?«
»Okay«, sagte die Patientin erleichtert. »Ihre langen, schmalen Finger mit den makellos manikürten Nägeln ...«
Die Fingerspitzen auf ihren Brüsten gehören ihrer Mutter? Sie behandelt *mich*, als ob ich ihre Mutter wäre? Und auch all die anderen – Liebhaber, Feinde, ihren Vater, den bösen Onkel, sogar ihre eigene Mutter –, als ob sie ihre Mutter wären! In *Die Fine-Theorie: Biologie und Psychologie: Resynthese* versuchte Fine, Körper und Geistseele in einer allgemeinen Theorie des Seins zu vereinen. Jetzt stimmte er sich auf *Teil II: Psychologie* ein. Freud war Experte für genital-ödipale Kämpfe (Vater) gewesen; seit seinem Tod hatten andere sich eine frühere Entwicklungsstufe vorgenommen, die prägenital-ödipale Phase (Mutter). Freud sah Männer und Frauen als die zwei Seiten ein und derselben Münze. Sein Denken war symmetrisch, linear. Fine glaubte, er selbst sei dabei, einen ähnlichen Sprung zu machen wie Einstein in der Physik: Er führte das nichtlineare, relative Denken in die Erforschung der menschlichen Entwicklung ein. Bei ihm waren Männer und Frauen nicht die beiden Seiten einer Münze, sondern zwei verschiedene Währungen. Fine hatte im *Analytical Journal* geschrieben: »Beziehungen sind relativ. Alle Föten sind zunächst weiblich. Im Mutterschoß spaltet sich die Hälfte von ihnen unter dem machtvollen Angriff des Testosterons ab und wird männlich. Daher die erste Asymmetrie: Männer *spalten sich ab*, führen Krieg; Frauen *bleiben dabei*, bauen Beziehungen auf.« Der Schlüssel, so wurde Fine klar, war »Empathie«: die Fähigkeit, sich in einen anderen hineinzuversetzen. Fine hatte Daten darüber, daß die Fähigkeit zur Empathie bei Frauen und Männern qualitativ verschieden ist (weibliche Neugeborene reagieren stärker als männliche auf das Geschrei anderer Babys). Wer hatte je von *»männlicher* Intuition« gehört? Oder von einem *»Matrioten«*? Ja,

wenn das Testosteron sich breitmacht, wird die Empathie hinausgedrängt.

Daher Freuds berühmteste Frage, ein Dorn im Fleisch des Jahrhunderts: *»Was will das Weib?«* Fine sah darin Freuds Eingeständnis, daß angesichts seiner begrenzten Fähigkeit zur Empathie das Weibliche sein Begriffsvermögen überstieg. Hatte er nicht die weibliche Psychologie zum »dunklen Kontinent« erklärt? Die Frage jedoch war einfach, viel einfacher als *»Was will der Mann?«* Was wollen Männer denn eigentlich? Schwer zu sagen. Frauen sind so anders als die Männer, daß eine qualitativ neue, auf Empathie gründende Theorie erforderlich ist. Das Empathie-Schisma bildete den Kern der Unmöglichkeit männlich-weiblicher Beziehungen und des Menschenopfers, das »Ehe« genannt wird. Frauen wollen »Intimität«, Männer sehen das als »Anspruch«, Männer streben nach – nun, sagen wir »Ausdruck«, Frauen erleben das als »Distanz«. Und das alles im Namen der Liebe. Doch wieviel Chancen haben »Beziehungen« angesichts zwei derart unterschiedlicher Definitionen von »Liebe«? Man mußte das fehlende Bindeglied zwischen Biologie und Psycholo...

»– also warum, um alles in der Welt, komme ich mit den Männern nicht klar? Jedesmal wenn ich mich auf etwas einlasse, bekomme ich panische Angst! Wegen meines Körpers, weil ich so sexy bin, stellen sie mir überall nach, diese Männer versuchen ständig, sich mit mir zu treffen – zum Brüllen, was sie dabei alles anstellen! –, also treffe ich mich mit einem, ich finde ihn ganz nett, wir reden, lernen einander kennen, ich warne ihn, daß ich ein harter Brocken bin, daß ich das Gefühl von Verbundenheit brauche, um mich ihm – um die Beziehung zu intensivieren, meine ich, und er ist einverstanden, und wir entwickeln ein Gefühl von Verbundenheit – ich suche mir immer nur nette, herzliche Männer aus, genauer gesagt unbeholfene herzliche Männer, wie Woody Allen und Sie – ich meine, wie Sie, nur herzlicher –«

Fine grunzte.

»– und irgendwann gehen wir dann in ein Zimmer, ein Zimmer mit einem Bett, ins Bett, und er legt mir die Hände auf die Brüste, und da passiert's – ich verwandle mich in Miss Eskimo! Letztes

Wochenende ist mir das wieder passiert! Ich halte das nicht aus! Ich will nicht frigide sein, ich will wirklich mit dem Mann schlafen! Aber egal, wie heiß mich seine Einfühlsamkeit macht, bei der ersten Berührung erstarre ich zu Eis! Ich hasse mich dafür! Und ich hasse meine Mutter! Haß, Haß, Haß!« Sie brach in Tränen aus, schluchzte.

Ein phantastischer Fall, dachte Fine. (»Die WASPS sind Gottes eingefrorenes Volk« – Dr. Pelvin, Chef von Stow-on-Wold.) Wie Eskimos und Schnee, so Analytiker und Tränen – es gibt zwanzig verschiedene Arten. Diese hier? »Selbsthaß.« Wir sehen gern Tränen, denn sie bedeuten, daß wir die Abwehrmechanismen durchbrochen und den Affekt direkt getroffen haben. Dr. Leon Bergeneiss, der ranghöchste Jungianer-Freudianer am TBI, rühmte sich oft: »Bis jetzt hab ich noch jede Patientin zum Weinen gebracht.« Fine war glücklich und ließ sie weinen. Ihre Tränen sind ein Beweis, dachte er: Sie kann ihre Mutter nicht hassen, ohne sich selbst zu hassen. Frauen sind verbunden/Männer sind getrennt. Jetzt ist sie offen, jetzt muß der Blattschuß kommen! Ein Blick auf die Uhr – genau der richtige Zeitpunkt! Hier kommt der Hammer – die Fine-Deutung.

»Harrumpf!« räusperte sich Fine. Sie hörte auf zu weinen.

In empathischem Tonfall: »Sie suchen nach einer guten Mutter in mir, in den Männern. Aber wenn sie Ihre Brüste berühren, spüren Sie die Finger Ihrer bösen Mutter, und ihr ›Selbst-in-Beziehung‹ verwandelt sich. Sie verhalten sich uns allen gegenüber wie gegenüber Ihrer eigenen bösen Mutter. Und dann bleibt Ihnen ja nichts anderes übrig, als zu erstarren, oder?« Nicht übel. Wortreich, sogar weitschweifig, nicht chirurgisch knapp wie Vergessen, nicht im Plauderton wie Semrad und schon gar nicht wie die sagenhaften »Goldgeschosse« von Frau Metz. Und doch ohne den Sadismus von Bergeneiss oder »Fetzer« Gold, dem TBI-Giganten, dessen Hobby Profiringen war. Die »korrekte Deutung«, jawohl. Mal sehen, was sie jetzt macht.

Die Uhr bewegte sich. Die Patientin nicht. Sie lag da, leise weinend, mit zuckenden Schultern, nicht einmal fähig, in ihrer Handtasche nach einem Taschentuch zu suchen. Fine hatte in der notorischen Debatte am Institut, ob der Analytiker Kleenex-Tücher bereithalten solle oder nicht, einen entschieden orthodoxen Standpunkt eingenommen, und in seinem Behandlungszimmer gab es kein Kleenex. Scharfsinnig analysierte Fine diese Tränen: »Trauer, Gram.« Er erkannte klar, daß ihre Tränen im Lauf der Sitzung sich von (A) hysterisch-manipulativ über (B) infantil-regressiv zu (C) reif-erwachsen gewandelt hatten. Genau, wie es sein soll! Er sah ihre bebenden Schultern, hörte ihr Schluchzen, sah ihre nassen Wangen und die gerötete Nase und gratulierte sich selbst: eine nahezu perfekte Sitzung! Er sagte: »Unsere Zeit ist um.«

Als die brave Patientin, die sie war, stand sie auf und ging zur Tür. Er erhob sich und ging hinter ihr her bis in die Raummitte, wobei er wieder einmal ihren herzförmigen Po bewunderte, der zwar leicht wippte, aber jetzt aus irgendeinem Grund nicht mehr ganz so provozierend und sadistisch. Sie machte die Innentür auf, drehte sich zu ihm um und sagte: »Danke.«

»Gern geschehen, gute Nacht.«

»Wie bitte?!« sagte sie, fassungslos darüber, daß sie ihm noch eine Reaktion entlockt hatte, nachdem die Sitzung offiziell beendet war. Das war noch nie passiert, und sie sah ihn mit großen Augen an.

Nein! dachte Fine. Ich und meine vermaledeite Höflichkeit! Nach einer solchen Sitzung mit einer Bemerkung unter der Tür alles wieder zu verderben! Einer der dümmsten Fehler, die man machen kann! Wie konnte mir das unterlaufen? Sie sieht mich an, als würde sie etwas erwarten. Und nun? Panik! (»Wenn Sie in Panik geraten, husten Sie« – Vergessen.) Fine hustete.

»Aber Dr. Fine, Sie werden ja rot!«

Fine, vollends verdattert, hustete noch mehr.

»Vielleicht hatten die doch nicht recht, Sie auszulachen! Sie sind ja doch ein Mensch, Schätzchen – Ciao!«

Fine beobachtete, wie sie augenblicklich wieder auf hysterisch zurückschaltete – das Wippen und Wackeln, das »Schätzchen« und das »Ciao«! –, und fragte sich wieder einmal, wer denn »die« sein mochten, die immer über ihn »lachten«. Als ob sie mit meiner Frau unter einer Decke steckte. Endlich ging die Sechs-Uhr-Patientin.

Entnervt ließ sich Fine auf die Couch sinken. Assoziieren! Ich halte es nicht aus, wenn etwas zu Ende ist: Wenn ich als kleiner Junge meiner lieben Mutter gute Nacht sagte, war ich so von Liebe zu ihr erfüllt, daß mich, wenn sie ging, meine Angst in einer fürchterlichen Spirale nach unten zog, den steilen Abhang des Schlafs hinab. Mein Gott! Das wirft uns um Monate zurück! Wie kann ich jetzt noch Vergessen in der Supervision gegenübertreten? Um sich wieder aufzubauen, beschloß Fine, den ersten Finestone des Tages zu lutschen. Er trat an seinen Schreibtisch und öffnete das kleine, mit Intarsien verzierte Zedernholzkästchen, das er in Marrakesch erstanden hatte. In dem Kästchen lagen mehrere kreideweiße, pflaumengroße Steine, ähnlich denen, die man in Blumenläden kauft, um sie um Topfpflanzen herumzulegen. Finestones. Er und seine Forschungsassistentin, die sehnige Miss Ando, hatten ein Verfahren entwickelt, mit dem man die rauhen Steine milchig-glatt polieren konnte. Die Finestones waren die praktische Anwendung der *Fine-Theorie, Teil I: Biologie.* Sie hatten einen hohen Calciumgehalt. Calcium mit seinen zwei positiven Ladungen zieht negativ geladene Sachen an, neutralisiert Negativität, stellt Bindungen her, verbindet, verstärkt. Er hatte große Hoffnungen, sie vermarkten und in ganz Amerika verkaufen zu können. Er steckte einen in den Mund.
Plopp. Lutsch.
Schon bald fühlte er sich gestärkt. Er ging nach unten und wappnete sich auf dem Heimweg für die Begegnung mit seiner Frau beim Frühstück. Vor der Haustür lag der zusammengefaltete *Boston Globe*:

PSYCHIATER ERMORD
ZWEITER FALL INNER

Fine war erschüttert und verspürte denselben Abscheu (»Das darf doch nicht wahr sein!«), der ihn im Lauf der letzten zwanzig Jahre mit furchtbarer Regelmäßigkeit erfaßt hatte, von John Kennedy bis John Lennon. Also hatte die Sechs-Uhr-Patientin doch die Wahrheit gesagt. Aber was treibt einen Menschen dazu, einen

Psychiater umzubringen? Er seufzte resigniert. Die Welt geht den Bach runter. Statistiken zufolge bewegt sich das zeitgenössische Amerika diagnostisch in Richtung auf schwerere Psychopathologie. Während der Prozentsatz der Psychotiker gleich bleibt (in allen Kulturen und allen geschichtlichen Epochen ist stets ein Prozent der Bevölkerung schizophren), ist in den vergangenen Jahrzehnten in den USA der Prozentsatz der Charakterstörungen (Borderline-Fälle, Narzißten, psychopathische Mörder, Drogensüchtige usw.) gestiegen, während die Neurotiker entsprechend abnehmen. Wie bei dem Geschicklichkeitsspiel, wo man kleine Kugeln durch Kippen der Unterlage in Löcher praktizieren muß, ist das diagnostische Spektrum gekippt worden, einmal nach der einen und einmal nach der anderen Seite, so daß die Kranken sich alle in der Mitte sammeln. Es herrscht ein Mangel an gesunden Neurotikern für die Analyse. Einige Analytiker sind aus lauter Verzweiflung schon dazu übergegangen, Anzeigen in die Zeitungen zu setzen oder sogar Neurotiker auf dem Harvard Square anzusprechen. Ich habe Glück. Glück ist, wenn man zwei gesunde Neurotiker hat.

Fine fand die Schlagzeile irgendwie zu makaber. Um sich aufzuheitern, begann er, die Lieblingsmelodie seines Vaters zu pfeifen, »Some Enchanted Evening«. Er ging in die Küche und legte seiner Frau die Zeitung auf den Tisch. Seine Kopfschmerzen hatten ein bißchen nachgelassen, und ihm fiel ein, daß er etwas vergessen hatte, konnte sich aber beim besten Willen nicht mehr erinnern, was es gewesen war.

8

Fine sehnte sich nach einer Welt der Zurückhaltung. Nachdem er an das Institut gegangen war, hatte er mit Erleichterung festgestellt, daß Freuds berühmter Ausspruch, die Zeiten änderten sich, aber die Bedeutung des Unbewußten sei unsterblich, Kandidaten wie ihn selbst von ihrem schlechten Gewissen darüber erlöst hatte, daß sie sich nicht »auf dem laufenden hielten«. Er hatte sich gegen das Fernsehen, gegen das Gelaber für den Pöbel entschieden, und er besaß kein Autoradio. Beim Autofahren hatte er schon viele fruchtbare Assoziationen gesammelt. Fine las auch keine Zeitungen. Die neuesten Nachrichten bezog er aus zweiter Hand, von Patienten, von Kollegen und von seiner Frau. Die heutige Schlagzeile reichte ihm wieder einmal: Zum zweitenmal innerhalb von zwei Monaten war ein Psychiater erschossen worden.

Während er sich sein übliches calcium- und tryptophanreiches Frühstück zubereitete, bestehend aus Hering, Tofu und einem Dolomit-Cocktail (einer Mischung aus Magnesium und Calcium, die fernöstliche Spirituelle seit Jahrhunderten in Fastenzeiten zu sich nahmen), dachte er über die Morde nach. Beide Opfer, beide Mitte Dreißig, waren in ihrem Behandlungszimmer aufgefunden worden. David Wholer, das erste Opfer, verheiratet und Vater von zwei Kindern, war Experte für Bisexualität gewesen (und, Gerüchten zufolge, auch selbst bisexuell). Er war am Sonntag, dem zweiten April, von einem »Freund« gefunden worden, zusammengesunken über seinem Schreibtisch in seiner Praxis in Coolidge Corner, Brookline, etwas außerhalb von Boston. Er praktizierte auch bei sich zu Hause in Newton, fünf Meilen weiter westlich, war aber an dem bewußten Sonntag auf einen Notruf hin kurz entschlossen in die Stadt gefahren. In seinem Terminkalender hatte er keinen Namen notiert. Geld und Kreditkarten hatte der Mörder nicht angerührt, also konnte ein Raubmord ausgeschlossen werden.

Fine sah in die Zeitung. Unterhalb des Falzes war ein Foto: ein lächelnder, jungenhaft wirkender Mann, den Arm um Frau und Sohn gelegt, sowie Aussagen von Menschen, die ihn kannten – »ein wirklich verantwortungsbewußter Arzt« usw. Das war das zweite Opfer, Dr. Timothy Myer, ein Experte für Fragen des Geschlechts. Fine hatte ihn öfter einmal am Institut gesehen – seine glatten Wangen gaben Anlaß zu Gerüchten, er sei insgeheim Transvestit und befasse sich mit Elektrolyse und Östrogen, um sich auf eine Geschlechtsumwandlung vorzubereiten. Er war am Sonntag abend in seinem Behandlungszimmer gewesen, und der Wachmann hatte ihn in dem mit zahlreichen Zimmerpflanzen dekorierten Raum mit den unverputzten Ziegelwänden auf dem Teppich liegend gefunden. Das Haus stand an der Lewis Wharf, mit Blick über den Bostoner Hafen, Stow-on-Wold direkt gegenüber. Auch in diesem Fall stand kein Name in der rosenroten, mit Damast bezogenen Kladde – also ebenfalls eine außerplanmäßige Notfallsitzung. Auch ihm war nichts geraubt worden.

Bis auf sein Leben, dachte Fine und seufzte. Unglaublich. Jedesmal, wenn er einen Blick auf »die richtige Welt« warf, übertraf die Wirklichkeit seine schlimmsten Phantasien. *Ein* solcher Mord konnte Zufall sein, *zwei* mußten dagegen auf einem krankhaften Plan beruhen. Es war nicht daran zu rütteln: Irgend jemand war dabei, Psychiater zu ermorden.

Stephanie kam von ihrem Fünf-Meilen-Lauf um die Insel zurück, erhitzt und strahlend, und Fine lauschte auf den affektiven Gehalt der ersten Worte, die sie sagen würde.

»Hey, Fine, ich hab deine Patientin rein- und rauskommen sehen –« Sie hielt inne, um Luft zu holen und ihren Puls zu kontrollieren. »Weißt du, daß die ihren BH in ihrer Handtasche verstaut und ihn nach der Sitzung wieder anzieht?«

»Was?«

»Du hast richtig gehört. Diese wippenden Titten zeigt sie nur dir. Weißt du, was das bedeutet, solche Dinger lose mit sich rumzuschleppen? Das tut weh! Überhaupt, bei dem Knackarsch, den die hat, ist ein solcher Vorbau der reinste Overkill. Wie ist die denn dahintergekommen, daß du so auf Titten stehst?«

Ziemlich baff über diese Enthüllung und Stephanies Eindringen in den heiligen Hain der Analyse, schürfte Fine tiefer nach dem affektiven Gehalt: eifersüchtig auf meine Patientin. Sie konkurriert mit der anderen Frau um die Liebe des Mannes. Kleines Mädchen konkurriert mit Mama um Papa. Die ödipale – genauer gesagt: elektrale – Rivalität der Hysterikerinnen.

»Ach, übrigens, beim Joggen ist mir ein neuer Witz eingefallen.«

Bitte nicht, dachte Fine, keine Witze.

Er konnte Judenwitze schon längst nicht mehr ausstehen, und das wußte sie auch. Was steckte dahinter? Der Affekt? (»Die Menschen sind entweder traurig, sauer oder froh – alles andere ist Abwehr« – Semrad.) Stephanie ist »sauer«. Weil ich heute morgen nicht »kuscheln« wollte.
»Hm?« machte er.
»Warum haben die Juden so große Nasen?«
»Genau, und jetzt laß uns die Dynamik betrachten, die dahintersteckt, Steph.«
»Was für eine Dynamik? – Ich übe für meinen Auftritt.«
Fine stöhnte auf. Stephanie war ihren Job als Fitneß-Expertin leid. Sie sprach immer öfter von ihrem Traum, Komikerin zu werden. Seit seiner Analyse wußte Fine: Das kam daher, daß sie sich mit ihrem Großvater Al, der am jiddischen Theater gewesen war, und mit ihrem Witzbold von Vater identifizierte. Sonst redete er ihr immer zu, aber heute hatte er keine Lust dazu: Die vulgäre Flut dieser Joan Rivers mußte eingedämmt werden. »In deinen Witzen äußert sich deine Feindseligkeit mir gegenüber.«
»Die haben nichts mit dir zu tun, es sind bloß Witze.«
»Nichts ist ›bloß‹ irgendwas. Und Witze schon gar nicht. Witze haben durchaus ihre Bedeutung. Lies mal Freud: *Der Witz und seine Beziehung zum Unbewußten* (1905). Der klassische Text.«
»Hatte sehr viel Humor, dieser Freud. Zum Totlachen, genau wie all die deutschen Komödien, Faust zum Beispiel.«
»Freud war Österreicher und kein Deutscher.«
»Nenn mir eine bedeutende österreichische Komödie. Wetten, du weißt keine.«
Unfähig, auch nur den Titel einer mittelmäßigen österreichischen Komödie zu nennen, sagte Fine: »Freud hat in diesem Text jede Menge Witze gerissen. Hier ist ein berühmter: ›Eine Frau ist wie ein Regenschirm. Man nimmt sich dann doch eine Droschke.‹«
»Versteh ich nicht.«
»Das gibt's doch nicht. Freud hat entdeckt, daß Witze Ausdruck versteckter Aggressionen sind – verdrängt, verhüllt und auf eine

Weise formuliert, die akzeptabel ist. Witze dienen der Abfuhr libidinöser Energie in dem Phänomen, das wir als Lachen bezeichnen.«

Stephanie, die sich ihr kohlenhydratreiches Frühstück zubereitete, murmelte: »Also was ist dann dagegen zu sagen, daß man komisch sein möchte?«

»›Komisch‹ bedeutet was anderes –«

»›Komisch‹ soll was anderes bedeuten?«

»›Komisch‹ ist neurotisch.«

»Na und?«

»Das heißt, daß du deine Gefühle zu mir erkunden mußt, die dich dazu treiben, jeden Morgen mit diesen Witzen anzufangen.«

»Ich wollte heute morgen was ganz anderes mit dir anfangen, schon vergessen? Deine Frau lieben? Was normale Paare tun und was wir nicht mehr tun?«

»Das ist doch ein Mythos.«

»Was?«

»Sex in der Ehe. Ehepaare haben keinen Sex mehr. Die Untersuchungsergebnisse sind alle getürkt. *Playboy*, Fernsehen, Kinofilme – die wollen uns einreden, daß *wir* Sex haben *sollten* und die anderen ihn *haben*, aber in der Abgeschiedenheit meines Behandlungszimmers höre ich die Wahrheit: Da draußen gibt's nicht mehr viel Sex, nein. Sogar der außereheliche Sex ist überwiegend Angeberei, vor allem deshalb, weil man wegen Herpes und AIDS so viel Vertrauen braucht. Aus handfesten psychologischen Gründen – die Ehefrauen der Männer haben den gleichen Nachnamen wie die Mütter der Männer: das »Madonna-/Hure«-Syndrom – haben Ehemänner nur selten Sex mit ihren Frauen.«

Stephanie starrte ihn an, mit enttäuscht herabhängender Unterlippe. Sie sagte leise: »Ich hab nicht von ›Sex‹ gesprochen, Fine, ich hab von ›lieben‹ gesprochen.«

Er war gekränkt, aber er ließ es sich nicht anmerken. »Du stellst dir vor, daß du wütend auf mich bist –«

»Ich *bin* wütend auf dich, Fine.«

»Erzähl mir davon, Stephanie.«

»Hör auf, dich wie meine Mutter aufzuführen!«

Schon wieder eine Mutter-Übertragung auf mich. »Deine *Mutter*, hm?«

»Unsere Ehe ist in Gefahr.«

Fine schluckte. Ihm war, als hätte er einen Schlag in die Magengrube bekommen. Echter Schmerz breitete sich aus, und echte Angst – ein Gefühl des Sinkens, Fallens –, und er mußte seine ganze Willenskraft aufbieten, um es zu überwinden. »Eine interessante Phantasie, Stephanie.«

»Das ist keine Phantasie, das ist die Realität.«

Fine fiel ein berühmtes Zitat von V. ein: »Die Realität ist eine Krücke.«

»Hilfe!«

Jetzt mußt du zur Deutung übergehen: »Es gibt keine Realität, es gibt nur individuelle Wahrnehmungen. Deine Wut auf mich ist deine Wut auf deine Mutter und deinen Job. Leg dich auf die Couch, setz dich damit auseinander.«

»Nach dem, was in der Analyse mit dir passiert ist? Soll das ein Witz sein?«

Die Frageform benutzen. »Ja, und was ist mit mir passiert?«

»Die haben den Fine, den ich kannte, weganalysiert. Du warst so komisch, lebendig, wagemutig! Jetzt bist du nur noch hölzern – jede Reaktion kommt mit zwei Sekunden Verzögerung, weil sie vorher durch die Zensur muß. Warum sind Analytiker so komisch?«

»Nur Ignoranten behaupten, daß wir komisch sind –«

»*Alle* sagen das! Eure Frauen, Väter, Mütter – sogar eure Freunde, sogar dein ehemaliger bester Freund John James, er denkt das auch!«

»Woher willst du das wissen?«

»Ich hab gestern mit ihm gesprochen, über seine Party heute abend.«

»Gehst du hin?«

»Weiß noch nicht. Die einzigen, die *nicht* finden, daß Analytiker sonderbar sind, sind andere Analytiker! Es ist kein bißchen Spontaneität mehr übrig! Diese Party gestern abend? Ein Dutzend Freud-Doppelgänger, die über Geld reden, als ob es Scheiße wäre!

Ich versteh das nicht, Fine: Ins Institut aufgenommen zu werden, ist das höchste Ziel – ihr alle seid unheimlich intelligent, gebildet, tatkräftig, wenn ihr da reingeht, aber wenn ihr rauskommt, seid ihr wie ausgelutschte Schalen. Ihr geht alle auf Zehenspitzen durchs Leben und habt eine Heidenangst vor dem Unbewußten, als wär's ein Monster, das da unten lauert und nur drauf wartet, über euch herzufallen! Hat es denn jemals einen Mann gegeben, der weniger mit sich selbst im reinen war als Sigmund Freud?«
Während Fine das Ende des Sturms abwartete, gewann er einen betrüblichen diagnostischen Eindruck: Die Intensität ihrer Wut läßt vermuten, daß ihr Entwicklungsstillstand präödipal ist; wenn sie nun keine hysterische Neurotikerin ist, sondern ein Borderline-Fall? Meine Frau psychisch krank?! Beunruhigend.
Mit sanfterer Stimme sagte Stephanie: »Ich hab Angst, Fine. Deine Patienten sind für dich realer als ich. Sie bedeuten dir mehr als ich. Für die bist du Gott; für mich bist du bloß du, mit all deinen großen und kleinen Warzen.«
Faszinierende Phantasie, dachte Fine: daß ich Warzen habe.
»Ich finde wirklich, daß es durch und durch *unnatürlich* ist, diese vielen, vielen Stunden mit deinen Patienten dazusitzen, ihnen zuzuhören und nicht sagen zu dürfen, was du wirklich denkst. Die schütten dir ihr Herz aus, und du sagst *nichts?!* So sind Menschen nicht beschaffen. Diese Arbeit bringt deine Seele in Verwirrung, Fine, und ich hab furchtbare Angst, daß sie unsere Liebe erstickt, daß wir uns deswegen irgendwann trennen werden.«
Wieder war Fine erschüttert. Er riß sich zusammen. »Ich liebe dich, Stephanie. Meine Analyse hat mir dazu verholfen, dich voll und ganz zu lieben.«
»Ach, Fine, das schlimmste daran ist, daß du mich wirklich geliebt *hast* – du hast mich so verdammt leidenschaftlich geliebt, hast dich mir gegenüber so aufmerksam gezeigt, daß mir jedesmal, wenn wir zusammen waren, warm ums Herz geworden ist! Mein Gott, die Briefe, die du mir geschrieben hast, als ich in Paris war! Leidenschaft und Erfindungsreichtum und dreckige Witze und Wortspiele und mathematische Gleichungen als Liebeserklärungen – ich hab sie neulich mal aus der Schublade geholt, Fine –

du würdest dich nicht wiedererkennen! –, alles, alles, alles im Dienst der Liebe!«

»Ich liebe dich jetzt auf eine reifere Art, meinem Alter angemessen. Wir sind fast Mitte Dreißig. Wir müssen uns mit dem Gedanken vertraut machen, ein Kind zu bekommen. Ich bin bereit.«

»Aber ich nicht.«

»Gut, aber sag mir, warum nicht.«

»Weil du noch nicht reif genug bist, um Vater zu werden! Wenn wir ein Kind großziehen wollen, müssen wir eine Atmosphäre von Liebe, Nähe und Geborgenheit schaffen. Mit der Distanz, die jetzt zwischen uns ist, wäre das unmöglich. O Fine, ich bin inzwischen einsamer, wenn ich mit dir zusammen bin, als wenn ich allein bin!« Sie schaut mich an, dachte er, als ginge es darum, ein Kotelett zu beurteilen. »Die sonderbarsten Kinder, die ich kenne, sind die Kinder von Analytikern – gibt's jetzt nicht sogar einen Namen dafür?«

»Ja, das ›Analytikerkind‹-Syndrom.«

»Ich kann nicht ein Kind zur Welt bringen und es einer solchen Situation aussetzen. Wir haben uns ja kaum noch was zu sagen – wir sind drauf und dran, uns zu trennen!«

»Sich jetzt zu trennen, wäre Ausagieren«, sagte Fine. »Wenn du erst einmal voll analysiert bist und dann immer noch denkst, daß eine Trennung das beste ist, bin ich einverstanden. Dann handeln wir rational, gemeinsam. Ich bin zuversichtlich, daß es nicht soweit kommen wird, wenn du dir einen erstklassigen Analytiker suchst und deine Neurose aufarbeitest –«

»So wie du, ja? Du willst, daß ich die Welt genauso sehe wie du? Schwänze als Bananen, Schamdreiecke als Tacos und Titten als Mangos, Kiwis und zehn verschiedene Melonenarten? Siehst du im Aquarium noch Fische? Hast du im Lachkabinett Spaß? Miteinander schlafen? *Obstsalat!* Und du denkst, das Problem in unserer Ehe ist *meine* Neurose? Nein, Fine, darauf fall ich nicht mehr rein. Vielleicht werde ich morgen in New York tatsächlich versuchen, als Komikerin aufzutreten, wer weiß?«

»Es wäre besser, du würdest dich vorher analysieren lassen.«

Ihr Blick fiel auf den *Globe*, und ihr Gesicht verzerrte sich vor

Entsetzen. »Oh, nein. Hast du das gelesen?« Er nickte. »Hast du ihn gekannt?«
»Bin ihm ein paarmal im Institut begegnet, mehr nicht.«
»Da hast du deine Analyse – ihr sitzt in euren Behandlungszimmern und analysiert wie verrückt vor euch hin, aber was *tut* ihr eigentlich? Ihr könnt noch nicht mal einen von euch vor einem Mörder schützen! Ihr seid kaum fähig, einen Fall vom andern zu unterscheiden! Jeder von diesen Durchgeknallten hat heutzutage einen Therapeuten, und was hilft's? Und nach dem Verbrechen zerren sie euch in den Gerichtssaal – einen Therapeuten für die Staatsanwaltschaft, einen für die Verteidigung, und beide behaupten, recht zu haben –, und führen euch vor wie Mißgeburten!«
»Stimmt. In der *Fine-Theorie* wird unser Zeitalter als die ›Epoche der Entfremdung‹ bezeichnet – der schnelle Schnitt, der Druck auf den Abzugshebel, das Umschalten auf einen anderen Sender. Wir erleben eine Auflösung des Über-Ichs – also des Gewissens – in geradezu barbarischem Ausmaß!«
»Warum *tut* ihr nicht was?«
»Die Analyse *tut* nichts, die Analyse lindert neurotische Schmerzen. Du sprichst von Schwerkranken. Niemand in Amerika will der Wahrheit darüber ins Gesicht sehen, wie krank diese Menschen tatsächlich sind! Wenn schon eine intensive Psychoanalyse erforderlich ist, um Charakteränderungen bei motivierten, durchaus gesunden Menschen herbeizuführen, wie kann man dann erwarten, irgend etwas an der Psyche eines Mörders ändern zu können? Man kann nicht *re*habilitieren, was nie habilitiert war! Wir leben im Land der unbegrenzten Möglichkeiten, aber hier sind die Hoffnungen viel zu hoch angesetzt!«
»Aber zum Teufel noch mal, was *tut* ihr dann eigentlich? Die Gesunden analysieren? Analytiker analysieren, damit sie Analytiker analysieren können? *Tut* was!«
»Tun Dichter was?« Sie nickte. »Na ja, Freud war auch ein Dichter.« Damit schien sie einverstanden. »Und Finestones tun auch was: Die Daten von meinen Heuschrecken und meinen stationären Patienten weisen darauf hin, daß Calcium tatsächlich wirken könnte! Die ganze Welt geht in die Brüche, Menschen trennen

sich; die synaptischen Verbindungen zwischen den Membranen der Nervenzellen gehen kaputt, alles geht kaputt. Aber Calcium, mit seinen zwei positiven Ladungen, zieht zwei negativ geladene Moleküle an und überbrückt die Lücken! Es heilt zerstörte Neuronen, Gehirne, Menschen – die ganze Welt! Calcium überwindet die Entropie – vielleicht ist das die biologische Grundlage der Empathie: Bekämpfung der Entropie durch Empathie!« Fine fiel ein, was er vergessen hatte: die Heuschrecke in seiner Hemdtasche. Gespannt sah er den Forschungsergebnissen der letzten Woche entgegen.

Nach einer Pause sagte Stephanie: »Sag mir, Fine, was denkst du über uns beide, was für Gefühle hast du? Ich muß noch einmal in Kontakt mit dir kommen, bevor ich wegfahre.«

Fine hatte jede Menge Gefühle, seine Arbeit und seine Innenwelt betreffend, stellte aber entsetzt fest, daß er nicht wußte, wie er gefühlsmäßig zu seiner eigenen Frau stand. Je angestrengter er nachdachte, um so weniger wußte er es. Verdammt, dachte er, ich *blockiere*. »Was denkst du denn, was ich für Gefühle habe?«

»Ich bin nicht deine Patientin, mein Bester, ich bin deine Frau! Sag mir nur, bevor ich gehe, wie du zu mir stehst, okay?«

Durch ihr Insistieren noch ratloser geworden, sagte Fine: »Setz mich nicht unter Druck.«

»Mein Gott, es treibt mich zum Wahnsinn, wenn ich merke, daß du mich wie deine Mutter behandelst!«

»Tu ich ja nicht«, sagte Fine kalt.

»Warte – bitte nicht wieder diese uralte Leier: Ich frage dich was, du siehst es nicht als Einladung, sondern als Angriff, du ziehst dich zurück; ich frage noch mal, du ziehst dich zurück; ich fühle mich abgeschnitten, bin verzweifelt, du wirst komatös und analysierst – bitte, nicht jetzt – sag mir nur, mit einfachen Worten – ich meine, was *fühlst* du für mich, für uns? Was *fühlst* du?«

Das Wort hing an einem Haken in der Luft, rutschte ab, baumelte, kippte und fiel herunter. Fine spürte bei seiner Frau dieselbe Bedürftigkeit wie vorhin bei seiner Hysterikerin. Ihre Bitte erschien ihm als Forderung, und er spürte selbst, daß in seinem Schweigen etwas Kaltes war, eine tödliche Hohlheit. Er hörte sie, wußte, daß ihr viel an ihm lag, und wollte reagieren, konnte aber nicht. Hatte er seine Analyse bei Fummel vorzeitig beendet? Nein, das Problem liegt nicht bei mir, sondern bei ihr – in ihrem neurotischen Verlangen. Von Vogelschreien abgelenkt, schaute Fine weg, aus dem Fenster, zu den Möwen, die nach den Abfällen der Hull-Boston-Pendlerfähre tauchten. (»Niemand bekommt auf Befehl eine Erektion« – Leo Bergeneiss.) Er war in seinem Schweigen gefangen.

»Du hast wirklich keine Ahnung, wie man sich in einen anderen einfühlt, Fine, oder?«

»Nein«, sagte er erleichtert, »nicht die geringste. Männer haben nicht dieselbe Fähigkeit zur Empathie wie Frauen. Grundlegende biologische Verschiedenheit.«

»Du behauptest, Männer können sich grundsätzlich nicht einfühlen?«

»Nicht annähernd so gut wie Frauen.«

»Woher willst du das wissen?«

»Ich bin Experte für Empathie –«

»Ha! Haha!« Sie schüttete sich aus vor Lachen. »Du? Du bist der am wenigsten einfühlsame Mensch, den ich kenne!«

»Ja«, sagte er fröhlich. »Deswegen bin ich ja ein Experte – ich kann völlig objektiv sein.«

»O Mann! Und du behauptest auch, Männer könnten nicht *lernen*, sich in jemand anderen einzufühlen?«

»Gute Frage. Empathie ist etwas rein Biologisches – man kann nicht viel daran ändern. Männer können ein bißchen dazulernen, aber die Unterschiede männlich/weiblich sind trotzdem gewaltig. Männer mögen Männer, und Frauen mögen Frauen. Angesichts eurer empathischen Natur ist es erstaunlich, daß nicht *alle* Frauen lesbisch sind. Die besten Ehen sind die mit den Männern, die am wenigsten macho sind. Damit müssen wir uns, Männer wie Frauen, einfach abfinden.«

»Das ist Unsinn, Fine! Es gibt doch Männer mit Empathie, glaub mir, ich weiß es.« Fine verspürte etwas wie Eifersucht. »Männer finden schon einen Weg, sich einzufühlen, wenn sie sehen, daß ihr Leben davon abhängt.«

Bei Fine schrillten die Alarmglocken: Männer können *lernen*, sich einzufühlen? Sie kennt einen empathischen Mann? Fine war versucht, sie nach seinem Namen zu fragen, aber damit hätte er nur den Eindruck verstärkt, daß ihm an einem echten Dialog nichts lag, und deshalb hielt er sich zurück. Er sagte: »Das bezweifle ich.«
Wie bei einem Nachruf am offenen Sarg sagte sie: »Unfaßbar, daß die Analytiker – du, ihr alle – angeblich am offensten seid für normale menschliche Gefühle, und dabei seid ihr es am wenigsten. Es tut mir leid, Fine, aber du bist dabei, dich in einen absoluten Stellvertretermann zu verwandeln. Du gibst dir keine Mühe mehr, Beziehungen herzustellen – zu deinen Patienten, zu deiner Frau –, machst keinen Versuch, irgendwie auf andere einzugehen. Du siehst nur noch dich selbst. Du reagierst praktisch gar nicht mehr.«
»Der Grund dafür, daß wir nicht reagieren, ist, daß wir die Daten nicht mit unseren eigenen Gefühlen und Gedanken verfälschen wollen.«
»Und die Patienten liegen da und stellen sich vor, du bist ein wunderbarer Mensch!«
»In ihrer Vorstellung liegt ihre Heilung.«
»Echte, freie Glücksgefühle kennst du überhaupt nicht mehr, oder?«
»Freud sagte: ›Es wäre schon viel gewonnen, wenn es uns gelänge, ihr neurotisches Elend in alltägliches Unglück zu verwandeln.‹«
»Du machst Witze!«
»Eine sehr tiefsinnige Äußerung in der Zeit nach dem Holocaust.«
Stephanie stand auf, um zu gehen. »Tja, Fine, es ist nicht genug. Nicht genug für mich, nicht genug für uns. Damit hab ich nicht gerechnet, daß der junge Mann, in den ich mich verliebt habe, sich in so jemanden verwandeln würde.«
Gekränkt entgegnete er: »Und ich hab nicht damit gerechnet, daß die Frau, die ich geheiratet habe, einen Job annimmt, der sie zwingt, ständig in der Weltgeschichte herumzureisen und mich drei Tage und Nächte pro Woche alleinzulassen!«

»Sieh an«, sagte sie, und ihre Augen hellten sich auf. »Es ist ja doch noch ein bißchen Leben drin!«
Fine dachte erst, ihr Streit sei eine Art, mit dem Schmerz über die wieder einmal bevorstehende wöchentliche Trennung fertig zu werden. Aber auch das war ein alter Streitpunkt, wobei sie seine Proteste stets damit beantwortete, daß sie nun mal eine »total moderne Ehe« führten. Sie wandte sich ab, aber als sie zur Tür ging und der Verlust unmittelbar bevorstand, füllte sich das Gefühlsvakuum ganz plötzlich mit Trauer und Gewissensbissen, und ein gewaltiger Sturm aus seinem abgetöteten Herzen fegte seine analytischen Konstrukte weg. Er rief: »Hey, warte!« Sie drehte sich um; er spürte ihre Bitte. Die Waage, die sich bedenklich geneigt hatte, schwang behutsam zurück. »Ich hab dich wirklich lieb, Kind.«
»Ja.« Mit feuchten Augen wegen des Kosenamens, den er von ihrem Vater übernommen hatte, sagte sie: »Ja, Kind, ich dich auch.« Sie errötete. »Ich hab Angst, Fine, ich hab so eine Vorahnung, daß was Schlimmes passieren wird.«
»Wegen der Morde? Ich hab keine solchen Patienten.« Sie fragte, woher er wisse, daß es ein Patient gewesen war. »Es handelt sich eindeutig um psychotische Übertragung auf einen Therapeuten.«
»Aber gleich auf *zwei* Therapeuten? Und wenn es ein Patient wäre, hätte dann die Polizei den Mörder nicht anhand des Terminkalenders finden müssen?«
»Gute Argumente. Aber wie auch immer, der Mann ist krank – wahrscheinlich ein paranoider Schizo.«
»Warum Mann?«
»Nach der Statistik werden neunzig Prozent aller Morde von Männern verübt. Von den zehn Prozent Frauen sind die meisten psychotische Mütter, die ihre Babys umbringen.«
»Vier Wochen Abstand – sieht doch fast nach Menstruation aus.«
»Faszinierend. Und Freud dachte, Frauen hätten das *schwächere* Über-Ich. Eigentlich müßtet *ihr* die Mörder sein und nicht wir. Wie wär's mit einer Umarmung zum Abschied?«
Seine Nase schmiegte sich an ihren Hals, ihre Wange an seine Schläfe. Fine fühlte sich geborgen und dachte: Wie viele Jahre liebe ich sie schon!

»Ach ja, Fine –« sagte sie, ließ ihn los und wischte sich die Tränen aus den Augen, »der Grund ist, daß die Luft nichts kostet.«
»Wie bitte?«
»Na, das ist der Grund.«
»Der Grund wovon oder wofür?«
»Deswegen haben die Juden so große Nasen.«
»Weil die Luft nichts kostet?«
»Na endlich!«
»Haha«, machte Fine, überrascht, wie laut er lachte. »Hahaha.«
»Es besteht doch noch Hoffnung!« Sie wandte sich zum Gehen.
Er spürte, wie sich die Leere wieder einstellte, und platzte heraus:
»Gehst du heute abend auf John James' Geburtstagsfeier?«
»Nein, unmöglich. Ich hab einen Termin in DC.«
»Aber es ist sein Dreißigster!«
Sie sah ihn ratlos an. »Du bist so was von naiv, Fine.«
»So?« fragte Fine. »Warum?«
»Siehst du?« Sie lachte in sich hinein – ein altvertrautes, beruhigendes Geräusch. »Und du wirst so wunderlich – lutschst Steinchen und all so was. Du verwandelst dich in jemanden, den meine Freunde sich nicht mal zu grüßen trauen. Jawohl, du wirst allmählich einer, den wir alle mit Freuden hassen.«
Er mußte auch lachen. »Ach was, ›Liebe‹, ›Haß‹, wo ist da der Unterschied?«

Später, auf dem Weg ins Labor, dachte Fine: Sie meint also, mein ehemaliger bester Freund John James kann mich nicht mehr leiden? Komisch, ich hab gedacht, er mag mich noch. Und sie denkt, Männer könnten *lernen*, Beziehungen einzugehen?! Wenn es nur so wäre. Ein Ausweg aus der Falle des biologischen Determinismus, Freuds Aussage, Anatomie sei Schicksal. Eine Hoffnung für die Menschheit. Sie ist die Größte! An die Arbeit, Fine, und zwar ein bißchen plötzlich!
Ein Problem war allerdings, daß Fine seine Paranoia »weganalysiert« hatte: Er war jetzt ziemlich langsam – quälend langsam – im Verdachtschöpfen.

9

Analytiker lieben die Routine, und in dieser Hinsicht war Fine keine Ausnahme. Er verbrachte den Vormittag wie gewohnt.
Als erstes schaute er in seinem neurophysiologischen Labor vorbei und wurde von Miss Ando begrüßt, einer japanischen Einwanderin mit seidigem, tintenschwarzem Haar und einem ovalen Gesicht, genau das Nebeneinander von Formen, das dazu angetan war, Fine ein Gefühl für ihre Schönheit zu vermitteln. Auf wissenschaftlichen Kongressen hatte er gehört, daß sie besonders geschickt darin sei, Mikroelektroden in einzelne Nervenzellen von Meeresschnecken einzuführen, und vor einem Jahr hatte er sie importiert und sie gebeten, ihr Geschick an seinen Heuschrecken zu erproben. Für gewöhnlich war sie nüchtern und besonnen, aber an diesem Tag strahlte sie vor Begeisterung: »*Hai!* Übers Wochenende hab ich die Daten aus den Kontrollversuchen durchlaufen lassen. Die Faktoranalyse zeigt, daß die elektrischen Potentiale bei ›schlauen‹ Heuschrecken tatsächlich stärker sind als bei ›normalen‹ Exemplaren. Ich glaube, wir haben's geschafft!«
»Calcium erhöht die postsynaptischen Erregungspotentiale?« Sie nickte. Fine überlief es kalt. Nach zehnjähriger Arbeit konnte er es endlich beweisen: Calcium bewirkte nicht nur, daß Heuschrecken ihre Beine schneller hoben und das Gelernte besser behielten, sondern es stand jetzt auch fest, daß elektrisches Lernen in einer einzelnen Nervenzelle die »Ursache« der Verhaltensänderung war. Aber er brauchte *Gewißheit*. »Nicht so voreilig. Lassen Sie uns den Versuch wiederholen.«
»Noch einmal?« Er nickte. »Okay. Bereiten Sie mir ein schlaues Exemplar vor?«
»Okay. Den hier hab ich heute in meinem Bett gefunden, stellen Sie sich vor.« Miss Ando war pingelig und zierte sich, wenn es um grobe chirurgische Eingriffe an den Heuschrecken ging. Sie wandte sich ab. Fine holte die schlaue Heuschrecke aus der Hemdtasche, nahm eine kleine Schere, schob die Spitze zwischen den Brustpanzer und die wie wild wedelnden Mandibeln und

schnitt dem Insekt den Kopf ab. Er gab den zuckenden Körper Miss Ando, die ihn mit einer Nadel verkehrt herum auf ihrer Korkplatte fixierte, wobei sie vor sich hin summte. Fine sah, daß der Kopf richtig herum auf die Arbeitsplatte gefallen war. Die Antennen wedelten immer noch, und auch die Mandibeln bewegten sich. Ein leichtes Schuldgefühl überkam ihn, aber er analysierte es weg: Kastrationsangst. Anthropomorphose hat in naturwissenschaftlichen Untersuchungen nichts verloren. Schließlich ist eine Heuschrecke kein Schimpanse, ja nicht einmal ein Hund oder eine Katze. Es ist nur ein wirbelloses Tier. Beim Hinausgehen prickelte ihm immer noch die Haut: Endlich hatte er so etwas wie Ordnung in der Natur entdeckt.

Als nächstes besprach Fine mit seiner freundlichen Sekretärin, Mrs. Neiderman – sie war eine füllige, hellblonde Frau in den Fünfzigern mit einem offenen, freundlichen Gesicht und Augen, die einen immer direkt ansahen –, den Terminplan für die Woche. »Oh, Dr. Fine«, sagte sie, »diese Frau findet Sie hinreißend! Ich glaube, Sie helfen ihr wirklich.« Fine wußte, daß seine Sechs-Uhr-Patientin sich oft nach der Sitzung mit ihr unterhielt. Mrs. Neiderman überschritt dann gelegentlich ihre Kompetenzen und erzählte Patienten Einzelheiten über ihn. Anfangs hatte ihn das geärgert, aber dann hatte er sich damit abgefunden: Ganz gleich, was außerhalb seines Behandlungszimmers vor sich ging, drinnen war alles Übertragung. »Sie sind ein phantastischer Therapeut.«

»Therapie vollzieht sich unter vier Augen – keiner weiß, wer gut ist und wer –«

»Ich schon.« Woher, wollte er wissen. »Die Schlechten sind die Teuersten.«

Dann leitete er eine Flurversammlung seiner stationären Patienten im Jefferson House. Auch diese Leute waren – wie Ando und Neiderman – sehr aufgeregt wegen des jüngsten Mordfalls. Er reagierte analytisch: Er achtete auf latente »mörderische« Inhalte, erkundete, deutete. Seine psychotischen Patienten waren außer Rand und Band. Da ihnen die intakten Ich-Funktionen fehlten und er deshalb seine analytischen Methoden nicht anwenden konnte, arbeitete er mit »Realitätsanpassung«. Während der Versammlung sagte er zu Eli, seinem geistesgestörten Juden: »Nein, das ist kein Angehöriger einer Sturmtruppe, das ist ein Sozialarbeiter.« Und zu seinem Manisch-Depressiven: »Bloß weil der Präsident Rußland als das ›Reich des Bösen‹ bezeichnet, sind Sie noch lange kein Luke Skywalker.« Fine machte es Spaß, Realität für diejenigen zu sein, die er insgeheim liebevoll als seine »Kinder« ansah. Sie waren zwar scheinbar verletzlich, aber er brauchte nicht aufzupassen, was er zu ihnen sagte. Und wer sie wirklich für verletzlich hielt, der hätte einmal probieren sollen, sie zu verändern.

Fine brachte auch noch die vormittägliche Besprechung anderer Fälle hinter sich und saß am frühen Nachmittag unter dem grünweiß gestreiften Zelt, das auf dem Fairway des achtzehnten Lochs – einem flachen, leichten Par drei – auf dem Golfplatz von Stow-on-Wold aufgeschlagen worden war.

»Hey, Boß«, sagte Cooter, sein Manisch-Depressiver, und versetzte ihm einen Rippenstoß, »was für'n Tag für Stow-on-Wold! Das haut Sie um, was?«

Und er war wirklich beeindruckt. Nicht einmal die größte psychiatrische Privatklinik des Landes, das McLean im fünf Meilen entfernten Belmont, hatte jemals so etwas auf die Beine gestellt. Die Gattin des Präsidenten besuchte Stow-on-Wold, um ein neues Programm zu eröffnen: eine Pilotstudie, in deren Rahmen drei der psychisch kranken Armen aufgenommen wurden, damit sie sich unter die psychisch kranken Reichen mischen konnten. Direkt hinter der First Lady auf dem Podium standen die drei Versuchskaninchen. Der drahtige kleine Osteuropäer war vor drei Jahrzehnten per Schiff nach New York gekommen, ohne die geringsten Englischkenntnisse, mit einer Angst vor Hunden, die ihn dazu trieb, sie zu attackieren, und einem schlechten Orientierungssinn; die mürrische, heißblütige Italienerin war nackt auf einem Kruzifix aus Landelichtern auf dem Logan Airport gefunden worden, wo sie den landenden Maschinen Zeichen gab; der riesige Schwarze war von North Carolina aus aufgebrochen, um sein Glück zu machen, schließlich im falschen Teil von Boston gelandet und um ein Haar zu Tode geprügelt worden. Fünfundzwanzig Jahre hatten die drei als Insassen des Danvers State Hospital verbracht. Ein Vierteljahrhundert lang waren sie mit Nahrung, Kleidung, Obdach, Fernsehen und jenem in der modernen Kultur fast verschwundenen Luxus versorgt worden – Freunden, die lange Zeit am selben Ort blieben. Sie waren glücklich und zufrieden gewesen. Und dann, vor einem Jahr, als die aus Schuldgefühlen geborene Bewegung zur »Befreiung der psychisch Kranken« plötzlich auch politisch zweckdienlich schien, waren sie gewaltsam aus ihrer vertrauten Umgebung, ihrer Heimat gerissen, dehospitalisiert worden. Sie kamen zu Pflegefamilien in ethnisch geeigneten Vierteln von Boston, erhielten dreimal täglich Spaghetti mit Käse, wofür die Familien der Stadt ein Vermögen in Rechnung stellten, und wurden schließlich vor die Tür gesetzt. Subventionierte Nächstenliebe hat ihre Grenzen. Schon bald lagen sie und andere Ehemalige aus staatlichen Kliniken in den Gossen und Hauseingängen fast jeder amerikanischen Stadt. Irgendwie hatte dann der Chef von Stow, Dr. Edward Pelvin, den Präsidenten der Vereinigten Staaten überredet, diese Pilotstudie zu finanzieren: die Armen aus dem öffentlichen Sektor sollten von den Reichen des privaten Sektors versorgt werden. Und so wurden sie de-dehospitalisiert und kamen nach Stow, ins Jefferson House, auf Fines Station. Welche Behandlung kann ich ihnen angedeihen lassen? Ihnen Medikamente verabreichen und sie in sicheren Gewahrsam nehmen, das ist schon so ziemlich alles. Er seufzte. Keinerlei intellektuelle Herausforderung dabei. Nichts vom diskreten Charme der Psychoanalyse.

»Wir begehen den Monat der geistigen Gesundheit, und ich freue mich, hier bei Ihnen zu sein«, sagte die First Lady. Ihr Lächeln wirkte verkrampft. Fine, der sich für Platitüden noch nie hatte begeistern können, ließ seine Gedanken woanders. Alles wiederholt sich immer wieder. Die Geschichte der Geistesgestörten ist ein einziger großer Kreislauf: 1. Akzeptanz: die »Dorftrottel«, als solche durchaus geschätzt: Narren, Schamanen, Priester, fahrende Ritter. 2. Ächtung: das Mittelalter, die notorischen »Narrenschiffe«, die auf ewig an normalen Küsten entlangfuhren. 3. Käfige: »Sperrt sie ein, möglichst weit weg!« (Bedlam in London;

L'Hôpital Général in Paris, siebzehntes Jahrhundert.) 4. Die erste Revolution in der Psychiatrie: in England »moralische Behandlung«, aufgebracht 1813 von den Quäkern, in Amerika staatliche Anstalten außerhalb der Städte, auf der grünen Wiese – »Sperrt sie ein, möglichst weit weg!« – Zeit der höchsten Belegungszahl in Danvers, 23450. 5. Die zweite Revolution in der Psychiatrie: die »Gesprächstherapie«, mit freundlicher Empfehlung von S. Freud, um 1900 – nutzlos bei Psychosen, wie sich später herausstellt. 6. Die dritte Revolution: psychotrope Medikamente, die »chemischen Zwangsjacken«, die in den fünfziger Jahren unsere staatlichen Krankenhäuser leerten. Und heute? »Sperrt sie ein, möglichst weit weg!« Sogar die intrapsychische Geschichte wiederholt sich – die Neurosen eines Kindes –

»Hilfe!« schrie die First Lady und bekam einen roten Kopf, als hätte sie einen Anfall. »Hilfe!« Die Leute vom Secret Service zogen ihre Pistolen, schirmten sie ab, durchsuchten das Zelt. Viele der versammelten Psychiater warfen sich auf den Boden, ein paar zogen ihre eigene Waffe. Die kollektive Phantasie: Der Mörder war nach Stow gekommen!

Aber nein. Es war nur ein bedauerlicher Zwischenfall, der die Feier mit einem häßlichen Mißklang enden ließ: Der hünenhafte Schwarze, der hinter der First Lady stand und voll vom ungewohnten Wein am Nachmittag war, hatte seinen Hosenschlitz aufgemacht und auf sie uriniert. Sie schafften sie weg. Fine und die anderen wurden den siebten Fairway entlanggeführt – ein schwieriges Dogleg um das mit Psychopathen belegte Hartnett House –, zum Schaffran Lawn Tennis Pavilion, wo die Pressefotos gemacht wurden.

»Vandalen!« sagte Mr. Jefferson und zeigte auf den großen Schwarzen, der die Nummer sieben entlangtrottete wie ein Caddy, der einen Ball verloren hat. Fine lachte in sich hinein, denn dieser weißhaarige Mann mittleren Alters war sein liebster chronischer Schizophrener. Eine tolle Geschichte! Mr. Jefferson war Segler. Wenn man sich erkundigte, wie es ihm gehe, sagte er: »Boote!« Er war in der Hafenstadt South Duxbury aufgewachsen und hatte oft an Regatten teilgenommen. Er und seine Cousine

waren Rivalen, bis sie ein Rennen gewann. Da wurde er »wunderlich«. Als sein Vater ihn einmal fragte, was er denn an Segelbooten so schön finde, sagte der junge Jefferson: »Die Segel sprechen mit mir.« Alle hielten das für eine wunderbare Metapher, bis ihnen klar wurde: Er glaubte wirklich, daß die Segel mit ihm sprachen! Nach einer Phase, in der er kleine Pelztiere folterte und rituell ermordete, kam eine Periode nautischer Masturbation auf Booten, wobei die Wellen ihm unanständige Wörter zuflüsterten. Er wurde mit seiner Cousine im falschen Zustand erwischt: erigiert. Sie schickten ihn in die »beste« Klinik, ins McLean. (Die Alteingesessenen prahlten immer: »Einen Sohn in Harvard, einen Vater auf dem Mount Auburn Cemetery und einen verrückten Vetter im McLean.«) Er blieb nur acht Jahre dort. Er verließ das Krankenhaus gegen den Willen seiner Familie und probierte dann der Reihe nach mehrere andere Luxuskliniken durch. Er beharrte darauf, er müsse nahe am Wasser sein, um segeln zu können. Da machte Stow-on-Wold auf. Die Familie stiftete drei Millionen Dollar für das Jefferson House. Ihm waren »die Gezeiten und die Winde vertraut«. Er segelte jeden Tag. Ins Knabenalter regrediert und restlos glücklich, war er jedermanns Lieblingsirrer geworden. Sein Traum war es, das Segelschiff der Familie, den Rahsegler *Thomas*, unter Vollzeug in all seiner majestätischen Pracht von seinem Liegeplatz in Duxbury nach Norden, in den Hafen von Stow, zu überführen. Er sagte: »Ein großer Neger, nein, äh, ja!«
Fine fragte ihn: »Wie kann man denn gegen den Wind segeln?«
»Vektoren!« erwiderte er und lachte belustigt.
»Haben Sie gewußt, daß Einstein, der für sein Leben gern segelte, nie den Dreh rausbekommen hat? Vor Rhode Island hat ihn der Wind immer hinausgeblasen, bis er auf Grund lief. Dann mußten sie kommen und ihn zurückbringen.«
»Keine Ahnung von Vektoren!« sagte Mr. Jefferson aufgeregt.
Fine stand mit seinen Chronischen im Center Court der Rasenplatzanlage. Er musterte die versammelten Psychiater, von denen jeder Chef einer Station war, und machte eine bemerkenswerte Entdeckung: Psychiater spezialisieren sich auf ihre eigenen Leiden.

Pelvin, ein Psychopath, war auf die Behandlung von Psychopathen spezialisiert. Da er in jedem einen Psychopathen sah, hatte er dies in seiner »Automobiltheorie« formalisiert: das Auto, das du fährst, ist in jeder Hinsicht – Marke, Modell, Farbe, Zustand, Extras, Lage der Beulen, Fahrgewohnheiten – die Person, die du selbst bist. Dicke fahren dicke Autos, Schlanke schlanke. Die typische Pelvin-Deutung: »Sie spüren, daß Ihre Bremsen versagen, Ihr Vorderende ist verbeult, und Sie verlieren Öl? Erzählen Sie mir davon, hm?« Dafür berechnete er die höchsten Honorare der Stadt, wenn nicht der ganzen Welt. Die Präsidentengattin hatte er als den »Cadillac der First Ladys« vorgestellt. Der Experte für Schizophrenie, ein verkappter Schizophrener, behandelte seinesgleichen, und dasselbe galt für die Experten für Narzißmus, Borderline-Fälle, Kinder, Jugendliche, Sex, Perversionen, Drogen, Geld, Verhalten, Psychopharmakologie, Manie und Depressionen. Der Experte für Depressionen, selbst depressiv und selbstmordgefährdet, hatte einen Hang zu depressiven und selbstmordgefährdeten Patienten – sie gaben ihm das Gefühl, nicht ganz so allein zu sein. Seine eigene Verdrießlichkeit wirkte sich nachteilig auf seine Patienten aus – sie brachten sich reihenweise um.

Die Presseleute drängten sich auf dem manikürten Tennisplatz, und die Tribüne war dicht mit Zuschauern besetzt. Das Netz zwischen sich, standen Mr. Jefferson und der bedauernswerte neue Schwarze einander gegenüber. Beide hatten schon länger nicht Tennis gespielt: der erstere über zwanzig Jahre, der letztere sein Leben lang. Dr. Edward Pelvin legte das Prince-Racket in eine zarte weiße Hand, und der Gouverneur legte den Zwilling in eine massige schwarze, die schwarzen und braunen Finger so runzlig wie alte Zigarren. Als man sie aufforderte zu lächeln, taten sie es. Die Blitzlichter fingen sie ein, einer das Negativ des anderen. Das Fernsehen war auch da. Und dann verzogen sich die Dilettanten, und Fine war allein mit den Patienten. Die Pilotstudie hatte begonnen.

Auf einer Seite des Netzes waren die reichen Oldtimer aus dem Jefferson House, auf der anderen die drei chronisch verrückten

Armen. Seitlich am Netz, als Balljunge, Fine. Er wartete. Die Spannung stieg. Er konnte die Halluzinationen, Wahnvorstellungen und verrückten Assoziationen fast *sehen*. Schließlich rief der drahtige kleine Osteuropäer, Sczyncko mit Namen, unangemessen laut, wie das Bellen eines Hundes: »Stinko!«
»Willkommen, Stinko«, sagte Fine. »Lassen Sie uns auch die anderen begrüßen.«
»Noblesse oblige, ja, äh, nein!« sagte Mr. Jefferson und ließ seine Hand über das Netz auf seinen Gegner zusegeln. »Mein Name ist Jefferson, Sir, ja.«
»Jefferson heißen Sie?« fragte der Schwarze, während er ihm die Hand zerquetschte. »Ich auch!«
»Jefferson?« fragte Mr. Jefferson, indem er die Hand zurückzog. »Sie auch?«
»Jefferson?!« riefen die anderen und fragten sich, ob auch das eine Halluzination sei. »JeffersonjeffersonJEFFERsonjefferSON – JEFFERSON?!«
Fine spürte ihre Panik. Jeder von ihnen leidet unter einer frühen Entwicklungshemmung. Sie haben es als Kleinkinder verpaßt, die Grenze zwischen sich selbst und den anderen zu finden. Diese Jefferson-Spiegelung muß ihnen furchtbare Angst einjagen, sie müssen sich »verschmolzen« vorkommen. Fine wollte es Ihnen erklären, aber ihre Paranoia baute sich nur noch mehr auf, sie wollten nichts davon wissen. Beide Gruppen zogen sich zurück, murmelnd, argwöhnisch. Das Gewaltpotential war hoch. Fine griff in die Hosentasche und brachte eine Handvoll kreideweißer Steinchen zum Vorschein.
»Ich glaube, das ist ein guter Zeitpunkt, unsere Neuankömmlinge mit den Finestones bekanntzumachen. Kommt und holt sie euch!« Seine alten reichen Patienten, erfreut über die Extradosis Calcium, kamen ans Netz gelaufen.
Plopp. Lutsch.
Auch die Neuankömmlinge kamen.
Plopp. Lutsch.
Seufzend dachte Fine wieder daran, daß Amerika, sein geliebtes Heimatland, das so von Attentaten, Vietnam, Watergate und

Fords Pardon für Nixon (psychodynamisch das Schlimmste, denn es hat uns der Chance beraubt, den Tod der Integrität zu betrauern – »Man kann nur vergessen, wenn man sich erinnert« – Semrad) verschlissen war, sich dem Problem der psychischen Erkrankung nicht stellen wollte. Wie schwer fiel es doch dieser rastlosen Nation von Evangelisten, der Krankheit der Kranken ins Auge zu sehen.
Die allgemeine Lutscherei baute die Spannung ab. Schlabbern, Gurgeln und Rülpsen mischten sich mit lautem Schwatzen, ja sogar Schadenfreude.
Eli, der Chasside, unterhielt sich mit Stinko, »auch Jude«. Eli stellte Stinko seinem weißen Riesenpudel vor, nicht ahnend, daß Stinko Hunde nicht ausstehen konnte. »Was?« sagte Stinko und ging in die Hocke. »Ein Hund? Vor dem hab ich keine Angst, ich pack ihn einfach und brech ihm das Genick.«
»Aber das ist ein jüdischer Hund«, sagte Eli, »er ist beschnitten.«
»Der schlauste Hund von der Welt, du Affe«, sagte Cooter. »Französischer Pudel. Lafite Rothschild. Bei uns heißt er Lafite.«
Bevor Fine ging, hörte er sich noch das lebhafte Gespräch zwischen den beiden Jeffersons an:
»Ja, ja«, sagte Mr. Jefferson, weiß, »die legen dich in eine Wanne und schnallen dich fest und spritzen dich von oben bis unten mit Wasser aus Düsen ab, so daß du fast ersäufst.«
»Ja, Sir! Naß wie ein Katzenhai in einem Teich! Und nasse Laken auch noch!«
»Und am schlimmsten waren die Einläufe –«
»Einläufe! Genau! Scheußlich waren die!«
»Hohe Einläufe! Warum haben die das gemacht, Dr. Fine?«
Die beiden hatten ein gemeinsames Thema gefunden: die jeweils gerade »modischen« Behandlungsmethoden, denen sie im Lauf der letzten dreißig Jahre unterzogen worden waren. Der Wahnsinn bei der Behandlung des Wahnsinns! Das Bedürfnis der Behandelnden, *etwas zu tun, irgend etwas!* Nur um nicht akzeptieren zu müssen, daß sie machtlos sind und im dunkeln tappen. Insulinschock, Hydrotherapie, Einläufe, Zwangsernährung, Lobotomie, ein buntes Sortiment von Medikamenten, der eine ganze

Elefantenherde fünfzig Jahre lang mesmerisiert hätte – ach, ihr armen Jeffersons!
»Die haben mir den Schlauch einfach reingerammt, von hinten!«
»Warum haben die das gemacht, Dr. Fine?« Der weißgekleidete ältere Staatsmann drehte sich zu Fine um, mit unschuldigen, vertrauensvollen Augen. »Und wenn die hohen Einläufe was genützt haben, warum macht man sie dann heute nicht mehr?«
Erleichtert darüber, offen reden zu können – diese Menschen lebten in einer kontinuierlichen Krümmung von Phantasie und Realität, einem geistigen Hyperraum, und brauchten Fine, damit er ihnen die »realen« Ränder aufzeigte (das Gegenteil der Bedürfnisse seiner Neurotiker) –, sagte er: »Ihre Ärzte haben einfach rumprobiert; sie haben sich nicht auf die Wissenschaft verlassen, sondern auf den Glauben.«
»Glauben?« sagte der Schwarze. »Ja! Ich hab Jesus Christus *in mir*.«
Verrückt, dachte Fine, während er zu Eve, seiner Magersüchtigen, und der dicken Sadie weiterging, die mit der neuen Patientin Mary sprachen, während diese ein Kreuz vor ihrem Schoß schwenkte. Eve, in Therapie, seit in der Pubertät ihre Magersucht ausgebrochen war, hatte für Ärzte nur Wut und Verachtung übrig. Sie sagte: »Ich finde es völlig in Ordnung, wenn zur Abwechslung mal Patienten Ärzte umbringen.« Seit Monaten war Eve immer wieder einmal mit Sondererlaubnis in ihre Wohnung am Louisberg Square gegangen. Ihre Wut kam daher, daß der letzte brutale Mord sie so aus der Fassung gebracht hatte. »Dieser Fiesling Myer hat wahrscheinlich nur gekriegt, was er verdient hat. Ich wette, der hat seine Patientinnen mißbraucht!«
»Die arme Frau«, sage Mary, »wie lange war er in ihrem Bett? Schwänze und Fotzen sind christlich, im heiligen Konvent der Ehe. Der einzige Ort, der noch herpesfrei ist.«
Fine ging zum Jefferson House und stieg die Treppe hinauf zu seinem Behandlungszimer. Vom Balkon aus besichtigte er den leuchtenden Nachmittag – teilweise bedeckt, immer noch frisch. Sonnenstrahlen stocherten in der wie aus dunklem Papier ausgeschnittenen Skyline von Boston, prallten von dem aufgewühlten

Meer ab, und wurden direkt in seine Augen geschleust, als wären es verschlüsselte, ihm allein zugedachte Botschaften. Er fragte sich, ob er jemals wahnsinnig werden könnte. Er schaute auf die Gruppe hinab. Die zwei Jeffersons gestikulierten lebhaft über das Netz hinweg. Lange getrennte Verwandte, endlich vereint. Unmöglich. Und doch, angesichts von Thomas, dem großen Sklavenvögler, immerhin denkbar. Die Armen; die Reichen; Liebe. Liebe auf den ersten Blick ist einfach. Man braucht nur Stephanie und mich zu nehmen. Wenn der rosa Schimmer des Neuen verblaßt und der eigentliche Mensch durchscheint, dann wird die Liebe schwierig. Wahre Liebe gibt es nur zwischen zwei perfekt analysierten Menschen.

Fine schaute auf die Uhr und sah, daß sein Drei-Uhr-Termin bevorstand. Er faßte den Gedanken: Jeder Jefferson hat, was dem anderen fehlt; zusammen ergeben sie einen kompletten Menschen: »Der Jefferson.«

10

Fine hatte eine kleine, lukrative Privatpraxis. Diese Patienten legten sich nicht auf die Couch, sondern er saß ihnen von Angesicht zu Angesicht gegenüber. Überwiegend ambulant, kamen sie ein- bis zweimal pro Woche. Da Empfehlungen während der Rezession Mangelware waren, nutzte Fine sein Netz von »alten Herren« – das elitäre Boston Intitute, Stow – und hatte so immer eine volle Praxis. Wie sein Vater machte sich Fine Sorgen wegen des Geldes. Da Psychiater einen Stundenlohn erhielten, verdienten sie weniger als alle anderen Ärzte. Um drei klingelte das Telefon. Eine Frau schrie ihm ins Ohr: »Ich bringe mich um!«

»Wo sind Sie?« fragte Fine.

Klick.

Erleichtert lief Fine in die Sporthalle, um mit Mardell zu sprechen. Die Anruferin war Joy gewesen, eine Borderline-Frau, die vor einem Jahr einen Selbstmordversuch unternommen hatte (Kohlenmonoxid in der Garage), aber von der neuen Abgasverordnung gerettet worden war. Nachdem er alles versucht hatte, sie zu retten, hatte er hinterher Mühe, seine Wut auf sie zu verarbeiten. Vielleicht weil sie das gespürt hatte und zu rachsüchtig war, um ihm gegenüberzutreten, hatte sie die Behandlung abgebrochen. Er war erleichtert gewesen. Zum Glück waren »schwere« Borderliner wie sie keine Kandidaten für eine Analyse. Ausagieren verboten. Aber dann fing sie an, ihn anzurufen, immer montags um drei. Fine erwartete ihre Rückrufe, hielt sie am Leben. Er berechnete das volle Honorar, sie zahlte.

Für drei stand auch Mardell Jones in seinem Terminkalender. Schwarz, zwei Meter fünf, hundertzwanzig Kilo, auf Ehrenwort entlassen von den Cleveland Cavaliers, wärmte Mardell sich gerade auf und ließ sich von einem Pfleger Bälle zuwerfen. Mardell war erst an dem Tag in die Drogenabteilung aufgenommen worden und war noch high von Kokain. Er hatte gerade als stiller Teilhaber bei einem Marihuana-Deal zwei Millionen verdient. Aufgeputscht, wie er war, forderte er Fine zu einem Spiel heraus. Fine akzeptierte, um des »Arbeitsbündnisses« willen. (»Ziel des ersten Interviews ist es, ein zweites Interview zu bekommen« – Havens.) »Also los«, sagte Mardell, der einen silbernen Aufwärmanzug trug, »wenn Sie einen Korb werfen und ich nicht treffe, kriegen Sie einen Riesen.« Der Ball traf Fine in den Bauch; Mardell lachte.

Faszinierender Fall, dachte Fine, während er den Ball aufspringen ließ. Diagnose? Dissozialer Typ. Drogen + impulsiver Charakter = Gewalttätigkeit. So einer könnte einen Mord begehen.

»Na los, rein ins Loch mit dem Ding!« schrie Mardell.

Fine mußte lächeln: eindeutig eine unbewußte Anspielung auf die »Urszene«. Er krempelte die Ärmel hoch, zielte und warf. Der Ball prallte vom Ring ab. Mardell stieß ein Geheul aus, fing an, am Korb hochzuspringen und herumzuwirbeln, und hatte Fine ruck, zuck vernichtend geschlagen. Er frage Fine nach dem neuesten Mordfall. »Hey, Mann, soll ich einen Fünfer springen las-

sen?« Fine fragte ihn, was er damit meine. »Einen Anruf. Rauskriegen, wer's war. Ein Klacks.«
Fine lehnte dankend ab. Als er ging, winkte Mardell, wie ein Sportler, der merkt, daß eine Kamera auf ihn gerichtet ist, mit dem Finger und sagte: »Hi, Mom!« Fine war entzückt. Dies war die Bestätigung eines grundlegenden Aspekts der *Fine-Theorie*: Der Vater ist nur ein Schatten, der auf der Mutter liegt. Laut sagte er:
»Zeig mir einen Mann, und ich sag dir was über seine Mutter.«
Seltsam, dachte Fine auf dem Weg in sein Behandlungszimmer, egal, wer der Patient ist, egal, wie krank oder kulturell fremd er ist, in der Behandlung gewinnt man jeden irgendwie lieb. Wir werden bald die unbewußten Kräfte finden, die ihn dazu treiben, Drogen zu nehmen und Dinge zu tun, die ihm das Leben zur Hölle machen. Wenn man jemanden genau anschaut, sieht man immer Mama und Papa, die einem zuwinken.
Auch seinen Vier-Uhr-Termin fand Fine faszinierend. Sylvia Green war eine nette, kleine, propere Brünette mit Adlernase und Glasauge. Da er wußte, daß jede schwere Behinderung der Mensch *ist* – kein Verlust ist jemals rein zufällig –, war Fine von Anfang an neugierig gewesen. Diagnose? Allerweltsneurotikerin, nicht anders als alle anderen. Sie arbeitete ehrenamtlich im Aquarium (Fines Assoziation: Fische!) und war seit kurzem bei ihm in der Therapie. Fine genierte sich immer, sein Honorar zu nennen. Er wußte, daß es ein analer Konflikt war. Er war kaum in der Lage gewesen, die Worte auszusprechen: »Fünfundsiebzig Dollar –« (er hörte dabei immer seine Frau scherzen: »– und zwei Gemüsebeilagen nach Wahl«). Geld war kein Thema; Fine ärgerte sich, daß er nicht mehr verlangte. Der Fall war gleich bei der ersten Begegnung im Wartezimmer, vor mehreren Wochen, in Schwung gekommen. Sie war sichtlich erschrocken gewesen, hatte ihn prüfend angesehen und hervorgestoßen:
»*Stuart!* Mein Stuart! Bist du's oder bist du's nicht?«
Fine hatte geseufzt: Schon wieder! Da er die Daten nicht verfälschen wollte, hatte er ihr nicht gesagt, daß er nicht Stuart hieß. Er hatte sich für die orthodoxe Vorgehensweise entschieden. Mit ei-

nem festen Händedruck hatte er gesagt: »Hallo, ich bin Dr. Fine. Kommen Sie herein.«

Das Schicksal wollte es, daß Fine immer wieder mit anderen Männern verwechselt wurde. Auf allen Kontinenten und zu jeder Zeit konnte es geschehen, daß jemand in einem vollen Restaurant oder über eine belebte Straße auf ihn zugelaufen kam und »Danny!«, »Rick!« oder »Ali!« rief – oder sogar »Rose!« (ein falscher Nachname?) oder »Barb!« – nur um dann im ersten Moment der Umarmung feststellen zu müssen, daß er nicht der vermeintliche gute alte Freund war, sondern eben nur »Fine«. Er stand vor einem Rätsel: Was bedeutete das? War er ein sehr häufiger oder aber ein sehr seltener Typ? So ähnlich wie die Frage, ob es – angesichts des unendlich großen Universums einerseits und der äußerst geringen Wahrscheinlichkeit der richtigen Kombination für ein dem Menschen ähnliches Lebewesen andererseits – außerirdisches Leben gibt. Und wo waren all die anderen, mit denen er verwechselt wurde? Er hatte nie einen von ihnen gesehen! Es passierte ihm im Durchschnitt einmal pro Monat. Aber diesmal war es anders: Es war das erste Mal, daß der Nachname stimmte, und es war ihm noch nie mit einem Patienten oder einer Patientin passiert. Er hoffte, das Ganze etwas besser zu verstehen, wenn er Sylvia behandelte. Eine der angenehmen Seiten dieses eleganten Berufs, dachte Fine, ist es, daß man alles über alles und jeden erfährt.

Sylvia war in Tuscaloosa, Alabama, aufgewachsen. Offenbar hielt sie ihn für ihren Freund von der Highschool, »der einzige Yankee in der Klasse – und außerdem Jude. Und du hast es wirklich wahrgemacht, du bist Arzt geworden. Wie schön für dich!« Die Jahre hätten ihren Tribut gefordert, der Bart lasse ihn »strenger« erscheinen, aber dahinter sah sie angeblich immer noch »denselben guten alten Stu«. Da er keinen Ehering trug, nahm sie an, er sei unverheiratet. Erleichtert schwelgte sie in Erinnerungen an ihre Liebelei. Schulmädchenhaft flirtete sie mit ihm, zumindest ihr »echtes« Auge, das leuchtend grün war, mit einigen schwarzen Flecken darin. Ihr Lächeln war zwar durchaus gewinnend, schien aber wegen zu seltenen Gebrauchs etwas eingerostet.

Fine klärte sie nicht darüber auf, daß er nicht mehr ledig war. Er trug aus ebendiesem Grund keinen Ring: um ein leerer Schirm für die Projektionen seiner Patienten zu bleiben. Sylvias Assoziationen waren sinnlich und doch unschuldig – oft ging es um ihre Leidenschaft, Pferde –, durchzogen von bittersüßer Wehmut. Die anfängliche Übertragung war »Fine als Freund in der Schulzeit« gewesen, eine oberflächliche Metamorphose tieferer Gefühle. Er mußte noch herausfinden, für welches Primärobjekt – Mutter, Vater – dieses »Freund«-Material eine Deckerinnerung war. Im selben Alter wie Fine, sehnte auch sie sich nach einem eigenen Kind. Sie war schon bei anderen Therapeuten gewesen, meinte aber, diesmal »passe« alles am besten. Betrübt sprach sie jetzt von dem jüngsten Mord: »Eine beschissene Welt! Wozu noch leben? Am liebsten würde ich mich umbringen!«

Phantastischer Fall, frohlockte Fine. Er ging das »Selbstmord-Inventar« durch, und während er die Routinefragen stellte, fiel ihm ein, wie entsetzt er gewesen war, als zum erstenmal eine seiner Patientinnen mit Selbstmord gedroht hatte. Er war in Panik geraten, hatte die Sitzung verlängert und die Patientin noch in derselben Nacht angerufen. Unfaßlich! Wie anders bin ich doch jetzt: Nachdem ich mein emotionales Wesen analysiert habe, nachdem mir am Institut klargeworden ist, daß *meine* Gefühle in meinen Sitzungen nichts verloren haben, werde ich bei der Arbeit nie mehr emotional. Ich bin jetzt in einer beneidenswerten Lage: Ich kann mir das herzzerreißendste menschliche Drama anhören, die schwersten und brutalsten Affekte, und einfach dasitzen und nichts fühlen, rein gar nichts. Ich kann klar denken und nützlich sein. Das Erfolgsgeheimnis bei der Einschätzung des Suizidpotentials war Genauigkeit, und er stellte die üblichen Fragen: »Haben Sie einen bestimmten Plan? Waffen, Tabletten?« Und so weiter. Er notierte die gewichteten Zahlen, addierte sie auf und kam zu dem Schluß, daß ein Selbstmord hochgradig unwahrscheinlich war. Sie bedankte sich und ging.

Jetzt saß Fine da und musterte den graumelierten Afro von Maurice Slotnick, alias Rattenmann, dem Obsessiven. Dies war sein zweiter analytischer Kontrollfall. Gähnend sah Fine auf die Uhr: 17.38. Fast schon der Zeitpunkt für die Deutung der Sitzung. Bei einem obsessiven Neurotiker muß der Analytiker vor allem gegen die unvorstellbare Langeweile ankämpfen. (»Wenn Sie sich langweilen, bedeutet das, daß der Patient wütend ist« – Fetzer Gold.) Fine hatte jede Technik probiert, um die Langeweile zu vertreiben, und sich in den ersten Jahren auf die Analyse von Rattenmanns Träumen konzentriert. Die Träume waren genauso stinklangweilig wie die Realität – so tief saß Rattenmanns Angst davor, loszulassen. Ein schwieriger Fall, dachte Fine, »anale Wut«. Er rutschte auf seinem Stuhl hin und her und verzog das Gesicht – kurz vor fünf war er aufgestanden, um sich zu strecken, war auf etwas ausgeglitten, das auf dem Teppich lag – es war eine Katzenaugenmurmel –, und voll auf den Rücken gefallen. Warum eine Murmel? Vom Kind der Putzfrau? Und dann hatte Fines Fünf-Uhr-Termin gleich ziemlich holprig angefangen, als nämlich der Rattenmann sagte: »– mein zweiter Vorname.«

Fine, der nicht aufgepaßt hatte, wiederholte: »Ihr zweiter Vorname?«

»Raskolnikow«, sagte der Rattenmann.

»Raskolnikow ist Ihr zweiter Vorname?« fragte Fine.

»Nein, nein – das war nur das erste, was mir in den Sinn kam.«

Der Rattenmann war ein jüdischer Schriftsteller, der vor sechs Jahren mit einer Schreibhemmung als Hauptbeschwerde zu Fine gekommen war. Fine wußte, daß das lediglich ein Symptom einer Zwangsneurose war. Der Rattenmann war vom TBI als Fines Kontrollfall ausgewählt worden, weil er weitgehend Freuds berühmtem Fall entsprach, den er in *Bemerkungen über einen Fall von Zwangsneurose* (1909) beschrieben hatte. Selbst zwanghaft, hatte Freud sich mit Obsessionen gut ausgekannt. (Hatte auch er sich auf sein eigenes Leiden spezialisiert?) Am TBI wimmelte es von Zwangsgestörten, und das ganze Seminar im ersten Jahr hatte »den Obsessiven« zum Thema gehabt. Fine hatte die Nase voll von Obsessiven.

Die drei Knackpunkte in der Analyse des Rattenmannes waren

die Langeweile, die Scheiße und seine Ähnlichkeit mit Fine gewesen. Anfangs hatte der Rattenmann sich über Fines Nase lustig gemacht. Fine hatte es ihm mit gleicher Münze zurückgezahlt und die Nase des Rattenmannes analysiert. Seit dem ersten Jahr der Facharztausbildung, der *Residency*, hatte Fine eine Phobie vor Körperflüssigkeiten – Stephanie meinte, vor Körpern überhaupt –, und in der Analyse eines Obsessiven ging es in erster Linie um Exkremente. Als Analytiker mußte er jedoch lernen, mit allem umzugehen, und mit Vergessens Unterstützung hatte Fine sich hineingekniet. Der Rattenmann war jetzt schon seit zwei Jahren dabei, seine Analyse bei Fine zu beenden – er wollte nichts Unerledigtes zurücklassen, wenn er ging. Der neurotische Abwehrmechanismus des Obsessiven ist Ambivalenz, und durch das ständige »Ja, aber ...« des Rattenmannes auf jede von Fines Deutungen war die Arbeit quälend langsam und eintönig geworden. Fine wurde jetzt klar, warum Stephanie vor dem Ende seiner eigenen Analyse bei Fummel die Geduld mit ihm verloren und über seine »Woody-Allenitis« gespottet hatte. Unglaublich, dachte Fine: Obsessive verteilen Gefühle tatsächlich wie kleine Scheißhaufen. Als Sauberkeitsfanatiker wischen obsessive Ehemänner die schmutzigen Arbeitsplatten in der Küche ihrer Frau ab. Fine hatte diese Diagnosen immer für geschlechtsspezifisch gehalten; in letzter Zeit hatte die Schwulenbewegung Wanderungen zwischen den zwei Welten begünstigt. Schon bald, so überlegte Fine, würde es ganze Heere von untersetzten, analen, stiernackigen Frauen geben, die gegen schlanke, orale Softies marschieren würden. Fine wußte, daß der Rattenmann ihm sehr ähnlich war. Angesichts dessen, was Fine selbst durchmachte, war es schwierig gewesen, das heruntergekommene eheliche Sexualleben des Rattenmanns zu analysieren: »Apropos Kastrationsangst. Joann hat mir nicht nur zu verstehen gegeben, daß meiner zu kurz ist, sondern irgendwie auch, daß er *verkehrt herum* sitzt!« Fine wollte ihn dazu bringen, das zu analysieren, aber der Rattenmann hatte im Gegensatz zu Fine ausagiert: Scheidung. Er ging mit Teenagern und fing einen Schundroman an, *Vampir-Mama*.

Eine weitere beinahe perfekte Sitzung, dachte Fine. Vielleicht komme ich ohne jede Deutung aus! Fines Analyse des Rattenmannes war parallel zu Fummels Analyse von Fine gelaufen. Fines knallharte Deutung um 17.40 Uhr war oft eine wortwörtliche Wiederholung der knallharten Deutung, die Fummel ihm um 6.40 Uhr verpaßt hatte. Ihre Analysen waren vom klassisch-freudianischen männlichen Typ, auf den Vater konzentriert. Eine »Schreibhemmung«, so erfuhr Fine, wird dadurch ausgelöst, daß einem das Über-Ich auf der Schulter sitzt und wie ein Vogel krächzend über eine zu kleine Nuß schimpft, wie der Rabe in Poes »Nimmermehr«. Da er sich beobachtet fühlt, scheitert der Schriftsteller beim ersten der beiden entscheidenden kreativen Akte, dem »Loslassen«. Sowohl Fine als auch der Rattenmann gingen auf herkömmliche Weise an die Vaterübertragung heran: von der Kastrationsangst über den Haß zur Liebe. Das erzeugte, beim Rattenmann noch mehr als bei Fine, Haß auf die Mutter. Es stellte sich heraus, daß die jüdische Mutter der Schlüssel zum jüdischen Schriftsteller ist. Die ungeheure Ermutigung (»Mamas Liebling kann *alles!*«) im Verein mit Neugier (»Laß doch Mami mal sehen, was du da gemacht hast!«) und Kritik (»Wie sprichst du denn mit deiner Mutter?«) verstärken den Schöpferdrang und hindern ihn zugleich, sich in einer Beziehung auszudrücken. Der Schriftsteller flüchtet sich in Worte. Der Rattenmann war stärker blockiert denn je. Sein Lektor rief erbost bei Fine an und verlangte den Abbruch der Analyse. Der Rattenmann schrie den Lektor an: »*Vampir-Mama* ist kein Buch – es ist Scheiße!« Der Lektor sagte: »Na und? Die Leute lesen keine *Bücher* mehr, sie lesen Schund. Schreiben Sie das Ding fertig, und wir machen eine Million.«

Und dann kam der Durchbruch. Fummel fragte:

»Äh, und was ist wunderbarer als die Umarmung eines liebenden *Vaters?*«

Fine fragte: »Die Umarmung einer liebenden *Mutter?*«

Volltreffer!

Fine stellte dem Rattenmann dieselbe Frage, bekam dieselbe Assoziation als Antwort, und da hatten sie es: zwei kleine, in ihre

Mutter verliebte Judenjungen. Fine nahm die Arbeit an seiner Theorie wieder auf, der Rattenmann stellte *Vampir-Mama* fertig, das schon bald erscheinen sollte und gute Aussichten hatte, ein Bestseller zu werden. Der Traum des Rattenmanns – sich mit Liz Taylor fotografieren zu lassen – schien in Reichweite gerückt.

Mitten in Rattenmanns reißerischer Darstellung von Sex mit einer El-Al-Stewardeß sagte Fine: »Hrrmm. Unsere Zeit ist um.«

Als gut dressierter Analysand gehorchte der Rattenmann. Er wischte die Couch mit einem Taschentuch ab, lächelte Fine zu und wandte sich zur Tür.

Fine stand auf, machte einen Schritt und: »Pffffiiitt!«

Peinliches Schweigen. Der Rattenmann drehte sich zu Fine um.

»Ein Furz? Hey, Dr. Fine, haben Sie gefurzt?«

Fine biß die Zähne zusammen, um es unter Kontrolle zu kriegen, aber dennoch: »Pffft.«

Nein! dachte Fine in Panik und merkte, wie er rot wurde. Was für ein Fehler! Was ist denn heute mit mir los?

»Sie werden ja rot! Hey – für einen Furz braucht man sich doch nicht zu genieren. Außerdem, Doc, die lauten stinken ja nicht! Tolles Material für meinen neuen Roman – danke!« Fine krümmte sich innerlich, sah schon vor sich, wie sein analytischer Fehler in der Öffentlichkeit breitgetreten wurde. Es müßte auch eine Schweigepflicht für Patienten geben! »Hey, Fine, wissen Sie, was Sie sind?« Er machte eine Kunstpause. Fine spürte den analsadistischen Pfeil fast körperlich: »Ein flotter Furz! Haha.« Er ging.

Peinlich berührt und in dem Bewußtsein, daß er schon wieder eine fast perfekte Sitzung verdorben hatte und sie das um Wochen, wenn nicht um Monate zurückwarf, überlegte Fine, was die Ursache sein könnte. Der Streit heute morgen mit Stephanie? Die eingelegten Heringe zum Mittagessen? Flatulenz kann zwar während einer Sitzung ein wichtiges und analytisch nützliches »Körpergeräusch« sein (vgl. den Artikel im *Analytical Journal* vom letzten Monat), aber es ist ein großer Fehler, ganz am Schluß einen fahren zu lassen, weil dann der Analysand keine

Möglichkeit mehr hat, den Vorfall zu verarbeiten. Was ist eigentlich los? Zwei Kontrollanalysen, zwei Fehler? Vergessen wird mich in der Supervision zur Schnecke machen! Fine versuchte zu assoziieren.

Puuh! Was für ein Gestank! Muß doch der Fisch gewesen sein. Was war vom verbalen Abschiedsgeschenk des Rattenmanns zu halten, von dem damit verbundenen Sadismus? Er regrediert unter Abschiedsstreß. Es kann noch ein Jahr dauern, bis das bewältigt ist. O Gott, wenn ich nun am Obsessiven scheitere und noch eine langweilige, sieben Jahre dauernde Kontrollanalyse machen muß? Aber, Moment mal, sogar *ich* bin regrediert, bei Fummel, am Schluß. Obwohl ich die Regeln kannte, hatte ich in meiner letzten Sitzung den überwältigenden Drang, ihn zu umarmen! Natürlich haben wir uns mit dem herkömmlichen Händedruck begnügt. Seiner war erstaunlich sanft für einen Footballspieler.

Fine bemerkte, daß der Rattenmann seine Lederjacke auf dem Boden hinter der Tür hatte liegenlassen. Psychodynamisch war sie ein Teil vom Rattenmann, und Fine, der sich scheute, die Jacke anzufassen, assoziierte: Leiche.

Heilige Verwesung! Von allen meinen Patienten heute hat nur der Rattenmann den neuesten Mord nicht erwähnt! Angesichts seines grausamen Vaters und seiner eigenen mörderischen analen Wut muß es zu schmerzlich gewesen sein. Auf einer tiefen Ebene drückt sich darin sein Wunsch aus, *mich* umzubringen! Er ist noch lange nicht so weit, daß er die Analyse beenden kann – vielleicht war ich das auch nicht? Siehe sein albernes Lachen über meinen armen, unglücklichen Furz.

Fine war ein Gewohnheitstier, und jetzt war sein Arbeitstag um. Abgesehen von Vergessens Montagabendseminar um acht im Institut. Er schaute in seinen Terminkalender. Er hatte zugesagt, zu John James' Geburtstagsfeier in South Boston zu erscheinen. Er hüllte sich in sein zerknittertes Ich ein wie in einen fadenscheinigen Umhang, polterte, mit Kopfschmerzen und Magenverstimmung, die Treppe hinunter und ging zu seinem Auto.

11

Mit der Ängstlichkeit eines Dschungelmissionars, allerdings auch mit dem Selbstvertrauen eines voll Analysierten, fuhr Fine in seinem schwarzen Mercedes Diesel die L Street entlang nach Southie. Als er an dem massiven rosa und blauen geometrischen Gebilde zu seiner Linken vorbeikam, dem Kraftwerk, schoß ein Dampfstrahl in die Höhe wie aus dem Spritzloch eines Wals und spendete vorübergehend Trost: die vertraute Gestalt eines Versorgungsbetriebs als Leviathan oder ejakulierende Birne. Als er den Broadway überquerte, sah Fine die Zeichen der Einheimischen und hatte ein unbehagliches Gefühl: frei schwebende Angst. An eine triste Ziegelmauer waren in greller, unverwüstlicher Tagesleuchtfarbe zwei Slogans gegen den Schulbuszwang geschrieben:

GOTT HAT DIE IREN ZUR NUMMER
EINS GEMACHT!
NIGGER GO HOME!

Fine assoziierte: Projektion. Wie schwer war es doch, Selbsthaß einzugestehen, und wie leicht, dort draußen in der Welt das Objekt zu finden, auf das man seinen Haß projizieren konnte. Wie leicht ist Zerstören, wie schwer Erschaffen. Fine seufzte über die verschwendete Geisteskraft. Alle Kriege sind religiös, allein der innere Frieden kann der Welt Frieden bringen. Der einzige Friedensstifter ist die Empathie: daß man sich in den anderen einfühlt, sich in ihn hineinversetzt. Meine Frau hat bemerkenswerte empathische Fähigkeiten, sie sieht die Welt mit den Augen der Taubstummen, mit dem Tastsinn der Blinden, einfühlsam. Er liebte sie dafür. Und er liebte sie dafür, daß er sie schon so lange liebte.

Fine fuhr an der Bellevue Bar vorbei, die noch immer Johns Onkel gehörte, ein baufälliges Rechteck mit Drahtgittern vor den undurchsichtigen Fenstern und einer Neonreklame für *Schlitz*-Bier

neben einem handgeschriebenen *Light Lunch*. Wie John immer sagte: »Ein Lunch, das so leicht ist, daß man es *einschenken* muß.«
Fine hatte John über ein Jahr nicht mehr gesehen. John hatte vier oder fünf Jahre am Abbey Theatre in Dublin gearbeitet und war zwischendurch auch in London aufgetreten. Er war nie groß darin gewesen, Kontakt zu halten, und hatte die Dinge schleifen lassen – er war nicht nach Hause gekommen, hatte ihre Briefe nicht beantwortet, war telefonisch nicht erreichbar gewesen. Immerhin bekamen sie regelmäßig Weihnachtskarten von ihm, aus Irland, England, einmal aus Hongkong, letztes Jahr aus San Francisco. Es waren Zeichnungen von John in verschiedenen Kostümen darauf – in komischen Posen, mit denen er sich über sein eigenes Aussehen lustig machte: großer Kopf, feminine Lippen, schlaksiger Körper. Nur ganz selten war eine persönliche Mitteilung dabei. Er war zwischendurch ein paarmal wieder in Boston aufgetaucht, und das letzte Treffen des Kleeblatts war angespannt und peinlich gewesen. Fine hatte John angeberisch, blasiert, unaufrichtig gefunden – und unter der Oberfläche traurig, verzweifelt, wütend. Und betrunken. Jetzt fiel es ihm wieder ein: Sinnlos betrunken, hatte John ihn aufs Korn genommen und geschrien: »Die Psychoklempner gehören umgebracht, allesamt!«
Jedesmal, wenn Fine John seit dem College gesehen hatte, war der Freund betrunken gewesen und hatte mit Einzelheiten aus seinem Privatleben hinterm Berg gehalten. Sosehr sich Fine auch bemühte, der Mensch selbst blieb unter Storys, Eskapaden und Auftritten aus sechs Jahren verschüttet. Er hatte sie beide, ihn und Stephanie, völlig aus seinem Leben ausgeschlossen. Als sie deshalb die Zeichnung von John als Methusalem bekamen, mit der Einladung zur Feier seines Dreißigsten in Southie, war Fine zwar überrascht, aber auch erfreut gewesen. Das war eindeutig ein reiferer Versuch, die alte Freundschaft wiederzubeleben. Die Einladung lautete: »Bin wieder in Southie, für immer. Würde euch beide gern sehen! Also verdammt noch mal – kommt! – JJMO'DJr.«
Fine war zwar enttäuscht, daß Stephanie nicht mitgekommen war, verstand sie aber: Als Frau hatte sie eine so starke Bindung an

John gehabt, daß es zu schmerzlich für sie war, ohne jede Bindung mit ihm zusammenzusein; mit anderen Worten, sein Narzißmus kränkte sie zutiefst. Und da er das verstand, konnte Fine es akzeptieren, sie akzeptieren. So wie er auch drauf und dran war, seinen alten Kumpel John zu *akzeptieren*.

Fine erreichte am Carson Beach das Meer. Es war ein kalter Abend. Eine fettgetränkte braune Papiertüte wurde in das ölige Wasser geweht und tanzte rastlos auf und ab. Vor ihm stand auf dem gelben Backsteingebäude des Freizeitzentrums in babyblauer, schnörkeliger Schrift: THE JAMES MICHAEL CURLEY RECREATION CENTER, auch »L Street Rec« genannt. Über dem Eingang für Männer und Jungen stand das Motto: »Reinlichkeit ist Gottgefälligkeit.« Über dem für das andere Geschlecht: »Ein gesunder Geist in einem gesunden Körper.« Curley war der einzige Bürgermeister, der wiedergewählt wurde, während er in einem Bundesgefängnis einsaß. Trotz der laufenden Ermittlungen wegen Untreue im Amt – der *Globe* schrieb, angeblich habe der Bürgermeister die Geburtstagsfeier seiner Frau zur Geldwäsche benutzt – hatte er auch jetzt gute Aussichten, wiedergewählt zu werden. Fine ließ den Blick den Strand entlang schweifen, zu einem zerbombten Siedlungsprojekt für Schwarze am Columbia Point und, dicht daneben, dem dunklen Obelisken auf der Spitze, der JFK Library. Nur Touristen, die die Gefahr nicht kannten, gingen durch das Ghetto und besuchten die Bibliothek.

Fine parkte, schloß den Wagen ab, ging weg, kehrte noch einmal zurück, um zu überprüfen, ob er auch wirklich abgeschlossen hatte, und steuerte dann auf das zweistöckige, rostfarbene Holzhaus mit den beiden Türmchen zu. Ein burgunderroter Rolls-Royce, so geschleckt wie eine große Katze, stand, von Neugierigen umringt, vor dem Haus. Fine war seit vier Jahren nicht mehr bei den O'Days gewesen und blieb kurz stehen, um sich das Haus genauer anzusehen, von den Kleeblättern an den Vorhängen im obersten Stock (Johns Zimmer) über die Balkone im ersten Stock (die Domäne der Mutter und der drei älteren Schwestern) bis zum Vorgarten (Hund), wo die Jungfrau Maria mit ihrer wetterfesten Kapuze stand (was in Fine jedesmal die Assoziation »Kobra« auslöste). Der Schlüssel zum Volkscharakter der Iren? Die Mutter. Aufgepaßt, Fine, hier gibt's interessantes Material. Er ging die Vortreppe hinauf, zupfte Krawatte und Weste zurecht. Gespannt auf das Wiedersehen mit dem alten Freund, drückte er auf die Klingel.

Wie von allein ging die Tür auf, und er wurde von mehreren großen, angetrunkenen Männern zur Seite gestoßen, die den letzten Vers grölten:

»– happy birthday too yooou!«

Die Feier war laut, alkoholselig und chaotisch. Fine wurde an eine Wand abgedrängt und dann ins Zentrum gerissen. Mit so vielen offenkundig unanalysierten Kelten auf so engem Raum beisammen zu sein, machte ihm angst. Assoziiere: Sackhüpfen vor der Mt. Carmel Church in Columbia, ich bin zwölf, und Gorman, der Idiot, drückt eine Zigarette auf meinem Nacken aus. Fine sah sich nach John um.

Er stand mitten im Raum und küßte reihenweise Frauen auf den Mund. Irgendein Eingeborenenritual, dachte Fine, der Johns ungestüme Freude als Schauspielerei deutete – als Abwehr gegen die innere Leere.

Fine hielt nicht viel vom äußeren Anschein. Er hatte Freuds »jedes Symptom hat viele Ursachen« dazu benutzt, das Offensichtliche auszuschließen. Nichts bedeutete mehr einfach das, was es bedeutete. Der Mann, der jetzt einen dicken Penis in jeder Ananas sah, sah auch in schierer Freude tiefste Verzweiflung.

Johns Mutter Katey – scharfgeschnittene Züge, schwarze Augen, in Irland geboren – begrüßte Fine reserviert und starrte seinen teuren Anzug an. Ihm wurde bewußt, daß hier nur Polyesteranzüge, Pullover und Strickjacken vertreten waren, und prompt kam er sich overdressed vor. Er und Stephanie waren von dieser übertrieben wachsamen Frau immer mit Mißtrauen behandelt worden; sie bildete sich ein, sie hätten »meinen Sohn in Harvard verdorben«. Sie machte höfliche, verhalten feindselige Konversation.

Plötzlich stand er John Auge in Auge gegenüber.

»Fine!«

»Hallo, John Ja-« Fine sah sich stürmisch umarmt. Die Arme um seine Ohren erinnerten ihn daran, daß er immer wieder vergessen hatte, wie *groß* sein Freund war. Das Gefühl, das ihn durchströmte – Liebe zu seinem alten Kumpel! –, überraschte ihn! Als er sich aus der Umarmung löste, hatte er die schönsten Hoffnungen. Doch dann sah er John in die Augen und erschrak darüber, wie leer sie waren – zwei hellblaue Scheiben, eisige Barrieren vor dem, was dahinterlag; kalt, berechnend, *alt?!*

»Ist ja großartig, einfach großartig! Schön, daß du gekommen bist!«

»Gratuliere zum Geburtstag, John James. Dich wiederzusehen ist ja so –«

»Und Steph?«

»Hat's nicht –«

»Schade. Aber ich werd sie schon noch sehen, ich lebe ja jetzt wieder hier – einfach großartig – ist das nicht Tim?! – großartig!« Und weg war er, Tim umarmen.

Fine war gekränkt, beleidigt, wütend. »Großartig, einfach großartig.« Von wegen! Für den bin ich Luft. Ich fühle mich wie der Weiher, in den Narziß geblickt hat – ich bin nur dazu da, ihn zu spiegeln. Immer eine wäßrige Lücke zwischen sich selbst und dem anderen. Der arme Kerl – heimatlos, einsam, schlaflos inmitten von Träumern. Fine wollte schon gehen, sah sich aber plötzlich in ein Gespräch mit Nora Riley verwickelt, einer sympathischen, vernünftigen Frau seiner Größe, der Besitzerin des Rolls. Als sie erfuhr, was Fine beruflich machte, sagte sie, das erste Opfer habe ganz in ihrer Nähe gewohnt. Fine fragte sie, was für ein Mensch er gewesen sei.

»Ein seltsamer Zeitgenosse! Aber das muß ja einfach schrecklich sein, zu wissen, daß jemand hinter Ihnen her ist?«

»Hinter mir?« fragte Fine verblüfft. »Warum sollte jemand hinter mir her sein?«

»Warum war er denn hinter den anderen beiden her?«

Die Party begann sich aufzulösen. Ein sabbernder häßlicher Betrunkener namens Tim brachte kreischend einen Toast aus: »Auf den erfolgreichen Sohn von Southie!« Katey wollte mit ihren Töchtern und ihrer Freundin Mrs. Curley noch zum Callahan

Tunnel, der wichtigsten Einfallstraße nach Boston. Nachdem sie für Steuersenkungen gestimmt hatten, protestierten sie jetzt gegen deren Folgen – Entlassungen im öffentlichen Dienst. Katey entrollte ein Transparent: HUPEN SIE, WENN SIE KEVIN HASSEN! Katey fragte John, was er davon halte. »Es ist toll, vorausgesetzt man gehört zu den Menschen, die gern hassen.« Während John seine Gäste zur Tür brachte, wollte Fine sich ebenfalls verabschieden, aber John protestierte: »Ach, komm schon, du hast doch noch Zeit für ein paar Gläschen im Bellevue, oder?« Er legte den einen Arm um Fine und den anderen um Nora und begleitete sie vors Haus. Nora machte sich los und ging zu ihrem weinfarbenen Rolls-Royce.

»Nein«, sagte sie, »ich komme nicht mit in die Bar. Ich finde, eine Dame gehört nicht in solche Etablissements, verstehst du?« John umarmte und küßte sie mitten auf den Mund. »Großartig, einfach großartig«, sagte er, »wir sehen uns morgen, Nora!« Wie aus der Pistole geschossen erwiderte sie: »Aber dann sauf gefälligst nicht so viel!« Er lachte schallend, sah zu, wie der Chauffeur ihr die Tür aufhielt, und tat das gleiche für den Fahrer. »Wiederholung«, sagte er zwinkernd zu Fine, »ist das Geheimnis des Lebens!« Er schlug mit der flachen Hand auf das rote Autodach; schnurrend fuhr die katzenhafte Limousine an.

Sie gingen in Richtung L Street, John mit dem Arm um Fines Schulter. Sie kamen an einem schwarzen Marmorstandbild von einem Priester vorbei, der einem Jungen die Hand auf die Schulter gelegt hatte, und John, ebenso gläubig wie fanatisch antikatholisch, riß einen Witz darüber, daß die Kehrseite des Jungen genau in der richtigen Höhe für den Gottesmann war. Fine, der den Druck von Johns Hand auf seiner Schulter spürte, wurde von homophober Panik ergriffen. (»Wenn Sie Angst vor Schwulen haben, dann haben Sie halt Angst vor Schwulen« – Fummel.) Also fand sich Fine mit seiner Angst ab und beruhigte sich wieder. »Tja, John James, dann bist du jetzt dreißig, hm? Ein runder Geburtstag!«

»Bis jetzt fühl ich mich großartig. Wenn ich meinen Alkoholpegel auf der richtigen Höhe halten kann, wird's vielleicht gar nicht so

schlimm. Mein Gott, weißt du noch, wie du mir dieses Ding von Freud geschenkt hast – *Zur Onaniediskussion!* –, sollte das ein Scherz sein oder was?«
»Da steht immerhin viel Wahres drin«, sagte Fine. John starrte ihn an. Fine beschloß ihm noch etwas zu schenken, nämlich die Chance, seinen Zwanzigern nachzutrauern, und sagte: »An der Schwelle zum vierten Jahrzehnt stehen, das ist hart.«
»*Das vierte?*« sagte John erschüttert, lehnte sich theatralisch an eine Haustür und faßte sich ans Herz. »Mann, so hab ich das noch gar nicht gesehen! Hast du denn gar kein Mitleid mit einem armen betrunkenen Iren? Das vierte Jahrzehnt, da kriegt man ja Angst.«
»Ja. Erzähl mir doch von dieser Angst.«
»Jetzt ist aber Schluß, Fine, spiel nicht ausgerechnet heute abend den Psychoklempner! Ich hab heute Geburtstag, klar?« Fine fragte, warum er nach Boston zurückgekommen sei. »Ich bin der Star der Shakespeare Company – eine ziemlich miese Truppe –, ohne mich könnten die einpacken!« Er stürmte großspurig ins Bellevue, und Fine tappte hinter ihm drein.
Fine hatte sich schon bei John zu Hause als Außenseiter gefühlt, aber hier war es noch schlimmer. Die Bar war schmuddelig und dunkel, geschwängert vom widerlich säuerlichen Geruch nach Bier, Dreck und Urin. Anfangs, als sie aufs College gingen, hatten Fine und Stephanie das Lokal toll gefunden. Jetzt weckte es bei Fine ebenso lebhafte wie schräge Erinnerungen an seine Jugendzeit – an die brutalen antisemitischen Äußerungen und Handlungen, die sein Harmoniebedürfnis ad absurdum geführt hatten. Die Stammgäste begrüßten John herzlich. Wieder fühlte Fine sich ausgeschlossen – wie ein aufgeplusterter Vogel saß er auf dem zerschlissenen Barhocker. Er trank nicht, und während die Bestellungen aufgegeben wurden, betrachtete er angelegentlich die Fotos, die hinter den aufgereihten Flaschen vor der Spiegelwand standen: der dreijährige John und sein Dad – eine unelegante, ungesund wirkende Ausgabe; der sechsjährige John, sein Dad und ein Hockeyspieler der Boston Bruins samt Autogramm; John an der Highschool ohne seinen Dad, aber mit einem Siegerpokal. Da

er mit einem Vollstipendium in Harvard studiert hatte, war John für diese Schluckspechte eine Art Gott. Sonny McDonough, ein berühmter alter Bostoner Lokalpolitiker, war kurz zuvor gestorben, und Fine las seinen Nachruf aus dem *Globe*. Das folgende Zitat war rot umrandet: »Das schlimmste in der Politik ist, wenn man einen Umschlag mit vierhundert Dollar kriegt – man weiß nicht, ob der andere einen oder sechs Hunderter für sich behalten hat.«

Nur eins ist noch schlimmer als Korruption, dachte Fine, nämlich ihre Glorifizierung. Im Fernsehen lief ein Basketballspiel mit den Celtics, und die »Nigger«-Witze rissen nicht ab. Fine hörte, wie »der Onkel« John mit dem Rolls-Royce aufzog. John war seit einem Monat mit Nora zusammen, wie Katey herausgefunden hatte. Nora, verwitwete Mutter von zwei Kindern und Spitzendeckchen-Irin, war durch ihren ersten Mann reich geworden.

»Die Frau ist ein Geschenk des Himmels«, sagte der Onkel und ließ sich Fine gegenüber an der Bar nieder. »Wenn er diese Nora heiratet, könnte unsere große Schwuchtel da sich für den Rest seines irdischen Daseins jeden Tag betrinken. Stimmt doch, oder?«

»Könnte er das?« fragte Fine. Einerseits war er wieder einmal erleichtert, daß er in einer Zweierbeziehung lebte, einer Daseinsform, die er voll im Griff hatte. Andererseits war er verblüfft über die homosexuellen, heterosexuellen und urologischen Themen, die ununterbrochen der Kloake des Unbewußten des Onkels entströmten, seinem Es.

»Wieso, wer sagt, daß er es nicht kann?« fragte der Onkel ärgerlich.

»Was *meinen* Sie denn, wer das sagen könnte?« fragte Fine.

»Äh, ich weiß nicht«, sagte der Onkel. Er roch aus dem Mund. »Wer?«

Fine schaute aus hygienischen Gründen weg. Mit einem Gefühl, als unterhalte er sich mit einem anderen Analytiker, sagte er: »Wer könnte es Ihrem Gefühl nach denn sein?«

»Nora hat Hände wie Vorschlaghämmer und einen Arm, mit dem sie einem Mann das Genick brechen könnte! Aber das ist doch das einzige Problem, oder?«

»Meinen Sie?« fragte Fine.
»Da können Sie Ihren Arsch drauf wetten!« sagte der Onkel, sah Fine prüfend an und meinte dann: »Ach herrje, ist ja klar, hätt ich fast vergessen, Sie sind ja Psychoklempner! Deswegen reden Sie so kariert daher, stimmt's?« Da er die Übertragung nicht noch weiter anheizen wollte, sagte Fine nichts mehr. Der Onkel fing an, über den Mord zu reden, und Fine war von neuem irritiert, weil er in seine Version der Wirklichkeit hineingezogen werden sollte. »Der O'Herlihey ist grade gegangen, der für den Fall zuständige Kommissar. Wissen Sie was?« Der Onkel beugte sich vor und zog Fine an den Revers zu sich heran. »Auf die Opfer ist zweimal aus nächster Nähe geschossen worden – eine Kugel mitten in die Visage und –« Er hielt inne, verzog das Gesicht, schluckte. »Und die zweite, na, was meinen Sie, wohin?« Fine fragte, wohin. Genüßlich flüsterte der Onkel: »In die Klöten!«
»Klöten?« fragte Fine.
»Die Eier, Mann, die Scheißeier! Einfach zu Brei geschossen! Das tut weh, Mann! Man kriegt Schmerzen im Sack, die einen Bullen kastrieren würden, wenn man bloß dran denkt, stimmt's?« Fine wollte einwenden, daß es nicht mehr weh tun könne, wenn das Gehirn tot ist, aber der Onkel redete einfach weiter: »Es steht fest, daß es in beiden Fällen dieselbe Waffe war – ein Massenmörder! O'Herlihey meint natürlich, daß man nichts Genaues sagen kann, solange man kein Motiv hat, aber ich weiß nicht, ich persönlich glaub ja, das ist irgend so ein Irrer. Aber ich frag mich, wie der Mörder das so sauber schafft, daß er so nah rankommt, wenn Sie wissen, was ich meine.«
Fine hatte genug von dem Mann, nickte nur und schaute weg.
»Hey, ich rede mit Ihnen«, sagte der Onkel und zog ihn wieder zu sich heran. »Ich will Ihnen das Leben retten! Woher wissen Sie, daß er nicht auch hinter Ihnen her ist?«
»Und warum sollte er hinter mir her sein?«
»Warum war er denn hinter den andern beiden her, können Sie mir das sagen, Doc, na? Bis jetzt haben die noch keine Gemeinsamkeiten zwischen den beiden gefunden.«
»Was denken Sie denn, warum?«

»Mann, mit Ihnen ist wirklich nicht zu reden!« sagte der Onkel und hieb mit der Faust auf die Bar. »Ah, vielleicht haben Sie ja recht, daß Sie keinen Schiß haben – es liegt alles in Gottes Hand, man hat keine Wahl, wenn man dran ist, ist man dran. Das Dumme ist bloß, es heißt, die Eier von den beiden waren regelrecht zermanscht! Könnte ein Schwuler gewesen sein, meinen die. Wenn die den Kerl finden, dann gnade ihm Gott. Bloß gut, daß wir die Todesstrafe haben, jawoll!«
Fine sagte: »Aber der Mörder ist nicht *schuldig*, er ist geistesgestört.«
»Ach ja?« sagte der Onkel pikiert. »Wer sagt das?«
»Jeder, der kaltblütig zwei Psychiater ermordet, ist offensichtlich geistesgestört«, sagte Fine. »Nicht schuldig wegen Unzurechnungsfähigkeit.«
»Und ob der schuldig ist!« erregte sich der Onkel. »Er weiß genau, was er tut, da können Sie Gift drauf nehmen!«
»Also glauben Sie, der Mörder kann sich frei entscheiden?«
»Natürlich kann er das! Genau wie der Kerl, der den Präsidenten erschossen hat –«
»Sie glauben tatsächlich«, fragte Fine mit lauter werdender Stimme, »daß sich der Mörder *entscheidet*, ein Mörder zu werden?«
»Für diese Typen ist das ein Kick, das müßten Sie doch wissen –«
»Nein, nein – wie Sie schon sagten: Es liegt alles in Gottes Hand, man hat keine Wahl –«
»Wieso denn nicht? Warten Sie ab, bis es einen erwischt, an dem Ihnen was liegt, Kumpel, oder sogar Sie selbst!«
»Mir liegt an jedem was«, sagte Fine. Und dann, ruhig, wie ein Weiser, der gekommen ist, die Heiden zu erleuchten: »Nein, mein Freund, der Mörder hat genausowenig eine Wahl wie Sie oder ich. ›Wahl‹, ›Zufall‹ – wo ist der Unterschied? Im tiefsten Grund ist alles *Libido*.«
»Jetzt hör'n Sie aber auf! Wissen Sie was, Fine? Manchmal glaub ich, Ihr Aufzug fährt nicht bis ganz nach oben!«
»Hat es vielleicht was mit freier Willensentscheidung zu tun, daß in der Basketball-Liga, wo achtzig Prozent der Spieler Schwarze sind, bei den Celtics alle sechs Spieler Weiße sind?«

»*Sechs* Spieler! Hast du das gehört, Johnny?« John drehte sich um, sah, wie erbost der Onkel war, und kam herüber. »Sechs, das ist Hockey, Sie Arschloch!«
»Wann haben Sie das letzte Mal einen Schwarzen bei den Celtics Hockey spielen sehen? Ein Psychiater hat mal gesagt: ›Wir sind alle nur Menschen, und das nicht zu knapp.‹«
»Was soll der Scheiß?« tobte der Onkel, kam ums Ende der Bar herum und baute sich drohend vor Fine auf. »Noch mehr von Ihrem jüdischen Psychoklempnergefasel?«
»Es war ein Amerikaner irischer Abstammung«, sagte Fine, »Harry Stack Sullivan.«
John hatte Fine gepackt und schob ihn zur Tür.
»Verschwinden Sie aus meiner Bar, Sie hirnverbrannter Giftzwerg!«
»Ihnen bleibt ja nichts anderes übrig, als mich zu hassen«, schrie Fine über die Schulter zurück, »seit Freud gibt es so was wie ›Schuld‹ nicht mehr, und –«
»Raus!«
Sie standen draußen auf der L Street und schauten zum Rec hinüber, wo die alten Männer zusammengesunken auf den alten Bänken saßen und sich unterhielten. Da sie sich fremd geworden waren, wußte keiner von beiden, was er sagen sollte. Fine bewahrte analytisches Schweigen und bereitete sich darauf vor, auf Johns erstes affektives Wort zu reagieren. In nachgemachtem irischem Akzent sagte John: »Ein seltsames Volk, die Iren – total verrückt.«
»Stimmt«, sagte Fine, »aber deinem Onkel kannst du sagen, daß er nicht ›verrückt‹ ist, sondern nur im Sumpf seiner Projektionen steckt und ein erstklassiger Kandidat für eine Analyse wäre.« John brach in schallendes Gelächter aus. Warum, fragte sich Fine, treiben er und Steph mich beide in diese Richtung? »Du siehst das vielleicht nicht so, John, aber gerade in seiner Angst steckt auch seine Hoffnung – wenn er lernen könnte, sich seine projizierte Wut ›anzueignen‹, hätte er gute Aussichten, ›normal‹ zu werden. Und bis auf eins erfüllt er alle Kriterien für die Analyse – IQ, Einsicht, Einkommen; fragwürdig ist nur die Motivation.«

John starrte ihn ungläubig an und hätte beinahe schon wieder losgelacht. »Das ist doch ein Witz, oder?«
»Nein. Das Institut ist immer auf der Suche nach Kontrollfällen. Er würde einen faszinierenden Analysanden abgeben. Wohlgemerkt: ›Die ganze Welt ist eine Analyse, und alle Männer und Frauen sind lediglich Patienten.‹«
»Na wunderbar«, sagte John sarkastisch. »Wie wär's, schreib ihm doch einen Brief – apropos, schreibst du immer noch diese verrückten Briefe? Weißt du noch, der an den Papst? Schade, daß ich den Text nicht habe. Aber ihr habt doch sicher Kopien, du oder Steph?«
»Nein, ich schreibe keine Briefe mehr.«
»Aber du warst gut – wir waren alle drei gut! Warum hast du aufgehört?«
»Ich hab in meiner Analyse gelernt, daß das Briefeschreiben unreif und anmaßend war – ein Versuch, mit dem ›Vater‹ in Beziehung zu treten.«
»Gott?«
»Gott!«
»Aber wir haben doch nie an Gott geschrieben, oder?«
»Und wenn wir es getan hätten – was würdest du darüber denken?«
John sagte nichts, wollte Fine offenbar loswerden. »Zu schade, daß Steph nicht kommen konnte. Irgendwie fehlt was, findest du nicht auch?«
Fine assoziierte Kastrationsangst und sagte: »Ja, wirklich?«
»Aber eigentlich konnten wir uns nie darauf verlassen, daß sie auftauchen würde, nicht wahr?«
»Wenn's nach mir ginge, würde sie eine Analyse machen«, sagte Fine.
»Was?« fragte John, wich mit ungläubig aufgerissenen Augen Fines stetigem Blick aus, holte tief Luft und sagte: »War jedenfalls schön, dich zu sehen, Fine. Ich geh jetzt besser zurück und seh zu, daß ich ihn einigermaßen beruhigen kann.«
»Wiedersehn, John«, sagte Fine steif und hielt ihm die Hand hin.
»Mach's gut«, sagte John und nahm sie.

»Alles Gute zum Geburtstag.«
»Wir müssen uns bald mal wieder sehen. Grüß Steph von mir.«
Fine ging davon. An der Ecke schaute er zurück und sah John immer noch an derselben Stelle stehen und eine Zigarette rauchen. Seltsam, bisher hatte er nicht geraucht. Er ist jetzt Experte für »Prominenz«, erfüllt von geheuchelter Aufrichtigkeit; er legt es darauf an, daß jeder sich in seiner Gegenwart »großartig« fühlt, als wäre das Leben nichts anderes als eine Garderobe nach der Vorstellung. Genau wie am College. Doch während dieser Blitzkrieg eines Wunderkindes im Sandkasten von Harvard akzeptabel gewesen war, ging er einem jetzt, mit dreißig, nur noch auf die Nerven; er hatte sich zu seinem Nachteil verändert, war ein »Original« geworden. Fine stellte wiederstrebend die Diagnose: Charakterstörung; »Als-ob«-Persönlichkeit; kein gefestigtes Selbst, erfindet wiederholt und chamäleonartig ein Selbst, spielt immer wieder ein Selbst. Da er Schauspieler ist, handelt er sogar im richtigen Leben, »als ob« er O'Day wäre. Aber er hat Glück: Seine Psychopathologie paßt zu seinem Beruf. Nur in seltenen dunklen Nächten der Seele, wenn die Kritiker schlafen, spürt er das Loch, wo sein Selbst sein sollte. Nicht zu fassen – je mehr man über die Menschen herausfindet, um so plausibler werden sie einem.
»Und sie denkt, *ich* bin naiv?« sagte Fine laut. »Die Als-ob-Persönlichkeit ist gleichbedeutend mit Naivität. Und doch *akzeptiere* ich ihn.«
Wieder war ihm kalt, er fröstelte. Auf der Fahrt nach Boston hinein bildete er sich ständig ein, jemand verfolge ihn. Da er die Vorstellung von »den Dingen, wie sie wirklich sind« als zu simpel verworfen hatte, machte er sich nicht mehr die Mühe, die Realität zu überprüfen. Vielmehr dachte er schon bald, er habe die Sache vollständig ausanalysiert: In dem »Verfolgen« drückte sich sein Wunsch aus, daß sein Freund ihm auf einem reifen Weg zur geistigen Gesundheit gefolgt wäre; und außerdem sein Wunsch, seine Frau wäre ihm gefolgt in der Bereitschaft, ein Kind zu bekommen. Soviel zu der Phantasie, »verfolgt« zu werden, dachte Fine. Kinderkram.

Hätte er sich die Mühe gemacht, genau hinzusehen, dann hätte er bemerkt, daß ihn tatsächlich ein ramponierter Ford verfolgte, der zwei Wagen hinter ihm fuhr.

12

»Some Enchanted Evening« pfeifend, sah Fine zwanghaft noch einmal nach, ob er das Auto wirklich abgeschlossen hatte, überquerte die Exeter Street und bog rechtwinklig nach links in die Commonwealth Avenue ein, in Richtung auf das Boston Institute. Der Stadtteil Back Bay ist ein zugeschütteter Sumpf, das einzige Viertel von Boston mit einem ordentlichen Grundriß. Stephanie sagte gern, Boston sei auf Sumpf gebaut, New York dagegen auf Fels. Um dem schicken »I Love New York« Paroli zu bieten, hatte Boston einen Sloganwettbewerb veranstaltet und sich für einen Ladenhüter entschieden: »Boston: Bright from the Start.« Stephanie war auf »How about Boston« gekommen, leider zu spät. Schlaues Kind, dachte Fine. Im Abendlicht leuchteten die Reihen von Magnolien, deren Knospen – gegen die verspätete Kälte wie Babyfäuste geballt, weiß und hellrosa vor der verwitterten Backsteinfassade – darauf warteten, sich zu Blüten zu öffnen.

Fine überquerte die grasbewachsene Promenade in der Mitte des großen Boulevards und schritt majestätisch dahin. Er hatte den neuesten Entwurf seiner Theorie der einzigen Frau in seinem Kurs gegeben, seiner einzigen Verbündeten, Dr. Georgina Pintzer. Er hoffte, sie würde ihn lesen. Von Fummel wußte er, daß er angesichts der emotionalen Landminen der Familie Fine versucht hatte, sich mit derlei Leistungen einen Weg freizumachen. Er hatte zahllose Trophäen des Intellekts nach Hause gebracht; jetzt wurde ihm klar, daß er immer noch auf eine Reaktion wartete. Doch indem er verstand, hatte er es akzeptiert. Es würde nie eine Reaktion kommen. Sein eigener Vater hatte der Welt des Intellekts zugunsten der der Schlachterei entsagt, und so hatte Fine als Vater für sich selbst regiert. Daher sein majestätischer Gang: *Fine Rex*.

Vor ihm schritt, den Kopf gesenkt und die Hände hinterm Rücken verschränkt, so wie angeblich auch Freud gegangen war, sein größter Rivale, Dr. Ronald Reuben. Reuben, ein verschlossener, orthodoxer Kandidat, duldete kaum Abweichungen von Freud. Ja, genau! Reubens Fachgebiet war zugleich sein Leiden, denn er war Experte für das Ödipale, das heißt für den Vater. Er stand im achten Jahr seiner Lehranalyse und behauptete, seine Angst vor Aggression verarbeitet zu haben, war aber trotzdem, aus Angst, nicht aggressiv genug zu sein, einer der aggressivsten Kandidaten am TBI geworden. Fine wußte, daß Reuben ihn haßte, weil Fine Experte für Empathie war, also die Mutter. Reuben, befangen in symmetrischem Entweder-Oder-Denken, sah Fines neue »relative« Ansätze als »Schrott«. Dennoch war Reuben, der eine harte freudianische Methode anwandte, nicht in der Lage, seine Patienten bei sich in der Therapie zu halten. Immer wieder stieß er sie mit der »korrekten« Interpretation vor den Kopf, und dann beendeten sie die Therapie, wurden wahnsinnig oder brachten sich um. Das Institut besorgte ihm immer wieder neue Analysepatienten.

Reuben und Fine waren in Vergessens Seminar, das sechs Montagabendsitzungen umfaßte, wie Preisboxer als »Diskutanten« zusammengespannt. Die erste Sitzung vor einer Woche hatte »Die Brust – Begrüßung« zum Thema gehabt. Fine hatte seine Expertenschaft unter Beweis gestellt und Runde eins gewonnen. Heute abend lautete das Thema: »Übertragung – Jenseits des Lustprinzips.« Und für die letzten vier Sitzungen waren die Themen »Der Anus«, »Der Penis/Ödipus«, »Gegenübertragung« und »Therapieende - Abschiednehmen« angekündigt.

Reuben drehte sich abrupt um. Er kontrollierte seinen Zigarrenvorrat. So kam es, daß Fine plötzlich seinem Feind direkt in die Augen sah. Reuben war aus einem Wettbewerb um die Imitation von »Freud mit vierunddreißig« als Sieger hervorgegangen. Streng und hochgewachsen, sah Reuben auf Fine herab und lud die Atmosphäre mit analytischem Schweigen auf. Wenn Sadismus Gestalt annehmen könnte, würde er so aussehen, dachte Fine. Ihm fiel ein, daß er seine eigenen Zigarren vergessen hatte, und er platzte heraus: »Dürfte ich mir eine Zigarre von Ihnen borgen, Reuben?«

Reuben, der ob dieses Ansinnens schier aus den Pantinen kippte, konterte mit einer Deutung: »Denken Sie darüber nach, Dr. Fine.«

»Ich bitte Sie! Ich hab meine eigenen vergessen!«

Schweigen. Dann: »Denken Sie darüber nach.«

»Ach, gehn Sie zum Teufel.«

»Ärger, Dr. Fine. Verfrühte Beendigung der Analyse. Legen Sie sich wieder auf die Couch. Verarbeiten Sie ihn, dann brauchen Sie ihn nicht auszuagieren.«

Gekränkt zischte Fine: »Sie können mich mal, Reuben!«

»Sie sind ja *psychotisch!*« Reuben ließ ihn stehen und überquerte die Commonwealth Avenue.

»He, Sie Arschloch«, schrie Fine ihm nach, »von mir aus können Sie auf der Stelle tot umfallen!« Zitternd vor Wut, beschämt, weil er die Beherrschung verloren hatte, setzte er sich auf eine Bank und versuchte, diesen Gefühlsausbruch zu analysieren. Was ist denn heute mit mir los?! »Verfrüht« ist das schlimmste Adjektiv in der Analyse: »Beendigung«, »Deutung«, »Ejakulation« – in absteigender Bedeutung, alles Fehler! Ich *akzeptiere* ihn nicht. Warum nicht?

Fines Kopfschmerz hämmerte. Die Welt verschwamm. Schemenhaft nahm er die Jogger wahr, zwei Kinder, ein frierendes Liebespaar, eine Frau, die in der Nähe stand und sich rasch abwandte, als er zu ihr hinsah.

Und Stephanie denkt, *ich* bin ein schwerer Fall! Wie schafft es dieser Trottel, mich aus der Fassung zu bringen? Er ackert sich durch, ich fliege. Mein Leben lang hab ich mir durch meine kreativen Höhenflüge den Haß anderer zugezogen, warum sollte das hier anders sein? Und seine Größe! Seine Körpergröße ist seine schärfste Waffe. In der *Fine-Theorie* ist nachzulesen, daß das einer der wichtigsten Gründe für die Diskriminierung der Frauen ist: daß sie kleiner sind. Reuben kam ihm noch verklemmter vor als sonst, anal. Ist es das? Er *meint* nur, daß er es bis zum Ödipalen geschafft hat, und steckt in Wirklichkeit noch im Analen. Es ging das Gerücht, Reuben könnte wegen seines allzu bösartigen Sadismus gezwungen sein, seine Analyse abzubrechen. Angeblich sollte er demnächst zu einem Lehranalytiker kommen, der noch größer und noch sadistischer war als er: Fetzer Gold. Der Fetzer hatte bis jetzt noch jeden Fall geknackt. Um acht Jahre zurückgeworfen! Reuben stand in seiner Lehranalyse vor einem nicht ungewöhnlichen Dilemma: Einerseits hieß es »Alles sagen, was einem durch den Sinn geht«, und andererseits »Alles, was Sie sagen, kann gegen Sie verwendet werden«. Da Wut verboten war, nahm die Wut überhand. Zorn galt als die eine wahre Bösartigkeit des Geistes. Gleich dahinter rangierte Kreativität.

Fine stieg die Stufen zum Institut hinauf, nannte das Losungswort des Abends – »Anna Freud« –, und wurde per Summer eingelassen. Oben in dem eichengetäfelten Seminarraum setzte er sich an seinen gewohnten Platz. Er war angespannt. Alle wirkten an diesem Abend angespannt. Vielleicht lag es an Janet Malcolms Buch *The Impossible Profession*, in dem die Autorin so viel über die New Yorker Analytiker verriet? Aber eines, dachte Freud, mußte man ihr lassen: Es war die beste Arbeit über die Übertragung seit Freud. Keiner begrüßte ihn.

»›Warum wiederholen wir schmerzvolle Erfahrungen?‹«

Mit diesem Zitat aus Freuds *Jenseits des Lustprinzips* (1920) führte Professor Sean Vergessen zugleich ins Thema des Abends ein: Übertragung. Fine dachte: Die wichtigste Frage überhaupt! Immer wieder tun Menschen Dinge, die schlecht für sie sind! Sie geben eine ideale berufliche Stellung auf, heiraten die völlig falsche Frau, und Frauen, die als Kind geschlagen wurden, suchen sich später einen brutalen Mann aus; sie wählen Führerpersönlichkeiten, die sie vernichten werden – sie sind allesamt wie der Akrophobe, der Brückenmaler wird! Warum? Welche Frau bringt sich um? Marilyn Monroe! *Warum?!* Welch eine tiefe, exquisite Fragestellung!

Viele von Fines elf Kurskollegen rauchten Zigarren, sogar Georgina. In dem Qualm schien es, als hätte Vergessen, der Albino, sogar etwas Farbe im Gesicht. Analytiker bis auf die Knochen, wirkte er doch nie wie ein Analytiker, sondern bloß, gleich seinem eigenen hervorragenden Lehrer, Semrad, wie ein »guter alter Farmerjunge aus Iowa«. Mehrere von Fines Kollegen äfften V. nach: die berühmte Positur (pummelige weiße Wange auf pummeliger weißer Faust), der berühmte Akzent (ein Gemisch aus Warschau und Warsaw, Missouri), das berühmte Lachen (»Wenn man Sie in die Enge treibt, lachen Sie!«), die berühmte Kluft (zerknittert, warm, jeder Zentimeter Haut vor der Sonne geschützt) und die berühmte Analytikerhaltung (Freuds »gleichschwebende Aufmerksamkeit«). Ein Kandidat hatte sich angeblich sogar das Gesicht gepudert! Nun da Semrad tot war, stand Vergessen auf der vorletzten Sprosse der Couchleiter. Offizieller Chef war Frau Metz, vom Alter ausgetrocknet und angeblich trotzdem noch mit einem messerscharfen Verstand begabt. Die Leiter bestand aus Analytiker-/Supervisor-Paarungen. Vergessen supervidierte die Supervisoren, die die Supervisoren supervidierten. Fine verglich ihn mit der Glocke am oberen Ende des »Lukas« auf einem Rummelplatz: Eine Patientin könnte zu einem medizinischen Therapeuten in Ausbildung sagen: »Mein Mann Ralph will, daß ich ihm einen *blase* – ich flippe aus! Was soll ich tun?« Der angehende Therapeut gerät seinerseits in Panik, wird rot, beendet die Sitzung und läuft zu seinem Supervisor, einem psychiatrischen *Resident*, der, als er die Geschichte hört, seinerseits rot wird, die Supervisionssitzung vorzeitig beendet und sich eiligst zu seinem eigenen Therapeuten begibt, der wiederum, als er etwas von oralem Sex hört, errötet und später bei seinem Analytiker Fellatio assoziiert, was sein Analytiker als Sadismus deutet, um nach Beendigung der Sitzung zu seinem Lehranalytiker, Vergessen, zu gehen und seine eigenen oral-libidinösen Antriebe zu assoziieren. Keiner ist *sicher*, wie er mit dieser Krise umzugehen hat; alle warten auf V.s »korrekte« Deutung, wie man den Aufruhr, den diese »schlimme« Patientin verursacht hat, beenden und sie davon abhalten kann, entweder

ihren Mann oral zu befriedigen oder auszurasten. Vergessen, der oft durch Singen gegen die Langeweile dieser seltsamen Arbeit ankämpft, stimmt ein Lied an:
»You only hurt the one you love, the one who really cares.«
Das ist es! Und nun wird der Reigen Supervisor–Therapeut–Patient in der entgegengesetzten Richtung getanzt; eine Woche später fängt der Therapeut in Ausbildung aus heiterem Himmel zu singen an: *»You only hurt the one you love, the one who really cares.«*
Und die Patientin, die überrascht ist, daß er sich seiner Sache so sicher scheint, geht ein Arbeitsbündnis ein und stellt sich ihren Therapeuten vor, während sie ihrem Mann Ralph einen bläst, und alle Beteiligten können noch einmal aufatmen.
Die Sitzungen mit Patienten sind anfangs furchteinflößend, dachte Fine. Man weiß nicht, was jeweils die »korrekte« Antwort wäre, und die natürlichen menschlichen Reaktionen kommen einem bei der Arbeit in die Quere. In der Deutungskette war strikte Vertraulichkeit Vorschrift, mit dem Ergebnis, daß hemmungslos geklatscht wurde. Weil sie während der Sitzung schweigen mußten, waren die Analytiker draußen um so redseliger. Da er alles hörte, konnte Vergessen auch auf alles Einfluß nehmen. Seine gesungenen Deutungen schallten über ganz Neuengland, den Northeast Corridor, ja ganz Amerika, die ganze Welt. Manche sagten, sein berühmtestes therapeutisches Bonmot – »Die Realität ist eine Krücke« – sei überhaupt kein sorgsam ausgeklügeltes Konstrukt, sondern vielmehr ein Schmerzensschrei in der Erinnerung an eine Zeit auf Krücken nach einem Skiunfall. Und jetzt füllen eben diese Worte ganze Ausgaben des *Analytical Quarterly!*

> »Jenseits des Lustprinzips, 1920: In der psychoanalytischen Theorie nehmen wir unbedenklich an, daß der Ablauf der seelischen Vorgänge automatisch durch das Lustprinzip reguliert wird ... Es ist das Bestreben des seelischen Apparates, die in ihm vorhandene Quantität von Erregung möglichst niedrig zu erhalten.«

Der Präsentator war Dr. Pete Gross, ein anständiger, kahlköpfiger, beleibter Mann, der für die Analyse eine aussichtsreiche Karriere in der Pathologie aufgegeben hatte. In der Arbeit mit Sterbenden hatte er eine Möglichkeit gefunden, seiner Neigung zum Morbiden zu frönen. Ohne mit der Wimper zu zucken, hatte er einmal zu Fine gesagt: »Sterben ist die einzige zeitlich begrenzte Psychotherapie.« Wie passend, dachte Fine, daß dieser handfeste, sich abrackernde Mann das vorliest. Was ist aus dem Geist Freuds geworden? Bilderstürmerisch und auf sich allein gestellt, hatte Freud das alles als Rebellion gegen das Wien des Fin de siècle begonnen. Hitler hatte einen Beitrag geleistet, indem er den für Despoten typischen Fehler hinsichtlich der Juden machte: Er schaffte sie sich vom Halse. Hunderte von europäischen Analytikern kamen nach Amerika. Jedes Schiff, das in Ellis Island anlegte, brachte einen neuen Strom kreativer Energie für das großartige Unterfangen, das goldene Zeitalter der Psychoanalyse! Hatte es jemals eine umfassendere Ausrottung von Ideen gegeben? Diese zerlumpten Flüchtlinge waren die wahren Erforscher der Seele gewesen! Aber dann war etwas Seltsames geschehen: Die nächste Generation bekam es mit der Angst, flüchtete sich wieder in vorsichtige Orthodoxie. Jedem war klar, daß Freud, hätte er sich am Boston Institute beworben, niemals angenommen worden wäre. Besorgt erkannte Fine, daß kein Genie jemals innerhalb einer Institution erblüht war. Zeitgenossen hatten Einstein als »zurückgeblieben« bezeichnet, Freud als »krank«. Es war reiner Marx: »Ich würde nie einem Club beitreten, der mich als Mitglied aufnehmen würde.« Und so hatten sich die amerikanischen Institute von den wagemutigsten zu den furchtsamsten zurückentwickelt, von den mitfühlendsten zu den gleichgültigsten, von den nachsichtigsten zu den strengsten. Dem Kandidaten wurde beigebracht, er müsse sein wie der Lehrer. Die Formalisierung von Genie hatte den schöpferischen Zweifel abgeschafft. Daseinszweck des Instituts war es, den höchsten Verdienstorden zu verleihen: »Psychoanalytiker.«

Gross endete: »Und so wiederholen wir, wie Freud sagt, immer wieder die schmerzhaften, traumatischen und fixierten Ereignisse

der Kindheit. Wir behandeln andere als Objekte der Übertragung.« Er setzte sich.
Nichts ist langweiliger als ein Eiferer, dachte Fine. Wenn Stephanie nur wüßte, daß ich hier am Institut als Rebell gelte.
Vergessen sagte: »Aber wenn es uns keinen Lustgewinn bringt, warum dann?«
Das war das Stichwort für stilles Assoziieren. Fine tat es:
Kind. Beim Spielen. Ich will ein Kind. Lust. Georgina hat große, lutschbare Titten. Eine teure, durchsichtige Bluse. Sie lehnt sich zurück, streckt sich! Sie sieht meinen Blick, errötet, lächelt. Jeder Nippel wie ein Fingerabdruck oder eine Schneeflocke, einzigartig. Mit dem parasympathischen Summen: Schwarzkirschen. Vom ersten Tag an hatte sie geflirtet. Letzte Woche, bei »Die Brust«, phantasierte ich, daß sie, auf V.s Frage – »Wie *ist* das, Brüste zu haben?« – ihre Bluse aufknöpfen, ihren BH aufhaken und den Rest des Seminars mit nacktem Oberkörper aussitzen würde. Veröffentlichungsreif! Analysegeschichte in der Entstehung! Auf einer Ebene mit Freuds vergeblichem Versuch, auf Coney Island eine öffentliche Bedürfnisanstalt zu finden, seinen Prostataschmerzen, die seinen Besuch eines Lachkabinetts mit Jung im Jahre 1909 verdarben. Mit dieser Zigarre sieht sie aus wie der Blaue Engel. Ah, Brüste!
»– weil wir dumm sind!« sagte Georgina verärgert.
»Was?« fragte Reuben überrascht.
»Wir wiederholen schmerzhafte Erlebnisse, weil wir *dumm* sind.« Sie sah hilfesuchend zu Fine hin. Fine – der dachte: Für diese Titten könnte ich sterben! – sagte: »›Dumm‹ ist nur ein anderer Ausdruck für ›geblendet durch Übertragungsentstellungen‹, nicht wahr, Georgina?«
Reuben stand auf und machte, als Kodiskutant, ein paar ernstzunehmende Bemerkungen zum Thema. Am Schluß wandte er sich an Fine: »Bei Freud ist das völlig klar. Es gibt zwei Prinzipien: den Lebenstrieb – *Eros*, Lust, Sex; und den Todestrieb – *Thanatos*, Unlust, Tod. *Eros* verbindet, *Thanatos* trennt. Der »Wiederholungszwang« ist ein biologischer Antrieb zur Vereinigung mit den Toten. Er entsteht bei der Geburt und endet mit dem Tod.

Tod im Leben. Das ist so einfach wie Pfeile, die im chemischen Gleichgewicht in entgegengesetzte Richtungen weisen, so einfach wie die Zeit, die zugleich vorwärts und rückwärts läuft. Ja, und entwicklungsgeschichtlich gesehen wiederholen wir das *Tun* und das *Rückgängigmachen* – um zum richtigen Ergebnis zu gelangen.«

Fine erhob sich und setzte zu seiner Erwiderung an: »Die moderne Physik hat gezeigt, daß die Zeit nicht rückwärts läuft. Freud war im hegelianischen Dualismus des neunzehnten Jahrhunderts befangen. Er konnte gar nicht anders, als die Dinge säuberlich in Dichotomien zusammenzufassen, immer hübsch zwei und zwei. Er macht aus der Metapher einen Trieb. Der Todestrieb? Vergessen Sie nicht: Er hatte gerade den Ersten Weltkrieg durchlebt.«

»Der Dualismus ist die stärkste Kraft in der Natur«, rief Reuben. »Als Newton schrieb: ›Die Wirkung ist stets gleich der Gegenwirkung‹, seufzte die ganze Welt: ›Ahhh.‹ Und warum? Es leuchtete vom libidinösen Standpunkt aus unmittelbar ein.«

»Vom *männlichen* Standpunkt aus«, sagte Fine. »Newton war ein Schatz, aber, wie Einstein bewiesen hat, im Irrtum. Nicht einmal unsere beiden Hemisphären sind symmetrisch, sondern nichtlinear, eher wie zwei Symphonien als zwei harmonische Akkorde. Lesen Sie meine Monographie. Auf der Grundlage neuer biologischer und neonatologischer Forschungsergebnisse postuliere ich zwei Grundtatsachen: A) Eine grundlegende *Asymmetrie* zwischen Körper, Geist und Entwicklung von Männern einerseits und Frauen andererseits. B) Den Grundzustand eines Neugeborenen als *Beziehung* im Gegensatz zum Narzißmus. Untersuchungen haben gezeigt, daß ein Baby keineswegs ein abgeschotteter, isolierter Klumpen Selbst ist, sondern ein Nahrung aufnehmendes, denkendes, aktiv auf Beziehungen gerichtetes Wesen.«

Das widersprach Freud; Einwände erhoben sich hier und da.

»Daher die Asymmetrie in den Beziehungen zwischen den Geschlechtern, das epidemische Scheitern von Ehen. Hier in Boston arbeiten Frauen an einer neuen Entwicklungstheorie. Gilligan über Geschlechtsunterschiede in der ethischen Entwicklung: Bei Streitigkeiten auf dem Spielplatz tragen Jungen ihre Meinungsunterschiede mit den Fäusten aus, während Mädchen lieber das Spiel abbrechen, anstatt die Beziehung zu gefährden. Surrey und Baker Miller über ›Subjektbeziehungen, eine Theorie des Selbst-in-Beziehung‹: Für Frauen im Gegensatz zu Männern wird das Selbst durch intime Beziehungen nicht bedroht, sondern bereichert (im Gegensatz zur klassischen Theorie, in der Wachstum bedeutet, daß man sich von frühen Beziehungen *trennt*, um ein eigenes, starkes Selbst zu entwickeln). Freud hat die Selbstaufopferung der Frauen als ›moralischen Masochismus‹ verunglimpft, doch wenn man sie Fürsorglichkeit nennt, wird sie zu einem Segen für die Zivilisation! Ich benutze die Arbeit dieser Bostoner Wissenschaftlerinnen, um mir die männliche Seite anzusehen. Nicht *Selbst*verwirklichung, sondern Selbstverwirklichung *in der Beziehung*. So wie Riemann, ausgehend von der euklidischen Geometrie, die Topologie einer höheren Dimension geschaffen hat, was dazu führte, daß Einstein den Riemannschen Raum benutzte, um die spezielle Relativität zu einer Theorie der Quantengravitation zu generalisieren.« Die Zuhörer konnten ihm nicht mehr folgen. »Wir sollten diese Frauen einladen, zu uns zu sprechen.« Protestgemurmel – keine der Frauen war in Boston zur Analytikerin ausgebildet worden. »Aber wie auch immer, ich stimme zwar zu, daß Eros verbindet – vielleicht mit Hilfe von Calcium –, aber es gibt weder eine Notwendigkeit noch einen Beweis für Thanatos.«

»Ach nein?« sagte Reubens Verbündeter, ein Freudianer Jungscher Prägung namens Leon Bergeneiss, ein Mann mit buschigem schwarzem Haar und grauenhaft pockennarbigem Gesicht, Experte für Sadismus und Paranoia. »Und der Masochismus, was ist mit dem, hm?«

Die Kodiskutanten gingen aufeinander los. Reuben griff an: »Freud selbst hat mit Wirbellosen gearbeitet, um seine Theorie zu beweisen: ›Die Triebkräfte, die das Leben in den Tod überführen wollen, könnten auch in den Protozoen von Anfang an wirksam sein.‹« Aufgeblasen lehnte sich Reuben zurück. »Ich nehme an, das gilt auch für Ihre Küchenschaben, Dr. Fine?«

»Heuschrecken«, korrigierte Fine ihn gekränkt. »Genauer gesagt Wüstenheuschrecken.«

Reuben zitierte erneut: »›Die größte uns erreichbare Lust, die des Sexualaktes, ist mit dem momentanen Erlöschen einer hochgesteigerten Erregung verbunden.‹ Freud sagt ganz klar: Orgasmus = Tod. Wir wiederholen Kindheitstraumen, weil wir einem Trieb zum Tode folgen!«
Fine spottete: »Es gibt keinerlei Belege für den Wiederholungszwang als biologischen Trieb. Als Naturwissenschaftler glaube ich nicht, daß er existiert.«
»Was?« rief Reuben und setzte sich ruckartig auf. »Sie glauben nicht daran?«
»Nein. Die Welt ist ungerecht. Es gibt keinen Weg zur Vollkommenheit, keinen unaufhaltsamen Fortschritt. Sind wir biologisch dazu verdammt, Schmerz zu wiederholen? Nein. Neue Forschungsergebnisse zeigen, daß die ersten sechs Lebensjahre keineswegs in Stein gemeißelt sind – die weibliche ethische Entwicklung explodiert in der Pubertät, Drogenabhängige verlieren die Lust an Drogen und werden Immobilienhaie, jugendliche Straftäter sind heute angesehene Bostoner Politiker. Manche von uns werden in der Kindheit stärker verkrüppelt als andere, aber wir wachsen alle heran – manche schneller und vollständiger, andere langsamer. Und mit Calcium, glaube ich, geht es schneller.« Fine nahm einen Finestone heraus. Der biologische Teil von Fines Arbeit war dem Institut hochgradig suspekt. Aber da noch niemand wußte, ob Fine ein Genie oder ein Narr war, riskierten nur wenige, ihn wegen seiner Steine offen zu kritisieren.
Plopp. Lutsch.
Für Reuben war das Maß voll. Er war sprachlos vor Wut. Leon sprang ein: »Jung hätte dem nie zugestimmt, niemals!«
»Jung! Im Jahre 1934, nach Hitlers Machtergreifung, sagte Jung, das arische Unbewußte habe ein höheres Potential als das jüdische –‹«
»Jung war in einer schlechten historischen *anima* befangen«, sagte Dr. Solarz, ein kindlich wirkender Experte für Narzißmus, »aber wie Brecht hatte er den gewissen deutschen Dreh raus.« Er lachte, und es klang wie das Bellen eines Dackels.

»Die einzige wahre Geschichte«, sagte Fine, »ist die Geschichte des Geistes.«
»Wenn wir die Geschichte vergessen, *wiederholen* wir sie«, sagte Georgina.
»Wir müssen auf die Frauen hören!« sagte Fine erregt, und dachte daran, wie unendlich viel lieber ihm Frauen waren als Männer und wieviel mehr Weisheit sich in der Seele des einfühlsameren Geschlechts verbarg. »Die Beziehung einer Mutter zu ihrer Tochter unterscheidet sich qualitativ von ihrer Beziehung zu ihrem Sohn. Freud, der in einer Gesellschaft von Vätern gefangen war, wußte, daß es ihm nicht gelungen war, die Mütter zu verstehen –«
»Ach ja?« sagte Reuben provokant. »Und was sagen Sie zu all den neuen Forschungsergebnissen über die Wichtigkeit des Vaters bei der Kindererziehung?«
Fines Kopfschmerz pochte. Gepeinigt, wie aus einem Tunnel tief unter der Erde, schrie er: »Der Vater landet weit abgeschlagen auf dem zweiten Platz!« Und dann sagte er, mit erhobenem Zeigefinger wie ein Footballspieler im Fernsehen (Das »Hi, Mom!«-Syndrom): »Die Mutter ist die Nummer eins!«
»Sie sind ja psychotisch!« sagte Reuben, mit hervortretenden Adern am Hals. »Zornig, unvollständig analysiert und psychotisch!«
Fine, dem der Schädel zu zerspringen drohte, sah rot: »Fahren Sie doch zur Hölle!«
»Sehen Sie? *Thanatos!*« sagte Reuben, stand auf und starrte wütend auf Fine hinab. »Ödipal! Sie wollen immer noch mit der Größe Ihres Penis angeben!«
»Immer noch besser, als mit der Größe seines Anus anzugeben! Sie brauchen eine zweite Analyse, Reuben – gehen Sie zu Fetzer Gold!«
»Besser eine zweite Analyse als eine verfummelte erste!«
Fine explodierte. Mit einem Wutschrei ging er auf die Genitalzone des größeren Mannes los. Aber er kam nicht ans Ziel. Dumpf nahm er wahr, daß ihn starke Arme packten und ihn zurückzogen in – ja, was? Duftende weiche Seide? Glatte, rosige Haut an seiner

Wange? Georgina! Schlaff ließ er sich an ihre Brust sinken, keuchend, wütend und, wegen Vergessen, beschämt.
V. ließ sich nicht aus der psychoanalytischen Ruhe bringen. Er, der Großvater dieser Söhne, die alle einen Vater suchten, sagte: »Unsere Zeit ist um.«
Fine sah zu, wie sein Idol seine dickliche weiße Wange von der lilienweißen Faust hob. Der rosa Abdruck verblaßte langsam. V. erhob sich gemächlich, grinste seine Jungs an, ging schweigend durch die Tür hinaus und ließ einen Raum voller Phantasien zurück: Schuld, Scham, Rache. Fine hatte furchtbare Angst davor, daß in seiner bevorstehenden Supervision bei Vergessen das Schweigen verdammend, feindselig, inquisitorisch sein würde. Keiner sagte auf Wiedersehen.
Schweigend verließen die Kandidaten einer nach dem anderen den Raum. Reuben sah Fine böse an. Georgina nahm Fine bei der Hand und ging mit ihm. Fine strich mit den Fingern der Seele über sein Selbst, drückte Kanten glatt, rückte die Möbel zurecht. Immer noch zitternd vor Wut, dachte er: Ich wollte, Stephanie hätte das miterlebt. Sie denkt, ich bin zu beherrscht, daß ich meinen Biß verloren habe, meinen Wagemut. Bei ihr, ja. Ich *fühle* mich wagemutig bei ihr, aber ich kann es nicht *zeigen*. Ihret- oder meinetwegen? Vielleicht bin ich nur hier mutig, in diesem Ghetto freudianischer Juden. Draußen in der Welt bin ich wieder verzagt.
»Ich bin stark von Ihnen besetzt!« sagte Georgina, als sie in respektvollem Abstand hinter Reuben und Leon hergingen, die sich im Gleichschritt entfernten. »Die Welt ist eben nicht mehr newtonisch. Und sie mit dem Weiblichen zu verbinden, ist, glaube ich, eine sehr gute Idee.« Nach einer Pause fuhr sie fort: »Ich habe den Entwurf Ihrer Monographie gelesen, und ich finde sie schlicht genial.«
»Wirklich?« sagte Fine und strahlte.
»Ja! Ich möchte mit Ihnen darüber sprechen.«
»Wann?« fragte Fine und zückte seinen Terminkalender.
»Am liebsten jetzt gleich«, sagte sie mit einem koketten Unterton.
»Jetzt?« Ihre Eile verblüffte ihn. Es war nur noch selten Zeit für

ein spontanes *Jetzt*. Er sah ›George‹ an, als sähe er sie zum erstenmal: genauso groß wie ich, kurzes Haar mit Goldsträhnen, rundliches, auffällig geschminktes Gesicht, einladende dunkle, mütterliche Augen und ein üppiger Körper. Nicht hübsch, aber anziehend. Duft? Chanel, mit einem Hauch von Schweiß. Übertragung? Mutter. War das ein Antrag? Er hatte Stephanie noch nie betrogen. Schluck. »Ich meine, meinen Sie wirklich *jetzt gleich*?«

»Ich würde schrecklich gerne mit ihnen nach Stow hinausfahren – ja, jetzt gleich – und mir Ihre Heuschrecken ansehen. Die schlauen mit den hohen Calciumwerten. Lernen sie wirklich, die Beine zu heben?«

»Da können Sie Ihre Titten drauf wetten!« sagte Fine. Dann wurde er rot und sagte: »Oh, ich wollte sagen –«

»Eine irre Assoziation!« sagte Georgina lachend.

»Finden Sie?« fragte Fine. Sie nickte, und Fine hatte das Gefühl, daß das keine Verführung war, sondern eine wissenschaftliche Untersuchung, eine Art Ortsbesichtigung. Außerdem, wer weiß, mit wem Stephanie sich jetzt gerade rumtreibt? Vielleicht mit irgendeinem Footballspieler! Nach unserem Streit heute morgen könnte sie, unanalysiert, wie sie ist, durchaus agieren, sogar sexuell. Und die große Georgina und ich wollen uns ja nur meine Heuschrecken ansehen, oder? »Na, dann los!« sagte Fine. Sie nahm seine Hand und drückte sie. Fine assoziierte »Pfirsiche« und erwiderte den Druck.

Als sie von der Commonwealth Avenue abbogen und durch die Exeter Street Richtung Marlborough Street gingen, kamen sie an einer Gasse vorbei, die parallel zur Commonwealth Avenue verlief. Fine schaute durch diese Gasse zum Parkplatz hinter dem Institut hinüber. Er sah die hohe, schlaksige Gestalt Reubens, allein, an seinem Wagen, einem neuen, knallroten Buick. Irgendwie hatte Reuben einen der numerierten Stellplätze auf dem TBI-Gelände ergattert. Nach einigem Stochern gelang es ihm, die Autotür aufzuschließen. Sein Gesicht wurde von der Innenbeleuchtung des Wagens erhellt. Er wollte gerade einsteigen und schaute noch einmal auf, als hätte er Fine und Georgina entdeckt. Es war nicht zu erkennen, ob er grinste oder eine Grimasse schnitt, etwas rief oder nur assoziierte. Ein kühler Windstoß fegte durch die Straßen, und Georgina drückte sich an Fine – ihre dünne Bluse bot kaum Schutz vor dem ungewöhnlich kalten Maiabend. Am Ende der Gasse hatte ein Wagen zwei Fehlzündungen, und Fine dachte in seiner Nervosität an Schüsse und fuhr zusammen. Reuben wurde ihrem Blick entzogen, als die Autotür sich langsam schloß und die Innenbeleuchtung ausging. Fine überlief ein Schauder, sei es wegen seiner mörderischen Wut auf Reuben, wegen der feuchtkühlen Abendluft oder wegen der Vorfreude auf Georginas Körper. Er hatte ein sehr deutliches Gefühl, daß am Ende der Gasse irgend etwas nicht stimmte. Zu Georgina sagte er:

»Kommen Sie, gehen wir mal da runter.« Er setzte sich in Bewegung.

»Warum?«

»Da stimmt was nicht.«

»Wie meinen Sie das?«

»Ich weiß nicht, es ist nur so ein Gefühl.«

»Ach, Sie«, sagte sie und schmiegte sich enger an ihn, »Sie sind immer so paranoid!«

»Paranoid!« Fine war schockiert. »Hm.« (»Wenn Sie paranoid sind, dann seien Sie halt paranoid« – Fummel.) Dann bin ich halt paranoid, dachte Fine, und seufzte. »Na schön. Ich hab von dem Scheißkerl sowieso die Nase gestrichen voll.«

»Aber jeder Mensch ist doch ein eigenes Geschöpf«, sagte Georgina. »Oder nicht?«

»Doch«, sagte Fine, »aber manchmal fragt man sich wirklich.«

Auf der Fahrt nach Stow schwatzte Fine vor lauter Begeisterung, daß ihm einmal jemand interessiert zuhörte, ununterbrochen vom psychologischen Teil seiner Theorie. Er erwähnte die drei Hauptereignisse im Leben einer Frau – Geburt, Gebären, Tod – und wie sehr sie sich von den dreien im Leben des Mannes unterscheiden – Geburt, Wechsel der Identifikation von der Mutter auf den Vater, Tod. »Ah, ja«, sagte Georgina und brachte eine Flasche George Dickel Sippin' Whiskey zum Vorschein. Fine redete weiter. Als sie über die Curley Bridge zwischen Squantum Neck und Long Island ratterten, kuschelte sich Georgina an ihn und sagte:

»Nur zu! Nehmen Sie auch einen Schluck. Lassen Sie uns einen draufmachen!« Getreu seiner Theorie wich Fine zurück und lehnte ab.

Als sie vor Fines Haus parkten, empfand er Stolz auf die synthetische, beinah feminine Qualität seines Verstandes und war überglücklich, eine so verständnisvolle Zuhörerin gefunden zu haben. Ihm wurde klar, wie sehr er sich von seiner Frau angegriffen fühlte, wie wenig geliebt. Andauernd dieses Gewitzel über die Psychoanalyse, das tat weh. »Ja«, sagte Fine und geleitete Georgina zu seinem Labor, »Freuds größte und schlimmste Momente finden sich in *Jenseits des Lustprinzips*.«

»Sie sind ganz hoch von mir besetzt!« sagte sie und drückte sich an ihn, während sie im Gleichschritt über den Kies der Auffahrt gingen. »Jetzt kommen Sie, Sie sind doch schon ein großer Junge, und das Zeug ist klasse – trinken Sie doch mal einen Schluck.«

Also nahm Fine die Dickel-Flasche und trank kräftig. Der Whiskey brannte in seiner Kehle, aber er schluckte ihn hinunter. Er legte den Arm um sie. Ihre Brust war riesig verglichen mit der seiner Frau. Sie küßte ihn. Ihre Lippen kamen ihm riesig vor, die Zunge war weich. Ihre Hand an seiner Wange roch nach ihrem Geschlecht. Mit der anderen rieb sie zärtlich Fines Hose, was einen Aufstand zur Folge hatte. Fine war nervös.

»Da wären wir«, sagte Fine und knipste den Schalter an. In dem Licht funkelten neurophysiologische Geräte im Wert von einer Million Dollar, die er dem Wunsch der Präsidentengattin zu verdanken hatte, die psychisch Kranken zu »kurieren«. Georgina war beeindruckt. In dem grell erleuchteten Raum sprach Fine über Biologie. Bis jetzt hatte noch nie jemand eine Verbindung zwischen Körper und Seele herzustellen vermocht. Calcium, ein bivalentes Kation, zieht zwei negative Ladungen an und hält sie fest. Genau wie Freuds Libidotheorie zunächst ein »Begriff« gewesen war, dann aber den Sprung von der Metapher zur Realität getan hatte, dachte Fine, daß ein realer Stoff, das Calcium, das in der Realität Moleküle verbindet, zur Metapher für eine soziologische Heilung werden konnte. In dieser Gesellschaft dachten viele, wenn es den Schmerz gab, könne es auch, durch einen raschen, entfremdeten und oft gewaltsamen Akt, Lust geben. Die Finestones würden den Calciumspiegel in Gehirnen anheben, zerbrochene Teile zu ganzen Einheiten zusammensetzen, Synapsen verbinden, Aggressionen binden, Verknüpfungen herstellen. »Bienen, Termiten, Ameisen – und vielleicht auch Heuschrecken – sind staatenbildende Insekten: Die Gruppe *vergrößert* das Individuum. Wie im günstigsten Fall auch die Frauen: Eine Beziehung *bereichert* das Selbst und ist das höhere Gut. Auf der Welt zu sein bedeutet, Teil eines größeren Ganzen zu sein. Könnte eine Mutter je auf den nuklearen Knopf drücken?«

»Nein, natürlich nicht! Aber können Sie tatsächlich einer Heuschrecke beibringen, das Bein zu heben?«

»Worauf Sie sich verlassen können«, sagte Fine und führte den klassischen Versuch von Hoyle an. »Man hängt die Heuschrecke in der Luft auf, und jedesmal, wenn sich ein Bein senkt, versetzt man ihm einen Stromschlag. Das Bein auf der anderen Seite dient zur Kontrolle. Das geschockte Bein lernt oben zu bleiben, das ungeschockte nicht. Aber es kommt noch besser, passen Sie auf!« Er legte eine Kunstpause ein. »Wenn Sie der Heuschrecke den Kopf abtrennen, ist der restliche Körper immer noch lernfähig; trennt man alles ab bis auf das das Bündel Nervenzellen, das die beiden Beine steuert, lernt der Rest immer noch. Und das bedeutet, daß der Lernprozeß in einigen wenigen Nervenzellen abläuft – schauen Sie!«

Fine zeigte Georgina ein Präparat: Ein kleines Kügelchen Heuschreckengewebe – eine Heuschrecke von der Taille abwärts – hing in der Luft. Beide Beine hingen herab. Fine betätigte einen Schalter, eine Klingel ertönte, ein Schockapparat summte, und eines der Beine hob sich. Und blieb oben, wie das Bein eines Hundes am Baum. Aufgeregt sagte Fine: »Eine einzelne Nervenzelle ist imstande, zu lernen und sich zu erinnern. Und ich habe das entdeckt! Die biologische Grundlage des Lernens!«

»Und Calcium bewirkt, daß diese einzelne Nervenzelle schneller lernt?«

»Und besser! Jedes Calcium-Ion schnappt sich, unter dem Einfluß von Membranstrom an einer Verbindung von Nervenzellen, zwei Proteine und gibt der Membran eine andere Form; der Stromfluß in dem Netz wird verändert.«

»Wie neue Verbindungen bei einem Fingerfadenspiel? Oder wie Umarmungen?«

»Ja! Calcium ist das Tollste, was Umarmungen angeht!« Der Bourbon stieg ihm ein wenig zu Kopf. Er legte den Arm um Georgina und führte sie zu einem Käfig voll intakter Heuschrecken. Insektenaugen starrten die beiden Menschen an. »Sie sehen, die Heuschrecken haben sich in zwei Gruppen geteilt. Die mit der hohen Calciumaufnahme sind hier – sehen Sie, wie sie sich zusammengeschlossen haben und die anderen abwehrend und aufmerksam ansehen? Es ist fast, als könnten sie denken!« Mit den Gedanken bei Röntgen und der Rolle des Zufalls bei Entdeckungen, im Glauben, der Nobelpreis sei für ihn im Bereich des Möglichen, hob Fine eine der schlauen Heuschrecken heraus und hörte sich schon fast »Heureka – Penicillin!« rufen, erwartete fast, das geisterhafte Röntgenbild eines Schlüssels darunter auftauchen zu sehen. Er fragte sich: Könnte dieses unglaubliche Geschöpf, das sich seit prähumanen Zeiten nicht verändert hat, einen Gedanken auf mich übertragen? Nein. So alt und doch so ephemer. Fine hielt sich das Insekt dicht vors Auge. Mensch beim Versuch, sich in Heuschrecke einzufühlen. Als es ihm nicht gelang, versuchte er, die in dem Spiegelsaal, dem Facettenauge der Heuschrecke codiert gespeicherten Geheimnisse zu ergründen. Das Exemplar war ein Männchen und ließ ein fröhliches Zirpen erklingen. »Sehen Sie?«

»Wow!«

»Wieviel könnten die uns lehren!«

»Wie Tümmler!«

»Delphine! Genau!« sagte Fine, froh darüber, so prompt verstanden zu werden. Selbst Georgina, eine der am wenigsten empathischen Frauen, besaß noch einen gewaltigen Vorrat an Empathie, verglichen mit den meisten Männern. »Freud hat in unserem Alter ebenfalls nach der großen Synthese gesucht – er hat sich die Schilddrüse angesehen –, vielleicht sogar die Nebenschilddrüse und das Calcium! Und dann ist er hergegangen und hat, zusammen mit Fließ, gewissermaßen in der Nase gebohrt! Nasalerotik!«

»Beeindruckend!« sagte Georgina.
»Haben Sie jemals so tolle Beine gesehen?« fragte Fine sie, während er Wange an Wange mit ihr das Insekt betrachtete. »Wenn ich die hätte, könnte ich fliegen!«
»Dann schauen wir uns doch mal deine Beine an, Schatz!« sagte sie und fing an, zunächst verspielt, dann aber immer zielbewußter, an Fine herumzumachen. Zuerst verspielt, dann mit immer größeren Bedenken, seiner Ehe wegen, machte er mit.
»Nein«, sagte Fine, »bitte nicht! Wo bleibt denn da die Liebe?«
»Liebe?« schnaubte Georgina verächtlich. »Liebe ist romantische Software.«
Dann geschah es dort inmitten der Bunsenbrenner, Rattenenthauptungsgeräte und Ultrazentrifugen, umgeben von Grashüpfern der dummen und der schlauen Sorte, daß Georgina sich irgendwie erst ihrer Bluse und dann ihres großen BHs entledigte, und da stand sie nun, die Brüste größer denn je – riesige fruchtige souffléartige Dinger mit Nippeln so gewaltig wie gedörrte Aprikosen. Fine geriet in Erregung. Mit festem, chirurgisch präzisem Griff öffnete Georgina seine Gürtelschließe und zog seinen Reißverschluß auf, und mit erstaunlicher Fingerfertigkeit entrollte sie seinen Schwanz. Fine sah zu, wie er, von seinen Fesseln befreit, hochschnellte, und sagte leise: »Gurke.«
»Oh, schau mal!« sagte Georgina. »Ein kleiner Rotschopf. Wow!«
»Au!« schrie Fine, als er ihre kalte Hand spürte. Georgina brachte ihn zum Schweigen, indem sie ihm eine Brust in den Mund drückte, während sie seinen Penis nicht allzu zartfühlend und auch nicht viel anders als seine Frau bearbeitete – ein Gedanke, bei dem Fine schlagartig abschlaffte; doch da er sofort den Über-Ich-Rest weganalysierte und die Hand der Kollegin ein übriges tat, war der Maibaum schon bald wieder aufgerichtet – und dann fiel auch ihr Rock, und er spürte die weiche Seide ihres Slips, ein geblähtes Segel vor ihrem Schamhaar, und dann mußte auch der Slip weichen, und Fine legte, als er schon drauf und dran war zu explodieren, vorsichtig den Finger auf den Eingang ihrer Vagina und erschrak: kalt und trocken. Da er dachte, sie habe Angst,

streichelte er sie sanft und zärtlich und probierte dann einen leichten Stoß – »Au! Aua!« schrie sie.
»Psst.« Fine hielt ihr den Mund zu, weil er fürchtete, Mr. Royce vom Sicherheitsdienst könnte auf sie aufmerksam werden. In fliegender Hast musterte Fine seine Assoziationen durch, und plötzlich fiel es ihm wieder ein: Georgina war Expertin für *Vaginismus!* Oh. Binnen Sekunden hatte sie einen toten Fisch in der Hand.
»Ich – tut mir leid, Fine. Ich hab gedacht, mit dir könnte es anders sein. Weil ich dich so hoch besetzt habe, weißt du?«
»Mhm.« Fine wünschte, sie würde ihn loslassen. »Komm, laß uns darüber sprechen.«
Und das taten sie dann, in einer Art Mikroanalyse. Ausgehend von dem Konflikt zwischen ihren großen Brüsten einerseits und ihrem Vornamen (»Wärst du doch ein Junge geworden!«), analysierte Fine ihr Trauma. Georgina hörte sich ihrerseits Fines Geschichte von den Turbulenzen in seiner Ehe an. Während sie so ihre Probleme aufarbeiteten, kamen sie einander näher. Fine war gerührt: Wie leicht es doch ist, eine Beziehung zu einem anderen fast voll analysierten Menschen aufzubauen! Georgina fand eine Metapher für ihre neue Freundschaft: »Ein Fuchsloch teilen.« In bester, herzlicher Stimmung trennten sie sich um drei Uhr morgens und besiegelten ihre Beziehung mit einem geschwisterlichen Kuß.

Auf der Treppe zu seinem Schlafzimmer hinauf fühlte sich Fine erleichtert, daß er seine Frau nicht betrogen hatte. Sorgen machte ihm lediglich, daß er nur zwei Stunden schlafen konnte, bevor er wieder dieser heißen Hysterikerin gegenübertreten mußte, deren erotische Übertragung durch seine Bemerkung an der Tür angeheizt worden war. Er gähnte, erfüllt von dem Gedanken, wie sehr er sie liebte, seine Frau, und erging sich, da er ja allein war, in lauten Assoziationen:
»Warum liebe ich sie? Ah – wie angenehm, wenn die Füße von der Last der Socken befreit werden. Muß uns ein eigenes Haus kaufen. Ich liebe sie, weil sie seidige Brüste hat, die fester sind als

die von Georgina. Weil sie mir immer Fragen aus dem wissenschaftlichen Bereich stellt, die ich immer beantworte. Weil sie mir die Grenzen meines Gesichtskreises aufzeigt. Weil sie intuitiv ist und ich selber kaum und weil sie Exhibitionistin ist und ich Voyeur bin und weil sie mich liebt.«

Und in der Hoffnung auf einen schönen Traum und in der Furcht vor einem schlechten und mit der Frage an Gott, warum sein furchtbares Kopfweh immer noch nicht aufhörte, legte sich Fine allein ins Bett, in dem er sich ohne den würgenden Arm der Gattin zu wohl fühlte, um sich richtig wohl zu fühlen.

Wir lieben uns, weil wir wie das Jefferson House erst miteinander einen vollständigen Menschen ergeben. Gemeinsam sind wir so voller Kraft wie der erste Häher, der es gewagt hat, den Winter über hierzubleiben, und so voller Hoffnung wie das erste Rotkehlchen, das es gewagt hat, der imaginären Sonne entgegenzufliegen. Bald sind wir wieder zusammen. Am Freitag zu Hause, munter, temperamentvoll und optimistisch wie Welpen, werden wir uns gegenseitig das in der absolut modernen Ehe so seltene Geschenk machen: Zeit. Ich werde ihr sagen, daß ich seßhafter werden will, ein Haus haben, das nicht auf dem Gelände von Stow steht. Ein Kind bekommen. Dieses verrückte, frenetische, getrennte, entfremdete Leben aufgeben. Vielleicht ist sie schon schwanger? Mmm.

Und ich bin's ja nicht allein – kein Mensch am Institut hat von dem letzten Mord Notiz genommen. Warum sollten wir auch? Wir haben es alle fünfzig Minuten mit den Mordphantasien unserer Patienten zu tun. Das reicht schon, auch ohne die reißerischen Schlagzeilen unanalysierter Realität.

Fines letzte Assoziation des Tages? Vaterschaft. In dieser seltenen und fruchtbaren hypnagogen Lücke zwischen Wachen und Schlafen sah er sich als Stammvater einer ganzen Fine-Dynastie. Er zeigte auf die Niederkunft seiner Frau, so knuddelig erwartungsvoll, so besinnungslos und blind wie ein roter Nippel.

Und genauso ahnungslos.

13

Stephanie war eine eingefleischte New Yorkerin. Am Nachmittag darauf schwebte sie mit der Pendlermaschine aus Washington ein.

Später sollte sie mir von dieser entscheidenden Heimreise erzählen.

Ihr erster Blick auf die Skyline – sie sah die Gebäude als lebhafte junge Frauen, die aus einer in gelbes, staubiges Sonnenlicht gehüllten Menge aufragten – war tröstlich. Als sie die Entwurzelung, die Heimatlosigkeit spürte, wußte sie, daß sie an ihren Wurzeln war, zu Hause. Sie fühlte sich in der Großstadt so zu Hause, daß sie sie genauso sah wie ein Tourist: als großen Ameisenhaufen, die Menschen drunten auf den Straßen so klein wie Insekten und die Menschen oben auf Bildschirmen so groß wie Götter. Sie ließ das Taxifenster herunter und roch atavistische Gerüche – Kanalisation, Restauration, Hundekot, Blumen – und wußte, daß ihre Stadt sich mit dem Frühling vertraut machte. Der Taxifahrer fluchte: »Jetzt hau gefälligst ab mit deiner Scheißkarre, du blöder Müllkutscher.«

»Hey«, schrie der Lastwagenfahrer, »du kannst mich mal!«

Stephanie belohnte diese Glanzleistung mit einem Trinkgeld und stieg aus. Der Senator hatte sie auf eine Informationstour geschickt, ältere Bürger betreffend. Die nächsten Tage sollte sie New York, Texas und Kalifornien bearbeiten. Nach New York war sie gekommen, um eine Schule für Senioren zu besichtigen, die ihre Tante Belle, die Schwester ihres Vaters, empfohlen hatte. Ihre verwitwete Mutter war mit ihrem neuesten Beau namens »Tre« (Abkürzung für »der dritte«) nach Palm Springs abgedampft.

So wartete sie nun in der leeren Wohnung auf Tante Belle und überlegte, warum die Juden immer im »Osten« landeten: im Londoner East End, im Marais im Osten von Paris, in Osteuropa. Ihr Großvater Al hatte beim jiddischen Theater auf der Lower East Side begonnen. Und nach einem kurzen Zwischenspiel an der

West End Avenue hatten sie viele Jahre hier auf der Upper East Side gewohnt. Aber egal, Juden leben nicht an einem Ort, sondern in der Zeit.

Seit ihrem Streit mit Fine am Morgen des Vortags hatte sie sich mies gefühlt. Ihre Ehe war ernstlich gefährdet. Sie sah keinen Ausweg. Lag es daran, daß sie sich vor dem Alleinsein fürchtete, wenn sie ihn verließ? Oder hoffte sie immer noch, daß er sich änderte, daß sie sich zusammenraufen würden? Es war keine Frage der Liebe, sondern eine von Angst oder Mut. Sie hatte daran gedacht, sich einen Liebhaber zu nehmen. Seit ihrer frühen Jugend für Männer attraktiv, hatte sie, in New York aufgewachsen, Expertise im Neinsagen entwickelt. Da sie auf so urtümliche Weise mit Fine verbunden war, hatte sie auch als verheiratete Frau stets »nein« zu anderen Männern gesagt. Am schwersten war ihr das bei John gefallen. Sie hatte oft gedacht, wenn Fine nicht in Paris aufgekreuzt wäre – liebebedürftig, verletzlich, bettelnd –, wären sie und John schließlich doch noch zusammengekommen.

Es klingelte an der Tür. Sie sah durch den Spion, daß es Tante Belle war, und ließ sie herein. Eine stämmige und entschlossene Frau mit der für die totale New Yorkerin typischen Make-up-Rüstung (bogenförmige Augenbrauen, kräftiges Rouge, knallrote Lippen), gekleidet für jeden erdenklichen Aspekt des Stadtguerillakriegs, begrüßte Belle ihre Lieblingsnichte herzlich. Sie plauderten über dies und das und kamen schon bald auf Fine – und John.

»Weißt du«, sagte Belle, »gerade neulich hab ich wieder an John denken müssen – als die beiden damals bei mir gewohnt haben und er mit der Aubergine gesprochen hat, erinnerst du dich? Energiebündel, alle beide! Eine Vitalität!«

»Was, Fine auch? Manchmal denke ich schon, ich hab das nur geträumt.«

»Doch, doch, er auch. Steckt er immer noch in seiner Analyse?«

»Er hat gerade aufgehört. Die haben ihm seine Vitalität weganalysiert. Aber er hat immer noch Alpträume – jede Nacht, stell dir vor! Und ich hab jetzt nur noch schöne Träume. Neulich bin ich aus einem Traum über Delphine aufgewacht – eine ganze Revue von Delphinen in rosa Strumpfhosen und Tutus –«

»Ach, ich weiß«, sagte Belle lachend, »die sind einfach zu süß!«

»Und ich hab zu Fine gesagt: ›Ich wär gern mit einem Delphin verheiratet.‹ Und er hat gesagt: ›Interessante Assoziation, Stephanie‹ – er nennt mich jetzt oft Steph*anie* – ich kann's nicht ausstehen –, ›aber wo sollte der den Ehering tragen?‹«

»Verstehe«, sagte Belle. »Und wie kommt es, daß wir an einem bestimmten Punkt im Leben plötzlich Angst kriegen? Also, meine Liebe, wenn du in mein Alter kommst, das Telefon immer seltener läutet und du dafür immer öfter zu Beerdigungen mußt, dann läßt du alle Vorsicht fahren und lebst einfach.«

»Ich kämpfe ja auch dagegen an. Mein Job ist Mist, mein Leben ist Mist! Ich tanze auf einem Seil zwischen Angst und Langeweile.«

»Dann mach was anderes.«

»Und was?«

»Das, was wirklich in dir steckt. Was schon dein ganzes Leben lang da drin gewesen ist – das solltest du machen.«

»Ich kenn mich überhaupt nicht mehr aus. Wie war ich denn früher? Bitte sag mir mit einem Wort, wie ich als Mädchen gewesen bin.«

»Mit einem Wort?« Sie überlegte. »Lustig. Du hast uns immer zum Lachen gebracht, wie dein Opa, wie Papa. Was dein Vater sich immer gewünscht und nie geschafft hat. Hab ich dir übrigens gesagt, wie schön du aussiehst? Ehrlich!«

»Du bist immer so gutgelaunt, Belle!«

»Mir geht's immer gut, wenn ich von einer Beerdigung komme.«

Auf dem engen Flur trafen sich ihre Blicke, und etwas Altes, aber Wohlbekanntes, etwas, das mit Frauen zu tun hatte, die ihre Männer verloren haben und allein zurückgeblieben sind, erfüllte sie beide. Steph fiel ihrer lieben alten Tante um den Hals, und gemeinsam weinten sie ein bißchen. Und dann verließen sie das Haus.

Sie gingen an dem Isthmus karminroter Tulpen auf der Park Avenue entlang und über die Fifth zum Bus. Belle hätte sich Taxifahren leisten können, genoß aber den Kontakt mit dem Volk in den Bussen (zwei Überfälle und ein schlimmes Hüftgelenk hatten ihr die U-Bahn vergällt). Sie ratterten dahin in dem lauten und stinkenden Gefährt, und Belle redete laut. (Echte New Yorker sind entweder leise wie ein Dieb oder laut wie ein Irrer.) Hinten im Bus wetterte eine korpulente Kreischerin mit Einkaufstasche dagegen, daß »Millionen von Regenwürmern auf den Gehsteigen von New York zertreten werden«.

»Schade, daß Fine nicht dabei ist«, sagte Steph. »Er findet Verrückte herrlich.«

»Aber die ist nicht verrückt, Liebes, das ist ihr Job.«

»Ihr Job?«

»Klar. Sie wird dafür bezahlt, daß sie hinten in einem Bus herumrandaliert. Sie ist bei der Stadt angestellt. So ist sie von der Straße und fällt der Sozialhilfe nicht zur Last. Gar kein schlechter Job.«

»Du willst mich verkohlen.«

»Nein. Schau! Siehst du den Mann da draußen, der mit dem Stuhl auf das Gebäude einschlägt? Genau dasselbe. Auch das ist ein guter Job.«

»Die sind doch geistesgestört – die sind aus der Klapsmühle ausgerissen.«

»Nein, nein, das sind normale Menschen, genau wie du und ich. Jeden Montagmorgen gehen sie ins Rathaus, lassen sich sagen, was sie die Woche über tun sollen, richten sich her und gehen an die Arbeit – kreischen, auf Gebäude einschlagen, schreiend an Straßenecken liegen, wie Vögel zwitschern. Das ist eine neue Arbeitsbeschaffungsmaßnahme. Und sie machen ihre Sache gut, findest du nicht auch? Du hast dich jedenfalls täuschen lassen, oder nicht?«

»Aber warum bezahlt die Stadt sie, damit sie uns auf die Nerven gehen?«

»Auf die Nerven gehen? Nein! Sie erreichen, daß wir uns besser fühlen. Wir sehen sie, und wir sagen uns: ›Mir geht's ja auch schlecht, aber noch längst nicht so schlecht wie dem armen Schwein, das da mit dem Stuhl auf das Gebäude eindrischt!‹ Es ist sogar ein Psychiater dabei; er macht das immer am Mittwochnachmittag, statt wie früher zum Golf zu gehen.«

»Nicht zu fassen! Vielleicht könnte Fine ja so was in Boston anregen! Aber woher kriegen die das Geld für –«

Belle fing zu lachen an. »O Mann, da hab ich dich ja schön reingelegt! Haha.«
Stephanie war platt. »Du bist vielleicht eine Marke! Kein Wunder, daß du als einzige aus der Familie noch hier lebst. Das ist wie die natürliche Auslese, New York rupft alles aus, bis auf so Marken wie dich.«
»Das war unsere heutige Lektion: Evolutionslehre. Warte, bis du erst Dr. Dandi kennenlernst, aus Sri Lanka, ehemals Ceylon – er ist ein Schatz! Ah, da ist Lila!«
Der Saal war voll besetzt mit älteren Leuten, die sich angeregt unterhielten. Um Punkt drei Uhr kam ein schlanker, nußbrauner Mann mit glattem schwarzem Haar und einer auffälligen Narbe an der Wange herein, der einen braunen Khakianzug trug – Professor Nipak Dandi. Er erinnerte Stephanie an ein kleines, wachsames Nagetier, etwa einen Nerz oder ein Frettchen. Nach einer herzlichen Begrüßung durch seine Studenten begann er mit seiner Vorlesung über »Die Evolution der Menschheit: Sind wir noch tüchtig genug, um zu überleben?« Als erstes skizzierte er das Universum: »Der ›Anfang‹ vor zwanzig Milliarden Jahren; vor zehn Milliarden Jahren Entstehung der Milchstraße; fünf Milliarden Jahre, das Sonnensystem; 4,5 Milliarden, die Erde; Jahrmillionen, in denen es nur Schleim, Schimmelpilze und Würmer gab; vor 200 Millionen Jahren die ersten Kakerlaken.« Gelächter. »Pflanzliches Leben reichert die Atmosphäre an, die wunderbarerweise für mehrere hundert Millionen Jahre stabil bleibt! Und dann – geben Sie acht!« Die Alten beugten sich vor, drehten ihre Hörgeräte lauter. Ganz anders als in Harvard, dachte Steph, wo man, wie es ein Ichthyologe einmal ausgedrückt hatte, »für jeden neuen Studentennamen, den man sich merkt, einen Fischnamen vergißt«. »*Homo sapiens sapiens*, Gehirnvolumen 1350 Kubikzentimeter!« Erfreutes Gemurmel – daß wir so viel haben! Lila strahlte vor Stolz; Belle nickte, den Mund zu einer festen Linie zusammengekniffen, die Beifall ausdrückte. »Und dennoch, nicht so schnell«, sagte Dr. Dandi, »denn haben wir nur, wie Darwin sagte, durch Zufall überlebt, oder sind wir Gottes auserwählte Wesen? Purer Zufall oder grandioser Ent-

wurf? Zwei Ansichten: Es ist alles so kurios, daß es niemals durch Zufall entstanden sein könnte, sondern die Schöpfung Gottes sein muß. Oder: Es ist alles so kurios, daß es nur durch Zufall in einem gottlosen Kosmos entstehen konnte. Eines ist klar: Wir gehen dem Untergang entgegen. Seit vier Millionen Jahren sind wir auf der Erde, und *diese* Generation wird unser Schicksal besiegeln. Wir müssen unsere 1350 Kubikzentimeter auf neue Weise anwenden oder aber aussterben. Wer trauert schließlich noch dem Mammut nach?«

Stephanie sah sich um. Die alten Leute saßen da, hingerissen wie Kinder. Die wahre Lebenskraft kommt davon, daß man Risiken eingeht, immer und immer wieder. Unsere Harvard-Troika hatte diese Lebenskraft, dachte sie, aber jetzt? Fine hat sie verloren, ich bin dabei, sie zu verlieren; und John James? Sie dachte an Kierkegaards *Krise im Leben einer Schauspielerin* und fragte sich, ob er, wie eine ältere Schauspielerin, der eine bessere Julia gelingt als die, die sie mit vierzehn spielte, jetzt als junger Liebhaber besser wäre. Es tat ihr leid, daß sie seiner Einladung zur Geburtstagsfeier nicht gefolgt war.

»– eine andere Möglichkeit zum Überleben die extraterrestrische Auswanderung wäre.« Untermalt mit Zitaten aus Gerard O'Neills *Unsere Zukunft im Raum*, sprach Dandi verträumt von Raumstationen, vollendeten Kuppeln und riesigen radförmigen Gebilden mit üppiger Vegetation. »Stellen Sie sich vor, Sex ohne Schwerkraft! Doch das wahre Überleben ist das Überleben des Geistes, des Bewußtseins. Nächste Woche bringe ich einen Gast mit, meinen Freund, einen im Exil lebenden tibetischen Lama. Ich danke Ihnen.«

Applaus. Stephanie sah auf die Uhr: Er hatte ganze fünfundvierzig Minuten gesprochen und alles dargestellt!

Frage: »Was war vor dem Urknall?«

Antwort: »Das weiß niemand, aber astronomische Daten legen den Schluß nahe, daß sich das Universum ausdehnt, sich wieder zusammenzieht, sich nach einem neuen Urknall wieder ausdehnt, sich wieder zusammenzieht. Manche sehen darin rein naturwis-

senschaftliche Begriffe. Ich sehe darin –« (Kunstpause) »– das Atmen Gottes.« Ausrufe des Erstaunens.
Belle und Lila stellten Stephanie Dr. Dandi vor und machten sich auf den Weg zu einem anderen Vortrag, »Auf den Spuren der marxistischen Umwälzung«, eine Vorbereitung auf ihre geplante Reise nach Mittelamerika.
Dr. Dandi, mit ihr alleingelassen, war offenbar auch an alltäglichen irdischen Belangen interessiert: Er sah ihr zunächst tief in die Augen und dann tief in den Ausschnitt. Warum werden Männer von weiblichen Körper*teilen* angetörnt? Er fragte sie, ob sie am Abend mit ihm ausgehen wolle. Etwas heftiger, als sie beabsichtigt hatte, sagte sie: »Nein!«
Kichernd sagte er: »Ich folge dir bis ans Ende der Welt.« Er gab ihr seine Karte, und sie gingen ihrer Wege.
Steph, die für den Rest des Tages frei hatte, lief ziellos in der Stadt umher. Geschwächt durch die Kraft der Alten, fühlte sie sich einsam – die tiefe, privilegierte Einsamkeit des Einzelkindes. (Jahrelang hatte sie *only child* als *lonely child* mißverstanden.) Ihre Stadt schien sich gegen sie zu wenden, ihre Türen zu verschließen, die Kinder draußen zu lassen auf den Straßen voller Gefahren und Gemeinheiten. Sie fand sich in einer Querstraße im Blumenviertel, den westlichen Zwanzigern, wo ringsum Lagerhäuser aufragten und kein Mensch sich blicken ließ, und sie wußte instinktiv, daß es eine gefährliche Gegend und eine gefährliche Zeit war. Die Sonne stand tief, die Luft war kühl. Ein Mann kam auf sie zu geschlendert. Sie fragte sich, ob es jetzt so weit war – die Forderung nach Geld oder Sex, ihr Trotz, sein Schnappmesser oder seine Pistole, die sie vom Leben und sogar vom Sex ohne Schwerkraft trennen würde. Sie fühlte sich gefangen, eingesperrt, in die hintersten Winkel der Stadt gestopft wie der übliche Abfall – Essensreste, zermanschte Exkremente, verlorene Adressen und Fragmente von großen Beat-Gedichten. Sie hatte Angst. Er hatte sie gesehen, kam näher. Sie ging zu einer Telefonzelle, nahm den Hörer ab. Und legte ihn wieder auf. Sie hatte ihre Angst überwunden. Er kam noch näher, sie wandte sich ihm zu. Er sah ihr in die Augen, mußte ihre Wut spüren, grinste,

ging weiter. Sie zitterte vor Angst und hatte das dringende Bedürfnis, mit Fine zu sprechen. Seine einzige hervorragende Eigenschaft war immer noch seine Verläßlichkeit. Sie rief an; sie hörte das Freizeichen.

»Bitte, Fine«, sagte sie, »bitte sei zu Hause.«

»*Klick* – Hier ist Dr. Fine, leider nur vom Anrufbeantworter –«

Sie wartete den Piepton ab und sagte: »Du kannst mich mal, Fine! Steffy.«

Wir, die wir keine Angst vor dem Tod haben, überleben. Der Straßenräuber erkennt die Angst am Gang seines Opfers (zu schnell, zu langsam); die Beute kennt auf eine geheime, intuitive Weise den Jäger.

Stephanie setzte sich in ein Café, trank eine Tasse Kaffee, las die *Village Voice*. Sie sah die Ankündigungen der Comedy Clubs der Stadt durch und stellte fest, daß im Catch a Rising Star an diesem Abend eine »Nacht des offenen Mikros« stattfinden sollte. Ob sie da mitmachen konnte? Nur so vor sich hin sagte sie: »Nein.«

Aber plötzlich sah sie, als sei ein Vorhang vor ihrem inneren Auge weggezogen worden, in aller Deutlichkeit eine längst vergessene Szene vor sich: das letzte Mal, daß sie ihren Vater gesehen hatte.

Es war vor knapp zwei Jahren gewesen, im Frühling. Sie hatte ihn für den Nachtflug nach Paris zum Kennedy Airport gefahren. Wie immer hatten sie sich über das Leben im allgemeinen unterhalten und dann über ihr, Stephanies, Leben. Und er hatte zu ihr gesagt: »Irgend etwas fehlt, Steffy.«

»Nicht zu übersehen. Aber was?«

»Weißt du noch, letzten Winter, als du uns in Florida besucht hast?«

Sie und Fine waren für eine Woche nach Siesta Key gefahren. Nach einem Tag am Lido Beach (im Oben-ohne-Bereich, Fine hatte darauf bestanden) hatten sie sich mit ihren Eltern in einem Restaurant namens Columbia am St. Armand's Circle getroffen. Im Laufe des Abends durften angehende Komiker auf der kleinen Bühne zeigen, was sie konnten – Nacht des offenen Mikros für alle und jeden. Ihr Vater hatte ihr zugeredet, es zu versuchen, ihre

Mutter war dagegen gewesen; Fine, mit Sonnenbrand und entsprechend gereizt, hatte analysiert.
»Und weißt du noch, was du gesagt hast, Steffy?« fragte ihr Vater.
»Ich hab ›nein‹ gesagt.«
»Du hast ›nein‹ gesagt.« Sie saßen in der Abflughalle. »Hör zu: Ich hab mal einen Mann kennengelernt, der erfahren hatte, daß er an einer seltenen, unheilbaren Krankheit litt. Damals hatte er noch keine Symptome, aber er wußte nicht, wieviel Zeit ihm noch blieb. Er beschloß, zum letztenmal eine Weltreise zu machen, und er beschloß, daß er jedesmal, wenn er vor eine Wahl gestellt wurde, ›ja‹ sagen würde.« Er hatte eine Pause gemacht, seine Augen waren feucht gewesen. »Und weißt du was, Steffy? Dieser Mann hat die wunderbarsten Abenteuer erlebt, die du dir vorstellen kannst! Ich hab mir immer gewünscht, dieser Mann zu sein, immer.« Sein Schweigen war schwer von Bedauern und Reue. »Weil er jeder von uns ist. Unsere Krankheit ist die Angst. Das ist es, was dir fehlt. Und mir. Uns allen. Der Mut, ›ja‹ zu sagen, komme, was da wolle. Weil das Leben zu kurz ist für ›nein‹.«
Ihre Umarmung war magisch gewesen, übertrieben stürmisch, und sie hatten beide geweint. Er bestieg die Maschine. Ein paar Stunden später, Tausende von Metern über dunklem Wasser, auf dem Weg in die Lichterstadt, wurde die schlampig konstruierte Ladeluke aus dem Rumpf der Maschine gerissen, und ihr Vater kam ums Leben.
Als sie jetzt so in dem schäbigen Café saß, kamen ihr die Tränen. Normalerweise hätte sie geweint und sich irgendwann niedergeschlagen davongeschlichen – und ihre Melancholie sogar ein bißchen genossen. Aber damit war jetzt Schluß. Sie spürte in sich eine ganz ungewöhnliche Entschlußkraft. Als sei sie mit Erde gefüllt worden, fühlte sie sich, im Bauch, in den Eingeweiden, fest und sicher. In sich selbst verankert wie noch nie zuvor, sprach sie das letzte Wort:
»Von nun an sage ich ›ja‹.«
Sie rief Professor Nipak Dandi an und brachte ihn aus der Fassung, indem sie sofort sagte: »Ja, ja, ich würde gerne mit ihnen ausgehen. Wir treffen uns in einer Stunde in einem Lokal mit dem

Namen Catch a Rising Star an der Kreuzung First Avenue/77th Street, okay?«

Sie saß mit dem adretten Nipak am Tisch und trank abwechselnd Bourbon und Bier, während die angehenden Komiker einer nach dem anderen auf die Bühne gingen und fünf Minuten lang ihre dilettantische Show abzogen. Sie war als letzte an der Reihe. Völlig benebelt vom Alkohol, aber sorglos und locker stieg sie aufs Podium und sagte:
»Hi, ich bin Goldie. Wie mache ich mich bis jetzt?« Ein vereinzelter Lacher. Sie ließ ihr Haar herunter und schnitt eine Grimasse, und dann kam es aus dem Nichts: »New York ist schon lustig, oder? Immer wenn man mit dem Bus fährt, ist hinten eine alte Frau mit Einkaufstasche, die vor sich hinkreischt, stimmt's?« Sie machte es nach. Gelächter. »Und auf der Straße sieht man manchmal einen Typ, der an einem Gebäude hochschaut und zwitschert wie ein Vogel.« Sie machte es nach. Die Leute kannten es. Sie lachten. »Oder an der Ecke auf dem Gehsteig liegt und in die Gegend brüllt.« Sie legte sich auf den Boden und brüllte in die Gegend. Lautes Gelächter. »Aber was ich heute erlebt hab, das war die absolute Spitze: Da war ein Typ, der hat mit einem Stuhl auf das Rockefeller Center eingeschlagen, könnt ihr euch das vorstellen?« Sie konnten es sich vorstellen. »Aber jetzt kommt's: Ihr denkt, das sind lauter Verrückte, stimmt's? Falsch! Die sind nicht verrückt, die gehen nur ihrer Arbeit nach!« Wieso denn das? »Na ja, jeden Montagmorgen gehen die ins Rathaus und holen sich ...«
Und dann setzte sie zu einem Höhenflug an, wie ein Drachen. Sie benutzte Belle und Großvater Al, machte sich lustig über Fine den Analytiker und Nipak den Kosmologen, erzählte die quasifeministischen und ethnoerotischen Witze und abfälligen Bemerkungen, mit denen sie ihr Leben lang das dankbare Publikum der New Yorker unterhalten hatte. Es hätte ein Riesenflop werden können, wäre da nicht dieses elektrische Knistern gewesen, das im direkten Kontakt mit dem Publikum entsteht. Und als sie die Leute lachen hörte, dachte sie: *Es funktioniert! Ich bin amüsant! Yippee!*

Sie blieb auf der Bühne, bis das Lokal geschlossen wurde, und brachte als letztes den Themasong aus ihrem Kabarett mit John: »*Carry me back to old Manhattan, that's where my heart belongs …*«

Hinterher, umlagert von den letzten Gästen, fühlte sie sich prächtig – sie war aufgekratzt, nahm Glückwünsche entgegen. Der Manager sagte: »Ganz große Klasse! Sie sind ein Original, genau wie Joan Rivers!« Und er lud sie ein wiederzukommen, wann immer sie wolle. Ein grauenhaft häßlicher Agent mit fettigen Haaren namens Howard Rosensdork sagte: »Sehr schön! Sie haben nur ein Problem!« Welches, wollte sie wissen. »Sie sind zu hübsch. Die Leute wollen nicht über ein hübsches Mädchen lachen. Nicht umsonst sagt man ja: ›Zeig mir eine witzige Frau, und ich zeig dir einen Mann.‹« Steph zeigte ihm den Finger. Er lachte und sagte: »Herrlich! Ich nehm alles zurück – ich würde viel dafür geben, Sie managen zu können. Gehen wir doch mal zusammen essen!« Alle nannten sie »Goldie«. Es war zwei Uhr früh. Überglücklich schwebte sie hinaus in die nächtliche Kühle der Upper East Side. Zum erstenmal hatte sie das Gefühl, daß ihr ein Stück der Stadt *gehörte*. Die vor dem Lokal geparkten Limousinen, in denen sich die Neonlichter spiegelten, deren Spiegelungen wiederum vom feuchten Pflaster gespiegelt wurden, schienen alle nur für sie dazusein.

Beschwipst lief sie mit Dandi durch die Straßen, der wie eine Klette an ihr hing, weil er ihr, wie sie meinte, an die Wäsche wollte. Sie wandte sich ihm zu und rief: »Wir brauchen ein Taxi!« Er hielt ein Taxi an. Vor ihrem Haus angekommen, schaute sie zum Himmel auf und rief wie eine Verrückte:

»New York, ich liebe dich!«

Dandi, der versuchte, locker zu bleiben, fragte: »Und warum?«

»Warum?« fragte sie mit seinem indischen Akzent, »weil diese Stadt *alles* gesehen hat!« Sie umarmte ihn, sah an ihm hinunter und sagte: »Hey, schaun Sie sich das an, *homo erectus!*«

Peinlich berührt, weil der Portier alles mitbekam, machte Nipak: »Psst.«

»Hey, Junge, du bist doch bestimmt nicht immer bloß auf den *Big*

Bang aus, oder? Ha!« Er sah so aus, als könnte er davonlaufen, und so schlang sie die Arme um ihn und küßte ihn voll auf die wulstigen Lippen. »Na, wie wär's, Nipy, willst du ins Bett?«

»Bett?!«

»Ja!«

»Was?!«

»Ja, Sex ohne Schwerkraft!«

»Nein, Moment mal, ich –« Er bekam offenbar kalte Füße, wich langsam von ihr zurück. »Das kann man doch nicht in die Realität umsetzen.«

»Die Realität ist eine Krücke!«

»Ich habe morgen einen Termin nach dem anderen –«

Sie äffte wieder seinen Akzent nach. »Aber bei der Liebe geht's doch nicht nach Termin.«

»... eine bemerkenswerte Frau, und ich rufe Sie an, okay?« Es war zuviel für ihn. Er lief weg, die Avenue hinunter, als stünde seine nußbraune Hose in Flammen, winkte noch einmal lahm an der Ecke und verschwand.

Nicht zu fassen, dachte sie, während sie sich auszog, gegen Wände stieß, an der Strumpfhose zerrte, nicht zu fassen, die Freiheit, die Macht, die man gewinnt, indem man »ja« sagt. Sie legte sich ins Bett und ließ ihren Auftritt noch einmal ablaufen; ihr wurde klar, daß sie den entschwindenden letzten Zipfel eines Traums erblickt und nach ihm gegriffen hatte und daß sie dann nicht etwa nichts in der Hand gehabt hatte, sondern immerhin ein Nugget, das zumindest auf ihr Überleben hoffen ließ. Ich *bin* amüsant! Kann man sich das vorstellen?

»Daddy, lieber toter Daddy, Daddy, du hättest heute über mich gelacht!«

Goldie?! Woher kam die? Am Wochenende werde ich Fine reinen Wein einschenken. Vielleicht kündige ich. Ich bin die hölzernen Männer leid, Senator, Ehemann oder was immer.

Wie ein Kind, das durch die eigene Stimme beruhigt wird, ließ sie sich vom Gelächter emportragen, hoch hinaus über die säuerliche Verzweiflung, die sie den ganzen Tag über heruntergezogen hatte. Sie hob sich der Nacht entgegen, friedlichen Monden entgegen,

den langsam und lautlos rotierenden Planeten mit ihren vielen, vielen Ringen entgegen – je näher man hinsieht, um so mehr Ringe sind es –, hinauf zu den Sternen, Galaxien, zu den unvorstellbaren Enden unendlicher Universen, ob imaginär oder nicht, zu Träumen von Meerestieren, von unbeirrbar lächelnden Delphinen. Und zu John. Selten, ein Tag wie dieser, an dem das Leben, wenn man ihm eine Frage stellt, auch eine Antwort gibt.
Sie nahm den Telefonhörer ab, wählte. Wieder nur die Ansage. Nach dem Piepton sagte sie: »Du kannst mich mal, Fine! Goldie!«

14

»Tot?!« rief Fine ungläubig.
Mrs. Neiderman schluckte und nickte. Miss Ando schüttelte den Kopf.
»Aber wie – warum – wie kann Reuben tot sein?«
Am frühen Morgen hatte ein Jogger Reuben tot auf dem Fahrersitz seines Buicks gefunden. Fine drehte sich der Magen um – Reuben war vor seinen Augen ermordet worden! Sein Kopf fühlte sich an, als wäre sein Gehirn zu Eis erstarrt. Die Eiseskälte breitete sich nach unten aus, bis sein ganzer Körper taub war. Ein furchtbarer Gedanke kam ihm: Wäre ich meiner Ahnung gefolgt und doch in die Gasse hineingegangen, vielleicht wäre er dann jetzt noch am Leben? Was bin ich eigentlich für ein Idiot? Und das schlimmste: Ich hab mich mit ihm gestritten, unmittelbar davor. Ihm den Tod an den Hals gewünscht. Ach, Mist!
Georgina rief an, völlig aufgelöst. Zusammen fuhren sie zur Polizei.
Die Bostoner Mordkommission überprüfte wie üblich alle »Feinde des Opfers« und hatte schon von Fines Streit mit Reuben am Institut gehört. Georgina und Fine wurden getrennt verhört. Das

Verhör begann mit Routinefragen. Doch im weiteren Verlauf gab Fines analytischer Stil – er beantwortete Fragen grundsätzlich mit Gegenfragen – den Beamten zunächst Rätsel auf, dann gerieten sie in Wut, und schließlich kamen sie zu der Meinung, Fine hätte etwas zu verbergen. Sie holten Fines guten alten Bekannten O'Herlihey, der nach ein paar Runden von diesem Frage-Handball sagte: »Passen Sie auf, Fine, es ist besser, Sie sagen uns jetzt die Wahrheit.«

»Ja, und was für Gedanken haben Sie darüber, was ›die Wahrheit‹ sein könnte, hm?«

O'Herlihey sagte: »Ganz einfach: *Sie* haben ihn umgebracht.«

»Uff«, macht Fine. Endlich hatte er verstanden.

»Wenn Sie kein Alibi haben, müssen wir Sie einbuchten!«

Dank Georginas gleichlautender Aussage kamen sie beide nicht mehr als Verdächtige in Frage. Aber sie waren die einzigen Augenzeugen. Sie erzählten alles, was sie wußten: Die Überraschung in seinem Blick, die Schüsse, das Erlöschen der Innenbeleuchtung. Sie wurden mit einer Warnung entlassen: »Seien Sie vorsichtig. Sie beide könnten die nächsten sein.«

»Die nächsten?« fragte Fine. »Und wie denken Sie über –«

»Raus!«

Georgina war völlig fertig und bestand darauf, daß Fine sie zu einem Drink einlud. Benommen machten sie sich auf die Suche nach einer Bar. Da sie sich in Boston befanden, brauchten sie nicht weit zu gehen. Schon bald kam einer der Polizisten herein und erzählte ihnen unter Bruch des Amtsgeheimnisses (genau wie am Institut, dachte Fine) die Einzelheiten: Reuben hatte mit ausgebreiteten Armen auf den Vordersitzen gelegen, ein Bein noch außerhalb des Wagens, das andere in Richtung Gaspedal ausgestreckt. Er war kaltblütig ermordet worden, mit zwei Schüssen, beide aus nächster Nähe abgegeben, mit tödlicher Präzision. Es gab einen Hinweis, der *top secret* war, ein Detail, das alle Morde miteinander verband, eine bizarre Verstümmelung, die vor der Presse geheimgehalten wurde, sogar vor den Polizisten – ein sogenannter »Schlüssel«, über den nur der Mörder Bescheid wissen konnte und sonst niemand. Die Methode war dieselbe wie in den anderen beiden Fällen gewesen; die Morde waren offensichtlich das Werk eines gewissenhaft arbeitenden, rachsüchtigen Profis.

Die Psychiater hatten Angst. Am Stow wurden unter Leitung von Mr. Royce vom Wachdienst umfangreiche Sicherheitsvorkehrungen getroffen. Am Institut nutzten die Psychologen ihr analytisches Fachwissen, um den brutalen Mord an einem ihrer Kollegen aufzuarbeiten. Mit dem Tod vertraut (die Suizidrate unter Psychiatern war hoch, fast so hoch wie die der Zahnärzte), zelebrierten sie ein wohlbekanntes Ritual: Beerdigung, Kondolenzbesuch, der Entschluß, die Angelegenheit im nächsten Vergessen-Seminar zu behandeln. Die Sekretärinnen des Instituts äußerten Besorgnis über ihre eigene »Sicherheit« – was als »Abhängigkeitswünsche« weganalysiert wurde –, und erst als sie mit Arbeitsniederlegung drohten, erhielten sie die Erlaubnis, »zu tun, was immer Sie im Interesse Ihres Sicherheitsbedürfnisses für nötig halten«.
Dennoch brachte der neue Mord vielen eine Art makabre Erleichterung. Die für Boston normalen sechs Wintermonate waren eine Sache, der längst überfällige Frühlingsanfang eine ganz andere; die Menschen, deren biologische Uhr gestört war, reagierten gereizt auf die dumpfe Kälte. Im ganzen Land spielte das Wetter verrückt. Irgend etwas Großes war aus dem Takt gekommen. Eine Unheilserwartung hing schwer in der Luft. Wie Vögel vor dem Sturm wurden die Menschen still.
Fast wie eine Spiegelung des jahreszeitlichen Betrugs war kurz zuvor ein Korruptionsskandal ungewöhnlichen Ausmaßes aufgedeckt worden. Viele Jahre hindurch hatte man Schmiergeldzahlungen als etwas Normales hingenommen, aber im Anschluß an die Wahl eines ehrenwerten Mannes zum Gouverneur hatte eine Kommission die Vergabe staatlicher Bauaufträge untersucht: Der Grund, weshalb Neubauten einstürzten, Betonplatten von Brükken ins Wasser fielen und die Straßen die schlechtesten im ganzen Land waren, trotz der höchsten Verkehrssteuern, der Grund war, jawohl, liebe Mitbürger, daß der Bauunternehmer dem Beton zuviel Sand beigemischt hatte und der Architekt, nein, liebe Mitbürger, gar nicht Architektur studiert hatte! In den letzten zehn Jah-

ren hatte die Affäre jeden Steuerzahler etwa drei Tausender an Provisionen und Bestechungsgeldern gekostet. Der Marsch der Schurken durch die Schlagzeilen war ernüchternd gewesen, und die FBI-Videobänder von den korrupten Geschäftsleuten, die wie echte Verbrecher redeten, machten sich gut im Fernsehen. Einer der größten Absahner sagte: »Der Staat stand zum Verkauf. Aber als ›Duke‹ gewählt wurde, war es mit den Schmiergeldern aus.« Also jagten die Bürger diesen ehrenwerten Duke aus dem Amt und wählten einen Polizisten herkömmlicher Art. Die Korruption schoß wieder ins Kraut, es wurden wieder ansehnliche Summen gezahlt. Der größte Absahner sagte: »Die Leute bekamen genau das, was sie verdient hatten.« Aber der Gouverneur war in Schwierigkeiten: Ein Steuerbeamter erhängte sich, als eine Untersuchung gegen ihn eingeleitet wurde. Das Bild von dem liebevollen Familienvater, den seine Frau vom Dachbalken hängend gefunden hatte, war irgendwie unappetitlich. Der Slogan des Gouverneurs – *»Make It in Massachusetts«* – erinnerte ständig an den Skandal. Die Tage des Gouverneurs waren gezählt.

Die des Bürgermeisters ebenfalls. Aus Wut darüber, daß die Bürger sich für die Einführung einer Steuerhöchstgrenze entschieden hatten, hatte er bei der Polizei und der Feuerwehr den Rotstift angesetzt. Ein ehrlicher, cleverer, aggressiver U.S.-Staatsanwalt (Yankee) ermittelte gegen den Bürgermeister (Ire) wegen Korruption auf kommunaler Ebene. Mehrere subalterne Vorgesetzte, die wegen Erpressung, Bestechung und Steuerhinterziehung einsaßen, waren drauf und dran auszupacken. Einem Bezirksleiter in Southie hatte man die lukrative Invalidenrente gestrichen – der »Unfall« erwies sich als der »Zusammenstoß« eines Lieferwagens, der mit drei Meilen pro Stunde gefahren war, mit einem Wagen, den der Bruder des Invaliden in spe gefahren hatte. Daher kürzlich die Schlagzeile im *Globe*: PENSIONÄRE MÜSSEN KÜNFTIG NACHWEISEN, DASS SIE NOCH LEBEN.

Wütend, krank und genervt von dem nicht enden wollenden Winter, suchten die Menschen nach Ablenkung und Erleichterung. Viele fanden sie im dritten Mord an einem Psychoklempner.

Die Artikel wurden mit Verve und Esprit geschrieben. Das Fernsehen – »die elektronische Zwangsjacke« (Fine) – bereitete den realen Mordfall zu genießbaren Bildern auf. Viele Einwohner Bostons verachteten Psychiater. In der Presse karikiert, passiv bis zum äußersten, überwiegend Juden, waren die Analytiker, deren Technik als Snobismus mißverstanden wurde, eine willkommene Zielscheibe für die Wut des Pöbels. Die Bürger gierten nach Einzelheiten. Als die grausige Nachricht sich in Boston verbreitete, verwandelte sie sich in Gänsehaut erzeugende Freude. Ganz ähnlich wie ein guter Therapeut, nahm sie den Verdrossenen und Deprimierten eine Last von den Schultern.

Den ganzen Rest der Woche – die kalten, grauen Maitage verstrichen einer nach dem anderen so freudlos wie die ersten Novembertage – dachte Fine, er sei damit beschäftigt, Reubens Tod zu verarbeiten. Als am Mittwoch vormittag die Damen Neiderman und Ando den Mord zur Sprache brachten, dozierte er: »Die Zeit geht aus dem Leim. Unsere nationalen Abwehrmechanismen sind primitiv geworden: Projektion, Introjektion. Keiner von uns hat mehr echte eigene Gefühle. Zuviel Tamtam, zuviel Hoffnung. Ist es Zufall, daß unser führender Komiker sich den Künstlernamen ›Hope‹ zugelegt hat? Wußten Sie, daß er unter Schlaflosigkeit leidet, um drei Uhr nachts Freunde anruft, ihnen einen Witz erzählt, wartet, daß sie lachen, und dann auflegt?«

»Was soll dieser Vortrag?« fragte Neiderman ratlos. Fine starrte sie verblüfft an – er hatte gedacht, seine Worte seien von Trauer inspiriert gewesen. »Außerdem«, sagte sie gereizt, »brauchen Sie nicht auf dem armen Bob Hope herumzuhacken. Er hat vielen Familien viel Freude gebracht.«

»Ach was, Familien«, sagte Fine seufzend, als ob »Familien« ermordet worden wären. »Warum sehen Familien so viel fern? Weil es die Familien im Fernsehen nicht tun.« Fine bemerkte, wie verwirrt die beiden dreinschauten, und setzte zu einer Erklärung an: »Das Fernsehen ist die größte Entfremdung der Geschichte. Alles strebt weg vom Persönlichen. Im Kino sind Roboter und Außerirdische realer als Menschen. Doch wollte man versuchen, den Verlust des Persönlichen rückgängig zu machen, wäre das so ähnlich wie der Versuch, den elektrischen Strom abzuschaffen oder –«

»Dr. Fine«, sagte Miss Ando spitz, »geht es Ihnen nicht gut?«

»Nicht gut?« fragte er. »Ich bin völlig abgestumpft. Stufe eins der Trauer ist die Abgestumpftheit. Psychodynamisch bedeutet das die Loslösung von der omnipotenten Mutter.«

»Warum um alles in der Welt«, fragte Neiderman mit vor Ärger gerötetem Gesicht und betastete ihr blondes Haar, »schiebt ihr Analytiker immer alles auf eure Mütter?«

»Was?« Fine war verblüfft. »Das tun wir doch gar nicht, jedenfalls *ich* nicht. Ich liebe meine Mutter, jawohl.«

Er sah nicht, wie die beiden die Augen verdrehten.

Später dachte Fine, die Abgestumpftheit gehe über in Stufe zwei und drei, Zorn und Schuldgefühl. Er legte sich für eine Selbstanalyse auf die Couch: Die Schuldgefühle kommen von meiner Phantasie, daß meine mörderische Wut auf Reuben irgendwie diesen Mord provoziert hat. Doch ein Schuldgefühl ist wie eine heiße Kartoffel – wer sie in die Hand nimmt, verbrüht sich. Fines Angst nahm zu, und er dachte daran, Fummel anzurufen. Eine Sitzung nach Beendigung der Analyse? Unerhört! (»Wenn Sie auf sich allein gestellt sind, dann sind Sie eben auf sich allein gestellt« – Fummel.) Also war Fine auf sich allein gestellt. Er empfand einen Hauch Stolz.

Fine wurde immer angespannter. Seine Kopfschmerzanfälle verschlimmerten sich. Er hatte ein vages Unheilsgefühl, als könnte er jeden Moment die Beherrschung verlieren, wie in dem Seminar. Er nahm sich Freuds *Trauer und Melancholie* (1917) vor und sagte seinen Lieblingssatz laut vor sich hin, wie eine Beschwörung: »Der Schatten des verlorenen Objekts fällt auf das Ich.« Das bedeutete: Falls man gemischte Gefühle, die Toten betreffend, empfindet – vor allem Zorn –, wird der Tod nicht in den normalen Trauerprozeß integriert, sondern löst eine tiefe, pathologische »Melancholie« aus. Er arbeitete an seinem Zorn. Am Donnerstag morgen dachte Fine, er habe seine Gefühle über den Mord weitgehend analysiert.

Armer Fine! Vor seiner Analyse hatte er mehr oder weniger gewußt, was er fühlte. Inzwischen konnte er, ohne daß es ihm selbst bewußt wurde, kaum noch zwischen einem »Gefühl« und einem »Gedanken« unterscheiden. Und obwohl er glaubte, Gefühle über den Tod seines Rivalen zu haben, empfand er in Wirklichkeit fast nichts, überhaupt nichts.

Und an der Schnittstelle zwischen Phantasie und Realität versuchte Fine seine Furcht vor der möglichen Gefahr zu bewältigen. Er gestand sich zwar ein, daß diese Morde Ereignisse des wirklichen Lebens und durchaus ein Grund zur Sorge waren, hielt aber seine Furcht für ein bloßes Überbleibsel seiner Neurose. Das Gefühl, »die sind hinter mir her«, war vertraut, vollkommen ausanalysiert. Er hielt sich in Wirklichkeit nicht für gefährdet. Seines Wissens hatte er keine echten Feinde, und niemand – abgesehen von seinen Patienten in ihrer Übertragung – war zornig auf ihn. Er lebte sein Leben, so gut er konnte: Er forschte, versuchte seine stationären Patienten im Jefferson House (deren Psychosen durch die Morde beeinflußt wurden) zu beruhigen, behandelte seine Privatpatienten und verarbeitete die beiden unglaublichen Fehler, die er bei seinen Kontrollanalysen gemacht hatte – das »Gern geschehen, gute Nacht« an der Tür und den nichtswürdigen Furz.

In seiner Supervisionssitzung bei Vergessen am Donnerstagnachmittag begann Fine mit dem Rattenmann. Er beschloß, seinen Fehler zu verheimlichen.

Nachdem er ihm eine Weile zugehört hatte, las V. ihm etwas aus einem Band von Freud vor:

> »*Das Unbehagen in der Kultur*, 1930: Der soziale Faktor, der die weitere Umwandlung der Analerotik besorgt, bezeugt sich durch die Tatsache, daß trotz aller Entwicklungsfortschritte dem Menschen der Geruch der eigenen Exkremente kaum anstößig ist, immer nur der der Ausscheidungen des anderen. Der Unreinliche, d. h. der, der seine Exkremente nicht verbirgt, beleidigt also den anderen, zeigt keine Rücksicht für ihn … Es wäre auch unverständlich, daß der Mensch den Namen seines treuesten Freundes in der Tierwelt als Schimpfwort verwendet, wenn der Hund nicht

> durch zwei Eigenschaften die Verachtung des Menschen auf sich zöge, daß er ein Geruchstier ist, das sich vor Exkrementen nicht scheut, und daß er sich seiner sexuellen Funktionen nicht schämt.«

V. sah ihn an und lächelte. Fine konnte es nicht fassen: Aus der Wahl dieser Passage ging klar hervor, daß V. seinen Notizen von der Sitzung irgendwelche Hinweise entnommen, also irgendwie gespürt hatte, daß Fine sie mit einem Furz beendet hatte! Er *wußte* es! Überwältigt von V.s intuitiver Genialität, gestand Fine seinen Furz. Zu seiner Überraschung erzählte V. einen Witz, dessen Pointe so lautete:

»... wandte sich Tausk an Freud und sagte: ›Sie haben vor Lou Andreas-Salomé gefurzt!‹ Darauf Freud: ›Wieso, wäre sie an der Reihe gewesen?‹«

Fine platzte los, und auch V. lachte. Als er sich wieder gefaßt hatte, erzählte Fine V. auch von der Bemerkung an der Tür. V. sagte darauf lediglich: »Was soll sein?«

Zunächst interpretierte Fine das als *Akzeptieren*. Hinterher jedoch, als er es, allein im Auto, auf der Spindel seiner Paranoia drehte, sah er in diesem »Was« eine Zurückweisung, eine Aufforderung, die Sache gründlicher zu analysieren. Und dieser Verdacht wurde noch zusätzlich durch das unheimliche, von einem bestimmten Ausdruck in V.s Augen ausgelöste Gefühl genährt, daß V. irgendwie die Geschichte mit dem *Vaginismus* zugetragen worden war und er sich seine Gedanken darüber machte.

Die ganze streßreiche Woche hindurch vermißte Fine Stephanie. Nacht für Nacht allein im Bett, dachte er: Sie ist nie da, wenn ich sie brauche! Das liegt an ihrer narzißtischen Mutter, die unanalysiert in ihr verborgen ist. Genau! Sein einziger Kontakt mit ihr waren zwei Nachrichten auf dem Anrufbeantworter gewesen, Dienstag nacht und Mittwoch morgen:

Eins (klare Stimme, nüchtern und verärgert): »Du kannst mich mal, Fine! Steffy.« (Seltsam, daß sie den Kosenamen ihres Vaters aus ihrer Kindheit, Steffy, verwendet hatte, eine eindeutige Regression. Sie mußte unter Streß stehen.)

Zwei (lallend, offenbar verärgert und betrunken): »Du kannsmichmal, Fine! Goldie!«
»›Goldie‹?!« sagte Fine laut. »Was kann das bedeuten?«
Nach sorgfältiger, tiefschürfender Analysearbeit meinte er zu wissen, was es bedeutete: Es konnte nur bedeuten, daß sie ihn liebte!

15

So kam es, daß Fine am Freitag nachmittag auf dem Bahnhof am Ufer des Hudson in Columbia, wo er auf den verspäteten Zug aus New York wartete, sowohl Liebe als auch Angst empfand. Weit im Süden, unter der Rip van Winkle Bridge, wo er früher in den Sommerferien als Gebühreneinnehmer gearbeitet hatte, war der Zug angehalten worden. Fine betrachtete einen verrosteten Kran mit seinem Haken, einen ausgedienten Güterwaggon und die altersschwachen Gleise. Hier, an der Front Street, hatte Nose Cohens Vater sich umzubringen versucht, indem er in den mächtigen Hudson sprang. Da das Wasser nur knietief war, hatte er überlebt und war in die staatliche Nervenheilanstalt ein paar Meilen außerhalb der Stadt gekommen, wo man ihn lange Zeit behalten und immer wieder einmal unter Hochspannung gesetzt hatte.
Fine ging den Promenade Hill hinauf in den Park, von dem aus man auf den Hudson hinabschauen konnte. Wie klein das alles von dort oben wirkte! Und wie riesig es früher einmal gewesen war! Er lehnte sich an das Eisengeländer, wie er es seit dreißig Jahren immer wieder einmal tat, und schaute hinüber nach Athens und zu den Catskills. Ein paar Häuser weiter stand die Synagoge, der Schauplatz von Fines frühester Erinnerung: Er saß auf dem Balkon auf dem Schoß seiner Mutter, schaute auf das flackernd-rote Ewige Licht und weinte vor Schmerz über das sensorische Chaos. Jahre später, als Kind am Fastentag Jom Kippur,

in einem Wald von hungrigen Juden, gab er seinem Kumpel Nose ein Zeichen – *jetzt!* –, und sie liefen los, die Steinstufen hinunter, die Straße entlang in ihren quietschenden neuen Schuhen und der zu engen Krawatte, den Hang hinauf zu diesem Aussichtspunkt, dieser tröstlich luftigen Figur von Fluß und Berg, stets süßer Sommer oder kühler Herbst. Der Hudson schien so nahe, aber Jahr um Jahr konnte keiner von beiden einen Stein so weit werfen, bis dann eines Jahres Fine die optimale Flugbahn berechnete und Nose es schaffte! Schon bald danach wurde Fine auf Stephanies Drängen Manager der Basketballmannschaft und kehrte in die menschliche Gesellschaft zurück. Er ging wieder hinunter zum Bahnhof.

Der Zug schlängelte sich um die letzte Kurve, in bedenklicher Schräglage, so daß Fine die Zwangsvorstellung hatte, er würde umkippen. Ein paar Fahrgäste stiegen aus, und dann tat sich nichts mehr. Schließlich sah er sie. »Stephanie!«

»Sag Goldie zu mir«, sagte sie.

»›Goldie‹?«

»Ganz recht!«

Er versuchte, sich nicht anmerken zu lassen, wie enttäuscht er über diese kühle Begrüßung war, und sagte: »Fahren wir an unseren Bach?«

Seit dem ersten Mal waren sie jedes Jahr im Mai nach Kinderhook zurückgekehrt. Sie fuhren über die ramponierte Hauptstraße aus der Stadt hinaus, vorbei an den belebten Einkaufszentren, durch die North Claverack Hills, vorbei am Musikpavillon von Ghent und an den klassizistischen Herrenhäusern von Chatham und dann hinaus aufs platte Land, kühl und knospend grün und gelb – Kühe, landwirtschaftliche Gebäude, Gerüche, üppige Natur. Hier draußen war es klarer. Stephanie schmiegte sich an Fines Hüfte, sang die Country-and-Western-Songs mit, die der Rundfunksender von Albany in den Äther schickte, Albany, das Fine immer für die Metropole im Norden gehalten hatte. Fine erzählte ihr von dem Mord an Reuben. Sie war schockiert und besorgt. Sie fuhren auf dem Fahrweg zwischen den Pferdekoppeln am Shaker Museum in Old Chatham vorbei und holten langsam einen alten

Mercedes ein, der am Heck einen Aufkleber mit der Aufschrift HUPEN SIE, WENN SIE JESUS SIND trug. Stephanie hupte, der Fahrer schaute auf und machte einen Schlenker, um einem Mädchen auf einem Pferd auszuweichen. Hinter ihnen kam ein uralter Ford abrupt zum Stehen. Überrascht, daß da plötzlich drei Autos hintereinander über die einsame Landstraße fuhren, sagte Fine: »Ich glaube, der Ford fährt schon eine ganze Weile hinter uns her.«

»Wirklich?« fragte Stephanie.

»Eine wirklich paranoide Phantasie – die hab ich ständig, seit Reuben umgebracht wurde. Und Alpträume! Schlimmer denn je! Ich glaube, ich habe den Todesfall noch nicht verarbeitet.«

»Aber du hast Reuben doch nicht ausstehen können, Fine.«

»Ja, eben. Das ist der Grund.« Er gab ihr einen Abriß von *Trauer und Melancholie*.

»Also, ich verstehe ja, daß dich diese Todesfälle durcheinandergebracht haben, Fine, aber sie haben auch was Gutes.«

»Nämlich was?«

»Sie haben die Welt für Patienten ein bißchen sicherer gemacht.«

Ein übler Witz, dachte Fine, und feindselig. Mit zunehmender Paranoia fuhr er weiter und beobachtete den Ford im Rückspiegel. Fine analysierte den Wagen anhand von Pelvins Automobiltheorie – altes Modell, zweitürig, grün, verrostet und verbeult, keine Aufkleber, und da er davon auf eine ebenfalls »verbeulte« und »verrostete« Psyche des Fahrers schloß, bekam er noch mehr Angst. »Angenommen, wir halten an und er bleibt auch stehen, was dann?«

»Machst du dir *echt* Sorgen?«

Fine unterdrückte die analytische Reaktion und sagte einfach: »Ja.«

Stephanie drehte sich um, schaute und sagte: »Keine Panik, Fine, es ist eine Frau – ach, Mist, sieh dir das an! Da, wo wir runter wollen, steht ein Verbotsschild!«

»Ich bin ambivalent, was das Anhalten angeht.«

»Na, dann bleib halt nicht stehen, fahr weiter –«

Fine fuhr langsamer, hielt an. Die Zeit blieb stehen. Sie sahen zu, wie der Ford langsam näherkam, zu zögern schien und dann an ihnen vorbeikroch, wobei die Fahrerin sie kaum eines Blickes würdigte. Der Wagen hatte ein Nummernschild aus Massachusetts. Fine sah zu, wie er über die Kuppe holperte und verschwand, und versuchte sich zu beruhigen.

Sie stiegen aus. Auf dem frisch gemalten Schild stand: KEIN DURCHGANG.

Fine hielt sie zurück. »Vielleicht sollten wir lieber doch nicht weitergehen. Es ist ein Risiko.«

»Ach, komm, was soll schon passieren?« sagte sie und zog ihn weiter wie ein ängstliches Kind. »Risiko ist der Motor der Liebe.«

Sie blieben am Rand der Schlucht stehen. Fine hoffte, die Rückkehr an ihr geheimes Plätzchen würde diesmal ein Neuanfang werden. Für ihn sah alles ganz ähnlich aus wie beim ersten Mal: die Reste der gemauerten Brückenpfeiler, eine Erinnerung an Vorsatz und Vernachlässigung; der angeschwollene Bach, der von den Hügeln rechts herunterkam, unter der imaginären Brücke einen Weiher bildete und links in die Tiefe stürzte. Sie drückten einander die Hand und gingen zwischen kahlen Bäumen und Unterholz hindurch den aufgeweichten Weg entlang, der einmal eine Straße gewesen war, zu der Lichtung unter den Kiefern am Ufer, wo sie erwartungsgemäß verkohlte Reste eines Lagerfeuers, Bierdosen und die Cloroxflasche vorfanden.

Hier trennten sie sich, wie immer. Stephanie blieb am Ufer, Fine zog Schuhe und Socken aus und watete in die Bachmitte. Das Wasser war eisig. Er balancierte mit taub werdenden Füßen über die glatten Steine zu einem trockenen Felsbrocken in der Mitte hinüber. Dort saß er eine Zeitlang, und allmählich kam er in friedlichere Stimmung. Er sah zu, wie das Wasser kleine Tümpel bildete und vorübergehend Mikrowelten von winzigen Pflanzen und Tieren entstehen ließ, lebendig bei Flut, tot bei Ebbe. Er schaute aufwärts in die Sonne, bis zur Biegung, und sah das Wasser weiß glitzern, glänzend, ein Schimmern von Glasperlen auf einem schrägen Spiegel. Dann drehte er den Kopf, schaute in den Schatten und sah, wie das Wasser dunkelblau wurde und sich zwischen den beiden Granitwänden sammelte. Und dann eilte es einem großen Gravitationszentrum entgegen, wie ein Fisch, der einen Laichgrund sucht. Vor Jahren, dachte Fine, hat Stephanie mich hier geöffnet. Die Dosenöffnertheorie der Liebe. Wie in der Analyse riß ich meine Verteidigungswälle ein, und der Strom der Liebe hatte freie Bahn. Wer könnte das Flüssige vergessen? Wie ängstlich ich war, als sie sich hier zum erstenmal ganz auszog, an einem dunstigen Sommernachmittag mit ozonreicher Luft nach einem gewaltigen Gewitter. Wie liebreizend sie war! Ich schauderte vor freudiger Ungeduld, und sie drückte mich so eng an sich! Die Tränen traten ihm in die Augen, und er drehte sich um und schaute zu ihr hin, wo sie am Ufer unter den Bäumen saß. Unsere verschiedenen Sitzplätze sind eine Metapher für unsere Ehe, und doch bin ich glücklich, weil ich mir der Tiefe unserer Liebe gewiß bin. Er stand auf und watete zu ihr zurück, setzte sich neben sie auf einen Stein und rieb sich die Füße, die von der Kälte ganz weiß geworden waren.

»Hier hast du mich die Liebe gelehrt«, sagte er.

»Und hier hast du mich Disziplin gelehrt«, sagte sie, und es klang traurig. »Du hast gesagt: ›Ein bißchen Disziplin muß schon sein.‹« Eine Drossel ließ ihren Ruf erklingen. Der säuerliche Geruch der Stinkenden Zehrwurz nährte ihre Erinnerungen. »Ah, Leben, Leben«, sagte Fine, »das ist, als wollte man versuchen, eine dicke Frau in einen engen Badeanzug zu zwängen: Wenn ein Teil drin ist, quillt ein anderer wieder heraus.«

»Wir können nicht zurück, Fine.«

»Nein, wir müssen weitergehen, wachsen. Ich möchte ein Haus kaufen, woanders, nicht auf dem Stow-Gelände, weil du gesagt hast: *Tu* was!«

»Du bist so naiv, Fine – du glaubst immer noch, daß für dich alles möglich ist, daß du dich noch ändern kannst, stimmt's?« Er nickte. Mit düsterer, fast unheilschwangerer Stimme sagte sie: »Männer ändern sich, wenn sie dahinterkommen, daß das anderen wichtig ist; Frauen ändern sich, wenn sie dahinterkommen, daß es den anderen egal ist. Wir müssen einander weiter herausfordern, Fine, so wie wir's immer getan haben, immer und immer wieder, sonst –«

»Genau! Ich möchte ein Kind! Kinder sind eine Möglichkeit, sich weiterzuentwickeln.« Fine stellte sich einen kleinen Jungen vor, der im Wasser spielt. Er spürte, wie sie sich versteifte. »Ich liebe dich wirklich, Stephanie.«

»Goldie. Nenn mich Goldie.«

»Warum denn nur, um Himmels willen?«

»Goldie ist mein Künstlername.«

»Wovon redest du?«

»Davon, daß wir weitergehen müssen. Hör zu.« Sie erzählte ihm von ihrem Debüt im »Catch«. Sie sprach darüber, daß sie daran denke, ihre Stelle bei dem Senator aufzugeben und es wirklich einmal als Komikerin zu probieren. Sie müsse endlich aufhören, sich um andere Leute zu kümmern, und sich um die »amüsante Lady« in ihrem Inneren kümmern. »Ich bin gut, Fine, ich bin wirklich gut!«

Fine war entsetzt über dieses offenkundige Ausagieren. In seiner Phantasie löste sich der kleine Junge in Nichts auf. Wieder einmal diagnostizierte er, daß seine Frau eine Seltenheit war: ein weiblicher Narziß, genau wie ihre Mutter. Wie schwer es doch ist, die Eltern des Ehepartners in seinem Ehepartner zu sehen! Wir sind beide in dem Alter, in dem die Eigenschaften unserer Eltern wie lange verborgene Wurzeln durch unseren Charakter ans Licht drängen. Fine war niedergeschmettert, am Rand einer Panik, benommen, drauf und dran, die Beherrschung zu verlieren. Er plünderte Fummel: »Wenn Sie sich niedergeschmettert fühlen, dann fühlen Sie sich halt niedergeschmettert!«

»Ich bin niedergeschmettert!« sagte Fine, beinahe stolz. »Was bedeutet das für unsere gemeinsame Aufgabe, eine Familie zu gründen, Stepha…«

»Goldie!«

»Ich liebe Stephanie – wie soll ich dann Goldie lieben können?«

»Ja!«

»Hm?«

»Ja!«

»Was soll das?«

»Ich hab beschlossen, künftig immer ›ja‹ zu sagen.«

»›Ja?‹«

»Ja! Ich erzähl's dir später. Komm, gehen wir.«

Fine fühlte sich betrogen. Vielleicht, dachte er, sollte ich mir eine andere Frau suchen, nach dem Freudschen Modell einer stämmigen Hausfrau, die kocht und saubermacht, das Genie verehrt und nebenbei drei Kinder großzieht, eine mit der Statur von Georgina. Brauchen große Männer unemanzipierte Frauen? Das lauschige Plätzchen am Bach war für ihn plötzlich tot wie ein Stein. Die Sonne ging unter, es wurde kühl. Ein Kardinal schoß als roter Streifen vorbei, zu einer höheren Ebene empor, auf der Suche nach Insekten. »Ich weiß nicht«, sagte Fine, »da muß ich drüber nachdenken, Steph –«

»Goldie.«

»Goldie? Wie kann ich –«

»Ja!«

Sie standen auf und stellten sich einander gegenüber. Sie streckte die Arme nach ihm aus, und er kam zu ihr. Sie umarmten einander so zärtlich, wie sie es an diesem Ort immer getan hatten und immer tun würden. »Du bist lieb, Fine«, sagte sie. »Egal, was passiert, niemand wird dich je so lieben, wie ich es getan habe, hier.«

»Getan hast?« fragte er. »Du liebst mich doch immer noch?«

»Ja.«

Sie machten sich auf den Rückweg, und ihre Nostalgie war so stark und so reich, daß sie aus ihnen hervorsprudelte, hinter ihnen her tropfte, sie stets mit diesem Ort, miteinander und irgendwie auch mit dem Tod verband. Fine sagte: »Schabbes-Essen bei den Fines – genau das, was du jetzt brauchst, oder?«

»Ja!«

»Im Ernst?« fragte Fine, angenehm überrascht. Nachdem er mehrere Jahre Psychoanalyse gebraucht hatte, um endlich mit den Schuldgefühlen, der Verachtung, der Wut und dem im Speisezimmer direkt über der Fleischerei servierten Hühnerfleisch fertig zu werden, war es für ihn beinahe nicht zu fassen, daß ihr ein solches Essen gefallen konnte. »Ja, es ist schön bei meiner Mutter.« Gerührt dachte er an die dezent alternde, lebhafte, schwergeprüfte Metzgersfrau und sagte mit einem bewundernden Seufzer: »Meine wunderbare, liebevolle Mutter.«

»Fine«, sagte Steph, »im tiefsten Herzen *haßt* du deine Mutter.«
»*Was?!*« Er war erschüttert. »Niemals. Ich hab sie nie gehaßt, und ich werde sie nie hassen. Ich hab erschöpfend in meiner Analyse von ihr gesprochen. Kaum Zorn gegen sie, nein.«
»Dein Analytiker hat das versiebt.«
»Nein, hat er nicht«, sagte Fine beleidigt und faßte sich an den Bart.
»Wärst du zu einer Analytikerin gegangen, dann hättest du vielleicht –«
»Verbreiteter Irrtum«, sagte Fine, »daß das Geschlecht die Übertragung beeinflussen kann. Ich selbst werde oft wie ein weibliches Wesen behandelt. Manchmal kam mir Fummel richtig mütterlich vor – haßerfüllt und liebevoll –, und ich habe es verarbeitet. Jawohl«, fuhr er stolz fort, »ich habe bei Gott meine Mutter verarbeitet, ich verstehe sie jetzt, und ich *akzeptiere* sie.«
»Blödsinn! Das bildest du dir bloß ein, Fine.«
»Aha. Und warum bist du so wütend auf meine Mutter?«
»Ich? Hey, du Intelligenzbolzen, ich freu mich auf das Abendessen, und weißt du warum?«
»Nein, warum?«
»Gutes Material! Für ein paar gute Kalauer würde ich sonstwas geben!«
Sie gingen denselben Weg zurück, den sie gekommen waren, hinauf an den Rand der Schlucht. Schwer atmend blieben sie oben stehen und schauten ein letztes Mal zurück. Fine befühlte den glatten Stein in seiner Hosentasche – ohne daß sie es merkte, nahm er jedesmal einen mit – und sagte: »Ich bin traurig.«
»Ja. Ich auch. Es ist so klar, daß es weh tut! Unsere ganze Beziehung war schon in unserem ersten Zusammensein hier angelegt.«
»Liebe auf den ersten Blick?«
»Nicht bei mir.«
»Nein?« fragte er entgeistert. »Was denn dann?«
»Ich hab dir vertraut.«

Als das Abendessen vorbei war, kochte Fine innerlich. Stephanies Behauptung, er hasse seine Mutter, ging ihm nicht aus dem Sinn.

Früher war Stephanie im Hause Fine dem Verdacht ausgesetzt gewesen, das Essen schmecke ihr nicht. An diesem Abend antwortete sie jedesmal mit einem begeisterten Ja, wenn ihr noch etwas angeboten wurde.

Das hatte eine mittlere Katastrophe zur Folge: Das Hühnerfleisch ging aus.

»Hättest du mir nicht ein größeres Huhn mitbringen können?« fragte Anna vorwurfsvoll.

»Das war das größte«, verteidigte sich Leo mit müder Stimme, aber nicht ohne einen warnenden Unterton.

»Aber nicht so groß wie das Huhn von Mrs. Storch.«

»Das Huhn von Mrs. Storch war zäh. Unser Huhn war gut!« Er zwinkerte Stephanie zu. »Dieses Huhn wurde geliebt.«

»Es war doch gut, oder, Stephanie?« fragte Anna verwirrt.

»Goldie«, sagte Stephanie fröhlich. »Ja, es war gut.«

»Gut, du meine Güte«, sagte Leo, »dieses Huhn war frisch – es ist heute nachmittag noch rumgelaufen!« Er goß sich noch einen Schnaps ein. »Also, paß auf, ich weiß noch einen für dich: Zwei Juden stecken in einem Faß, und ...«

Fine, der ewigen Witze überdrüssig, blendete sich aus. Für einen, der gerade seine Analyse abgeschlossen hatte, war es schwierig, in den Schoß seiner »Primärobjekte« zurückzukehren. Stephs Äußerung ließ ihn nicht mehr los. Der Begriff »Mutterhaß« marschierte durch sein Gehirn und rekrutierte Erinnerungen. Obwohl er dagegen ankämpfte, sah er seine Mutter, während diese sich an der verlagerten Feindseligkeit namens Witzeerzählen beteiligte, immer weniger als ausschließlich liebende Mutter. Ihre Beziehung zu ihm war immer von Ratlosigkeit geprägt gewesen. Was nicht von allzuviel Empathie zeugte. Anna hatte immer seinen Bruder Moe bevorzugt. Ich hab die Nase voll von ihrer verdammten Ratlosigkeit. Erschüttert fragte sich Fine, ob diese Wut bedeutete, daß er doch hinsichtlich seiner Mutter von Fummel manipuliert worden war! Da – im Verein mit seiner Frau machte sich seine Mutter über seinen Vater lustig, und der merkte nichts von dem latenten Sadismus, sondern lachte! Und da, sogar ihr Lächeln ist härter, beinahe grausam! Und jetzt auch noch dieser Witz, den sie sich selbst zum Erzählen ausgesucht hat:

»… und aus dem Hintergrund des Operationssaals kam eine Stimme: ›Machen Sie ihm doch einen *Einlauf!*‹ Und der Operateur sagt: ›Aber er ist *tot!* Da hilft ein Einlauf auch nichts mehr!‹ ›*Nu*‹, sagt die Stimme, ›aber schaden kann er auch nicht!‹«

Fine stimmte nicht in das Gelächter ein. Beschwipst erzählte Anna, daß sie sich Fanny Brice im Fox's Star ansehen würde, und imitierte ihren »Indianer«. Leo und Stephanie fanden das erheiternd. Fine, der Spielverderber, neidisch, weil es seiner Frau gelungen war, glückliche »Gefühle« in einer Familie auszulösen, von der er immer gedacht hatte, es sei ihr nur um »Sachen« zu tun, verließ das Haus. Er ging am Henry Hudson vorbei, einer anrüchigen Bar. Die Nacht war stockfinster. An der Ecke beschlich ihn auf einmal eine Ahnung, daß er beobachtet wurde. Er bekam Angst und lief rasch wieder nach Hause.

Die drei steckten immer noch beim Licht der blakenden Sabbatkerzen beisammen. Fine verkündete, er gehe jetzt ins Bett. Leo sagte, er habe für morgen abend eine Überraschung vorbereitet: »Ein Treffen der Klasse-D-Meister, der Bluehawks. Und übrigens, dieser nette Ron von der NASA ist jetzt in Iron Mountain stationiert und möchte, daß du ihn anrufst – er hat wieder eine knifflige Frage für dich, okay?« Vor Fines Augen umarmte sein Vater seine Frau – *fest!* –, und Fine spürte fast, wie die ödipale Phase zitterte. Dann umarmte seine Mutter Stephanie, und auch das Präödipale kippte.

»Du solltest wirklich Komikerin werden«, sagte Anna. »Kinder kannst du immer noch kriegen. Ich hab meine Musiklaufbahn zugunsten der Familie aufgegeben.« Sie sah Fine an. »Und gelernt, ihm Einläufe zu machen.« Fine hatte das Gefühl, ins Bodenlose zu fallen – eine Regression in anale Wut. Selig betrunken, nahm Anna seine Hand: »Seit deiner Analyse erzählst du keine Witze mehr – warum?« Sie seufzte. »Manchmal denke ich, dieser Freund ist auch nicht ganz ernst zu nehmen.«

»Welcher Freund?« fragte Fine. »Wen meinst du denn, Mutter?«

»Na, diesen Sigmund Freund – eindeutig nicht ganz ernst zu nehmen!«

Fine sah die Schlagzeile vor sich: PSYCHIATER TÖTET ELTERN UND EHEFRAU MIT SCHLACHTERMESSER.

»Und weißt du, warum? Weil er nichts von realen, normalen Menschen verstanden hat. Deine Frau, die tut, was du nie gelernt hast – sie *hört zu*. Tut mir leid, mein lieber genialer Sohn, aber du hast nie gelernt, wirklich *zuzuhören*.«

Er brüllte sie an: »Mein ganzes Leben ist Zuhören! Ich *höre zu*.«

»Oh«, sagte Anna eingeschüchtert und wurde rot. »Entschuldige, Lieber. Es ist nur, du bist manchmal so mit deinen phantastischen Projekten beschäftigt, Projekten aus einer anderen Welt, daß du gar nicht hörst, was man sagt.«

Stephanie, die sich nur mühsam das Lachen verbeißen konnte, sagte: »Also, Anna, dein Sohn hat einen *sagenhaften* Job – fünfundsiebzig Dollar die Stunde und zwei Gemüsebeilagen nach Wahl!« Gelächter. »Und ein Analytiker kennt nur drei Regeln: Nummer eins: Fragen grundsätzlich mit Gegenfragen beantworten. Nummer zwei: Nie in einer Sitzung einschlafen, vor allem nicht *auf* einer Patientin. Nummer drei: Nie mit heruntergelassener Hose die Tür des Behandlungszimmers aufmachen.«

Anna und Leo schütteten sich aus vor Lachen. In seiner Wut spürte Fine nur undeutlich, daß Anna ihn feucht auf die Wange küßte. Sie wandte sich Leo zu, ließ ihr langes rotes Haar herunter, strich sich das fleischfarbene Kleid über Busen und Hüften glatt und fragte: »Leo, kommst du?«

Fine war schockiert über diese schamlose, verschwitzte Geilheit. Treiben die's *immer noch?* »Gleich«, sagte Leo. »Im Moment halte ich eine richtige Schönheit im Arm.« Anna ging.

Fine starrte seine Frau an, die sich an seinen Vater schmiegte. Leo schaute ihr offenbar in den Ausschnitt. Gelächter! Umarmung! Mit überschnappender Stimme fragte Fine: »Stephanie, kommst du ins Bett?«

»Gleich.« Sie wurde rot. »Ich bin in den Händen eines Meisters!«

Blind vor Wut zog sich Fine in sein altes Zimmer unter dem Dach zurück. Der Stoff jüdischer Romane! Seine Obsession loderte auf. Das Herz klopfte ihm in den Schläfen und schickte pulsierende Ströme von heißem Metall in sein Gehirn. Diese ewigen Kopfschmerzen! Er legte sich hin und versuchte zu assoziieren: *Blockade!*

Etwas später kam Stephanie die Treppe heraufgestolpert. Der Streit begann.

»Du machst mich lächerlich!« sagte Fine. »Flirtest mit meinem eigenen Vater!«

»Aha, ein bißchen ödipale Eifersucht, hm, Fine? Ist ja süß.«

»Gar nicht ödipal! Das Ödipale hab ich durchgearbeitet.«

»Warum hat der Polacke das Huhn geheiratet?«

»Sehr witzig.«

»Gib's zu, du erträgst es nicht, daß ich lustig bin. Du bist ein Nihilist.«

»Bin ich *nicht*.«

»Siehst du? Und weißt du, warum? Weil *du* früher auch lustig warst.«

»Ich bin immer noch lustig –«

»Vollkommen analysierte Menschen sind nicht lustig –«

»Das ist nun wirklich nicht lustig!«

»Die haben dir den Humor weganalysiert!«

»Ich bin nie auf diese Art ›lustig‹ gewesen.«

»Bist du *schon!* Aber jetzt nimmst du alles ernst, was lustig ist, und was ernst ist, nimmst du auch ernst –«

»Also, ich will dir mal was sagen: *So* lustig bist *du* auch nicht!«

Aber in dem Moment hörte man lautes Lachen aus dem direkt darunterliegenden Schlafzimmer der Eltern, ein klarer Beweis dafür, daß *sie* sie *sehr* lustig fanden. Fine und Stephanie hörten von unten Kneten, Klatschen und Klopfen, die Geräusche, die ein alternder Metzger mit seiner Frau im Bett macht. »Die Urszene!« sagte Fine und vergrub den Kopf im Kissen. »Ich werde noch *psychotisch!* Kommst du ins Bett und hilfst mir?«

»Ja!«

»Wirklich?«

»Ja!«

»Was hast du bloß andauernd mit diesem ›Ja‹?«
Sie streifte die Kleider ab, schlüpfte unter die Bettdecke und sagte es ihm. Enttäuscht sagte er: »Showbusineß? Hör zu, Stephanie, wir sind nicht aus Europa rübergekommen, um Lieder zu singen.«
»Was? *Du* bist doch nicht aus Europa gekommen.«
»Doch, vor einer Generation.«
»*Das* ist der Grund, warum du nie zuhörst – du klebst an der Vergangenheit –«
»Ich bin Experte im Zuhören!« Erschrocken dachte er: mein Leiden?
»Aber man sieht's dir nie an. Dein Gesicht ist immer völlig ausdruckslos.«
»Wie originell!«
»Na wunderbar – das ist ja genau, was ich sein muß, wenn ich Komikerin werden will.«
»– wie John James – ausgeprägte Charakterpathologie! Geh mal deinen exhibitionistischen Neigungen auf den Grund, Stephanie!«
»Du glaubst also wirklich, daß es in mir irgendwelche tieferen Schichten gibt?« Er stöhnte. »Nanu, Fine, woher auf einmal so viel Selbsterkenntnis?« Sie kicherte.
»Ein Kind zu bekommen, ist ein Geschenk – es ist an der Zeit.«
Sie wurde still. Und dann fragte sie mit ernster, leiser Stimme: »Wer bist du, Fine? Kenne ich dich überhaupt noch?«
Ihm wurde übel. Es war, wie wenn ein dumpfes Gewicht fällt, immer tiefer fällt, es war zum Verzweifeln, und er sagte: »Es ist unsere gemeinsame Aufgabe, ein Kind zu machen.«
»Aber, Fine – Moment mal –, das würde ja heißen, daß wir *Sex* haben müßten.«
»Trotz deiner Feindseligkeit bin ich bereit, wenn du bereit bist.«
»Hast du gewußt, Fine, daß manche Menschen Sex richtig *mögen?*«
Sie begannen sich zu lieben, sie obenauf, und er dachte: Schale auf Banane.
Einmal sagte sie lustvoll seufzend, die Worte halb verschlukkend: »Was für eine Welt: Männer rasieren sich, Frauen bluten.«

Schockiert über ihre Direktheit – die offenkundige latente Bedeutung: Menstruationsblut, Dammschnitte, Plazentas –, stellte Fine sich vor, daß in diesem Liebesakt, dieser Nacht, ihr Kind gezeugt werden würde. Ernüchtert und glücklich flüsterte er: »Ist das die Nacht, in der wir unser Baby machen?« Beduselt erwiderte sie:

»Ach, Fine, du bist so makaber – du wärst ein *schrecklicher* Vater.«

»Na und? Wo ist das Problem?«

»Wie meinst du das?«

»Mit dreizehn schicken wir das Kind in die Analyse!«

Sie lachte, und er mußte auch lachen. Sie strebten dem Orgasmus entgegen: Fine wie immer denkend, assoziierend, bis zum Schluß durch und durch beherrscht; Stephanie frei und gelöst, hemmungslos. Kurz vor dem Einschlafen tätschelte Fine ihre lockige, weiche, spermafeuchte Scham, drehte sich auf die rechte Seite, spürte, wie ihr Arm sich um seinen Hals legte (»Das schönste Gefühl auf der Welt ist, wenn man seiner Frau den Po streichelt und weiß, daß er morgen auch noch da sein wird« – Semrad), und hörte sie sagen:

»Weil sie mußten.«

»Hm?«

»Deswegen hat der Polack das Huhn geheiratet.«

»Weil sie heiraten mußten?«

»Ja!«

Fine assoziierte: Schwangerschaft. Fruchtbarkeit. Doch die Hoffnung weckte auch Furcht: Ein Mörder läuft frei herum! Ich muß verantwortungsbewußter werden – eine Lebensversicherung abschließen, Schlösser kaufen! Aber er hatte auch romantische Gefühle, so romantisch wie schon seit Jahren nicht mehr! Und wie oft bei solchen Gelegenheiten sah er die reine Figur der Gleichung vor sich, die er für den Stromfluß in der synaptischen Region der einzelnen lernfähigen Heuschreckenzelle aufgestellt hatte:

$$V_{o/c.\ o/c}(X,L,T)=C_0 \frac{e^{-T}}{T^{1/2}} \sum_{n=0}^{\infty} \left[\exp(-(X+2nL)^2/4T + \exp(-(-X+2(n+1)L)^2/4T)\right]$$

»Zwei Juden sitzen im Knast und – bist du noch wach, Fine? – und …«
V steht dabei für die Spannung in Volt, *o/c* für offenes Kabel, *X* ist der Raum, *L* die Länge und *T* die Zeit …

Am nächsten Tag, bei der Beschneidungsfeier von Moes Baby, waren Leo, Anna und Stephanie verkatert und schlecht gelaunt. Fine, der Pate oder *sandek* hielt den sechs Tage alten Knaben auf dem Schoß. Der *mohel* präparierte sein Messer. Fine war nervös. Seine Mutter-Obsession war noch stärker geworden, schlug auf eine Art und Weise Wurzeln, die darauf hinzuweisen schien, daß da doch tief unbewußte Prozesse am Werk waren – unanalysierte, versteht sich! Könnte es sein, daß Fummel mir sozusagen das Wort abgeschnitten hat? Was für eine Assoziation bei einer Beschneidung! Der Tag, der sechste Mai, war Freuds Geburtstag, und um sich zu beruhigen, rezitierte Fine Freuds berühmte »Erinnerung« an seine eigene Mutter, aus *Eine Kindheitserinnerung aus »Dichtung und Wahrheit«* (1917):

> Wenn man der unbestrittene Liebling der Mutter gewesen ist, so behält man fürs Leben jenes Erobergefühl, jene Zuversicht des Erfolges, welche nicht selten wirklich den Erfolg nach sich zieht.

Dann war plötzlich die Katastrophe da: Der *mohel* schnitt, das Baby brüllte, Fine sah hellrotes Blut aus dem Penis spritzen und stand aus irgendeinem Grund auf. Er spürte, wie etwas aus seinem Bauch nach oben stieg, ihm kurz durchs Herz fuhr und dann in einen gestauchten Teil seines Gehirns schoß und dort etwas umstieß – und mit einem leisen *Wusch!* wurde alles schwarz.

Fine war ohnmächtig geworden. Als er wieder zu sich kam, saß Stephanie neben ihm. »Was ist passiert?« fragte Fine. Sie sagte es ihm. »Oh«, seufzte er und dachte: Phantastisches Material für die Couch. Sie sagte:
»Du hast gerade die klassische Definition eines Psychoklempners bestätigt.«
»Wieso?« wollte Anna wissen, die neben ihr stand, »wie geht die?«
»Bitte«, sagte Fine, *»sag's nicht –«*
»Ein jüdischer Arzt, der kein Blut sehen kann.«
Es wurde immer schlimmer. Fine, der eifersüchtig war, weil der erste Enkel der Sohn seines jüngeren Bruders war, betrank sich wie schon seit Jahren nicht mehr. Im Garten, wo er ringsum von den Kindern seiner Altersgenossen umgeben war, wurde er schon bald wütend auf seine Frau. Während sie sich mit Moe und Nose Cohen unterhielten – die dick geworden waren und zusammen einen florierenden Lebensmittel-Großbetrieb führten –, explodierte Fine. Er fing an, Stephanie auf die ordinärste Weise zu beleidigen, sie ließ nichts auf sich sitzen, und ehe er sich's versah, standen sie dicht voreinander und schrien sich an. Dann schubsten sie sich, dann setzte es die ersten Ohrfeigen, und schon war, vor den Augen sämtlicher Freunde seiner Eltern, die schönste Prügelei im Gange. Sie, die Durchtrainierte, erwischte ihn am Ohr, und während er zu Boden ging, sah er Sterne und hörte Fummel – »Das Über-Ich ist der in Alkohol lösliche Teil der Psyche« –, aber zu spät; er spürte, wie sie ihm das Knie in die Weichteile rammte, und er packte sie an den Brüsten und riß ihr den Rock halb herunter, und sie grapschte ihm zwischen die Beine, und unter dem Heulen der Kinder und den Schreien der Erwachsenen zerrten Leo, Isenberg und Kantor ihn weg, schleppten ihn hinaus zu Kantors rosenrotem Continental Cabrio und rauschten ab, die Third entlang und vorbei an St. Mary ins Sumpfland am Mount Marino oberhalb der Rip Van Winkle Bridge, zum Catskill Golf and Country Club.
Es war nämlich Samstagnachmittag, und Fine sollte den Vierten beim Golf machen.

Sie waren alle jämmerliche Golfer, aber Fine war der jämmerlichste. Er war nur bereit mitzuspielen, wenn er eine Flasche Myer's Rum mitnehmen durfte. Am sechsten Loch – einem leichten Par drei aufwärts zu einem breiten Hochplateau und dann abwärts zu einem abgestuften Grün – befanden die anderen drei, daß sie jetzt genug hätten von diesem besoffenen Schnorrer und ließen Fine seinen Ball suchen, während sie zum nächsten Tee gingen. Dort, auf dem weiten, offenen Grün, fühlte Fine sich extrem schutzlos und verletzlich, weil er sich vorstellte, der Mörder sei irgendwo ganz in der Nähe. Seine Nackenhaare sträubten sich – ein untrügliches Zeichen. Er atmete in schnellen, flachen Zügen. Er zog einen Sand Wedge aus dem Caddy, um sich verteidigen zu können, und schaute sich um. Da er nichts sah, ließ er seine Wut an dem kleinen weißen Ball aus. Der Schläger bohrte sich in den Sand und sandte Schockwellen seine Arme hinauf. Sein Kopf dröhnte – schrapp! schrapp! schrapp! –, irgend etwas drohte zu platzen. Er spürte Wind im Gesicht und merkte voller Entsetzen, daß das »Schrapp« ganz in seiner Nähe war. Er schaute auf.

Der Hubschrauber war dicht über ihm und ging immer tiefer und tiefer. SchrappSchrappSchrappSchrapp. Zwei Personen saßen darin, und eine zielte mit einem Metallgegenstand auf ihn.

Er schrie »Der Mörder!« und rannte auf das Grün zu. Der Hubschrauber überholte ihn. Er rannte auf das Tee zu – der Hubschrauber kam hinterher. Der Wald! Der Hubschrauber verfolgte ihn wie ein Habicht. In die Enge getrieben und völlig außer Atem, fiel Fine auf den Rücken, richtete sich dann auf die Knie auf und hielt flehend die Hände hoch. Ein lautes Knattern –

»Fine – was treibst du denn da?«

»Nicht schießen, bitte!«

»*Ich* bin's doch, Stephanie!«

»Stephanie?« Also doch kein Gewehr, sondern ein Megaphon.

»Der Senator hat angerufen und den Hubschrauber geschickt. Ich muß zurück nach Bos–« Schrapp schrapp. »– willst du mitkommen?«

»Ich kann nicht – ich muß zum Basketballertreffen. Bleib da!«

»Ich kann nicht –« Schrapp schrapp. »– total moderne Ehe –« Wusch.

Im Nu war der Hubschrauber nur noch ein Pünktchen am bedeckten Himmel, dann gar nichts mehr.

Gemeinsam gingen Vater und Sohn zurück zum Clubhaus. Nebeneinander unter der Dusche, sprachen sie miteinander. »Tut mir leid, Pa, daß ich die Feier ruiniert habe.«

»Na und? Sie werden kommen, um drüber zu reden. Und noch mehr Fleisch bei mir kaufen.«

»Auf ewig. Sie werden auf ewig drüber reden.«

»Kein Mensch redet auf ewig. Vergiß es.«

Fine sah den schlaffen Körper seines Vaters an, lauter Fettpolster und schwarze Haare, und dachte: Ich mag ihn, diesen zähen kleinen Burschen, der sich immer bemüht hat, seinen seltsamen Sohn zu verstehen, und nie aufgegeben hat, obwohl es ihm nie gelungen ist. Ich bin sein *Vater*. »Irgendwie mußt du mir immer irgendwas verzeihen, Pop.«

»Wozu wär denn ein Vater sonst da?«

Sie zogen sich an, setzten sich auf die Terrasse, die sich in die Ausläufer der Catskills schmiegte, und betrachteten die Wolken, die über den Hudson segelten. Sie fühlten sich erfrischt, wie alle Nieten, hinterher. Das Ziel des Pfuschers – ein kaltes Bier an einem heißen Tag – war erreicht. »Die ist verrückt!«

»Na und?« sagte Leo. »Das bist du doch auch.«

»Aber ich möchte Kinder, und sie will keine.«

»Das kommt schon noch. Ihr habt noch jede Menge Zeit. Ihr könnt noch genug Kinder bekommen.«

Fine schaute in die traurigen Augen, die gezwungen waren, in dem lustigen Gesicht zu leben, und war gerührt. Seine Augen wurden feucht, und seine Nase begann zu jucken. Er zuckte, schniefte, versuchte, sich zu beherrschen, aber im nächsten Moment liefen die Tränen. Er legte den Arm um seinen Vater, und der erwiderte die Umarmung. Seine Wange fühlt sich immer noch an wie die fette Kehrseite eines gerupften Huhns, die Wange meiner Kindheit. Glücklich und beschämt, vermieden sie es, einander anzusehen, zwei traurige Clowns beisammen, jeder in seiner eigenen Manege. Ich fühle mich meinem Dad so nahe!

Nachdem sie unzählige Male ihr Kampflied gesungen hatten, beschlossen die fünf der ersten Stunde und ihr Manager, berauscht von Bier und Marihuana, die Feier zu beenden. Fine und Roosevelt, der schwarze Center – der jetzt nicht einmal mehr im Senegal einen Schönheitswettbewerb gewonnen hätte –, gingen die Spook Rock Road entlang. Neben ihnen plätscherte ein Bach. Es war eine dunkle, wolkige Nacht.

»Mann, ich war doch mal wer, oder?« fragte Roosevelt.

»Der Beste. Ich hab am Texas Western gedacht, du würdest mal amerikanischer Meister werden.«

»Hey, ich war Spitze. Aber das ist jetzt alles weg.«

Fine begriff, wie tragisch das war – die vertane große Chance –, dachte an seine eigene verlorene Hoffnung und platzte heraus: »Ich will ein Kind mit ihr haben!«

»Ich sag dir was über Kinder, Mann – ich hab sechs: Wenn du was anpflanzt, mußt du auch zusehen, wie's wächst.« Roosevelt schlenderte davon.

Fine setzte sich hin und schaute zum Spook Rock hinüber, einem riesigen Granitblock mitten in dem Bach. Der Granit war von einer Sorte, die ansonsten im Umkreis von vielen Meilen nicht vorkam, und die Legende besagte, daß er vom Himmel gefallen sei und einen ungetreuen Liebenden oder eine undankbare Mutter oder einen häßlichen Handschuhmacher erschlagen hätte, irgend so etwas. Mutterseelenallein an diesem unheimlichen Ort, hatte er wieder das fast greifbare Gefühl, beobachtet zu werden, drehte sich in alle Richtungen und versuchte vor Furcht zitternd, die pechschwarze Dunkelheit mit den Augen zu durchdringen.

Verdammt, dieses unerträgliche Kopfweh! Schlimmer denn je! Wie zwei Schläger, die sich unter meinem Jochbogen prügeln. Immer rechts – ich sehe förmlich, wie die defekte Arterie sich bis zum Zerplatzen weitet. Wenn ich jetzt sterben würde – was ich dann alles verpaßt hätte! Er kniete nieder und sagte: »Bitte,

Großer Häuptling, laß mich nicht sterben, bevor ich gelernt habe, sie zu lieben!«

Fine hatte eine Vorahnung: Wenn er jetzt aufstand, würde das Gefäß platzen und er würde sterben. Er analysierte es aus: paranoide Phantasie. Doch er stand so zimperlich auf, als wäre er aus Glas. Plötzlich dröhnte die Luft.

»Muuuuh!«

Er sprang zur Seite, und daß er das tat, bewies ihm, daß er noch am Leben war.

»Muuuuh!« Eine verirrte Kuh brüllte unten am Bach.

Fine seufzte erleichtert auf. Wegen des heißen Schürhakens in seinem Kopf nach rechts gekrümmt, ging er die dunkle, leere Straße entlang heimwärts. Eine beschmutzte Nacht, und doch irgendwie läuternd. Stephanie hat recht: Wir können nicht zurück. Sie hat mich aufgemacht, hineingegriffen, mein Herz in Händen gehalten, es angehaucht, um es zu wärmen, es wieder in Gang gebracht. Unter dem Bann dieser alten, vertrauten, geheimnisvollen Figuren packte ihn wieder die Liebe zu ihr. Von ihr getrennt, fühlte er sich leer und betete, der Präsident möge nicht auf den roten Knopf drücken, bevor er wieder mit ihr vereinigt war. Er erinnerte sich an all die Beinahe-Autounfälle, die er gehabt, die er nur durch Zufall unversehrt überstanden hatte. Wie nahe dran war er gewesen, sie zu verlieren! Aber noch ist nichts verloren. Sie ist ja noch da. Es ist noch Zeit. Ich will es riskieren, will wachsen, mich öffnen, unseren Weg gehen, mit ihr zusammen.

Und dann stiegen auf einmal vor seinen Augen die Ereignisse des Wochenendes auf und ordneten sich neu, so daß sie einen neuen Zweig der *Fine-Theorie* bildeten! Er blieb wie angewurzelt stehen, damit keine Bewegung die Harmonie störte, und rief aus:

»Einsicht!«

Er sah zu, wie der schwarze Schatten im Osten ein wenig heller wurde. Quer über den Horizont schob sich ein dünner Streifen rötlichen Lichts darunter. Die Erde. Sonntägliche Morgenröte.

Fine konnte es kaum erwarten, Stephanie zu sagen, was er, derart befangen in seiner Theorie, für eine lebenswichtige, erquickende Neuigkeit hielt.

16

Fast zur selben Zeit sah Stephanie in Boston John wieder.
Später erzählte sie mir die Einzelheiten.
Da es ein Wahljahr war, hatte der Senator sie mit dem Auftrag nach Boston fliegen lassen, über eine Sonderveranstaltung der Shakespeare Company zu berichten, die »Nacht des Barden«: Drei Theaterstücke – *Hamlet*, eine neue Komödie mit dem Titel *Courtenay's Gym* und *Der Widerspenstigen Zähmung* – sollten nacheinander aufgeführt werden, ein Theaterabend, der erst in der Morgendämmerung enden würde. Von Anfang an kam ihr der Darsteller des Hamlet bekannt vor. Und doch war er durch und durch Hamlet: nicht eine Person, die eine Figur darstellte, sondern die Figur, die in eine Person geschlüpft war. Und als er dann sprach – »*Scheint*, gnäd'ge Frau? Nein, *ist*, mir gilt kein *scheint*« –, da wußte sie es: John! Sie spürte, wie sie blaß wurde und zu zittern anfing. Die Vergangenheit verschwamm mit der Gegenwart wie ein Wolkenrand mit dem Himmel. Sie sah in seiner Darstellung sowohl den Geist von vor zehn Jahren als auch den professionellen Lack, den er sich seither zugelegt hatte. Ein köstliches Gefühl kam über sie – sie konnte ihn beobachten, ohne daß er es wußte –, und sie betrachtete ihn wie ein Artefakt, eine Reliquie. Sie ließ sich gehen, ließ sich forttragen von Wellen des Gefühls und der Phantasie, gefangen in etwas, was nicht ihrem Willen unterlag und so weit jenseits von Gut und Böse war wie ein Traum. Das letzte Mal hatte sie ihn vor über einem Jahr getroffen, im Bellevue, mit Fine. Dies war das erste Mal seit Harvard, daß sie ihn auf der Bühne sah, und auch, wie sie erschrocken feststellte, das erste Mal, daß sie ihn allein sah. Sie lachte in sich hinein: »allein«, inmitten von dreihundert Menschen.
Sie sah zu, wie er seine beiden Harvard-Rollen wiederholte (und in der neuen Komödie die Rolle des Besitzers eines Männer-Fitneßclubs spielte, der auch für Frauen geöffnet wird), als letzte die des Petrucchio in *Der Widerspenstigen Zähmung*. Als der Morgen anbrach, sprach sie mit der jetzigen Katharina leise die Worte mit,

die sie vor zehn Jahren als seine erste Katharina zu ihm gesagt hatte:

»Jetzt seh ich's, unsere Lanzen sind nur Stroh,
Gleich schwach wir selbst, schwach wie ein hilflos Kind,
Scheinen wir nur, was wir am mindsten sind.«

Shakespeare, da waren sie und John sich einig, wußte alles! Er war eine einmalige Erscheinung, als sei der Mann, ohne es selbst zu wissen, im Auftrag Gottes gekommen, oder sogar umgekehrt. Als sie so Katharinas Worte nachsprach, spürte sie wieder ihre Liebe zu John. Die Aufführung ging zu Ende und wurde bejubelt. Das Publikum wurde eingeladen, auf die Bühne zu kommen und sich unter die Schauspieler zu mischen. Sie stand auf und machte ein paar Schritte auf ihn zu, doch dann wurde ihr klar, wie viel von dieser schlichten Geste abhing – sollte sie nicht doch einfach weggehen? –, und sie zögerte. Sie dachte: Nein, besser nicht. Damit war es entschieden. Sie sagte laut: »Ja!«
Auf der Bühne war John, wie auch früher immer, von Bewunderern umringt. Sie wartete am Rand.
Ihre Blicke trafen sich. Die altvertraute Strömung floß von ihr zu ihm und zurück, und wieder zurück, hüllte sie ein, zog sie aufeinander zu.
»Steph?!«
»Ja!«
»Mein Gott! Das ist ja irre!« Er breitete die Arme aus. »Komm her!«
Seine Fans drehten sich zu ihr um, machten eine Gasse frei. Sie besann sich auf ihre dramatischen Fähigkeiten und lief – flog! – in seine Arme. Verschlungen, dachte sie: Wie groß er doch ist im Vergleich zu Fine! Sie fühlte seine Arme um sich, hielt still und ließ ihre Angst aus sich herausströmen, in Tränen, die alles weich und verschwommen erscheinen ließen, erstickt durch seine Umarmung, die endlos schien und doch, als er sie freigab, zu bald endete. Ungedämpft stürmte die Welt wieder auf sie ein, lästig, förmlich, hart. John stellte sie einer kleinen, phlegmatischen Frau

vor, die eine (echte?) Ozelotjacke trug: »Nora, Steph; Steph, Nora.«
Steph merkte sofort, daß die Frau das Knistern in der Luft spürte. Mit nur mühsam beherrschter Stimme, einer Stimme, die zu kühl war für die darunterliegende Hitze, sagte Nora: »Also, ich fahr dann jetzt nach Hause –«
»Wieso denn das?« fragte John.«
»Sei still. Mach's nicht noch schlimmer, als es schon ist –«
»Aber ich hab Steph eine Ewigkeit nicht mehr gesehen –«
»Du findest sicher allein nach Hause«, sagte sie und verschwand. So entkamen sie. Ihre Blicke und ihre Berührungen sagten alles.
»Zu dir oder zu mir?« fragte Steph.
»›Zu mir‹ heißt, zu meiner Mutter.«
»Immer noch? Wirst du denn nie erwachsen?«
»Hoffentlich nicht! Und was ist mit unserem lieben kleinen verstopften Fine? Wird der feinsinnige Fine das nicht unfein finden?«
»Der ist nicht da. Er kommt erst spät in der Nacht zurück. Komm schon.«
Hand in Hand traten sie in die frische Morgenluft hinaus, so aufgeregt wie zwei kleine Kinder, die etwas Verbotenes tun. Sie kamen an ihren alten violetten Jaguar. »Immer noch derselbe Wagen?« fragte John.
»Bis auf die Meilen, ja.«
»Redest du immer noch mit ihm?«
»Hey, das *muß* man!« Sie umarmte ihn: »John James!«
Er erstarrte. »Nenn mich nie wieder so, okay?«
»Warum nicht?«
»Das ist ein Kindername, ein alter Name – halten wir uns lieber an das Neue –«
»Keine Wiederholungen?«
»Keine Wiederholungen!«
»Bis auf die eine«, sagte sie. »Ich werde einfach John zu dir sagen.«
»Und du, hast du auch einen neuen Namen?«
»Ja, Goldie.« Er fragte nach dem Grund. Als sie aus Boston hin-

aus Richtung Stow fuhren, erzählte sie ihm davon. Er fand es herrlich.

»Großartig, einfach großartig – ich sehe schon unser neues Programm vor mir: ›O'Day und Goldie‹ –«

»*Goldie* und O'Day.«

Er lachte. »Also, raus mit der Sprache, warum bist du nicht zu meiner Geburtstagsfeier gekommen?«

»Ich hatte Angst.«

»Vor mir?«

»Vor dem hier.«

»Nur dem?«

»Nein«, sagte sie leise, »vor dem, was noch kommt.«

»Aha«, sagte er vieldeutig und flüchtete sich ins Historisch-Komische: »Shakespeare soll, als er es vor Richard Burbage ins Bett einer reichen Verehrerin schaffte, gesagt haben: ›Wilhelm der Eroberer kam ja auch vor Richard I.‹«

Sie holperten über die Curley Bridge und hielten vor dem Wächter am Tor. Hinter den Strandkiefern hervor kamen fünf Frühaufsteher aus dem Jefferson House, von denen sie nur drei kannte. Cooter sagte: »Hurra, hurra, der siebte Mai macht das Vögeln frank und frei.«

»Äh, ja, nein«, sagte Mr. Jefferson, ganz in Seemannsweiß, »ein kalter Bauer macht noch keinen Sommer.«

»Jesus hat mir befohlen«, sagte der große Schwarze, »ich soll meine Nächste lieben.«

»Sünde!« sagte Eli der Chasside, »der Jahrestag des Aufstands im Warschauer Ghetto, und wo bleibt die Gedenkfeier? Gojim!«

»Stinko!« sagte der Einäugige mit dem Drahthaar und bückte sich.

Und das Maskottchen des Jefferson House, der Pudel Lafite: »Wuff!«

Steph war es ein bißchen unbehaglich dabei, mit John gesehen zu werden. Sie hatte eine enge Beziehung zu Fines Patienten (eine engere als er selbst, dachte sie manchmal). Anfangs hatte sie sich gegen den Gedanken gesträubt, auf dem Gelände einer psychiatrischen Klinik zu wohnen, hatte sich vor den Patienten gefürchtet.

Doch als sie sie dann kennenlernte, stellte sie fest, daß niemand mehr Angst hatte als die Patienten selbst, und freundete sich mit etlichen von ihnen an. Die meisten von Fines chronischen Patienten vergötterten sie.

»Wer sind denn die?« wollte John wissen.

»Die? Mein Manager, mein Agent und meine Fans.«

Sie parkten vor dem Haus, drehten sich um, betrachteten das Panorama. Die Möwen hingen wie Schmuck am Baum des Windes.

»Man kann fast unser Haus in Southie sehen«, sagte John.

»Komm, gehen wir ins Bett«, sagte sie und ging mit ihm ins Haus. Aber als sie im Schlafzimmer Fines Spuren sahen – Freud, *Collected Papers*, Band 3, vier gebrauchte Nagelfeilen (Fine nahm es neuerdings sehr genau mit der Maniküre), offene Bufferin- und Colace-Flaschen –, zögerten sie doch.

»Findest du, wir sind sehr fies, ihm gegenüber?« fragte sie.

»Und ob!« sagte er mit blitzenden Augen. »Wurde auch höchste Zeit!«

Das Morgenlicht erhellte von hinten sein blondes Haar, verlieh ihm einen Strahlenkranz, ließ ihn sanfter erscheinen. »Ich hab's versucht, John, ich hab versucht, mich fernzuhalten.«

»Du schlimmes Mädchen«, sagte er und breitete die Arme aus, »komm zu mir.«

Sie ging zu ihm, magisch angezogen von seinen hellblauen Augen. Der Blickkontakt erzeugte Wärme in ihr, die sich nach unten ausbreitete, durch den Hals zu den Brustwarzen, dem Schoß, dem Geschlecht. Seine Lippen legten sich auf ihre, und die Berührung verstärkte den heißen, feuchten Strom. Etwas Großes in ihrer Körpermitte gab nach, brach weg wie ein Erdrutsch. Sie blieb entblößt zurück, offen, bereit zu allem, solange es nur sinnlich war. Sie tändelte, küßte, kam sich verworfen vor – aber es war aufregend, und sie fühlte sich gefährlich sicher. Vergleiche mit Fine blitzten auf – Johns Körpergröße, seine Berührung – Zunge an Zunge, Finger auf dem Rücken – zarter, feminin fast. Sie spürte, wie er hart wurde, und ließ ihre Hand von seinem gerundeten Po nach vorne gleiten, zu der unförmigen Ausbuchtung: »Eine Schamkapsel?!«

»Schau dir das an«, sagte er und entzog sich ihr. »Ich bin immer noch Petrucchio!«

»Nie ein anderer!« Ihre Worte klangen undeutlich. Sie war schrecklich erregt, erhitzt, wollte ihn, *brauchte* ihn! »Komm, wir ziehen uns ganz aus!«

»Ich weiß noch was Besseres – wir ziehen uns gegenseitig aus!« Er versuchte, den Reißverschluß an ihrem Kleid zu öffnen, sie versuchte, seine Hose aufzuschnüren – das ging schief –, also drehte er sie um, und sie angelte mit nach hinten gestreckten Armen nach ihm, und wegen der albernen Marx-Brothers-Komik dieser Verrenkungen mußten sie lachen. John bekam endlich den Reißverschluß auf, und sie streifte das Kleid ab. In BH und Slip drehte sie sich zu ihm um. Sie stellte sich in Positur und sagte: »Na?«

»Phantastisch! Großartig! Und – jetzt kommt's – ganz allein für mich da! Komm!«

»Nee! Erst mußt du auch nackt sein – hey! –«

Er jagte sie durchs Zimmer und grapschte nach ihr, und es gelang ihm, ihr den Slip herunterzuziehen, und ihr gelang es, seine Schamkapsel herunterzuziehen, und dann zerrte sie an seinen Strumpfhosen, und sein Penis sprang heraus. In gespielter Entrüstung sagte sie: »Unbeschnitten?!«

»Überrascht?«

»Süß, die blonden Löckchen!« Sie umfaßte behutsam mit einer Hand seine Hoden, und dann schob sie, plötzlich wütend auf Fine, seine Vorhaut zurück, legte ihre Lippen an seine Penisspitze, küßte sie, ließ ihre Zunge kreisen. Sie spürte seinen Mund auf ihrem Nacken, seine Hände an der Rückseite ihrer Schenkel – hörte ihn sagen: »Wie hab ich mich danach gesehnt, dich hier zu berühren!« –, und sein Finger berührte sie hier, und dort. Sie umschlangen einander, wie getrennte Zwillinge, die wieder vereint sind. Seufzend machte sie sich los, hakte ihren BH auf und legte ihn ihm auf den Kopf wie einen Siegerkranz. So sanft hatte sie ihn sich immer vorgestellt. »Ein bißchen Empfängnisverhütung wäre angebracht, denke ich.« Sie war nicht mehr zu halten.

»Weiß du was?« fragte er. »Ich liebe dich.«

»Mhm.« Am liebsten hätte sie vor Glück geheult. »Ich auch, dich.«
»Schon seit einer Ewigkeit.«
»Ja. Ich auch.« Im Bad holte sie das Pessar, bückte sich, setzte es ein und sah im Spiegel, wie sich die Röte der Erregung von ihrer Kehle über die Brust ausbreitete, und ihr wurde bewußt, daß sie seit Jahren nicht mehr so erregt gewesen war, mit Körper und Seele. Sie machte die Tür auf.
Nackt bis auf ihren BH, den er als Hut trug, ihr Kleid als Umhang und ihren ausgebeulten Slip, stand John als lebendes Bild auf dem Bett. »Wer bin ich? Dreimal darfst du raten.« Keine Ahnung, sagte sie. »Ein Tip: eine berühmte Gestalt aus unserer Vergangenheit.«
»Richard Nixon?«
»Warm. Noch ein Tip?« Er stellte sich im Profil auf und winkelte ein Bein an, so als stünde er im Bug eines Ruderbootes. Er zog das Kleid von der Schulter bis zur Hüfte eng um sich wie ein Gewand und fröstelte. »Ein berühmter amerikanischer Präsident, der, was den Historikern verborgen blieb, *Jude* war.«
»George Washington!«
Er wandte sich ihr mit fragender Miene zu und sagte in gespieltem Ernst: »Delaware? Ich dachte, sie hätten Brooklyn gesagt!«
Und sie lachten, sie kam zu ihm aufs Bett, und sie rangelten und alberten herum, bis sie schließlich Seite an Seite lagen, nackt und still. Das Morgenlicht spielte auf ihren Körpern. Ihre geheime, zu lange verleugnete Leidenschaft brach sich Bahn. Eine Zeitlang verglich Steph ihn genüßlich mit Fine – das hier war so viel schamloser und wilder, es war Spaß, Freiheit! –, bis das Denken selbst platzte und starb und sie sich vollends gehen ließ und, fauchend und beißend, kam und immer wieder kam.
Steph erwachte vom Klingeln des Telefons. Draußen war es noch hell, aber das Licht wurde schon schwächer. John schlief neben ihr. Erschrocken packte sie das Telefon, nahm es mit ins Bad, machte die Tür zu. »Hallo?«
»Stephanie?«
»Fine. Wie spät ist es?«

»Vier Uhr nachmittags – bist du im Bett?«
»Ein Nickerchen. Was gibt's?«
»Ich wollte dir nur sagen, daß du heute abend nicht auf mich zu warten brauchst. Es wird spät werden. Wir gehen alle ins Pizza's, Pizza essen.«
»Okay. Also dann, tschüs –«
»Moment noch! Ich bin zu einer unglaublichen Einsicht gekommen! Ich kann's dir nicht am Telefon sagen, aber ich glaube, du wirst höchst angenehm überrascht sein.«
»Schön.«
»Bis auf die ewigen Kopfschmerzen ist alles in Ordnung!« Er machte eine Pause, dann sagte er: »Ich liebe dich, Stephanie.«
Er wartete auf ihre Reaktion. »Mhm. Ich bin müde.«
»Bis dann. Und bleib nicht auf.«
Später, beim Kuscheln, unterhielten sie sich. Unvermittelt sagte John: »Komm, wir gehen einfach zusammen weg!«
»Tolle Idee.«
Sie schwiegen wieder. Nach einer Weile sagte er: »Weißt du was? Mir ist gerade klargeworden, daß ich es ernst meine.«
»Soll das ein Witz sein?«
»Ich war noch nie im Leben so ernst.«
»Spinnst du? Ich hab einen Mann –«
»Das ist es ja.«
»Und wohin?«
»Egal. Auf das Wohin kommt's nicht an.«
»Und für wie lange?«
»Was soll das? Ich bin nicht dein Reisevermittler, ich bin dein Geliebter. Wir haben schon einmal verzichtet. Verpatzen wir's nicht noch einmal.«
»Moment mal – weißt du nicht, wie das für mich wäre, Fine nach so langer Zeit zu verlassen? Es macht mir angst, auch nur daran zu denken –«
»Die Alternative macht mir noch mehr angst.«
»Aber das wär eine größere Sache!«
»Es ist doch längst vorbei. Du hast ihn satt.«
»Wem sagst du das. Fine ist so negativ, daß er sogar Schlechtes

über den Äquator zu sagen wüßte!« Sie lachten beide. »Und was machen wir, wenn wir in diesem ›Irgendwo‹ angekommen sind?«
»*Irgendwas*.« Er lachte in sich hinein. »Wer weiß? Ich bin nur so aus Spaß um die halbe Welt gefahren – von Kairo nach Kapstadt, ohne einen roten Heller in der Tasche oder einen Plan im Kopf – das Beste, was ich je gemacht habe. Mit deinem Geld und meinem gefälligen Äußeren brauchen wir nur noch ein bißchen Talent. Genau, das ist es: Wir werden Theater spielen!«
»Im Ernst?«
»Na klar.« Zum erstenmal wurde er düster: »Können wir dazu jemals wieder ›nein‹ sagen?« Sie sagte nichts. »Komm, laß uns das doch machen!«
»Jetzt gleich?«
»Wozu noch warten?«
»Ich kann nicht einfach alles hinschmeißen und abhauen.«
»Warum nicht?«
Sie sagte: »Ich brauche mehr Zeit.«
Bei Sonnenuntergang zogen sie sich an. Als sie sich zum letztenmal umarmten, bevor sie zum Wagen hinausgingen, gurrte er ihr ins Ohr wie ein großer blonder Täuberich: »Du hast Zeit bis morgen um fünf, um dich zu entscheiden.«

17

Als Fine am Sonntag spät in der Nacht nach Stow kam, schlief Stephanie schon. Sein Kopfweh war so stark, daß er sich, obwohl sie wach wurde, als er ins Zimmer kam, nur noch schwer aufs Bett fallen ließ, ihr einen beruhigenden Klaps gab, sich auszog, etwas über die Schmerzen murmelte, stöhnend aufstand und ins Bad ging, ein paar Tabletten nahm, wimmernd ins Bett kroch und sofort einschlief.
Am Montagmorgen erwachte er wie gewöhnlich um Viertel nach

fünf, mit noch schlimmerem Kopfweh: Der Schmerz saß jetzt ganz konzentriert hinter seinem rechten Augapfel, und jeder Pulsschlag ließ geschmolzenes Metall gegen offenbar ziemlich brüchiges Gewebe spritzen. Aspirin ist für die Katz. Ich sollte zum Arzt gehen. Keine Zeit. Auf das Nächstliegende kam er nicht: In seiner Altersgruppe waren der Kopfschmerz und die damit zusammenhängenden Symptome – affektive Labilität (Hochs und Tiefs), Zerstreutheit, bizarres, unangebrachtes Verhalten zu Hause und im Beruf – statistisch gesehen ein klarer Hinweis auf einen Gehirntumor.

Stephanie schlief noch, als er aus dem Haus ging. Unter dem unaufhörlichen Pochen leicht nach rechts geneigt, ging er mit vorsichtigen Schritten, um sein Gehirn nicht zu erschüttern, zur Sitzung mit der Sechs-Uhr-Patientin in seine Praxis.

Eine ganze Woche harter analytischer Arbeit hatte bei Dora die Folgen seines Fehlers fast vollständig behoben, und sie war zu ihrem flagrant erotischen Verhalten zurückgekehrt.

Während Fine ihr zuhörte, trieb seine Erregung seinen Pulsschlag in die Höhe. Er tröstete sich mit seiner neuen Einsicht und sagte die ganze Sitzung hindurch so gut wie nichts. Am Schluß sagte sie, es sei eine der besten Sitzungen überhaupt gewesen. Fünfundsiebzig Dollar. Als er zum Frühstück nach Hause ging, war Stephanie nicht mehr da. Sie hatte ihm eine Nachricht hinterlassen: »Ich hab gekündigt. Und bin einkaufen gegangen.« Fine assoziierte: Ausagieren unter der Belastung des Versuchs, sich für die Mutterschaft zu entscheiden. Sie meint es nicht so. Einkaufen ist eine Ich-synthone, analerotische Beschäftigung. Für das weibliche Wesen.

Voller Angst, sein Gehirn würde explodieren, absolvierte Fine sein dichtgedrängtes Tagespensum. Die Jefferson-House-Patienten paßten sich gut an die Pilotstudie an. Jefferson, Eli der Chasside (mit Pudel Lafite), Stinko, Cooter der Manische und Mary das Kruzifix hatten sich am Samstag abend den nicht jugendfreien Streifen *Pumping Ethyl* angesehen. Alle hatten es unbeschadet überstanden, bis auf Cooter. Der war psychotisch geworden. Er verweigerte die Nahrung und sogar die Finestones und befand sich deshalb im Ruheraum. Fine wollte sich später um ihn kümmern. Der Mord an Reuben hatte die Psychiater von Stow in Angst und Schrecken versetzt. Beim Morgenappell ging es vor allem um die Vergrößerung von Mr. Royces Wachmannschaft, die Abriegelung der einzigen Zufahrt zur Insel, der Curley Bridge, und die Anweisung, daß alle Mitarbeiter und Patienten sich für Ansteckausweise fotografieren lassen sollten. Dr. Pelvin, kühl und hart, das schwarze Haar angeklatscht, verkündete: »Ich gehe dieses Jahr vorzeitig in Urlaub. Ich bin am fünften Juni wieder da.«

Selbst Psychopath, hatte Pelvin ein großes Talent dafür, seine wohlhabenden psychopathischen Patienten in Rage zu bringen, von denen, psychodynamisch gesehen, jeder der Mörder sein konnte. Anfangs waren die Stow-Mitarbeiter froh, daß Pelvin in Urlaub ging, weil jetzt vorerst keiner seiner gefährlichen Patienten zur Therapie nach Stow kommen würde. Dann wurde ihnen klar, daß Pelvins Psychopathen über diese plötzliche Abreise erbost sein, den unbeholfenen Royce übertölpeln und ihre Wut an der Klinik auslassen könnten. Aus Angst, daß ganze Heerscharen mordgieriger Patienten die friedlichen Gefilde von Stow stürmen würden, versuchten sie, Pelvin zum Bleiben zu überreden. Vergebens. Mr. Royce, ein grünäugiges Wiesel mit einem schrecklichen roten Geburtsmal an der Wange, meinte zwar, die Polizei komme nicht weiter, versuchte dann aber doch, Öl auf die Wogen zu gießen: »Stow läßt sich leicht absichern. Vorausgesetzt, es handelt sich bei dem Mörder nicht um einen unserer eigenen stationären Patienten. Oder –« Er unterbrach sich und sah wie sein Idol, Chandlers Marlowe, provozierend in die Runde. »– einen von uns.«

Das paranoide Zittern und Zagen nahm zu. Fine entdeckte mehrere potentielle Mörder unter den Klinikangestellten. Und wie war es mit Royce selbst?

Fine besprach sich mit Miss Ando. Wiederholte Experimente hatten es bestätigt: Heuschrecken mit hohem Calciumspiegel lernten schneller und hatten ein besseres Gedächtnis. Die Neuigkeit richtete nichts gegen seinen körperlichen Schmerz und seine bösen

Vorahnungen aus. Auch die Sitzungen mit den Patienten waren eine Belastung. Mardell, sein professioneller Basketballsüchtiger, war streitlustig. Eine Schwester hatte ihm erzählt, daß Freud Kokain ausprobiert hatte. In der Sporthalle las er Fine aus der Kopie eines Briefes von Freud an Martha Bernays vor: »›Wer ist stärker: ein sanftes kleines Mädchen, das nicht genug ißt, oder ein großer, wilder Mann, der Kokain im Körper hat?‹ Wenn dieser Typ es getan hat, Fine, warum darf ich es dann nicht?«

»Welche Gedanken haben Sie darüber, daß Sie es nicht dürfen?«

Mardell knallte Fine den Ball gegen den Bauch und ging hinaus. Alles brach zusammen. Auf der Toilette erzeugte Fines Drücken einen hydraulischen Gegenstoß, der gegen seine Schädeldecke prallte. Sein Anus blutete. Sogar der pünktliche Anruf der suizidalen Joy – »Wo sind Sie? *Klick.*« – hatte heute etwas Ominöses. Am Spätnachmittag, auf dem Weg zu Cooter, blieb Fine auf dem Hügel oberhalb des Jefferson House stehen, ließ den Blick schweifen und schauderte. Der Schmerz hatte nicht nachgelassen. Er war fasziniert von einem Supertanker, der quer durch sein Blickfeld auf den Bostoner Hafen zusteuerte. Er konnte sich nicht abwenden. Sein Blick wanderte von rechts nach links, vom Heck zum Bug, und kehrte dann – viel schneller, als das Schiff fuhr – in einem raschen Schwenk wieder zum Heck zurück. Immer und immer wieder. Seltsam. Er wurde seekrank und zwang sich, woanders hinzuschauen. Er sah seinen Atem in der Luft, fühlte sich merkwürdig eng mit der Natur verbunden und versuchte festzustellen, wie sich die unzeitige Kälte auf andere Lebewesen ausgewirkt hatte: die Forsythien und die Tulpen welkten, und die Narzissen und Veilchen behaupteten sich nur mühsam, trotz ihres angeblich eingebauten Frostschutzes. Hartriegel und Kirsche hielten ihre Knospen dicht verschlossen, der Sumach schlief. Die Seetraube war in Wartestellung, während die Strandkiefer – die japanische und die einheimische Art – keine Reaktion auf den säumigen Frühling erkennen ließ. Die riesige Rotbuche in seinem Garten, die schon vierhundert Jahre lang den Launen der Witterung trotzte, hielt ihre kühlen Säfte zurück, ihre Millionen winziger Knospen dicht geschlossen, und wartete geduldig, daß die Faust des Winters aufgehen möge. Der Wind kam aus Nordwesten und ließ die blattlosen Äste der Buche wie Palmwedel knattern, und Düsenflugzeuge schwebten langsam über Long Island hinweg dem Flughafen zu. Jeder Gleitweg nach unten war wie ein Lavafluß in Fines Schädel, das Nachbrennen kreischte wie ein Fingernagel auf einer Schultafel. Fine war zerfahren und besorgt. Wo zum Teufel ist meine Frau? Sie ist nicht zum Mittagessen heimgekommen. Na, dann vielleicht zum Abendessen. Er betrat das Jefferson House.

Aus der hintersten Ecke des Ruheraums mit den wattierten weißen Wänden starrte Cooter finster zu ihm herüber. Als guter Psychiater interviewte Fine ihn, stellte prompt die Anzeichen fest – gehetzte Sprechweise, lose und durch den Klang von Worten ausgelöste Assoziationen, überscharfe Aufmerksamkeit, paranoide Gedanken – und stellte die Diagnose: manische Psychose.

Cooter verweigerte Medikamente, weil er wähnte, sie seien vergiftet. (Ein Argument gegen die Psychopharma-Jungs, die es nicht wahrhaben wollen, daß die Patienten ihre Mittel einfach nicht nehmen. »Wie behandelt man *das*, daß sie keine Medikamente nehmen?«) Fulminante Paranoia. »Sie sind wütend, Cooter. Erzählen Sie mir davon.«

»Verschonen Sie mich mit dem Scheiß von wegen ›wütend‹, Sie Arschloch.«

Fine hielt sich an die Regel – nie einen gewalttätigen Patienten zwischen sich selbst und die Tür kommen lassen – und setzte sich. Wenn er angreift, laufe ich raus.

»Auf dem Sprung, für den Fall, daß ich mich auf Sie stürze, hm, Doc?«

Erstaunlich, dachte Fine, wie die Gedanken lesen können. »Sie sind ziemlich high, Cooter, erzählen Sie mir davon.«

»Ich erzähl Ihnen was von Ihrer Frau: Sie war gestern den ganzen Tag mit einem anderen Kerl zusammen. Überrascht? Mißtrauisch? Ha!«

Fine *war* überrascht und mißtrauisch, wußte aber, daß es sich bei der Äußerung lediglich um eine Projektion von Cooters Wunsch handelte, selbst mit Stephanie zusammenzusein. Die korrekte Reaktion? Projektionsregel: Der Analytiker muß sich aus der Schußlinie der Projektion bringen. Technik: sich *neben* den Patienten setzen, so daß man ›bei ihm‹ ist und das Wahnsystem mit ihm zusammen betrachtet. Fine stand auf und setzte sich neben Cooter, mit Blick zur Tür. Er probierte es mit »Empathie«: »Sehr mutig von Ihnen, Cooter, daß Sie über Ihre Gefühle für meine Frau sprechen.« Tolle Deutung, Fine!

»Sie können mich mal.«

Probier's mit einem Medikament, Fine. »Wie wär's denn mit einem Finestone?« Fine steckte sich einen in den Mund: Plopp. Lutsch. Er bot Cooter einen an, doch der schnippte ihn zu ihm zurück und traf ihn an der Nase. »Au«, sagte Fine und erkannte entsetzt, daß die Anwendung der Projektionsregel ein Fehler gewesen war, denn Cooter versperrte ihm jetzt den Weg zur Tür. Die korrekte Reaktion wäre die Paranoiaregel gewesen: Wenn er einen Paranoiker vor sich hat, muß der Analytiker, der ja weiß, daß die Wurzel einer Paranoia Homosexualität ist *(Eifersucht, Paranoia, Homosexualität,* 1922), es unbedingt vermeiden, dem gleichgeschlechtlichen Patienten nahezukommen, weil er dadurch die heftigste physische Manifestation der paranoiden Psychose auslösen kann, die mörderischste Wut, die der Menschheit bekannt ist – die homosexuelle Panik!

»Also Ihre Frau treibt's mit einem anderen, Doc. Wissen Sie was, ich schlage Ihnen einen Handel vor: Sie entlassen mich, und ich halte den Mund. Einverstanden?«

Fine blockierte.

»Ach, kommen Sie, Doc – ich *brauche* Sie. Mein Gott, irgend jemand muß mir verdammt noch mal *helfen!*«

Cooter streckte ihm die Hand hin und redete weiter auf ihn ein, und Fine empfand Mitleid mit ihm, diesem armen, hinreißenden jungen Mann, den eine schreckliche biochemische Geisteskrankheit zum Krüppel gemacht hatte. Am liebsten hätte er eingeschlagen, ihn in die Arme genommen, ihn getröstet. Absurd. *Meine* Regungen haben in meiner Arbeit nichts verloren; jede Berührung ist tabu. All diese Betatsch-Therapien haben herzlich wenig ausgerichtet. Professionelle Therapie bedeutet, daß man im Trümmerhaufen des kaputten Geistes die Ichgrenzen wieder aufbaut. Es gibt keine Schatten in der psychoanalytischen Sonne. Der größte Fehler, den ich machen könnte, wäre, meinen sogenannten menschlichen Regungen nachzugeben. Meine Aufgabe ist es, diesen Raum unbeschädigt zu verlassen. »Also«, sagte er, »dann sprechen wir mal über Ihre Medikation.«

»Sie wollen mir nicht mal die Hand geben?« Fine bewegte sich ein winziges Stück in Richtung Tür. »Halt! Keine Bewegung!« Dann schrie Cooter: »Hey, alle mal herhören: Fines Frau bumst mit einem anderen! Haha!« Er machte eine Pause. »Ihr glaubt mir nicht, was? Ihr denkt, ich bin halt verrückt, oder?«

Eingesperrt mit diesem Verrückten, fragte sich Fine: Konnte er der Mörder sein? Er darf das Klinikgelände verlassen, er hat ein Auto und Geld, ist ein Waffennarr, unbeherrscht und zornig. Du probierst es jetzt noch einmal mit Empathie, und dann rennst du um dein Leben. »Ich verstehe Ihren Schmerz, Cooter –«

»Du Scheißkerl!« schrie Cooter und stürzte sich auf ihn.

Fine sprang auf, rannte zur Tür und dachte schon, er hätte es geschafft, als er – wumm! – längelang hinflog, mit dem Kopf unsanft auf dem weißen Dielenboden aufschlug, die Engel singen hörte und nur noch einen Schrei herausbrachte: »Hilfe!« Dann bekam er einen Schlag auf die Wange und versuchte, seinen Kopf vor weiteren Schlägen zu schützen. Nach einer Ewigkeit stürmten endlich ein paar stämmige Pfleger herein, retteten Fine, fingen Cooter ein und stellten ihn ruhig. Fine assoziierte: Was für ein großartiger Fall! Ich habe den Affekt identifiziert und die Abwehrmechanismen durchbrochen.

»Ja, äh, nein«, sagte Mr. Jefferson, »er denkt also, Ihre Frau betrügt Sie? Tja, eine Versuchung für uns alle, nein, äh, ja!«

Jefferson (schwarz) sagte: »Liebe, Liebe, Liebe in der Ewigkeit der Sünde, bis die Zeit gekommen ist, daß die Toten Toten Toten sterben!«

Fine empfand einen Hauch von Argwohn und fragte: »Sie haben sie also auch gesehen?«

»Klar! Süßes kleines Frauchen! Sie hat mir gesagt, sie heißt *Pat* und ich hab gesagt: Hi, Pat.« Jefferson lachte, und das Gelächter hallte noch in Fines Kopf nach, als er die Treppe zu seinem Behandlungszimmer hinaufstieg.

Mit schrillendem Kopf versuchte Fine, seiner Vier-Uhr-Patientin zuzuhören: Sylvia der Verwechslerin. Die fixe Idee, ihren lange verloren geglaubten Schatz Stuart Fine wiedergefunden zu haben, ließ sie nicht mehr los. Fine, der kühlen Kopf bewahrte, wie es einem Analytiker ansteht, gab ihr nicht den geringsten Hinweis darauf, wer er wirklich war, und forderte sie auf, ihre Phantasien zu erkunden. Sie tat es, sagte ihm, er sehe krank aus und sie würde sich gern um ihn kümmern. Fine hörte ihr kaum zu. Das Lampenlicht bohrte sich durch seine Augen in seine Sehrinde und rief Erschütterungen hervor – giftige Farben, Gerüche. Die Zeit verging elend langsam, trotz Sylvias faszinierender Assoziationen: Ihr »Daddy« hielt Tiere in Käfigen – einen Löwen, einen Puma, eine Boa. Kaninchen als Futter für die Boa. Man betäubt sie mit einem Schlag und wirft sie hinein. Undeutlich formulierte Fine: Sie ist gut kompensiert, angesichts dieses ländlichen Zoos. Aber wo war die Mutter? Und wo hatte Sylvia das Auge verloren? Ein bißchen masochistisch. Echter Masochismus ist nicht therapierbar: Der Patient will krank bleiben, sich nicht davon verabschieden. Unsere Zeit ist um.

Rattenmann der Obsessive brachte die halbe Sitzung damit zu, über den Mord an Reuben zu assoziieren – seine anale Wut über das Geld, das er für Fine ausgeben mußte, äußerte sich in Schadenfreude darüber, daß da jemand reihenweise Psychoklempner umbrachte –, und nahm dann die Analyse von Fines Furz wieder auf. Fine äußerte sich nicht dazu. »Also, Sie kleine Hämorrhoide«, sagte der Rattenmann freundlich, als er ging, »ich muß sagen, das war die bisher beste Sitzung überhaupt!« Fine fragte sich: Wieso wissen die *immer* Bescheid?

Endlich Feierabend! Fine ging nach Hause. Er rief nach Stephanie und bekam keine Antwort. Er setzte sich in sein Arbeitszimmer, trank einen Bourbon, legte sich einen Eisbeutel auf den Kopf und warf vier Aspirin und zwei Codeintabletten ein. Ein Wahnsinniger saß in seinem Schädel und hackte ein Loch in die Wand, um

herauszukommen. Er strich sich den Spitzbart. Morgen gehst du zum Doktor, Fine.
Stephanie erschien, und Fine sagte: »Stephanie! Gott sei Dank!«
»Was ist denn?« fragte sie und setzte sich neben ihn auf die Couch.
»Cooter hat mich angegriffen!« sagte er, legte den Kopf in ihren Schoß und fühlte sich den Tränen nahe. »Er hat behauptet, du hättest gestern einen anderen Mann hier gehabt.«
»Stimmt – ein alter Freund, den ich im Theater getroffen habe – der Senator hatte –«
»Ja, schon gut«, sagte Fine, beruhigt, weil sie ihm übers Haar strich, »diese blöden Kopfschmerzen gehen einfach nicht weg! Ich hab sie jetzt schon fast eine Woche, nicht ständig, aber immer wieder – ich hab Angst, daß es entweder ein Aneurisma oder ein Gehirntumor ist!«
»Ein *Gehirntumor?!* Warst du schon beim Arzt?«
»Morgen gehe ich. Ach, Liebste – du hast mir so gefehlt!« Sie wirkte ratlos. »Ich hab mir ganz viele Gedanken gemacht, seit du weg warst. Und ich bin zu echten Einsichten gelangt. Darf ich's dir erzählen?« Sie nickte. »Ich habe endlich verstanden, was du damit meinst, daß ein seßhaftes Leben gleichbedeutend mit Tod ist. Es hat keinen Sinn, das mit dem Kind zu überstürzen. Zweiundsechzig Prozent der heutigen Ehepaare würden keine Kinder mehr haben wollen, wenn sie noch einmal von vorn anfangen könnten. Das Leben ist nicht statisch, sondern dynamisch. Das Leben ist zu kurz, als daß man immer denken dürfte, es liegt noch vor einem – bald wird es nämlich zum größeren Teil hinter einem liegen. Als Erwachsenem erscheint uns unsere Kindheit wie ein einziger Augenblick. Und hier kommt Binswanger ins Spiel.« Er holte tief Luft. »Ich will auch zu allem ›ja‹ sagen, Risiken eingehen und mit dir zusammen wachsen. Du bist für mich der wichtigste Mensch auf der Welt, Stephanie. Ich biete mich dir an: der neue Fine!«
»Meinst du das wirklich ernst?« Er nickte. »Und warum gerade jetzt?«
»Gute Frage! Nachdem ich bei Fummel aufgehört hatte, fühlte

ich mich verlassen und verletzlich, eine normale Reaktion. Gott – dieses Pochen! Machst du bitte das Licht aus?« Sie tat es und stellte sich ans Fenster. »Zu Hause«, fuhr er fort, »bin ich regrediert – ich hatte eine unglaublich infantile Übertragungsreaktion auf meine Mutter, verstehst du?«

»Fine, deine Mutter ist nun mal deine Mutter!«

»Deswegen war die Reaktion ja so stark! Alle meine negativen Gefühle für sie hab ich an dir ausgelassen! Aber jetzt bin ich zu einer phantastischen Einsicht gekommen – du wirst staunen!« Fine schluckte und sagte mit gedämpfter Stimme: »Wir Männer wollen gar nicht unsere Väter erschlagen und mit unseren Müttern schlafen, nein, verdammt! Wir wollen genau das Gegenteil. In dem Punkt hat sich Freud geirrt. Der Grund, warum er – wie die meisten Männer – sich auf die Analyse des Vaters konzentriert? Es ist leichter, über den Papa zu reden als über die Mama! Weniger Widerstände! Doch wenn wir uns nie der Mutter stellen, werden wir uns auch nie uns selbst stellen!« Beschämt gestand Fine: »Ich glaube, Fummel – ein orthodoxer Freudianer – hat mir geholfen, meinen Vater durchzuarbeiten, hat aber von meiner Mutter nur die Oberfläche angekratzt. Dieses Wochenende zu Hause hat mir gezeigt, wie groß meine Wut auf sie immer noch ist. Stell dir vor: Ich hab diese Wut auf *dich* übertragen!« Fine holte tief Luft. »Es tut mir leid, Stephanie, ehrlich. Meine Wut auf meine Mutter ist meiner Liebe zur dir, meiner Frau, in die Quere gekommen. Aber die gute Nachricht ist: Es ist mir klargeworden, ich *akzeptiere* es! Ich werde mich ändern! *Mit* dir! Unsere Eheprobleme sind ein klassisches Beispiel für die männlich/weibliche Asymmetrie im Umfeld von Intimität! Ich bin nahe daran, es nicht mehr als freudianisches ›Selbst‹ zu sehen, sondern als ›männliches Selbst-in-Beziehung‹. Kein eiserner Fine mehr! Weißt du was? Mein Dad *ist* bis zu einem gewissen Grad empathisch! Wenn er meine Mom halten kann, empathisch, dann *muß* ich, in Beziehung zu ihm, irgendwo in mir drin auch Empathie für dich haben! Wenn ihre Väter einer Beziehung zu ihren Müttern fähig sind, *können* Männer auch Beziehungen zu Frauen haben, und ich zu dir. Und der moderne Vater ist sogar noch stärker beteiligt, stimmt's? Ich hab noch nicht alle Teile zusammengefügt, aber ich glaube, das Ding wird fliegen! Mit dieser neuen Einsicht werden wir es schaffen!«

»Meinst du das wirklich ernst, Fine? *Fühlst* du es, tief drinnen?«

»Tiefer, als ich je etwas gefühlt habe, ja!« Fine spürte, wie sich ihr Blick in ihn bohrte. Sie schien skeptisch. Ohne nachzudenken sagte er: »Stephanie, bin ich *häßlich?*«

»Was?« fragte sie, als hätte sie einen Schlag ins Gesicht bekommen.

Ihm wurde klar, was für eine ungeheuerliche Frage das war. »Ich – komme mir häßlich vor. Bin ich häßlich?« Die Stille wurde schwer, wie mit einem heimlichen Gewicht befrachtet.

»Fine – das darfst du eine Frau *niemals* fragen, hast du verstanden?«

Er war am Boden zerstört. »Aber du bist nicht ›eine Frau‹, du bist *meine* Frau!« Er dachte: Wie verzweifelt muß ich ihr vorkommen, wie schwach. Sie wird mich hassen wegen dieser Schwäche. Zu seiner Überraschung lächelte sie. Er war ein Risiko eingegangen, und er hatte gewonnen! Ein Glücksgefühl durchströmte ihn – alles würde jetzt wieder gut werden, bestimmt! Er strahlte: »Also, was hältst du von dem ›neuen‹ Fine?«

»Ich würde dir gern glauben, aber ich habe Angst – außerdem ist etwas passiert – ich muß mit dir darüber sprechen –«

Fine spürte, wie sie nachgab, sich ihm öffnete, und sagte: »Eine zweite Analyse könnte sich auf meine Beziehung zu meiner Mutter konzentrieren –«

»Eine *was?!*« fragte sie mit blitzenden Augen.

»Eine zweite Analyse – bei einer Analytikerin –« Sein Blick fiel auf die Uhr: »Um Gottes willen, schon sieben Uhr einundvierzig! Ich komme zu spät! Ich muß sofort los –« Er stand auf.

»Zu spät? Wovon redest du?«

»Von dem Vergessen-Seminar im Institut«, sagte Fine, richtete sich die Krawatte und schnappte sich seine Anzugjacke. »›Der Anus.‹«

»Nein! Geh nicht hin! Ich brauche dich heute abend hier bei mir, Fine –«

»Unmöglich. Wir arbeiten Reubens Tod durch –«
»Melde dich krank –«
»Eine unglaubliche Assoziation – weißt du, was die daraus machen würden?«
»Aber du hast Reuben gehaßt –«
»Ja, ich habe ihn gehaßt! Das ist ja der Grund, warum ich es durcharbeiten muß –«
»Und was ist mit alledem, was du gerade zu mir gesagt hast?«
»Mein voller Ernst, Wort für Wort –«
»Bleib bei mir, Fine – ich brauche dich jetzt wirklich –«
»Wir reden heute abend weiter, wenn ich zurückkomme –«
»Dann ist es zu spät.«
»Auf die zwei Stunden kann's doch nicht ankommen. Meinst du, ich brauch einen Schal?«
»Fine, hör mir zu: *Ich brauche dich jetzt in diesem Augenblick hier bei mir.*«
»Jetzt werd nicht melodramatisch, Stephanie. Es geht nicht.«
»Für dich gibt's jetzt überhaupt kein *Jetzt* mehr. Was bin ich doch naiv! Als du gesagt hast, ich sei der wichtigste Mensch für dich, hab ich dir geglaubt!«
»Das bist du auch, aber es ist ein Riesenunterschied zwischen analytischem –«
»Du bist ein schlechter Schauspieler, Fine, du hattest mich überzeugt, aber weißt du, was dir fehlt? Gefühl. In dir drinnen? Keiner da! Kalt wie Eis, Fine, kalt wie Eis! Wie konnte ich bloß derart naiv sein? Aber damit ist jetzt Schluß! Für immer!«
»Wir reden nachher –«
»Nichts da, Fine, und weißt du warum? Weil *später* nicht real...«
»Die Realität ist eine – wow!« Fine schlug die Tür zu, bevor die Karaffe aufschlug, hörte das Glas zerspringen und assoziierte: Mutter, die Glas nach Vater wirft. Einmal ein Messer; in der Wand steckengeblieben; über meinem Kopf; zitternd. Glasscherben. Über meine Kindheit verstreut. Er eilte über die Kiesauffahrt zu seinem Auto.
Und er war nicht nur taub zu hören, sondern auch blind zu sehen. Was er nicht sah, war ein Fahrrad mit Zehngangschaltung,

das am Tor lehnte, das Vorderrad quer zum Rahmen, wie das Bein eines Mannes, der sich bequem – ja sogar vertraut, stolz – an die Wand des Hauses lehnt, das er gerade gekauft hat.

Während er über die alte Curley Bridge holperte, zitierte Fine plötzlich laut Freuds berühmten Brief an Marie Bonaparte: »›Im Moment, da man nach Sinn und Wert des Lebens fragt, ist man krank, denn beides gibt es ja in objektiver Weise nicht; man hat nur eingestanden, daß man einen Vorrat von unbefriedigter Libido hat.‹« Doch obwohl ihn das aufrichtete, empfand er, als er vor der Tür des Instituts stand, eine seltsam nagende Besorgnis. Es ist wie ein Hookesches Gesetz der Psyche: Je weiter ich von ihr weg bin, um so stärker fühle ich mich zu ihr hingezogen. Was fühle ich? Argwohn. Warum? Blockade. Er sagte das Losungswort des Tages – »Oliver Freud« – und wurde eingelassen. Er lehnte sich an den Wasserkühler, überlegte, ob seine Kopfschmerzen eine Migräne sein könnten, und erinnerte sich an sein erstes starkes Kopfweh: in Disneyland, mit Mom und Moe, Pop dreitausend Meilen entfernt, zu Hause. Er holte einen der Aufsätze hervor, die an dem Abend besprochen werden sollten – *Charakter und Analerotik* (1908) –, aber seine Hand zitterte so stark, daß die Blätter auf den Boden fielen.

Als er sich bückte, um sie aufzuheben, stieg der intrakranielle Druck an und riß an seinen Hirnhäuten, so daß ihm übel wurde. Und wie in einem schlechten Film fiel sein Blick zufällig auf etwas, das ihm durch Mark und Bein ging: Auf der Titelseite des *Globe* vom Vortag war ein Foto: John O'Day als Petrucchio, der Stephanie küßte! Ihm wurde noch flauer, und er mußte sich am Wasserkühler festhalten. Das ist doch nicht möglich! Doch! Wie Standfotos in einem Film fügten sich ein Dutzend Puzzleteile zusammen: Der Hubschrauberflug nach Boston wegen des Berichts über die Nacht der Barden/sie schlafend, als er zurückkam, schlafend, als er aufstand, den ganzen Tag weg/ihre Worte: »Du bist ein schlechter Schauspieler, Fine!«/dieses Fahrrad an der Hauswand – *das war seins!*

Blindwütig wie ein Stier raste Fine nach Stow zurück, bereit, einen Mord zu begehen.

Doch als er Stow-on-Wold erreichte, hatte er alles schon weitgehend ausanalysiert. Einerseits wollte er wissen, was los war; andererseits wollte er es lieber nicht wissen. Wenn er nichts wußte, konnte er mit der Illusion weiterleben, daß sie ihm treu war; wenn er es wußte, mußte er entweder die Bürde wüster sexueller Phantasievorstellungen tragen oder noch mehr in Erfahrung bringen, und in diesem Gespinst von Verdächtigung und Täuschung würde er sie womöglich verlieren. Er beschloß, wie ein vollkommen analysierter Mensch zu handeln, also überhaupt nicht zu handeln, sondern nachzudenken. Er parkte oben auf dem Hügel, nahm sein Fernglas aus dem Handschuhfach (das er dort unter dem Vorwand der Vogelbeobachtung verwahrte) und schlich sich hinunter, am Jefferson House vorbei. Er fand ein Versteck, aus dem er freien Blick auf das Haus und sein Schlafzimmerfenster hatte. Zitternd vor Hoffnung, Furcht und Kälte, von köstlichem Schmerz gepeinigt, hockte er in der Kühle des Maiabends, die Arme um die Knie geschlungen, und wartete auf den Anblick, der ihn vernichten konnte.

Als sich seine Augen an das Dunkel gewöhnt hatten, sah er um sich herum Bierflaschen, Zigarettenkippen und ein säuberliches Häufchen gebrauchter Kondome – seine stationären Patienten hatten also doch ihn und seine Frau beobachtet. Im Schlafzimmer ging Licht an. Fines Angst flatterte hinter ihm wie ein Fallschirm, der sich gerade noch rechtzeitig öffnen konnte – oder auch nicht. Durch den Store, der sich vor dem Fenster nach außen blähte, sah er den Frühling seines Lebens vergehen. Da stand Stephanie und warf Sachen in einen Koffer, und dort John, der ihr half. Vielleicht plaudern sie nur miteinander? Fine hob das Fernglas: John näherte sich ihr von hinten, als sie sich gerade bückte, und küßte sie auf den Nacken. Sie hob den Kopf in einem graziösen Bogen, den Blick an die Decke gerichtet. Seine Lippen streiften die empfindliche Haut an ihrer Schulter. Erschauernd nahm sie seine Hände und führte sie an ihre Brüste, ihre Schenkel. Fines Herz bekam einen Sprung, als er sah, wie John ihr von hinten die Bluse aufknöpfte und sie dazu lachte; seine Hände verschwanden, sie holte tief Luft – seine Finger waren auf ihren Brüsten, den zarten Spitzen! Fine bebte vor Wut. Das ist nicht recht! Sie warf die Bluse in den Koffer, zog ein Top an und schalt John dafür, daß er mit ihr herumspielte. Sie verschwanden. Das Licht ging aus.

Benommen und nur undeutlich wahrnehmend, was geschah, stolperte Fine wie ein betrunkener Affe den Hang hinunter bis an die Vorderecke des Hauses, und das Pochen in seinen Schläfen verdoppelte sich. Die Gefäße wollten schier platzen. Er schob den Kopf um die riesige Forsythie herum. Helles Licht umflutete ihn. Gerade zur rechten Zeit! Da sind sie, kommen mit Koffern aus dem Haus! Er glaubte, sie aufhalten zu können, und versuchte, die Hand auszustrecken.

Er hörte einen lauten Knall (ein Schuß?), und dann geschah etwas Furchtbares, schmerzlos und doch furchtbar und absolut lebensfern, das ihn aus seinen vierunddreißig Lebensjahren in etwas anderes entrückte. In Zeitlupe sah er sich selbst, wie er ihnen die Hand entgegenstreckte. Die Hand erstarrte. Seine Blicke irrten hin und her, von dem Rechteck aus Licht in der Tür zu ihren Rücken. Und dann von ihren Rücken zum Licht. Hin und her, hin und her – und er wußte nicht, ob er das willentlich tat, um diesem widerwärtigen Gefühl in seinem Inneren zu entkommen, oder ob das alles mit ihm geschah. Es schien eine Ewigkeit zu dauern, seine Hand steckte in der Luft fest wie in Eis, seine Stimme verstopfte ihm die Kehle – die typische Lähmung eines Alptraums, wo man läuft und läuft und läuft und keinen Schritt vom Fleck kommt. Er hörte John sagen: »Das Leben ist zu kurz für Fine –«

Und Stephanie antworten: »– und Fine zu kurz fürs Leben!«

Er fragte sich: Was ist dieses seltsame Gefühl in mir, und warum schaffe ich es nicht, daß meine Augen stillstehen und meine Hand sich wieder bewegen kann? Und mit einem übermächtigen Gefühl des Verdammtseins spürte er, wie im Reich seines Geistes etwas einbrach.

Die drei berührten einander beinahe, aber nicht ganz. Wie falsch gestaute Atome stoben sie auseinander. Durch einen hitzeroten Schleier sah er die beiden, die ihn nicht bemerkt hatten, in den violetten Jaguar steigen und wegfahren.

Und dann wurde das gefürchtete Schrecknis wahr: Irgend etwas tief drinnen platzte an den Nähten, und etwas Rotes ergoß sich an eine Stelle, wo es nie hätte sein dürfen, floß aus einem Raum, in dem es eine lebenswichtige Funktion hatte, und Fine spürte, wie er in Zeitlupe anfing zusammenzubrechen.
In der kurzen Zeitspanne, die Fine brauchte, um die einhundertsiebzig Zentimeter hinunter auf die Schwelle seines Hauses zu fallen, ereignete sich allerhand:
Er sagte: Das ist kein falscher Alarm, Fine, das ist der Tod. Habe ich Angst oder leide ich Schmerzen? Nein. Das beweist, daß es real ist. Die Maus liegt still in den Fängen der Katze, narkotisiert von Endorphinen. Euphorisch registrierte er viele Phänomene, von denen er in Berichten über Menschen gelesen hatte, die aus dem Reich der Toten zurückgekommen waren: die Fröhlichkeit, den Tunnel, die ätherische Stille, das heranflutende weiße Licht, das Gefühl, sich nicht sträuben zu müssen, und schließlich das Aufsteigen, höher, immer höher, bis er spürte, wie er mit dem linken Ohr leicht an den tiefsten Ast der riesigen patriarchalischen Rotbuche anstieß. Er sah im Fallen an sich hinab und hielt inne, zutiefst erleichtert, daß alles so fließend und bezaubernd und, tja, *angenehm* war. Er meinte, sich laut sagen zu hören:
»Dies ist der Monat der geistigen Gesundheit, und das Leben ist eine ewige Last, wie Freud sagte. Israelische Kühe geben dreimal am Tag Milch ... VISA-Krampf!«
Von seiner hohen Warte aus sah Fine seinen Körper leblos unten auf der festen Erde liegen, seine Frau und ihren Liebhaber davonfahren und – was ist das? – seine Jefferson-Patienten jammernd und glotzend von ihrem Beobachtungspunkt herablaufen und ihn auf dem Kies liegend vorfinden.
Obwohl der Pudel wie verrückt bellte, hörte Fine jemanden sagen: »Mit dem Calcium hatten Sie *recht!*« Glückselig getragen auf den Schultern der Maler der Nacht, roch er den scharfen Geruch von Terpentin und hörte sich murmeln: »Der Tod? Der Tod ist verlorene Liebe.«
Und so verging die Gegenwart mit all der Nostalgie eines Heimvideos von jemandem, der lacht und schon sieben Jahre tot ist.

III

BEFREIT

Nicht wenig verdrossen
ob des L. Boom
(wie da fälschlicherweise stand) …

James Joyce, *Ulysses*, 1922

18

John und Stephanie flogen nach Paris.
Nach ihren Erzählungen konnte ich mir später die Einzelheiten zusammenreimen.
Sie kamen am Dienstagmorgen an, ließen ihr Gepäck in der Wohnung ihrer Familie an der Avenue Rapp im siebten Arrondissement – einem Penthouse mit Blick auf den Eiffelturm – und gingen wieder hinaus, um die Lichterstadt zu erkunden. Der Tag war warm und, für sie, sinnlich. Arm in Arm bummelten sie über das grünende Marsfeld zur Seine, plauderten und alberten ungeniert herum, wie es Verliebte immer getan haben und immer tun werden. Helligkeit durchflutete sie, hob sie empor, schärfte alle Sinne. Das Leben, das vor ihren Augen dahinwirbelte, schien tausend Bedeutungsfacetten zu haben. Sie schlenderten über den Pont Alma und die Avenue George V entlang. John zeigte auf die Leute in einem Straßencafé, die alle nach außen schauten wie die Passagiere auf einem Boot: »Sag ihnen bloß nicht, daß es gar nicht fährt.«
Aber der hellichte Tag machte ihnen schon bald klar, was sie Ungeheuerliches getan hatten. Allmählich beschlich sie das Gefühl, Erinnerungen und Schuldgefühle begraben zu müssen, und so setzten sie sich und tranken. John schüttete den Wein hinunter wie Bier. Mit gerötetem Gesicht sagte er: »Fitzgerald hat sich geirrt: *Nur* amerikanische Leben haben einen zweiten Akt.«
»Oder vielleicht haben amerikanische Leben *nur* einen zweiten Akt.«
Als Exilanten sahen sie zu, wie die Pariser im waagrechten freien Fall der Sinnlichkeit vorüberzogen: alle Männer schlank und dun-

keläugig, mit engen Hosen und Sonnenbrillen; die Frauen mit spitzen Krägen und bis unter den BH offenen Hemden.
John sagte: »Hab ich dir jemals mein Geheimnis verraten?«
»Nicht daß ich wüßte.«
»Ich bin verrückt nach Damenunterwäsche.«
»Wirklich?«
»Ich kann gar nicht genug davon kriegen! Ich esse jeden Morgen zwei Seidenhöschen zum Frühstück. Ja, ich bin spitz auf Spitzen.«
»Du Irrer! Du liebenswerter Irrer! Paris ist die Stadt der Verrückten.«
»Und die Stadt der Reizwäsche.«
»Komm, laß uns schamlos Geld ausgeben. Wir kaufen lauter sexy Sachen.«
Schlingernd vom Wein und vom Jet-lag, segelten sie die breite Avenue Marceau entlang zum Arc de Triomphe. Sie machten Bemerkungen über den Uringestank, waren geblendet vom Geflecht endlos ausstrahlender Sonnen aus Pflastersteinen, schwebten, gegen den ohrenbetäubenden Strudel des Verkehrs ankämpfend, die Champs-Elysées hinunter in die Tuilerien, einen Garten voll von alten Clochards und Kindern auf Karussells und Ponys. Sie sahen sich die Puppenclowns im Théâtre Guignol an, einem Abkömmling der *Commedia*, die Shakespeare inspirierte.
»Ich wollte, es wäre 1920«, sagte John. »Dann könnten wir ins Bricks gehen und uns Mabel anhören. Und wär's nicht phantastisch, wenn wir hier mit unserem Kabarett auftreten könnten?«
»Ja. Ja, natürlich.« Sie gingen eine Zeitlang weiter. »Weißt du was? Das könnte sogar klappen. Eine alte Freundin meiner Familie leitet einen Club – die würde alles für mich tun. Ja! Sie ist fast jeden Abend in der Brasserie Lipp. Komm, wir statten uns für unser glanzvolles Debüt aus!«
Sie gingen einkaufen. Da Geld kein Thema war, kauften sie, was ihnen gefiel, unter anderem auch eine Sofortbildkamera, mit der sie Mme. und M. O'Day »für die Nachwelt« festhielten, vor einem Basrelief hoch über einem Verkehrskreisel, den visionären

Blick nach oben auf den Hintern eines patriotischen Pferdes gerichtet. Das Wäschegeschäft in der Rue de Rivoli war eine einzige Orgie schwellender weiblicher Formen. Nach mehreren Vorführungen, bei denen auch John zuschauen durfte – Stephanie merkte, wie er auf dem Stuhl herumrutschte, während die halbnackten, nur mit Satin und Spitze bekleideten Frauen aus der Garderobe kamen und wieder darin verschwanden –, hatte sie selbst ihren großen Auftritt: dunkelgrünes, gestreiftes Satinhöschen und oben herum ein trägerloser BH, der nur aus schwarzen Spitzenblumen und zwei schwarzen Satinbändern bestand, die, solange sie stillstand, auf ihren Bauch herabhingen und sie dann umflatterten, als sie herumwirbelte. Sie lachten. Sie neckte ihn mit dem Schmollmund einer Stripperin. Sogar die Pariser sahen lächelnd zu, denn Verliebte mag jeder.

Bis auf den Betrogenen natürlich.

»War's das?« fragte er. »Ich meine, kommt jetzt nichts mehr?«

»Doch, das hier.« Sie schnappte sich einen durchsichtigen Seidenschleier, schwenkte ihn und ließ ihn kreisen – die Farben kräftig und doch dezent, ein tropischer Vogel, der sich auf ihre glatten Schultern setzte und die bunten Federn hängen ließ. »Na, was sagst du?«

»Komm her.« Sie tat es; er sagte ihr ins Ohr: »Ich will den getragenen Slip.«

»Okay«, sagte sie und gab ihn ihm im Hinausgehen. Er drückte ihn kurz ans Gesicht und steckte ihn dann ein.

Ihre Frivolität verwandelte sich in Erschöpfung. In einer Großstadt müde zu sein bedeutet, wirklich müde zu sein, und mit letzter Kraft stolperten sie über die Eisenbrücke namens la Pasarelle in einen ruhigen Hof auf der Ile St. Louis. Sie ließen sich auf die Eisenstühle ihres Lieblingsbistros hinter den hohen Mauern aus dem siebzehnten Jahrhundert sinken und erholten sich an dem plätschernden Brunnen. In dieser bunten, friedlichen Oase tranken sie starken Kaffee und warteten darauf, daß ihre Müdigkeit verging.

»Hier«, sagte sie und nahm eine Dose aus ihrer Handtasche. »Nimm eins.«

Er sah hin: kreideweiße, kumquatgroße Steine. »Was ist denn das?«
»Calcium. Unser Cortisolspiegel ist zu hoch, von dem Flug. Ein bißchen Calcium bringt das wieder in Ordnung. Schau her.« Plopp. Lutsch.
Er wollte wissen, woher sie die hatte. Sie zögerte und sagte dann: »Von Fine.«
Der Name hing zwischen ihnen, schlaff, tot. Eine Zeitlang sagte keiner von beiden etwas. Er fragte: »Ist es schlimm?«
»Ja. Das ist eine größere Sache, weißt du.«
»Sicher, aber wir hätten es schon vor Jahren tun sollen.«
»Hätten wir auch, wenn er mir nicht nachgefahren wäre.« Ihre Miene verdüsterte sich, auch der zweite Mundwinkel zog sich nach unten, und sie atmete heftig. »Jetzt verbindet uns noch etwas.«
»Nämlich?«
»Mein Vater ist jetzt auch tot.«
Sie fing zu weinen an. Er rückte seinen Stuhl an ihren heran und nahm sie in die Arme. »Es ist schon fast zwei Jahre her, und ich denke immer noch jeden Tag an ihn!« Sie begann zu schluchzen, und er drückte sie an sich. Ein Stößel knirschte unablässig im Mörser ihres Herzens: »Daddy ist tot, Daddy ist tot, Daddy ist tot.« Nach einer Weile wischte sie sich die Tränen ab und lächelte tapfer. »Er war so wichtig für mich! In meinem Leben wird es keine Helden mehr geben!«
Spät am Abend erschienen sie in der Brasserie Lipp: Steph in ihren neuen Dessous, John in einem blauen Samtumhang mit scharlachrotem Kragen, einem silbernen Spazierstock und einem blauen Samthut mit scharlachroter Feder. Steph entdeckte ihre Freundin am Ende der Bar und lief mit dem Ausruf »Helène! Gerald!« durch den überfüllten Raum zu ihnen hin. Sie drehte sich zu John um, der durch den Raum stürmte und dabei seinen Umhang öffnete, so daß sein T-Shirt zum Vorschein kam: PROUST ETAIT UNE YENTA! Während sie an der Bar saßen, gab John eine Vorstellung. Nacheinander verwandelte er sich in Hamlet, Falstaff und – Julia. Als der Abend zu Ende ging, waren sie für die »Ame

rikanische Nacht« im Nouvelle Eve am Donnerstag gebucht. Es blieb ihnen ein Tag für die Proben.

Und so standen sie um drei Uhr morgens auf dem Balkon der Wohnung und betrachteten das Feuerwerk der sozialistischen Kundgebung am Eiffelturm. Sie küßten sich zärtlich und gingen erschöpft zu Bett. Steph benutzte das Bidet, ging ins Schlafzimmer und sah, daß er schon schlief. Lächelnd und mit einem wunderbaren Gefühl, weil sie es tatsächlich *getan*, Fines Käfig aufgeschlossen und jemand ganz anderen gefunden hatte, einen so wagemutigen und freien Mann, einen, den sie auf die alte und auf eine neue Art von Herzen liebte –, legte sie sich zu ihm. Sie stellte sich die Frage ihres Vaters: »Wenn du wüßtest, daß du morgen sterben mußt, hättest du dann den heutigen Tag genauso verlebt?« Und wie schon seit Jahren nicht mehr lautete ihre Antwort: »Ja.«

Kurz vor Tagesanbruch wurden sie beide unruhig. Steph wurde halb wach und rief: »Fine?«

Und zu ihrer Überraschung antwortete John: »Nora?«

Am Morgen liebten sie sich unter dem Gurren eines geilen Täuberichs, dem Schwatzen der Concierge und dem lauten Plätschern aus dem Institut Aquanude Kinesthétique auf der anderen Seite des Hofs. Steph war fasziniert. John war im Bett so ganz anders als Fine, so *dramatisch* – er spielte für ihren Körper wie für ein Publikum – und so herrlich schamlos! Er streichelte ihr sanft den Po und sagte: »Wunderbar, die Stelle, wo die Rundung deiner Hüfte in die Rundung der Rückseite deines Schenkels in die Rundung deiner Muschi übergeht – der heißesten, nassesten Muschi, wie ich hinzufügen darf, in der ganzen westlichen Welt.« Ihr Körper prickelte vor Vergnügen, sie nahm seinen Penis in die Hand wie ein Mikrofon und sagte: »Okay, Leute, jetzt erzähl ich euch einen Witz. Also: Zwei Juden machen eine Ballonfahrt, und –« Sie lachten beide. Wie lang und schlank seiner war im Vergleich zu dem von … Sie spielte damit, bis John es nicht mehr aushielt, so tat, als sei er beleidigt, und sich wegdrehte. Sie verlustierten sich, Körper an Körper, und lachten viel dabei. Als sie auf ihm zu liegen kam, mit dem Rücken nach unten, führte sie ihn hinein, aber

als sie sich aufsetzte, schrie er: »Autsch. So rum läßt er sich nicht biegen, Gnädigste!« Sie lachte und ließ sich wieder zurückfallen, und dann, mit dem Gesicht in seiner Halsbeuge, dachte sie wieder: »Wie groß er doch ist!« Sie fühlte sich geborgen bei ihm.
Todmüde, ließen sie es schließlich gut sein. Er war sofort weg, wie ausgeknipst, während sie, noch immer getragen von den Wogen ihrer Erregung, voll und leer zugleich, langsam verdämmerte wie der vergangene Tag.
Ein paar Stunden später liebten sie sich aufs neue. Und dann wieder. Und jedesmal war es für sie noch intensiver, noch länger, bis sie, kurz bevor sie sich entschlossen, zum Mittagessen aufzustehen, die Reihenfolge vom frühen Morgen umkehrten: Sie schrie und biß in einem Orgasmus nach dem anderen, er war erschöpft, leer, wund. Er stand auf und ging sich duschen. Sie war sexuell so gut drauf wie schon ewig nicht mehr und dachte über den möglichen Grund nach: weil es verboten war, unmoralisch, getrennt von Vergangenheit und Familie, längst überfällig, erfüllt von zehn sehnsüchtigen Jahren – und natürlich wegen Fine. Wie banal der Sex mit Fine in letzter Zeit gewesen war! Er behauptete immer, das sei nur eine »dem Alter entsprechende« Abkühlung. Und, was sagst du jetzt, Klugscheißer? Die rechte Klammer hinter meinen Lebensdaten ist schon zu nahe gerückt! Ungemütlich nahe! Zum Teufel mit dir – ich will leben!
Schließlich – der Nachmittag war schon fortgeschritten – aßen sie zu Mittag und fuhren dann in das Lokal auf dem Montmartre.
»Weißt du, wie die Probe auf französisch heißt?« fragte sie ihn. Er wußte es nicht. »*La répétition.*«
»Toll!« sagte er und staunte über den Zufall. »Einfach toll! Diese ganze Geschichte ist wie ein in Erfüllung gegangener Traum.«
Und Fine? Für sie – befreit durch Liebe, Lust, Alkohol, Proben, neue Eindrücke – wurde Fine zusehends zu einem Gazeschirm: je nach Beleuchtung durchscheinend oder undurchsichtig. Ein Gegenstand der Verachtung. Sie suchte eine Postkarte aus, ein Motiv aus der Serie »Paris – die Goldenen Zwanziger«: *Accident de la gare Montparnasse*. Eine Dampflokomotive hatte den Prellbock durchbrochen und war durch die Fassadenmauer des Bahnhofs

aus dem zweiten Stock auf die Straße gestürzt. Mit der Nase nach unten lag sie nun da, durch den Kohlenwagen noch mit dem zweiten Stock verbunden. Zwei Gendarmen standen da und schauten. Die perfekte Metapher. Schickten sie die Karte ab? Ihre Aufmerksamkeit wurde von anderen Dingen in Anspruch genommen, sie vergaßen sie. Sie glitt ihnen aus der Hand, flatterte im Wind davon – ein Bogen steil nach unten, noch einer –, lag kurz auf dem öligen Wasser und versank.

»Ob er erfährt, wo wir sind?« fragte John.

»Ja.«

»Wird er uns folgen?«

»Nein.«

»Warum nicht?«

»Er hat Termine mit seinen Patienten.«

»Na und? Immerhin ist seine Frau mit seinem ehemaligen besten Freund abgehauen.«

»Das einzige, was einen Analytiker von seinen Patienten fernhalten kann, ist der Tod, Kumpel.«

Was sie betraf, so hätte Fine tot oder lebendig sein können, *cela m'est égal.* Denn sie und ihr Liebhaber waren aufs Vergessen aus. John zitierte seinen großen Erinnerer, Sören Kierkegaard: »›Die Kunst zu vergessen ist nicht so leicht, und nur wenige Menschen verstehen sie recht.‹«

19

Fine sah Wolken, fedrige weiße Wolken. Fine sah den Gekreuzigten. Fine fragte: Bin ich im Himmel? Fine antwortete: Wenn ich im Himmel bin, dann bin ich im *falschen* Himmel! Das gegnerische Team hat recht gehabt! Unter dem Kruzifix lag eine Bibel. Darunter war ein Schild: LIES DIE BIBEL.

»Ich tu's!« rief Fine, erleichtert vom magischen Klang seiner

Stimme. »Wenn ich noch lebe, verspreche ich's dir, Großer Häuptling, ich werde sie lesen!«
Fine schwebte in der Luft und war glücklich.
Mehr denn je hatte ich Angst um ihn.
Ein Trupp Ärzte in grünen Operationskitteln kam herein. Da wußte Fine, daß er nicht im Himmel war. Das Weiße waren die Wände eines Krankenhauszimmers. Sie faßten ihn grob an, wie ein Stück Rindfleisch. Er fragte, wo er sei. Eine rotbackige Frau sagte: »Im St. Elizabeth's Hospital.«
»Daher also das Kruzifix«, sagte Fine. Sie starrten ihn an, als hätte er den Verstand verloren. Alle bis auf die Ärztin gingen hinaus.
»Sie haben einen schweren epileptischen Anfall gehabt, ein *Grand mal*«, sagte sie.
In seiner Genitalzone regte sich etwas. »Welcher Tag ist heute?«
»Dienstag, der neunte Mai, fünf Uhr fünfunddreißig. Sie waren sechs Stunden bewußtlos. Wir haben alle Untersuchungen gemacht, und das einzig Unnormale ist ein schwindelnd hoher Calciumspiegel im Serum – muß ein Laborfehler sein.« Fine lachte müde. »Sie müssen hierbleiben, bis wir die Ursache gefunden haben.«
»Nein«, sagte er und setzte sich auf. »Ich muß hier weg – *au!*« Der Schmerz – ein heißer Stahlbolzen, der ihm durch beide Schläfen gerammt wurde – schwächte ihn. Er ließ sich wieder zurücksinken. »Kommen die Kopfschmerzen von dem Anfall?«
»Nein. Von der Untersuchung, die wir gemacht haben – eine Lumbalpunktion.«
»Krankenhäuser!« sagte Fine. »Höchste Gefahrenstufe!« Er setzte sich langsam auf, rieb sich den Kopf und spürte ein Drahtgewirr. »Was zum Teufel –«
»Elf Stiche. Sie haben sich den Kopf angeschlagen.« Fine versuchte, sich von der Trage zu erheben. »Moment mal – und wenn es nun ein Gehirntumor ist?«
»Wer redet denn von einem Gehirntumor?«
»Das wär die plausibelste Erklärung.« Er grinste.
»Und Sie machen sich gar keine Sorgen?«

»Nein, ich bin irgendwie glücklich.«
»Das ist kein Glücksgefühl, das ist eine postikterische Euphorie – eine Nachwirkung des epileptischen Anfalls.«
»Wären *Sie* nicht auch glücklich, wenn Sie gerade von den Toten auferstanden wären?« Sie versuchte ihn umzustimmen, aber er blieb fest. Schließlich sagte sie: »Tja, dann aber auf Ihre Verantwortung. ›Gegen ärztlichen Rat.‹«
»Wo muß ich unterschreiben?«
»Okay«, sagte sie resigniert und wandte sich zur Tür, »wie Sie wollen, Mr. Fine.«
Kopfschüttelnd ging sie hinaus. Sie kam zurück, und er fing an, die Erklärung zu unterschreiben, hielt aber plötzlich erschrocken inne: »Hey«, sagte er, »ich bin ja Linkshänder!«
»Na und?«
»Na ja, bis jetzt war ich immer Rechtshänder!« Er versuchte, sich anzuziehen, war aber so groggy, daß sie ihm helfen mußte. Sie hieß Corey und war untersetzt und häßlich, aber Fine fühlte sich auf animalische Weise zu ihr hingezogen. Als sein Hemd aufging, sahen sie beide seinen dicken, rosigen Penis. Sie wurde rot. Er machte ihr einen unzüchtigen Antrag. Sie lehnte ab, schrieb ihm aber ihre Telefonnummer auf. Er fühlte sich gut und sagte: »Also, dann geh ich jetzt.«
»Auf Wiedersehen.«
»Moment mal – *wo* muß ich denn überhaupt hin?«
»Nach Hause. Gleich vor dem Eingang ist ein Taxistand.«
»Aber das mein ich ja – wo ist das, ›zu Hause‹?«
»Long Island – Stow-on-Wold – ich finde wirklich, Sie sollten noch hierbleiben –«
Er lachte nur und ging.
Warme Morgenluft strömte durchs Taxifenster herein. Fine sah etwas, was ihm komisch vorkam, und fragte den Taxifahrer: »Was ist denn los?«
»Wieso?« fragte der Mann, ein stiernackiger Typ aus Medford.
»Warum rennen die denn alle so? Ist jemand hinter ihnen her oder was?«
»Ach, die? Ja, die sind nicht ganz dicht. Das sind Jogger!«

»Aha. Und die mit den Kopfhörern und den Akkus am Hosenbund – sind die ferngesteuert?«
Der Taxifahrer hustete einmal, rutschte auf seinem Sitz etwas tiefer, fluchte und fuhr weiter.
Fine hatte fast alles vergessen, und so war alles neu für ihn. Ihm wurde klar, daß er eine sogenannte »retrograde Amnesie« hatte: Ereignisse kurz vor dem Anfall waren praktisch total gelöscht, solche, die länger zurücklagen, weniger. Aller Wahrscheinlichkeit nach war das ein vorübergehender Zustand, und sein Gedächtnis würde wiederkehren. Welch ein Glück! So *körperlich* in eine so junge, jungfräuliche Welt zu kommen!

Am Vormittag, daheim in Stow, ging er auf dem Pfad um die Insel. Warmer Regen fiel und erfrischte das müde Wintergras, und er empfand ihn als Frühlingsregen, weich und verheißungsvoll. Jede Zeitmarkierung – Jahreszeit, Monat, Tag, Stunde – schien auf dem Höhepunkt ihres Zyklus zu balancieren und sich mit einem neu erschlossenen Zyklus im Innern von Fine zu synchronisieren. Er nahm Dinge wahr, die ihm früher nie aufgefallen waren: die erdige Wärme küßte die riesige Rotbuche wach, wie Millionen kleiner Flaggen entfalteten sich die Blätter fast vor seinen Augen, und die tiefstehende Sonne schien durch einen Vorhang sich aufhellender Bronze. Die Blüten brachen auf – fast meinte er zu hören, wie die Knospen der Narzissen, Tulpen und Forsythien platzten. Die Rosen, die zwischen den Krokussen, Schneeglöckchen und Veilchen aufragten, waren dicht mit grünroten Trieben besetzt. Fine schwebte den Pfad entlang, sog die Seeluft tief in sich ein und fühlte sich eins mit dem Wasser, dem Horizont und dem Himmel. Die Vogelrufe – das heisere Kreischen der Möwen, das beruhigende Gurren der Tauben, der freche Schrei der Stockente, das Stakkato des Spechts, das Pfeifen der Krickente – hallten laut und weit, wie feine Glasglöckchen an winzigen Zweigen im Wind. Er hatte das Gefühl, noch nie einen Tag erlebt zu haben, an dem er sich so frisch und frei, so unbezähmbar lebendig gefühlt hatte. Seine fünf Sinne flossen ineinander, zu einem einzigen neuen Sinn. Die Morgenluft war so kompakt wie Wasser, das Meerwasser so klar wie Luft. Er ertappte sich dabei, daß er lächelte und im Takt zu seinen Schritten vor sich hin sang: »Bald blüht der Flieder, bald die Azalee; bald blüht der Flieder, bald die Azalee.« Was für eine Klangfigur!

Er fühlte sich wie ein vollkommen von der rechten Hirnhälfte gesteuerter Mensch.

Zu Hause merkte er, daß er einen Bärenhunger hatte. Er durchsuchte die Küche, erinnerte sich, daß er sich eiweißreich ernährt hatte, wußte aber nicht mehr, warum. Er fuhr zum nächsten Supermarkt und kaufte alles, wonach ihn verlangte. Schon auf der Rückfahrt fing er zu essen an – Sunshine Mallopuffs (»Mit rotem Kokosüberzug«) und Fudgsicles –, und zu Hause schlug er dann richtig zu und trank mehrere Flaschen Gerber's Applesauce (»Passiert, mit Vitamin A«), während er darauf wartete, daß seine Original Aunt-Jemima-Waffeln (»Ohne Konservierungsstoffe, mit fünf Vitaminen und Eisen«) fertig wurden. Er trank Papst Blue Ribbon Beer. Die Markennamen kamen ihm so *sauber* vor. Er aß auf der Wohnzimmercouch im Liegen. Da er neugierig auf Popkultur war, schaltete er den Fernseher ein.

Dort fanden sie ihn Stunden später, völlig fasziniert von einer neuen Game-Show: »Prominentenmörder.« Mrs. Neiderman, die beunruhigt war, weil er nicht zum Sechs-Uhr-Termin erschienen war (die Patientin hatte in ihrer Panik bis acht vor Mrs. Neidermans Büro gewartet), tat sich mit Miss Ando zusammen (auch im Labor war er nicht aufgetaucht) und versuchte dahinterzukommen, was passiert war. Fine beruhigte sie: »Ich fühle mich sogar absolut *wohl!*«

»Die arme Duffy«, sagte Neiderman, »sie vergöttert Sie ja so!« Sie fing an, ihm seinen Terminkalender vorzulesen, brach dann aber ab, weil sie seinen neuen Seelenfrieden spürte, und sagte: »Dr. Fine, wegen Ihres Blackouts sind Sie heute nicht in der Verfassung, Ihren Patienten gegenüberzutreten. Ich werde alle Termine absagen.« Er lächelte und meinte, sie solle tun, was sie für richtig halte. »Und da draußen läuft ein Mörder frei herum, erinnern Sie sich?« Er hatte eine vage Erinnerung und nickte. »Die Sicherheitsvorkehrungen sind verschärft worden, das heutige Losungswort lautet ›Friedensstifter‹. Passen Sie auf sich auf.« Sie ging.

Miss Ando hatte einen Käfig mit calciumbehandelten Heuschrecken mitgebracht. Sie hielt ihm zwei Finestones hin. Er äffte sie nach: Plopp. Lutsch. Sie begann, neue Forschungsergebnisse über Serotonin herunterzubeten. Fine erinnerte sich nur unklar an seine Laborarbeit, tat aber so, als verstünde er alles, und staunte über ihre Leidenschaft, Einzelheiten über diese hübschen Insekten herauszubekommen. Triumphierend endete sie: »... also demnach: der Effekt von Serotonin *plus* Calcium? Gewichtsverlust, hypomanische Euphorie, hoher IQ.« Fine verstand kein Wort, sagte aber nichts. Sie faßte das als Kritik auf und sagte bewundernd: »Begreifen Sie nicht, Ihre Vermutung war richtig: Tryptophan ist ein Vorläufer von Serotonin. All diese stark tryptophan- und calciumhaltigen Lebensmittel, die wir gegessen haben – Sojanüsse, Tempeh, Tofu, Brokkoli –, sie funktionieren! Die bisherigen Ergebnisse zeigen, daß die Heuschrecken, die mit Calcium und Tryptophan behandelt wurden, intelligenter, glücklicher, *schlanker* sind! Sie haben mehr Energie – das ist auch der Grund, warum Manische und schöpferische Künstler von Rotwein und Käse Kopfweh bekommen! Serotonin reduziert das Verlangen nach Kohlenhydraten, eiweißreiche Ernährung verstärkt es!« Leiser fuhr sie fort: »Wenn sich das als stichhaltig erweist, bedeutet es den Nobelpreis! Und wenn man es richtig vermarktet – *Die Fine-Diät* –, bringt es ein Vermögen ein! Verstehen Sie?«

»Ja!« sagte Fine, der überhaupt nichts verstand. »Sie haben recht!«

»Ein Schönheitsfehler: Bei Affen hat das aggressivste Männchen den höchsten Serotoninspiegel. Das teste ich lieber noch aus, okay?« Fine nickte. Sie sah ihn besorgt an. »Dr. Fine, Sie gefallen mir gar nicht. Ein epileptischer Anfall ist keine Kleinigkeit. Ruhen Sie sich aus. Überlassen Sie das mir, okay?«

»Okay!« sagte Fine, während sie zur Tür ging. »Gute Arbeit!«

Er saß da und kommunizierte mit seinen Heuschrecken, bis er angefunkt wurde, er solle ins Jefferson House kommen. Seine stationären Patienten waren, wie Kinder, wenn die Eltern verletzt sind, zurückhaltend und vorsichtig mit ihm. Als er sie aufforderte, seine Nähte am Kopf zu befühlen, zogen sie sich zurück. Die Ärzte, erschrocken über das lässige Benehmen des verkrampftesten Mannes, den sie je gekannt hatten, schickten ihn wieder heim. Die Oberschwester, eine grobknochige Hessin aus dem ländlichen Pennsylvania, begleitete ihn hinaus. Sie trug ein dünnes, geblümtes Kleid. Er streifte mit dem Arm ihre Brust; sein Penis wurde steinhart. Sie schloß die Tür auf, und er machte ihr einen Antrag. Sie blinzelte, faßte sich an die Kehle, runzelte die Stirn. Blitzschnell legte er ihr die Hand aufs Gesäß, tastete nach den festen Rundungen unter dem leichten Baumwollstoff, fühlte die harte Kante ihres Slips. Sie preßte seine Hand fester gegen das verpackte Fleisch, flüsterte »Nicht hier, nicht jetzt – *später!*« und schob ihn hinaus.

Am Spätnachmittag lag Fine auf der Couch, dippte Fritos (»Extra dünn und knusprig, mit Käsegeschmack«) in Collwhip (»Extra sahnig, neue Großpackung«) und genoß den schwulen, quadriplegischen Sextherapeuten in einer mondänen Talk-Show. Es klingelte an der Tür und klingelte noch einmal, mit ominöser Hartnäckigkeit. Auf schwachen Beinen erhob er sich, um aufzumachen. Vor ihm stand ein schlanker, nußbrauner Mann mit öligem, glattem Haar in einem olivgrünen Khakianzug.

»Wo ist sie?« fragte der Mann. Er sprach mit indischem Akzent.

»Wer sind Sie?« Fine fand, daß er einem struppigen kleinen Vogel ähnelte, einem Kampfhahn zum Beispiel.

»Ihre Frau!«

»Sie sind nicht meine Frau.« Erleichtert stellte Fine fest, daß er sich wieder an seine Frau Stephanie erinnerte. »Wo ist sie?«

»Ihre Frau?«

»Ja. Wer sind Sie, und was haben Sie mit ihr gemacht?«

»Nipak Dandi.«

»Was?«

»Nipak Dandi!« wiederholte der Mann indigniert.

»Wieso ist sie nach Nipak Dandi gefahren? Was Dienstliches?«

»Das ist kein Ort, das ist mein Name. Ich bin aus Sri Lanka, früher Ceylon –«

»Sprechen Sie von Nepal?«
»Es ist mein Name!« sagte er und stampfte mit dem Fuß auf. »Mein *Name.*«
»Was ist los?« fragte Fine vollends verwirrt.
»Nipak Dandi ist mein Name!«
»Ach so«, sagte Fine und schlug sich auf die schlaffe Wange, »ja, natürlich, kein Land, Ihr Name.« Er reichte ihm die Hand. »Fine.«
Der Mann blickte finster. »Wo ist sie?«
»Ich weiß nicht. Wissen Sie's? Nein, natürlich nicht –«
»Sie Grobian!« schrie Nipak. Er verlor die Beherrschung, stürzte sich schreiend auf Fine, packte ihn an der Gurgel, drückte ihm die Drosselvenen ab und tastete geübt nach den Halsschlagadern.
»Hilfe!« schrie Fine. »Der Mörder!« Vergeblich versuchte er sich zu wehren, und zum zweitenmal innerhalb von vierundzwanzig Stunden schwanden ihm die Sinne, und alles wurde dunkel. Aber plötzlich lockerte sich der Druck, und Nipak lag neben ihm auf dem Läufer; vor ihnen standen Mr. Royce vom Sicherheitsdienst und Jefferson. »Uff!« machte Fine. »Danke!«
»Allzeit bereit«, sagte Mr. Royce.
Und dann klärte sich alles auf. Man hatte Nipak, als er tags zuvor auf Stephanies Einladung hin zu ihr wollte, mitgeteilt, Fine habe sie »im Keller eingesperrt«.
»Was?« fragte Fine. »*Wer* hat Ihnen das gesagt?«
»Ein sehr gewählt sprechender junger Mann mit chassidischem Aussehen.«
»Aha!« Fine erinnerte sich. »Eli! Psychotiker. Zwanghafter Lügner.«
»Oh, ich verstehe, ja. Bitte entschuldigen Sie.« Mr. Royce und Jefferson empfahlen sich. Nipak brachte eine, wie Fine fand, ausschweifende Entschuldigung vor und endete mit den resignierten Worten: »Ach ja, das ist die Leidenschaft, wissen Sie.«
»Natürlich. Sie versteht sich darauf, sie zu wecken.«
»Ja, ein gleicher Vogel gesellt sich gern zum anderen. Aber wo ist sie denn nun?«
»Ich hab nicht die leiseste Ahnung, wo sie sich rumtreibt! Sie

muß aber bald wiederkommen. Wollen Sie nicht warten? Darf ich Ihnen etwas zu trinken anbieten?«
»Aber sind Sie denn – Sie sind nicht eifersüchtig auf meine Gefühle für Ihre Frau?«
»Nein. Sollte ich?«
»Nein, nein, daran sollten Sie gar nicht denken. Und ja, ich hätte gern etwas zu trinken. Sie haben nicht zufällig Vollmilch da?«
Fine strahlte. »Sie mögen Milch?«
»Ja, sehr gerne – das Staatsgetränk, New York –«
»Ich trinke auch für mein Leben gern Milch«, sagte Fine. »Vorzüglicher Calcium-Lieferant!« Daß er das Wort aussprach, weckte offenbar die Erinnerung an die »Calcium-Story«. Sie war voll da. Er empfand sie als altes, tiefes Wissen.
»Allerdings, schon allein wegen der Knochen und so. Aber was nun?«
»Ja, Osteoporose ist bei Frauen weit verbreitet«, sagte Fine, »nicht genug Calcium in der Nahrung. Sie kennen sich also aus mit Calcium?«
»Ich kenne mich aus mit Milch – was sollen diese Fragen?«
»Lassen Sie mich Ihnen mehr darüber erzählen«, sagte Fine, holte eine große Flasche aus dem Kühlschrank und goß mit einer gewissen Ehrerbietung zwei große Gläser ein. Schweigend betrachteten sie die Schaumkronen. Für beide hatten diese zwei Gläser Milch etwas ungeheuer Bedeutsames.
»Da, schauen Sie«, rief Nipak mit weit aufgerissenen Augen und prallte zurück. »Kakerlaken!«
»Nein, nein«, sagte Fine beruhigend, »Heuschrecken. Boten des Hochsommers. Wunderschöne Tiere.« Er hob eine schlaue Heuschrecke heraus und setzte sie sich in die hohle Hand. »Sehen Sie? Ein exquisiter Körperbau.«
»Bitte, Sir, ich bin Professor für Kosmologie und Geschichte in New York City, ein angesehener Bürger – ich muß sie wiedersehen – ich *muß!*«
»Ich bin beeindruckt, aber ich kann Ihnen trotzdem nicht sagen, wo sie ist. Sie ist öfter nicht da, kommt aber immer zurück. Also diese Heuschrecke –«

»Ein schönes, sinnliches, hochintelligentes, vitales, beglückendes Geschöpf!«
»Meine Heuschrecke?«
»Nein, Ihre Frau!«
»Stimmt!« Fine fiel auf, daß seine älteren Erinnerungen offenbar intakt waren. Oder besser gesagt, es bildeten sich bereits deutlich erkennbare Wolken am Himmel der Amnesie. »Lassen Sie mich Ihnen von der Fine-Theorie erzählen.« Und während sie Milch tranken und Kuchen aßen, vertieften sich die beiden Gelehrten – von denen sich der eine vor Sehnsucht nach der Frau des anderen verzehrte und der andere froh war, noch am Leben zu sein – in einen Gedankenaustausch. Zum Abendessen bereitete Fine etwas Dosenschinken, Tempeh-Burger und Knackwürste von National Hebrew auf seinem Gasgrill zu, und hinterher machten sie einen Spaziergang. Jeder mit einer Macanudo-Zigarre in der Hand, schlenderten sie hinaus in die warme, weiche Nacht. Der Wind raschelte im frischen Laub und ließ die Hüllblätter von Kirsch- und Apfelbäumen herabregnen. Ihre luftige Promenade wurde vom Krachen und Plätschern der Flut begleitet.
»Wußten Sie«, fragte Fine ihn auf dem Weg zu seinem Labor, »daß J. Paul Getty jeden Tag einen halben Liter Muttermilch getrunken hat? Calcium beeinflußt die Menstruation, den Eisprung, die Schwangerschaft – ja sogar den Heuschnupfen!« Doch als Fine Nipak zum Heuschreckenkäfig führte, meinte der kleine Mann aus Sri Lanka, ihm sei nicht ganz wohl. »Na wunderbar!« sagte Fine und holte zwei Finestones heraus. »Calcium ist ein Antazidum mit niedrigem Salzgehalt. Hier.« Plopp. Lutsch. Plopp. Lutsch.
Fine plauderte weiter über Calcium und die Lernfähigkeit von Heuschrecken, und schließlich seufzte er, mit einem Finestone in der Hand: »Denken Sie nur. Sir Humphrey Davy fand 1808 in Kalkstein dieses hellgelbe, zu den alkalischen Erden gehörende Metall, das so weich und verformbar ist wie Gold und in der Natur nur in Verbindung mit anderen Elementen vorkommt, dieses zweiwertige Kation: Calcium!« Ein wenig traurig fuhr er fort: »Hier liegt die Hoffnung der Welt. Wir leben im Zeitalter der

Entfremdung. Wir lösen uns auf, von den Zellmembranen bis zur Psyche. Ein junger Kerl sieht im Fernsehen, wie ein Mann einen anderen wegen eines Autos umbringt; der junge Kerl besorgt sich einen Revolver, sieht ein Auto, bringt einen Menschen um, genau wie im Fernsehen. Ohne zu zögern. Keine festen Glieder in einer Kette der Moral oder des Denkens. Wir entwickeln uns zu Tieren zurück! Wir brauchen Festigung, Verbindungen, Impulse zur Beruhigung, Geduld. Das Mittel haben wir in der Hand. Kalkstein ist in unerschöpflichen Mengen vorhanden.«
Fine war plötzlich angewidert. »Stellen Sie sich vor, mein sanfter Freund: Irgend jemand hier bringt einen Psychiater nach dem anderen um!«
»Sie müssen die Finestones sofort auf den Markt bringen! Ich habe beste Beziehungen in der holistischen Welt – vielleicht könnten wir eine Firma gründen?«
»Phantastische Idee«, sagte Fine. »Ich hab auch schon den perfekten Namen.«
»Sagen Sie ihn mir!«
»Fine and Dandi.«
»Fine and Dandi, Inc.! Ja, gefällt mir sehr gut.«
Und während sie beide lachten, fühlte sich Fine auf seltsame Weise hingezogen zu diesem braunhäutigen, braunäugigen kleinen Mann, der einen zutiefst tröstlichen Geruch zu verströmen schien: den von Kakaobutter. »Ich sterbe vor Hunger«, sagte er. »Wie wär's, wollen wir nicht rasch nach Boston fahren und trotz der späten Stunde im Ritz noch etwas zu uns nehmen?« Im Hinausgehen blieb Nipak vor einem Käfig stehen, der etwas abseits stand: Eine einzelne grünbraune Heuschrecke hockte ganz ruhig darin und knabberte an einem mit kalkweißem Pulver überzogenen Apfel. In der Käfigmitte stand ein winziger roter Hydrant. Nipak wollte wissen, warum. »Ach das«, sagte Fine verlegen, »das war so eine schlaue Idee von meiner Assistentin, Miss Ando, sie findet das witzig – sie hat Humor, im Gegensatz zu mir, zumindest behauptet meine Frau immer, ich hätte keinen.«
»Ich finde Sie sehr amüsant.«
»Danke, Nipak.«

»Aber mir ist immer noch nicht klar, was der Witz an dem kleinen Hydranten ist.«
»Na gut. Also, Miss Ando meint, wenn man will, daß ein Heuschreck das Bein hebt, muß man ihm einen Hydranten hinstellen, wie einem Hund, der mal pinkeln muß, verstehen Sie?«
»Ja, wunderbar! Und, funktioniert es?«
»Natürlich nicht. Das ist eine höhere Form des Lernens, eine, deren Wirbellose nicht fähig sind. Nicht einmal ein Genie wie der da –«
»Mann Gottes!« rief Nipak aus und beugte sich vor. »Sehen Sie doch!«
Fine sah den Heuschreck am Hydranten stehen, ein Bein angehoben. »Unmöglich!« Auch er beugte sich vor, um das Insekt zu betrachten. »Die haben einfach nicht das neuronale Netz dafür – hoppla!« Etwas Klebriges war ihm ans rechte Auge gespritzt. Er tastete danach, und als er die Hand wegnahm, sah er, daß sie mit braunem Heuschreckenspeichel beschmiert war. Die Männer lachten, die Heuschrecke zirpte. Fine zog eine Schublade auf. »Hier, Nipak, ein Mars-Riegel gegen den schlimmsten Hunger, bis wir was Richtiges zwischen die Zähne kriegen.« Er warf einen letzten Blick auf die Heuschrecke: Sie stand da, alle vier Beine ordentlich auf dem Käfigboden. Bis auf die mahlenden Mandibeln stand sie absolut ruhig.
Entzückt von dem Vorschlag, eine Firma zu gründen, legte Fine im Auto Nipak die Hand auf den Arm: »Ich hab's! Unser Slogan wird lauten: ›Wer Finestones leckt, lebt intensiver.‹«
Lex Fine.
Tags darauf nach dem Mittagessen gab Nipak Fine seine erste Unterrichtsstunde in Meditation. »*Vipassana* war die Technik Buddhas. Der Vorgang ist einfach: *Man muß wahrnehmen, was wirklich ist.*« Sie saßen auf einem Teppich, Nipak im korrekten Lotossitz, Fine mit salopp untergeschlagenen Beinen. »Die Anweisungen: Konzentrieren Sie sich auf Ihren Atem. Wenn Sie feststellen, daß Ihre Gedanken abschweifen, sollten Sie Ihre Aufmerksamkeit ganz behutsam – und ohne sich selbst zu tadeln – wieder auf das Atmen zurücklenken.«

»Und das ist dann transzendentale Meditation, TM?«
»Nein!« rief Nipak. »Das ist purer Schwindel! Dasitzen und einen idiotischen Singsang von sich geben, sich ausblenden? Pervers! Buddha hat sich *eingeblendet*! Er war total in der Welt, auf das Leben ausgerichtet, praktisch.« Er seufzte. »Ach, der Westen! Solch ein Überfluß an körperlichem Wohlstand und eine solche Verarmung des Geistes. Schaut nach Osten! Also: Sitzen und atmen.«
Fine hatte Schwierigkeiten: Seine Aufmerksamkeit zerstreute sich in viele Farben wie Licht, das durch ein Prisma geht, aber jedesmal, wenn er das merkte, führte er sie behutsam wieder auf sein Atmen zurück. Einmal empfand er einen merkwürdig vertrauten Seelenfrieden. Der Fuß schlief ihm ein, sein Knie tat weh, er bewegte sich.
Nipak spürte seine Unruhe und sagte: »Die Tür, die Sie einsperrt, ist auch die Tür, die Sie befreit. Ich erinnere mich an die Worte von Sri Nisargadatta Maharaj, einem Einwohner des heutigen Bombay, Zigarettenfabrikant, Lehrer, für den Westen entdeckt von Maurice Frydman, einem Krakauer Juden: ›Das einzige Ziel eines sauberen, wohlgeordneten Lebens ist es, das Selbst aus den Fängen des Chaos und von der Bürde des Kummers zu befreien.‹«
»Hübsch!« sagte Fine. »Und wie läßt sich das mit der Analyse unter einen Hut bringen?«
»Ah«, sagte Nipak. »Das habe ich untersucht! Die Psychoanalyse konzentriert sich auf das Selbst und stellt zwei verwirrende Behauptungen auf: 1. Das Selbst, ist es einmal analysiert, wird verstanden; 2. das Verstehen des Selbst darf dem anderen nicht offenbart werden! Vipassana ist anders – hören Sie zu –, das Geheimnis von –«
Sie wurden von einer Delegation aus dem Jefferson House unterbrochen.
Mr. Jefferson teilte Fine mit, seine Frau sei mit seinem einstmals besten Freund durchgebrannt. Alle warteten auf Fines Ausbruch. Statt dessen explodierte der kleine Mann aus Sri Lanka; erbost sprang er auf die Füße, fluchte, spuckte und fragte, wo die beiden hingefahren seien. Royce sagte: »Nach Paris.«
Alle sahen gespannt auf Fine. Er sagte: »Keine schlechte Idee. Sie

liebt Paris. Von der Familienwohnung aus sieht man den Eiffelturm. Schön für sie.«

»Wir reden hier von keinen Eiffeltürmen, Mann«, sagte Cooter, der wieder obenauf war, »wir reden von Beschiß!«

»Herr des Himmels, Mann«, sagte Nipak, »wollen Sie denn nichts unternehmen?«

»Wenn das mir passiert wär«, sagte Cooter, »ich tät den Kerl umbringen!«

»Wirklich?« staunte Fine.

»Ja, äh«, sagte Mr. Jefferson, »und als Zeichen unserer Anerkennung haben wir Ihnen das hier gekauft.« Er überreichte Fine ein eingepacktes Geschenk.

»Oh, das wär aber nicht nötig gewesen – hoppla!« Fine ließ das schwere Päckchen fallen. »Ich hoffe, es ist nichts Zerbrechliches.« Er packte es aus. »Ein Revolver?«

»Nicht nur irgendein Revolver, Doc«, sagte Cooter, »ein 44er! Seit die Präsidentengattin zugegeben hat, daß sie immer ihre ›schnucklige kleine Pistole‹ dabei hat, ist das der letzte Schrei. Die Welt ist heute ein einziges großes Schützenfest, und Sie wären nicht ganz bei Trost, Mann, wenn Sie keinen tragen würden! Also bin ich nach Boston gefahren und hab Ihnen das Ding gekauft.«

»Alle dreizehn Sekunden wird bei uns eine Handfeuerwaffe verkauft«, sagte Eli. »Fünfundfünzig Millionen Handfeuerwaffen in Privatbesitz, auf jeden vierten Amerikaner eine. *Jetzt!*« Er schaute auf die Uhr. »Schon wieder eine verkauft! Alle fünfzig Minuten wird ein Mensch erschossen; alle vierundzwanzig Minuten geschieht ein Mord; alle sieben Minuten eine Vergewaltigung; alle zehn Sekunden ein Einbruch; eins von einundsechzig Babys, die letztes Jahr in New York City zur Welt kamen, wird durch eine Schußwaffe ums Leben kommen! Na, ich danke.«

»Dank dir, Eli«, sagte Cooter. »Ich bin Mitglied bei der National Rifle Association. Amerikaner haben ein Recht darauf, eine Waffe zu tragen.«

»Ja, äh, nein«, sagte Mr. Jefferson. »Inzwischen ist ja sogar ein Mörder hinter unseren Psychiatern her, nicht wahr?«

»Genau!« sagte Stinko und duckte sich. »Vielleicht isses ja einer von uns.«
Sie sahen einander der Reihe nach an, die Paranoia nahm sichtlich zu.
»Richtig!« sagte Cooter fröhlich. »Also, Doc, Sie steigen heute abend in den Jumbo nach Paris und legen los! Weil wenn die Waffen haben und wir keine, dann ballern die uns übern Haufen! Sie müssen das einfach tun!«
»Was?« fragte Fine.
»Ihn umlegen! Und ihr würden ein paar Schläge mit dem Revolvergriff auch nicht schaden!«
»In Frankreich«, sagte Mrs. Bush, eine reiche WASP-Patientin von Pelvin, »ist *le crime de passion* immer noch ein wirkungsvolles Argument der Verteidigung vor Gericht, nicht wahr?«
»Ja, äh, nein«, sagte Mr. Jefferson, »was für ein schwerer Hahnrei-Schlag gegen uns alle.« Eine Träne trat in sein Auge, und Mrs. Bush wischte sie mit einem monogrammierten Taschentuch fort. »Wissen Sie, wir alle, na ja, wir alle haben sie nämlich *geliebt.*«
Stille trat ein, und alle schienen den Tränen nahe. Mary fing an zu weinen. Sie bekreuzigte sich und weinte, weinte und bekreuzigte sich. Fine fragte sie, warum sie weine. »Ich weine um die Mütter der Mörder.«
»*Jetzt!*« sagte Eli. »Schon wieder eine vergewaltigt!«
Jefferson (schwarz) rief: »Jesus ist in mir und sagt: ›Wer unter euch ohne Sünde ist, der werfe den ersten Stein.‹«
»Nun, Doc?« fragte Cooter.
Da aller Augen auf ihm ruhten, hatte Fine keine andere Möglichkeit, als zuzustimmen. Schließlich sagte er: »Wir werden sehen, was letztlich Gestalt annimmt.«
»Habt ihr das gehört, Leute? Er wird wie ein Mann handeln. Hipp, hipp –«
»Hurra!« riefen sie, und dem Beispiel des Doktors folgend, sagten sie alle ihrer kohlenhydratarmen Diät ade und machten sich auf den Weg zu einem großen Fressen.
Nipak und Fine fuhren im Taxi zum Flughafen. Unterwegs ka-

men sie an einem Waffengeschäft vorbei, auf dessen teilweise demoliertem Firmenschild stand:

GEBRAUCHTE WAFFEN NEUE WAFFEN.

»Schauen Sie!« sage Fine.
»Ja, was?«
»Fast wie ein Fingerzeig des Schicksals!«
Er verließ Nipak am Shuttle-Bus. Während er ihn umarmte, schien sein brauner Körper den Geruch von Kakaobutter zu verströmen. Ohne zu merken, daß sein Gehirn zitterte wie Wackelpeter, machte Fine sich auf die Suche nach einem Kiosk und kaufte sich drei Schokoladeneisriegel (Marke Klondike, »Das Original«), und als er den letzten verdrückt hatte, ging er an Bord der Nachtmaschine nach Paris.

20

»– es passiert auf der ganzen Welt,
Sogar in London kommt es vor.
Es passiert auf der ganzen Welt,
Ja, in Texas ist jeder ein Sex-As.
Fahr der Sonne nach rund um die Welt,
Bleib auf Trab, bis du die Liebe findest.
Es passiert auf der ganzen Welt,
Sie verliebt sich ständig, die ganze Welt.«

Goldie und O'Day wirbelten in Frack und Zylinder durch ihr Finale, und das Publikum der Amerikanischen Nacht am Donnerstag im Nouvelle Eve war begeistert. Berauscht von ihrem Erfolg gingen sie von der Bühne.
Doch jeder Abgang ist woanders auch ein Auftritt; noch in der-

selben Nacht, bevor sie den Club verließen, bekamen sie ein Telegramm:

FAND SIE HINREISSEND STOP WÜRDE SIE GERN MANAGEN STOP KOMMEN SIE FREITAG BEI EINBRUCH DER DUNKELHEIT INS ZENTRUM DES GRAND LABYRINTHE IM JARDIN DES PLANTES STOP ALLEIN STOP BON COURAGE BONNE CHANCE STOP
EIN ABERSTOPGLÄUBISCHER ENGEL

»Höchst merkwürdig!« sagte John. »Sollen wir hingehen?«
»Ja.«
Und so gingen sie tags darauf am Spätnachmittag Arm in Arm vom Boul' Mich' durch die kleinen, gewundenen Straßen des Quartier Mouffetard zur Seine. Der Abend war üppig und warm. Am Eingang zum Jardin des Plantes lag ein auf ewig gähnender steinerner Löwe. Sie gingen am Standbild von Lamarck vorbei die stattliche *allée centrale* entlang, die auf beiden Seiten von Laubengängen aus Linden gesäumt war. Ihre doppelten Astreihen verflochten sich auf hellgrünen Spalieren, in deren Schatten alte Männer Karten spielten und Kinder, Enkelkinder, der eine oder andere Fez-Träger (die Moschee war ganz in der Nähe) oder kohlschwarze Afrikaner sowie diverse Haustiere, vom Esel bis zur Schlange, sich tummelten. Aneinandergelehnt schlenderten sie weiter und dachten sich Geschichten aus, wer ihr »Engel« sein mochte. Sie fanden das Grand Labyrinthe, Anfang des achtzehnten Jahrhunderts von Superintendent Buffo auf einem Hügel erbaut, der aus den Abfällen von Jahrhunderten bestand, hinter dem Zoo, der sich während der Belagerung von 1870 leerte, weil die Menschen die Tiere schlachteten und aufaßen. Sie betraten das Labyrinth am breiten Ende und stiegen, *femme et cavalier* eng umschlungen, Windung um Windung die immer enger werdende Spirale hinauf, bis sie atemlos im Zentrum anlangten: einem von dichten Büschen umsäumten Kreis, in dessen Mitte ein Pavillon stand. (Mittags lenken mehrere sinnreich angeordnete Linsen die

Sonnenstrahlen auf einen bestimmten Punkt und bringen dadurch eine Glocke zum Klingen.) Sie setzten sich auf eine niedrige Steinbank gegenüber der Weggabelung, voll gespannter Erwartung. Nach und nach atmeten sie wieder normal. Sie saßen still.

»Steffy?« Die Stimme kam von hinten. »John James?«

Sie fuhren herum.

Da stand Fine in der Haltung eines Schützen, in der Hand eine Pistole.

»Nein!« schrie Stephanie und streckte die Hand nach ihm aus, wobei ihr auffiel, daß er ausgerechnet eine Baskenmütze trug. »Halt!«

»Tu's nicht!« schrie John.

Fine zielte und drückte ab. »PENG!«

Aus der Pistole ragte eine Stange, und von der Stange herab entrollte sich ein Banner, und auf dem Banner stand: »PENG!« Vor Stephanies und Johns Augen rollte Fine das Banner wieder ein, schob es in den Lauf zurück und drückte noch einmal ab: »PENG!«

»Idiot!« schrie Stephanie. »Wie kannst du uns so erschrecken!«

»Mann, habt ihr vielleicht Schiß gehabt!« sagte Fine und lachte so heftig, daß er seine Baskenmütze mit beiden Händen festhalten mußte.

John zuckte die Achseln und sagte: »Na ja, ich könnte mir vorstellen, daß ich das gleiche getan hätte, unter diesen Umständen. Was soll's – geschieht uns recht.«

»Wieso?« fragte Fine, der nichts begriff.

»Komm, hör doch auf«, sagte Stephanie, »du weißt genau, warum.«

Aber Fine verstand nicht, und überwältigt von der schicksalhaften Verkettung der Ereignisse sagte er: »Ist das nicht toll! Da sind wir nun, das alte Trio wieder vereint!« Hingerissen fuhr er fort: »Und gestern abend wart ihr übrigens phantastisch, ihr beiden!«

»Okay, Fine«, sagte Stephanie, »es reicht. Du bist verrückt vor Eifersucht, stimmt's?«

»Nö, Steffy, ich bin glücklich.«

»Du bist verrückt!«

»Schon möglich, aber ich fühle mich glücklich –«
»Was ist denn mit dir los? Ist das ein neuer Trick, den du in deiner Analyse gelernt hast?«
Fine wirkte verblüfft, ratlos, und fragte: »In welcher Analyse?«
»Das *weißt* du nicht mehr? Die vielen Jahre bei Fumm–«
»Verstehst du keinen Spaß? Ha! Haha!«
»Komm schon, Fine«, sagte John und schob sich langsam auf ihn zu, »sag schon, was hast du im Ärmel?« Fine schaute in seinen Ärmel.
»Schluß damit!« sagte Stephanie. »Was ist los mit dir?«
»Wieso? Nichts ist los, Steffy.« Er lachte. Seine pummeligen Wangen zitterten. Er beruhigte sich. »Warum findest du's so komisch, daß ich glücklich bin?«
»Weil die normale Reaktion auf so was Wut ist, Schmerz.«
»Hab ich schon jemals auf irgend etwas ›normal‹ reagiert?«
»Und warum nennst du mich andauernd ›Steffy‹?«
Fine sah sie verständnislos an. »Weil's mir ganz natürlich vorgekommen ist, dich so zu nennen. Darum.«
Keiner von ihnen wußte, daß sein Anfall nicht nur viele jüngere Erinnerungen, sondern auch sein Denkvermögen ausgelöscht hatte. Input/Output. Punkt. Klarheit. In gewissem Sinn ein Körper ohne Seele, ein Mensch ohne inneres Licht. Aber mit Anspruch auf Glückseligkeit.
Fine, des Geplänkels überdrüssig, merkte, daß er Hunger hatte. »Wie wär's mit Abendessen? Ich hab einen Tisch in einem ganz besonderen Lokal bestellt – na kommt schon!«
»Okay, Fine, aber du gehst vor.« Sie und John folgten ihm durch die sich weitende Spirale. Sie sagte: »Mein Gott, Fine, du bist dicker geworden!«
»Tja«, sagte er und drehte sich um. »Ich esse wieder Kohlenhydrate. Durch die eiweißreiche Diät hab ich hauptsächlich Wasser verloren. Ich war dehydriert. Hab in vier Tagen wieder zehn Kilo zugenommen! Und fühl mich viel besser, kräftiger, wieder in Form.« Fine sah seinen alten Freund an, und es wurde ihm warm ums Herz. »Schön, dich zu sehen, John James!«
»Sag John zu mir.«

»John. Tja, da wären wir wieder – die Ameise und der Heuschreck und Steffy! Ach, da fällt mir ein: Ich hab Nipak Dandi kennengelernt – ein netter Kerl! Er und ich ...« Während sie den Park verließen – Fine plapperte immer noch munter vor sich hin –, nahm Stephanie John beiseite und sagte:
»Paß auf!«
»Warum?«
»Ich glaube, er hat den Verstand verloren.«

Das Restaurant Chez les Anges lag an einem großen Boulevard nicht weit vom Invalidendom. Auf der Speisekarte war ein geflügelter Amor abgebildet, der ein Bild von einer nackten Frau malte, und auf der Leinwand hatte er sie in eine Flasche Wein verwandelt. Stephanie und Fine hatten hier einmal gegessen, als er ihr nach Paris nachgefahren war. Beim Aperitif schaute sich Fine, der aus irgendeinem Grund immer noch die Baskenmütze trug, im Lokal um. Mißtrauisch zwang Stephanie Fine, alle Speisen vorzukosten, was er lachend tat. Sie schwatzten über dies und das, die beiden Verliebten bedrückt wegen des Verrats, der fast greifbar in der Luft hing.
»Weißt du, Fine, John und ich sind nicht bloß gute Freunde, die mal über die Stränge schlagen – das weißt du doch, oder?«
»Ja.« Er schlürfte eine weitere Auster. »Ich weiß.«
»Aber früher bist du immer schier ausgerastet wegen uns.«
»Das kann man wohl sagen. Denk doch mal an unsere Abschlußfeier, als du mit ihm –«
»– und jetzt, wo es Wirklichkeit geworden ist – sag's nicht! –«
»Was denn?« Fine hatte keine Ahnung, was sie meinte.
»Ich meine, jetzt wo John und ich zusammen sind, ich meine, sexuell, und –
»Ja, ja, solange ihr –«
»Aber es ist nicht bloß Sex, Fine«, sagte John. »Wir lieben –«
»– ihr *liebt* euch, ja! Es wär ja schlimm, wenn ihr einander nur wie Frischfleisch behandeln würdet! Ich weiß nicht – vielleicht sollte ich ja außer mir sein, aber ich bin's nicht. Ich freue mich einfach, mit euch beiden zusammenzusein, hier und jetzt. Das Le-

ben ist zu kurz, als daß man's sich leisten könnte, die zu verlieren, die man liebt.« Er nahm ihre Hände: »Wenn es euch nichts ausmacht, mich stört es nicht.« Es war ihm ernst. »Ich meine, Eifersucht ist so ein Begriff aus den siebziger Jahren, versteht ihr?« Stephanie, traurig und ein bißchen irritiert, daß er es so leicht nahm, sagte: »Aber früher hast du doch immer gesagt –«
»Menschen verändern sich nun mal.« Er dachte daran, seinen Anfall zu erwähnen, aber da er sie nicht beunruhigen und sich auch noch keine Gedanken darüber machen wollte, sagte er nichts.
»Du hast das immer bestritten: ›Wir tun nichts, was unserem Charakter widerspricht.‹«
»Na schön, aber ich *hab* mich verändert. Ich versteh's ja selber nicht, Steffy, ich weiß nur, daß ich zufrieden damit bin, so, wie es jetzt ist.« Er griff in die Tasche, hielt in jeder Hand einen Finestone und bewegte die Hände auf und ab wie die Waagschalen der Justitia: »Ich spüre, daß ich endlich in Harmonie lebe, neurophysiologisch ausbalanciert.«
Der Hauptgang wurde serviert. Fine war so begeistert von dem Fischgericht, daß auch die anderen beiden in Essen und Trinken schwelgten. Als sie die dritte Flasche Rotwein leerten, sprang Fine plötzlich auf, rief »Lacan!« und packte Stephanie. »Komm, du mußt dolmetschen –«
»Was ist denn los?«
»Jacques Lacan – ›der französische Freud‹ –, der ißt immer hier!« Ein kleiner alter Mann saß, in graublauen Rauch gehüllt, in der Ecke und zog gierig an einer Gitane. Fine ging zu ihm hinüber, zum berühmtesten lebenden Analytiker der westlichen Welt. Mit der Ungeduld des Kulturidols rief Lacan nach dem Wirt, er solle den Störenfried hinauswerfen. Fine ließ sich nicht beirren: Er erinnerte Lacan an ihren Briefwechsel und zitierte dann eine berühmte Passage aus einer seiner Schriften:

> »Ich bin mir nicht sicher, ob der Mensch ein Inneres hat. Das einzige, was darauf hinzuweisen scheint, ist das, was wir als Exkremente von uns geben. Das Charakteristikum eines Menschen ist, daß er im Gegensatz zu anderen Tieren

nicht weiß, was er mit seiner Scheiße anfangen soll. Zwar finden wir auf Schritt und Tritt Katzendreck, aber die Katze ist ein domestiziertes Tier. Doch nehmen wir beispielsweise die Elefanten: Es ist erstaunlich, wie wenig Platz ihr Kot in der Natur beansprucht, obwohl man doch denken könnte, Elefantenscheißhaufen müßten riesig sein! Die Diskretion des Elefanten ist eine kuriose Erscheinung. Zivilisation bedeutet Scheiße, *cloaca maxima.*«

Lacan wollte Fine nach wie vor hinauswerfen lassen. Fine sagte: »Moment mal – ich kann Ihnen sagen, was Sie als Vorspeise essen werden – und warum!« Er machte eine Pause. »*Alose à l'oseille* – Loire-Alse, in Sauerampfer gedünstet. Stimmt's?« Der große Strukturalist nickte überrascht. »Und warum? Warum weichen mexikanische Bauern Mais in Kalkwasser ein, um Tortillas daraus zu machen? Warum zermahlen Amazonier die Knochen verstorbener Verwandter und trinken das Pulver in Bananensuppe? Warum essen Afrikaner Fisch in ein Bananenblatt gewickelt, dessen Säure die Knochen auflöst, und was wird dabei freigesetzt?«
Lacan nuschelte etwas, was Steph folgendermaßen übersetzte: »Woher soll ich das wissen, Sie kleiner *Putz?*«
»*Calcium!* Genau wie der Sauerampfer durch seine Säure die dünnen Knochen dieses Fisches auflöst und dadurch *Calcium* freisetzt!« Fine lächelte und streckte die offene Hand aus. »Der Finestone! *Je suis* Fine!« Lacan schien verwirrt und grunzte: »*Vous? Assez, le gros!*« Steph dolmetschte: »Nicht dünn, dick!« Kichernd klärte Fine ihn über die Finestones auf. Plopp. Lutsch. »*Incroyable!*« sagte der französische Freud und fuhr in gebrochenem Englisch fort: »Isch esse dieses Fischgerischt seit siebzisch Jahr.«
Der französische Freud kam an ihren Tisch. Fine hatte viele von Lacans *écrits hermetiques* (am Boston Institute galten sie als meschugge) gelesen und wollte der erste Amerikaner sein, der die seiner Meinung nach geniale Lacan-Methode anwandte, deretwegen Lacan aus der International Psychoanalytical Association ausgeschlossen worden war: die psychoanalytische Fünfminuten-

stunde: Nach den ersten fünf Minuten der Sitzung pflegte Lacan plötzlich zu husten und zu sagen: »Unsere Zeit ist um.« Angeblich wirkte sich das stark auf die nächste Sitzung aus.

Im Lauf des Essens unterhielt Lacan sie mit seinen Weltklasse-Assoziationen – er kombinierte die berühmte strukturalistische Sprachwissenschaft Saussures und die strukturale Anthropologie Lévi-Strauss' mit der Langue d'oc und dem Gelaber im Fernsehen. Der Wirt brachte einen *marc de Bourgogne*, die starke Weinbrand-Hausmarke. Schon bald waren sie alle ziemlich angeheitert. Als sie sich von Lacan verabschiedeten, versprach er, Fine am nächsten Tag Anweisungen für die Fünfminutenstunde zu geben. Dann sah er Stephanie an und zitierte seinen berühmten Aphorismus:

»Eine Frau ist ein Symptom.«

Das Trio wankte hinaus in die samtige Nacht, die Gehirne betäubt von französischem Intellekt, Essen und Wein.

Sie waren so betrunken, daß sie es kaum schafften, auf dem Gehsteig zu bleiben.

Ein Mann, der auf sie zukam und sah, wie sie torkelten, wechselte die Straßenseite. Doch als sie näherkamen, sah er die drei genauer an und rief: »Alphonse? Alphonse!« Und eilte auf Fine zu.

»Nein!« sagte Fine. »Nicht schon wieder!«

Aber es war tatsächlich schon wieder passiert. Der Fremde verwechselte Fine mit irgendeinem »Alphonse«. Fine bat Stephanie, es ihm zu erklären. Sie sah Fine prüfend an und sagte:

»Das ist es! Das ist der Grund, warum du dich so ganz anders benimmst – du bist gar nicht du, du bist jemand anderer! Du bist gar nicht Fine! Alphonse!«

Der Franzose sah sich bestätigt und rief: »Alphonse!«

Fine wimmelte ihn mit der Behauptung ab, er sei Fine. Stephanie forderte ihn auf, es zu beweisen. Fine bot den letzten Rest Nüchternheit auf und sagte: »Ich weiß, daß ich Fine bin, weil Fine als einziger, den ich kenne, oft mit anderen Männern verwechselt wird, okay? Und jetzt geruht Fine, seinen Heimweg fortzusetzen.«

Fine war im Ritz abgestiegen. Er begleitete Stephanie und John bis an ihre Haustür, umarmte John und bezog dann auch Stephanie mit ein, so daß sie wie in der guten alten Zeit alle drei eng umschlungen dastanden. Er wandte sich ab, aber sie packte ihn an den Schultern, schaute ihm prüfend in die Augen und fragte ihn noch einmal: »Was ist los?«

Er lachte. »Ach du – mußt du immer alles analysieren?«

»Irgendwas ist hier faul, Fine –«

Statt einer Antwort gab er nur jedem einen Finestone, küßte beide auf beide Wangen und sagte: »Also, dann komm ich gegen Mittag vorbei?«

John wollte protestieren, aber da war Fine schon ein paar Schritte weg.

In Hochstimmung enteilte Fine die breite, stille Avenue entlang zum Fluß hin und pfiff dabei, so grauenhaft falsch wie immer, ein süßes altes Liebeslied.

Sie sahen ihm nach, bis er in der Dunkelheit verschwand, und horchten dann auf sein akustisches Nachbild, die letzten seiner disharmonischen Pfeiftöne, bis auch sie von der Stille geschluckt wurden. Sie fuhren in die Wohnung hinauf und gingen zu Bett. Sie lag in Johns Armen, und sie unterhielten sich über Fine. Stephanie argwöhnte noch immer, daß Fine ihnen nur etwas vorspielte, daß er in Wirklichkeit etwas ausheckte und irgendwann zuschlagen würde. John war anderer Meinung: »Das wäre eine zu große schauspielerische Leistung für ihn. Glaub mir, er meint's ernst.«

»Aber warum?«

»Keine Ahnung. Vielleicht ist er ausgeflippt, und wir sind schuld.«

»Oder er nimmt Drogen!«

»Jedenfalls ist es makaber, soviel steht fest«, sagte John. »Geradezu pervers.«

»Ja.« Sie strich ihm über die glatte Brust. »Ich hab fast das Gefühl, wir *sollten* uns lieben.«

»Wir wollen nichts erzwingen. Wir haben zuviel gesoffen, Schatz, und der Tag war lang.«

Keiner sagte, was sie beide befürchteten: Es lag nicht am Saufen oder an der Müdigkeit, es lag an Fine. Später sollte Stephanie sagen: »Hätte er doch nur eine echte Pistole auf uns abgefeuert! Hätte er doch geheult, geflucht, was immer! Man konnte ihm nichts vorwerfen! Abgesehen von seiner guten Laune. Dieser kleine Putz hatte alles verdorben! Er bei uns, und auch noch bester Laune? Ich machte mir Sorgen um ihn! Und das schlimmste: Er war hinreißend – es war was an ihm, das war, na ja, beinahe sexy!«

Es geht nichts über Betrug, wenn man für den Betrogenen zärtliche Gefühle aufbringen will.

Als sie so im Bett lag und die Ereignisse des Tages Revue passieren ließ, blieb Stephanie an einem Detail hängen: Fine hatte beim Essen die Gabel in der *linken* Hand gehalten. Warum? Wollte er so tun, als sei er Europäer? Abartig! Die Spur verblaßte zu einer schwachen Gravur einer Glaswand, des Schlafs, des Traums.

Zur selben Zeit stand Fine mitten auf der riesigen gepflasterten Place Vendôme, unter der Säule, auf der schon mehrere Größen der Geschichte gestanden hatten: Napoleon I. als Cäsar, Heinrich IV., eine riesige bourbonische Lilie, Napoleon I. als er selbst und nun wieder eine Replik des ursprünglichen Napoleon I. als Cäsar. Fine drehte sich langsam um sich selbst, ein kleiner Kreis im größeren Rund des Platzes aus dem siebzehnten Jahrhundert. Bei zwölf Uhr war Chopin gestorben. Er drehte sich erneut, ein bißchen schneller, und genoß die Wirbel von Zeit, Raum und Bewegung. Er blieb stehen. Ihm war schwindlig, und der Platz drehte sich weiter. Während er auf die goldene Drehtür des Ritz zuging, fragte er sich:

»Wie ändern sich Menschen? Durch freien Willen oder durch das Schicksal? Ist es uns vorherbestimmt, an unseren freien Willen zu glauben? Haben wir keine andere Wahl, als an die Möglichkeit der freien Wahl zu glauben? Ist ein Mann der, der er zu sein scheint? Ist ein Mann jemals einer, der er nicht ist?« Er überlegte und entschied schließlich: »Die Menschen ändern sich durch Magie.«

Wie fühlte sich Fine? Er fühlte sich großartig, und er war geil. Großartig, weil sie wenigstens noch einen glücklichen Abend zu dritt verbracht hatten. Geil aus keinem ersichtlichen Grund, aber derart intensiv, daß er den Pagen fragte, ob die Möglichkeit bestünde, eine Hure zu bekommen. Es wurde nichts draus. Wie ein Segelflugzeug, das einen Aufwind erwischt, schwebte Fine empor und kreiste auf einer Brise des Schlafs, die Lippen zu einem Lächeln gekräuselt.

21

Aber sie konnten nicht in Paris bleiben. Die Amerikanische Nacht gab es nur einmal die Woche, die Schauspielergewerkschaft erlaubte ihnen nicht, regelmäßig aufzutreten, und zu allem Übel wollte Stephanies Mutter am Sonntag mit ihrem Freund Tre zurückkommen. Fine schlug vor, sie sollten alle drei zusammen in Stow-on-Wold leben. Die beiden anderen waren skeptisch, doch Fine beharrte auf seinem Vorschlag.

Schließlich sagte Steph: »Das ist doch abartig!«

»Na und?« sagte Fine. »Um so besser!«

»Übrigens«, sagte John, »am vierzehnten, das ist ein Sonntag, muß ich in Dublin sein. Hab ich ganz vergessen – ich wollte für den einen Tag rüberfliegen.«

»Warum?« fragte Steph.

»Ach, nichts Besonderes – ein Treffen mit ein paar alten Freunden.«

Steph verdrehte die Augen. »Komm schon, was ist der eigentliche Grund?«

»Kann ich nicht sagen.«

»Warum nicht?«

»Ich kann einfach nicht. Du wirst schon sehen.«

»Ein Geheimnis?« fragte Fine. »Großartig, einfach großartig.«

Und so standen sie am Samstag abend naß und frierend im Platzregen vor O'Dwyer's Pub in der Nähe des Merrion Square. John zeigte ihnen das Haus des Malers Jack B. Yeats, dessen Bilder *Portrait of a Lady* und *The Clown Among the People* sie am

Nachmittag in einer Galerie bewundert hatten. Fine hatte die Baskenmütze mit einer Tweedmütze vertauscht: »Handgewebt von D. Flood, Donegal.« Er nahm sie kein einziges Mal ab. Dem Pub gegenüber stand ein riesiges Backsteingebäude.

»Seht ihr das?« fragte John. »Das ist das National Maternity Hospital, auch Horne's House genannt, in der Holles Street. Zwei Kapitel von *Ulysses* spielen dort! Mein Gott, ich hatte die beschissene Nässe hier schon fast vergessen – kommt!«

Sie gingen in das Pub – auch »Das Behandlungszimmer« genannt, weil die Medizinstudenten dort Stammgäste waren – und wurden sofort von einer Wolke aus Wärme, Bierdunst und irischem Dialekt verschluckt. An der überfüllten Bar bestellte John Guinness. Sie sahen beim rituellen Einschenken zu: halb voll machen, den Schaum abschöpfen, setzen lassen, ganz voll machen usw.

»Hey, O'Day, du langes Elend!« sagte ein Mann mit schütteren Locken.

»Noel!« sagte John. »Immer am Tresen, was? Wo ist denn der gute –«

»Ist die große amerikanische Tunte wieder unter uns?« fragte ein stattlicher Schwarzhaariger mit einem weichen, runden Gesicht, der einen weißen Arztkittel trug.

»A. J.!« rief John. Die drei alten Freunde begrüßten einander und wurden Stephanie und Fine vorgestellt. Sie plauderten ein Weilchen, bis es Zeit für Noels Auftritt als Sänger war. John und er waren früher gemeinsam in Pubs aufgetreten. Nach einigem Zureden setzte sich John auf die Bühne, um einen Song vorzutragen. Die Uilleann Pipes begannen zu klagen, das Akkordeon spielte eine Harmonie, und dann kam John mit acht Takten Gitarre. Fine erkannte das Thema: Die *Pathétique* von Tschaikowsky. Und dann sang er mit hoher, frischer Tenorstimme, klar und scharf wie ein Sonnenstrahl:

»When midnight comes, good people homeward tread,
Seek now your blanket and your featherbed:
  Home is the rover,
  His journey's over,

Yield up nighttime to old John O'Dreams,
Yield up nighttime to old John O'Dreams ...«

Fine spürte eine starke Kraft in seinem Freund, die anderen ebenso. Johns Stimme war so hell und leicht, und die Worte waren so befreiend, daß es in dem überfüllten Raum still wurde wie auf einer nächtlichen Wiese. Hier war eine von Magie durchdrungene Figur – ein Mann, sein Song –, und die Magie lag nicht im Text oder in der Melodie, sondern darum herum und dazwischen, wie eine unsichtbare Brise, die über ein Weizenfeld streicht.

»Wunderbar!« sagte Steph, als er sich wieder zu ihnen setzte. »Das kam von Herzen! Was bedeutet es? Sag's uns.«

»Ach, ihr kennt ja die Iren – hoffnungslose Romantiker alle zusammen!« Trotz ihres Drängens behielt er das Geheimnis seiner Wahrhaftigkeit für sich.

Sie unterhielten sich und tranken, bis das Telefon hinter der Bar klingelte und A. J., der in der Klinik Bereitschaftsdienst hatte, zu einer Zangengeburt gerufen wurde. Die Amerikaner verließen mit ihm das Pub. Er stand auf dem Gehsteig, sah zu dem riesigen Krankenhaus auf, für das er verantwortlich war, und sagte: »Die Arbeit ist der Fluch des Trinkers! Habt ihr nicht Lust, vor dem Schlafengehen noch ein paar Kinder zu holen?«

»Woher wissen Sie, daß es noch weitere Entbindungen geben wird?«

»Kommt mal her«, sagte er und zog sie zu sich. »Seht ihr das Gebäude da? Da drin kommt im Durchschnitt pro Stunde ein Kind zur Welt, Tag für Tag, das ganze Jahr!«

Sie gingen mit ihm hinein, vorbei an der riesigen Muttergottes an der Wand der Eingangshalle, und fuhren mit dem altersschwachen Aufzug zum Kreißsaal in der obersten Etage hinauf. John und Steph wollten nicht weitergehen, aber Fine zog einen weißen Kittel über und ging hinein. Auf mit Vorhängen voneinander abgeschirmten Betten lagen unter der Obhut von Hebammen acht Frauen in unterschiedlichen Stadien der Wehen, das Gesäß auf einem Kissen, die Knie weit auseinander, den Blick über einen großen Bauchberg nach unten gerichtet. Staunend sah

Fine zu – er war noch nie bei einer Entbindung dabei gewesen (Geburtshilfe war an der Harvard Med. kein Pflichtfach) –, und als eine Mutter ihr neuntes Kind gebar und ihn mit nacktem Gaumen anlächelte, sagte er: »Jedes Baby kostet Sie einen Zahn.« Er dachte an Calcium und lächelte ebenfalls. Doch beim dritten Dammschnitt und der vierten Plazenta wurde ihm übel. A. J. brachte ihn zur Tür und fragte ihn: »Was für ein Arzt sind Sie eigentlich?«
»Psychoklempner«, sagte Fine.
»Aha«, lächelte A. J., »das paßt.«
Während Fine, Steph und John im Wartebereich standen, wurde eine Erstgebärende – fast noch ein Mädchen – an ihnen vorbei hinausgerollt, ihr Kind im Arm. Sie sprachen mit ihr, berührten die winzigen weichen Händchen des Neugeborenen, seine Füße und die winzigen scharfen Nägel. Die Mutter strahlte.
»Mein Gott, was für ein schönes Lächeln!« sagte Steph. »Ist es wirklich der glücklichste Moment im Leben?«
»Mit Abstand!« sagte Fine. »Aber wo sind die Väter?«
»Zu Hause«, sagte John. »Die träumen.«
»Sie träumen?« fragte Steph.
In breitem Dialekt sagte John: »Sind Väter nicht alle Träumer?«
Auf dem Weg durch Stephen's Green zum Hotel rief John plötzlich: »Ah, Leben! Leben, wie es wirklich ist, nicht wie es zu sein scheint! Das ist es, was ich hier immer wieder gefunden habe, in all den Jahren!«
»Warum bist du dann wieder weg?« wollte Steph wissen.
Er antwortete nicht. Es sei denn, sie hätten die Antwort im Klacken seiner Schuhe auf den nassen Pflastersteinen gehört, oder im melancholischen Pfeifen einer Flöte, das in der Stille nach dem Regen aus einer Gasse kam, oder in der Strophe seines Liedes, die nicht mit der Flöte im Einklang und deshalb für Steph und Fine nur um so geheimnisvoller war.

Und am Sonntag morgen gingen sie mit ihm über die Liffey, die O'Connell Street entlang und am Rotunda vorbei ins Labyrinth der Straßen, die von verfallenden Reihenhäusern gesäumt waren, nicht weit von der berühmtem Eccles Street, in der Leopold und Molly Bloom »gelebt« hatten. Dublin am Sonntag war eine Stadt der Messen, der verlassenen, ramponierten Kinderwagen an Straßenrändern und natürlich der Dubliner. John blieb vor einem der Häuser stehen, gab sich einen Ruck und stieg die paar Stufen zur Haustür hinauf. Er zögerte und drückte dann auf die Klingel.

Er wartete, zupfte an seiner blonden Stirnlocke, trat von einem Fuß auf den anderen und lächelte seinen Freunden unsicher zu. Er klingelte noch einmal.

Eine Frau machte auf und stemmte die Hände in die Hüften. Eine gewichtige Frau mit zerzaustem Haar. Ihre Augen waren von einem exquisiten Aquamarinblau, wie ein tropisches Meer. Jetzt in den Vierzigern, war sie früher einmal hübsch gewesen. Vielleicht sogar eine Schönheit. »Bist du's wirklich?« fragte sie mit zitternder Stimme und faßte sich an die Kehle.

»Ich bin's.«

»In voller Lebensgröße. Und ich hab die ganze Zeit gedacht, du wirst dich nie mehr bei uns blicken lassen.«

»Es ist der vierzehnte Mai, und ich –«

»*Morgen* ist der fünfzehnte, und du hast gesagt –«

Hinter ihrem Rock raschelte etwas, und dann kam ein Ausruf: »Dad?«

Ein kleiner Junge wischte an ihr vorbei und warf sich auf John, vergrub das Gesicht in Johns Hosen und umarmte mit aller Kraft seine Knie. John bückte sich, hob den Jungen hoch, hielt ihn gegen den Himmel wie eine Trophäe und sagte, indem er sich von der Frau wegdrehte: »John James!«

»Dad!«

Und der Vater ließ den Jungen auf seine Brust herab, verlagerte ihn auf die Schulter, beugte den Kopf über ihn und schloß die Augen, das Gesicht im hellen Haar des Kindes vergraben. Und da sahen sie, daß sein großer Körper von Schluchzen geschüttelt wurde.

22

Den ganzen Sonntagnachmittag kämpften sie sich gegen stürmischen Westwind nach Boston zurück.

John James Michael O'Day II. war fast sechs. Da er seinen Vater seit neun Monaten nicht mehr gesehen hatte, blieb er ständig in seiner Nähe, wie ein Entenküken bei der Entenmutter. In der Schlange am Flugsteig hatte John James zu seinem Vater aufgeschaut und gefragt: »Dad, bist du größer als der liebe Gott?«

Fine und John lachten, und John sagte: »Niemand ist größer als der liebe Gott, mein Schatz, niemand auf dieser Welt.«

Stephanie war schweigend ein Stück weiter vor gegangen.

Nach Fines Empfinden war die Liebe zwischen Vater und Sohn so riesig, daß man sie fast mit Händen greifen konnte: eine zwischen zwei Seelen ausgespannte Drahtspirale, die sie immer stärker zueinander zog, je weiter sie sich voneinander entfernten. Wenn sie straff gespannt war, schien sie fast zu singen, und die Bindung war noch stärker, weil der Junge von seiner Mutter frei war. »Es ist so rührend!« sagte Fine zu John, und die Tränen traten ihm in die Augen. »Ein bezauberndes Kind!«

»Also du meinst, ich soll ihn bei mir behalten, hm, Onkel Fine?«

»O ja, behalt mich, Dad, behalt mich!« sagte der Junge voller Angst.

»Na gut, wenn ihr meint!« Die drei männlichen Wesen lachten, und John sagte strahlend: »Großartig, einfach großartig.«

»Weißt du was, John?« sagte Fine. »Das Ganze hat etwas so Endgültiges, Vollendetes, weil die nächste Generation hier mit uns sitzt.«

John fragte argwöhnisch: »Ist das dein Ernst, Fine?«

»Ja!«

»O Mann«, sagte Stephanie leise.

»Es ist natürlich eine Überraschung, und es war gemein von dir, uns nichts davon zu sagen, aber irgendwie sind wir jetzt doch alle wieder zusammen, oder?« Sie antworteten nicht. »Außerdem sind Stiefeltern in Amerika heutzutage schon fast der Normalfall.

Da wird sich John James bestimmt zu Hause fühlen!« Fine sah lächelnd auf den kleinen Jungen hinab und versuchte festzustellen, inwieweit sich die Erbanlagen seines alten Freundes durchgesetzt hatten: in dem flachsblonden, glatten Haar, in dem runden Kindergesicht, das gerade erst anfing, länglich zu werden, in den zarten, femininen Lippen, bei einem Jungen ein Zeichen für die Frau in der Seele des Vaters, und auch im Körper, der zwar noch klein und gedrungen war, den großen Füßen nach zu urteilen aber durchaus einmal die Größe des Vaters erreichen konnte. Die anderen Merkmale waren die der Mutter: die aquamarinblauen Augen, das breite Kinn, die Stupsnase. Und der breite irische Dialekt.

John James war noch nie in Amerika gewesen. Er wollte echte Cowboys und Indianer sehen, *Superman* und Revolver, Hot dogs essen und im warmen Ozean schwimmen und jeden Tag mit seinem Vater und Großmutter Katey zusammensein.

Fine, der sich selbst noch sosehr als Kind fühlte, erlebte die Aufregung des Kindes als seine eigene. Er hatte den Kleinen schon ins Herz geschlossen. John James spürte es und wich nicht mehr von seiner Seite.

Erst als der Junge einschlief, eine Stunde vor Boston, konnte Steph in Ruhe mit John sprechen. Vorsichtig legte sie das schlafende Kind auf Fines Schulter, und John ging mit ihr nach vorne. Fine sah die Pantomime, sah den Zorn in den Augen seiner Frau, hörte Bruchstücke von Vorwürfen und gekränkten Antworten, sah wie John die Hand nach ihr ausstreckte und sie sich ihm entzog und in der Toilette verschwand. Völlig verdattert kam John zurück und setzte sich hin. Er sagte: »So ein Kuddelmuddel! Meinst du, ich hätte es ihr schon früher sagen sollen?«

Der Junge bewegte sich. »Pst. Der kleine Mann braucht seinen Schlaf.«

Flüsternd erzählte John ihm die Einzelheiten: Er hatte die Mutter kennengelernt, als sie beide am Abbey Theatre spielten, im Jahr nach dem Studienabschluß. Sie war schwanger geworden. Er hatte sie geheiratet. Nach ein paar Jahren war es unerträglich geworden: Alkohol, Prügeleien, die ganze Latte, und er war ausgezogen, herumgereist, so oft wie möglich wiedergekommen, um seinen Sohn zu sehen. Sie hatte die Ehe annullieren lassen, wieder geheiratet und noch drei Kinder bekommen, und zum erstenmal war sie nun einverstanden gewesen, daß er den Jungen für den Sommer mit nach Amerika nahm.

Steph stand im Mittelgang, mit rotgeweinten Augen. Fine sagte: »Der Kleine kann nichts dafür, Steph. Außerdem ist er nett, oder?«

»Nett?« Steph überlegte, lächelte. »Er ist hinreißend.«

Fine erkannte: weiße Flagge, Waffenstillstand. »Okay, Leute, jetzt müssen wir uns überlegen, wo wir wohnen werden.«

»*Wir?*« fragte Steph. »Vergiß es.«

»Warum nicht?« sagte Fine. »Wie in alten Zeiten.«

Stephanie verdrehte die Augen. John sagte: »Meine Mutter erwartet, daß wir, John James und ich, bei ihr unterm Dach wohnen. Das kommt ja jetzt wohl nicht mehr in Frage.«

»Stimmt«, sagte Steph. »Wie wär's mit einem Hotel?«

»Das seh ich nicht, daß mein Sohn in einem Hotel wohnt.«

Stille. Sie sahen Fine an. Er strahlte. »Wir können doch alle zusammen draußen in Stow wohnen! Wir haben jede Menge Platz: Ihr beide im Elternschlafzimmer, John James nebenan – der Raum ist sowieso als Kinderzimmer vorgesehen –, und ich nehme das Zimmer des Kindermädchens, die nächste Tür. Perfekt. Na, was sagt ihr?« Sie sagten, sie fänden das ziemlich abartig. »Ja, schon, aber was für Möglichkeiten gibt es sonst? Kommt schon, wir probieren's mal, wenigstens die eine Nacht. Ihr könnt doch sonst nirgends hin, wenn wir gelandet sind. Dann haben wir alle genug Zeit, zu überlegen, was wir machen sollen.«

»Na gut, eine Nacht wird's schon gehen«, sagte Steph, »und sicher können wir auch vorläufig dableiben, bis wir eine Wohnung gefunden haben. Aber eins muß klar sein: Wir halten es geheim. Wer mit wem, meine ich. Okay?«

»Deswegen ist Stow ja so ideal. Da gehört Täuschung zum Alltag. Und wißt ihr was? Ich glaub, es wird Spaß machen.«

»Spaß?« sage Steph mit großen Augen. »Spaß?«

»Klar«, sagte Fine. »Jetzt traut euch schon!«

Der Junge wachte auf. Fine entschuldigte sich und ging stracks auf eine ausladende Aer-Lingus-Stewardeß zu. Ihr langes rotes Haar und ihr sommersprossiges Gesicht hatten es ihm angetan, ganz zu schweigen von ihrer Figur: Sie überragte ihn um rund fünfzehn Zentimeter. Kay, aus Galway. Ungeniert betrachtete er ihre festen Schenkel, ihren knackigen Po und ihre großen Brüste, die sich, während er mit ihr flirtete, noch zu vergrößern schienen – die rechte Brustwarze drückte dicht vor seiner Nase sichtbar gegen die Stoffschichten. Aus der Nähe sah er einen schmalen Streifen rötlichen Flaums auf ihrer Oberlippe, der ihn an ihre Scham denken ließ, so daß er prompt erigierte. Sie flirteten auf nette, unschuldige Weise, bis er kühn vorschlug, gemeinsam die Toilette aufzusuchen. Sie wurde rot und wandte sich ab, aber er faßte ihr blitzschnell unter den Rock und führte seine Hand dorthin, wo das von Satin bedeckte dichte Schamhaar unter seiner Hand federte wie ein dichter Busch. Sie packte seine Hand, aber bevor sie losließ, gab es noch ein kurzes Tauziehen über ihren Genitalien. Sie drehte sich um, zwinkerte ihm zu und ging durch den Mittelgang Richtung Toilette. Fine nahm seine Mütze ab und hielt sie vor seine Erektion, und als er sah, wie Steph und John ihn anstarrten, lächelte er, reckte den Daumen hoch und ging hinter Kay her in die Toilette.
Fine war nur noch Körper: lüstern, phallisch, frei.

Heiß und feucht, dicht und sinnlich wie ein Dampfbad war die Luft in Boston. In ihrer Abwesenheit war das Wetter umgeschlagen, und schon herrschte drückende Schwüle. Der kleine John James, der Hitze nicht gewöhnt war, schnappte nach Luft und sagte, er müsse Pipi machen. Auf dem Sinkflug über dem Hafen von Boston hatten sie eine riesige Menschenansammlung auf der Museum Wharf gesehen. Fine, am Steuer von Stephanies Jaguar, fuhr einen Umweg, und sie gerieten in eine der vielen Kundgebungen der Frauenbewegung für atomare Abrüstung am Muttertag. Umgeben von Clowns und Luftballons sahen sie, wie Dr. Helen Caldicott ihr sechs Monate altes Baby hochhielt und sagte: »Was mich antreibt, ist die Angst um meine Kinder. Unseren Kindern ist bewußt, daß sie nicht das Erwachsenenalter erreichen werden. Der Verteidigungsminister läßt einen abnormen Mangel an emotionalem Engagement erkennen.« Und ihr Mann sagte: »Wir Männer müssen uns ändern. Was nottut, ist eine neue Definition von Mut bei Männern. Für eine Frau ist ein Mann dann mutig, wenn er zugeben kann, daß er einen Fehler gemacht hat.«

Fine hörte zu und dachte gerührt daran, wie hausbacken Präsident Reagan im Fernsehen wirkte, wenn er von »Freiheit durch Stärke« schwadronierte, in den anheimelnden Farben eines Norman Rockwell. Doch hinter der Maske lauerte George Orwell: »Krieg ist Frieden.« Fine schauderte. Er war jetzt überzeugt, daß er seinen neuen Einfallsreichtum nutzen konnte – nutzen *mußte* –, um in der Atomdebatte mitzureden. »Unglaublich! Alles paßt zusammen – alles, alles!«

»Wovon sprichst du?« erkundigte sich Steph.

»Ich werde doch noch einen Brief schreiben. Alles, was ich gelernt und erfahren habe, führt zu diesem Höhepunkt – ich werde etwas *tun*, etwas Nützliches!« Sie fragte ihn, wem er schreiben wolle. »Dem Präsidenten – und zwar einen offenen Brief, den sämtliche Medien bekommen werden.« Sie lachten. »Lacht ruhig – ihr werdet schon sehen!«

»Kannst du ihm auch was von mir ausrichten?« fragte John James.

»Sicher.« Fine beugte sich zu ihm hinunter. »Was denn?«

Mit großen Augen sagte er: »Sag ihm, er soll auf alle Fälle damit warten, bis ich groß bin.«

»Das wollte ich ihm sowieso schreiben.« Er stand auf. »Ich fange gleich heute abend an, nach dem Essen. An den WANG! Na kommt.«

Auf der Fahrt nach Stow hinaus sagte John dem Jungen, daß sie bei Onkel Fine wohnen würden.

John James fragte: »Nicht bei Granny Katey?«

»Nein. Aber so werden wir viel mehr Spaß haben.«

»Aber fahren wir morgen zu Granny Katey, Dad?«

»Ja, vielleicht. Und wenn nicht morgen, dann übermorgen.«

Bewaffnete Wachmänner stoppten sie an der Auffahrt zur Curley Bridge. Der Mörder war noch immer auf freiem Fuß. Mr. Royce war dabei, die Sicherheitsvorkehrungen in Stow zu verschärfen. Sie mußten aussteigen, und während ein Schäferhund nach Sprengstoff schnüffelte, stellten Fine und Steph die anderen beiden vor. Man sagte ihnen, sie sollten sich Ansteckausweise ausstellen lassen. Entnervt fuhren sie weiter. John klärte seinen Sohn so schonend wie möglich über die Situation auf und sagte abschließend: »Also, wenn ein Fremder auf dich zukommt, läufst du weg, verstanden?«

»Ach, Dad«, sagte der Junge, um zu zeigen, daß er sich in der Welt auskannte. »Denkst du vielleicht, ich kenn so was nicht? Das ist doch wie im Fernsehen!«

Am Abend gab John James »Tante Steph und Onkel Fine« einen Gutenachtkuß und wurde von seinem Vater ins Bett gebracht. Stephanie und Fine saßen auf der Terrasse mit Blick über den Hafen. Zum erstenmal, seit sie weggegangen war, waren sie allein. Sie saßen schweigend da, während gerade so viel Abendkühle in die samtene Dunkelheit einzog, daß die Temperatur angenehm wurde. Boston, auf der anderen Seite der Bucht, war dunkel wie an jedem Sonntagabend. Die Skyline schnitt nicht in den Himmel, sondern verschmolz mit ihm. Die Luft war schwer vom Duft der neuen Blüten – aufdringlich der Flieder, zarter die Obstbäume und andere – auf dem herberen Untergrund der Kiefern. Die ersten warmen Tage, und alles hatte eilends zu blühen begonnen. Noch waren keine Moskitos unterwegs. Die Wellen plätscherten ans Ufer. Die einzigen anderen Geräusche kamen von Fine, der als Vorspeise Swanson-Truthahn (»Überwiegend weißes Fleisch«) verdrückte, »Mit Bratensoße, Dressing und Kartoffelschnee«. Er leckte sich die Finger ab, stellte seinen Liegestuhl ganz flach und rülpste viermal. Er sah zum Himmel hinauf und sagte: »Schau mal – alle erdnahen Planeten sind gleichzeitig zu sehen: Venus, ein gelber Funken im Westen, Saturn, schwach und rötlich im Osten, und über uns Mars und Jupiter; und nächsten Monat auch Merkur! Selten. Weißt du, wie das heißt?«

»Fine, ich weiß nicht, was mit dir los ist, aber eins weiß ich: Wir

brauchen hier ein bißchen Ordnung, ein bißchen Disziplin – keinen Klatsch, kein Ausplaudern von Geheimnissen, bei niemandem, hast du mich verstanden?«
»Ja, schon gut, aber –« Ein Lied kam durchs Fenster aus dem Schlafzimmer des Jungen. Sie hatten es schon einmal gehört, hatten gemerkt, daß es etwas Besonderes war, und doch das Naheliegende nicht geahnt: Es war ein Schlaflied.

»Both man and master in the night are one,
All things are equal when the day is done;
The prince and the plowman,
The slave and the free man,
All find their comfort in old John O'Dreams,
All find their comfort in old John O'Dreams.«

Sie hörten schweigend zu, bis Fine sagte: »Du bist verletzt, Steph, stimmt's? Ich meine, damit hast du nicht gerechnet, oder?«
»Verletzt? Nein, natürlich nicht, Fine, ich bin überglücklich! Was könnte ich mir Besseres wünschen, als in eine fertige Familie reinzurutschen?!«
»Na ja, ich hoffe, du wirst nicht verbittert, Steph«, sagte er. »Das ist nämlich das schlimmste im Leben, Verbitterung.«
»Sicher, sicher.«
»Wie auch immer, es heißt ›Syzygie‹.« Stephanie wollte wissen, *was* so heißt. »Das ist die Bezeichnung für die Konjunktion und Opposition zweier Gestirne, besonders von Sonne und Mond. In ein paar Tagen, bei Vollmond – wenn die Flut aus unserem limbischen System steigt –, muß ich die Calciumdosis heraufsetzen. Erstaunlich, nicht wahr?«
»Wieso?«
»Der Körper. Jetzt verstehe ich auf einmal, was du die ganze Zeit gemeint hast – daß der Körper wichtig ist. Ich hätte gute Lust, sämtliche Analytiker zu erschießen, die eine psychologische Kausalität für wichtiger halten als eine körperliche. Bloß weil die Analytiker ihren Körper vernachlässigen, brauche ich doch noch lange nicht darauf zu verzichten, meinen eigenen Körper in mei-

nem Leben – in unserem Leben – zu befreien. Oder vielleicht doch?«
»Fine, du hast dich wirklich verändert. Ich versteh das nicht.«
»Ich auch nicht. Aber ›Verstehen‹ ist auch so ein Begriff aus dem neunzehnten Jahrhundert. Ach, ich weiß nicht – vielleicht halte ich einfach nicht mehr soviel von Zweierbeziehungen. Die Zweierbeziehung hat ausgespielt. Komm, wir machen uns ein schönes Leben.«
»Du hast leicht reden«, sagte Steph und stand auf. »Ich geh ins Bett.« Als sie an Fine vorbeikam – er lag fast waagrecht da und starrte in den Himmel –, streckte sie den Arm aus und zauste ihm durch die Tweedmütze hindurch das Haar. »Hey, was ist das?« Sie riß ihm die Mütze herunter und entdeckte die Nähte auf seinem Schädel. »Fine, was ist passiert?«
»Ach, nichts.«
»Komm mal hier rüber ins Licht!« Unter der Terrassenlampe sah sie es: Wie schwarze, an seiner rasierten weißen Kopfhaut klebende Insekten zog sich eine Reihe von Nähten über eine häßliche Wunde. Mit erstickter, angstvoller Stimme verlangte sie: »Na los, sag mir die Wahrheit.«
Derart unter Druck gesetzt, blieb ihm nichts anderes übrig.
Sie wurde bleich vor Schreck. »Warum hast du's mir nicht gesagt?«
»Wollte dich nicht beunruhigen. Und außerdem, es ist doch weiter nichts –«
»Nichts? Alles! Eine totale Veränderung der Persönlichkeit –«
»Es gibt keinen Zusammenhang zwischen –«
»Was ist das eigentlich? Ist es wie ein –« Sie zögerte, aus Furcht, das Wort auszusprechen, »– wie ein *Schlaganfall?*«
»Nein, überhaupt nicht – ich hab's dir doch gesagt: ein schwerer epileptischer Anfall, ein *Grand mal.*«
»Na schön. Und die Ursache?«
»Keine Ahnung. Genauer gesagt, es wurde keine Ursache gefunden.«
»Es könnte doch was Ernstes sein – wir müssen die Ursache herausfinden –«

»Ach was, das ist doch nicht wie ein Gehirntumor oder so was –«
»*Gehirntumor?* Wer redet denn von einem Gehirntumor?«
»Es ist nichts. Mir geht's blendend.«
»Nichts? Das ist doch wie eine Lobotomie! Ein Gehirnschaden, Fine–«
»Ich *hab* keinen Gehirnschaden.«
»Vielleicht sogar Gehirn*tod!*« Fine lachte. »Du bist nicht ganz bei Troste!« Sie schnaubte hörbar. »Morgen gehen wir zu einem Arzt – ich sage *wir* –, du allein bist nicht mehr dazu in der Lage. Zum besten Arzt in der Stadt, hörst du? Und keine Widerrede!«
»Warum bist du so sauer auf mich?«
»Weil du's mir nicht gesagt hast. Mein Gott, das ist ja eine schöne Bescherung! Mein Mann hat einen Schlaganfall, mein Liebhaber hat plötzlich ein Kind, ich hab meinen Job aufgegeben und bin zu durcheinander, um an Comedy auch nur zu denken, und du sagst, es ist alles in bester Ordnung?«
»Du übertreibst.«
»Mann Gottes! Herr im Himmel, steh mir bei. Ich hab genug für heute – ich geh schlafen.« Sie entfernte sich. »O Mannomannomann ...«
Fine blieb eine Zeitlang allein auf der Terrasse. Er hörte, wie die beiden zu streiten anfingen. Da er sie nicht belauschen wollte, stand er auf und ging durch die stockfinstere Nacht zum Jefferson House, in seine Praxis unterm Dach.
Ganz mit seinem Vorhaben beschäftigt, merkte er beim Treppensteigen nicht, daß er das rechte Bein ein bißchen nachzog, daß der rechte Fuß nicht ganz die erforderliche Höhe für die jeweils nächste Stufe erreichte.
In seinem Behandlungszimmer holte er die Schachtel mit den Finestones hervor, und da er sich schon bald fit und tatkräftig fühlte, schob er eine Diskette in seinen WANG. Wie ein Haustier, das sich über die Rückkehr seines Herrn freut, schnurrte der Computer anheimelnd und verkündete dann mit einem fröhlichen Piepton, daß er bereit war.

DAS NUKLEARE DENKEN

Erleichtert stellte er fest, daß ihm jetzt nur noch zwei Ereignisse vor seinem Anfall fehlten. Wie eine alte Rostlaube, die aus der Autowaschanlage kommt, funkelte sein Verstand jetzt nur um so heller, weil er noch vor kurzem so benebelt gewesen war. Er konnte sich noch Wort für Wort an Gespräche mit Stephanie über die letzten Präsidenten erinnern (sie hatte die Biographien gelesen).
Plötzlich hatte er eine Erleuchtung: Die letzten drei gewählten Präsidenten – Nixon, Carter, Reagan – hatten, aus psychologischer Sicht, ganz ähnliche Mütter, Väter, Geburtsfolgen, Kindheiten und Charaktere gehabt: das »nukleare Denken«. Keiner von den dreien war ein Erstgeborener. Ihre Väter waren schwach gewesen, selten zu Hause, dem Trunk ergeben, früh verstorben. Im Schatten eines älteren Bruders oder einer älteren Schwester und in Abwesenheit des Vaters unterstanden sie alle drei der Obhut einer starken, ideologischen (oft religiösen) Mutter. Da sie fürchteten, wie ihre Mutter zu werden, aber auch Angst davor hatten, sich von ihr zu befreien, waren sie dem Liebe-Haß-Konflikt aus dem Weg gegangen und hatten sich gegen Beziehungen abgeschirmt. Sie waren wie John O'Day – mit ihrem entfesselten, freischwebenden Selbst hatten sie ferne Helden (Priester, Sportreporter, frühere Präsidenten) nachgeahmt und waren in die für Schauspieler typische Entfremdung von der Welt geglitten. Nixon, bei dem der Abdankungsstreß seinen paranoiden Charakter ans Licht gebracht hatte, hatte alles in einem einzigen haßerfüllten Satz zusammengefaßt: »Meine Mutter war eine Heilige!« Und Reagan zitierte oft Abraham Lincoln: »Alles, was ich bin oder zu sein hoffe, verdanke ich meiner Mutter.« Man konnte sich kaum bessere Beweise für ihre Ambivalenz gegenüber der Mutter vorstellen als Pat, Rosalynn und Nancy – ihre erschöpften, soldatisch pflichtbewußten First Ladies.
Fine sah die drei Lebensläufe – wie bei einer Zeitrafferaufnahme von einer aufgehenden Blüte – sich zur Präsidentschaft entfalten: Von echten Gefühlen abgeschnitten, hatten sie eine magische Beziehung zur Welt, sahen die Welt als Teil des Selbst, beugten die Welt in Richtung Narzißmus, bar jeder Beziehung. Dieses Bild, das viel heller leuchtete als die Wirklichkeit, befreite sie von der

Komplexität echter zwischenmenschlicher Beziehungen. Da sie so viel von sich selbst leugneten, leugneten sie auch die Existenz einer realen Welt (»Amerika hat sich zurückgemeldet, es steht erhobenen Hauptes da – mit Mut, Selbstvertrauen und Hoffnung«). »Männlich« im Sinne von »größer als« (nicht phallisch, der Penis spielte die geringste Rolle), spalteten sie die Welt in Gegensätze, unfähig, sie auch einmal von der anderen Seite zu sehen. Obwohl sie dasselbe Ziel hatten wie die Sowjets – die Menschheit vor dem Untergang zu bewahren –, dachten sie nicht im Traum daran, mit ihnen zusammenzuarbeiten. Die einzige Hoffnung im atomaren Zeitalter war der Dialog; die einzige Gefahr: Bombast. Doch ihre bombastische Haltung – ein Schrei der toten Seele in ihnen – war die des Oberbefehlshabers. Ist das unvermeidlich, da die Welt nun mal so ist, wie sie ist? Fine dachte zwanzig Jahre zurück: Er und seine Angehörigen sitzen im Fernsehzimmer, die Jalousien machen Zebras aus ihnen, und der nette Moderator der TV-Show sagt: »Hier bei General Electric halten wir den Fortschritt für unser wichtigstes Produkt.« Und jetzt spielt er »Moderator« für ganz Amerika. Die Medien hatten Reagan den Spitznamen »der große Kommunikator« verpaßt. Doch sie hatten ihn nie dazu befragt, *was* er denn eigentlich vermittelte. Fine wußte es: Leugnung. Leugnung jeder Logik, Leugnung von Gefühlen und Zweifeln, Leugnung der Realität. In einem Videozeitalter massenhafter Happy-Ends wollen die Menschen nicht Carters »Misere« von Realität, sie wollen einen starken, sympathischen Großvater, der sagt: »Schon gut, schon gut, alles wird gut!« In der Geschichte – der Weltgeschichte und der individuellen Entwicklung – führt Leugnen unweigerlich zum Scheitern. Natürlich beginnt man an der Demokratie zu zweifeln, wenn das Volk genauso blind gegenüber der Realität ist wie ein Despot. Außer man bietet ihm Alternativen an. Ist alle Macht im Grunde genommen die Macht der Übertragung?

In fieberhaftem Eifer tippte er drauflos, bis tief in die Nacht hinein: 1. Einführung. 2. Das Atomzeitalter. 3. Die nukleare Familie – »Papa«. 4. Die nukleare Mutter – Das »Hi, Mom!«-Syndrom. 5. Das nukleare Denken. 6. Was zu tun ist.

Er schloß mit einer Anekdote:

> … und dann sagte meine Frau zu mir: »Ihr Männer würdet auch einen Weg zu echten Beziehungen finden, wenn euer Leben davon abhinge.«
> Und deshalb, Mr. President, möchte ich Ihnen diese Alternative zum Entweder-Oder-Denken des nuklearen Menschen ans Herz legen: Hören Sie auf die Frauen. Von ihnen können Sie lernen, was das Wort »und« bedeutet.

Er druckte den Brief aus, adressierte und frankierte den Umschlag und war kurz vor Tagesanbruch fertig. Er machte sich eine Notiz, daß er Nipak und Ron von der NASA anrufen mußte. Als er sich steif von seinem Stuhl erhob, wurde ihm klar, wieviel von dem, was er geschrieben hatte, direkt von Stephanie stammte. Er verging fast vor Liebe zu ihr. Er setzte sich noch einmal hin und drückte die »GEHE ZU SEITE«-Taste. Auf die grün phosphoreszierende Gegenfrage WELCHE SEITE? gab er SEITE 1 ein. Dort legte er den pulsierenden Cursor unter den Titel, drückte EINFÜGEN und begann auf die Frage WAS EINFÜGEN? die Widmung zu tippen.

Sie war so klar, wahr und liebevoll, daß ihm die Tränen kamen, als er sie noch einmal durchlas.

23

Für den modernen Amerikaner ist es schwierig, sich für längere Zeit aus seinem Leben abzumelden, und in Fines Fall war es noch schwieriger als bei den meisten anderen.

Um sich für den Ansturm am Montag zu wappnen, hielt Fine das Versprechen, das er Nipak gegeben hatte, und meditierte in seinem Behandlungszimmer. Jedesmal, wenn er das tat, hatte er sich besser auf seine Umwelt konzentrieren können, und diesmal hatte er wirklich das Gefühl, mitten im Leben zu sein. Seine Sinneswahrnehmungen vermischten sich, als wäre sein Gehirn neu verdrahtet worden; er konnte fast hören, wie das Sonnenlicht auf seinen Arm spritzte, konnte den Gesang der Vögel im Morgengrauen sehen. Hungrig erhob er sich und ging zum Frühstück.

In seinem Wartezimmer saß eine wunderschöne blonde Frau. Als Fine hereinkam, stand sie auf, offenbar angenehm überrascht, ihn zu sehen. Fine wußte, daß er sie kannte, und überlegte verzweifelt, woher. Er zermartete sich das Gehirn: Sie ist in den Farben des Wandels gekleidet, sie ist in den –

»Dr. Fine!«

»Dora?« sagte er, ohne zu überlegen.

»›Dora‹? Ich bin Duffy!«

Sie stand vor dem Fenster, und die Sonne schien durch ihr dünnes Kleid und machte ihre Körperformen sichtbar: Sie stand breitbeinig vor ihm, und er sah die Beine zu dem Punkt aufsteigen, wo alle Nähte zusammenlaufen, und als sie sich bückte, um ihre Handtasche aufzuheben, sah er ihre freischwingenden Brüste. Doch anstatt wie früher von einzelnen Körperteilen war Fine nun vom Ganzen angezogen – Körper und Aura. Und er spürte, daß er leicht erregt war – wie eine Frau erregt sein könnte, dachte er. Sie war so sinnlich präsent, als hätte sie die Hand ausgestreckt, seinen Reißverschluß geöffnet und ihn sich auf die samtene Handfläche gelegt. Er wurde hart. Da er sah, daß sie sah, wie seine Erektion seine zu enge Khakihose ausbeulte, platzte er heraus: »Mein Gott, sehen Sie gut aus!« Sie starrte ihn an. Er lächelte, sie erwiderte sein Lächeln. Sie biß sich auf die Lippe, strich sich das Kleid glatt und nahm die Schultern zurück. Er starrte sie an und sagte: »Zug um Zug.«

Errötend, mit schwingenden Hüften und bei jedem Schritt raschelnden Schenkeln ging sie vor ihm her ins Behandlungszimmer und legte sich auf die Couch. Er setzte sich hinter sie. Sie sah zur Decke und begann zu assoziieren (Fine empfand das jetzt als merkwürdig, als ein *distanzierendes* Verfahren): »Ich hab mir ja solche Sorgen um Sie gemacht, Dr. Fine. Eine ganze Woche nicht da, und keine Erklärung! Meine Phantasie? Daß Sie krank sind, verletzt, womöglich tot oder, schlimmer noch, daß Sie genug von mir haben.«

»Gewiß, gewiß – aber was haben Sie wirklich gedacht?«

Erschrocken sagte sie: »Wollen Sie meine Phantasien nicht hören?«

»Haben Sie mich vermißt?«

Sie zögerte. »Ja. Sehr. Sie sind so wichtig für mich.«

»Wirklich?«

»Ja. Durch den plötzlichen Verlust wurde mir klar, wie abhängig ich von Ihnen bin. Haben Sie die Zeitung gelesen? Ohne Sie hat die Zentralbank durchgedreht. Der Dollar ist abgesackt, die Mark in die Höhe geschnellt! Zum erstenmal kann ich sagen: Ich liebe Sie. Natürlich weiß ich, daß ich hier nichts zu befürchten habe – es wird nichts passieren, obwohl wir uns zueinander hingezogen fühlen. Es konnte mir nicht verborgen bleiben, daß Sie über das Wiedersehen mit mir – erregt waren. Ich sehne mich verzweifelt danach, Ihnen nahe zu sein – seelisch und körperlich –, und ich habe gedacht, wenn wir uns tatsächlich berühren könnten, wenn Sie meine Hand nähmen, mich umarmten, mich drückten oder sogar, ja, wenn Sie mit mir schlafen würden – so sanft wie Sie meiner Überzeugung nach sind –, dann würde das aus mir ein für allemal wieder ein Ganzes machen. Ich wünsche mir in diesem Augenblick, daß Sie das für mich tun würden, mit – *ah!* Was tun Sie?!«

Fine setzte sich zu ihr auf die Couch, so daß seine Hüfte ihren Schenkel berührte.

»Tue ich was?« Er fühlte sich wohl: Sinnlichkeit und Nähe.

»Sie tun etwas, indem Sie hier sitzen.«

»Ich tue das, was Sie von mir möchten.« Sie lag da, die verschränkten Hände im Schoß, in den Augen einen ängstlichen Ausdruck. »Ihre Hände sind so beruhigend. Ich spüre fast, wie Ihre Schwingungen durch sie auf mich übergehen.« Lächelnd sah er ihr in die braunen Augen, hob langsam, um sie nicht zu erschrecken, die Hand und bewegte sie dorthin, wo ihre Hände ruhten, zwei Vögelchen im Nest. Sie sah ihn unverwandt an, mit immer größer werdenden Augen, während er in Zeitlupe die Hand auf ihre legte. Er spürte, wie bei der Berührung Funken übersprangen. Er drückte leicht. »Spüren Sie es?«

»J – ja ...«

»Weich wie eine Feder.«

»Oh.« Sie schloß die Augen. Er verstärkte den Druck. Ihre Hüften bewegten sich so unmerklich, daß er es nur durch das Knistern in seinen Fingerspitzen wahrnahm. Er war überrascht von dieser unverhohlen erotischen Bewegung, die ihre sanfte Gestalt durchlief. »Ich spüre die ungeheure Vitalität, die in Ihnen steckt. Sie sind eine schöne, sinnliche junge Frau, die umarmt werden, rückhaltlos geliebt werden möchte. Das Leben ist zu kurz für kalte Lieblosigkeit, für Täuschung. Es gibt nicht den geringsten Grund, diesen Körper abzulehnen.« Ganz zärtlich massierte er etwas unvorstellbar Weiches. Seine freie Hand strich unterdessen sanft wie eine leichte Brise über ihren Schenkel nach oben. »Ihr Körper, das *sind* Sie –«

Sie machte die Augen auf und starrte ihn an wie ein erwachendes Kind, das sich in der Gewalt eines Unholds sieht. Sie rief: »Was fällt Ihnen ein, Mister?! Ich bin kein Körper, ich bin ein Mensch – Pfoten weg!« Sie stieß so heftig seine Hand zurück, daß sie ihm gegen die Nase schlug. Sie sprang auf und lief zur Tür: »Das melde ich, Fine! Sie sind erledigt! Sie Perverser!«

Der Schmerz in der Nase trieb ihm die Tränen in die Augen. »Warten Sie – ich wollte doch nicht – ich habe doch nur –«

»Blödmann!« Und weg war sie.

Fine saß belämmert da, und ihre Anschuldigung gellte ihm in den Ohren. Ich hab sie doch nicht mißbraucht! Es war nicht nur sexuell; es war ein neuer – weiblicher – Zugang zu ihrer blockierten Erotik. Er sah schon die Schlagzeilen – LIEBESTOLLER PSYCHIATER MUSS INS GEFÄNGNIS – und war beunruhigt. Aber die Anwandlung ging rasch vorüber. Denn immerhin hatte er etwas gelernt: Ein erfüllter Wunsch vergeht.

Auf der Treppe wurde er von den fünf Frühaufstehern des Jefferson House samt Lafite abgefangen. Sie hatten alle sichtbar zugenommen. Und sie trugen jetzt Ansteckausweise mit Foto.

»Hey, Kumpel«, sagte Cooter, »wie geht's?«
»Nicht so gut wie Ihnen«, sagte Fine.
Cooter war über die Antwort verblüfft und stand mit offenem Mund da. Eli der Chasside sagte: »Dr. Fine, wie sind Sie so schnell so dick geworden?«
»Disziplin.« Wie aufgedunsen wir alle sind, sogar der Hund.
»Ha!« machte Cooter, der sich langsam erholte. »Also haben Sie ihn doch nicht umgebracht, Doc? Wir haben die beiden gesehen, durchs Schlafzimmerfenster –«
»Ja, nein«, sagte Mr. Jefferson, »wir sind doch keine Sittenstrolche, nicht wahr? So was würden wir nie tun!«
»Wenn man Jesus im Herzen hat«, sagte Jefferson, »braucht man so was nicht!«
»Aber wissen Sie was, Doc«, sagte Cooter, »Sie hätten zum Muttertag hier sein sollen!«
»Meine Mutter war da«, sagte Eli lahm. Er war aschfahl. »Ihre Brüste wachsen immer noch! Riesig sind die!«
»Größer als die amerikanischen Goldreserven!« sagte Cooter.
»Bombig!« sagte Eli. »Eine Berührung, und sie explodieren!«
»Sabotage!« kreischte Stinko und duckte sich. »In Deckung!«
»Atombusen?« sagte Fine und lachte.
Keiner sagte mehr etwas. Ihre chronisch psychotische Körpersprache (zum Teil die Folge einer »Spätdyskinesie« wegen jahrelanger Einnahme von Medikamenten) steigerte sich zu verkrampften, schlurfenden Tanzbewegungen. Der ältere Staatsmann, ganz in Seemannsweiß, sagte: »Ja, äh, nein, seltsame Worte – kennen wir Sie?«
»Kommt«, sagte Cooter, »Fine ist total von der Rolle. Gehn wir spachteln.«
»Ciao!« sagte Fine. Mit argwöhnischen Blicken, als sei er verrückt geworden, wieselten sie davon, drehten sich aber ab und zu noch einmal nach ihm um.
Liebevoll in sich hineinlachend, ging Fine zwischen seinen rosig angehauchten Kirschbäumen hindurch den Weg zu seinem Haus hinauf, der jetzt mit Veilchen und sprießenden Rosentrieben gesäumt war, duckte sich unter den von der Veranda herabhängen-

den violetten Trauben der Glyzinien hindurch, ließ den *Globe* auf der Schwelle liegen und ging hinein. Allein in der Küche, lockerte er seinen zu engen Gürtel und stöberte gierig nach etwas Eßbarem.

Schon bald gesellte sich der kleine John James zu ihm. Er rieb sich den Schlaf aus den Augen und fragte: »Kann ich einen Hot dog haben?«

»Gebongt. Hier – dipp das da in das da, während ich die Würstchen heiß mache.« Sie saßen schwatzend am Tisch und verdrückten nebenbei eine ganze Tüte Kräcker, die sie in La Victoria Salsa Ranchera tunkten. Steph und John kamen herein, und der Speisezettel änderte sich abrupt. Die Verliebten waren sichtlich befangen, aber Fine, witzig und übermütig wie ein Kind, brachte sie innerhalb kürzester Zeit alle zum Lachen.

Mrs. Neiderman und Miss Ando kamen herein und brachten das Chaos des Alltäglichen mit. Sie waren ratlos und wütend. Er habe seine Arbeit vernachlässigt, er habe *sie* vernachlässigt. In der Woche, die er weggewesen war, sei die Hölle losgewesen. Heuschrecken und Patienten seien regrediert. Miss Ando sagte, mehrere der Insekten hätten die Nahrung verweigert und nichts mehr dazugelernt. Außerdem habe sie aus aller Welt – sogar aus Tibet – telefonische Anfragen wegen der Finestones bekommen.

»Was ist denn das für eine Firma, nach der die sich erkundigt haben?« Was für eine Firma, wollte Fine wissen. »Fine and Dandy, Inc. Was ist denn das?« Fine wollte es ihr erklären, aber sie erhob sich, um wieder ins Labor zu gehen. Sie musterte John und Steph mißbilligend und sah dann liebevoll den Jungen an. »So ein lieber Kerl.« Sie ging.

Mrs. Neiderman hatte noch schlechtere Nachrichten: Seine im Stich gelassenen Patienten dekompensierten. Die aus dem Jefferson House hielten sich nicht mehr an ihre Diät und würden immer dicker. »Ihre Patienten kommen alle in mein Büro und jammern herum – als ob ich ihnen helfen könnte! Alle sind gereizt und haben Angst, daß der Massenmörder wieder zuschlägt – eine unglaubliche Paranoia! Völlig neben der Mütze! Ihre armen verlassenen Patienten und die verschärften Sicherheitsvorschriften von diesem Irren Royce haben dafür gesorgt, daß das hier die reinste Klapsmühle geworden ist! Ach, dabei fällt mir ein – das Institut hat angerufen. Die wollten wissen, warum Sie letzte Woche das Seminar, ›Der Anus‹, versäumt haben, und ›schlagen vor‹, daß Sie wenigsten heute abend erscheinen.« Fine fragte, was denn diesmal dran sei. »›Ödipus‹ – und die Polizei.«

»Die Polizei?«

»Der Polizeizeichner. Er will sich von Ihnen und den anderen Analytikern dabei helfen lassen, ein ›psychoanalytisches Porträt des Mörders‹ anzufertigen. Eine Schnapsidee!« Ihre Miene entspannte sich, sie fuhr sich durchs blonde Haar. »Ich bin ja so froh, daß Sie wieder da sind. Bitte, Dr. Fine, wir brauchen Sie, helfen Sie uns, gehen Sie an die Arbeit!«

»Da wird nichts draus«, sagte Steph. »Er hatte einen epileptischen Anfall! Er geht erst wieder an die Arbeit, wenn er von einem erstklassigen Neurologen untersucht worden ist.«

»Kein Grund zur Besorgnis«, sagte Fine, »mir fehlt doch eigentlich nichts –«

»Dir fehlt so viel, daß du es nicht mal mehr merkst!« sagte Stephanie erregt. »Es geht um Leben und Tod!«

Unter Aufbietung ihrer ganzen professionellen Diplomatie gelang es ihr, sofort einen Termin bei einem bekannten Neurologen am Massachusetts General zu bekommen. Auf dem Weg zum Auto hatte John James seine erste Begegnung mit den Insassen des Jefferson House. Er starrte sie an, spürte, daß sie irgendwie komisch waren. Ängstlich versteckte er sich hinter seinem Vater.

»Ja, äh, nein«, sagte Mr. Jefferson, »ein Sohn.«

»Schließ Jesus ins Herz«, sagte Jefferson, »sonst geht's dir schlecht!«

»Ich kann verdammt noch mal nur sagen«, sagte Cooter, »er is genau wie ich – ein Junge!«

»Nein, ein Goi!« sagte Eli. »Schau dir das arische Haar an!«

»Wau!«

Im Auto fragte der Junge: »Gehen wir heute zu Granny Katey?«

»Dafür ist heute keine Zeit, John James«, sagte sein Vater, »wir

müssen Onkel Fine zum Doktor bringen. Vielleicht morgen, okay?«
»Nein!« schmollte John James. »Kein bißchen okay!«
Während Vater und Sohn loszogen, um sich ein Eis zu kaufen und im Park mit einem der Schwanenboote zu fahren, unterzog sich Fine der denkbar umfassendsten neurologischen Untersuchung. Für den Neurologen, Dr. Gersh Berg, ein wißbegieriges Genie mit Halbglatze, war Fine ein Gottesgeschenk: Der Wechsel von der Rechts- zur Linkshändigkeit bedeutete, daß die Hemisphären-Dominanz von der linken auf die rechte Gehirnhälfte übergegangen war; die rechtshirnigen Eigenschaften – Raumwahrnehmung, intuitive Gestaltwahrnehmung bei Menschen und Gegenständen, Kreativität – waren im Anstieg begriffen. Fine gestand auch sein anderes Symptom ein, den verstärkten Geschlechtstrieb, und Gersh überschüttete ihn mit gezielten Fragen. Als Fine ihm erzählte, daß er sich seit, tja, seit dem Anfall von sinnlichen Ganzheiten (körperliche Aura von Dora) statt von Körperteilen (Brüsten, Brustwarzen) angezogen fühle, strahlte Gersh: »Testosteron! Das männliche Hormon – das ist Ihnen mehr oder minder abhanden gekommen! Ihr linkes *planum temporale* ist gestört! Gehirnmäßig sind Sie jetzt eher weiblich. Die Frau in Ihnen wurde verstärkt. Trotzdem sind Sie immer noch durchaus männlich – ich verweise auf Ihre Erektionen. Faszinierender Fall!« Fine fragte, was denn das *planum temporale* sei.
»Ach – das ist das Sprachzentrum.«
»Männer und Frauen sprechen verschiedene Sprachen?« erkundigte sich Fine.
»Waren Sie schon mal verheiratet? Linkshändige Frauen sind Spitze!« Steffy ist Linkshänderin, dachte Fine, während er sich wie in Trance die *Berg-Theorie* anhörte. »Und deshalb«, endete Gersh, »bringt das Testosteron die Thymusdrüse auf Trab, die über das Immunsystem das Selbst von den anderen unterscheidet.«
»Was?« rief Fine und sprang auf. »Ist es die Empathie?«
»Empathie?«
»Das fehlende Bindeglied!« sagte Fine, packte ihn an den Schul-

tern und sah ihm in die Augen. »Zwischen Biologie und Psychologie!«
»Rasch!« sagte Gersch aufgeregt. »Das müssen Sie mir erklären!«
»Bei Männern ist die Grenze zwischen dem Selbst und den anderen schärfer – ein Mann fühlt nicht, was ein anderer Mensch fühlt. Das ›nukleare Bewußtsein‹ ist mit Testosteron verstopft. Aber ich habe festgestellt, daß Calcium in Form von Finesto...«
»Was geht hier eigentlich vor?« Stephanie stand in der Tür und sah die beiden verständnislos an. Fine wurde bewußt, wie seltsam das aussehen mußte – zwei sichtlich erregte, stolzgeschwellte Juden, Auge in Auge –, und ließ Gersh los. Widerstrebend, ebenso gelangweilt vom Alltäglichen, wie er vom Einzigartigen fasziniert war, erzählte der Arzt ihr von Fines epileptischem Anfall. Sie fragte: »Was hat ihn ausgelöst?«
»Das weiß ich nicht. Die Untersuchungsergebnisse waren alle normal.«
»Was könnte es sein?«
»Es könnte eine Lappalie sein. Epileptische Anfälle sind wie Ehen – jeder hat ein Anrecht darauf, wenigstens einen im Leben zu bekommen.« Stephanie fragte, was denn die wahrscheinlichste Ursache sei. »Statistisch? Hm. Irgendeine gottverdammte Schweinerei wie ein Gehirntumor ...«
»Ein Gehirntumor? O Gott!«
»Aber es kann auch sein, daß mir gar nichts fehlt, stimmt's, Gersh?« Gersh nickte.
»Er ist wie ausgewechselt, ein völlig anderer Mensch! Kommt das von dem Anfall?«
»Schon möglich.« Gersh spielte mit seinem Reflexhammer. »Glücksgefühle sind selten in der modernen Gesellschaft – bei seinem könnte es sich um eine postiktale Euphorie handeln.« Stephanie fragte, ob Fine für seine Handlungen verantwortlich sei. »Hm. War Dostojewski verantwortlich für das, was er tat? Oder Mohammed? Stirnlappen, bei beiden. Gewisse Anzeichen sogar bei Jesus. Verantwortlich? Weiß nicht.«
»Seine neue Persönlichkeit, diese Euphorie, wie lange wird die bestehen bleiben?«

»Hm. Das kann sich von einer Sekunde zur nächsten ändern, aber es kann auch so bleiben bis an sein Lebensende. Und wenn tatsächlich ein Gehirntumor vorliegen sollte, muß das gar nicht so weit entfernt sein, nicht wahr?«
»Sehr wahr!« sagte Fine und stand auf. »Von jetzt an zählt für mich jede Minute! Ich bin ja so glücklich! Irre glücklich!« Er fiel rücklings um, schlug sich den Hinterkopf an, sah Sterne. Stephanie beugte sich über ihn. Er kicherte.
»Ach, fast hätte ich's vergessen«, sagte Gersh und schaute auf die beiden hinab, »*ein* greifbares Symptom ist doch vorhanden: Sein rechter Fuß ist teilweise gelähmt.«
»Gelähmt?« fragte Stephanie entsetzt. »Wie bei einem Schlaganfall?«
»Nein. Hier –« Er stellte ein Rezept aus. »Lassen Sie sich eine Beinstütze verpassen. Nächste Woche machen wir dann eine Computertomographie.«
Steph wurde bleich. »Und es könnte jederzeit wieder passieren?«
»Na, und wenn schon«, sagte Fine fröhlich. »Ich find's prima!«
»Hm. Also ich würde vorerst nicht Auto fahren und auch nicht tauchen.«
Sie fanden sich in einem Ring der Hölle im Keller wieder, wo robuste Orthopädietechniker versuchten, dem Verfall des Körpers mit glänzendem Chromstahl zu begegnen. Fine wurde weggeführt, und Stephanie setzte sich auf einen Stuhl und betrachtete die Parade der Stützer und der Gestützten, einen Kampf der Natur gegen den Geist. Sie ging die Ereignisse ihres Lebens durch und formulierte Stephanie Caros Gesetz: Alles geschieht mit größtmöglicher Ironie.
»Steffy?« Sie drehte sich um. »Hier kommt der Mann mit dem eisernen Fuß.«
Fine stand am anderen Ende des Raums. Sein rechtes Hosenbein war hochgekrempelt, und vom Knie bis zur Zehe war eine glänzende, aus Scharnieren und einzelnen Schienen bestehende Beinstütze angebracht. In der Hand hatte er einen Stock. Er schaute von ihren Augen auf seine Stütze und wieder zurück. Er sah, wie das Entsetzen in ihr Gesicht trat und wieder ver-

schwand. Um sie aufzuheitern, sagte er: »Schau her!« Er machte einen Schritt und spürte eine Schockwelle, die durch sein Rückgrat nach oben lief und von seiner Schädeldecke abprallte. »Au! Das Scheißding ist ja grauenhaft!« Er schaute zu ihr auf und sah in ihrem Gesicht Streßlinien, wie die Sorgenfalten in der Haut junger Witwen, die sie älter machen, und als sie aufstand, sah er, wie ihre Mundwinkel nach unten sackten und ihre Augen sich mit Tränen füllten. Da er selbst nicht traurig war, empfand er Trauer für sie. Aber als sie zu ihm kam und ihm die Hände reichte, war auch ihm nach Weinen zumute. Er senkte den Kopf, sie drückte ihn an ihre Brust, und sie weinten beide. Nach einer langen Zeit sagte er: »Das ist schön, wieder von dir umarmt zu werden, Steffy.«

»Ach, Fine, irgendwie läuft jetzt alles schief!«

»Ich hab mich geändert, Steffy, und ich verstehe, daß du das seltsam findest. Aber davon geht die Welt nicht unter. Ich komme mir vor wie bei einem Familienpicknick an einem schönen sonnigen Tag, an dem alle zufrieden und glücklich sind – und wenn ich sterben würde, dann wär das, als würde jemand *mich* ausradieren, aber das Picknick würde weitergehen. Was immer geschehen soll, geschieht, okay?«

»Aber du begreifst einfach nicht, wie furchtbar das alles ist. Ich hab Angst, Fine, schreckliche Angst um dich, und mich, und um John und den zauberhaften Jungen! Das hab ich nicht verdient. Ich weiß nicht mehr ein noch aus.«

»Aber wir sind doch alle glücklich!«

»Träum weiter. Aber sag hinterher nicht, ich hätte dich nicht gewarnt. Und jetzt komm, mein lahmes Alterchen, fahren wir heim.« Er rührte sich nicht vom Fleck, sondern starrte sie nur an.

»Was ist?«

»Du siehst aus wie ein Clown.«

Sie holte ihren Handspiegel hervor und sah die von den Tränen verschmierte Wimperntusche auf ihren Wangen. Während sie sie abwischte, sah sie ihn in dem Spiegel – Schnurrbart und Kinnbart von diesem dümmlichen Lächeln gespalten – und mußte lachen. Sie drehte sich zu ihm um und sagte: »Erinnerst du dich an Pearl

Harbor?« Er begriff nicht. Sie trat ihm den Stock weg: »Überraschungsangriff!« Er taumelte, mußte lachen.
»Und wann machst du weiter mit deiner Komikerkarriere?«
»Das hätte mir jetzt grade noch gefehlt«, sagte sie.
»Aber du brauchst das, du hast einen tollen Start hingelegt, Goldie, jetzt mach auch weiter.«
»Komm, mein kleines Mondgesicht, denken wir erst mal an die nächste Katastrophe.«
Vor John und dem Jungen spielte Fine seine Beinschiene herunter. Draußen in der hellen Sonne und der zunehmenden Hitze schaute er nach den Frauen. »Phantastisch! Kaum ist der Winter vorbei, wachsen den Frauen Achselhaare und Schamhaare und Titten!«
»Und die Männer«, sagte Stephanie, »haben auf einmal Hälse.«
Der Junge war schlecht gelaunt. Sie sagten ihm, sie hätten jetzt Zeit zu tun, was immer er wollte. Er sagte: »Ich will zu Granny Katey!«
»Das ist die einzige Ausnahme«, sagte John. »Wir fahren morgen zu ihr.«
»*Versprochen?*« John sagte ja. »Dann will ich Riesenachterbahn fahren!«

Sie fuhren nach Süden auf die Halbinsel Natasket, in den Paragon Park. Sie suchten die Riesenachterbahn. Fine kaufte die Karten. Der Verkäufer war ein grauhaariger Zwerg mit dicken Brillengläsern, fast blind. Fine starrte ihn an; er empfand eine Art makabres Mitleid.
Die O'Days vorne, Stephanie und Fine hinten, wurden sie immer höher und höher gezogen. Auf den Gipfelpunkt. Sie fühlten sich geborgen, als hingen sie an einem windstillen Ort in einem Netz. Aus schwindelnder Höhe betrachteten sie das Panorama – Boston, der Wasserturm von Stow, die Quincy-Werft, der diesige Atlantik. Stephanie sagte: »John James, wenn du schnell die Augen auf- und zumachst, wie eine Kamera, wirst du das Bild nie vergessen.«
»Echt?« fragte der Junge. »Ich mach's, Tante Steph – *jetzt!*«

»Halt dich fest«, sagte sein Vater, »halt dich gut fest! Es geht loooos!«
Die Drahtseile, die sie gehalten hatten, wurden schlaff, und ab ging's in die Tiefe. Sie schrien und schwebten und schlingerten, es war ihnen, als müßten sie sich übergeben, immer und immer wieder, sie schnappten mit aufgerissenen Augen nach Luft und schrien, bis der Wagen endlich wieder waagerecht fuhr, auslief, stehenblieb. Der Junge wollte noch mal fahren, aber John und Steph, die ein bißchen grün im Gesicht waren, weigerten sich. Fine sagte: »Also los!« Dann schlenderten sie zu viert, sich an den Händen haltend, weiter über das Gelände. Es wurde immer noch heißer, nur ab und zu wurde die Schwüle durch eine aufflackernde Brise vom Meer her gelindert. Für den Jungen war sein Vater der Böse und Fine der Gute. Bei den Fahrten und Spielen waren Fine und John James immer zusammen.
»Er hat immer Höhenangst gehabt«, sagte Stephanie zu John, während sie zusahen, wie Fine auf dem höchsten Punkt der Fahrt mit dem Riesenrad aufstand, mit der Gondel schaukelte und ihnen zuwinkte. »Nicht zu fassen.«
»Ich halt's nicht aus. Der kann's mit John James besser als ich.«
Nach den Autoscootern wurden Stephanie und John die Hitze, der Lärm und das Durchgerütteltwerden zuviel. Sie schlugen Fine vor, es gut sein zu lassen.
»Nach dem Tilt-a-Whirl«, sagte Fine.
Dort flirtete er mit der großen, abgebrüht wirkenden Schwarzen, die, einen Joint im Mund, auf der kreisenden Plattform herumtanzte und die herumwirbelnden Wagen graziös und behende öffnete und schloß. Fine nahm ein paar Züge aus ihrem Joint, und nach zwei Fahrten gesellte er sich zu ihr und tanzte wie sie über das Meer aus sich buckelndem Eisen. Sie hieß Serena. Fine lud sie ein, ihn in Stow zu besuchen.
Auf der Rückfahrt schlief der Junge im Auto ein. Als sie ankamen, weckten sie ihn. Er nahm Stephanies Hand und sagte: »Ich hab's gemacht.«
»Was denn?«
»Ich hab ein Foto mit meinen Augen gemacht da oben, und ich

kann immer noch alles sehen. Es funktioniert echt, genau wie du gesagt hast!« Er umarmte sie. Als John ihn hineintragen wollte, sagte er: »Ich bin doch kein Baby mehr, Dad, laß mich los«, und rannte ins Haus. John ging hinter ihm her in sein Zimmer hinauf. Als er wieder herunterkam, sagte er zu Steph: »Du hast einen neuen Freund.«

»Und er eine neue Freundin«, sagte Stephanie. »Ein toller Junge!«

»Du und Fine, ihr seid seine Lieblinge. Was mache ich falsch?«

»Gib dir nicht soviel Mühe«, sagte Fine. »Versuch nicht, ihn ständig zu unterhalten. Du brauchst keinen Oscar zu kriegen, sei einfach du selbst.«

»Na großartig«, sagte John, »einfach großartig. Ich soll ihn also einfach sich selbst überlassen, ja? Oder noch besser, ich überlasse ihn euch?«

»Ach, komm schon«, sagte Fine, »laß deinen keltischen Stolz aus dem Spiel!«

»Wieso kommst du eigentlich so gut mit ihm zurecht? Wie machst du das?«

»Ich?« Fine nickte weise. »Mit weiblicher Intuition, nehme ich an.«

Das Telefon klingelte. Fine nahm ab.

»Ich bring mich um!« sagte eine Frauenstimme.

»Wo sind Sie?« fragte Fine, froh darüber, daß Joy noch am Leben war. »Warten Sie –«

»*Klick.*«

Er lächelte. »Hätte ich fast vergessen – ich muß mich um meine Patienten kümmern.«

»Was?« sagte Steph. »In *deinem* Zustand?«

»In welchem Zustand denn sonst?«

»Warte wenigstens, bis es dir besser geht.«

»Besser kann's mir doch gar nicht gehen.«

Stephanie hielt sich die Hand vor die Augen, als ob sie Schmerzen hätte. »Das beweist, daß du nicht recht hattest, Fine: Die Realität ist keine Krücke, sie ist ein Stock.«

Er lachte in sich hinein und ging. Als er vor der Fliegentür ste-

henblieb, um die Stütze so zu verstellen, daß sie nicht scheuerte, hörte er sie sagen:
»Der Ärmste! Es ist möglich, daß er bald stirbt. Er ist wie eine Zeitbombe, die jeden Moment hochgehen kann.« Fine lächelte wohlwollend. Von wem konnte man das nicht sagen?
Mit Stock und Stütze schleppte er sich durch den stickigen Nachmittag zur Sporthalle, und er meinte zu hören, wie die Hitze ihm in die Poren stieg.

24

Der Priapismus war Fine neu, aber nicht unangenehm.
Er war überrascht, daß er sich von Mardell angezogen fühlte. Er stand in der Tür. Mardell, in einer silbrigen Aufwärmjacke von Cavalier, ließ mit einer Reihe explosiver Manöver seine Wut darüber aus, daß er immer noch hospitalisiert war. Fine dachte: Welche Anmut! In der hintersten Ecke stand mit umgeschnallter Pistole der stets wachsame Mr. Royce. Fine nickte ihm zu und fragte sich, warum er hier war.
Mardell war völlig fertig. Zum erstenmal seit einem halben Jahr ohne Medikamente, redete er unaufhörlich, hauptsächlich über den Mörder. Er erzielte seinen ersten Treffer. Zu beider Überraschung traf auch Fine. Und so ging es weiter. Mardell hatte große Mühe, Fine unterzukriegen. Fine, noch immer entspannt von den Zügen an Serenas Joint, warf ein paar Körbe. »Der muß verrückt sein – wer würde sonst auf die Idee kommen, euch kleine Scheißer umzubringen? Ihr tut doch nichts, wofür euch irgend jemand killen würde – weil ihr überhaupt nichts tut.« Fine wurde wütend. Sie standen gleichauf. Er ließ einen Hakenwurf los. Während der Ball in die Höhe stieg, laberte Mardell weiter, doch als er herunterkam, traute er seinen Profiaugen nicht: *Ssst!* »Mistkerl.«
»Wenn ich mich nicht irre, haben wir um einen Fünfer gewettet«,

sagte Fine; mit »Fünfer« waren fünftausend Dollar gemeint. »Sie sind dran.« Mardell kam herüber, drehte den Ball und dribbelte, als sei der Ball ein Teil seiner riesigen Hand, und fluchte dabei. Er dribbelte noch ein bißchen weiter und entließ den Ball scheinbar in einen bogenförmigen Kanal, der durch die Luft direkt zum Korb führte. Er wußte es lange vor Fine: »Scheiße!« *Rums*. Fine breitete lachend die Hände aus.

Mardell, dessen Nerven wegen des Entzugs blank lagen, baute sich vor Fine auf und machte Anstalten, ihn zu erwürgen. Ein Trupp Muskelmänner tauchte aus dem Nichts auf. Während er abgeführt wurde, sagte er: »Sie sind ein leichtes Ziel, Fine, also nehmen Sie sich in acht!«

Mr. Royce ging mit Fine zum Jefferson House. Fine fragte, warum er in der Sporthalle gewesen sei. »Wir schlafen nie«, sagte der verschlossene Paranoiker. »Der ist zu allem fähig.« Fine wollte den mürrischen Zeitgenossen aufheitern und fragte ihn mit einem freundschaftlichen Klaps auf die Schulter, wie er darauf komme. Erschrocken spürte er einen Höcker unter seiner Hand! Hatte Royce einen Buckel? »Ach, ich weiß auch nicht«, sagte Royce und schüttelte Fines Hand ab, »nur so eine Ahnung.« Während Royce sich entfernte, überlief Fine ein Schauder. Eine solche Mißbildung erzeugt Wut, Arroganz, Drogen- und Alkoholmißbrauch, Wahnsinn! Daß er sie versteckt, bedeutet, daß er nicht damit zurechtkommt. Die meisten Morde werden unter Drogeneinfluß begangen. Ein Waffenexperte. War es möglich?

Als Fine es in seine Praxis hinauf geschafft hatte, war es fast fünf. Im Wartezimmer saß eine kleine Frau mit mausgrauem Haar und Adlernase, bei der mit dem einen Auge etwas nicht stimmte.

»Aha!« sagte sie. »Wurde auch langsam Zeit!«

Fine konnte sich nicht an sie erinnern, und das bedeutete, daß seine erste Sitzung mit ihr kurz vor dem Anfall stattgefunden haben mußte, denn diese Erinnerungen waren zum Teil immer noch gelöscht. »Ja«, sagte er, »gehen Sie schon hinein. Ich komme gleich nach.« Sie ging ins Behandlungszimmer, er auf die Toilette. Er hielt seinen prallen Penis in der Hand, während die Glocken von

Stow-on-Wold die volle Stunde schlugen – vier tiefe, fünf hohe Töne. Er ging ins Wartezimmer.

Die Frau kam kopfschüttelnd aus dem Behandlungszimmer gestürmt, und ihr gesundes Auge flackerte vor Wut. »Was ist denn?« wollte Fine wissen.

»Ich hab mich in deinen Sessel gesetzt, und da kommt so ein Kerl mit einem Riesenzinken und zerrauftem Haar rein, legt sich hin und fängt an, alles Mögliche – lauter krankes Zeug – von seiner Mutter zu erzählen. Der braucht dich dringender als ich. Ich kann warten.«

Fine ging hinein und setzte sich hinter die Couch. Der liegende Mann nahm keine Notiz von ihm, sondern assoziierte zwanghaft weiter, über irgendeinen Roman, wobei er oft »Ja, aber ich –« sagte. Toll, dachte Fine. Sein Blick fiel auf einen Aufsatz – *Analerotik und Kastrationskomplex* (1918) –, und er erinnerte sich: Maurice, Schriftsteller, Spitzname Rattenmann, der Obsessive. Hat Mrs. Neiderman etwas davon gesagt, daß er weitergekommen und die Analyse weitergegangen ist, während ich weg war? Der Rattenmann quittierte Fines Anwesenheit, aber nur andeutungsweise. Gelangweilt von der öden Analyse dieses verstopften Knaben überlegte Fine, was er tun konnte. Er dachte an Paris, sah auf die Uhr und startete den Countdown: sechs, fünf, vier, drei, zwei –

»Unsere Zeit ist um.«

»Was?« fragte Maurice. »Haben Sie was gesagt?«

»Die Zeit ist um.«

»Aber es ist doch erst fünf nach.«

»Die Zeit ist um.«

»Aber ich bezahle Sie doch für die ganzen fünfzig –«

»Halten Sie den Mund, Maurice. *Schluß!* Raus! Sofort!«

Mit aufgerissenen Augen und gesträubten Federn ging Maurice zur Tür: »Mein Anwalt – ich werde Sie verklagen, daß Ihnen Hören und –«

»*Schluß!*«

Er ging. Fine lächelte. Das erste Mal in der Geschichte Amerikas, daß Lacans Fünfminutenstunde in der Behandlung angewandt wurde. Anwalt? Hatten die denn von nichts eine Ahnung? Ein unterbundenes Symptom verschwindet.

Lächelnd öffnete Fine seiner Vier-Uhr-Patientin die Tür.

»Das ist aber schnell gegangen«, sagte die Frau und setzte sich ihm gegenüber.

»Eine neue Technik«, erklärte Fine. »*Très* europäisch.«

»Ich hab mir solche Sorgen gemacht, Stuart!« Ihr fahles Gesicht ließ diese Aussage glaubwürdig erscheinen. »Ich war zufällig dabei, als du deinen Anfall hattest – geht's wieder?«

»Mir geht's prächtig«, sagte Fine. Ihm fiel wieder ein, daß sie ihn mit ihrem Schulfreund Stuart aus Tuscaloosa verwechselte. Sie sah ihn unverwandt an. »Als du mich letzten Mittwoch verlassen hast, hat mich das daran erinnert, wie du mich nach der Highschool verlassen hast und wie ich –« Sie zögerte. »– mich dir hingegeben habe, nur das eine Mal.«

Fine hörte den Vorwurf heraus und wurde unruhig. Sie sprach weiter, aber er hörte ihr nur noch mit halbem Ohr zu, weil ihr Gesicht ihn so beschäftigte. Das künstliche Auge war so schlecht angepaßt – als hätte man ihr einfach irgendeine Murmel eingesetzt –, daß dadurch das ganze Gesicht aus dem Gleichgewicht kam. Irgendwie gestand sie dadurch ein, daß sie gescheitert war. Sie erzählte, wie sie nach der Highschool, von »Stu« verlassen, den Halt verloren hatte: ein Mann nach dem anderen, Schwangerschaft, Eheschließung, Geburt eines Jungen. »Mit zwei Monaten ist er gestorben. Plötzlicher Kindstod. Um ein Haar hätte ich's gesteckt. Hab meinen Mann aus dem Haus getrieben, zurück nach Mississippi! Und hätte beinahe Selbstmord begangen!«

»Und Ihre Eltern?«

»Daddy war ganz in der Nähe, aber immer beschäftigt. Und Mom?« Sie holte tief Luft. »Die hab ich nie gekannt – sie hat uns verlassen, als ich zwei war.«

»Gestorben?«

»Auf und davon gegangen. So was vergißt man nicht.«

»Sie Ärmste!«

»Ich erinnere mich nur noch, daß mir die Bettdecke weggezogen wurde, so daß ich anfing zu frieren.« Sie machte eine Pause. »Hab ich dir schon gesagt, daß ich eine Ausbildung bei der Bostoner Berittenen Polizei gemacht hab? Ein Sonderprogramm für Behinderte. Keiner weiß mehr über Pferde als ich. Es war ein herrlicher Job! Und dann, nach drei Monaten, Steuersenkungen, kein Geld mehr, Entlassung! Hättest du so was für möglich gehalten?«

»Sylvia?«

»Ja?«

»Wie haben Sie Ihr Auge verloren?«

Sie zuckte zusammen, schwieg, ließ den Kopf hängen. Fine sah, wie sie sich verkrampfte, während sie mit sich rang, ob sie es ihm erzählen sollte oder nicht. Sie schaute auf; das eine Auge war gerötet. »Weißt du, was das schlimmste ist? Daß ich nur noch mit einem Auge heulen kann.«

»Erzählen Sie mir davon.«

»Das reicht für heute«, sagte sie und erhob sich. »Bringst du mich hinaus?«

Er tat ihr den Gefallen. Sie standen am Gartentor von Fines Haus und sahen zu, wie auf der großen smaragdgrünen Rasenfläche John und John James Fußball spielten. Vor der tiefstehenden Sonne leuchtete ihr blondes Haar golden, ihre Gesichter waren schweißnaß. Der Vater bewegte sich mit der Anmut des geborenen Athleten; der Junge, mit schlenkernden Armen und Beinen, kämpfte um jeden Ball, als ginge es um Leben und Tod. Ihr Kreischen und Schreien hallte den Hang herauf. Eine Stimme kam von Fines Haus, und er und Sylvia schauten hin: Stephanie war auf die Veranda getreten und rief die beiden zum Abendessen.

Der Junge zögerte, wollte weiterspielen, aber der Vater hob ihn sich auf die Schulter. Der Junge machte es sich dort oben bequem und ritt wie der sagenhafte irische Held Cuchulain dem Haus zu.

»Welch ein Anblick!« sagte Fine.

Wie im Selbstgespräch sagte sie: »Als mein Baby gestorben war, hab ich das meiner Nachbarin zu mir genommen, nur für einen Tag, das hat mir übers Gröbste hinweggeholfen.« Der Junge und der Vater kamen näher. »Kann ich morgen wieder um vier kommen?«

Fine sagte ja.

Beim Abendessen erzählte John ihnen, er hätte einen Anruf von der Shakespeare Company bekommen. Wegen finanzieller Schwierigkeiten hatten sie ihre Ideale verraten und zehntausend Dollar von einer Gruppe aus LA angenommen, um *Mother Coward* aufzuführen, eine musikalische Komödie mit Texten von Brecht und Coward und Musik von Weill und Manilow, Schauplatz das alte Casablanca. Der Hauptdarsteller konnte nicht besonders gut steppen, und deshalb hatte der Regisseur in einem Anfall von Hysterie John angerufen und ihm die Rolle angeboten.

»Ich würde das wirklich gern machen«, sagte John mit leuchtenden Augen. »Ich muß ihm in einer halben Stunde Bescheid geben und heute abend auf der Probe sein. Am Samstag fliegen wir dann rüber. Nur für zwei Wochen.«

»Hört sich an, als wär's Mist«, sagte Steph, »*Dreck*. Stimmt das?«

»Schlimmer: *Drecht*.«

»Aber ich muß beweisen, daß ich es kann! Ich muß auftreten. Kennt ihr ›Die fünf Lebensalter eines Schauspielers?‹ Voller Schwung spielte er eine Reihe von Produzenten: ›Wer ist John O'Day? Holt mir John O'Day. Typisch John O'Day! Was ist eigentlich aus John O'Day geworden? Wer ist John O'Day?‹« Sie lachten. »Ihr lacht, aber mit meiner Karriere geht's nicht weiter! Um es in Amerika zu schaffen, muß ich erst mal von den Klassikern Abschied nehmen und Hauptrollen in miesen Stücken spielen. Mich von Mist zu Mist hangeln, bis ich meinen großen Durchbruch habe: Broadway, Fernsehen, Film – *Mist in großem Stil!* Jede Menge Kohle! Und dann – erst dann – zurück zu Shakespeare und Tschechow. Alles klar? Theaterleute sind Dreck – genau wie ich. Das könnte entscheidend sein!«

»Und unser Kabarett?« Man hörte Stephanies Stimme an, daß sie gekränkt war.

»Schau«, sagte er und nahm ihre Hände, »*du* bist die Komikerin, nicht ich. Ich kann das nicht, du kannst es. Du mußt allein auf die Bühne.«

Fine war wieder einmal verblüfft über Johns Schroffheit und seine Falschheit. John schlug sich auf die Seite derer, die der realen Welt alles Reale entzogen und ein Image darübergelegt hatten. Er

war überrascht, daß John sich gar nicht überlegte, was das für den Jungen bedeuten würde, und sagte: »Und der Kleine, was wird aus dem?«
»Stimmt«, sagte John. »Ich mach's nur, wenn er einverstanden ist.«
»Du willst Theater spielen wie in Dublin, Dad?«
»Ja – weißt du noch, wie du im Abbey warst, um mich auf der Bühne zu sehen?«
»Und Mum war auch mit! Aber ist schon okay, unter einer Bedingung.« Er legte den Kopf auf Fines Schulter. »Kann ich hier bei Onkel Fine bleiben?«
»Klar, Junge«, sagte Fine, »sicher.«
»Moment mal«, sagte Stephanie, »hast du nicht heute abend ein Seminar?«
»Kein Problem«, sagte Fine, »ich nehm ihn einfach mit.«
»Was?« sagte Steph. »Ins Institut? Kommt nicht in Frage.«
»Heute abend geht's um ›Der Penis/Ödipus‹. Dafür ist er genau im richtigen Alter.«
»Moment, Fine«, sagte John, »ich bin absolut dagegen, daß ein Haufen Psychoklempner meinem Sohn Flöhe ins Ohr setzt.«
»Immer mit der Ruhe – Analytiker *tun* nie etwas.« Er zauste dem Jungen das Haar. »Wir zeigen's denen schon, was, Junge? Das wär doch was: Ödipus live. Test am lebenden Objekt. Geschichte der Psychoanalyse im Entstehen.«
Da Fine jederzeit wieder einen Anfall bekommen konnte, wollte Stephanie ihn nicht ans Steuer lassen. So fuhren sie zu viert nach Boston. Stephanie setzte John bei der Shakespeare Company ab und Fine und John James beim Institut. Sie selbst wollte sich einmal ansehen, was es mit dem »Boom« der Comedy Clubs auf sich hatte, von dem sie im *Globe* gelesen hatte.
Fine und der Junge standen zwischen den zwei blühenden Magnolien. Die Knospen waren so groß wie die Hände eines Schmieds, und man roch einen Hauch Lavendel. Fine versuchte, sich an das Losungswort für diesen Abend zu erinnern. Eine Sekretärin des Boston Institute hatte es ihm im Laufe des Tages telefonisch mitgeteilt. Außerdem hatte sie ihm von dem neuesten Skandal erzählt: Der Direktor der Freud Archives war entlassen

worden, weil er aus einem Brief von Freud an Fließ zitiert hatte, dem zu entnehmen war, daß Freud seine »Verführungstheorie der Neurose« (die Frauen wurden *wirklich* verführt) nicht aufgrund objektiver wissenschaftlicher Forschungsergebnisse zugunsten der »intrapsychischen Theorie der Neurose« (die Frauen wurden nur in der Phantasie verführt) aufgegeben hatte, sondern weil er die Realität der »perversen Handlungen« seines Vaters bemänteln wollte. Der geschaßte Archivar sagte: »Die Psychoanalytiker müßten also jeden Fall seit 1901 wieder aufnehmen. Das wäre, wie wenn General Motors den Pinto zurückrufen müßte.« Wie albern, dachte Fine, es ist nicht *entweder-oder*, es ist *und. Wirklich* in Auschwitz gewesen zu sein oder nur *phantasiert* zu haben, man sei in Auschwitz – *beides* ist von großer Bedeutung für einen Menschen, für die Menschheit. Jede Theorie, der es nicht gelingt, beides einzubeziehen, muß scheitern. Warum sind die Menschen so darauf aus, die Welt in Stücke zu hacken, sie in Kisten zu verpacken? Dann erinnerte er sich an den Brief, dem andeutungsweise zu entnehmen war, daß Freud mit seiner Schwägerin geschlafen hatte. Fine sagte: »Minna Bernays.«
Die Tür ging auf.
Fine setzte John James im Flur auf einen Stuhl und gab ihm ein *National Geographic* und einen kleinen Kuchen. Nachdem er in der vorangegangenen Woche »Der Anus« versäumt hatte, ein Seminar, das der Verarbeitung von Reubens Tod gewidmet war, wußte Fine, daß er sich, abgesehen von seiner Verbündeten Georgina und dem neutralen Vergessen, auf feindliches Gebiet vorwagte. Er holte tief Luft und ging hinein.
Drei Polizisten waren in dem Raum. Einer saß in der Ecke und skizzierte das psychoanalytische Porträt des Mörders. Fine, der zu spät kam, spürte die Mißbilligung der anderen und setzte sich neben Georgina. Wie gewöhnlich kam rund um den Tisch jeder der Reihe nach dran. Fine hatte seinen Aufruf verpaßt. Während die letzten drei Analytiker in Ausbildung frei assoziierten, dachte Fine, daß es dem Zeichner bestimmt unmöglich war, überhaupt etwas Brauchbares aufs Papier zu bringen. Kurz vor acht gab Vergessen ein Zeichen. Der Polizeizeichner, ein schlanker schwuler

Ire, beäugte die gutaussehenden jungen Männer in Nadelstreifen, und dann drehte er mit einem Sinn fürs Dramatische plötzlich seinen Zeichenblock um. Ein Raunen ging durch den Saal, dann war alles still.
Es war ein ziemlich gutes Porträt von Fine.

25

Alle starrten Fine an, bis Vergessen sich räusperte und sagte: »Tja. Freud hat es so ausgedrückt: Psychoanalyse ist die wissenschaftliche Erforschung des Selbstbetrugs. Wenn die Herren von der Polizei gegangen sind, beginnen wir mit Ödipus.«
Die Polizisten meinten, da sie so wenig Hinweise hätten, wären sie dankbar, wenn Fine am nächsten Tag zu einem kleinen Schwatz aufs Revier käme. Dann gingen sie.
»Warum töten wir?«
Vergessen stellte das Thema »Der Penis/Ödipus« vor und setzte sich wieder. Dr. Leon Bergeneiss, der Jungianer mit dem pockennarbigen Gesicht und dem buschigen schwarzen Haar, der Reubens Verbündeter gewesen war, hatte sich erboten zu übernehmen und mußte sich mit Fine als Kodiskutanten auseinandersetzen. Dr. Pete Gross, kahlköpfig, hochgewachsen und ein Experte fürs Sterben, begann mit der Inhaltsangabe des Textes:

> »*Das Ich und das Es*, 1923: I. Bewußtsein und Unbewußtes. In diesem einleitenden Abschnitt ist nichts Neues zu sagen und die Wiederholung von früher oft Gesagtem nicht zu vermeiden …«

Während Gross tapfer weitermachte, schweiften Fines Gedanken ab. Da er so sehr mit seinem Körper beschäftigt war, ging ihm das Getue mit der Seele auf den Geist. Die Wahrheit – Ödipus hin,

Ödipus her – lag im Fleisch. Man kann nicht niedergeschlagen oder gelangweilt oder kampflustig sein, wenn man eine Erektion hat. Er schaute zu Georgina hin. Sie war abgewandt, dem Anschein nach versunken. Sie trug eine ärmellose Bluse, und einmal hob sie den Arm und strich sich über ihre goldsträhnige Punkfrisur. Von wegen Kastrationskomplex! Sein Blick wurde von der Form der rasierten Achselhöhle und ihrer Rundung zur Brust hin angezogen. Er stellte sich vor, wie er auf dieser Hautwelle surfte, hinab unter den BH, und mit seiner »Wünschelrute« gegen den weichen Mandelpudding stieß. Er sehnte sich nicht mehr danach, etwas mit einem Teil von ihr zu machen, sondern danach, bei ihr zu *sein*, Haut an Haut, Schwanz in Möse, sinnlich. Er kritzelte etwas auf einen Zettel, gab ihn ihr: »Hey, Tittenbaby, holst du mir einen runter?« Als sie es las, lief ihr Hals rot an. Seelenruhig schrieb sie: »Wo und wann?« Fine grinste: »Hier und jetzt.« Sie: »Wenn du deinen Lulatsch unterm Tisch verstecken kannst, gern!« Er schob seinen Stuhl näher an ihren und zog seinen Reißverschluß auf. Sie griff herüber, berührte ihn, und es durchfuhr ihn wie ein elektrischer Schlag. Sie liebkoste ihn.

> »Die pathologische Forschung hat unser Interesse zu ausschließlich auf das Verdrängte gerichtet ...«

Auf und ab molk sie ihn, und gelegentlich kitzelte sie die kleine Öffnung mit dem Nagel ihres kleinen Fingers. Fine schob ihr die Hand unter den Rock und krallte sich in ihren Schenkel. Sie machten weiter, Doktor spielende Kinder, die sich vor den Erwachsenen verstecken, bis –

»Dr. Pintzer?« sagte V., obwohl Georgina gar nicht an der Reihe war.

Erstaunlicherweise zitierte sie, ohne die Hand von seinem Penis zu nehmen, die Passage, in der das Ich in seiner Beziehung zum Es beschrieben wird:

> »Es gleicht so im Verhältnis zum Es dem Reiter, der die überlegene Kraft des Pferdes zügeln soll, mit dem Unter-

> schied, daß der Reiter dies mit eigenen – *(Druck)* – das Ich mit geborgten Kräften versucht ... Wie dem Reiter, will er sich nicht vom Pferd trennen, oft nichts anderes übrigbleibt, als es dahin zu führen, wohin es gehen will, so pflegt auch das Ich den Willen des Es in Handlung – *(kräftiger Ruck – schmerzliches Wimmern* – Fine) – umzusetzen, als ob es der eigene wäre.«

Ein zähes Luder, dachte Fine, und machte seinen Laden zu.
Jetzt sprach Leon. Er brachte handfeste, wohlüberlegte Argumente vor, garniert mit harten Fakten – über Ödipus, den entscheidenden Konflikt bei Freud. »Um es salopp auszudrücken: Kleine Jungen möchten ihren Vater umbringen und mit ihrer Mutter schlafen.« Seine einzige Abweichung von Freud bestand darin, daß er zum Schluß Jung erwähnte: »Der Ödipuskonflikt ist ein *Archetyp*, das heißt, es hat ihn von jeher gegeben, in allen Kulturen.«
»Dr. Fine?« sagte Sean Vergessen.
Fine erhob sich. »Wissen Sie was? Ich bin mir gar nicht mehr so sicher, daß diese Theorie noch stimmt. Und Freud, wäre er noch unter uns, würde mir vielleicht sogar zustimmen.« Ablehnendes Gemurmel. Fine plauderte weiter und schloß mit den Sätzen: »Vielleicht wollen wir Männer ja in Wirklichkeit unsere Mutter erschlagen und mit unserem Vater schlafen? Wie sehr scheuen wir Intimität mit der Mutter: Wie deutlich haben wir als Babys Mutters Distanz gespürt, als sie zum erstenmal ihren kleinen Jungen ansah und sich sagte: ›O Gott, ich bin die Mutter eines künftigen *Mannes!*‹«
»Das, Dr. Fine«, sagte Leon, »ist das Lächerlichste, was ich je gehört habe! Sämtliche analytischen Daten weisen darauf hin –«
»Lassen Sie ihn doch bitte ausreden«, bat V.
»Warum so aufgeregt? Es ist ein Akt der Liebe – wir gehen aus Liebe auf unseren Vater zu, nicht aus Kastrationsangst. Haben Sie schon mal einen kleinen Jungen mit seinem Vater spielen sehen? Da haben Sie die Beweise vor Augen!«
»Was für Beweise?« fragte Leon. »Wo?«

»Gut, daß Sie fragen«, sagte Fine und marschierte unter dem erstaunten Raunen der Versammlung auf den Flur hinaus. Er kam mit John James zurück.

»Was soll das?« fragte Leon.

»Das hier ist ein kleiner Junge, Leon, er ist fast sechs. Nach Ihrem Zeitplan müßte er jetzt den innigen Wunsch haben, seinen Vater zu töten und mit seiner Mutter zu schlafen.«

»Das geht zu weit, Dr. Fine«, sagte Leon. »Das ist unmoralisch!«

Der Junge warf nur einen Blick auf Vergessen und sagte: »Onkel Fine! Der sieht ja aus wie der Weihnachtsmann!«

Es wurde mucksmäuschenstill. Der Junge hatte ausgesprochen, was alle schon immer gedacht und hinter V.s Rücken auch ausgesprochen hatten, aber es ihm ins Gesicht zu sagen! Was würde der große V. tun?

»Wie heißt du denn, kleiner Mann?« fragte V. lächelnd und mit deutlichem Südstaatenakzent. Alle erschraken. V. redete wie ein Hinterwäldler!

»John James Michael O'Day der Zweite.«

»Dürfen wir dir ein paar Fragen stellen?«

»Ja.«

Und nun geschah etwas Unglaubliches: Im psychoanalytischen Kreuzverhör sagte John James, nein, er wolle seinen Vater nicht umbringen. Nein, er wolle nicht mit seiner Mutter schlafen. Er sei sogar froh, wieder bei seinem Vater zu sein, und erleichtert, nicht mehr bei der Mutter sein zu müssen. »Ja, Sir«, sagte er auf eine von Leons Fragen, »ich *möchte* mit meinem Vater schlafen! Das darf ich, hat er gesagt, wenn er nicht mit Tante Steph schläft. Deswegen schlaf ich heute nacht mit Onkel Fine.« Das war der Gipfel. Der Junge wurde hinausgeführt. Am Institut schmutzige Wäsche waschen?

»Moment mal«, sagte Gross, »um wen geht es hier eigentlich? Wenn ich mich recht erinnere, ist diese Steph doch Dr. Fines –«

»Der Junge«, unterbrach ihn Georgina ungerührt, »hat Dr. Fines Ansicht bestätigt: Er nähert sich seinem Vater aus Liebe, nicht aus Furcht –«

»Er sagt das, weil er verdrängt«, entgegnete Leon, und die Narben auf seinen Wangen wurden weiß. »Seine Kastrationsangst ist ja mit Händen zu greifen.«

»Kastrationsangst?« Fine lächelte. »Auch so ein Mythos.«

»Was?« Lächelnd sah Leon zu Sean Vergessen hin. »Ach wirklich?«

»Freud sagte«, fuhr Fine fort, »die Kastrationsangst sei beim Mann größer, was zu einem strengeren Über-Ich und damit zu ausgeprägterer Moral bei Männern als bei Frauen führe, nicht wahr?« Beifälliges Nicken. »Aber das stimmt nicht. Schauen Sie sich um: Welches Geschlecht ist dabei, Mutter Erde in die Luft zu sprengen? Und welches Geschlecht hält seine Babys hoch und sagt: ›Nein, das ist unmoralisch, Schluß damit! Wir wollen nicht die „guten" Deutschen unserer Generation sein!‹«

»Sehr eindrucksvoll, Dr. Fine«, sagte Leon, »aber überlassen wir doch bitte die Soziologie den Soziologen. Frage: Ist dieser Junge analysiert?«

»Warum sollte er?« sagte Fine. »Er ist ein ganz normaler Fünfeinhalbjähriger.«

»Unmöglich«, sagte Solarz, der Narzißmus-Experte, »er hat keinen *normalen* Kastrationskomplex.« Er grinste wie ein Musterschüler, dem ein geniales Argument eingefallen ist.

Leon sagte: »Also bitte, Fine: War er jemals in Therapie?«

»Ich weiß nicht. Aber in Irland ist Therapie nicht gerade der Hit.«

»Was die Gewaltexzesse dort erklären könnte«, sagte Gross.

»Worte, nichts als Worte«, sagte Fine. »Ich halte es mehr mit dem Körper.«

»Dem Körper?« fragte Gross verblüfft. »Was wollen Sie damit sagen?«

»Der Körper ist *alles*«, sagte Fine. »Unser Körper, das sind *wir*.«

»Ich nicht«, widersprach Leon pikiert. »Ich bin kein Körper, ich bin ein Selbst!«

»Sagen Sie das mal Ihrer Akne«, sagte Fine.

Leon fielen fast die Augen aus den Höhlen. Seine Hand fuhr zu seinem Gesicht hoch, und als es so aussah, als ob er gleich platzen würde, sagte er »Bermuda!« und verstummte. Keiner brachte ein Wort heraus. Schwer lastete die Stille auf allen Anwesenden.

»Unsere Zeit ist um.« Alle gingen hinaus. Keiner sagte auf Wiedersehen.
Fine ging mit Georgina hinaus, und mit John James an der Hand schlenderten sie über die Commonwealth Avenue, auf der Suche nach einem Eis für den Jungen. Georgina sagte, sie habe gerüchtweise von seinem Anfall gehört, und wollte wissen, wie es ihm jetzt ging. Er krempelte das Hosenbein hoch und zeigte ihr seine Schiene. Als sie die Einzelheiten hörte, wurde sie vergnügt. »Laß mich ein bißchen an deinem Körper arbeiten!«
»Was?« fragte Fine und sah schon die nächsten Runden im Kampf gegen ihren Vaginismus vor sich. »An meinem Körper?«
»Genau«, sagte Georgina. »Ich mache gerade einen Kurs in Feldenkraisschem Körperbewußtsein – man dringt zur Seele vor, indem man sich durch den Körper gräbt. Weg vom Glandulären und hinein ins Muskulär-Skelettale – den Körperpanzer durchdringen! Dein Kopf hat sich festgefressen, stimmt's?« Fine nickte. »Laß ihn mich wieder flottmachen, okay?«
Sie fuhr die beiden nach Stow. Als sie John James ins Bett brachten, sagte der Junge: »Die Leute da haben mich ans St. Brendan erinnert.«
»St. Brendan?«
»Das Irrenhaus, hinter dem ich wohne. Die haben genau dieselben Augen!«

Bis auf die Boxershorts ausgezogen, bäuchlings auf dem Wohnzimmerteppich, lieferte Fine sich Georginas Händen aus. Obwohl der Tumult in seinem Kopf war, befaßte sich Georgina aus irgendeinem Grund mit seinem rechten Schulterblatt. Sie schob es hinauf und hinunter, hin und her, benutzte dann ihre Finger als stumpfe Instrumente und grub sich darunter. Fine, der das nicht gewöhnt war, japste anfangs vor Schmerz, aber nachdem sie ihm gesagt hatte, er solle »sich dem Schmerz überlassen, durch ihn durchgehen, den Schmerz loslassen, damit er sich frei bewegen« könne, entspannte er sich und spürte, wie ihn eine wunderbare Ruhe überkam, die sich vom rechten Schulterblatt übers Rückgrat und tatsächlich auch in den Kopf ausbreitete.

Gerade als sich in Fines Mitte eine sirupähnliche Ganzheit ausbreitete, ähnlich dem Gefühl, das er gelegentlich hatte, wenn er mit Nipak meditierte, kamen Stephanie und John herein.
Stephanie war schockiert: »Was ist denn hier los?«
Fine drehte sich auf den Rücken, setzte sich auf und sagte: »Hi! Ich werde gefeldenkraist. Erinnerst du dich an Dr. Georgina Pintzer?«
»Mann«, sagte John, »was ist denn mit deinen Ohren?«
»Wieso?«
»Die sind knallrot und groß wie Elefantenohren!«
Stephanie gab ihm ihren Taschenspiegel. »Nicht zu fassen!« sagte Fine. »Ich hab gedacht, meine verklebte rechte Gehirnhälfte wird verarztet.«
»Wird sie auch«, sagte Georgina. »Es kommt dir zu den Ohren raus!«
Sie zogen ins Souterrain der Sporthalle um, und er legte sich auf die Bank, die sonst für Elektrokrampftherapie benutzt wurde. Georgina machte ihn fertig.
Voll von sauerstoffreichem Blut und Zuneigung, brachte Fine Georgina zu ihrem Auto. In der Morgenzeitung hatte gestanden, einer wissenschaftlichen Untersuchung zufolge sendeten Bäume Warnsignale aus, wenn sie von Insekten bedroht werden, und als Fine und Georgina unter der riesigen Rotbuche standen und spürten, wie der Wind die Hüllblätter von den Blüten schüttelte, fühlte sich Fine so sanguinisch, so voller warmer, kuscheliger Spinozascher Liebe zu allem Lebendigen, daß er, die Arme um ihre Taille, ihr Kopf an seinem Spitzbart, sein Ohr und ihres an den grauen Stamm preßte. »Ah, mein Elefant!« sagte Fine. »Als ich ein Kind war, hab ich mal im Fernsehen gesehen, wie ein wilder Elefant gezähmt wurde: Die haben ihn zwischen zwei zahme Elefanten gespannt, und die drei mußten Seite an Seite so lange in der Umzäunung herumlaufen, bis der wilde kapiert hatte, wo's lang ging. Ich denke mir immer, eine Therapie sollte genauso sein, findest du nicht auch?«
»Wie Elternschaft, ja. Ach, Fine, ich fühle mich dir heute so nahe! Jetzt, wo deine Ehe zerbricht, steht die Tür doch offen, oder?«

»Ich hab's nicht so mit Dichotomien. Keine Taxonomie mehr, klar?« Auch er fühlte sich ihr nahe, und er war überrascht, daß die Nähe als solche – mehr als beispielsweise das Gewicht ihrer Brüste auf seinen Handgelenken – ihm solches Vergnügen bereitete. Taktiles Vergnügen! Stecken Frauen in einer anderen Haut? *Fühlen* sie wirklich völlig anders als Männer? Er umarmte Georgina zärtlich und knabberte an ihrem Nacken. Schnäbelnd verabschiedeten sie sich.

Auf seinem Anrufbeantworter war eine Nachricht von der Aer-Lingus-Stewardeß: »Nackt in Phoenix und so naß wie der Tau in Skibbereen.« Als er um elf mit Milch, Keksen und Haifischflossensuppe aus der Dose im Wohnzimmer saß und zusah, wie eine schöne blonde Nachrichtensprecherin einen Filmclip von sechs kakaobraunen Menschen kommentierte, die erschossen worden waren, klopfte jemand ans Fenster – der Mörder? –, und er warf sich auf den Boden. Als er seinen Namen hörte, robbte er hinüber und sah in der schwarzen Dunkelheit weiße Zähne schimmern. Es war niemand anderer als Serena, die schöne Schwarze vom Rummelplatz. Fine ließ sie herein.

Sie war nicht gekommen, um zu plaudern. Als sie gerade die Treppe hinaufsteigen wollten, sah sie den kleinen Jungen ins Bett zurückflitzen. In Fines Schlafzimmer zündete Serena sich einen Joint an, zog sich ganz aus und legte sich aufs Bett. Ihre Brüste rutschten nach der Seite wie platte Reifen, aber Fine war auf Hochtouren. Er machte seinen Hosenschlitz auf, und sein Penis sprang heraus.

»Hey, hey«, sagte Serena, »nicht schlecht für einen zu kurz geratenen Weißen.« Fine lächelte. »Wie nennst du ihn denn?«

Da er ihm noch nie einen Namen gegeben hatte, sagte er rasch: »Caesar!«

»Ja? Schau, wie er zuckt. Ja!«

»Aber, aber«, sagte Fine großspurig, »begraben woll'n wir Caesar, nicht ihn preisen.«

»Stimmt. Also los!«

Und mit einem Freudenschrei sprang Fine in die Bresche. Er dachte: Ich tu's! Zum erstenmal tu ich's mit einer anderen Frau als

Steph! Bei diesem Gedanken fiel Caesar um wie vom Blitz getroffen. Serena kicherte. Fine versuchte, seine ganze Aufmerksamkeit auf den flügellahmen kleinen Vogel in ihrem Busch zu konzentrieren, aber je mehr er sich konzentrierte, um so mehr schlaffte er ab, bis Fine sich der Aufgabe schließlich mit seinem ganzen Wesen widmete, hart an dem einen Teil arbeitete, das sich abgemeldet hatte. Doch je härter er arbeitete, um so weicher wurde er. Fine schlug vor, darüber zu reden, aber sie drehte einen zweiten Joint und sagte: »Willst du mich verarschen? Kein Problem, kommt immer wieder vor. Hier, du paffst den und ich den hier.«

So geschah es. Und dann machten sie es. Stephanie sagte hinterher, der Lärm, den sie dabei veranstalteten, hätte so geklungen, als ob jemand Holz sägte. John und sie wurden beide wach davon. Anfangs hatten sie keine Ahnung, was da vor sich ging, bis sie eine Frauenstimme hörten – »*Ree ree ree* –«, und da wußten sie es. War es die füllige Georgina vom Institut? Das Geräusch ging in einen Motown-Song über: »*Ree ree ree ree-spect, jes a li'l bit!*«

Es war ganz bestimmt nicht Dr. Pintzer vom Boston Institute.

»Ist das die Möglichkeit?« sagte Stephanie. »Der ist ja total durchgeknallt! Krank!«

Fine sagte zu sich selbst: »Ich hab's getan! Ich hab den Rekord eingestellt! Ich hab mit mindestens so vielen Frauen geschlafen wie Sigmund Freud!«

Als alle schliefen, stand Serena auf, sammelte alle Wertgegenstände im Haus ein und ging fröhlich hinaus in die warme, feuchte Nacht.

26

»Granny Katey!« rief der Junge und sprang von der struppigen Grasböschung in den grobkörnigen, mit Muschelschalen durchsetzten Sand, lief quer über den Strand und warf sich seiner

Großmutter in den Schoß. Sie war mehrmals nach Irland gekommen. Sie liebten sich heiß und innig.
Es war am nächsten Tag gegen Mittag. John, Stephanie und Fine folgten ihm langsam, weil Fine mit der Beinschiene im Sand nur mühsam vorankam. John sagte: »Ein Dienstag, und so viele Leute am Strand? Kein Mensch arbeitet mehr heutzutage!« John stellte Stephanie noch einmal seiner Mutter und deren Freundin Mrs. Curley vor. Die beiden winzigen alten Damen waren trotz der zunehmenden Mittagshitze in Hut und Schleier und saßen wie Paradiesvögel in ihrer irischen Kolonie. Katey empfing Fine und Stephanie kühl. Sie sah in ihnen immer noch die beiden, die ihren Sohn in Harvard vom rechten Weg abgebracht, ihn von ihren und seinen Wurzeln losgerissen hatten. Stephanie hatte einen Vorstellungstermin in einem Comedy Club, wollte außerdem am Nachmittag Einkäufe machen und verabschiedete sich deshalb schon bald. Fine und John begleiteten sie ein Stück des Wegs zu dem Jaguar. Sie starrte Fine an – Panamahut, knallbuntes Hawaiihemd, dschungelgrüne Shorts – und sagte zu ihm wie zu einem Kind: »Sei vorsichtig, Fine. Bleib bei John; tu nichts, ohne ihn vorher zu fragen.«
»Warum soll ich ihn fragen?«
»Weil du aus dem Gleichgewicht bist!« sagte sie, und in ihrer besorgten Stimme schwang Unmut mit. »Du bist nicht ganz bei dir. John, ich mache dich verantwortlich, verstanden!« John sagte, er habe verstanden. »Ich hol euch gegen drei ab.« Sie ging. John und Fine gesellten sich wieder zu Katey und dem Jungen.
»Na, Mrs. O'Day«, sagte Fine aufgeräumt, »wie geht es Ihnen?«
»Ich will jetzt ins Wasser, Dad«, sagte John James, »bitte.«
Katey zog ihn bis auf die Badehose aus. John und Fine zogen sich ebenfalls aus. Fine trug eine knappe Badehose in Neongrün. Sein Bauch hing darüber, und die Hose beulte sich aus, als berge sie Gewichtiges. Die älteren Frauen schauten weg, die jüngeren schauten hin. Der Junge rannte auf seinen pummeligen Beinen, mit weichen Knien und wirbelnden Armen ins Wasser, daß Fontänen aufspritzten und Regenbögen im diesigen Mittagslicht aufschimmerten. John folgte mit einem grandiosen Bauchplatscher,

und gleich darauf tummelten die beiden sich im Wasser wie zwei weiße Seehunde. Welch ein Spaß, dachte Fine. Doch bald kamen ihm Bedenken: John war wie üblich nicht mit dem Herzen dabei, sondern spielte wieder nur eine Rolle. Der Junge wirkte gezwungen, fast verschüchtert. Fine wandte seine Aufmerksamkeit den nackten Tatsachen am Strand zu. Er beäugte die knackigen Mädchenleiber und empfand ein zwiespältiges Verlangen: einerseits, mit ihnen zu schlafen, andererseits, sie zu *sein*. Vaginaneid? Mit seinem Stock zeichnete er Genitalien in den Sand.
John hatte John James erlaubt, mit einem Jungen namens Mickey die winzigen neugeborenen Krabben zu jagen, und setzte sich zu Fine und den beiden Damen. Der Wind stand so, daß das Geheul der anfliegenden Jets immer wieder ihr Gespräch übertönte. Katey sagte, das Zimmer sei fertig, sie könnten sofort einziehen – eigentlich hätten sie ja schon einen Tag früher kommen wollen. »Ach, meine beiden Jungen unter meinem Dach zu haben, das wird wunderbar!«
John wollte ihr noch nichts sagen, sah Fine an und nahm die Boulevardzeitung, den *Herald*. Der Gouverneur hatte beim Hunderennen gewonnen. John fragte: »Und wie laufen die Steuer-Demonstrationen?« Bescheiden sagte Katey ihm, er solle die Zeitung in der Mitte aufschlagen. Dort war ein Foto von Katey und Mrs. Curley, mit Stricken an das Rad eines Feuerwehrautos im Bahnhof D-Street gefesselt. »Hallo, was ist das?« sagte er. »Euer Mann im Ausschuß hat Schmiergeld genommen, will aber trotzdem nicht zurücktreten?«
»Warum sollte er?« fragte Katey indigniert.
»Wie soll so ein armer Politiker über die Runden kommen, bei dem Gehalt, das er kriegt, wenn er nicht ab und zu die Hand aufhält?« sagte Mrs. Curley. »Das machen doch alle; wenn er's nicht nimmt, kriegt's ein anderer.«
»Wenn es das nicht gäbe«, fiel Katey ein, »wer würde dann diese Arbeit noch machen, hm?« Sie war offenbar verärgert. »Der eigentliche wunde Punkt ist der Bürgermeister –«
»Ah! Den würd ich gern mal in den Allerwertesten treten!«
»Kevin ist korrupt?« fragte Fine naiv.

»Aber schlau!« sagte Mrs. Curley. »Den erwischen sie nie! Er entläßt unsere Jungs – er hat Jimmy rausgeschmissen, dabei hat er so viel für ihn getan!«
»Aber«, sagte John, »ihr habt doch für die Ausgabenkürzungen gestimmt –«
»Nein, haben wir nicht! Wir haben für Steuersenkungen gestimmt, nicht wahr, Katey?«
»Aber dann muß man auch Personal abbauen«, sagte John.
»Wieso denn das?« fragte Mrs. Curley.
»Na, wenn kein Geld da ist, um die Feuerwehrleute zu bezahlen!« erwiderte John hitzig.
»Natürlich ist Geld da! Es ist immer Geld da, o ja!«
»Was für Geld?«
»Schmiergelder. Warum entläßt er gerade Feuerwehrleute? Wovon soll Jim jetzt leben? Wenn schon, dann sollte er weniger wichtige Leute entlassen, seinen Chauffeur zum Beispiel –«
»Cousin Fingus?« fragte Katey. »Den willst du um seine Arbeit bringen?«
»Oh!« sagte Mrs. Curley. »Tut mir leid. Und das Parkman House?«
»Was? Die Jobs da haben doch seit Jahren die O'Nacks!« Katey überlegte angestrengt und sagte: »Kevins Privatsekretärin?«
»Tooty McToole? Katey! Schande über dich!«
»Oh! Ich hab einfach nicht nachgedacht – das muß diese schreckliche Hitze sein!«
»Siehst du!« sagte John. »Jeder steht auf der Gehaltsliste! Du kannst in Boston niemanden feuern! Steuern senken *und* Arbeitsplätze erhalten? Unmöglich!«
»Mein Verwandter, James Michael Curley, der hat das geschafft! Wir sitzen an einem Strand, den er angelegt hat, oder?« Ihre Augen verengten sich. »Wenn Hahvid dir nicht diese aristokratischen Flausen in den Kopf gesetzt hätte, Johnny, würdest du heute nicht auf deine eigenen Leute herabschauen!«
John rastete aus. »Curley? Der korrupteste Bürgermeister, den Boston je hatte? Neben Curley ist Kevin das reinste Schneewittchen!«

»John!« sagte Katey. »Sei still!«
»Querulant!« rief Mrs. Curley, nahm ihren Hut ab und winkte damit in Richtung einer Gruppe von Liegestühlen. »Billy Curley, komm mal her!«
Ein Fettwanst mit Schweinsäuglein, einer Bierdose in der Faust und einem Hut mit der Aufschrift »Gott sei Dank bin ich Ire« stand auf und kam plattfüßig herübergelatscht. Fine, der Unrat witterte, sammelte seine und Johns Sachen auf und wollte John wegziehen. Als Billy ankam, erzählte Mrs. Curley ihm von Johns Beleidigungen. Billy meinte, Fine und John würden sich doch sicher gern ein anderes Plätzchen suchen.
»Tja, Billy«, sagte John, »wie ich sehe, bist du heut fleißig bei der Arbeit.«
»Ich warne dich, Johnny –«
»Dr. Fine, Sie sind Zeuge eines Wunders: Dieser Mann befindet sich an zwei verschiedenen Orten gleichzeitig: Scheinbar ist er hier am Strand, aber es gibt Leute, die würden auf die Bibel schwören, daß er in diesem Moment im Parlament seinen Dienst tut –«
Billy stieß einen unartikulierten Schrei aus. »Du Theaterschwuchtel!« Er ging auf John los.
»Nichts Schweres heben, dreißig Riesen im Jahr, und wer zahlt sein Gehalt?« sagte John und tänzelte davon. »Wir! Du, ich, diese beiden Damen – au!« Er fiel auf den Rücken, Billy hatte einen Schwinger gelandet. Billy wollte sich auf ihn stürzen, aber John duckte sich unter seinem Arm weg, rammte dem Fettsack den Kopf in den Bauch und nutzte den Schwung des massigen Kerls, um ihn hoch über seinen Kopf zu heben und – *boing!* – auf den Rücken zu werfen. Da lag er nun und schnappte nach Luft. Fine zupfte John wie wild am Ärmel, bis er sah, daß Billy sich auf die Seite drehte und kotzte. John schwenkte mit einer höflichen Verbeugung Fines Panamahut. Sie gingen Richtung L Street.
Aufgekratzt sagte John: »Wer hätte gedacht, daß Bühnenkampf funktioniert! Mann, war das super! Ich schmecke Blut – wo …«
»An der Lippe«, sagte Fine. »Ein bißchen aufgeplatzt.«
»Großartig, einfach großartig! Komm, wir gehen ins Bellevue –

der Onkel hat schon immer gesagt, ich prügel mich zu wenig – Moment mal, wo ist John James?« Sie sahen ihn am Strand spielen. Sie riefen ihn, und er kam mit seinem neuen Freund herübergelaufen. Sie gingen ins Bellevue, sagten sie ihm.

»Ich will mit, Dad.«

»Nein – das ist eine Bar. Geh wieder zu Granny.«

»Aber es ist doch die Bar vom Onkel. Laß mich mitkommen, bitte.«

»Du gehst zu Granny Katey, auf der Stelle –«

»Nein!«

»Doch! Du gehst, und zwar sofort, verstanden!«

Der Junge sah Mickey an und blies sich auf. »Nein!«

»Hey, Kleiner«, sagte Fine, »paß mal auf.« Er drückte mit dem Finger auf die Schulter des Jungen, und der schrie vor Schmerz auf. »Du hast jetzt schon einen Sonnenbrand. Geh zurück und zieh dir was an!«

John James weigerte sich hartnäckig. John verlor endgültig die Beherrschung und brüllte ihn an: »Halt den Mund, *sofort*, und tu, was man dir sagt!«

Die Jungen – und Fine – verstummten. Wortlos drehte John James sich um und ging weg. Aus sicherem Abstand schrie er: »Alter Sack! Mein Vater ist ein *alter Sack!*«

»Allmächtiger! Was ist denn in mich gefahren? Ich hab mich ja wie ein Monster benommen! Jetzt haßt er mich!«

»Beruhige dich. Kinder verzeihen immer.«

»Kann ich von mir nicht behaupten. Scheiße!« Er ging so schnell, daß Fine mit seiner Beinschiene kaum Schritt halten konnte. Vom Ende der L Street blickten sie zurück. Der Junge schaute zu ihnen herüber. Als er sah, daß sie stehengeblieben waren, wandte er sich ab. Das Schweigen war wie ein Leichentuch – schwer, dunkel, düster. Fine konnte sich vorstellen, wie John sich fühlte:

»Du denkst an deinen eigenen Vater, stimmt's?«

John sah ihn überrascht an. Er seufzte. »Ja. Der Strand – die Hitze – auf einmal ist alles wieder da. An einem Tag wie diesem ist er weggegangen, und ich hab ihn nie wiedergesehen. Jedenfalls nicht *lebendig*. Pater O'Herlihey fand, ich sei zu jung, um ihn in Boston City zu besuchen. Zwei Monate später war ich bei seiner Totenwache. Er sah aus wie aus Wachs. Die Leute haben Geschichten erzählt, gelacht; ein paar haben geweint ...«

»Und du hast nicht geweint?«

»Wie hätte ich weinen können? Er war nicht mein Dad, er war aus Wachs.«

»Du hast dich nicht von ihm verabschieden können.«

»Nee.« Er sah Fine bittend an. »Fine, ich hab Angst. Ich weiß nicht, wie ich mit ihm umgehen soll. Ich weiß nicht, wann ich durchgreifen und wann ich nachsichtig sein muß, ich weiß nicht mal, wann ich bei ihm sein und wann ich ihn in Ruhe lassen sollte. Es ist furchtbar, Mann, furchtbar!« Fine versuchte ihn zu beruhigen. »Nein, nein – irgendwas stimmt mit mir nicht. Ich bin Schauspieler; ich kann spielen, aber ich kann nicht *sein*. Wirklichkeit und Schauspielerei sind hoffnungslos miteinander vermengt in mir, und ich seh den Unterschied nicht mehr.«

»Bloß weil du ein begabter Schauspieler bist, muß noch lange nicht –«

»Nicht mal das! Ich hab immer gedacht, Theaterspielen wär Imitation, so tun, als wär man jemand anderer. Stimmt überhaupt nicht! Richtiges Theaterspielen ist das Gegenteil von Imitation – man muß auf der Bühne die Figur *sein*, statt sie nur zu spielen. Und ich? Ich setz mir bloß eine Maske auf. Ich tausche meine Bühnenmaske gegen meine eigene aus.«

»Ach, komm schon, sei nicht so streng –«

»Das ist der Grund, warum ich solchen Schrott spiele. Ich kann nicht spielen, aber vielleicht komm ich, wenn ich Glück habe, mit meinem Aussehen beim Film oder beim Fernsehen auf einen grünen Zweig. Im Film gibt's kein echtes Schauspielen, weil es nicht live ist. Kein Wunder, daß der Film sich durchgesetzt hat – ein totes Medium für all die toten Seelen. Ich bin ein Versager, Fine. Ich kann damit fertig werden, daß ich als Schauspieler versage – aber bei meinem eigenen *Sohn?*«

»Du bist kein Versager bei –«

»Hör zu, ich weiß nicht, was Vatersein bedeutet! Es ging einigermaßen, als er noch klein war, aber –« Er schüttelte ratlos den

Kopf. »Die Zeit ist etwas ganz anderes, wenn man ein Kind hat! Sechs Jahre, und mir kommt's vor wie eine Woche. Und letzte Woche kommt mir vor, als wär's sechs Jahre her! Man hat immer soviel Trubel mit einem Kind. Man kommt nie richtig dazu, den zweiten Schritt zu tun. Nichts passiert. Und dann schaut man auf, und auf einmal ist man auf der Feier zu seinem vierten Geburtstag! Letzten Sommer in Dublin hat alles angefangen, sich aufzulösen: Zum erstenmal wußte ich nicht mehr, wie ich sein Vater sein sollte. Und jetzt ist es wie ein Krebs – mit kalten Scheren hat es sich an mir festgekrallt. Ich bin so durcheinander. Warum?«

»Wie alt warst du, als dein Vater gestorben ist?«

»Sechs, und –« Er zögerte überrascht. »Ist es das?«

Fine lächelte. »Du hast nie empfangen, wie könntest du also geben?«

»Eine Wiederholung? *Unwirklich!*« Er hielt inne. »Aber kann ich es lernen?«

»Du mußt. Allmählich glaube ich, solange du noch auftauchst, ist das die halbe Miete – mindestens die halbe –«

»Und *nicht* auftauchen ist die andere Hälfte. Das ist das Dumme am Theater. Theaterleute sind fast nie wirklich *da*. Aber kann ich mich ändern?«

»Ich helf dir; und Steph wird dir auch helfen, und der Junge auch. Wir werfen alles, was wir wissen, in einen Topf. Und auch das, was wir nicht wissen. Abgemacht?«

John sah auf ihn hinab, und Fine spürte zum erstenmal seit so langer Zeit wieder eine Verbindung, die Wiedergeburt der alten Freundschaft. Er breitete die Arme aus. John beugte sich hinab und legte den Kopf auf Fines Schulter. Wie früher am College, nur daß es damals Spaß gewesen war, umarmte der kleine Kerl den großen. Sie standen auf der Straße. Passanten drehten sich nach ihnen um. John richtete sich wieder auf und biß sich auf die Lippe, um die Tränen zurückzuhalten. »Warum bist du nicht eifersüchtig, Fine?«

»Weiß nicht. Irgendwie finde ich's in Ordnung, daß du jetzt mit ihr zusammen bist.«

»Wirklich?«
»Ja, ich glaub schon.«
»Ich hab immer gedacht, wenn einer einen Traum hat, kann ihm nichts mehr passieren. Aber jetzt, ob du's glaubst oder nicht, denke ich genau das Gegenteil.«
»Und warum nicht beides?«
»Ja. Wie wär's mit einem Drink?«
»Erst die hier.« Fine griff in die Tasche und brachte zwei Finestones und eine Katzenaugenmurmel zum Vorschein. Er gab John einen Finestone und nahm selbst einen. Plopp. Lutsch. Plopp. Lutsch. Er betrachtete die Murmel und versuchte sich zu erinnern, wie sie in seine Tasche gekommen war – der Junge? –, und als es ihm nicht gelang, folgte er seinem Freund ins Bellevue.
Der Onkel, der Fine bei Johns Geburtstagsfeier fast verprügelt hatte, war überrascht, ihn so verändert zu sehen: »Sie benehmen sich ja wie ein Mensch, Junge, Gott segne Sie!« Er wollte über den Mörder sprechen. Detective O'Herlihey und der Onkel hatten sich regelmäßig getroffen und versucht, den Fall zu lösen. Auch an diesem Tag war O'Herlihey dagewesen und hatte gerade erst vor ein paar Minuten weg müssen. Auf dem Tresen lag, mit angetrockneten braunen Guinnessrändern, ein Stadtplan von Greater Boston: Einer ihrer Versuche, ein Muster in den Ereignissen zu finden. »Seht ihr?« sagte der Onkel stolz. »Wir haben's gefunden – einen geometrischen Ort. Seht ihr ihn?«
»Den Stadtplan? Na klar sehen wir den«, sagte John.
»Nicht den Plan, Mann, das *Muster!* Kommt mal her.« Fine verschloß seine Nase gegen den Mundgeruch des Onkels. Der Onkel erklärte: Jeder Kreis von einem Bierglas bezeichnete einen der Schauplätze. Der erste, Sonntag, zweiter April, in Brookline; der zweite, Sonntag, dreißigster April, fünf Meilen östlich der Lewis Wharf; der dritte, Reuben, zwischen den beiden anderen, am ersten Mai. »Seht ihr das Muster?« fragte der Onkel listig. Sie verneinten. »Du meine Güte, also paßt auf: Zwischen den ersten beiden sind genau vier Wochen vergangen, und der Mörder bewegt sich nach Osten! Jetzt sagt mir: Was geschieht alle achtundzwanzig Tage?«

»Der Mondwechsel«, sagte John.
»Und die Menstruation, genau. Also muß es ...?«
»Eine Frau sein?« fragte Fine.
»Genau! Und bewegt sie sich nicht nach Osten, in Richtung auf ...?«
»Das Meer«, sagte John, »das viele Blau da auf dem Plan.«
»Nicht so rasch, Herr Neffe. Da ist noch eine Insel dazwischen.«
»Stow-on-Wold?« sagte Fine. Es überlief ihn kalt.
»Ein Ort, wo's vor Psychoklempnern nur so wimmelt, stimmt's?«
»Moment«, sagte Fine, »und was ist mit Reuben, dem Kreis hier? Einen Tag später, und geographisch zwischen den beiden anderen. Damit ist Ihre Theorie geplatzt.«
»Nicht, wenn das Muster *mental* ist«, sagte der Onkel listig. »Am Anfang haben O'Herlihey und ich auch gedacht, der nächste Mord wird erst in einem Monat passieren, draußen in Stow. Und dann passiert *das*, und wir denken noch ein bißchen mehr darüber nach – womöglich haben wir unsere Gehirne total überanstrengt, so intensiv haben wir nachgedacht –, wie das alles zusammenpaßt.« Ja, wie denn, wollten sie wissen. »Das will ich euch ja gerade sagen, Jungs!« Der Onkel beugte sich vor und klopfte nacheinander beiden auf den Nacken. »Die Mörderin ist unterwegs nach Stow. Und wer ist der einzige Psychoklempner in Stow, der an einem gewissen Montag abend, dem ersten Mai, außerdem Kandidat am Freud Institute ist?« Er wandte sein zahnlückiges Gesicht Fine zu. Unter Druck fragte Fine: »Ich?«
»Sind Sie's?«
»Ja.«
»Haben wir's uns doch gedacht! Der geometrische Ort weist auf die einzige in Frage kommende Person hin – Sie! Und stimmt es nicht auch, daß Sie mit dem Opfer Reuben ein paar Worte gewechselt haben, unmittelbar vor dem Mord? Wegen einer Sache, die Ihr Psychoklempner ›Transistenz‹ nennt, wenn ich mich nicht irre?«
»Mein Gott«, sagte Fine. »Aber warum hat sie dann nicht *mich* abgeknallt?«

»Das ist das Knifflige dran!« sagte der Onkel. »Warum, Mann, warum? Man könnte fast meinen, die ist in Ihrem Auftrag zugange, begleicht Ihre alten Rechnungen!«
»Ach, komm, Onkel«, sagte John, »das hat doch alles weder Hand noch Fuß.«
»Doch, doch – Dr. Fine ist der einzige, bei dem ein Zusammenhang mit dem Opfer besteht.«
»Und warum ich?«
»Ja, warum?!«
»Komisch«, sagte Fine, »aber ich hab tatsächlich das Gefühl, daß die Bedrohung immer näher kommt. Jedes Opfer stand, seiner Theorie nach, dem Institut näher als das vorherige.«
»Eins steht jedenfalls fest: Die Mörderin kennt Sie.«
»Eine Patientin von mir?«
»Das hat keiner gesagt!« Der Onkel war indigniert. »Ziehen Sie keine voreiligen Schlüsse, Mann! Halten Sie sich an die Fakten, klar?«
»Tut mir leid«, sagte Fine und zupfte sich am Bart.
»Schon vergessen. Ihr beide seid auf dem Gebiet nicht so versiert wie O'Herlihey und ich. Also, es gibt einen Top-Secret-Hinweis – der Schlüssel zu dem Fall, sagen sie –, etwas, was vor der Presse geheimgehalten wird. Man kann daraus schließen, daß die Frau mal eine Therapie gemacht hat. Schaut her.« Sie beugten sich vor. »Die Mörderin schreibt mit Blut eine Botschaft auf das Opfer: ›*Therapist* = *The Rapist*. Therapeut = Der Vergewaltiger.‹ Sensationell, oder? Das bringt die kleinen grauen Zellen zum Tanzen!«
Fine schüttelte sich, als müßte er einen klaren Kopf bekommen, und sagte: »Aber ich kann einfach nicht glauben, daß irgend jemand, den ich kenne, jemanden umbringen würde. Ausgeschlossen!«
»Verdammt, hören Sie doch zu: Nicht jemand, den Sie kennen, sondern jemand, der Sie kennt.«

Unterdessen, so sollte ich später erfahren, hatte Katey gesehen, daß der Junge einen Sonnenbrand auf den Schultern hatte, und ging mit ihm nach Hause. Es war heiß, und tags darauf sollte es noch heißer werden. Eine Hitzewelle war im Anzug. Sie überquerten den Day Boulevard und gingen aufs Haus zu. Mrs. Curley trennte sich von ihnen und ging Richtung City Point. Sie versprach Katey, sie später anzurufen. Sie kamen an einer Kirche mit einer hohen Ziegelmauer vorbei. Auf der Mauer stand: NIGGER GO HOME!

»Was bedeutet denn ›Nigger‹, Granny?« wollte John James wissen.

Sie sagte es ihm. Er erzählte ihr von dem großen schwarzen Mann, Jefferson. Sie hörte nur mit halbem Ohr hin. Er erzählte ihr von Serena. Da horchte sie auf. Sie fragte ihn aus. Sein Vater hatte ihm eingeschärft, ja niemandem etwas über Stow oder einen von ihnen zu sagen. Voller Genugtuung erklärte er: »Gestern abend hab ich gesehen, wie Onkel Fine mit Serena schlafen gegangen ist.«

»Wirklich? Und wo hat dein Vater geschlafen?«

»Der hat bei Tante Steph geschlafen.«

Das reichte. Sie führte ihn zur Mittagsruhe in sein Zimmer hinauf und wartete auf die Rückkehr ihres Sohnes.

Fine und John wurden mit einem Donnerwetter empfangen. Wütend und gekränkt, überschüttete Katey sie mit Vorwürfen. Am Schluß sagte sie: »... und mein Enkel verbringt keine Minute mehr mit euch Perversen, daß das klar ist!«

»Doch«, sagte John. »Er tut, was ich ihm sage –«

»Nur über meine Leiche! Ich hetze euch die Polizei auf den Hals! Mrs. Curley hat schon immer gesagt, daß du bei deinem Lebenswandel noch mal mit dem Gesetz in Konflikt kommst. Und du willst *mir* was über Korruption erzählen! Schäm dich!«

Der Junge war aufgewacht und kam herunter, und Katey drückte ihn an sich und fragte ihn: »Möchtest du nicht gerne hier bei mir bleiben, Johnny?«

»O ja, darf ich? Ja!«

»Hände weg!« sagte John und griff nach ihm. Aber sie hielt ihn fest, und sie schrien einander an, und schon bald fing der Junge, der bald hierhin, bald dorthin gezerrt wurde, an zu weinen. »Ich bin sein Vater –«

»Ein schöner Vater bist du mir! Ich sag's dir, ich ruf die Sitte an –«
»Bitte, bring mich nicht weg, Dad, bitte!«
»Na, siehst du? Dein Junge weiß genau, was recht und was unrecht ist!« Sie stellte sich vor die Tür, breitete die Arme aus und lehnte sich dagegen.
»Geh mir aus dem Weg!« sagte John. »Sofort!«
»Da mußt du mich vorher umbringen! Wenn dein Vater hier wäre – hoppla! Sie fiel nach hinten, weil die Tür aufging.
Eine kleine, füllige, elegant gekleidete Frau stand da.
»Nora?« fragte John.
»Da hab ich ja Glück«, sagte Nora, »wo in aller Welt bist du gewesen?«
»Sie kommen jetzt besser nicht rein, Nora«, sagte Katey.
»Bist du mit dem Wagen da?« fragte John.
»Mit so einer Figur fährt man nicht Fahrrad«, sagte Nora. Sie schaute von einem zum anderen, sah die Bescherung und sagte: »Der Motor läuft.«
»Na dann los!« sagte John. Mit dem Jungen unterm Arm, Fine vor sich her schiebend, ging er Richtung Haustür.
John James zappelte. »Nein! Ich will nicht –«
»Bist du still!« schrie John. »Du hältst jetzt die Klappe! Ich will keinen Mucks mehr von dir hören, John James, sonst kannst du was erleben!«
Der Junge bekam Angst und verstummte, und dann drehte er sich um und marschierte allein hinaus. John ging hinter ihm her. Als sie an dem burgunderroten Rolls-Royce waren, schrie Katey ihm nach:
»Du hast es nie gelernt, aber es ist die Wahrheit: ›Das Reich Gottes ist inwendig in euch!‹ Und außerdem –«
Ihre Worte gingen im Klappen von drei Autotüren unter. Der Junge, der zwischen Fine und John auf dem kühlen, mit schwarzem Leder bezogenen Rücksitz saß, verschränkte die Arme und begann stolz und unerbittlich zu schmollen.

27

Nora bewohnte ein Herrenhaus auf dem höchsten Hügel von Newton, einem Vorort westlich von Boston. Sie stiegen aus dem klimatisierten Rolls, stöhnten unter der schwülen Hitze und betraten die kühle Villa. Ihre zwei Kinder – Christina, zehn, und Conal, sieben – gingen schon bald mit John James hinaus, um mit einem gelbgrünen Nerf-Ball zu spielen. Während Nora Limonade holte, gingen auch John und Fine hinaus. Das jähe Panorama raubte ihnen den Atem: In allen Richtungen schweifte der Blick ungehindert übers Land. Weit unten im Osten waren spielzeuggroß noch die in Dunst und Smog gehüllten Gebäude von Boston zu erkennen. Nachdem die Kinder um den hohen weißen Flaggenmast herum Fangen gespielt hatten, liefen sie zum Klettergerüst und zu den Schaukeln am Rand des Kiefernhains, der Noras Grundstück begrenzte. Die Freunde spazierten hinter den Kindern her. John erzählte Fine von Nora; es war das erste Mal seit der Nacht des Barden, daß er sie wiedersah. Angeregt von der üppigen Pracht des Gartens – weißblühende Apfelbäume, Mimosen, Kirschbäume, Hartriegel, der gerade zu blühen anfing, wiederum Mimosen, rotblättriger japanischer Ahorn, alles vor dem graurosa Marmor des Hauses, das auf einem Rasen, so sauber geschoren wie ein Grün, schwebte, hörte Fine zu und ließ seine Gedanken wandern, wohin sie wollten.

Die Kinder liefen an den Rand des Plateaus, von dem sich ein hoher, steiler Abhang zu einem Teich hinabzog. Sie zögerten. John James sagte: »Es ist wie Howth Hill! Schaut her!« Er legte sich hin und ließ sich schreiend den Hang hinunterrollen, immer weiter hinunter, bis an den Teich. Noras Kinder hatten das noch nie getan und wußten nicht recht, ob sie es nachmachen sollten. John James, der atemlos den Hang heraufkam, forderte sie heraus. Trotzdem zögerten sie, bis Fine sagte: »Na, los, das macht Spaß!« Er ließ sich fallen und stieß sich kichernd ab. Unaufhaltsam kollerte er bergab, immer schneller und schneller, und seine Beinschiene blitzte in der Sonne auf, bis er unten ankam, sich ans Ufer

des Teiches stellte und zu ihnen hinaufsah. Dann drehte er sich plötzlich um die eigene Achse und fiel rückwärts ins Wasser. Sie lachten alle, bis er anfing um sich zu schlagen und schrie: »Hilfe! Ich kann nicht schwimmen!«
»Komm, John James«, sagte John, »wir retten ihn!« Er legte die Arme wie einen Reifen um den Jungen und rollte mit ihm zusammen den Berg hinunter, gefolgt von Conal und Christina. Als sie hineinspringen und ihn herausholen wollten, stand Fine grinsend auf. Das Wasser reichte ihm nur bis zur Hüfte. Herumalbernd stiegen sie den Hang hinauf, um noch einmal hinunterzukugeln.
Nora erschien auf der Veranda und rief nach John. Er sah zu Fine hin, zuckte die Achseln und ging. Fine beobachtete sie eine Zeitlang, ihre Körpersprache sagte alles. Er ging zu den Schaukeln und schaukelte.
Vom höchsten Punkt seines Schwungs aus konnte Fine über den blauen Lattenzaun hinweg in den Nachbargarten schauen. Auf dem Rasen, zwischen einer imposanten, weiß gestrichenen viktorianischen Villa und einer Remise mit roten Fensterläden, standen mehrere weiße Metallrohrstühle, ein Tisch und ein gelber Sonnenschirm. Eine Frau in einem rosa Bikini stand mit dem Rücken zu ihm an einer Staffelei und malte. Ihr rotes Haar funkelte in der Sonne. Christina, von dem hitzigen Fußballspiel der Jungen ausgeschlossen, kam zu ihm und setzte sich ebenfalls auf eine Schaukel. Als sie mit ihm synchron schaukelte, fragte er sie, wer denn da nebenan wohne.
»Irgend so ein komischer Doktor!«
Fine schaukelte noch höher und sah, wie die Rothaarige sich umdrehte und sich bückte, wobei einiges aus dem Bikinioberteil quoll, eine weiche Fleischform umrahmt von den starren Kiefern, lasziv in der schwülen Nachmittagshitze. »Mann, so gefällt's mir«, sagte Fine. Er schwang sich noch höher auf und sah im Schatten des Sonnenschirms einen Mann in einem langärmeligen weißen, am Hals zugeknöpften Hemd, mit einem breitkrempigen weißen Hut und einer großen Sonnenbrille sitzen; er rauchte eine Zigarre und saß der Frau Modell. Ein Albino? War es möglich?
»Sag mal, Christy, heißt euer Nachbar zufällig Vergessen?«

»Woher wissen Sie das? Die Vergessens sind die totalen Fieslinge!«
Ohne zu überlegen gab sich Fine einen mächtigen Schwung – einmal, zweimal – und katapultierte sich mit einem Tarzanschrei in den leeren Raum. In der magischen Zeitlupe des Traums spürte er, wie er in der Luft hing, hoch emporflog. Knapp den Zaun verfehlend, krachte er auf der anderen Seite herunter, daß ihm die Puste wegblieb. Benommen lag er auf dem geradezu zwanghaft sauber rasierten Rasen und versuchte, sein erschüttertes Gehirn zurechtzurücken. Vor sich sah er weiße Schuhe, rosa Söckchen und, als er aufschaute, ein gerundetes Knie, noch rundere Schenkel, ein paar gekräuselte rote Haare, die aus dem prallen Bikinihöschen hervorlugten, und kleine, kegelförmige Brüste, über denen sich das Oberteil so straff spannte, daß er zwischen ihnen hindurch das pummelige Kinn sah. Ihr rotes Haar war kurzgeschnitten: knabenhaft, fast Punk, androgyn. Das Ganze kam ihm vage und unbestimmt vor, eine sinnliche Mischung aus Junge und Mädchen. Sie ließ den Malpinsel auf seinen nackten Bauch fallen.
»Hoppla!« sagte sie, dann sah sie genauer hin und machte: »Oh!«
Fine folgte ihrem Blick. Unterhalb des likörgrünen Farbkleckses war seine Badehose nach unten gerutscht, so daß sein Penis freilag, der sich jetzt vor seinen Augen aufzublasen begann, sich von seinem linken Oberschenkel aufzurappeln versuchte wie ein Betrunkener vom Gehsteig. Rasch zog Fine sich die Hose hoch. Weil es ihm peinlich war, im erigierten Zustand aufzustehen, schlug er die Beine übereinander, stützte sich lässig auf den Ellbogen und schaute von der Quelle seiner Erregung weg zu Vergessen hin, wobei er dachte: Das ist ja eine heiße Nummer! Daß der eine solche Sexbombe zur Frau hat?!
»Dr. Fine, kennen Sie meine Tochter, Miss Sophie Vergessen?«
»Hi, Dr. Fine«, sagte Sophie, »nennen Sie mich ›Sunny‹.«
»Hi, Sunny«, sagte Fine verblüfft. Die Tochter dieses Helden Freiwild? *Das* also ist der Grund, warum V. seine Adresse geheimhält und nicht im Telefonbuch steht: Nicht die Angst, es könnten TBI-Kandidaten vorbeikommen und Gebetszettel in die Ritzen seiner Mauern stecken, sondern diese – Sahneschnitte.

»Entschuldigen Sie, daß ich hier so hereinplatze, aber ich war – durch Zufall oder Schicksal, ich weiß nicht, welches von beidem – gerade nebenan.«
»Ja«, sagte V., »haben die Schlemihls dieser Welt nicht große Macht?«
»Ich bin sehr erfreut, die Bekanntschaft Ihrer Familie zu machen, Dr. Vergessen.«
»Na ja«, sagte V., »ein knallroter Apfel aus Nachbars Garten?«
Fine wollte mit Vergessen darüber sprechen, daß der Mörder eine Frau war, und zwar eine, die ihn, Fine, kennen mußte, aber Sunny machte das mit ihrem Geplapper und ihrer ausgeprägten Körpersprache unmöglich. »Ich nehme an, meine Kollegen, meine Mitkandidaten sind ziemlich sauer auf mich«, sagte Fine. »Wegen des Phantombilds und überhaupt.«
»Schon, aber ist nicht in der Liebe, im Krieg und in der Psychoanalyse alles erlaubt?«
»Wissen Sie was? Ich glaube, die Morde wurden von einer Frau begangen, und die Mörderin kennt mich, und –«
»Ach ja?« Vergessen setzte sich auf. »Warum meinen Sie –« Sunny unterbrach ihn, und Vergessen widmete ihr seine volle Aufmerksamkeit. Fine sah zu und dachte: Er behandelt sie wie eine Analysepatientin. Sean hatte offensichtlich nicht die geringste Ahnung, wie er ihrer Herr werden konnte, während sie ständig um die beiden Männer kreiste. Fine hatte den Eindruck, daß sie sich nach Gesellschaft sehnte, wie ein Kind, das zehn Jahre eingesperrt war. Sheila, Seans Frau, kam heraus, eine hochgewachsene, gepflegte Schwarzhaarige. Sie übernahm sofort das Kommando: »Sunny, wir hätten gern, daß du hier bleibst und mit uns redest.«
»Ich gehe in *mein* Haus.« Sie ging auf die Remise zu.
»Auch gut«, sagte Sheila, »da kannst du dir wenigstens deinen kleinsten Bikini anziehen, den hellgelben, du weißt schon.«
»Mutter!« sagte Sunny und schmollte wie ein Teenager. Fine konnte nicht sagen, ob sie dreizehn oder dreißig war. »Hör auf damit. Ich zieh mich jetzt an!«
Sheila, die es offensichtlich gewöhnt war, als Puffer zwischen der Außenwelt und ihrem Mann zu dienen, verhinderte jedes ernste

Gespräch, und auch jetzt war es Fine nicht vergönnt, diesen weisen Mann um einen Rat zu bitten. Sunny kam angezogen wieder heraus: ein schickes Top über einem festen BH, der tiefe V-Ausschnitt mit Herzen und Blumen bestickt, beige Shorts, Segelschuhe, knallroter Lippenstift und grüner Lidschatten. Sie runzelte die Stirn.

Ein gellender Pfiff kam von Noras Grundstück. John stand vor dem Haus, steckte zwei Finger in den Mund und pfiff ein zweites Mal. »Fine! Komm! Telefon für dich. Beeil dich!« Dann drehte er sich um und rief: »John James?«

Besorgt entschuldigte sich Fine in aller Eile und sagte nur noch, er hoffe, in der Supervision am Donnerstag über seine Sorgen sprechen zu können.

»Schön, daß Sie hier waren«, sagte Vergessen, eine Bemerkung, die Fines Hoffnungen auf eine persönlichere Beziehung stärkten, aber schon kam die kalte Dusche hinterher: »Und daß Sie wieder gehen.«

Als er über den Zaun stieg, sah er, daß Sunny ihm nachkam. Sheila rief fröhlich: »Sunny?« Sie schauten beide zurück. »Freut mich, daß du Dr. Fine begleitest. Amüsier dich gut.«

Sunny, die schon halb über den Zaun war, hielt inne. Fine wußte, daß es unschicklich gewesen wäre, wenn sie mitkam. »Tut mir leid, Sunny, aber Sie können nicht mit mir kommen.«

»Und ob ich das kann!« sagte Sunny und bewegte sich auf ihn zu.

»Nein, natürlich kannst du!« sagte Sheila ungerührt.

»Aha?« Sunny war verärgert. »Dann tu ich's nicht!«

»Ja, Sie können nicht mitkommen«, sagte Fine rasch und fragte sich, was ihn zu dieser seltsam verqueren Äußerung veranlaßt hatte.

»Nein, dann geh ich doch mit!« sagte Sunny und stieg auf Noras Seite vom Zaun.

»Kommt nicht in Frage!« sagte Fine unerbittlich. Sheila rief: »Nein, du gehst mit!« Und Sunny zögerte. Fine sprach ein Machtwort: »Ausgeschlossen, Sunny, bitte gehen Sie!« Fine humpelte davon, Sunny sprang neben ihm her. »Ich werde Ihr Spazierstock sein«, sagte sie, nahm ihm den Stock ab und legte sich

seinen Arm um die Hüfte, so daß er – ganz natürlich und zwanglos, wie Fine fand – auf ihrem Gesäß zu liegen kam. Ihre gesunde linke Hüfte stieß gegen seine lahme rechte, während sie ihn über den üppigen Rasen zu Noras Haus hinaufführte.
Was Fine nicht begriff: Sunny war ein flagrantes Beispiel für das Analytikerkind-Syndrom, weil sie, statt elterliche Zuwendung zu erfahren, ständig nur analysiert wurde (Sheila war ebenfalls Analytikerin). Anstelle klarer Grenzen hatte Sunny immer nur Wolken bekommen: »Was sind denn deine Phantasien, hm?« Ohne Ballast, war sie ein freischwebendes Objekt geworden, ein Ballon, der vom Wind bald hierhin, bald dorthin getrieben wurde. Wenn sie tatsächlich einmal einen Impuls zensierte, zensierte sie im nächsten Moment den Zensor und gab dem Impuls doch nach. Da sie als Kind zu einem Kinderanalytiker gegangen war, waren ihre Zweifel gespiegelt, doppelt reflektiert worden. In ihrer Verzweiflung klammerte sie sich an eine Regel der Gegensätze: Wenn sie Lust auf etwas hatte, tat sie es nicht, hatte sie keine, tat sie es.
Fine schloß die Hand um ihren Po und fühlte das Spiel der Muskeln auf der Handfläche. Ihr Körper fühlte sich an wie eine Mischung aus beiden Geschlechtern. Fine war so hochgradig erregt, daß er alle Wohlanständigkeit vergaß und den kleinen Finger von unten in ihre Shorts schob.
»Wo brennt's denn?« fragte er John.
»O'Herlihey hat mit dem Onkel telefoniert, und der hat hier angerufen. Sie haben noch eine Leiche gefunden.«
»Was? Wen?«
»Serena.«
»Um Gottes willen!« Fine drehte sich der Kopf. »Wo?«
»Stow. Komm!«

Die Sonne hüllte sich in immer dichtere Dunstschichten, als der Rolls-Royce trotz seiner hervorragenden Stoßdämpfer holpernd über die Curley Bridge fuhr. Ein Krankenwagen mit abgeschalteter Sirene kam ihnen entgegen. Das Wasser unter der Brücke, das so nahe schien, war träge, niedergeschlagen. Nur wenige Segelboote waren draußen. Ein Tanker, der die Tanks in Neponset ansteuerte, zog eine schillernde Ölspur hinter sich her. Am Stow-Ende der Brücke hatte sich eine Menschenansammlung gebildet – Polizisten, Stow-Angestellte und mehrere von Fines Jefferson-House-Patienten. Sie stiegen aus.

Auf einem flachen Granitblock am Wasser standen der Onkel und O'Herlihey mit zwei uniformierten Polizisten. Die Umrisse eines Körpers mit ausgebreiteten Armen und Beinen und einem großen roten Fleck in der Mitte waren auf den Felsen gezeichnet. O'Herlihey rief nach ihnen. Sie drängten sich zu ihm durch. Fine kamen die zwei älteren Iren hier deplaziert vor, wie Fledermäuse am hellichten Tag. »Dr. Fine«, sagte O'Herlihey, »es heißt, Sie haben sie gekannt?« Fine bestätigte das und erzählte ihnen dann das wenige, was er wußte. »Gut«, sagte der Kriminalbeamte. »Bis auf die Tatsache, daß sie keine Psychiaterin war, stimmen alle Morde in sämtlichen Details überein. Das läßt nur einen Schluß zu, meinen Sie nicht auch?«

»Nämlich welchen?« fragte Fine, der es mit der Angst bekommen hatte.

»Die Mörderin kennt Sie und beobachtet Sie aus nächster Nähe.«

»Aber warum ausgerechnet mich?«

»Tja, warum wohl?« sagte der Onkel. »Vielleicht denken Sie mal drüber nach?«

»Natürlich«, sagte Fine. »Das tu ich. Ich würde sagen – ich weiß, es klingt verrückt, aber der naheliegende …« Er schluckte. »Die Mörderin ist eine meiner Patientinnen?«

»Ich muß Ihnen mit allem Nachdruck sagen, Dr. Fine«, sagte O'Herlihey, »daß ich in den vielen Jahren, die ich jetzt schon dabei bin, noch nie etwas auch nur annähernd so Brutales gesehen habe wie diese Morde. Der Monat der geistigen Gesundheit ist eine Sache, aber das hier ist eine ganz andere! Passen Sie auf sich auf. Ich wollte, wir hätten die Mittel, um Ihnen Personenschutz zu gewähren, aber durch die Steuersenkungen sind unsere Kassen leer. Sie sind auf sich allein gestellt.«

»Hör mal, John«, sagte der Onkel mit gelb schimmernden Zähnen, »es scheint, daß nicht Fine selber gefährdet ist, sondern die Leute in seiner unmittelbaren Umgebung – Reuben, das Flittchen da. Das heißt also, auch du und der Kleine. Willst du nicht lieber bei deiner Mutter und mir wohnen, bis diese scheußliche Sache vorbei ist?«

»Danke, Onkel«, sagte John nervös. »Ich überleg's mir.«

Sie stiegen über die Steine zur Straße hinauf. Die Patienten waren in Panik, offensichtlich psychotisch. Lafite hatte die Leiche gefunden und die anderen hingeführt. Mr. Jefferson streckte die Hand aus, mit der Handfläche nach oben. Darin lag ein kleiner Klumpen schwammiges rotes Zeug. »Ja, äh, nein, ein Gehirnlappen. Was der jetzt wohl denkt?«

»Man muß mit Jesus leben!« sagte Jefferson. »Oder mit Myrna Loy!«

»Ein *Souvenir*«, sagte Henrietta Bush, »das ist französisch und bedeutet ›sich erinnern‹.«

»Werfen Sie's weg«, sagte Fine. Mürrisch gehorchte Mr. Jefferson.

»Also jedenfalls«, sagte Cooter und ging auf die eiserne Brücke zu, »ich fahr in die Stadt, Doc. Muß mir noch eine Waffe kaufen!«

»Deutsche!« schrie Eli. »Das Vierte Reich! Der Dritte Weltkrieg! *Jetzt!*«

Als der Rolls die kiesbestreute Auffahrt hinauffuhr, sah Fine Stephanie auf der Veranda stehen, mit gekräuseltem Haar, das Gesicht flach und hart vor Anspannung. Wie überrascht sie war, sie aus der Luxuslimousine aussteigen zu sehen! John James rannte zu ihr und umarmte sie. Mit einem skeptischen Blick auf Sunny sagte sie ihnen, sie sei, als sie sie in Southie abholen wollte, Mrs. O'Day begegnet. »Deine Mutter war ja ganz außer sich«, sagte sie. »Was war denn?«

»Später«, sagte John. »Weißt du schon das Neueste?«

»Du hast dir ja die Haare kräuseln lassen«, sagte Fine, der das auch haben wollte.

»Ja«, sagte Stephanie, »es ist absolut schrecklich.«

»Aber nein!« widersprach Fine. »Mir gefällt's. Wo hast du's machen lassen?«

»Das ist für meinen Auftritt.«

»Also hast du was?« fragte John.
»Ja, stell dir vor«, sagte sie und lächelte voller Genugtuung. »Ich hab einen kurzen Auftritt in der Comedy Box, nächsten Samstag.«
»Großartig«, sagte John, »einfach großartig!«
»Hi, ich bin Sunny Vergessen, und ich bin mit Fine hier.« Steph fielen fast die Augen aus dem Kopf, und der Mund blieb ihr offen. Der Junge hatte von seinem Vater genug und wollte draußen spielen. John schärfte ihm ein: nur innerhalb der Gartenmauer, und nur, wenn noch jemand dabei ist. Der Junge wollte Fine oder Steph, doch Sunny erbot sich freiwillig. »Nein, Sunny, Sie bleiben hier –« setzte Fine an. »Ich denk ja gar nicht dran«, sagte sie und ging mit John James in den Garten.
»Fine«, sagte Stephanie, »sag sofort, daß das nicht die Tochter von Sean Vergessen ist!«
»Sie ist nicht die Tochter von Sean Vergessen.«
»Gott sei Dank!«
»Aber sie ist es.« Steph verdrehte die Augen. »Ein süßes Ding, oder?«
»Die ist doch nicht mal volljährig, Fine!«
»Ach, komm schon – John ist auch noch kaum volljährig! Ha! Haha!«
Keiner von ihnen wollte auf dieses Thema einsteigen. Statt dessen sprachen sie über den neuesten Mord. Da die Menschen in seiner Umgebung gefährdet waren, schlug Fine vor, Stephanie, John und der Junge sollten ab sofort woanders wohnen. Mit eindeutig irrationalen Argumenten, was sie aber nicht zugaben, erläuterten sie, warum sie doch besser blieben. Den Ausschlag gab der Hinweis, daß Roys Wachdienst die Insel inzwischen hermetisch abgeriegelt hatte, so daß sie hier sicherer waren als irgendwo sonst. Keiner sagte die Wahrheit: Ihre neu geschmiedete Bindung war so stark, daß sie sie nicht brechen konnten, noch nicht. Sie würden vorerst zusammenbleiben. Ob Fine irgendeine Idee habe, wer es sein könne. »Nein. Aber selbst wenn, könnte ich nicht drüber sprechen. ›Vertraulich‹, versteht ihr? Ich besprech's in der Supervision mit Vergessen am Donnerstag, also übermorgen.« Er

stand auf, um zu seinen Drei-, Vier- und Fünf-Uhr-Patienten zu gehen.
Von denen keiner kam.
Fine saß da, spielte mit seinem Bleistift und fragte sich, was der Grund sein mochte. Die Sechs-Uhr-Patientin heute morgen war ebenfalls ausgeblieben. Das analytische Dogma: Nichterscheinen ist gleichbedeutend mit dem Wunsch zu erscheinen, ein Abwehrmechanismus namens Reaktionsbildung. Na ja, dachte Fine, sie sind sauer auf mich: Dora, weil ich sie angefaßt habe, Mardell, weil ich ihn beim Basketball geschlagen habe, und Sylvia – nein, ich habe gestern ihre Wut nicht wahrgenommen; als wir zusahen, wie die auf dem Rasen Fußball gespielt haben, wurde sie sanfter, bat um eine zusätzliche Sitzung. – Der Rattenmann, ja, der war stinksauer wegen meiner Lacanschen Fünfminutenstunde. Fine ging im Geist seine Patienten durch und fragte sich bei jedem, ob er als Mörder in Frage käme. Er hörte schon bald wieder auf. Da er sie alle persönlich kannte, konnte er sich keinen von ihnen als Mörder vorstellen. Eine echte Pistole nehmen, sie mit echten Patronen laden, einen echten, harmlosen, vertrauensvollen Menschen verfolgen und dann, Auge in Auge mit ihm, echt abdrücken und ihn echt umbringen? Und dann seinen echten Finger ins Blut tauchen und ›Therapist = The Rapist‹ schmieren? Nein. Derlei Dinge waren einfach nicht vorstellbar. Und doch gibt es sie. Vielleicht ist es auch gar kein Patient oder besser gesagt keine Patientin von mir, sondern jemand wie Hinckley, Jodie Foster – eine Frau, der ich nie begegnet bin, die aber eine psychotische Übertragung auf mich hat und mich deshalb verfolgt. Jedenfalls ist es niemand, der je bei mir auf der Couch gelegen hat: Mein echtes Ich würde eine solche Übertragung dahinschmelzen lassen. Er mußte an die Schlagzeilen im *Herald* über den Prozeß gegen den jungen Kerl denken, der auf den Präsidenten geschossen hatte: *HINCK's SHRINK STINKS*. Bin ich auch schon so berühmt, daß ich einen verrückten Mörder anziehe? Zum erstenmal seit seinem Anfall hatte Fine Angst. Er schloß die Tür ab. Wenn der Rattenmann doch noch kam, konnte er ja klopfen.

Das Telefon klingelte. Nipak Dandi. Fine war erfreut, und es fiel ihm ein, daß er vergessen hatte, ihn wegen *Das nukleare Denken* anzurufen.

»Sagen Sie mir, mein Freund«, sagte Nipak, »was ist mit Ihrer Frau passiert?« Fine sagte es ihm, und Nipak wurde wütend. »Ich muß sofort zu Ihnen kommen!« Fine fragte, wie das zu verstehen sei. »Fine and Dandi, Inc. Ich bekomme Anrufe aus aller Welt – American Cyanamid, die Marion Labs – die machen Calciumtabletten für die Knochen der Damen –, die ADA, AMA –«

»Die ADA?« fragte Fine.

»American Dairy Association. Neueren Untersuchungen zufolge enthält homogenisierte Milch Oxidasen, die westliche Arterien verhärten. Außerdem hat Milch zuviel Cholesterin. Die sind auf der Suche nach alternativen Calciumlieferanten und wären möglicherweise an den Finestones interessiert. Wie hoch ist der Cholesteringehalt?«

»Cholesterin? Finestones sind Steine, Steine enthalten kein Cholesterin –«

»Hervorragend! Sie werden also nicht das Herz angreifen –«

»Trotzdem werden wir alle oxidiert«, sagte Fine bissig, weil er der Meinung war, daß sein Sperma von den Strahlen und den krebserregenden Substanzen schon längst total vergammelt sein mußte, »durch Umwelteinflüsse, durch die Nahrungskette. Oder sagte man reduziert? Wie auch immer – am Ende erweist es sich als irgendein Krebs –«

»Ja, ja, aber sogar von der Regierung hat jemand angerufen, aus dem Pentagon oder irgend so einer Behörde, ich weiß nicht warum, aber was nun die Herstellung –«

»Ron von der NASA?«

»Ja, NASA – aber woher wissen Sie das?« Fine war schockiert – Ron sollte ungebeten herumschnüffeln? Seit Nixon hatte sich jeder paranoide Verdacht über die schmutzigen Tricks der Regierung noch als Untertreibung erwiesen. Nipak schwatzte weiter, wollte unbedingt *Das nukleare Denken* lesen. Fine sagte, er würde es ihm schon schicken. Und dann erzählte er Nipak von den neuen kriminalistischen Spuren und fragte ihn um Rat. Schwei-

gen. Schließlich sagte Nipak: »Ich erinnere mich an einige Worte, die sich als nützlich erweisen könnten – von dem Maharadscha.«
»Ja?«
»›Wird ein Mann umgebracht, liegt die Tragödie beim Mörder.‹«
»Wie soll mir das helfen herauszufinden, wer der Mörder ist?«
»Suchen Sie nach dem Menschen mit der größten Tragödie. Ja, das ist es: Finden Sie die größte gottverdammte Tragödie im Leben, und Sie haben Ihren Mörder. Ach, ich wollte, ich könnte rasch zu Ihnen hinüberkommen, in dieser schrecklichen Zeit bei Ihnen und Ihrer Frau sein! Aber noch geht es nicht. Doch wir bleiben in engem Kontakt, nicht wahr, mein Freund?« Sie legten auf.

Nach dem Abendessen fuhren Steph und John zur Probe. Fine und Sunny spielten mit John James und brachten ihn dann ins Bett. Fine wollte nicht, daß Sunny über Nacht blieb. Aber je hartnäckiger er versuchte, sie zum Gehen zu bewegen, um so hartnäckiger bestand sie darauf zu bleiben. Er seufzte und folgte ihr nach oben. Eine Feder an ihrem Hut, einen von den Jungs ihres Vaters ins Bett zu kriegen. Er sah zu, wie ihr knabenhafter Po vor ihm die Treppe hinaufwippte.
Im Schlafzimmer sagte Sunny: »Ich bin Sunny, und ich bin genug.«
»Wie bitte?«
»Ich bin Sunny, und ich bin genug.« Sie kreuzte die Arme und fing an, sich ihr Top über den Kopf zu ziehen. Fine wollte sie daran hindern, aber sie lief ihm davon, stieß ihn grob aufs Bett, hakte ihren BH auf und ließ ihn zu Boden fallen. Der Hals und die obere Brustpartie waren rosig gebräunt, die Brüste ganz weiß, knabenhaft klein und fest, mit hoch angesetzten Nippeln, die fast genau auf gleicher Höhe waren, so daß sie mit den weißen Negativstreifen der Bikiniträger ein perfektes Dreieck bildeten. Sie zog den Reißverschluß ihrer Shorts auf, rollte den Slip herunter und stellte sich mit gespreizten Beinen und den Händen auf den Hüften hin, reckte ihre Brüste keck in die Gegend und sagte: »Ich bin Sunny, und ich bin genug!«
»Na klar«, sagte Fine, den wiederum ihr ganzer Körper erregte,

aber nur ihre Vagina anzog – das Wuschelhaar, die geröteten Schamlippen. Aber Moment mal! Ihre Brüste wirkten alles andere als reif. Ob da nicht doch noch der Staatsanwalt die Hand drauf hatte? »Sind Sie überhaupt schon alt genug?«

»Welche Phantasien haben Sie darüber, wie alt ich bin?«

O Gott, eine Teenie-Analytikerin. »Lassen Sie den analytischen Quatsch –«

»Ich bin Sunny, und ich bin genug. Und jetzt sagen Sie das über sich selbst.«

»Ich bin Fine, und ich bin genug.«

»Gut. Das war das Band mit dem Selbstwertgefühl. Und jetzt zur Sache!«

Sie hechtete auf ihn, und bevor er sich zur Seite rollen konnte, hatte sie ihn schon festgenagelt. Ihre Nippel gruben sich ihm in die Brust, ihre Hüftknochen krachten auf seine, und ihr Schamhaar rieb an seinem Penis. »Sunny, ich finde nicht, daß wir miteinander schlafen sollten!«

»Ich schon!«

»Nein. Ich kenn –«

»Doch!«

»– Sie doch kaum! Ich weigere mich, Sie wie ein Stück Fleisch zu behandeln.«

»Komm schon, Großer, fick mich wie ein T-bone-Steak!«

Fine kam sich komisch vor, sexuell kompromittiert, als sei ihre Anmache zu grob, eine Attacke auf etwas Zartes in ihm. Es war unsensibel, achtlos, wie sie ihn berührte. Was passiert hier eigentlich mit mir? Im Ansturm seltsamer neuer Gefühle, ratlos, versuchte er zu argumentieren, aber diese starke junge Frau, eindeutig ein Produkt der Fernsehkultur, entflammte durch seine Worte nur noch mehr. Sie machte sich über seinen Körper her wie ein wildes Tier. Okay, dachte Fine, während seine Erregung wuchs, zum Teufel mit der Sensibilität. Oral, anal, genital, erst die eine Stellung, dann eine andere – als dächte sie in dem Moment, da sie eine wählte, daß eine andere doch besser sei. Sie lutschte und saugte und fluchte und rammelte wie in einem Pornofilm. Bis tief in die Nacht hinein waren sie zugange, bis ihre Körper so feucht waren wie die Luft. Beim letztenmal lag Fine unten, halb verrückt von schierer Metzgerssohn-Lust, und schrie »Fick mich zu Tode!« Sie breitete die Arme weit aus, packte Fines Hände und schlang mit affenartiger Gelenkigkeit ihre Füße um seine. Fine war wie ein Spiegelbild von ihr: Hand an Hand, Knöchel mit Knöchel verschränkt, zwei Körper gleicher Größe übereinander geschichtet, in todesähnlicher Starre bis auf eine einzige bewegliche Stelle: seine Peniswurzel an ihrer Clitoris. Immer und immer wieder kreiste sie und zeigte ihm, wie er diesen Teil bewegen mußte, und dann begann die echte Schlächterei, ein sadomasochistisches Aufbäumen und Ausschlagen zweier Körper, die fest miteinander verbunden waren bis auf das knorpelige Reiben in der Mitte zwischen ihren Beinen, die Fine wie das Zentrum seines Wesens vorkam. Er wurde wild! Er hatte in diesem orgiastischen Moment das Gefühl, dem Himmel noch nie so nahe gewesen zu sein.

Sie brachen zusammen. Später, als sie aufstand, um pinkeln zu gehen, trat Fine, immer noch überhitzt, ans Fenster und schaute aufs Meer hinaus. Kein Lüftchen regte sich, und draußen war es genauso heiß wie drinnen.

Als Sunny zurückkam, hatte sie einen großen Schraubenzieher in der Hand. Sie wollte ihn ihm geben, ließ ihn aber auf seinen Fuß fallen. Er verzog das Gesicht vor Schmerz, und sie legten sich wieder ins Bett. Er fühlte sich ihr nahe, aber als er sie in die Arme nehmen wollte, entzog sie sich ihm.

In ihrem Zimmer hörte Stephanie wie in der Nacht zuvor den erotischen Tumult und geriet in Wut. Sie ließ es an John aus, indem sie ihrerseits auf harten Sex machte; bald war sie obenauf, »ritt den Bullen«, wie sie es nannte, und schlug nur halb im Spaß auf John ein, um sich an ihm zu rächen – und an Fine. Schließlich rollte sie sich erschöpft von ihm herunter, weil sie sich wund zwischen den Beinen fühlte, und schlief ein.

Schreie, entsetzte, markerschütternde Schreie hallten durch die schwüle Luft. Sie kamen aus dem Zimmer des Jungen!

Fine sprang auf und rannte hinüber, dicht gefolgt von Sunny.

John und Steph kamen von der anderen Seite gelaufen. John James saß mit weit aufgerissenen Augen im Bett, zeigte auf das offene Fenster und schrie: »Ein Gesicht! Ich hab ein Gesicht gesehen, es hat zu mir reingeschaut durchs Fenster!«
»Du hast bloß geträumt, John James«, sagte John, setzte sich auf die Bettkante und versuchte, ihn in die Arme zu nehmen, »ein Alptraum –«
»Nein, es war kein Alptraum! Es war echt! Macht schnell – seht nach –«
»Unmöglich, das ist der erste Stock –«
»Aber es war echt! Sie war da und hat mich angeschaut!« Er sah sie der Reihe nach an – Sunny und Fine splitternackt, Steph im Nachthemd und John im Schlafanzug, und sagte: »Onkel Fine, sag ihnen, daß es wahr ist!«
»Ziehen Sie sich gefälligst was an!« sagte Steph zu Sunny.
»Ich zieh mir überhaupt nichts –«
»Sie halten den Mund und tun, was man Ihnen sagt!« sagte Steph, packte Sunny an den Schultern, drehte sie um und schob sie aus dem Zimmer. »Und zwar sofort!«
»Jetzt macht schon, wir können sie noch erwischen!« drängte der Junge und lief zur Tür.
Sie gingen hinunter und in die schwüle Nacht hinaus. Der Duft von Flieder hing schwer in der Luft und vermengte sich mit dem säuerlichen Geruch des ruhigen, verschmutzten Hafenwassers. Der Mond war fast voll, aber durch den Dunst nur verschwommen zu sehen. Fine spürte einen scharfen Schmerz am Arm – der erste Moskitostich –, schlug danach und hatte ein angenehmes sommerliches Gefühl, als er das Blut auf seiner Handfläche sah. Sie gingen ums Haus herum und schauten zum Fenster von John James' Zimmer hinauf. Nichts.
»Na, siehst du!« sagte John. »Es ist niemand hier.«
»Aber die Schlingpflanzen sind ganz durcheinander!« sagte der Junge und zeigte auf den Efeu, der an der Hauswand hochkroch.
»Nö«, sagte John.
»Eben doch! Da ist sie dran hochgeklettert, wie im Film. Sie hat genau da auf dem Sims gestanden.«

»Die Pflanzen sind überall so durcheinander«, sagte John, »schau, da!«

»Du denkst, ich hab geträumt, Dad, hab ich aber gar nicht! Warum glaubst du mir nicht?« Entschlossen marschierte der Junge los und verschwand um die andere Hausecke. Sie folgten ihm.

»Au!« machte Fine, weil er auf einen runden Kiesel im Gras getreten war und einen scharfen Schmerz an der linken Fußsohle spürte. »Mann!« Er setzte sich ins Gras und inspizierte den Fuß.

»Was ist denn?« fragte Steph und lief zu ihm hin. Ihre Schnelligkeit und der besorgte Tonfall zeigten, wie nervös sie alle geworden waren. »Was ist mit dir?«

»Ich bin auf was getreten – einen Stein oder so was. Mitten drauf – aua!«

Sie half ihm auf. Sie waren allein. »Fine, was denkst du dir eigentlich dabei?«

»Was meinst du?«

»Daß du dich mit der einläßt!«

»Mit ›der‹? Was hast du gegen sie?«

»Sie ist blöd, eine dumme Nuß! Außerdem ist sie bestimmt noch nicht mal sechzehn – das ist illegal! Du bist nicht mehr ganz bei Verstand, Fine, ist dir das klar?«

»Wie soll mir das klar sein, wo ich doch nicht bei Verstand bin!«

»Hör auf damit, ja? Halt dich zurück, bis es dir wieder besser geht –«

»Es ist mein Leben, Steffy, ich bin ein freier Mensch, ich kann tun und lassen, was mir paßt.«

»Das ist unmoralisch, was du da machst!«

»Ach so? Und was du machst, nicht?«

»Na ja.« Sie sah ihn lange Zeit an, Auge in Auge im trüben Mondschein. Er konnte nicht erkennen, was für ein Ausdruck auf ihrem Gesicht lag, aber er wußte auch so, daß er ins Schwarze getroffen hatte. Ihre Stimme klang düster: »Ja, ich verstehe. Komm.« Sie gingen an der Hauswand entlang, bogen um die Ecke, stiegen die Veranda hinauf und gingen hinein.

John James wollte, daß sein Vater bei ihm schlief. Steph küßte den Jungen und ging allein in ihr Schlafzimmer. Fine umarmte und

küßte ihn, und dann fragte er ihn, wie die Frau vor dem Fenster ausgesehen habe.
»Ich hab sie nicht so gut gesehen, aber sie war richtig unheimlich! Genau, sie hat ausgesehen wie jemand im Film – wie ein *Monster!*«
Fine sah ihn an und ging dann hinaus.
Schon bald war es im Haus so still wie in jedem Haus nach einem Tumult. Fine hörte den Jungen beten:
»Und bitte, lieber Gott, hilf Dad und Onkel Fine, daß sie besser sehen, ja? Weil Du und ich, wir wissen, was ich gesehen hab. Amen.«
Ob es an dem Schmerz in seiner linken Fußsohle lag oder an der späten Stunde, an der Aufregung über den Alptraum oder dem gespannten Verhältnis zu seiner Frau, auf jeden Fall merkte Fine, als er die Treppe in den ersten Stock hinaufstieg, überhaupt nicht, daß sein gelähmter rechter Fuß tadellos funktionierte.
Und keinem von ihnen war aufgefallen, daß ein Eindringling ohne weiteres von oben ans Fenster des Jungen hätte gelangen können.

28

Am nächsten Morgen saß Fine in seinem Behandlungszimmer und wartete auf die Sechs-Uhr-Patientin. Allmählich machte er sich Sorgen. Die Mörderin mußte eine Frau sein, die ihn kannte, die Zugang zu Stow hatte und ihn mit Serena gesehen hatte. Höchstwahrscheinlich war es eine Patientin, eine ehemalige Patientin oder jemand vom Personal; und wenn stationäre Patientin, dann eine, die die Insel verlassen durfte. Er nahm sich vor, die Klinikunterlagen daraufhin durchzusehen, wer an den Mordabenden Ausgang gehabt hatte, aber dann fiel ihm ein, daß O'Herlihey das sicher schon überprüft hatte. Doch selbst, wenn eine Patientin in dieser Hinsicht entlastet wurde, war damit keineswegs jeder Verdacht ausgeräumt: Fehler kamen immer wieder einmal vor, und Alibis ließen sich auch fälschen. Der Kopf schwirrte ihm von den unzähligen Möglichkeiten. Statistiken drängten sich auf: Die meisten Morde wurden unter Drogen- oder Alkoholeinfluß begangen; die häufigsten Motive waren Geld, Rache, Liebe, Drogen, Psychosen. Massenmörder waren fast immer psychotisch. Aber bei Fines Psychotikern war nicht damit zu rechnen, daß sie jemals zur Tat schreiten würden. Und von seinen ambulanten Patientinnen war keine so schwer krank. Freud half auch nicht weiter: Wenn es für jedes Symptom viele Motive gibt, führt es nicht weiter, entweder das Symptom oder das Motiv zu analysieren. Doch die Morde konnten durchaus symbolische Wiederholungen von Kindheitserlebnissen sein. Wie Nipak gesagt hatte: »Das Leben mit der schlimmsten Tragödie wird die schlimmste Tragödie ins Leben bringen.« Die *Fine-Theorie* besagte, daß der Defekt eines Mörders auf dem Gebiet der Empathie liegt – um den Mörder zu fangen, muß man herausfinden, wer über die geringste Fähigkeit zur Empathie verfügt. Waren die Morde auf Übertragung zurückzuführen, Muttermorde? Aber warum dann männliche Opfer? Fine erinnerte sich an verschiedene Klatschgeschichten: Jeder der beiden ersten Opfer war Experte für irgendeine Art von Geschlechterkonflikt gewesen: Myer, der Geschlechtsexperte, ein heimlicher Transvestit; der erste, Wholer, Experte für Bisexualität, angeblich selbst bisexuell. Einen Augenblick lang schien alles zusammenzupassen: Jeder Experte für Paarprobleme hatte tatsächlich selber ein Paarproblem; die Mörderin hatte sich aufgrund von Problemen mit der Geschlechtsidentifikation diese beiden als Therapeuten ausgesucht – oder nein, sie konnte nicht Patientin bei ihnen gewesen sein, denn dann hätte sie in den Unterlagen gestanden; es sei denn, sie arbeitete mit falschen Namen, Verkleidungen – wie auch immer, bei beiden war sie durch heimliche Rercherchen auf die sexuelle Perversion gestoßen; verraten, verletzt, wütend, hatte sie sie am Sonntag nachmittag in ihre Praxis gelockt und sie dann, im Drogen- oder Alkoholrausch, umgebracht.

Auch ich bin Experte für männlich/weiblich. Hat mich eine meiner Patientinnen deswegen aufgesucht? Mich bespitzelt? Fine bekam eine Gänsehaut. Aber Moment mal – Reuben und Serena fallen aus dem Schema – warum sie? Die Hypothese löste sich in Nichts auf. Die Theorie führte nicht weiter, mit einer Ausnahme: Um die Mörderin zu finden, mußte er – mit Empathie, in der Realität – nach Tragödien suchen.
Kann ich empathisch sein? Wie kann ich Empathie für eine Frau empfinden, die ihrerseits nichts dergleichen fühlt? Das wäre, wie wenn man eine Leiche umarmt. Er schauderte: So werde ich es erfahren – indem ich scheitere. Und angenommen, die Leiche wird lebendig, wenn man sie provoziert? Er schaute auf die Uhr: 6:50 Uhr. Die Sechs-Uhr-Patientin war nicht erschienen. Mit wachsendem Argwohn zog Fine die Schreibtischschublade auf und starrte den 44er an, den Cooter ihm geschenkt hatte. Er nahm ihn in die zitternde Hand. Schon der leiseste Druck auf den Auslöser beendet ein Leben, verändert eine Welt! Pistolen und Gewehre sind *die* modernen Waffen: Man tötet aus der Ferne, macht sich die Hände nicht schmutzig. Als er aufstand, um zu gehen, erinnerte sich Fine an Doras Wut, als er sie berührt hatte. Er erstarrte. War das möglich? Die Metapher ihrer Analyse war Frigidität. Die abweisenden Eltern, Onkel Savage, der sie mißbraucht hatte, die gescheiterten Ehen, die sexuellen Selbstzweifel, die Wut auf die Männer, die Abtreibungen – alles da. Die Zentralbank wäre eine perfekte Tarnung. Empathie? Sie hatte ihn »pervers« genannt, ihn eiskalt abblitzen lassen. Gab es ein eindeutigeres Motiv als ihre Wut auf all die Therapeuten, bei denen sie vor ihm gewesen war? Während der letzten vier Monate war sie regrediert, hatte mit dem wilden, kindhaften Affekt geliebäugelt. Drogen? Die meisten Mörder sind high. Jeder von uns hat seine Lieblingsdroge. Bei mir sind es zur Zeit die Kohlenhydrate. Mein Gott, bin ich fett! Eine Nation von Süchtigen. Kein Wunder, daß wir uns gegenseitig massakrieren. Nahm Dora Drogen? Vielleicht Koks. Wie jeder andere auch. Es überlief ihn kalt, als er begriff: Es war möglich.
Vorsichtig ging er zum Frühstück hinunter. Die linke Fußsohle tat ihm weh, und er hinkte schlimmer denn je. Die anderen waren

schon beim Essen. Als sie ihn hereinkommen sah, sagte Stephanie: »Da kommt ja unser kleiner Lustmolch – Männer, schließt eure Frauen weg!«
»Sehr witzig«, sagte Sunny, und ihr Minirock flatterte auf, als sie vom Hocker sprang. »Komm, Junge, spielen wir ein bißchen.« Sie gingen. Stephanie nahm ein Papiertuch und wischte den Hocker ab. Fine wollte den Grund wissen.
»Mösenabdrücke«, sagte sie. »Sie hinterläßt sie überall.«
Fine spürte ihre Feindseligkeit, sagte aber nichts. Mrs. Neiderman erschien zur Morgenbesprechung. Fine ging mit ihr ins Wohnzimmer und dachte dabei, daß sie und Ando Hauptverdächtige waren: Sie waren immer in seiner Nähe und hatten Ressentiments gegen Psychiater, und obwohl sie beide scheinbar so glücklich waren, hatten sie ihm unter vier Augen ihr Herz ausgeschüttet. Neiderman konnte es nicht verwinden, daß sie kinderlos geblieben war, Ando hatte Pech in der Liebe. Behutsam, wie er meinte, fragte Fine Neiderman nach ihrem Privatleben. Und da sprudelte es nur so aus ihr heraus, eine Tragödie nach der anderen. Er sondierte weiter, bis sie, als er auf Drogenkonsum kam, Widerstand leistete. Er bohrte weiter, immer tiefer. Und dann roch sie Lunte.
»Was?« Sie verstummte und starrte Fine an. »Moment mal, denken Sie etwa, daß ich – o mein Gott!« Sie stand auf. »Sie denken, *ich* bin's? Das ist ja nicht zu fassen!«
»Na, na – Sie wissen doch, ich halte Sie für eine Fürstin unter den Frauen –«
»Sie glauben, Sie könnten einfach mit den Gefühlen anderer spielen, nicht wahr?« Sie schüttelte ungläubig den Kopf. »Dr. Fine, haben Sie den Verstand verloren?« Fine wußte nicht, was er sagen sollte. »Ich hab immer gedacht, Sie wären ein herzlicher Mensch, jemand mit Tiefgang – allerdings eher dem Tiefgang eines U-Boots –, aber jetzt bin ich mir da nicht mehr so sicher!«
Zerknirscht ging Fine ins Labor zu seiner Besprechung mit Miss Ando.
»Hai!« rief sie ihm entgegen. *»Hermissenda!«*
»Hermissenda?« fragte Fine verständnislos.
»Hermissenda crassicornis! Eine Meeresnacktschnecke. Meine

Freundin spioniert für mich in Dr. Alkons Labor, Wood's Hole. Passen Sie auf!« Sie erzählte ihm, Alkon habe Schnecken dressiert und elektrische Aktivität aus der lernenden Zelle registriert. »Und raten Sie mal, was in der Zellmembran ansteigt.«

»Calcium?«

»Hai!« Ihre dunklen Augen glommen sinnlich. »Calcium! Der Beweis! Während des Lernprozesses steigt der Calciumgehalt an, steigert die Enzymphosphorylierung, verändert die Form der Zellmembran, wodurch die Calciumkanäle noch zusätzlich vermehrt werden. Und das Ergebnis? Besseres Lernen, höhere Gedächtnisleistung! Dr. Fine, ich könnte an die Decke springen – wir haben *recht!*« Fine setzte sich, seltsam ungerührt. »Die biologische Grundlage des Lernens! Der Nobelpreis! Steuerung der geistigen Funktionen! Schauen Sie –« Sie hielt ein Glas hoch, in dem ein menschliches Gehirn war. »Mr. Able ist aus Texas zurück! Raten Sie mal, was die Elektronenmikrogramme zeigen?«

»Calcium?«

»Hai! Mr. Able war ein dicker, verblödeter Schizophrener, erinnern Sie sich? Drei Jahre Finestones, und er war ein schlanker, schlauer Schizophrener. Und jetzt? Was finden wir im Innern seiner Gehirnzellen? Schauen Sie!« Sie holte drei Mikrofotos hervor und legte sie nebeneinander. »Heuschrecke, Alkons Schnecke, Mr. Able. Bitte, sagen Sie mir, welches welches ist.« Fine schaute hin.

»Kann ich nicht.«

»Und auch sonst niemand! *Schistocerca, Hermissenda, Homo sapiens* – alles ein und dasselbe! Calcium ist das Zaubermittel! Aber Alkon könnte uns zuvorkommen! Wir müssen an die Arbeit!«

Da die Morde ihn so in Anspruch nahmen, brachte Fine keine rechte Begeisterung auf. Er versuchte, Miss Ando auszuhorchen, aber auch sie nahm ihm die Fragerei schon bald übel. Sie wurde zornig und machte Fine Vorhaltungen, weil er sich in letzter Zeit so unberechenbar verhielt, sexuell ausagierte und vor allem seine Heuschreckenarbeit vernachlässigte. Entrüstet rief sie aus: »*Kichigai!*«

Betreten ging Fine hinaus. Schön, wir haben den Baustein der Veränderung, konstant in Ontogenese und Phylogenese, gefunden, die dem Lernen zugrundeliegt; ja, es ist das Calcium. Aber was ist das schon, solange ein Mörder frei herumläuft! Und ist eine solche Steuerung der geistigen Funktionen überhaupt moralisch vertretbar?

Bei Mr. Royces vormittäglicher Sicherheitsbesprechung phantasierte Fine, Royce selbst, oder Pelvin – der angeblich immer noch im Urlaub war – oder ein anderer Stow-Psychiater könnte der Mörder sein. Er saß in der letzten Reihe, mit dem Rücken an der Wand, auf der Hut.

Am Nachmittag blühte Fines Paranoia erst richtig auf.

Die Jefferson-House-Patienten waren mit Abstand die plausibelsten Verdächtigen. Die Tragödie ihres Lebens hatte schon vor ihrem Leben begonnen, im trüben Genpool ihrer Erbanlagen, und die Brutalität ihrer Kindheit hätte sogar einen Schlachter erbleichen lassen. Mörder von Psychiatern sind fast durchweg Psychotiker, Angehörige einer paranoiden Untergruppe. Derlei Gedanken gingen Fine durch den Kopf, als Mr. Jefferson ihn bat, am Nachmittag an einem Ausflug teilzunehmen. Zum erstenmal erbot sich Mr. Jefferson, die ganze Mannschaft auf seinem »kleinen« Boot mitzunehmen, der über zehn Meter langen *Jeff*. Dieses Boot sei »ein Winzling, ja, äh, nein, im Vergleich zu unserem Großen Schiff, unserer Brigg *Thomas*. Aber es macht trotzdem Spaß, ja, äh, nein, denn schließlich war sogar Zeus den schlangenschwänzigen chthonischen Winden auf Gedeih und Verderb ausgeliefert!« Seit Monaten phantasierte Mr. Jefferson davon, mit der *Thomas* am Memorial Day nach Duxbury zu segeln, um dort die Großen Schiffe anzuschauen. Das heute sollte eine Testfahrt werden. Trotz seiner Angst davor, auf dem engen Raum eines Bootes auf offener See einem chronisch psychotischen Bostoner Großbürger ausgeliefert zu sein, konnte Fine nicht gut nein sagen.

Und so verließen nach dem Mittagessen Fine, Steph, John, Sunny und der Junge den Schatten der riesigen Rotbuche und gingen hinter den Jefferson-House-Patienten her den breiten, dunkelgrünen Rasen hinab zur Mole von Stow, einem steinernen Arm, der weit in die Bucht hinausragte. Es war noch heißer und schwüler als am Vortag und die Blütenpracht noch drängender: der letzte Flieder, der Hartriegel, dessen schwarze Glieder schon erste weiße Flecken bekamen, Redwood und Weißdorn und die gelben Ketten des Goldregens; die Weiden, Eichen, Pappeln, die zarten lindgrünen Knospen an den Zweigspitzen von Tannen, Buchsbaum und Kiefern; der Rasen selbst, frisch gemäht, verströmte den Frühlingsduft schlechthin: Chlorophyll und Hundekot. Dicke Hummeln saugten Nektar aus den Blüten. Im Dahinschlendern suchte Fine sich mit einer Gehmeditation zu beruhigen; er ließ seinen Gedanken freien Lauf und stellte sich den Monat Mai als das Leben vor: Wie die Kindheit beginnt er mit einem geordneten Fortschreiten – Knospe, Blatt, Krokus, Narzisse, Tulpe; dann bringt die erste Hitze die Hormone in Aufruhr und erzeugt die chaotische Blüte der Adoleszenz; als nächstes reifen Blumen und Blüten und führen lange Zeit das Regiment; schließlich setzt dann das massenhafte Welken ein, Memorial Day. Schaut man zurück, sind einem diese ersten Knospen am nächsten, die einzigen Unsterblichen. Könnte man sie doch nur in die Hand nehmen, diese frischen, furchtlosen Blütenkinder, und sie für immer so halten. Fine seufzte; prophylaktisch verteilte er Finestones. Sie legten ab, mit Jefferson am Ruder.

Nicht lange, und sie glitten fast lautlos über ein spiegelglattes Meer. Die Stadt ragte aus dem Wasser wie eine Metropole auf einer Steinberg-Zeichnung. Die Windstille und das kaum merkliche Schwanken des Bootes lullten sie ein. Die Sonne brannte herab, und die meisten suchten sich ein schattiges Plätzchen. Sunny, flagrantes Fleisch in knappstem Bikini, richtete Verheerungen unter den Psychotikern an, obwohl Fine versuchte, sie bei sich und von den anderen fernzuhalten. Männer und Frauen waren gleichermaßen erregt. Als John James Jefferson (schwarz) aus der Nähe gesehen hatte, war er in Tränen ausgebrochen: »Ich hab noch nie jemand gesehen, der größer war wie mein Dad!«

»Es gibt immer einen, der noch größer ist«, sagte Fine. »Es gibt immer einen, der irgendwas mehr ist oder hat, glaub mir.«

Jetzt stand der Junge vor Fine und sah auf ihn herab: »Du siehst aus wie ein Sparschwein.« Fine wollte wissen, wieso. John James

zeigte auf die frische Narbe an Fines Scheitel, wo die Nähte gewesen waren. »Du hast am Kopf einen Schlitz, wo man das Geld reinsteckt.«
So weit hinaus müßten wir eigentlich nicht fahren, dachte Fine. Jefferson übergab das Ruder an Mrs. Henrietta Bush und kam zu ihm herüber: »Ja, äh, nein, ich möchte ein Geständnis ablegen.« Der weißgekleidete Seemann schluckte. »Ich war's. Ich hab sie alle ermordet. Ich verdiene es nicht, in der menschlichen Gesellschaft zu leben, äh, ja, nein. Bitte bestatten Sie mich gleich hier auf See.«
»Jesus hat mir gesagt, ich soll's tun«, sagte Jefferson. »Und ich hab's getan!«
»Ach was«, sagte Fine, »Sie können doch gar nicht –«
»Unklug, Dr. Fine, ein wahres Geständnis zu verachten, äh, nein, ja.« Mr. Jefferson grummelte vor sich hin, bückte sich plötzlich und griff in eine Kiste. Fine dachte – also doch, er war's, er holt eine Waffe heraus! Fine zog seinen 44er und sagte: »Hände hoch!« Alle starrten ihn entsetzt an.
»Ja, äh, nein«, sagte Mr. Jefferson. »Ich wollte doch nur die Bullentalje rausnehmen, um den Baum zu befestigen!«
»Ach herrje!«, sagte Jefferson. »Doc Fine ist der Mörder –«
»Hey, ihr Spinner, der isses nich, *ich* bin's!« Cooter, der mit irrem Blick am Bug herumhüpfte, fing an zu schreien, er hätte sie umgebracht, »weil die nämlich den kleinen Scheißern helfen, meine Welt zu übernehmen!«
»Schluß jetzt!« brüllte Fine.
Zu spät. Mit einem gräßlichen Schrei sprang Cooter über die Reling und schwamm wie ein Wilder drauflos, vom Boot weg. Was ihm an Technik fehlte, machte er durch blindwütige Entschlossenheit wett, und als sie sahen, wie er immer kleiner wurde, brach Panik aus – alle schrien durcheinander und drohten dem perversen Drang nachzugeben, wie er einen auf einem hohen Balkon überkommt, und ebenfalls ins Wasser zu springen. Als waschechter Kapitän behielt Mr. Jefferson die Oberhand: Mit erstaunlich sachlicher Autorität stellte er die Ordnung wieder her, nahm per Funk Kontakt mit der Polizei auf und begann, kunstgerecht

Richtung Küste zu kreuzen. Fine war wie vor den Kopf geschlagen und schämte sich. War es ein Fehler gewesen, die Waffe zu ziehen? Doch sie hatte Cooter provoziert, und der – abwechselnd normal und psychotisch, aus einer gewalttätigen Südstaatenfamilie, Büchsenmacher, ein Mann, der Psychiater haßte und im Ruheraum schon einmal auf Fine eingedroschen hatte – konnte durchaus imstande sein, jemanden umzubringen und wegzugehen, als sei nichts gewesen. Empathie bei einem Manischen? Niemals.

Als sie anlegten, hatte die Polizei Cooter bereits herausgefischt. Die Pfleger und Mr. Royce brachten die durchgedrehten Patienten wieder hinter Schloß und Riegel. »Ich bring sie um!« sagte Stinko. »Ich bring diese Psychoheinis eigenhändig um!« Wie die anderen hatte auch er unter Streß das Gefühl für die Grenze zwischen dem Selbst und der Außenwelt aus dem Auge verloren und war nun, da er mit einem Mörder eingesperrt wurde, wieder er selbst geworden.

John James hatte Angst. Als er wieder festen Boden unter den Füßen hatte, schaute er zu Stephanie hoch und sagte: »Ich hasse dich!« Sie war bestürzt. Mit einem gezwungenen Lachen sagte er: »Das bedeutet, ich liebe dich. Bitte geh mit mir, Tante Steph, ja?« John und Fine gingen hinter ihnen her den Rasen hinauf. Sunny beschattete die Jefferson-House-Leute. Fine forderte sie auf mitzukommen, aber sie sagte: »Ich hab genug von dir! Ich hau ab.« Und sie tat es.

Steph und John fuhren zu ihren Proben nach Boston. John nahm den Jungen mit. Fine, der sich in seinem verschlossenen Behandlungszimmer verkrochen hatte, war überrascht, als der Fünf-Uhr-Patient an die Tür klopfte.

Der Rattenmann war unter dem Druck der Fünfminutenstunde auf ein psychotisches Niveau regrediert. Trotzdem versuchte er zunächst, sich normal zu verhalten, legte sich auf die Couch und assoziierte. Fine wollte jedoch unbedingt herausfinden, ob der Rattenmann der Mörder sein konnte, und beschloß, ihn direkt anzugehen. Der Rattenmann tat so, als hätte er nichts bemerkt, und assoziierte weiter, aber Fine ließ nicht locker. Schließlich brach sich die anale Wut Bahn, und der kleine kraushaarige jüdische Schriftsteller explodierte: Er sprang wie von der Tarantel gestochen auf, rannte zur Tür, blockierte sie mit seinem Körper und fing an, Fine dafür zu schmähen, daß »Sie mir mit solchem Scheiß kommen«. Er steigerte sich immer mehr hinein, Speichel sammelte sich in seinen Mundwinkeln, er schrie »Verrat« und »juristisches Nachspiel«. Fine probierte alles, was ihm einfiel, um den Rattenmann zu besänftigen, schlug sogar Vipassana-Meditation vor und, als das nicht verfing, Feldenkrais. Das brachte den Rattenmann noch mehr in Rage, und er begann, Drohungen auszustoßen. Die Haßtiraden waren derart giftig, daß Fine immer mehr daran glaubte, daß der Rattenmann der Mörder war. Schlimmer noch, der zwanghaft penible Sommeranzug des Rattenmanns beulte sich in der Brustpartie aus – konnte das eine Waffe sein? Fine stand Todesängste aus. Der Rattenmann war einem Schlaganfall nahe. Nichts von dem, was Fine sagte, zeigte die geringste Wirkung. Und dann tat Fine etwas Schreckliches: »Hören Sie zu, Rattenmann, Sie müssen …«

»Rattenmann?« Er verstummte und wischte sich einen Speichelfaden ab. Tödliche Stille. Fine wußte, daß der Rattenmann verstanden hatte. »Haben Sie gesagt –«

»Nein, nein«, sagte Fine. Aber eine verräterische Röte stieg ihm ins Gesicht.

»Sie Arschloch!« schrie der Rattenmann und legte erneut los. Und dann verlor auch Fine die Beherrschung, zahlte es ihm in gleicher Münze heim. Hin und her flogen die Beleidigungen, jeder belegte den anderen mit allen erdenklichen Schimpfnamen, bis der Rattenmann auf einmal in seine Jacke griff, und da wußte Fine, daß er sterben würde. Die Hand kam wieder zum Vorschein, und sie umklammerte etwas. »Das ist eine Klageschrift!« sagte der Rattenmann und wedelte mit dem Wisch, und seine vor Wut kreidebleiche Nase sprang aus dem hochroten Gesicht hervor wie eine Axt. »Ich verklage Sie, und ich ruhe nicht eher, als bis ich Ihnen den letzten Cent abgeknöpft habe, Sie kleiner Scheißer! Hier, das sind die ersten achtzehn Beweisfragen.« Er

warf Fine die Blätter vor die Füße. »Ficken Sie sich ins Knie!« Wie ein Borderline-Jugendlicher knallte er die Tür zu.
Fine war wie betäubt und versuchte sich zu erinnern, ob er seine Berufshaftpflicht bezahlt hatte. Um sich zu beruhigen, öffnete er das marokkanische Kästchen und nahm sich einen Finestone. Zu seinem Erstaunen lag eine Katzenaugenmurmel darin. Warum fand er andauernd solche Murmeln? Er setzte sich hin, massierte seinen wehen Fuß und überlegte: Eine hab ich auf dem Teppich gefunden, eine weitere in meiner Tasche und, genau – mein Fuß tut weh, weil ich auf was ganz Ähnliches getreten bin. Ob das ein Hinweis sein sollte, eine Warnung?
Er humpelte die Treppe hinunter und nach Hause. Er ging ums Haus herum in den Garten, unter das Fenster des Jungen.
Auf Händen und Knien suchte er das Gras ab. Tatsächlich! Er grub sie aus, dort wo er daraufgetreten war, kratzte mit dem Fingernagel den Dreck ab und hielt sie gegen den Himmel: eine Katzenaugenmurmel! Der Junge hatte nicht geträumt, die Mörderin war an seinem Fenster gewesen! Es mußte eine Frau sein, die Zugang zu seinem Behandlungzimmer hatte und diese Murmeln für ihn ausstreute. Aber warum? Warum Murmeln? Er steckte sie ein und sah sich ängstlich um, als könnte die Mörderin ihn beobachten. Dann ging er hinein, rief O'Herlihey an und erzählte ihm alles.

Spätabends saßen sie zu dritt in der Küche und redeten. Die Spannung war mit Händen zu greifen. Die beiden Schauspieler hatten einen schlechten Tag gehabt: Stephanie war nicht in der Stimmung für Komik, und John, der am Samstag Premiere hatte, war niedergeschlagen: »Ich sollte glücklich sein – es ist ein so unsäglicher Schrott, daß es bestimmt an den Broadway kommt, ins Kino und ins Fernsehen. Weil es von Weill ist, denken die alle, sie sind die größten Genies, aber sie unterscheiden sich überhaupt nicht von der Herpes-und-Kokain-Horde in Hollywood. Das bringt das Theater um: daß von außen nach innen gespielt wird, um des Gelächters willen. Alle schreiben heute so oberflächlich, das Herz ist nicht mehr dabei, nirgends. Kein Stil, keine Substanz – ekelhaft!« Bei der Probe hatte er schon wieder Zoff mit John James bekommen. Der Junge, der in dem heißen Theater sitzen mußte, hatte sich unmöglich aufgeführt, hatte laut geredet, gelästert, war die Gänge auf und ab gerannt, bis John mit ihm hinausgegangen war und ihn verhauen hatte. »Es war grauenhaft«, sagte John. »Dieser nette kleine Junge, und ich hab ihn zum Weinen gebracht. Wie mein eigener Vater, wenn er betrunken war – er hat den Alkohol ›falschen Mut‹ genannt. Kannst du mir nicht helfen, diesen Teufelskreis zu durchbrechen, Fine?« Er schüttelte traurig den Kopf. »Den ganzen Heimweg hat er geschmollt und kein Wort mit mir gesprochen, und dann ist er gleich in den Garten gelaufen. Was macht er da eigentlich?«

»Er hat ein paar Bretter und Kartons und baut sich eine Festung an der Gartenmauer – eine ›Dubliner Hütte‹. Ganz normal in seinem Alter.«

»Ich mach wirklich nur Mist mit ihm, oder?«

»Na ja«, sagte Fine, »um die Wahrheit zu sagen: Ja.«

»Nichts, was ich tue, scheint irgendwas zu nützen.«

»Tja«, sagte Stephanie, »dieses Kind hat erbarmungslose Mucken.«

John lachte nicht. »Aber jetzt sagt doch mal, was soll ich machen?«

»Vielleicht ist es nicht gut, daß du wegen diesem Stück so oft nicht da bist.«

»Ich hab ihnen versprochen, daß ich's mache, und muß mich dran halten.« Stephanie und Fine sagten nichts. »Schaut mich bitte nicht so an! Ich denke nicht an mich, ich denke an ihn. Es sind schwere Zeiten. Ich tue das für meine Karriere, um Geld zu verdienen, um für ihn zu sorgen. Seine Mutter tut das nicht, da könnt ihr Gift drauf nehmen. Ihr habt ja gesehen, wie sie lebt – das ist einfach ungesund! Und überhaupt, jetzt, wo sie einen neuen Mann, neue Kinder hat. Wir brauchen Geld! Eine einzige Fernsehserie, und ich hab ausgesorgt! Ich tu's für den Jungen! Hört ihr? Für ihn! Nicht für mich, für ihn!« Niedergeschlagen fuhr er fort: »Sogar wenn ich bei ihm bin, ist er unglücklich, stimmt's? Aber ich hab ihn vorher gefragt, ob ich den Job annehmen soll. Und euch auch!«

Stephanie und Fine schauten weg und sagten nichts.
»Ach, geht doch zum Teufel!« sagte John. »Ihr seid mir schöne Freunde. Wißt ihr was? Ich fange wirklich an, mir wegen dieser ganzen Geschichte hier Fragen zu stellen. Ich frage mich: Was zum Teufel mach ich eigentlich hier in diesem Irrenhaus mit zwei durchgeknallten Juden? John James ist schon in Ordnung. Der wird mal ein prima Kerl!«

Der erste klare Hinweis darauf, wie ernst die Lage war, erfolgte am selben Abend: John James kam schlafwandelnd ins Zimmer. Ohne die drei Erwachsenen wahrzunehmen, ging er schnurstracks an den Kühlschrank, machte die Tür auf, holte seinen kleinen Pimmel heraus und pinkelte aufs Gemüse.

29

Nach dem ersten Alptraum seit seinem Anfall – er wurde erstochen und hörte jemanden sagen: »Arrogant! Du mußtest ja arrogant sein!« – wachte Fine in der stickigen Morgenhitze von Donnerstag, dem achtzehnten, auf und fühlte sich argwöhnisch und schutzbedürftig. Er wußte nicht, ob er der Mörderin auf der Spur war oder die Mörderin ihm. Katzenaugenmurmeln; Zugang zu meinem Behandlungszimmer, das Gesicht am Fenster das eines »Monsters«. Anders als in einem Thriller zeichnete sich weder eine Lösung noch ein Plan ab. Während er in der schwülen Morgenluft zu seiner Sitzung mit der Sechs-Uhr-Patientin ging, fühlte sich Fine sehr angreifbar. Wie an dem Tag im Juli des Vorjahres, als seine Freunde Ben und Cris Besorgungen gemacht und ihr Baby Zach im Sportwagen in seiner Obhut zurückgelassen hatten. Die Verantwortung hatte Fine in Schrecken versetzt. Welch eine Qual, auch nur die Straße zu überqueren! Wie langsam die Zeit verging! Anstatt sich von Zachs glücklichem Gegluckse be-

ruhigen zu lassen, war Fine immer furchtsamer und vorsichtiger geworden, hatte immer weniger an das Kind als an Kindsmörder gedacht. Jetzt begegnete er dem neuen Tag mit einer Wachsamkeit, die an Paranoia grenzte. Das war ihm seit seiner Kindheit ein vertrauter, wenn auch als seltsam empfundener Trost. Seiner Erfahrung nach gab es in jedem Leben Tragödien zuhauf. So etwas wie Empathie war fast bei niemandem zu entdecken. Sind wir alle im tiefsten Inneren Mörder? Doch um tatsächlich jemanden umzubringen – außer es gilt, sein eigenes Leben oder das seines Kindes zu retten –, müßte man psychotisch sein. Oder drogenabhängig. Fine schämte sich seines Verhaltens gegenüber Cooter und dem Rattenman. Aber hatte in *Vampir-Mama* der Sohn nicht die Mutter zu Nudeln verarbeitet und sie an seine zahme Fledermaus verfüttert? Die Starrheit der Abwehrmechnismen des Rattenmanns ließ ahnen, wie mächtig seine Wut war.
Fine schwankte zwischen Paranoia und Vertrauen, Logik und Gefühl. Träume kamen ihm realer vor als die Wirklichkeit, und dann auf einmal die Wirklichkeit realer als die Träume – die Trennlinie verschwamm. In seiner Angst verschrieb er sich Essen als Medizin. Sein Körper war gebläht, aufgedunsen, schwerfällig. Er spürte, wie im Innern seines Schädels die abgeschalteten, gedämpften Gehirnzellen wieder erwachten und sich in neuen Strukturen anordneten. Euphorie würde in Dysphorie umschlagen und umgekehrt. Bis auf diese ständige, stetig zunehmende Paranoia kam sich Fine vor, als lebte er in einem fremden Körper. Das Nachdenken über sein Denken half ihm auch nicht weiter. Er fühlte sich von Gott und der Welt verlassen.
Wie Nipak Dandi sagen sollte: »Der Fisch merkt es als letzter, daß er auf dem Trockenen ist.«
Die Sechs-Uhr-Patientin erschien wieder. Pünktlich auf die Minute, ohne Make-up, das blonde Haar zum Knoten gefaßt, in einem stumpfbraunen Straßenkostüm, ging sie zur Couch, ohne ihn eines Blickes zu würdigen. Die Handtasche legte sie sich auf den Schoß. Fine, der ihre Feindseligkeit spürte, setzte sich in vorschriftsmäßiger analytischer Position hinter sie, die Hand am Pistolengriff. Sie assoziierte über seinen Fehltritt. »Wie oft hatten

Sie mir gesagt: Berührung ist tabu? Und dann tun *Sie* es – warum? Ich habe versucht, allein dahinterzukommen: Vielleicht ist Fine auch nur ein Mensch, vielleicht bin ich selbst schuld, weil ich so verführerisch bin? Dann dachte ich an Daddy. Erinnern Sie sich, was ich Ihnen von Onkel Savage, seinem Bruder, erzählt habe? Daß er mich berührt hat?«

»Ja«, sagte Fine kleinlaut. Ihre Körpersprache – Hände seitlich am Körper, Fäuste geballt – verriet Fine, wie wütend sie war.

»Na ja, ich – ich hab gelogen. Er war's selber. Mein eigener Vater ...« Ihre Hände wurden weiß vor Anstrengung. »Er hat mich gelinkt! Mummy war so kühl, Daddy war so vital, es war, als würde er mir versprechen, daß ich, wenn ich nur sein Kumpel sein wollte, sein könnte wie er, und ...« Ihre Stimme wurde schärfer: »Alles Lügen! Er ist der egozentrischste Mistkerl, den man sich vorstellen kann. Er hat mich verraten! Und dann, als ich es merkte, seine ekelhafte Berührung spürte, wollte ich mich Mummy anvertrauen – aber ich ...« Sie zögerte, seufzte. »Wie damals, den einen Sommer in Pride's Crossing, als ich noch ein kleines Mädchen war und im Meer geschwommen bin: Ich bin rausgeschwommen, ganz weit, außer Hörweite, niemand konnte mir mehr etwas vom Strand aus zurufen; ich bin immer weiter geschwommen, und dann kam ich nicht mehr zurück. Zu weit weg von Mutter, um ihr jemals wieder nahe sein zu können. Warum war sie nicht da, um mich zu beschützen? Wenn man sich nicht mal auf seine eigene Mutter verlassen kann, auf wen dann? Dieses eiskalte Biest! Wer hat mir denn, als ich kaum zwölf war, diese gottverdammten Diätpillen aufgezwungen, die ich heute noch nehme? Mutter!« Fine war entsetzt: Amphetamin? Da hätten wir ja ein Medikament, das Leute zu Mördern machen kann! Zum allerserstenmal schmolz ihre Wut nicht zu Tränen, sondern verfestigte sich. Er schauderte. Sie ist es. »Als Sie mich berührt haben, waren auf einmal *seine* Berührungen wieder da! Ich machte die Augen auf und sah ihn! Männer! Alles Schweine!«

Sie verschränkte die Arme über der Brust, als wollten ihre rechte und linke Körperhälfte einander umarmen. Er hatte Angst, war wie gelähmt und brach in kalten Schweiß aus. Die Tür war zu weit weg.

»... sie mich zu so vielen Therapeuten geschickt! Manchmal dreh ich einfach durch, ständig höre ich den Satz »›*therapist*‹ ist gleich ›*the rapist*‹«. Es ist, als –«

»Unsere Zeit ist um«, sagte Fine und eilte zur Tür.

»Was?« sagte sie und setzte sich auf. »Es ist doch erst zehn nach –« Fine lief hinaus und hörte, wie sie ihm nachrief: »Was soll denn das?«

Fine humpelte nach Hause und verschloß Türen und Fenster. Er sah sie herauskommen. Sie lief zu ihrem flaschengrünen Maserati und raste mit quietschenden Reifen den Hügel hinunter, Richtung Brücke. Er wählte die Nummer der Polizei, legte aber wieder auf – die Schweigepflicht ist heilig. Bevor man gegen sie verstößt, muß man *sicher* sein. Gab es eine Erklärung? Aber wenn man den Verdacht hat, daß ein Patient gefährlich ist, und das potentielle Opfer nicht warnt, macht man sich strafbar. Fine rief Vergessen an – niemand da. Er würde ihn am Nachmittag fragen, in der Supervision. Er benachrichtigte Royce: Duffy, sollte sie wiederkommen, müsse am Tor aufgehalten werden, und man müsse ihm unverzüglich Bescheid geben. Er wollte ihr nie mehr allein gegenübertreten. »Ich glaube, ich habe die Lösung«, sagte Fine beim Frühstück zu den anderen. »Jetzt sind wir gerettet. Was für eine Erleichterung!«

Um die Mittagszeit war es heißer als je zuvor an diesem Tag des Jahres. Fine, John und Stephanie saßen schwitzend auf der Veranda. Der Junge schmollte und redete kein Wort mit John. Dafür hing er wie eine Klette an Fine. Er war die kühlen Sommer in Irland gewöhnt, klagte über Kopfschmerzen und Bauchweh und stocherte in seinem Essen herum. Er arbeitete emsig an seiner Hütte an der zwei Meter hohen Gartenmauer. An dem Morgen war ohne sein Wissen Granny Katey gekommen, um ihn abzuholen, mit Pater O'Herlihey im Schlepptau. John, dem der Wachmann am Tor Bescheid gesagt hatte, hatte Stephanie überredet, mit dem Jungen schwimmen zu gehen. Angesichts der Drohungen und Bitten seiner Mutter und der Gebete von Pater O'Herlihey hatte John die beiden erbost nach Southie zurückgeschickt. Fine war nervös, weil er die Polizei nicht angerufen hatte, aber auch stolz: Er hatte den Fall gelöst.

Die Mittagssonne war ein Eidotter hoch am Himmel, aus dem Goldschmelze sickerte – ein Dampfbad. Als würde es sogar der Sonne selbst zu heiß, versteckte sie sich im Dunst. Die Zeit schien stillzustehen. Der Vollmond, eine bläßliche Scheibe der Sonne gegenüber, prunkte mit seiner Kühle. Fine spürte, wie der Erdtrabant das Wasser in seinem Gehirn anzog, Gedanken und Gefühle mitnahm und seltsame Phantasien – Verzweiflung, Wut – in neuen Mulden und vorübergehenden Wirbeln zurückließ, die bald da und bald wieder verschwunden waren.

John nahm Fine in die Stadt mit, zum Boston Institute, zu der Supervisionssitzung bei Sean Vergessen.

Als er die Treppe zu V.s Behandlungszimmer hinaufstieg, spürte Fine, daß sein rechtes Bein sich gekräftigt hatte. Was bedeutet das für den Zustand meines Gehirns?

Vergessen hatte den größten Schreibtisch im ganzen Institut. Dem Gerücht nach hatte Frau Metz einen noch größeren, aber der stand bei ihr zu Hause, auf dem Beacon Hill. Wegen der Hitze hatte Vergessen sein Sakko abgelegt, und das viele Weiß – Haut, Haar, das kurzärmelige Hemd am dicken Hals aufgeknöpft – vor der dunklen Eichentäfelung ließ ihn in Fines Augen wie einen weisen alten Schwan erscheinen. Fine schaute sein Idol an, und es wurde ihm warm ums Herz. Dieser freundliche alte Knabe versuchte seit vierzig Jahren nach Kräften, anderen Menschen zu helfen. Trotz Semrads Warnung – »Es ist schwer, bei einem kranken Menschen zu sitzen!« – hatte er unermüdlich geackert: gutmütig, vertrauenswürdig, verläßlich. Er hat mich immer *akzeptiert*. Doch Fine war verlegen, weil er Vergessen bei sich zu Hause gesehen und seine Tochter über Nacht bei sich behalten hatte und fragte sich, was er wohl von seinem Privatleben wußte. Zum vorletztenmal der leere Schirm für Fines Projektionen, saß V. ruhig da und machte dann seine berühmte Geste – Wange auf geschlossene Faust –, und Fine wußte, das war das Zeichen für ihn, mit

dem Assoziieren über seine zwei Kontrollfälle zu beginnen. Das Institut machte keinen Unterschied zwischen Analyse, Supervision und Seminararbeit: Für alles galten die Regeln der Analyse.
»Ich hab den Mörder gefunden!« sagte Fine. »Was meinen Sie, wer es ist? Die Frau, bei der Sie mich supervidieren – die Sechs-Uhr-Patientin!«
»Wie bitte?«
»Meine Hysterikerin. Passen Sie auf!« Fine erzählte die Geschichte und endete mit ihrer verräterischen Bemerkung über *»the rapist«* an diesem Morgen.
Nach einer langen assoziativen Pause fragte V.: »Paranoia?«
»Paranoia?« fragte Fine.
»Haben wir bei Ihnen nicht ständig Ärger mit Paranoia?« Vergessen stand auf, trat ans Bücherregal, nahm einen Band der *Standard Edition* heraus, setzte sich, schlug das Buch auf. »Übertriebene Wachsamkeit? Haben Sie nicht die Phantasie, daß diese Mörderin irgendwie mit Ihnen verbunden ist?«
»Ja – ich meine, ja, sie *ist* es – ich meine, es ist ihr –«
»Ja?« fragte Vergessen und räusperte sich. »Sprechen Sie weiter.«
Fine wurde es heiß. Vergessen schlug die altehrwürdige Route ein und nahm an, daß jegliches Problem in der Analyse nicht vom Patienten ausgehe, sondern vom Analytiker, daß Fines eigene Neurose seine Wahrnehmung der Sechs-Uhr-Patientin verfälsche. Analysiere den Analytiker, um den Patienten zu analysieren. Fine war bitter enttäuscht. Er verstummte.
Vergessen fand die betreffende Stelle: »›Der Fall Schreber. Teil II: Deutungsversuche.‹ Hier zitiert Freud Goethes Faust:

> Und seine vorgeschrieb'ne Reise
> Vollendet er mit Donnergang.«

Sean nickte, und bevor Fine zu erkennen geben konnte, daß er nichts verstand, blätterte er weiter und las wieder vor:

> »Teil III: Über den paranoischen Mechanismus: Dieser klinischen Aussage wegen nehmen wir an, daß die Paranoi-

schen eine *Fixierung im Narzißmus* mitgebracht haben, und sprechen wir aus, daß der *Rückschritt von der sublimierten Homosexualität bis zum Narzißmus* den Betrag der für die Paranoia charakteristischen Regression angibt.«

»Glauben Sie, Dr. Fine, daß die Hervorhebungen von Freud selbst sind?«
»Homosexualität?«
»Narzißmus?«
»Ich sage Ihnen, daß ich die Mörderin gefunden habe, und Sie sagen mir, ich sei schwul?«
»Warum so abwertend?«
»Tut mir leid. Aber wie auch immer, ich will der Polizei mitteilen –«
»Und die Schweigepflicht verletzen? Wozu, um alles in der Welt?«
»Was?« fragte Fine ungläubig. »Na, weil sie die Mörderin ist.«
»Ist sie nicht.«
»Was?« rief Fine abermals aus. »Natürlich ist sie –«
»Nein«, sagte Vergessen bestimmt. »Unmöglich.«
Fine bekam es mit der Angst. »Aber wie sollte sie sonst von der Entstellung der Leiche erfahren haben?«
»Das Wortspiel?« Fine nickte. »Ist das nicht von Nabokov?«
»Hm?« Fine wurde es flau im Magen. Er witterte Unrat.
»Haben Sie mir nicht selbst gesagt, daß sie eine begeisterte Leserin dieses emigrierten Anti-Freudianers Vladimir Nabokov ist?« Fine bejahte. »Na also. Und stammt das betreffende Wortspiel nicht aus *Lolita?*« Fine fürchtete, er müßte sich übergeben. Sorgenfalten erschienen auf Vergessens Stirn, und er schüttelte seinen runden weißen Kopf: »Tz, tz! Wie können Sie auch nur daran denken, die Vertraulichkeit einer Kontrollanalyse zu verletzen?«
»Aber sehen Sie sich doch ihre Fallgeschichte an – als Kind wurde sie mißbraucht –«
»Aber ist sie nicht jetzt sehr erfolgreich? Erweisen sich nicht manchmal diejenigen mit der schlimmsten Vorgeschichte als die Besten? Und umgekehrt?« Wen meinte V. damit? Ihn? Sich

selbst? Sunny? Vergessen sah Fine tief in die Augen – war das die legendäre »Aufmerksamkeit«, die Vergessen angeblich seinen Patienten schenkte und die so stark war, daß sie sie sogar von hinten kommen und in Schädeldecke, Gehirn, Herz, Darm, Uterus, Eierstöcke und Hoden einsickern fühlten? Fine fühlte sich nackt. Er schämte sich und wandte den Blick ab.
Vergessen fuhr fort: »Ist Tätscheln genug? Die in den sechziger und siebziger Jahren dachten, sie hätten die Tätschelei erfunden, aber haben sie das wirklich? Haben wir nicht alle möglichen meschuggenen Therapien gesehen? Und funktionieren sie? Probieren Sie mal, den Menschen ›korrektive emotionale Erfahrungen‹ zu vermitteln – wie weit, glauben Sie, würden Sie damit kommen?« Er seufzte. »Glauben Sie, die Patentlösung liegt darin, daß Sie den Patienten berühren? Es reicht nicht, lediglich den Arm um ihn zu legen.«
Fine fühlte sich angegriffen. »Wer sagt denn, daß ich Patienten berührt habe?«
»Warum lügen?« Vergessens Gesichtsfarbe wurde dunkler. Fine fand ihn nörglerisch wie eine alte Frau oder einen Griechen. »Inzwischen müßten Sie doch wissen, daß die Welt ein auf mich gerichteter Trichter ist.« Fine nickte. »Es gibt Bestrebungen, Sie hinauszuwerfen. Passen Sie auf. Im Leben gibt es, im Gegensatz zur Romanliteratur, keine zusammenhängende Geschichte.«
»Wir machen uns unsere eigene Geschichte.«
»Wir tun unser Bestes. Jeder Mensch tut immer sein Bestes, nicht mehr, nicht weniger. Keine Schuldzuweisungen, keine Schuldgefühle. Unser Bestes.«
»Sie glauben also«, sagte Fine, »daß wir nur in so beschränktem Maß frei sind?«
»Meine Tochter?« Seine Stimme verriet nur einen Anflug von Schmerz.
Fine schluckte. »Aber sie ist aus eigenem freien Willen gekommen.«
»Je länger ich lebe, um so mehr frage ich mich, ob es so etwas überhaupt gibt.« Er verstummte. Seine Aufmerksamkeit schien sich in Luft aufzulösen.

Fine hatte das Gefühl, daß sein Gehirn verdreht war wie ein Möbiusband. Magensäure verbrannte ihm die Speiseröhre. »Wenn nicht, wie ändern sich dann die Menschen?«
»Was meinen denn Sie, wie sie sich ändern?«
»Das ist etwas Mystisches, ein magisches Ereignis, das einfach stattfindet.«
»Ihre eigene Geschichte?«
»Bis jetzt, ja.«
»Frauen?« fragte Vergessen spöttisch. Fine konnte seine Assoziation nicht nachvollziehen. »Wie Semrad immer sagte: ›Das ist das Erstaunliche an den Rockettes – daß jemand so viele Frauen dazu bringen kann, zur gleichen Zeit genau das gleiche zu tun.‹ Es ist nicht Ihre Sechs-Uhr-Patientin. Der Mörder oder die Mörderin läuft nach wie vor frei herum. Denken Sie daran: Es reicht nicht, den Arm um sie zu legen. Psychoana–«
»Aber es reicht auch nicht, es *nicht* zu tun«, konterte Fine.
»Hm?«
»Es reicht auch nicht, dem Patienten den Arm *nicht* um die Schulter zu legen.«
»Aber ist die Psychoanalyse nicht das Beste, was wir haben?«
»Bis jetzt schon.«
»Ja? Wie Metz einmal zu mir sagte – da war ich ungefähr in Ihrem Alter: ›Zeigen Sie mir einen Helden, und ich zeige Ihnen einen Traum.‹ Unsere Zeit ist um.«
Fine mußte wieder in die Gluthitze hinaus. Er schüttelte sich, um sein Gehirn wieder in Gang zu bringen. Er fühlte sich schutzlos und ausgesetzt wie ein Agoraphobiker und blinzelte in das Gleißen, als suchte er nach einer Landepiste. Tief in seinen Eingeweiden – in der Milzgegend – zuckte etwas. Getrieben von kolikartiger Furcht rannte er fast zum Taxistand am Ritz.

Unterdessen war Stephanie, allein in Stow, in Fines Behandlungszimmer gegangen. Es war der einzige klimatisierte Raum, der ihr zugänglich war, und sie wollte ihren Auftritt proben. Sie sah, daß er ihr Bild vor die Fotos von Freud und Vergessen gestellt hatte, und war gerührt. Spielerisch drückte sie ein paar Tasten an seinem

WANG, und der Rechner – *summ, schnarr, ratter, piep!* – erwachte zum Leben. Der dunkle Bildschirm füllte sich mit grün phosphoreszierendem Text:

DAS NUKLEARE DENKEN

Widmung
Meiner lieben Frau Stephanie:
Wenn ich sterbe, wirst Du dies lesen und wissen:
Ich habe dich immer geliebt,
Und ich habe dir zugehört.

»Ihr Männer würdet auch einen Weg zu echten
Beziehungen finden, wenn euer Leben davon abhinge.«

Stephanie Caro Fine

»Wie lieb!« sagte sie, tief gerührt. Hatte er ihr also doch zugehört? Mit einem Gefühl, als läse sie den Abschiedsbrief eines Selbstmörders, drückte sie die Taste NÄCHSTER BILDSCHIRM. Der Text war anders als alles, was sie bis dahin gelesen hatte: Im Gegensatz zur kühlen akademischen Sachlichkeit war er warmherzig. Im Gegensatz zur engherzigen Verachtung des Analytikers war er umfassend und mitfühlend. Sie las begierig weiter. Als sie fertig war, sah sie Fines Stuhl an: »Hab ich dich jemals wirklich gekannt, Fine? Warum hast du mir das nicht schon längst mal gezeigt, du Halunke?«

Spät am Abend, als die anderen beiden probten und John James wohlbehalten im Bett lag, ging Fine zu seiner eigenen Überraschung allein auf der Insel spazieren. Trotz Vergessens Zweifeln war er sich sicher, daß er die Mörderin gefunden hatte. Vielleicht würde er doch die Polizei anrufen. Er war froh, daß Duffy wenigstens nicht mehr auf Long Island kommen konnte, ohne daß er es erfuhr. Die Menschen, die er liebte, waren zumindest vorläufig außer Gefahr. Aber trotz allem war er unruhig, rastlos, der

Gedanke an seine eigene Sterblichkeit, ja sogar an die Nähe des Todes, ließ ihn nicht los. Einmal, als er an seine Frau dachte, spürte er die Klauen des grünäugigen Monsters Eifersucht. Diese Gefühle waren ihm unverständlich, so als gehörten sie jemand anderem.

Auch seine Handlungen überraschten ihn.

Er ging ins Labor, nahm zwei Käfige mit schlauen Heuschrecken vom Regal und ließ einen zurück, aus Respekt vor Miss Ando. Wie an einem Draht gezogen, stieg er mit den beiden Käfigen auf den Hügel hinter dem Jefferson House, wo das Gras wild wucherte und, so schien es ihm, wunderbar duftete. Er hielt einen der Käfige hoch, schob den Riegel zurück und sagte: »Ihr seid frei.«

Ein Heuschreck, ein schlankes Männchen, spähte über den Rand. Er zögerte. Mit einem Zirpen für seine Artgenossen sprang er dann in die Nacht, ins Gras. Weg war er. Die übrigen folgten ihm, einer nach dem anderen.

»Ihr seid frei«, sagte Fine. »Ihr seid in Sicherheit.«

Stille.

Den anderen Käfig mit schlauen Heuschrecken trug er in sein Behandlungszimmer und versteckte ihn hinter einem blinden Paneel des Bücherregals. Jahrelang hatte er ihnen beizubringen versucht, die Beine zu heben, und den Calciumspiegel in ihrer Endolymphe und ihren winzigen Gehirnen erhöht. Sie waren in der Tat unbezahlbar, unersetzlich. Auch diese Heuschrecken waren jetzt, wenn auch auf andere Art, in Sicherheit.

Aber das letzte, was er tat, war in mancher Hinsicht das bizarrste. Er hatte das Gefühl, daß seine Frau ihn nicht mehr erkannte. Um zwei Uhr morgens stand er auf, ging ins Bad und nahm sich den Bart ab. Er hatte ihn wachsen lassen, als er sich nach seinem Eintritt ins Boston Institute in Freud verliebt hatte. Weg war er. Er strich sich mit der flachen Hand über die Wange. Glatt wie ein Kinderpopo. Der Mann im Spiegel war so jung! Jetzt sah er wieder so aus wie damals, als sie sich in ihn verliebt hatte, also vor langer, langer Zeit – einer halben Ewigkeit.

30

»Aber ich versichere Ihnen, Sylvia«, sagte Fine ärgerlich, um endlich die Illusion seiner einäugigen Patientin zu zerstören, »ich bin *nicht* Ihr Stuart Fi–«

»Ach, komm schon,« kokettierte sie, »was soll das Versteckspiel, Süßer? Ohne deinen Bart siehst du genauso aus wie damals an der Highschool. Nein, sei still und hör mir zu – ich stehe unmittelbar vor einem Durchbruch, verstehst du?« Und dann erzählte sie von Green's Wild Animal Farm.

Es war Freitag nachmittag um halb fünf. Den ganzen Tag hatte die Hitze zugenommen, und jetzt war es siedend heiß und drückend schwül draußen. Fünf Tage hintereinander Rekordtemperaturen, eine fürchterliche Hitzewelle. Tag für Tag hatte die Hitze zugenommen, und Tag für Tag war es stiller geworden. Die Vögel flogen hoch am Himmel, ein Anzeichen für ein herannahendes Unwetter. Doch da noch nichts von einem Wetterumschlag zu sehen war, herrschte eine gespenstische Atmosphäre. Die Wetterpropheten waren ratlos, ihre Computer drehten durch, kapitulierten. Überschwemmung in Los Angeles, Schnee in Knoxville – irgend etwas war aus den Fugen geraten. Und jetzt diese ominöse Stille. Alle Lebewesen spürten, daß etwas in der Luft hing; keines wußte, was es war.

Fine kämpfte schon den ganzen Tag mit sich selbst. Duffy war um sechs Uhr morgens nicht gekommen und auch nicht zur Arbeit erschienen, was angeblich sehr ungewöhnlich für sie war. Fine hatte verschiedene Möglichkeiten ausprobiert, sie aufzustöbern, aber sie war wie vom Erdboden verschluckt. Dieses Verschwinden war ein eindeutiger Beweis ihrer Schuld. Er hatte ihr auf den Anrufbeantworter gesprochen: »Wir müssen unbedingt miteinander reden. Rufen Sie mich sofort an. Bestehen Sie unbedingt darauf, daß man Sie zu mir durchstellt.« Er fühlte sich sicher in Stow, war aber hin- und hergerissen, ob er die Polizei informieren sollte. Während er sich abmühte, seine Sitzung bei Vergessen und sein eigenes bizarres Verhalten zu verstehen, kam es ihm so vor, als hätte ein anderer diese Dinge getan. Am meisten beunruhigten ihn seine Eifersuchtsanfälle; sie traten völlig unberechenbar irgendwann im Laufe des Tages auf, manchmal in Gegenwart von Stephanie und den anderen beiden, manchmal, wenn er allein war und plötzlich seine Frau vor sich sah, nackt, die Beine gespreizt, die Arme John entgegengestreckt, und dann zog sich sein Hodensack zusammen, und er fühlte eine unbändige Wut in sich aufsteigen. Doch diese Anfälle vergingen bald wieder, und mit der Wut verschwand auch das Bild seiner Frau. Als hätte sich eine verschmutzte Zündkerze in seinem Gehirn durch einmaliges Zünden selbst außer Funktion gesetzt, so daß ein überhitzter, blockierter Motor zurückblieb, so leer von jeder Erinnerung wie Metall.

Als nur noch wenige Minuten von der Sitzungszeit übrig waren, war Fine frustriert, weil sie sich hartnäckig weigerte, seine wahre Identität anzuerkennen.

»– weißt du noch, wie mein Daddy gestorben ist, als ich dreizehn war? Durch diesen ›Unfall‹ mit dem Gewehr? Und dann, als du schon weg warst, haben sie den Lake Tuscaloosa aufgestaut, die Farm wurde unter Wasser gesetzt, und mein Lieblingsbaum, die Schirmmagnolie, ist ertrunken. Also hab ich mir einen Ruck gegeben, bin in den Norden gekommen – *ich* in New York, stell dir vor! Ich hab im Central Park Zoo gearbeitet. Und –«

Er musterte ihr Gesicht. Im Gegensatz zu anderen Einäugigen, bei denen man sich immer fragte, welches Auge das echte war, war ihr Glasauge leicht zu erkennen. Mit dem mausbraunen Haar und der Adlernase wirkte das Gesicht irgendwie verbogen. Wenn er in das eine haselnußbraune Auge sah, spürte er, wie das andere – gleich einem anderen Menschen – ihn beobachtete. Er suchte nach Anzeichen für Affekte. Da er aus ihrem Gesicht auf eine gleichermaßen verbogene Seele schloß, sagte er: »Das muß ja schrecklich für Sie gewesen sein, als Ihr Kind starb. Erzählen Sie mir doch bitte davon.«

»Was?« Sie war schockiert. »Hör auf! Ich spreche von einem Zoo!«

Du Trottel, dachte Fine, was ist mit dir los? Sie sprach weiter über die Arbeit mit Tieren – sie hatte sie gern unter Kontrolle, säuberlich in ihre Käfige eingesperrt. An ihren freien Tagen war sie als exzellente Reiterin im Central Park geritten. Hatte ein eigenes Pferd besessen. Sich mit den Kutschern und ihren Pferden angefreundet, denen vor dem Plaza Hotel.

»Wenn es Ihnen da so gut gefallen hat«, fragte Fine, »warum haben Sie dann aufgehört?«

»Ich mußte.«

»Erzählen Sie mir davon.«

»Es war nicht recht, was du getan hast, Stuart, überhaupt nicht recht. Ich kann dir verzeihen, daß du mich damals verlassen hast – ich meine, irgendwie verzeihen, wir waren schließlich alle noch Kinder –, aber ich kann dir nicht verzeihen, was du mir angetan hast, seit ich bei dir in Therapie bin.«

»Was meinen Sie damit?«

»Du weißt verdammt gut, was ich damit meine!« Ihr Gesicht wurde starr. »Spiel nicht den Naiven, das steht dir nicht, Süßer.«

»Ich weiß nicht, wovon Sie reden.«

»Von deinem Sexleben – jede Nacht eine andere. Was ist eigentlich in dich gefahren?« Fine war wie vor den Kopf geschlagen. Woher wußte sie davon? »Wir haben uns so nahe gestanden, früher einmal, und jetzt, wo wir uns wieder näherkommen, entwickelst du eine Vorliebe für Schlampen? Was soll das Gerammel! Schämst du dich nicht?«

»Also wissen Sie«, sagte Fine sanft, »meine Moral ist ja wohl meine Privat–«

»Nein, eben nicht!« Ihre eiskalte Stimme drang durch die zusammengepreßten Lippen. »Es ist die Sache Gottes und die von uns allen auf Erden, die Gott kennen! Du tust Böses! Der Herr wird das nicht mehr lange dulden!« Fine dachte zunächst, sie sei lediglich eine wiedergeborene Christin, aber während sie weitersprach, entdeckte er noch etwas anderes: Der jähe Wechsel von Liebe zu Haß war so schrill, so brutal, daß er nur ein Zeichen eines ungeheuren Haßgefühls sein konnte. Ihm wurde flau, er hatte plötzlich Schmetterlinge im Bauch: Um Himmels willen – ist *sie* es etwa? Die Nackenhaare sträubten sich ihm. Seine Paranoia mel-

dete sich zurück. Ihr gutes Auge fixierte ihn unerbittlich. Das Herz hämmerte ihm in der Brust, seine Kehle schnürte sich zu, und er hörte sie wie von fern fragen:
»Was hast du denn?«
»Nichts.« Seine Stimme war belegt.
»Na los, sag's schon.«
Ihm wurde immer flauer. »Erzählen Sie mir, wie Sie Ihr Auge verloren haben.«
»Das ist dir doch scheißegal – das ist doch bloß Technik. Ich hab die Nase voll von deinen Gegenfragen. Erzähl mir von *dir*, oder ich zeig dir was, was dir den Magen umdreht. Na komm schon – sag was!«
Fine konnte keinen klaren Gedanken mehr fassen. »Ich habe Ihnen doch gesagt, Sie irren sich –«
»Nichts da, raus mit der Wahrheit!« Fine kam sich vor wie in einem Schraubstock. Sein Gehirn war wie gelähmt. Sie saß zwischen ihm und der Tür. Er wollte hinschauen, um die Entfernung abzuschätzen, traute sich aber nicht. Sie schien seinen Fluchttrieb zu spüren. »Angst vor mir? Sehr gut! Komm schon, sag's mir.«
Fine geriet in Panik. Stumm saß er da, wie ein Vogel im Netz.
»Verdammt, du hast mich schon mal ohne ein Wort sitzen lassen, nicht mal verabschiedet hast du dich von mir – genau wie meine Mutter, und Daddy auch.« Sie holte tief Luft und sagte wie ein auf die Beute herabstoßender Habicht: »Warum hast du mir das damals angetan? Das war keine Verführung! Das war *Vergewaltigung*.« Sie saß auf der Stuhlkante: »So, jetzt ist es raus. Hör auf zu glotzen und sag was, sonst kannst du was erleben!«
Fine versuchte, angesichts ihrer blinden Wut wenigstens halbwegs Ruhe zu bewahren. Nein, die Frau, die da vor ihm saß, konnte keine Massenmörderin sein, ausgeschlossen.
»Okay, du hast es so gewollt – ich zeig dir jetzt was, was dir den Magen umdreht, aber wie!« Sie senkte den Kopf und nahm mit einer flinken Handbewegung ihr Glasauge heraus. Mit finsterer Miene saß sie da, warf die Glaskugel in die Luft und höhnte: »Ganz schön häßlich, oder?«
Plötzlich ging Fine ein Licht auf: Katzenaugenmurmeln!

Sofort war alles klar: Es war ihr Symbol, ein Objekt mit psychotischer Bedeutung, das ihren Gang durch die Welt markierte, ein Fetisch, der ihr Selbst definierte. Er stellte sich vor, wie sie an den Tatorten seelenruhig ihre Murmeln ausgelegt hatte, um ihre Wut zu besänftigen, die Signatur auf ihren Kunstwerken. Sie ist einer der seltenen Fälle: ein weiblicher Psychopath. Ohne den Leim der Empathie kippt sie in ein mörderisches Selbst um. Fine wußte, daß er in akuter Lebensgefahr schwebte. In der Handtasche hatte sie die Pistole. Ein ominöser Gedanke beschlich ihn: Wenn sie weiß, daß ich es weiß, wird sie mich umbringen, denn dieses Wissen wäre das endgültige Verlassen. Die Worte »wenn dein Leben davon abhinge« gingen ihm durch den Kopf, und er wußte, daß er nur noch eine Chance hatte: Er mußte einen Rest Menschlichkeit in ihr finden und diesen Rest mit viel Feingefühl ansprechen, und zwar auf der Stelle. Also sagte er: »Es ist doch sicher sehr schmerzlich für Sie, daß Sie der Welt so gegenübertreten müssen.« Er spürte, wie falsch es klang. Ob sie es auch gemerkt hatte?

»Spar dir dein Mitleid für jemanden, der's nötig hat. Eine ausgetrocknete Augenhöhle tut nicht weh.« Sie starrte ihn an, und ihr gutes Auge schien dunkler zu werden, weil die Pünktchen darin miteinander verschmolzen. Eine weiße Narbe trat auf ihrer Wange in Erscheinung. Fine war starr vor Entsetzen. »Was ist denn? Woran denkst du?«

Fine schaute von der narbigen leeren Höhle zu dem lebendigen Auge. Sein Leben hing an einem seidenen Faden. »Sylvia, ich habe Angst.«

»Bin ich so häßlich?«

Fine entdeckte in dieser Antwort einen Schimmer von Gemeinsamkeit.

»Nein, das ist es nicht –«

»Was geht dann durch diesen grausamen Kopf, hm?« Fine verkrampfte sich. »Ich verstehe«, sagte sie in verändertem Tonfall. Fine hatte den Verdacht, daß sie bei sich zu irgendeiner bizarren Folgerung oder sogar einem Entschluß gekommen war.

Er war verzweifelt und konnte nur sagen: »Sehen Sie?«

»Mein Gott!« Sie nahm ihre Handtasche. »Warum hast du denn dieses –«
Ein energisches Klopfen an der Tür. Sie fuhren beide zusammen. Die Tür ging auf, und Stephanie rauschte herein: »Tut mir leid, aber es ist ein Notfall –«
»Wer sind Sie denn?« fragte Sylvia und setzte ihr Glasauge wieder ein.
»Meine Frau Stephanie«, sagte Fine und erhob sich.
»Was?« sagte Sylvia. »Du bist *verheiratet?* Aber – aber du trägst keinen Ring! Warum, was –« Sie stand auf. Fine streckte die Hand nach Stephanie aus. »Aber die ist doch mit dem blonden Typ zusammen – und wem gehört der kleine Junge? Du Betrüger!«
»Steph, paß auf!« schrie Fine.
»Ich krieg dich!« fauchte Sylvia und sah von einem zum anderen. »Nicht jetzt gleich – ich laß euch zappeln – aber verlaßt euch drauf, verlaßt euch alle drauf – ich schwöre beim Allmächtigen, irgendwann krieg ich euch doch, alle miteinander! Denn mein ist die Rache, spricht der Herr. Jawohl!« Sie rannte hinaus.
»Sie ist es«, schrie Fine, »runter!« Er schlug die Tür zu, schloß ab, ließ sich auf den Boden fallen und zog Stephanie zu sich herab. Er angelte nach dem Telefon und rief Mr. Royce an, der gerade Ansteckausweise mit Foto an Belegschaftsmitglieder ausgab und deshalb nicht rasch genug reagierte, um den ramponierten Ford anzuhalten, der von Long Island auf die Brücke und durch Squantum raste und im Gewühl des Southeast Expressway verschwand.
»Du bist weiß wie ein Bettlaken!« sagte Stephanie.
»Du bist genau im richtigen Moment gekommen, Gott sei Dank!« Er zitterte vor Angst. »Und Gott sei Dank hat sie nicht angefangen, um sich zu schießen! Das war knapp!« Er wählte O'Herliheys Nummer. »Warum bist du überhaupt gekommen? Das hast du doch noch nie gemacht.«
»Eine Frau namens Duffy hat zu Hause angerufen – sie muß dich unbedingt sprechen, hat sie gesagt. Anscheinend macht sie sich Sorgen um dich –«
»Verdammt! Wie konnte ich nur so blöd sein?« Er hatte das Ge-

fühl, daß sein Leben ihm in Bruchstücken um die Ohren flog. Er bekam O'Herlihey an die Leitung und sagte ihm, was passiert war. Der Detective war seiner Meinung – diesmal war der Fall klar. Fine legte auf und holte den Bourbon hervor. Mit zitternder Hand goß er zwei Gläser ein. »Zumindest wissen wir's diesmal genau, stimmt's?« Stephanie nickte. »Und da wir wissen, wie sie aussieht, wird sie sich hier nie mehr blicken lassen. Wir sind also in Sicherheit. Wenigstens hier draußen auf der Insel, oder?«

»Mhm.« Ihre dunkelblauen Augen blickten direkt in seine, und ihre Stimme bebte: »Ach, Fine – was haben wir nur für einen Schlamassel angerichtet!«

»Das kannst du laut sagen.« Der Bourbon brannte, eine Warnung. »Und jetzt?«

»Nichts wie weg hier.« Sie zögerte. »Wie wär's, gehen wir ein bißchen schwimmen?«

»Schwimmen?« Der Schreck saß ihm noch in den Gliedern – sie waren um Haaresbreite dem Tod entgangen.

»Ja. Warum nicht.« Sie nahm seine Hand. »Na, dann komm.«

Sie traten hinaus in die Hochofenhitze und gingen auf dem verrosteten Eisenbahngleis zur äußersten Spitze der Insel. Die Bahnstrecke war im Zweiten Weltkrieg gebaut worden, zur Versorgung mehrerer Bunker in dem Kalksteinfelsen, auf dem der Leuchtturm von Long Island stand. Sie versuchten, ihre Schritte den Schwellen anzupassen, aber es gelang ihnen nicht. Der glühendheiße, makellos stille Tag erschien Fine zugleich rauh und sanft. Bei der Hitze strengte sogar das Sprechen an. Fine fühlte sich aufgebläht. Sein Bauch, vom Gürtel eingeschnürt, quoll über den Rand, Schweiß floß ihm den Kopf, den Hals und die Brust hinab und sammelte sich in der Leistengegend, und die dicken Schenkel rieben aneinander. Seine Gewichtszunahme machte ihm jetzt doch zu schaffen. So viele Dinge tauchten nun plötzlich auf, erklärten sich, verwirrten ihn. Er wünschte, sie würde seine Hand nehmen. Er zögerte, ihre zu nehmen, denn sie gehörte ja nicht mehr ihm. Die Eifersucht zwickte ihn, und er schaute aufs Meer hinaus. Das Wasser wirkte kompakt und erstarrt. Nur wenn er es

scharf ins Auge faßte, sah er die leichten Wellen. Segelboote und Tanker bewegten sich in Zeitlupe. Ein Jumbo glitt langsamer, als es möglich schien, eine Rutsche aus heißer Luft hinab. Es roch nach Gras, und Fine dachte an seine freigelassenen Heuschrecken und freute sich für sie. Zu seinen Füßen verwelkte eine einzelne rote Tulpe über einer verrosteten Schiene. Die Heckenrosen hielten ihre prallen Knospen noch geschlossen, ließen sich von dem trügerischen Sommer nicht irreführen. Fine sagte: »Es ist schwer, an irgend etwas in der Welt festzuhalten, findest du nicht auch?«
»Ja«, sagte Stephanie, »aber loslassen ist noch schwerer.«
Am Gleisende war eine Bunkermauer eingestürzt und hatte einen weiß gekachelten Duschraum freigelegt. Der Weg verzweigte sich: links zum Strand, rechts zum Leuchtturm.
»Ich wette, da oben weht ein kühles Lüftchen«, sagte Stephanie. »Komm, wir gehen rauf.« Sie nahm ihn bei der Hand und zog ihn weiter. Er war elektrisiert: Sie berührte ihn wieder! Schweißüberströmt mühten sie sich den Pfad hinauf zum Leuchtturm und schauten keuchend an dem abblätternden schwarzweißen Schachbrettanstrich hoch. Fine schloß die Tür auf und verschloß sie von innen wieder. Wie Kinder, die etwas Verbotenes tun, kletterten sie die Wendeltreppe hinauf. Mit jeder Windung wurde es dunkler, und es roch nach Vögeln, bis dann ganz oben die Spirale wieder heller wurde. Sie atmeten immer schwerer, traten mit letzter Kraft ins blendende Licht hinaus und erschraken, als Dutzende von Tauben mit einem gewaltigen Rauschen aufflatterten. In Schweiß gebadet und außer Atem schauten sie hinab wie vom Gipfel der Welt.
Nach einer Weile sagte sie von der anderen Seite der Plattform her: »Ich will dich.«
Fine hatte den Eindruck, daß sich der kreisförmige Raum drehte, ihm war es schwindlig, und alte und neue Gefühle lagen im Widerstreit. Dann zog Stephanie den Reißverschluß ihres Overalls ein Stück auf. Darunter war sie nackt. Fine spürte den Ansturm der Erregung, aber dann sah er ein schreckliches Bild vor sich: den Schnitt, den ein Famulus beim Beginn einer Autopsie an einer Leiche anbringt, vom Kinn bis zu den Genitalien. Ihm wurde übel, und er hielt sich die Hand vor den Mund. Wie schön, und

wie schrecklich! Er wandte den Blick ab. Sie umarmte ihn, küßte ihn mit offenem Mund, und ihre Zunge saugte an seiner. Dennoch empfand er die Berührung als zu unsanft, die Umarmung als Zumutung. Ich will Gespräch, federleichte Liebkosung, Leichtigkeit. Erleben Frauen so Männer? Wird Machoverhalten als Vergewaltigung erlebt? Erschrocken stellte er fest, daß er sie so wahrnahm, wie eine Frau einen Mann wahrnehmen mochte! Dasselbe Gefühl hatte er bei Sunny gehabt! Apropos gekreuzte Leitungsbahnen im Innern! Er versuchte sich freizumachen: »Warte – nein.«

»Was?« Sie war erregt, hielt ihn fest, drückte sich mit dem ganzen Körper an ihn.

»Es ist nicht recht – ich kann nicht.«

»Ist doch nichts dabei – vielleicht ist es der Vollmond, oder die Hitze, oder weil du so ein sexy Tier geworden bist – ich hab's schon immer gemocht, wenn du dicker warst – und ohne den Bart ist es, als wär die Zeit zurückgedreht –«

»Ich hab ihn abrasiert, weil ich dachte, du kennst mich nicht mehr.«

»Was?«

»Ich hab gedacht, wenn ich ihn abnehme, wirst du mich wieder so lieben wie früher.«

»Laß uns nicht von Liebe reden, Fine. Das hier ist *Lust*, tierischer Magnetismus, keine Beziehungskiste – ich hab nur einfach Lust auf dich, hier und jetzt –«

»Bitte n-n-n-nicht.« Er stotterte, zitterte, fröstelte plötzlich.

»Was ist?« fragte sie besorgt. »Hast du immer noch Angst?«

Er log: »Ja. N-n-noch immer Angst, ja.«

»Oh.« Sie entspannte ihren Körper. »Mein armer Kleiner.«

»Bitte, Steph, leg dich einfach zu mir, halt mich ein bißchen und laß mich dich halten, bitte, ja?«

»Sicher.«

Und so legten sie sich hin, und sie schloß ihn in die Arme. Nach einer Weile fing er an sie zu streicheln, sanft, ruhig, zart, ihre Schultern, Brüste, Schenkel. Er dachte, daß er sie berührte, wie eine Frau es tun mochte – und wie eine Frau berührt werden wollte. Er fühlte sich ihr nahe, zum erstenmal seit Wochen – Jahren? –, und sagte: »Ist es *das*, was Frauen wollen?«

Sie lachte. »Du bist wirklich ein komischer Kauz geworden.«
Sie lagen still beieinander, schauten zu den Balken hoch, spürten die Brise und tief drunten die Welt. Stephanie schlief sogar ein, und er bekam mütterliche Gefühle. Die Tauben kamen zurück und ließen sich häuslich nieder. Die Sonne schien schräg durch die staubige Luft, ließ Stephanies schwarzseidenes Haar aufschimmern und den Raum in rotgoldenem Licht leuchten. Sie erwachte, und Fine flüsterte einen Aphorismus: »›Ich bin ein Kind, das einen Sonnenstrahl fangen will: Ich öffne die Hand und stelle verblüfft fest, daß sie leer, daß das Licht weg ist.‹«
»Das war schön«, sagte sie, »aber mach dir keine Hoffnungen.«
Sie gingen die dunkelnde Spirale hinab und ins Freie.

Beim Abendessen waren alle angespannt. Steph und John hatten es eilig – er mußte zur Generalprobe, sie in die Comedy Box. Beide hatten am nächsten Abend Premiere. Der Junge weigerte sich immer noch, mit seinem Vater zu sprechen. Nur weil Fine ihm seine Leibspeise vorgesetzt hatte – Hot dogs mit Pommes und Erdnußbutter-Eiskrem –, aß er mit ihnen. Er schlang sein Essen hinunter und stand auf. John sagte: »Morgen frisches Gemüse, verstanden?« Der Junge ging in den Garten hinaus.
John sah die anderen beiden todtraurig an. »Was soll man da machen?«
Seit der Schmusestunde mit Stephanie war Fine schlecht auf John zu sprechen, und so sagte er: »Du hättest die Rolle nicht übernehmen dürfen.«
»Ich hatte keine Wahl.«
»Es gibt immer eine Alternative«, sagte Fine, »immer.«
»Das hilft mir auch nicht weiter, Fine.«
»Vielleicht doch. Angenommen, du hörst einfach auf.«
»Was?« John sah ihn fassungslos an. »Mach dich nicht lächerlich. Wir haben morgen Premiere.«
»Bei deinem Sohn hast du die letzte Vorstellung schon hinter dir.«
»Aber ich tu's für ihn.«
»Du tust es zum größeren Ruhm deiner selbst – gib's doch wenigstens zu.«

John war gekränkt und stand auf. »Komm, Stephanie, ich muß los.«
»Kinder verzeihen einem immer, man muß ihnen nur eine Chance geben«, sagte Fine. »Wenn du aufhörst und hier bei ihm bleibst –«
»Der redet doch nicht mal mit mir!«
»Bleib, dann wird das schon wieder.«
»Das hab ich doch schon probiert – ich hab ganze Tage mit ihm verbracht –, alles umsonst.«
»Klar, wenn er dich am Abend wegfahren sieht, zu etwas anderem, was dir wichtiger ist als er. Schau – es ist nicht deine Schuld, John – du tust dich schwer, andere als von dir getrennt wahrzunehmen – mich, Steph, den Jungen – wir alle sind nur Spiegelungen von dir – das wäre eine Gelegenheit, dich von deinem –«
»Großartig«, höhnte John, »einfach großartig! Sag mir ruhig, was für ein verkorkster Typ ich bin, am Vorabend meiner wichtigsten Premiere! Das hat mir grade noch gefehlt!«
»Dein Sohn braucht dich, und du gehst weg«, sagte Fine ärgerlich. »Ein kleiner Junge braucht dich, und du benimmst dich selber wie ein kleiner Junge! Du warst vielleicht mal ein Wunderkind in Harvard, aber jetzt bist du nur noch ein Kind, wenn du mich fragst.« Johns Augen wurden schmal, und er schien sich auf Fine stürzen zu wollen. »Hey, tut mir leid, aber – sei nicht leichtsinnig. Er braucht dich.«
John umklammerte die Stuhllehne, und seine Knöchel wurden weiß. Wortlos stürmte er hinaus. Stephanie stand auf, nahm einen Teller und stellte ihn in die Spüle. »Steht dir gar nicht, Fine«, sagte sie, »steht dir wirklich nicht.«
»Was denn?«
»Geringschätzung.«
Er fing ihren Blick auf und wollte ihn festhalten, aber sie wich ihm aus und ging zur Tür. »Hey – wie läuft's denn mit deiner Comedy, hm?«
»Denk dran, was ich gesagt habe: Mach dir keine Hoffnungen.« Sie ging.
Keinem war aufgefallen, daß Fine mit der rechten Hand gegessen hatte.

Als Fine sich vor dem Zubettgehen noch einmal vergewisserte, daß bei dem Jungen alles in Ordnung war, befiel ihn eine seltsame Vorahnung. Den ganzen Tag hatte er vergessen, nach seinen Heuschrecken zu sehen. Jetzt ging er ins Labor. Er knipste das Licht an und hörte kein erfreutes Zirpen der Männchen in dem einen Käfig mit schlauen Exemplaren, den er dort im Labor gelassen hatte. Er erschrak. Er trat an den Labortisch.

Alle Heuschrecken waren tot, zerstückelt. Ein Kopf hier, ein Rumpf da, und überall noch zuckende Beine. Sie mußte es getan haben, bevor sie zu ihm in die Sitzung gekommen war! Er schrie auf, rannte hinaus und fand sich unter der Rotbuche wieder, schlug mit der Faust gegen den Stamm, als könnte er damit seine geliebten kleinen Kreaturen wieder lebendig machen. Dann fiel ihm der letzte Käfig ein. Er rannte in sein Behandlungszimmer hinauf, öffnete die Geheimtür und – gottlob, da waren sie noch, wohlbehalten und munter. Er setzte sich hin und betrachtete sie, und in ihm kämpften Wut und Trauer gegeneinander.

Seine letzten schlauen Heuschrecken, als spürten sie, daß großes Unrecht geschehen war, standen ganz still und gaben keinen Laut von sich.

Er stellte sie zurück in das Versteck, rannte zum Haus hinüber, verschloß alle Türen und Fenster und sah noch einmal nach dem Jungen. Er setzte sich hin und versuchte, das ganze Ausmaß der abscheulichen Niedertracht dieses Monsters Sylvia Green zu fassen.

31

Von allen darniederliegenden Jefferson-House-Patienten waren diejenigen, die ständig heulten, schrien und wimmerten, am leichtesten zu finden.

»Nierensteine?« fragte Fine Miss Ando.

»Ja, von den Finestones«, sagte sie traurig. »Höllische Schmerzen.« Sie war untröstlich über das Massaker an den Heuschrecken.

»Aber ich hab Ihnen doch gesagt, daß sie reichlich Flüssigkeit brauchen –«

»Die haben nicht auf mich gehört – sie waren zu durcheinander.« Mehrere von Fines stationären Patienten hatten während der Hitzeperiode nicht genug getrunken und Nierensteine bekommen. Von den Ereignissen des Monats durcheinandergebracht, waren sie und die anderen – Barometer der psychischen Wetterlage – zu früheren Entwicklungsstufen regrediert und hatten sich, in Fötalhaltung zusammengerollt, in dem Labyrinth von Tunneln versteckt, das in der Kriegszeit unter Stow angelegt worden war. Die dicke Sadie, erbost darüber, daß man sie mit ihrem Lebensmittelvorrat aufgestöbert hatte, wurde gegenüber dem Klinikpersonal handgreiflich und hatte sich, da ihre Knochen von zig Litern stark phosphorhaltiger Diätlimonade geschwächt waren, den Knöchel gebrochen, trug jetzt einen Gips und wurde mit Morphium ruhiggestellt – fest davon überzeugt, sie sei in »Viet-Salvador« verwundet worden. Eli, vom Geheul des Pudels verraten, war in einem Geheimzimmer in Dr. Pelvins Haus gefunden worden, hielt sich für »Eli Frank, Annes verschollenen Bruder« und schrie die Pfleger an: »Nazis! Mit mir nicht!« Er griff sie an und zwang sie dadurch, sich wie die Nazis zu verhalten, vor denen er sich so fürchtete. Den ganzen Samstag hatten Fine, Stephanie, John und John James die Schreie in den Ohren, die aus dem Tunnelgewirr heraufdrangen und sich nur schrittweise verringerten, immer wenn einer der von Furcht gepeinigten Psychotiker entdeckt, eingesperrt, ruhiggestellt und mit Wasser versorgt wurde. Cooter, Stinko, Mary, Eve – sie alle wurden noch vermißt.

Brutal heiß und unheimlich still, ohne Vogelgesang und ohne die geringste Bewegung irgendeines lebenden Wesens, schien der Tag beschädigt, ein ominös defekter Tag, der in seinem Verlauf immer dunkler wurde. Fine kamen Erinnerungen an Orte und Zeiten seiner Kindheit, vielleicht Träume, vielleicht Wachträume, aber alles voll bedrückender Vorahnungen. Irgendwo in dem schwülen

Dunst ahnte er eine Bedrohung. Dabei schien das Schlimmste vorbei. Die Kuppel aus tropischer Luft hatte Risse bekommen. Der ordnungsgemäße Ablauf des Wetterwechsels – Hitze, Unwetter, Kühle – schien sich wieder durchsetzen zu wollen. Waren nicht zur Mittagszeit am Horizont diese faserigen Wolkenkringel aufgetaucht? Man sah, daß ein Unwetter im Anzug war, so wie man die Luft in Konvektionsströmungen über Heizkörpern sehen kann. Und so wie Katzen im Winter ein warmes Sonnenplätzchen suchen, waren die Menschen den ganzen Tag auf der Suche nach Kühle.

»Was hab ich eigentlich hier verloren?« fragte John Stephanie. Sie saßen im Arbeitszimmer und sahen zu, wie Fine mit seinen schlauen Heuschrecken kommunizierte. »Warum lebe ich in diesem Irrenhaus und hör mir an, wie ein Mann mit dressierten Insekten spricht?«

»Warum?« sagte Stephanie. »Aus demselben Grund, warum ich mit meiner Depression mich heute abend hinstelle und die Bostoner Spießer zum Lachen bringe. Ich hab einen unheimlichen Bammel. Am liebsten würde ich mich in ein Mauseloch verkriechen!«

John und Fine lachten. Sie hatten einen prekären Frieden geschlossen. Fine war irgendwie anders, mürrischer. Er hatte sich den Tag über von den beiden anderen Erwachsenen ferngehalten und mit John James gespielt.

Und so standen John und Steph nach dem verfrühten Abendessen auf und machten sich fertig, um zu ihren Premieren in die Stadt zu fahren.

»Tust du mir einen Gefallen, Fine?« fragte John. »Holst du bitte John James rein, bevor wir losfahren? Außerdem kommt ein Unwetter.«

»Gut«, sagte Fine und stand auf. »Ich hol ihn jetzt gleich.«

»Danke.« Er seufzte. »Du hast ja recht. Wenn die Vorstellungen gelaufen sind – es sind ja nur zwei Wochen –, nehm ich mir Zeit für ihn. Dann machen wir Ferien, nur er und ich. Dann wird's doch nicht schon zu spät sein, oder?«

»Es ist nie zu spät bei einem Kind, nein.«

Er lächelte. »Du wirst sehen – es wird genau so, wie der Herr Doktor es verschrieben hat.« John folgte Stephanie nach oben. Fine ging in die Küche.
In diesem Moment hörte Fine von der Hausvorderseite her das erste leise Donnergrollen. Er drehte sich um und machte ein paar Schritte zur Tür hin, blieb dann aber stehen, weil er sich für den Jungen verantwortlich fühlte, und machte kehrt. Er war schon an der Hintertür, als ein greller Lichtblitz aufzuckte und durch die Fliegentür an der Vorderseite den langen Flur erhellte – der Leuchtturm von Long Island. Fine blieb wie angewurzelt stehen. Wie von unsichtbaren Fäden gezogen, ging er an die Haustür und auf die Veranda hinaus.
Der Himmel im Westen verdunkelte sich zusehends, die schwarzen Wolken stiegen immer höher, kämpften gegen die Hitze an, schirmten die untergehende Sonne ab.
Irgend etwas zog ihn weg von der Veranda, und im nächsten Augenblick lief er hastig den Hügel hinter dem Jefferson House hinauf, um einen freieren Blick zu bekommen. Oben angelangt, hatte er auf einmal ein ganz merkwürdiges Gefühl.
Er stand da, fasziniert von dem sich wiederholenden Zyklus: Blitz/Dunkel … Blitz/Dunkel … Während seine Augen dem Blitzlicht folgten, wurde ihm tief drinnen schwindlig. Und ihm wurde übel, fast wie bei Seekrankheit, als stünde irgend etwas dicht davor überzulaufen. Die Streifen von Licht und Dunkelheit waren fast wie die Stangen eines Käfigs, der ihn lockte. Draußen zu bleiben erschien als der Gipfel der Torheit, unerträglich. Am Westhimmel wurden die Wolkentürme von dem Hochdruckkeil umgestürzt, der von Kanada heranzog. Die letzten Sonnenstrahlen krochen darunter hervor, glitzerten auf dem Wasser wie Millionen Glühwürmchen, die fernen ebenso klar und scharf wie die näheren. Fine schaute weg, zum vollen Mond hinauf. Seltsamerweise konnte er ihn nicht klar ins Auge fassen, und so schaute er auf den Boden. Aber auch dort keine Erleichterung, denn im Mondschein glänzten die Eisenbahnschienen, die den Blick wieder zum Leuchtturm und damit zu dem blinkenden Licht führten – dem einzig Bewegten in der Stille vor dem Sturm. Der

schwenkende Lichtstrahl war asymmetrisch, das Dunkel länger und intensiver als das Licht. Fine dachte an seinen ältesten Traum: Er versuchte, eine unendliche Folge sich wandelnder, flüssiger Figuren beliebiger Gestalt zu fassen, scheiterte aber immer wieder. Die Spitzen verschwanden, die Linien krümmten sich, die Flächen kippten, die Festkörper wackelten wie Gallert, bis nichts Greifbares mehr übrig war. War meine Kindheit so schmerzlich? Ist das der Grund, weshalb ich Alpträume habe? Das lockende Blinklicht gab ihm eine schreckliche Vorstellung ein: Er stand kurz vor einem neuerlichen Anfall. Ein zweiter Anfall würde das Schlimmste bestätigen: Gehirntumor. In panischer Angst rief er: »Bitte, Großer Häuptling, nicht jetzt, ich bin noch nicht bereit, noch nicht!«
Um dem Ansturm des Lichts zu entgehen, machte er die Augen zu und wandte sich ab. Wie ein Blinder, den man in einer fremden Stadt ausgesetzt hat, ertastete er sich mit seinem Stock den Rückweg den gepflasterten Pfad hinab, spielte echte Blindheit, um seine Angst zu besänftigen: *tapp, tapp, tapp … tapp?*
Wie als Antwort auf seine Bitte, wenn auch Antwort von der falschen Seite, drang ein noch mächtigerer Lichtstrahl durch seine geschlossenen Lider: ein Blitz? *Ba-dum.* Donner? Was für eine Welt! Nutzlos sogar, blind zu sein. Er öffnete die Augen und sah am Himmel den gezackten Feuerkeil eines gewaltigen Blitzes. Er begann zu zählen – jede Sekunde bedeutete einen Kilometer Entfernung zum Zentrum des Gewitters. Einundzwanzig, zweiund– *Ba-duuum!* Weniger als zwei Kilometer entfernt und rasch näherkommend! Fines Körper fühlte sich schwer und doch leer an, Energie floß in seinen Kopf hinauf, in sein Gehirn. Seine Hände flogen an seine Schläfen, wie um eine Flut einzudämmen. Der nächste Blitz erhellte die ganze Insel mit einem unheimlich harten, grellen Licht, und dann kam, eine Sekunde darauf, zusammen mit einem Schwall kalter Luft, der erste richtig laute Riß in der Haut des heißen, verkrüppelten Tages. Fine stand wie gebannt da, die Beine gepeitscht von den Zweigen niedriger Büsche. Und dann kamen die Blitze Schlag auf Schlag, und ein Donner nach dem anderen, und in einer einzigen Woge eisig-schwefeliger Luft,

die Himmel und Erde verschmolz, stürzten Massen von Regen und Hagel herab.
Durchnäßt stand Fine auf der Erde, und Hagelkörner prasselten auf ihn herab. Die in der Luft knisternden elektrischen Wirbel sandten wundersame Ströme durch seinen Körper. Er spürte, wie die Ionen in der Luft mit seinem überschüssigen freien Calcium reagierten – das Gegenteil der berühmten heißen Wüstenwinde – Scirocco, Scharaff, Chinook, Santa Anna (bei deren Auftreten, so erinnerte er sich, die Mordrate steigt). Er sah, wie die Eiskristalle auf dem Pflaster aufschlugen und wieder in die wäßrige Luft hochsprangen. Ein Ast brach von einem Baum ab, krachte herunter und ließ den Boden erzittern, und Fine starrte gerade auf die klaffende weiße Wunde am Stamm des Baumes, als sich unmittelbar nach einem ungeheueren Blitzschlag ein Schalter in seinem Gehirn öffnete, elektrischer Strom durch die stillgelegten Teile floß und er fast sehen konnte, wie die Leitungsbahnen aktiviert wurden: Schritt für Schritt wurden von Calcium-Ionen Millionen von Synapsen eingeschaltet, und eine Stromflut stieg die reduktionistische Leiter empor durch das Ammonshorn ins Gewölbe, den Tractus mammilothalamicus und die vielfach verzweigten vorderen Thalamuskerne, drangen bei abnehmendem Widerstand in den Gyrus cinguli ein und wirbelten mit stetig steigender Stromstärke durch die Encephali der Evolution – *Insecta, Reptilia*, Wesen, die überwiegend auf den Geruchssinn, auf Kiemen oder Flügel angewiesen sind, all die albernen Fische und Fledermäuse und Vögel und listigen Affen, die sich in die Hände scheißen und Reisende von den Bäumen aus bewerfen, und – *whooosh!* – kam die holographische Welle durch das renommierte Broca-Zentrum gerauscht, das Palm Springs der Neurotopologie – sechs, fünf, vier, drei, zwei, eins – »Zündung, wir haben einen Start, Houston, das Ding fliegt wunder-schön«, und dann krachte die phantasmagorische Welle auf ihn herab – den armen kleinen Jungen aus Columbia New York USA Erde Milchstraße Universum – und Fine riß sich los und hob ab:
»Ich bin betrogen worden!«

Er zerbrach seinen Stock überm Knie und rannte aufs Haus zu. Die Beinschiene behinderte ihn, und er bückte sich, um sie abzunehmen, und dann, von ihr befreit, rannte er richtig, durch den strömenden Regen und den Donner und den Hagel und die peitschenden Äste in den Vorgarten, auf die Veranda hinauf, durch die Fliegentür hinein und stand vor Stephanie und John, die, feingemacht, die Treppe herunterkamen, um in die Stadt zu fahren. Fine verstellte ihnen den Weg und schrie: »Ihr Schweine, ihr habt mich betrogen!« Er sah, wie der Schock über sie kam. Er mußte einen seltsamen Anblick bieten: klitschnaß und brüllend wie ein Geistesgestörter: »Ihr Scheusale! Ihr seid zwei beschissene Scheusale!«

Der Donner krachte wieder und ließ die Deckenbalken erzittern. Der Lüster klirrte, und der Regen trommelte aufs Dach wie ein Dutzend Irrsinnige.

»Na also«, sagte Stephanie, »da haben wir ja wieder unseren guten alten Fine.«

»Wie konntet ihr mir das antun? In *meinem Bett!* In meinem Haus, in meinem Bett –«

»Die letzten beiden Wochen hat dir das offenbar nichts ausgemacht –«

»Ich war krank –«

»Als ich das zu dir sagte, hast du behauptet, du hättest dich nie besser –«

»Weil ich krank war! Ich hatte keine Wahl, keine! Und auch noch vor dem Jungen! John – du solltest dich schämen.«

»Okay, okay, vielleicht sollte ich das«, sagte John, »aber wir haben es eilig. Wo ist John James?«

Siedend heiß fiel Fine ein, daß er ihn vergessen hatte. »Ich – ich weiß nicht.«

»Was?« sagte John. »Aber du hast doch gesagt – Scheiße! Wir müssen ihn suchen!« Er schnappte sich einen Regenschirm und lief zur Hintertür hinaus. Stephanie rannte nach oben. Fine sah wie gelähmt zu, wie John zu der Hütte an der Gartenmauer ging, kreidebleich wieder herauskam und dann jeden Winkel des Gartens durchstöberte. Fine ging rufend durch Erdgeschoß und Kel-

ler – vergeblich. John kam in die Küche und schrie mit irrem Blick: »Verdammt noch mal, Fine, ich hab dir doch –«
»Ich hab überall nachgesehen«, sagte Stephanie atemlos, als sie die Treppe herunterkam. »Er ist nicht da.«
Sie gingen auf die Veranda, spähten in den Platzregen hinaus. Der Mond verbarg sich hinter den Gewitterwolken.
»Mist verdammter, wo ist denn das Scheißlicht?« fluchte John.
Sie warteten, und Fine, dem das Herz bis zum Hals schlug, betete um einen Blitzschlag. Und dann kam er, ein furchtbarer Feuerstrahl, der sie scheinbar an den Haaren hochzog und die ganze Gegend in taghelles Licht tauchte. Sie strengten ihre Augen an, bevor der dunkle Vorhang wieder herunterging.
»Da!« rief Stephanie. »Da, auf dem Steg!«
»O Gott, nein!« schrie John und rannte los.
Fine sah die Gestalt eines Mannes mit einem breitkrempigen Hut, der vom Haus wegrannte, die schlaffe Gestalt des Jungen auf der Schulter. Chloroformiert? Tot? Er war schon am unteren Ende des Rasens. Und dort, am Ende des Stegs, war ein Motorboot vertäut.
John packte sein Fahrrad und raste quer durch den Garten. Fine und Stephanie wollten ihm nach, aber Fine schrie ihr durch das Getöse zu, sie solle die Polizei anrufen, und lief dann hinter John her.
Im Laufen sah Fine wie in Zeitlupe ein schreckliches Drama. Der Mann trabte ans Ende des steinernen Stegs, und John kam ihm immer näher. Gerade, als es so aussah, als würde er ihn einholen, sprang die Kette herunter und bremste das Rad abrupt ab, so daß John mit dem Kopf voran über den Lenker ins Gras katapultiert wurde. Benommen stand er auf und rannte weiter, aber der Mann hatte den Jungen schon in das Boot fallen lassen und legte ab. John erreichte das Ende des Stegs fünf Sekunden zu spät. Fine sah, wie er zu dem Boot hinschaute und sich im krachenden Donner bückte, um sich die Schuhe auszuziehen und ins Wasser zu springen.
Er richtete sich nicht mehr auf.
Fine kam gerade noch rechtzeitig, um ihn vor dem Ertrinken zu

retten. Er packte John an einem Arm und einem Bein und zog mit aller Kraft, zerrte und zerrte eine Ewigkeit, versuchte Johns Kopf über Wasser zu halten, wobei er ständig selbst hineinzufallen drohte, bis dann plötzlich Stephanie neben ihm stand und sie ihn mit vereinten Kräften herauszogen und ihn keuchend auf den Rücken legten.

Außer Atem beugte sich Stephanie über John, aber als ihr Blick Fine streifte, hielt sie inne und starrte ihn aus angstvoll aufgerissenen Augen an. Sie zeigte auf seine Stirn: »Da – Blut!«

»Was?« Er schaute hinab. Sein Hände waren rot. Entsetzt fragte er: »Mein eigenes?«

»Nein! O mein Gott –«

Fine schaute hinab und sah im Licht eines letzten, fahlen Blitzes dort, wo die Brust seines Freundes gewesen war, eine dunkle Masse aus Fleisch und Blut, und weiter unten, glitzernd wie lauter Maden, eine Masse von Eingeweiden.

John wollte etwas sagen.

Sie beugten sich über ihn, und Fine hielt ihm den Kopf. John schaute auf seine offenliegenden Gedärme hinab, bewegte eine Hand, als wollte er danach tasten, und sagte dann fassungslos: »M...meine?«

»Das wird schon wieder«, sagte Stephanie.

»Nein, jetzt ist Ebbe.« Blut sprudelte ihm aus dem Mund. »Tut mir leid.«

»Schon gut«, sagte Fine.

»Lieber Gott, vergib mir meine Sünden ...« Ein Husten – schwarzes Zeug – Fine spürte, wie die Lebenskraft erlosch. »Kümmert euch um John Ja–«

Sie spürten – erst in den Fingerspitzen, mit denen sie ihn berührten, und dann am ganzen Körper – ein luftiges Kribbeln, als seine Seele fortglitt.

Stephanie schrie, und schrie noch einmal. Fines Körper stülpte sich um, und ein gräßlicher Klumpen stieg ihm in den Hals hoch. Er beugte sich über den Rand und erbrach sich.

Das Motorboot schnitt eine weiße Wunde in die schwarze See. Die Heckwelle breitete sich aus und krachte an den Steg, ließ ihn

scheinbar erbeben. Der Regen stürzte herab und schlug Fine und Stephanie nieder, und dann ließ er nach. Der Sturm flaute ab und hinterließ die Welt klar und frisch und süß duftend, als wären sie gut, als wäre alles gut. Sie hörten *tapp, tapp, tapp* – tropfendes Wasser, als versuchten die Lebenden, mit ihren schwingenden weißroten Stöcken den Weg zu finden.
Die Stille war gewaltig, so tödlich wie ihrer beider Freiheit.

Nach dem Regen
hört jeder
einen Vogel.

IV

BEWUSST

Freunde, das Leben ist zum Leben da.
Der Sinn des Lebens ist es, zu leben.
Es gibt keinen anderen Sinn, als zu leben.
Und Leben heißt Verbundenheit spüren.

Vimala Thakar,
Newsletter, 1983

32

»Das Universum gewinnt immer«, sagte Nipak Dandi pointiert aus heiterem Himmel.

Beethovens Trauermarsch-Sonate opus 26 As-Dur war gerade zu ihrem raschen, klaren Ende gekommen. Nipak hatte sie ausgewählt. Er hatte sie immer und immer wieder abgespielt. Für Fine hätte genausogut »Alexander's Ragtime Band« spielen oder ein Kind mit dem Kochlöffel auf einen Topf schlagen können. Soviel langweiliger Krach. Sie saßen am Montag, dem zweiundzwanzigsten, nach dem Abendessen zu dritt auf der Veranda. Stephanie und Fine hatten nichts zu sich genommen. Nipak saß allein auf dem weißen Korbsofa. Fine saß in einem weißen Korbsessel an einem Ende der Veranda, Stephanie am anderen. Der Tag war makellos gewesen, klar und hell. Ein Blauhäher schoß vorbei. Andere hätten das letzte Abendlicht »exquisit« genannt.

»Es gewinnt immer, immer.« Nipak war quicklebendig – ein munteres kleines Wassertier etwa oder ein Kampffisch. Er trug einen weißen Baumwollanzug. Sein geschlecktes schwarzes Haar glänzte. In seinem schönen Kakaobuttergesicht funkelten die dunklen Augen. Mit seiner Zigarre stieß er Löcher in die Luft. Fine dachte: Na und? Fines Herz war taub. Es kostete ihn eine Anstrengung, den Blick auf Stephanie zu richten. Auch sie schien von diesem »Universum«-Quatsch angeödet. Ihr gekräuseltes Haar wirkte fehl am Platz. Ihre geschwollenen, halb geschlossenen Lider verbargen ihre Augen. Ihr Teint war stumpf. Ihre defekte Lippe erweckte den Anschein, daß sie den Tränen nahe war. Weder sie noch Fine hatte geweint. In ihr sah er seine eigene Nichtigkeit.

Fine spürte, daß er am Tiefpunkt seines Lebens angekommen war.

Ich hatte endlich wieder Hoffnung für ihn.
Nipak war am Sonntag morgen aufgekreuzt. Er behauptete, einen »sechsten Sinn« dafür zu besitzen, daß irgend etwas nicht in Ordnung war. Er hatte versucht anzurufen, aber es war immer besetzt gewesen. Also war er aus New York herbeigeeilt.
Er war genau in dem Moment eingetroffen, als Johns Mutter und sein Onkel sich der makabren Aufgabe zugewandt hatten, Johns Sachen zusammenzusuchen. Katey war außer sich vor Zorn und sagte kein Wort. Der Onkel machte den Portier. Durch die Schlafzimmertür sahen sie zu, wie Katey den Schrank öffnete. Sie sah die Schuhe ihres toten Sohnes. Mit einem Aufschrei brach sie zusammen. Der Onkel ging zu ihr. Fine und Stephanie gingen weg. Katey verließ das Haus ohne einen Blick oder ein Wort des Abschieds. Der Onkel legte Fine die Hand auf die Schulter. Sie würden am Dienstag und Mittwoch Totenwache bei John halten und ihn am Donnerstag begraben. Er schrieb die Namen eines Bestattungsinstituts, einer Kirche auf. Er ging.
Den Samstag abend und den folgenden Vormittag hatten sie bei der Polizei gesessen. Detective O'Herlihey war fuchsteufelswild. Der Fall hatte eindeutig eine neue Wendung genommen. Fine erinnerte sich daran, daß Sylvia kurze Zeit bei der berittenen Polizei von Boston gewesen war. Sie war Expertin für Pferde, Schußwaffen, Motorboote und Verkleidungen. Das erklärte die Kostümierung als Mann mit breitkrempigem Hut und die Tatsache, daß sie die Blockade von Stow mit Hilfe eines Motorboots umgangen hatte. Eine bösartige, schlaue, begabte Mörderin. Dennoch bestand noch Hoffnung: Durch ihren Anruf bei der Polizei hatte Stephanie die Dinge in Bewegung gebracht, und der Flughafen, der Hafen, die Bushaltestellen und Bahnhöfe sowie alle größeren Ausfallstraßen wurden scharf kontrolliert. Es war unwahrscheinlich, daß sie den Großraum Boston verlassen hatte. Sie versteckte sich irgendwo in der Nähe.
»Wie können wir sie finden?« fragte Fine.
»Warten Sie auf ihre Lösegeldforderung«, sagte der Kriminalbeamte mit dem grauen Teint und den blauen Lippen in einer Wolke von Zigarettenrauch.

»Lösegeld?«
»Wenn sie merkt, daß sie in der Falle sitzt, wird sie verhandeln. Sie, Dr. Fine, kommen uns solange nicht in die Quere und passen auf sich auf. Wenn Ihnen noch etwas zu ihr einfällt, sagen Sie es uns.« Fine wirkte ratlos. »Sie haben sie doch behandelt, oder?« Fine hörte einen Vorwurf heraus und senkte beschämt den Kopf. »Wenn Ihnen also noch etwas Besonderes einfällt, irgend etwas aus den Tiefen der verkorksten Seele dieser Frau, dann rufen Sie mich an, verstanden?« Bei Sonnenaufgang trottete der mürrische Detective noch einmal über den Rasen hinunter, um einen letzten Blick auf den Tatort zu werfen.
Fine versuchte, sich an Sylvia zu erinnern, stellte aber fest, daß ihm fast nichts mehr einfiel. Er war so erschöpft, daß er nicht schlafen konnte. Seine Sinne spielten den Mord nach. Er litt um so mehr, als er nichts fühlte. Mit dumpfer Neugier wartete er darauf, daß der Schmerz zurückkehrte, wenn die Wirkung des Novocains nachließ.
Immer wenn er versuchte, Kontakt mit Stephanie aufzunehmen, geschah nichts. Sie hielten Abstand. Ziellos und schweigend liefen sie umher, wie Tiere zweier verschiedener Arten. Standen sie sich per Zufall einmal direkt gegenüber, schauten sie aneinander vorbei. Ihm kam sie vor wie tot. Oder, falls doch noch lebend, dann im falschen Element. Ein ins Wasser gefallenes Wesen der Lüfte, das in der sirupzähen Umgebung nach Atem rang. Fine hätte alles dafür gegeben, mit ihr sprechen zu können. Aber er spürte, sie würde ihm nicht zuhören, wenn er etwas sagte.
»Ich bin müde«, sagte Stephanie. »Todmüde bin ich.«
Sie hielten Abstand.
Für Fine war die ganze Geschichte unwirklich. Sie war nicht passiert. Sieh doch – der Rasen ist wirklich, der Steg ist wirklich, das Meer und die Segel und die Stadt und der Himmel sind wirklich. Jeden Augenblick mußten John und John James wieder auftauchen.
Auch das Wetter schien sie zu verhöhnen. Nach dem schweren Unwetter war der Tag üppig und voll und reich erblüht. Der Himmel war blankgefegt und klar und hell, als sei et-

was wundervoll Neues aus dem Regen, Blitz und Donner entstanden.
Nipak Dandi wollte helfen. Anfangs war seine unaufdringliche Gegenwart als Puffer zwischen den beiden willkommen gewesen. Er kochte für sie. Er ging ans Telefon, verjagte die Mediengeier. Doch schon am Montag abend hatte Fine genug von ihm. Nipak hatte seine eigene Tagesordnung. Er hatte sie zur Meditation ermuntert. Wie Marionetten hatten sie sich gefügt. Wenn er saß, war die Stille für Fine das reine Chaos. Ständig kehrte er im Geist zu den Ereignissen zurück und wiederholte immer wieder dieselben Fragen: Was, wenn ich sofort zu dem Jungen gegangen wäre? Wäre *ich* dann jetzt tot? Wäre der Junge in Sicherheit? Würde John noch leben? Was, wenn dieses? Was, wenn jenes? Nipak und Stephanie machten lange gemeinsame Spaziergänge auf der Insel. Fine war traurig und blieb im Haus hocken.
Als deshalb Nipak das »Universum« anbrachte, ging Fine in die Luft: »Das Universum? Erzählen Sie mir nichts vom Universum! Mein bester Freund ist gestorben!«
»Was ist gestorben?« fragte Nipak. Fine schnaubte nur verächtlich. »Warum ist uns die Frage, wo wir vor unserer Geburt waren, nicht ebenso wichtig wie die, wo wir nach unserem Tod sein werden?«
»Ein grausamer, sinnloser Tod. Die Welt geht in die Brüche.«
»Das Problem liegt nicht in der Welt, sondern in Ihnen selbst.«
»Sagen Sie das dem Jungen, wo immer er jetzt sein mag.«
»Das Leben geht weiter. Wir sind immer noch da –«
»Sechs Millionen Juden sind es nicht. Frieden? Liebe? Versuchen Sie's mal mit Gandhis Methode: Legen Sie sich vor Hitlers Panzer und warten Sie ab, ob sie anhalten!«
»Und deshalb sollen *wir* uns genauso aufführen? Brutalität lernen? Lauter kleine Hitler werden?«
»Freud selbst – eine zarte, sensible Intelligenz – wurde von den Nazis vernichtet.«
»Freud lebt weiter –«
»Die Welt ist zum Kotzen! Die Welt ist zum Kotzen und wird demnächst untergehen!«

»Zu Buddhas Zeiten war die Welt auch schon zum Kotzen und drauf und dran unterzugehen. Die Welt war schon immer zum Kotzen und stand schon immer kurz vor dem Untergang! Also müssen wir –«

»Das hier ist schlimmer – schlimmer als Deutschland in den dreißiger Jahren.«

»Wohl kaum. Wir erleben eine spirituelle Erneuerung –«

»Wenn Ihnen 1934 in München jemand gesagt hätte, daß die in ein paar Jahren Millionen von Juden vergasen würden, hätten Sie das geglaubt? Diesmal wird es noch schlimmer – es passiert scheinbar nicht *realen* Menschen, sondern diesen kleinen Menschen im Fernsehen. Das erste Mal war nur eine Übung zum Aufwärmen – jetzt haben wir Fernsehen und Atombomben. Ich will diese Frau *umbringen*. Ich lerne jetzt, mit diesem Gewehr umzugehen!« Er hielt inne. Wieder überkam es ihn: »O Gott, er ist tot! O mein Gott! Alles ist schiefgegangen in meinem Leben – alles, *alles!«*

»Da sind Sie in guter Gesellschaft«, sagte Nipak.

»Ach, hören Sie auf!«

»Fine«, sagte Stephanie, »er meint's doch nur gut.«

»Und neulich in New York hat er's auch nur gut gemeint, als er dir an die Wäsche wollte, wie? Man kann keinem trauen. Hitler war auch ein Guru.«

»Sie denken, daß das Leben reibungslos laufen muß?« fragte Nipak. »Daß Sie leben können, ohne zu leiden? Das Leben ist nicht so, wie wir es gern hätten. Unser Streben nach Beständigkeit in einer unbeständigen Welt ist die Wurzel all unseres Leids.«

»Na wunderbar«, sagte Fine. »Wozu sich also anstrengen, nicht wahr?«

»Die Anstrengung hat keinen Platz in der Realität.«

»Zen-Schwachsinn!«

»Schauen Sie, da –« Nipak zeigte über das Verandageländer auf das Steilufer. »Sehen Sie diese Möwe? Was sehen Sie?«

»Ich hab keine Lust, mir Ihre Scheißmöwe anzusehen«, sagte Fine.

»Aber wollen Sie sich die Gründe dafür ansehen, daß Sie nicht hinsehen wollen?«

»Bitte, Nipak – bitte fahren Sie nach Hause und lassen Sie mich in Ruhe.«
»Ach, dem Verstand ist alles zuzutrauen«, sagte Nipak.
»Ich bin müde«, sagte Stephanie und machte langsam die Fliegentür auf, die in den Angeln quietschte. »Gute Nacht.« Sie ließ die Tür zufallen.
»Ich bin auch müde«, sagte Fine, »des Geredes müde. Ich will handeln.«
»Ja! Unbedingt!« rief Nipak und sprang auf. *»Handeln!«*
»Ich dachte, die Anstrengung hat keinen Platz in der Realität.«
»›Richtiges‹ Handeln erfordert keine Anstrengung. Wenn wir Zen anwenden! Nutzen Sie Ihre Kraft, um diese Frau zu finden, um den Jungen zu retten!«
»Aber wie?«
»Ich weiß es noch nicht. Die Lösung ist in Ihnen, in uns, in uns *in der Welt*. Wenn sie kommt, wird sie uns wie ein Schuß in die Nase treffen!«
»Irre«, sagte Fine und stand auf. »Sie reden wie die Analytiker: Das Problem sind nie ›die da draußen‹, das Problem sind immer ›wir hier drinnen‹. Na, jedenfalls hab *ich* ihn nicht ermordet – das war diese Fotze Green! Ich hab die Nase voll!«
Fine ging zu seinem Auto. Nipak folgte ihm und fragte, wo er hinfahre. »Ins Institut. Ich bin Kodiskutant in einem Seminar.«
»In der Welt! Wie heißt es doch: ›Vergessen Sie nie Ihre Postleitzahl!‹«

»Affe!« rief Fine im Wegfahren. Er wollte nicht nur zum Seminar, er wollte auch weg von Nipak und Stephanie. Das Losungswort vom Stammbaum der Familie Freud lautete diesmal »Lady Caroline Maureen Blackwood«. Der Türöffner summte. Fine ging hinein. Thema war die »Gegenübertragung«: Wie die eigenen frühkindlichen Konflikte des Analytikers seine Wahrnehmung des Patienten entstellen. Freud hatte darüber nur wenig geschrieben: den Vortrag auf dem Nürnberger Kongreß (1910) und ein paar hilfreiche Hinweise in den *Bemerkungen über die Übertragungsliebe* (1915), das Buch dieses Abends.

Alle waren da. Georgina, mit verschwollenen Augen, als hätte sie geweint, klopfte auf den Stuhl neben sich. V. stellte die Frage des Abends:
»Und was ist mit *uns*?«
Dr. Pete Gross, der Expathologe, massiv wie ein Felsen, begann:

»*Bemerkungen über die Übertragungsliebe*, 1915: Jeder Anfänger in der Psychoanalyse bangt wohl zuerst vor den Schwierigkeiten, welche ihm die Deutung der Einfälle des Patienten und die Aufgabe der Reproduktion des Verdrängten bereiten werden. Es steht ihm aber bevor, diese Schwierigkeiten bald gering einzuschätzen und dafür die Überzeugung einzutauschen, daß die einzigen wirklich ernsthaften Schwierigkeiten bei der Handhabung der Übertragung anzutreffen sind ...«

Fine kamen Freuds Worte komisch und unwirklich vor. Wozu soll das gut sein? John ist tot. Fine saß wie betäubt da und starrte ins Leere. Gross wagte einen Kommentar: »Ich würde meinen, Freud hat in der nun folgenden Passage die berühmte ›Wurstmetapher‹ als kontraphobische Exegese seiner eigenen Kastrationsangst und auch als früheste dokumentierte Vorhersage – ›indem er eine einzelne Wurst in die Rennbahn wirft‹ – des Großen Krieges benutzt.«

»Für den Arzt vereinigen sich nun ethische Motive mit den technischen, um ihn von der Liebesgewährung an die Kranke zurückzuhalten. Er muß das Ziel im Auge behalten, daß das in seiner Liebesfähigkeit durch infantile Fixierungen behinderte Weib zur freien Verfügung über diese für sie unschätzbar wichtige Funktion gelange, aber sie nicht in der Kur verausgabe, sondern sie fürs reale Leben bereithalte, wenn dessen Forderungen nach der Behandlung an sie herantreten. Er darf nicht die Szene des Hundewettrennens mit ihr aufführen, bei dem ein Kranz von Würsten als Preis ausgesetzt ist und das ein Spaßvogel verdirbt, indem er eine ein-

> zelne Wurst in die Rennbahn wirft. Über die fallen die Hunde her und vergessen ans Wettrennen und an den in der Ferne winkenden Kranz für den Sieger. Ich will nicht behaupten, daß es dem Arzt immer leicht wird, sich innerhalb der ihm von Ethik und Technik vorgeschriebenen Schranken zu halten. Besonders der jüngere und noch nicht fest gebundene Mann mag die Aufgabe als eine harte empfinden. Unzweifelhaft ist die geschlechtliche Liebe einer der Hauptinhalte des Lebens und die Vereinigung seelischer und körperlicher Befriedigung im Liebesgenusse geradezu einer der Höhepunkte desselben. Alle Menschen bis auf wenige verschrobene Fanatiker wissen das … nur in der Wissenschaft ziert man sich, es zuzugestehen.«

Na und? Ist mir doch gleich. Ich verlasse die Stadt. Ich kaufe mir eine Farm in Iowa.

> »Nicht das grobsinnliche Verlangen der Patientin stellt die Versuchung her. Dies wirkt ja eher abstoßend und ruft alle Toleranz auf, um es als natürliches Phänomen gelten zu lassen. Die feineren und zielgehemmten Wunschregungen des Weibes sind es vielleicht, die die Gefahr mit sich bringen, Technik und ärztliche Aufgabe über ein schönes Erlebnis zu vergessen …«

Gross übergab das Wort nun an den Kodiskutanten, den mit Akne geschlagenen Jungianer Bergeneiss. Dieser ignorierte seltsamerweise den Freud-Text und begann mit einem Fallbericht. Die inzwischen zweiundzwanzig Jahre alte Patientin hatte mit neun Jahren gesehen, wie ihre Mutter bei einem Autounfall enthauptet wurde. Kühl und präzise erzählte Leon die Geschichte, stellte sie geschickt als faszinierende, aufregende analytische Herausforderung dar. In der Behandlung hatte er die Patientin mit den Schichten »verdrängten Materials« konfrontiert, bis die Erinnerung ans Licht kam, in allen Einzelheiten. Er sprach davon, wie schwer es ihm gefallen war, seine eigenen Gefühle aus der Analyse herauszuhalten: Abscheu, Mitleid, Wut. Er behauptete, der Fall stehe kurz vor dem Durchbruch. Sie war zwar die letzten zwei Wochen nicht mehr erschienen – sie hatte angekündigt, sie wolle »aufhören« –, aber Leon hielt dies für ein »letztes Ausagieren« und erwartete, daß sie zurückkehren würde. Hätte er seine eigenen Gefühle gezeigt, wäre die Analyse gescheitert. Fines Herzschlag beschleunigte sich – er ahnte das Entsetzen der bedauernswerten Neunjährigen. Wie konnte sie sich von so etwas jemals wieder erholen? Er sah sich im Raum um. Alle bis auf Georgina saßen ungerührt da, viele kauten an ihren Zigarren. Georgina umklammerte seine Hand. Mit jedem schrecklichen Detail drückte sie fester. Leon gab einen kurzen Bericht von seinen »Entstellungen durch Gegenübertragung«. Während der Sitzungen mit der Patientin hatte er seinen Abscheu ausanalysiert: »Ein *Schatten*, in Jungs kollektivem Unbewußten.« Fine schaute Georgina in die Augen, sah ihr Entsetzen und war einem Zusammenbruch nahe.

Fine erhob sich. Sein Unwirklichkeitsgefühl vernebelte ihm den Raum. Er stand schweigend da, schaute stumpf in ein Augenpaar, dann in ein anderes, und spürte die Verachtung. Er wandte sich Vergessen zu. Sein Idol schien weit weg, verkleinert, wie ein Ort aus der Kindheit. Ein Kind sieht, wie seine Mutter enthauptet wird. Was konnte man da noch sagen oder tun? Ich habe meinen besten Freund sterben gesehen. Ich habe in seine Eingeweide gegriffen. Ich habe ihn in den Armen gehalten und gespürt, wie er seinen Geist aushauchte. Ich bin zu erschüttert, um etwas zu sagen. Um zu sprechen.

Sie waren Schweigen gewöhnt, doch Fines Schweigen war bedrückend.

Endlich sagte Fine: »Vor zwei Nächten wurde mein bester Freund ermordet.« Pause. »Mein bester Freund ist tot, und ich bin schuld.«

Er schaute Georgina in die Augen und sah, daß sie feucht wurden. Ein Übelkeitsgefühl stieg ihm in den Hals, und sosehr er sich dagegen sträubte, seine Mundwinkel zogen sich nach unten, und die Augen gingen ihm über, und er spürte, wie der rohe Schmerz seinen Nasenrücken packte. Er versuchte, die Tränen zurückzuhalten, aber es gelang ihm nicht. Er stand vor diesen Menschen, schweigend und unbeweglich, die Arme an den Seiten, die Handflächen nach außen gekehrt, und die Tränen liefen ihm über die Wangen.

Füßescharren, Hüsteln. Dumpf nahm er ihre Reaktionen wahr: Einfach unmöglich. Was wohl jetzt noch kommt? So sollte ein Seminar über »Gegenübertragung« nicht laufen! Sprechen, nicht handeln; Einsichten gewinnen. Kann dieser Fine sich denn nicht beherrschen? Die Spannung war fast mit Händen zu greifen. V. sagte nichts. Georgina weinte. Fine war von dem Schweigen wie gelähmt, seine Tränen versiegten.

Er stand da, aufs neue betäubt, isoliert. Nach einer langen Pause sagte er bitter: »Er ist gestorben! Und ich bin schuld! Kann mir denn keiner von euch helfen?«

»Vielleicht möchte Dr. Fine lieber vor die Tür gehen, um sich wieder zu fassen?« fragte Leon nicht ohne Mitgefühl.

Aber Fine blieb einfach da stehen wie ein Schizoider, bis schließlich Georgina aufstand, ihm die Hand reichte und ihn hinausführte. Sie standen auf dem Flur. Durch die Tür hörte Fine sie streiten, und Leon sagte abschließend: »... Wäsche hier waschen? *Ménage à trois*, schwarze Prostituierte, *Morde?* Vielleicht braucht der bedauernswerte Fine eine zweite Analyse. Ich habe gehört, Dr. Gold hätte Zeit. Zumindest aber stelle ich den Antrag, daß Dr. Fine einen strengen Verweis vom Institut erhält oder, besser noch, ausgeschlossen wird.« Erschrockenes Raunen; langes Schweigen.

»Je nun«, sagte Vergessen mit dem freundlichen, rätselhaften Tonfall, der allen sagte, daß das, was nun kam, den unterschiedlichsten Deutungen zugänglich sein würde, »nur Verlierer kennen den Sinn des Lebens.«

Georgina ging mit Fine zur Commonwealth Avenue. Die Nacht war warm und doch frisch. Im Mondlicht blitzte eine Glasscherbe in der Gosse auf. Fine meinte, den Duft von Heckenrosen zu riechen, aber dafür war es noch viel zu früh im Jahr, also mußte es Georginas Parfüm sein. Sie schlug ein Gespräch vor. In der Bar sagte sie: »Du warst sehr tapfer.«

»Wieso, was hab ich denn getan?« fragte Fine verwirrt. Wieder empfand er dieselbe nichtige Leere, das versteinerte Herz.
»Du hast es ihnen gezeigt«, sagte sie stolz. »Das Problem mit der Gegenübertragung ist, daß wir sie totschweigen!« Fine grunzte. »Das ist typisch männlich: ›Wenn ich ihr meine Gefühle zeige, kriegt sie mich.‹ Es ist gar nicht so, daß Männer nicht zuhören würden, sie reagieren nur nicht. Das Zuhören ist nur die eine Hälfte; über das zu sprechen, was man gehört hat, und zwar auf gefühlvolle Art, ist die andere Hälfte, und das hast du vorhin getan – und zwar aus dem Bauch!«
»Du verstehst nicht«, sagte Fine und erhob sich mühsam, als hätte sich die Luft in Schlamm verwandelt. »Genug geredet. Er ist tot.«

Als Fine nach Hause kam, wartete Detective O'Herlihey mit Nipak und Stephanie auf ihn. Sylvia hatte eine Lösegeldforderung auf Videoband geschickt. O'Herlihey schob die Kassette in den Recorder. Und da war sie, mit ihrem breitkrempigen Hut. Neben ihr, geknebelt, die Augen angstvoll aufgerissen, John James.
»Oh, der arme Junge!« rief Stephanie.
Und Sylvia sagte: »Schaffen Sie mir Stuart Fine her.«

33

Die Katastrophen in Fines Leben häuften sich. Die Jefferson-House-Patienten waren eklatant psychotisch von dem Morphium, das sie wegen ihrer Nierensteine bekamen, und von dem Mord an jemandem, den sie kannten. Mehrere Jefferson-Familien erwogen juristische Schritte. Mrs. Neiderman, loyal und besorgt, sagte, man erzähle sich bereits, Fine solle suspendiert werden. Seine ambulanten Patienten waren erschüttert von dem Mord an John und Fines Verwicklung in den Fall und verlangten zusätzliche Sitzungen. Der Rattenmann steckte mit seinen Anwälten zusammen, und sein Verleger rief Fine an, weil der Schriftsteller dabei war, den Vertrag für *Vampir-Mama II* zu stornieren. Dora, durch Fines Verhalten schwer beeinträchtigt, mußte dennoch ihrer Arbeit bei der Zentralbank nachgehen – Brasilien veranlassen, auf IWF-Darlehen zurückzugreifen, und Deutschland dazu bringen, den Pershing-II-Raketen zuzustimmen – und telefonierte trotzdem ständig mit Mrs. Neiderman. Mardell, sein arroganter Drogensüchtiger, war entwischt. Und Joy, seine selbstmordgefährdete Borderline-Patientin (»Wo sind Sie?« – »Klick.«), hatte am Montag nicht angerufen, zum erstenmal seit einem Jahr, ein böses Omen. Fine spürte, daß seine Patienten auf ihn angewiesen waren, und das war ihm eine schwere Bürde. Zu allem Übel kam am nächsten Morgen auch noch ein Telegramm:

> VORGANG FINE WIRD AN FRAU METZ WEITERGELEITET STOP SCHLAGEN VOR KONTROLLFÄLLE AUF EIS ZU LEGEN BIS METZ SICH ÄUSSERT STOP BESTE GRÜSSE STOP AUSSCHUSS FÜR BEWERTUNG UND ETHIK STOP
>
> ALLES GUTE LEON

Fine telegraphierte zurück: SIE MICH AUCH STOP FINE.
Doch sogar das ging nach hinten los, denn kaum hatte er das Telegramm abgeschickt, tat es ihm auch schon leid: Jetzt auch noch die Psychiatrie wegwerfen? Idiot!
Fine mied Nipak. Stephanie mied Fine. Den einzigen Hinweis darauf, wie sie sich wirklich fühlte, hatte er bekommen, nachdem O'Herlihey die Kassette mit Sylvias Forderung abgespielt hatte. Stephanie hatte gesagt: »Aber selbst wenn Sie diesen Stuart Fine auftreiben, wird er sich da nicht hineinziehen lassen – ist doch viel zu gefährlich!«
»Warten wir's ab, Herzchen.«
»Moment mal«, sagte Stephanie, »das können Sie nicht machen!«
»Gute Nacht«, sagte O'Herlihey und ging, »und Gottes Segen.«
»Hast du das gehört, Fine? Die wollen den benutzen, ohne ihm

zu sagen, worum's geht! Wir müssen sie daran hindern – oder ihn selbst ausfindig machen und ihn warnen!«
»Mich interessiert nur eins«, sagte Fine, »nämlich dieses Miststück zu killen.«

Als Fine zum erstenmal das Gewehr ausprobierte, haute es ihn buchstäblich um. Er wurde hochrot, und Ron von der NASA mußte ihm aufhelfen. Immer, wenn er mit dem schlanken, athletischen Ron zu tun hatte – schon seit jenem ersten Mal in Columbia, als er zehn gewesen war – kam sich Fine wie der größte Tolpatsch vor.
»Machen Sie sich nichts draus«, sagte Ron kichernd. Er war immer noch gutgelaunt und kurzgeschoren, und nur die Krähenfüße in seinem gebräunten Houston-Gesicht verrieten sein Alter. »Das passiert jedem beim ersten Mal. Versuchen Sie's weiter.«
Um dem Sturzbach der Katastrophen zu entgehen und dem Handeln einen Schritt näherzukommen, war Fine am Dienstag nachmittag mit ihm zum Polizeischießstand auf Moon Island gefahren, der von Stow aus gleich auf der anderen Seite der Curley Bridge lag. Am Morgen war Ron aufgetaucht. Diesmal hatte er keine knifflige Frage, die Fine lösen sollte, sondern war nur gekommen, »weil ich von Ihren Problemen gehört und mir gedacht hab, ich könnte vielleicht behilflich sein«. Fine sagte Ron, er wolle lernen, mit Waffen umzugehen. Wie sich herausstellte, war Ron nicht nur Wissenschaftler, sondern auch ausgebildeter Schütze. Während er Fine die gängigsten Waffen vorführte – den 44er-Revolver, seinen eigenen 38er mit Schalldämpfer (den »Liquidator«), ein Gewehr und eine Uzi-Maschinenpistole, die er alle im Kofferraum seines Wagens hatte –, erinnerte sich Fine, daß er nie erfahren hatte, was Ron eigentlich bei der NASA machte. War Ron womöglich bei der CIA?
Nach dem Sturz machte Fine rasch Fortschritte. Er war fasziniert vom Stoß des Revolvergriffs gegen seine Handfläche, dem ohrenbetäubenden Krachen des Gewehrs. Welch eine Kraft! Als er zur Zielscheibe ging und die Schnipsel sah, wo vorher das Herz gewesen war, empfand er eine grimmige Art von Stolz.

»Hurra!« rief Ron. »Sie haben den Wichser erledigt!«
Ron ließ sich auf ein Knie nieder und holte eine Schachtel Marlboro heraus. Fine wollte auch eine. Es war so windstill, daß die fast unsichtbare Feuerzeugflamme kaum zitterte. Das Unwirklichkeitsgefühl kehrte zurück: Fine kam sich vor wie der Marlboro Man. Er sagte: »Ich will dieses Miststück umbringen!«
»Die finden wir schon, kein Problem«, sagte Ron, »aber durch die Geisel wird's ein bißchen kitzlig. Sie hätten uns anrufen sollen, als sie noch allein war. Wir hätten uns schon um sie gekümmert. Die hätten wir binnen vierundzwanzig Stunden aufgestöbert. Unter Garantie.«
»Aber ich wußte nicht, daß sie es war.«
»Sie hätten anrufen sollen. Warum zweifeln Sie immer an Ihrer Regierung? Wird Zeit, daß Sie merken, wie gut wir sind.« Fine fragte, was er tun solle. »Warten Sie, bis sie diesen Stuart Fine haben. Dann können Sie weitermachen.«
»Den finden die doch nie –«
»Spätestens heut nacht haben sie ihn.«
»Das ist zwanzig Jahre her.«
»Heute nacht. Wissen Sie noch, die Gleichung von Ihnen, die Wellen, die durch diesen Torus gegangen sind und zurück? Das war der Anfang von einer größeren Sache, und heute verwenden wir das für alles Mögliche: Rasterfahndung, atomare Abschrekkung –« Fine war nicht wohl dabei. »Mann, zum Teil ist es auch Ihnen zu verdanken, daß wir so gut sind – die Besten! Wir finden jeden, überall. Innerhalb von vierundzwanzig Stunden. Unter Garantie!«
Ernüchtert ging Fine zum Auto zurück. Auf der Rückfahrt nach Stow sagte Ron: »Fine, der Präsident interessiert sich für Sie.«
»Für mich?« Fine war verblüfft. »Aha – dann hat er also *Das nukleare Denken* gelesen?«
»Nein, kann er nicht.«
»Was? Er kann nicht *lesen?*«
»Er kommt nicht dazu. Hören Sie zu: Er interessiert sich für Ihre Heuschrecken. Wir wollen, daß Sie uns alles über sie sagen.«
Fine war in so fatalistischer Stimmung, daß es ihm piepegal war,

warum die Regierung etwas darüber wissen wollte. Er führte Ron ins Labor, holte den letzten Käfig mit schlauen Heuschrecken aus seinem Behandlungszimmer und stellte ihn neben den letzten Käfig mit normalen Kontrollexemplaren, die Miss Ando heimlich abgezweigt hatte. Ron schaute die beiden Käfige eine Zeitlang an und sagte dann: »Hermissenda.«

»Hermissenda?« Fine war überrascht, daß er über Alkon Bescheid wußte.

»Crassicornis, mein Freund. Klarer Fall. Bei Hermissenda sind wir zum erstenmal hinter die biologischen Grundlagen des Lernens gekommen. Und was ist der springende Punkt?« Ron lächelte und machte die Hand auf: ein Finestone. »Sie haben verdammt noch mal recht gehabt! Aber am wichtigsten ist jetzt, daß wir SGF vor den Russen haben!«

»›SGF‹?«

»Steuerung der geistigen Funktionen. Und wer weiß, ob sie die nicht womöglich schon haben?«

»Die Steuerung der geistigen Funktionen?« Es dauerte nur einen Moment, und dann sah Fine ihn vor sich – den ganzen Beweis. Er sagte: »Das ist unmöglich.«

»Was?« fragte Ron. »Wollen Sie mich auf den Arm nehmen, Fine?«

»Nein. Es ist logisch unmöglich.«

»Warum?«

Als hätte der Anfall seine Schiefertafel blankgewischt, eigens dafür. Mühelos fand er die richtigen Worte: »Beim Lernen findet eine ›Bausteinänderung‹ statt, wobei Calcium in den Nervenzellmembranen eine Rolle spielt. Aber die Bausteinänderung ist per definitionem nicht spezifisch – sie funktioniert wie ein Ein-/Aus-Schalter, in jeder Membran genau gleich. ›Geist‹ ist per definitionem spezifisch – spezifische Schaltungen im Gehirn bei der Geburt, spezifische Lernmuster im Leben.«

»Moment mal – mit Calcium lernen wir schneller und besser.«

»Im allgemeinen. Es ist, wie wenn man das Wasser in einem Tank austauscht.«

»Und Depressionen?« fragte Ron und verriet damit, daß er sich

kundig gemacht hatte. »Medikamente wirken bei Depression, Manie, Schizophrenie, und zwar spezifisch.«
»Im allgemeinen. Medikamente ändern alle Bausteine – alle Transmitter bestimmter chemischer Stoffe – gleichmäßig. Man tauscht das Wasser im Tank aus.«
»Aber das sind verschiedene, spezifische psychische Krankhei...«
»Wie viele Transmitter gibt es? Sechs? Zehn? Man kann also zehn Arten von Wasser in den Tank schütten, und wenn ein allgemeines chemisches Ungleichgewicht besteht – Manie, Depression, Psychose –, zerstört man alle Synapsen, setzt das Gehirn in klares Wasser und stellt ein Gleichgewicht her. Aber man tut nichts, um spezifisch *menschliche* Eigenschaften direkt zu ändern. Das geht auch gar nicht. Es ist logisch unmöglich.«
»Moment! Es soll logisch unmöglich sein, geistige Funktionen zu veränden?«
»Mit Medikamenten. Der Beweis ist eine Integration von Gödel und Turin – Konsistenzgewinne sind Ganzheitsverluste –, was damit zu tun hat, daß die Wissenschaft allgemeine Gesetze beschreibt, der Geist jedoch ein spezifischer Fall ist. Wir kennen jetzt ein Gesetz der Veränderung des Lernprozesses; bald werden wir ein Gesetz für jeden pathogenen Transmitter kennen; aber es kann nie ein Gesetz für den Geist eines Menschen geben.«
»Es gibt also keine Möglichkeit, den Geist eines Men...«
»Zwei Möglichkeiten«, sagte Fine. »Die eine: Man überträgt ein vollständiges oder fast vollständiges menschliches Gehirn Stück für Stück auf ein steuerbares Netzwerk – etwa einen Computer, der allerdings so groß sein müßte wie das Universum –, kopiert es also praktisch, fertigt eine ›Doublette‹ an, die man nach Belieben verändern kann. Die andere –« Er machte eine Pause. »Die andere ist – die Psychotherapie. Tja.«
Ron starrte ihn an und ließ seine Kumpel-Attitüde fallen. »Sind Sie sicher, Dr. Fine? Von Ihrer Antwort hängt sehr viel ab – zum gegenwärtigen Zeitpunkt mißt man in der Regierung Ihrer Meinung großes Gewicht bei.«
»Absolut sicher. Psychopharmaka bewirken Änderungen auf pauschale, inhumane Art. Wie Nervengas oder Atomwaffen.

Genausogut könnten Sie die Leute vergasen oder mit Atomwaffen umbringen, Ron.«
»Aber die Sowjets haben schon Medikamente, mit denen sie geistige Funktio...«
»Ausgeschlossen. Das ist ein Bluff, ein Abschreckungsmittel, so wie wenn Sie den Finger auf dem Knopf haben.« Er wurde wütend. »Warum hört ihr nicht damit auf, verdammt noch mal?«
»Sie glauben, diesen Knopf gibt's wirklich?« fragte Ron scharf.
»Was?« Fine war wie vor den Kopf geschlagen. »Soll das heißen, das ist alles ein einziger –«
»Die beste Regierung der Welt, glauben Sie's endlich.« Seine Augen waren stählern, wie Waffenmetall. »Zum letztenmal: Sind Sie sicher?« Fine bejahte. »Und Ihre ganze Arbeit mit dem Calcium und den Heuschrecken –«
»Calcium ist der Schlüssel; die Finestones wirken auf eine pauschale Art. Na und? Ich bin mit der Forschung fertig. Mir ist alles egal.«

Beim Abendessen gerieten Fine, Ron und Nipak in einen Streit über das Thema »wenn man Hitler im Zielfernrohr hätte«. Fine meinte hitzig, darüber könne man nicht streiten. Ziemlich spät fuhren er und Stephanie zur Totenwache.
Keiner von beiden war schon einmal bei einer Totenwache gewesen. Ohne ein Wort zu sagen, ratterten sie über die Curley Bridge. Schließlich sagte Stephanie: »Ich hab Angst.«
Fine hatte keine Gefühle. Er fragte: »Wegen Katey?«
»Die wird nicht sonderlich erbaut sein, uns da zu sehen, oder?«
»Wohl kaum.«
»Bitte, Fine, wollen wir nicht versuchen, uns heute abend gegenseitig zu helfen?«
Aus irgendeinem Grund war er wütend auf sie. Er sagte nur: »Na gut.«
Der Abend war frisch, herbstlich. Ein langer Lichttunnel bohrte sich durch das Meer auf sie zu und folgte ihren Augenbewegungen, als wäre er lebendig – der Widerschein des Widerscheins der Sonne auf dem Mond. Der Gestank von Abwasser – Überlauf

von dem Unwetter, der durch die Pumpstation Calf Island geschickt und ungeklärt ins Hafenbecken eingeleitet wurde – schlug ihnen entgegen.
Fine fand, daß die Leichenhalle bloße Fassade war, so zweidimensional wie eine Kulisse für einen Hollywoodfilm. Johns Leichnam konnte da gar nicht drin sein. Autos verstopften die Straße. Picklige junge Männer in billigen schwarzen Anzügen winkten Stephanies violetten Jaguar weiter zum Carson Beach. Sie stiegen aus und sahen sich bestürzt an. Hier hatten sie früher mit John viel Zeit verbracht.
Die Leichenhalle wirkte innen genauso unecht. Zu proper und zu sauber und, so überlegte Fine, irgendwie unbewohnt. Sie folgten den »O'Day«-Schildern und traten in die Vorhalle eines großen, sauberen, überfüllten Raums.
In der hinteren Hälfte standen Klappstühle. Die Leute, die auf den Stühlen saßen, unterhielten sich und lachten ab und zu. Am anderen Ende stand der Sarg. Dort lag John. Stephanie nahm Fines Hand und umklammerte sie krampfhaft. Ihm drehte sich der Magen um. Das ist barbarisch. Als Jude wäre er schon unter der Erde, und wir würden streiten und uns die Bäuche vollschlagen.
Der Sarg schwamm scheinbar auf einem Meer von Blumen. Eine Frau trat vor, kniete nieder, betete, berührte Johns Gesicht, erhob sich, ging zu den Frauen in Schwarz, die an der Wand saßen – Katey und Johns Schwestern – und kondolierte ihnen. Ohne Fine anzusehen, fragte Stephanie: »Jetzt?«
Ihm war, als hätte er Watte im Mund. Er murmelte: »Nein.«
»Jetzt?« fragte sie wieder, mit heiserer Stimme und als ob er sie nicht gehört hätte.
»Nein. Das ist nicht er. Das ist eine Leiche.«
Keiner von beiden brachte es fertig, auf den Leichnam zuzugehen. Sie standen in der Mitte des Raums und starrten auf den billigen marineblauen Teppich. Sie spürten, daß die Blicke der anderen auf ihnen lagen, und wagten nicht aufzuschauen.
Plötzlich wurde es unnatürlich still. Fine spürte, daß irgend etwas nicht stimmte. Er blickte auf. Stumm schauten die Leute Katey an, die langsam auf Fine und Stephanie zuging. Fine beugte wie-

der den Kopf. Stephanie drückte noch fester seine Hand, sie zitterte am ganzen Körper.
Fine dachte: Alle hier wissen, was ich getan habe.
Katey blieb vor Fine stehen. Er fürchtete, sie würde ihn ins Gesicht schlagen. Er wappnete sich innerlich.
In ihren rotgeweinten Augen sah er Kummer. Er spürte einen Schmerz in der Herzgegend, zugleich scharf und stumpf. Sein Kinn fing zu zittern an. Kateys Augen füllten sich mit Tränen. Sie fing an zu weinen. Und auch Steph begann zu weinen. Und auch Fine. Er ließ den Kopf auf die Brust sinken, schlug beschämt die Hände vors Gesicht und weinte, schluchzte. Er hätte laut schreien mögen und weinte doch leise, wie aus Angst, jemanden aufzuwecken. Es war totenstill in dem Raum, und die Stille dröhnte in ihm wie eine Brandung.
Fine spürte eine rauhe Hand auf seiner. Die alte Dame führte ihn zum Sarg. Sie wollte Fine ihren Sohn zeigen. Sie kniete nieder. Fine und Stephanie taten es ihr gleich. Fine war zu durcheinander, um beten zu können. Wie? Warum? Wie konnte sich Kateys Haß in Mitgefühl verwandeln? Während er so neben ihr kniete, spürte er ganz deutlich über den trennenden Abstand hinweg einen Energiestrom ähnlich dem, den er wahrgenommen hatte, als Kateys Sohn in seinen Armen gestorben war. War das ihr »Glaube«? Er merkte, daß sie sich erhob, und dann stand auch Stephanie auf. Sie beugte sich über den Sarg, küßte John und ging weg. Fine stand auf und betrachtete den Leichnam. John sah aus wie John, und doch auch wieder nicht. Nicht schlafend und nicht wie aus Wachs, nein. Er sah aus wie das, was er war: eine Leiche. Fine hatte bei Autopsien zugesehen. Er wußte, daß Johns Herz, seine Eingeweide und sein Gehirn sich entweder ganz in Flaschen befanden oder als hauchdünne Präparate zwischen Glasplättchen eingeschlossen waren. Was hier lag, war nur noch eine leere Hülle. Er versuchte, aus diesem Umriß John zu rekonstruieren. Er sah ihn lebend auf der Bühne, hörte ihn sprechen und wiederholte jetzt laut seine Worte: »›… doch *dein* Licht ausgetan, du reizend Muster herrlicher Natur, Nie find ich den Prometheusfunken wieder, dein Licht zu zünden.‹«

Als er der Reihe nach den Angehörigen die Hand drückte – den Schwestern, dem Onkel –, brachte Fine kein Wort heraus, nur Tränen. Als er wieder Katey gegenüberstand, sagte er: »Ich – wir – wir machen uns solche Vorwürfe.«

»Nein, nein«, sagte Katey bestimmt, »es ist Gottes Wille.«

»Aber wie konnte Er zulassen –« Stephanie besann sich, brach ab.

»Seine Wege sind unergründlich«, erwiderte Katey.

»Mrs. O'Day«, sagte Fine, »danke für das, was Sie eben getan haben.«

»Er hätte es so gewollt.«

»Warum nur?« fragte Fine. »Warum mußte er sterben?«

Sie hob ihre dunklen Augen zu ihm auf, und ihre Miene erhellte sich, begann fast zu leuchten, so daß Fine spürte, wie ihm Wärme tröpfelnd unter die Haut drang. Sie sagte: »Er ist gestorben, damit wir leben können.«

»Ihr Sohn –«

»Er ist gestorben, um uns lebendig zu machen.«

Ihre Worte schnitten ihm ins Herz. Zum erstenmal ahnte er, was die anderen an Jesus hatten. Trotzdem fühlte er sich zynisch, verloren, beschämt.

Der Rest der Trauerfeier verschwamm in Kummer und Sauferei. Von der Shakespeare Company ließ sich niemand blicken. Wahrscheinlich mußten sie spielen. »Da siehst du, was Theaterliebe wert ist, John, wie weit es her ist mit deiner Theaterfamilie«, sagte Fine bitter. »Das alles ist ungefähr so real wie Theaterblut.«

Fine und Stephanie landeten mit dem Onkel und anderen im Bellevue. Sie hörten zu, wie andere, lachend und weinend, Geschichten von John erzählten. Detective O'Herlihey kam herein und verkündete, sie hätten Stuart Fine gefunden. Alle wollten Näheres hören, aber er verriet nichts. Steph protestierte erneut dagegen, daß er als Lockvogel benutzt werden sollte. O'Herlihey sagte: »Johnny O'Day war ein beliebter Sohn von Southie, jawohl, wir haben ihn alle gemocht. Den Fall lösen wir in null Komma nix, verlassen Sie sich drauf.«

»Lassen Sie mich wenigstens mit ihm sprechen«, verlangte Fine.

»Sie halten sich da gefälligst raus! Sie haben schon genug angerichtet. Vergessen Sie's erst mal und überlassen Sie die Arbeit den Profis!« Als Fine nicht locker ließ, sagte O'Herlihey: »Ich glaub immer noch, daß Ihnen ein paar Schindeln am Dach fehlen! Ich sag Ihnen: Halten Sie sich da raus!« Er ging.

Fine schaute Stephanie an und sagte: »Ich wüßte zu gern, was er für ein Mensch ist.«

Es stellte sich heraus, daß er ein Mensch wie jeder andere war. Er war Veterinär, ein kleiner Angestellter an einem veterinärmedizinischen Forschungsinstitut in Clay Center, Nebraska. Seine Lebensaufgabe sah er vor allem darin, dafür zu sorgen, daß die Schweineschlachter einigermaßen humane Methoden anwandten. Vor allem galt es zu verhindern, daß die Arbeiter den Schweinen vor dem Abtransport zum Schlachthof die Schnauzen zertrümmerten, damit sie sich nicht gegenseitig verletzen konnten. Sein Motto war: »Keine Grausamkeit an Schweinen!« Stuart Fine hatte eine Frau und fünf Kinder und war Mitglied mehrerer philanthropischer Gesellschaften. Als begeisterter Bowlingspieler mit einem Durchschnitt von 173 gab er auch Bowlingunterricht. Wegen sexueller Probleme mit seiner Frau hatte er jahrelang eine Affäre mit seiner Sekretärin gehabt, und da es auch mit ihr nicht mehr klappte, war er wieder auf der Suche nach Frischfleisch. Als Jude aus einfachen Verhältnissen, aufgewachsen in Tuscaloosa, hatte er sich ein absolut durchschnittliches Leben aufgebaut. Er hatte den Amerikanischen Traum prostituiert, wenngleich im östlichen Nebraska, und stolperte in jenem Halbdunkel der Lebensmitte herum, das er, hätte er es in Worte kleiden können, wohl mit »War's das schon?« charakterisiert hätte.

Der äußeren Erscheinung nach war er praktisch Fines Spiegelbild. Stuart Fine machte sich auf ein paar aufregende Tage gefaßt. Er war völlig überrascht, als das FBI bei ihm auftauchte. Er brannte darauf zu erfahren, warum er mitfahren sollte, aber da er seit Jahrzehnten im Öffentlichen Dienst arbeitete, war er es gewöhnt, Anweisungen zu befolgen. Er hatte ja auch zunächst Angst gehabt, den Schlachthof in Bagdad, Arizona, zu inspizieren, nicht wahr? Und dann hatte er mit dieser Pima so viel Spaß gehabt.

Außerdem hatte er immer schon einmal nach Boston fahren wollen. Und jetzt endlich sollte sein Wunsch in Erfüllung gehen! Er war froh, daß sein karierter Anzug gerade in der Reinigung gewesen war. Er packte rasch und ging bereitwillig mit.
Zum Glück für die Bostoner Polizei hatte er Sylvia, seine Freundin an der Highschool, in guter Erinnerung behalten. Er konnte sich kaum an irgendwelche Grausamkeiten in ihrer Liebschaft erinnern und hatte die »Vergewaltigung« offenbar vollständig verdrängt. Sicher würde er sie gern wiedersehen – warum das geschehen sollte, danach fragte er nicht –, wenn er seinem Land damit einen Dienst erweisen konnte.

34

Zum erstenmal hatte Fine eine Vorstellung davon bekommen, was eine Religion sein konnte: Wir zerbrechen, sie bleibt bestehen. Auch ich selbst hatte mich getröstet gefühlt. Aber es war Kateys Religion, und daher für mich ein schwacher Trost. Kateys Glaube war echt, meiner nicht. Wie eine von einem Blitz erhellte Landschaft war ihr Glaube einen Moment lang klar zutage getreten, aber gleich wieder im Dunkel verschwunden – bis auf mein eigenes, verzerrtes Nachbild. Ist blinder Glaube visionär? Wen kümmert's? Hauptsache, er funktioniert.
Als Fine mit Steph nach Stow zurückkam, war er völlig weggetreten und machte sich furchtbare Sorgen um sein Leben, Stephanies Leben, das Leben des Jungen. Er versuchte ständig, sich an etwas im Zusammenhang mit Sylvia zu erinnern, was ihm sagen würde, wo sie sich versteckte, aber nichts drang durch. Die postikterische Euphorie war jetzt ein blinder Fleck in seinem Leben. Er ahnte, wenn es ihm gelang, ihn wieder sichtbar zu machen, könnte er sie finden, sie umbringen und wieder gesund werden.
Leise betraten Stephanie und Fine das Haus. Nipak und Ron

schliefen schon. Fine überlegte, wie er die beiden loswerden könnte. Er hatte das starke Bedürfnis, sich abzukapseln, Sicherheit im Alleinsein zu finden.
Gähnend schlenkerte Stephanie in der Diele ihre schwarzen Pumps weg. Fine fand, sie sah alt aus. Er stellte sich sie und sich selbst im Alter vor, Arm in Arm die Straße entlangtapernd, und ein Ansturm von Zärtlichkeit kam über ihn. Aber es konnte nicht sein! Er schauderte. Gedankenlos knöpfte sie ihre weiße Bluse auf. Fine sah zu, wie der Stoff sich abschälte und ihr BH, die weiße Haut, die dunklen Brustwarzen sichtbar wurden. Sie nahm plötzlich die Stille wahr, schaute auf. Erschrocken bedeckte sie sich, knöpfte rasch die Bluse wieder zu und errötete bis an die Haarwurzeln. »Oh!« sagte sie. »Ich vergaß.« Mit hängenden Armen stand sie vor ihm. Wie damals, dachte er, als sie zum erstenmal nackt vor ihm gestanden hatte, am Bachufer, vor einer Ewigkeit. Wie hatten diese dunkelblauen Augen gefunkelt! Er streckte die Arme aus, um sie an sich zu ziehen. In ihren Augen war jetzt nur Angst und Erschöpfung, und er zögerte. Er sagte: »Du wirkst so verletzt!«
»Du auch.«
»Kann ich dich trösten? Mit dir in deinem Bett schlafen?«
»Das wär schön.«
»Wir brauchen einander.«
»Ja, schon, aber – ach, Fine, ich weiß nicht, wer du bist!« Sein Erschrecken spiegelte sich in ihrem. Sie sagte: »Wer ich bin – wer wir sind. Im Leben geht's nicht zu wie in Geschichten – wir können nicht wissen, wie's weitergeht. Ich bin völlig aufgelöst, und du auch. Schon seit –« Sie hielt sich die Faust an den Mund, schluckte. »Wenn wir nicht wieder zu uns zurückfinden, und zwar auf einem neuen Weg, sind wir verloren.«
Fine schaute zu dem Oberlicht aus kobaltblauem und rosa Glas über dem Treppenhaus hoch. Er gähnte, ohne sich die Hand vorzuhalten, und wechselte das Thema: »Also, ich hab mich so gewundert über Katey – ein solcher Glaube! – solche – ja, was? – *Weisheit* bei einer einfachen, ungebildeten, normalen Frau.«
»Was ist da so verwunderlich dran?«
»Sie verbringt ihr Leben damit, sich nach dem neuen Chevrolet

und dem großen neuen Farbfernseher zu sehnen – während sie sechs Stunden pro Tag vor der alten Glotze sitzt –, ihre Wirklichkeit sind die Werbespots, die Seifenopern, die Selbsthilfe-Idioten –, und dann auf einmal so etwas Tiefes.«
»Woher willst du wissen, was ihr wichtig ist?«
»Wichtig sind ihr Sylvania, Buscaglia und der Chevrolet – sie hat das einfach intus – schlimmer noch, das *ist* sie, es hat ihr Gehirn durchsetzt wie Krebs – Orwells Neusprech in *1984!* – ›Big Brother Is Watching You‹. Für sie ist das Vulgäre sublim.«
Stephanie sah ihn wütend an. »Katey steckt mitten im Getümmel des Lebens – im Gegensatz zu uns. Sie wohnt seit einer Generation immer in demselben Haus – sie hat Freunde und Bekannte, sie geht auf Trauerfeiern und Taufen, macht Krankenbesuche, nimmt an Bürgerversammlungen teil – wie viele Freunde sind *dir* schon gestorben? Sie kennt das Leben; wir kennen gar nichts! Du hast dermaßen den Kontakt mit dem richtigen Leben verloren, daß du's nicht mal mehr siehst! Die ganze Weisheit in deinem Kopf paßt unter einen Fingernagel dieser Frau!«
»Ist ja gut – und alles bloß, weil ich Analytiker bin, ja?«
»Nein – ich bin sicher, es gibt auch aufgeklärte Analytiker.«
»Und wie kommt's, daß die so aufgeklärt sind?«
»Wer weiß? Vielleicht hat es was mit ihren Müttern zu tun.«
»Aha. Dann bist du wohl auch anders, was die ›Weisheit‹ angeht?«
»Ich war auch in der Schule eingesperrt – und ich hab dich kennengelernt –«
»Und bist mit meinem besten Freund abgehauen!« Fine starrte sie an, sah, wie ihre Augen sich verhärteten, wollte sie so tief verletzen, wie er nur konnte.
Sie senkte den Blick. »Fine, ich muß dir was sagen: Ich glaube, ich geh für immer nach New York und probier's dort als Stand-up Comedian. Ich kann einfach –«
Er fuhr aus der Haut: »Nur zu, so ist's recht – einfach weglaufen! Renn ruhig noch mal weg, so wie du von mir zu John gerannt bist, wie du vor dem Tod deines Vaters weggelaufen bist, dich in diesen Comedy-Unfug geflüchtet hast und so, wie du vor langer Zeit vor deiner lächerlichen Mutter davongelaufen bist!«

»Und was hab ich dabei herausgefunden? Daß du das Schlimmste in meinem Leben bist.«
»Aha, das hast du also herausgefunden. Und was hast du übers Fremdgehen herausgefunden?«
»Ich hab Liebe gefunden.«
»Blödsinn! Du hast denselben Mist gefunden, den du immer gefunden hast, findest und immer finden wirst – weil du dich selbst gefunden hast!«
»Tja, da wären wir wieder bei Papa Freud, ja? Bei der guten, alten analytischen –«
»Die Probleme in unserer Ehe gehen nicht alle nur auf mein Konto! Dein Problem ist nicht, daß du einen Traum hast, sondern daß er in Erfüllung gegangen ist. Du warst mit John noch unglücklicher als mit mir, gib's zu!«
»Ich war unglücklich, weil ich meinen Traum *aufgegeben* habe, erst für dich, dann für ihn. Mein Fehler war, daß ich dich wegen einem anderen Mann verlassen habe. Ich hätte dich *meinetwegen* verlassen, in New York bleiben, auf eigene Faust meine Karriere als Komikerin aufbauen sollen, allein.«
»Allein? Du? Du hast dich an Nipak gehängt, als ob es kein Morgen gäbe! Allein? Du bist eine Dilettantin: zehn Minuten dies, zehn Minuten das. Allein? Daß ich nicht lache! Du kannst nicht mal eine Stunde allein sein, geschweige denn eine ganze Nacht!«
»Weil mir nun mal die anderen *wichtig* sind –«
»Weil du allein nicht lebensfähig bist.«
»Schluß jetzt, Fine! Ich schau mich nicht mehr nach jemand anderem um. Ab jetzt gibt's nur noch mich, mich allein, von jetzt bis in alle Ewigkeit!«
»Genau wie deine narzißtische Mutter!«
»Fahr zur Hölle!« schrie sie mit gellender Stimme. »Fahr zur Hölle und komm nie mehr wieder!«
Sie wandte sich ab. Fine spürte, daß etwas hochkochte, bis an seine Ohren. »Wenn du nicht wieder Kontakt mit John aufgenommen hättest, wenn du die Finger von ihm gelassen hättest, wäre er heute noch am Leben. Du allein bist schuld!«
Sie drehte sich wieder zu ihm um, bleich vor Wut. »Du hast

gewollt, daß ich mit ihm zusammenkomme, das weißt du genau!«
»Was?«
»Gib's zu.«
Der Vorwurf war so absurd, daß es ihm die Sprache verschlug. Etwas war gerade noch im Gleichgewicht, aber er trat die letzte Stütze weg: »Niemals!«
»Du bist genauso schuld wie ich.«
»Niemals!«
»Ich *mußte* es tun.«
»Blödsinn!« Er starrte ihr in die Augen, auf die geringste Bewegung lauernd wie ein Raubtier. Er spürte, daß sie zitterte, und auch er zitterte: Jetzt könnten wir uns gegenseitig umbringen.
Sie brach den Bann, indem sie in jiddischen Akzent verfiel: »Ich hab eine gute Nachricht, und ich hab eine schlechte Nachricht. Die gute Nachricht ist, daß wir eben so sind, ohne den ganzen Schmus; und die schlechte ist, daß wir eben so sind, ohne den ganzen Schmus.« Sie seufzte und hob den Blick zum Himmel. »Weißt du was, Fine? Gott muß sich einen Scherz erlaubt haben.«
»Was für einen Scherz?«
»Als er die Männer und die Frauen zusammengespannt hat.«
Sie schleppte sich die Treppe hinauf. Erst als sie außer Sicht war, ließ sie ihre ganze Wut heraus. Ihre Schreie regneten auf ihn herab. Er spürte sie – scharf und glitzernd, wie Glasscherben.
»Lieber Gott«, rief er durch das Treppenhaus zu dem Oberlicht hinauf, zum Himmel, »warum mußte das mit uns geschehen?«

35

Fine erwachte am nächsten Morgen, Mittwoch, dem vierundzwanzigsten, aus einem Alptraum. Dieser erste wache Moment ist ja ein Augenblick der Wahrheit, und als ihm wieder einfiel, wo er war und wer er war und was ihm – und seiner Frau – passiert war, da kam es ihm vor, als schlösse sich ein Schraubstock um sein Herz. Der Kummer um John drückte ihn nieder. Er mußte sich irgendwie ablenken und ging deshalb in sein Behandlungszimmer, zur Sitzung mit der Sechs-Uhr-Patientin. So wie er mit ihr umgesprungen war, wußte er nicht, ob sie noch einmal erscheinen würde. Er klomm müde die Stufen hinauf und mußte auf jedem Absatz stehenbleiben, schwer schnaufend wie ein alter Mann nach einer Bypass-Operation. Er setzte sich und ließ die Tür offen. Das Zimmer – eine unordentliche Höhle voller Bücher und Andenken – kam ihm vor wie das Zimmer des Verstorbenen.

Um zwanzig nach betrat sie das Wartezimmer. Als sie Fine zusammengesunken auf seinem Stuhl sitzen sah, kam sie herein. Er nahm sie nur undeutlich wahr, ohne Einzelheiten, und bemerkte lediglich, daß sie älter wirkte, ernüchtert, weniger sexy. Sie ging langsam zur Couch, wie in einem Leichenzug. Bevor sie sich hinlegte, schaute sie ihn an: »Sie sehen furchtbar aus! Wie einer aus dem Obdachlosenasyl oder so!«

Ihm wurde bewußt, daß er sich nicht rasiert hatte und dasselbe, inzwischen verknitterte Hemd trug, das er bei der Trauerfeier – genauer gesagt seit dem Tag nach Johns Ermordung – angehabt hatte. Warum sitze ich hier mit dieser Frau? Diese »Therapie« ist irgendwie irreal, verlogen. Wie soll ich ihr helfen, in meinem Zustand? Er dachte an die analytisch korrekte Antwort – »Sprechen Sie über Ihre Gedanken im Zusammenhang damit, wie schrecklich ich aussehe« –, aber der Abscheu stieg ihm in die Kehle. Er sagte nichts. Sie legte sich hin. »Ich weiß, wie Sie sich fühlen – Mrs. Neiderman erzählt mir alles –« Na wunderbar, dachte Fine, soviel zum Thema ›leerer Schirm‹. »– schrecklich, was Sie durchgemacht haben – es tut mir ja so leid für Sie!« Sie machte eine Pause. Er, ein Leichnam, konnte nicht antworten. »Aber als sie mir gestern abend erzählte, daß Sie immer sagen, Sie lebten ein ›verzaubertes Leben‹, da wäre ich fast in Ohnmacht gefallen!« Also gut, die Neiderman hat die Analyse versaut, na und? »– das auch über mein Leben gedacht, nicht daß ich das jemals jemand erzählen würde, aber mein Leben lang lief an der Oberfläche alles scheinbar so gut. Ich hab die Rede bei unserer Schulabschlußfeier gehalten, war Erntekönigin, hatte super Dates in Yale – und auch heute denkt jeder, ich hätte einen tollen Job bei der Zentralbank –, und keiner weiß, außer Ihnen und mir, daß ich jeden Abend allein heimgehe und mich in den Schlaf heule. Ich tue mein Bestes, und dann wache ich auf und stelle fest, daß ich immer die schlechteste Wahl getroffen habe. Mein Leben ist ein Trümmerhaufen, und ich bin ganz allein dran schuld! Ich bin so einsam! Mein Leben ist so tot. Es ist so verdammt schwer! Wozu noch leben? Wozu überhaupt leben?«

Gute Frage, dachte Fine, hervorragende Frage.

»– bin *ich* also so sensibel? Warum nehme *ich* alles so persönlich, warum bin ich jedesmal so niedergeschmettert? Anderen geht's doch auch nicht so – warum *mir?*«

Ein Schauder überlief Fine, als ihm klar wurde: *Mir* geht's genauso! Sie spricht von *mir!* Und zum erstenmal seit Johns Tod empfand er im tiefsten Inneren echten Schmerz.

»– aber als ich gesehen habe, daß Sie genauso arm dran sind, daß *Ihr* Leben unter der Oberfläche auch eine einzige Katastrophe ist –, das war für mich, ich weiß nicht, wie eine Offenbarung!« Sie hielt inne. Ohne nachzudenken, sagte Fine:

»Glauben Sie, andere Menschen leiden nicht auch so wie Sie?«

Sie stieß einen kleinen Schrei aus, wie ein Kind, das von einer ehrlichen Antwort der Mutter oder des Vaters überrascht ist. Was hatte sie herausgehört? Sie setzte sich halb auf, als wollte sie sich zu ihm umdrehen, legte sich dann aber wieder hin. »Ich – ich hätte nie gedacht – Sie meinen also, denen geht's genauso?«

»Sie würden sich wundern, wie viele von ›denen‹ nachts in ihre Kissen heulen.«

»Wirklich?« Sie verstummte. Nach einer Weile begann sie zu assoziieren, über ihre Verluste zu sprechen: Vater tot, Mutter in der bestialischen, qualvollen Welt von Alzheimers präseniler Demenz – sie besuchte sie jedes zweite Wochenende in New Jersey, hielt ihr die Hand, und ihr Mutter *erkannte* sie nicht einmal! –, Onkel Savage entehrt; zwei Ehemänner, die sie, wie vom Schicksal vorherbestimmt, nacheinander verloren hatte, dann zahllose

Männerbekanntschaften. »Ich hatte schon angefangen, Ihnen zu vertrauen, aber dann, als Sie so verändert waren, nicht zu den Sitzungen kamen, sich eigenartig benommen haben – als mir klar wurde, daß ich auch Sie verloren hatte –, begann ich, die Schuld bei mir selbst zu suchen, zu glauben, ich hätte Sie mit meinem sexy Getue und all dem anderen Mist vergrätzt – es war furchtbar! Ich war nahe dran, mich umzubringen.«

Fine war überrascht, wie stark er in ihre Geschichte verwickelt war. Er begriff, daß ihr Gefühl, ihn verloren zu haben, der Mittelpunkt war, um den sich all ihre anderen Verlusterlebnisse drehten. Und nun, da er sich um sie kümmerte, drehten sich auch seine Verlusterlebnisse – John, der Junge, Stephanie, die Eltern, er selbst. Er wußte, was sie fühlte, und empfand es als sein eigenes Gefühl.

Er schaute sie an – eine Frau, die verzweifelt nach einem Sinn in ihrem Leben suchte – und wurde traurig. Wie mies habe ich sie behandelt – erst habe ich sie kaltherzig analysiert, dann war ich nach meinem Anfall grob zu ihr, bin einfach nicht zur Sitzung gegangen, bin aufgesprungen und hinausgerannt, als ich sie für die Mörderin hielt –, und sie kommt trotzdem noch zu mir? Eine unglaubliche Widerstandskraft. Er erinnerte sich, daß John gesagt hatte, als John James geboren wurde, sei es gewesen, als hätte das Baby ein Extrasäckchen Liebe um sein Herz, und um an diese Liebe zu kommen, brauche ein Vater nichts weiter zu tun, als bei ihm zu bleiben. Fines Blut geriet in Wallung, Wärme stieg ihm in den Nacken, erzeugte ein Prickeln in Ohren und Kopfhaut. Das Menschliche läßt sich auf die Dauer nicht unterdrücken. Mit der Zeit hatten sich sogar die Ukrainer geweigert, echte Waffen in die Hand zu nehmen, sie echten Juden ans Genick zu setzen, tatsächlich abzudrücken und sich tatsächlich mit Schädel- und Gehirnfetzen bespritzen zu lassen, während die echten Leichen in echte Massengräber stürzten. Sogar die Ukrainer hatten sich aufgelehnt! (Was die Deutschen veranlaßte, ein ›sauberes‹ Tötungsmittel zu vervollkommnen, Zyklon B.) Ich fühle mich ihr jetzt so nahe, daß es ist, als läge ich dort, als sei es meine Geschichte, die sie erzählt, als sei noch etwas übrig von meinem eigenen Kindheitssäckchen.

Sein Herz war warm, wie eine Wärmepumpe, seine Rippen waren Heizstäbe, und die Wärme strömte vom Brustkorb nach außen, überbrückte den Abstand zwischen ihm und ihr, war so präsent, daß er glaubte, man müsse sie mit der Hand berühren, sogar ein Polaroidfoto von ihr machen können. Das Pulsieren dieser Wärme war so real, daß er dachte, sie müsse es auch spüren. Nein, das ist lächerlich. Auf einem Foto würde man ihren Hinterkopf sehen, Punkt. Es ist meine Wärme, nicht ihre; sie fühlt nichts.

»Moment mal«, sagte sie plötzlich, »was ist hier eigentlich los?« Sie setzte sich auf und starrte auf ihre Füße. »Ich – ich spüre etwas, da ist etwas in der Luft. Irgendwas stimmt nicht. Ich – ich beschäftige mich zuviel mit mir selbst. Ich meine, *Sie* leiden doch die Schmerzen, Dr. Fine, ich spüre es förmlich.« Sie hob ihre graublauen Augen zu ihm auf. »Ist es nicht so?«

Hatte sie es also doch gespürt? Unfaßlich! Ihre Augen verrieten, daß sie ihm ihr Herz öffnete. Beschämt schaute er weg, versuchte nachzudenken: Und was jetzt? Die analytische Routinereaktion? Soll ich sie bitten, ihr »Selbst« zu »erkunden«? Nein, endlich begriff er, was das wirklich war: ein Verteidigungswall gegen zwischenmenschliche Beziehungen, eine Maske, unter der sich tiefe Verachtung für die Patientin und eine noch tiefere Furcht davor verbarg, *wie* die Patientin zu sein, *angerührt* zu werden. Ich habe das Fundament des Vertrauens gelegt; jetzt habe ich keine Wahl mehr, ich muß mich der Wirklichkeit stellen. Jetzt sitzen wir im selben Boot. Also los.

Und doch konnte Fine noch immer nicht aus dem Herzen antworten.

»Oh, Dr. Fine«, sagte sie mit brechender Stimme, »Sie sehen so traurig aus!«

Er schaute in ihre Traurigkeit, die ihm galt, und die Tränen stiegen ihm in die Augen. »Ich bin es auch. Ich leide wirklich.«

Nachdem er es gesagt hatte, wurde ihm klar, welches Risiko er damit einging – das konnte alles zunichte machen. Sie hatte ihn in der Hand. Ihre Augen wurden feucht, und dann liefen ihr, vermischt mit schwarzer Wimperntusche, die Tränen über die

Wangen, und er spürte ihren Kummer. Als sähe er sie zum erstenmal so, wie sie wirklich war – jedes Detail wurde klarer, nicht was ihren Körper anging, sondern auch ihr Selbst, und nicht nur ihr Selbst allein, sondern auch ihr Selbst-mit-anderen, und das in ihrer gesamten Lebensgeschichte – denn auf einmal sah er mit großer Klarheit, woher sie kam und wohin sie gehen würde.

Zu seiner Verblüffung stand sie auf und setzte sich auf das erhöhte Kopfteil der Couch, stellte einen Fuß auf die Querstrebe seines Stuhls und hielt ihm die Hand hin, die offene Handfläche nach oben. Er ergriff sie und schloß die Augen. Bei der Berührung durchströmte ihn eine Welle, und er schauderte. Die Stille war unerträglich. Sanft legte er den Kopf in ihren Schoß und bedeckte mit ihrer anderen Hand seine Wange. Das Zimmer verlor die gewohnte Festigkeit, schien zu schlingern und zu stampfen. Sein Atemrhythmus stellte sich auf ihren ein. Schwankend wie auf See, fühlte er sich ein Weilchen sicher vor dem Sog der Toten.

»Mein Gott, die Zeit!« sagte sie. »Ich komme zu spät!« Er öffnete die Augen, fühlte sich auf einmal unbehaglich und stand rasch auf. Auch ihr schien es peinlich zu sein. Sie ging steif zur Tür und legte die Hand auf den Knauf. Fine empfand Zärtlichkeit für sie: Sie ist jemand, den ich wirklich kennenlernen möchte. Wie geringschätzig, sie »Sechs-Uhr-Patientin« zu nennen. »Erinnern Sie sich an Ihre Bemerkung neulich, als ich schon an der Tür war? Das war der Wendepunkt, denn seit damals weiß ich, daß sich da drin ein realer, lebendiger Mensch verbirgt.« Fine wollte lächeln, aber seine dumpfe Betäubung gewann schon wieder die Oberhand. »Bei mir ist es genauso: Ich strecke meinen kleinen Fühler aus, strecke ihn hinaus in die Welt, und *Wumm!* tritt jemand drauf. Gefällt mir mein Job? Nein. Gehe ich trotzdem zur Arbeit? Ja. Um Brasilien zu retten.« Sie kicherte. »Mag ich mich so, wie ich bin? Nein. Kann ich etwas dagegen tun? Abermals nein. Wer kann das schon? Sie haben wohl recht – wir leiden alle. Also warum halte ich mich für etwas Besonderes?«

»Um abseits zu bleiben«, sagte Fine. »Wie wir alle.«

»Sie meinen, ich halte mich für besser als andere?«
»Und schlechter. Sie wollen ihnen nur nicht gleichen.«
»Wie wär's, wollen wir von jetzt an nicht alle Sitzungen so abhalten, gewissermaßen zwischen Tür und Angel?« Sie lachte, er lächelte. »Bis morgen.« Sie ging.
Als die Tür sich hinter ihr schloß, zitterte Fine. Was sollte das alles? Er hatte sich noch nie bei einer Patientin oder einem Patienten ausgeweint. Und Weinen allein ginge ja noch an – sogar Vergessen hatte es angeblich einmal getan –, aber den Kopf in ihren Schoß legen? Bist du verrückt geworden? Das ist keine Therapie, das ist Tätschel-Scheiße! Was denn noch alles? Runter mit der Unterwäsche? Großartig, Fine, wunderbar – jetzt hast du's wirklich geschafft. Sicher, ihr habt euch gut gefühlt, sie und du, aber das gute Gefühl allein ist keineswegs das Heilmittel, sondern vielmehr die Krankheit. Nimm zum Beispiel Kalifornien. Sieh dir unseren Präsidenten aus Santa Barbara an! (Lieblingsspruch: »Nichts ist besser für das Innere eines Mannes als das Äußere eines Pferdes.«) Sich besser zu *fühlen* ist oft ein Hindernis dafür, daß es einem besser *geht* – eine bösartige Umkehrung von Freuds Todestrieb. Fine spürte, daß er gleich abrutschen würde, hinab in die Angst. Um sich zu beruhigen, nahm er einen Finestone.
Plopp. Lutsch.
Okay, okay: Irgend etwas Wichtiges hatte stattgefunden, aber war es eine Therapie? Du hast einen engen Kontakt zu ihr hergestellt, aber welchen Sinn hatte das? Fine war überfordert, er quälte sich und wußte dabei, wenn er seine Gedanken von dieser Sitzung lösen konnte, würden sie ihm den Weg zeigen zu etwas, wonach er sich verzweifelt sehnte: einer Vorstellung von sich selbst als Therapeut. So sehr er sich bemühte, war er blind für das Ganze, sah nur einen Teil: Sie hat mir gegeben; ich habe passiv empfangen. Aber wie paßt das mit all dem zusammen, was ich – wie auch andere, die im Lauf der Geschichte durch Versuch und Irrtum gelernt haben – darüber weiß, was es heißt, Therapeut zu sein? Plötzlich empfand er Verachtung, für sie, für die gemeinsame kleine *folie*; er mußte Ordnung in dieses Chaos bringen. Er setzte sich an seinen WANG.

1. Jedes Leben ist eine Geschichte.
2. Es ist immer dieselbe Geschichte.
3. Therapie ist wie Tanzen – sie führt, ich folge.
   Therapie bedeutet Bewußtwerden, nicht des eigenen Selbst, sondern des Selbst-in-Beziehung. Therapie ist wie Tanzen auf Deck.
4. Was zeichnet den Therapeuten aus? Der Therapeut ist verantwortlich für das Schiff, das Deck, den Kurs, die Bordmusik.
5. Damit die Patientin wachsen kann, muß die Beziehung wachsen; damit die Beziehung wachsen kann, muß der Therapeut wachsen. Es beruht auf Gegenseitigkeit.
6. Wie wächst der Therapeut? Genauso wie jeder andere: Ich werde draußen in der Welt verletzt, und deshalb bin ich offen für ihren Schmerz.
7. Frage: Ich habe empfangen, aber habe ich auch gegeben? Wie macht man das?
8. Frage: Was ist Übertragung?
9. Schlußfolgerung: Das war schön getätschelt, aber es war nicht Therapie. Denk daran, wie es sich *auf sie* auswirkt! Ich stecke ganz tief drin.
10. Kommentar: Na, du Held, was jetzt?

Und doch war Fine überrascht – die Sitzung hatte ihn mit Energie aufgeladen, statt ihn wie üblich auszulaugen. Er fand, daß er ein Risiko eingegangen und dem Ziel, zu begreifen, was Therapie tatsächlich ist, einen großen Schritt nähergekommen war. Er fühlte, wie sein Kraft zunahm, und rief:
»Du mußt raus! Du mußt raus! Knall mit den anderen draußen in der Welt zusammen. Aber *lebe!*«

Mrs. Neiderman und Miss Ando saßen mit Stephanie, Nipak und Ron beim Frühstück. Nipak und Ron waren einander schon an die Gurgel gegangen. Keiner verstand, wie Fine den anderen ertragen konnte.
Mrs. Neiderman sagte mit düsterer Miene: »Duffy hat auf dem

Weg nach draußen vorbeigeschaut und es mir erzählt. Sie haben sehr schöne Dinge getan.«

»Ich versuche nur, unser Bewußtsein zu wecken«, sagte Fine zerstreut.

»Oh«, sagte sie verwirrt, »Sie meinen, Bewußtsein dafür, warum wir bestimmte Dinge tun?«

»*Daß* wir bestimmte Dinge tun.«

»Und das ist alles?« Stephanie war sichtlich enttäuscht.

»Das ist genug, glaub mir.« Fine setzte neuen Kaffee auf.

»Ja«, sagte Nipak, »mehr als genug. Denn wir sind blind, wir schlafen.«

»Gut, aber wie stellt man es an, daß man aufwacht?« wollte Mrs. Neiderman wissen.

»Wenn wir wach sind«, sagte Nipak, »weckt uns das Leben selbst.«

Neiderman schüttelte ihre blonden Locken. »Ich kapier gar nichts.«

»Ausgezeichnet!« sagte Nipak. »Ignoranz ist der beste Anfang. Seien Sie sich Ihrer selbst bewußt, und Sie werden wachsen –«

»Das ist leicht gesagt.« Sie zog ihr Notizbuch hervor. »Also, Dr. Fine, ›Familienfehde‹ hat angerufen – die wollen Sie und Ihre Familie in ihrer Fernsehshow haben, wegen der Morde; die Filmstudios rufen auch andauernd an – ich wußte gar nicht, daß es so viele davon gibt! Es ist einfach unglaublich, wenn Sie mich fragen.«

Nipak sagte zu Fine: »Es geschieht etwas mit Ihnen, nicht wahr?«

Irritiert durch seine Direktheit, goß sich Fine noch eine Tasse Kaffee ein, aber Nipak schnappte sie ihm weg und sagte: »Koffein zerstört den Seelenfrieden!«

»Und auch den Abzugsfinger«, sagte Ron und nahm die Koffer, in denen sich genug Feuerkraft befand, um ganz Stow zu eliminieren. »Kommen Sie, Zeit für die zweite Schießstunde. Kalter Stahl ist das Mittel der Wahl.«

»Nein, nein«, widersprach Nipak scharf, »Bewußtsein.«

»Ach ja? Und Bewußtsein baut wohl auch Brücken, wie?«

»Bewußtsein *ist* die Brücke«, sagte Nipak mit Überzeugung.

Fine stand auf. »Also, gehen wir, Ron.«

»Fine«, sagte Stephanie, deren Stimme vom Abend zuvor noch überanstrengt war, »siehst du keinen Widerspruch zwischen Meditierenlernen und Tötenlernen?«
»In dieser vulgären Welt«, sagte Fine, »brauche ich beides.«

Nach dem Ausflug auf den Schießstand (»Waffen sind inzwischen benutzerfreundlich«, sagte Ron, und es stimmte – Fines Waffenscheu hatte schon etwas nachgelassen) floh Fine vor den Fernsehkameras hinter die verschlossenen Türen des Jefferson House mit seinen stationären Patienten. Erleichtert stellte er fest, daß auch sie versuchten, den Mord und das Leben unter einen Hut zu bringen.
»Ja, äh, nein«, sagte Mr. Jefferson, »wie ein Atomangriff?«
»Jesus hat mir befohlen«, sagte Jefferson, »der Welt zu sagen, daß Er sie demnächst vernichten wird, jawohl, und zwar mit Atombomben, und ich soll mir eine Arche bauen! Christus ist mein Zeuge – ich weiß manches schon, bevor es wahr wird!«
Während er seinen Patienten zuhörte, wurde Fine traurig: Sie waren durch die Hölle gegangen! Die Pilotstudie erwies sich als Flop, Pelvin hielt sich versteckt, sie waren verstört und psychotisch. Fines Anwesenheit beruhigte sie, und wieder einmal wurde ihm bewußt, wieviel sie für ihn übrig hatten und – aus seiner eigenen fast psychotischen Euphorie heraus – wie dicht unter der Oberfläche bei uns allen das Psychotische liegt. Ich bin ihnen eher ähnlich, als daß ich mich von ihnen unterscheide. Wenn ich träume, lebe ich ihr Leben. Er sagte: »Es tut mir leid, daß ich euch im Stich gelassen habe.«
»Der Mai, der Mai«, sagte die dicke Sadie. »macht die Seele frisch und frei.«
»Ja, äh, nein«, sagte Mr. Jefferson. »Aufgrund der traumatischen Ereignisse der letzten Zeit möchte ich etwas ganz Besonderes vorschlagen: einen Feiertag-Tag.«
Seine Freunde hatten ihn noch nie mit solcher Emphase sprechen hören und wurden still.
»Ja, äh, ich schlage einen Ausflug vor. Ich schlage vor, wir gehen an Bord meiner Familienjacht, der *Thomas*, und zwar am Memo-

rial Day, wenn die internationale Flottille im Bostoner Hafen liegt, heute in fünf Tagen, zu der Parade, die ›Die großen Schiffe‹ genannt wird.« Er wurde unsicher. »Ja, äh, nein, treibe ich ab, bin ich auf Grund gelaufen?«
»Keineswegs«, sagte Fine. »Hört sich gut an.«
»Äh, wir haben also die Erlaubnis, die *Thomas* von Duxbury herzubringen?«
»Die haben Sie«, sagte Fine. »Holen Sie sie!«

Fine suchte jetzt immer wieder Zuflucht bei seinen Patienten, denn es verschaffte ihm seltsamerweise Trost und Erleichterung, sich um ihr Leben zu kümmern. Er freute sich auf die Sitzung mit dem Fünf-Uhr-Patienten.
Doch Maurice begann wie immer mit seinen tödlich zwanghaften, monotonen Assoziationen über Fines Sorgen und Nöte. Fine nickte ein. Um zwanzig vor sechs warf Maurice ihm vor, er sei eingeschlafen, und weckte ihn dadurch auf – wobei er auf den Tag zu sprechen kam, an dem Fine »den Furz gelassen« hatte. Fine war vom Streß der letzten Tage derart erschöpft, daß das Ganze ihm komisch vorkam und er gegen seinen Willen lachen mußte. Schockiert versuchte Maurice, weiter frei zu assoziieren, aber Fine fand es plötzlich alles so lustig, daß er ausrief: »Mann, ich halte das nicht aus! Das ist ja alles so *albern*«, und laut herausplatzte. Maurice setzte sich auf und drehte sich um, in den Augen eine Frage: Ist mein Analytiker jetzt übergeschnappt? Doch als er sah, wie Fine versuchte, sich das Lachen zu verbeißen, gab es kein Halten mehr, und er brach in lautes Gemecker aus. Fine prustete ebenfalls los, und so schaukelten sie sich gegenseitig hoch, bis sie sich beide schier totlachten. Sie lachten über den Furz, die Fünfminutenstunde – die Analyse selbst! Wie lächerlich war doch das Leben, ihr Leben! Was für ein Witz!
Maurice stand auf, um zu gehen. »Unglaublich!« sagte er. »Sie haben nicht mehr den Arzt und ich nicht mehr den Patienten gespielt!«
Fine schaute ihn an, und als sei ein Schleier gelüftet worden, glaubte er Maurice zum erstenmal wirklich zu sehen: den dicken

Körper, die kurzen Beine, die behaarten Handgelenke, den Schnurrbart, die Nase – eine Nase, die eine Mutter zur –

»Hey – Ihre ist genauso groß«, sagte Maurice. »Vielleicht probieren Sie mal diese neuen koscheren Nasentropfen aus, King size: einfach phantastisch.« Sie lachten. »Nach allem, was Sie durchgemacht haben, Fine, glaube ich, wenn Sie nicht lachen würden, würden Sie weinen. Ich hab wirklich Mitleid mit Ihnen – in mancher Beziehung sind wir uns sehr ähnlich.« Er ging.

Fine war gerührt, und getröstet. Netter Kerl, einer, mit dem man gern mal auf ein Bierchen gehen würde, den man richtig kennenlernen möchte. Auf Deck tanzen, genau.

Und dann wurde Fine auf einmal klar, wie sehr er an diesen Menschen hing, diesen armen, zutraulichen Seelen, die mit ihrer Not zu ihm kamen, einen Weg suchten, sich zu ändern. Gefühle durchströmten ihn – Scham, Liebe, Kummer. Ein heiliger Akt vollzieht sich hier; es ist ein Privileg, diese Begegnung mit Menschen, dieses Zusammensein mit ihnen als Teil ihres Lebens, und jede Sitzung ist fast so etwas wie ein spirituelles Ereignis. Ich *muß* verantwortungsbewußt sein. Ich muß der Kapitän sein, auf Unwetter achten, den richtigen Kurs festlegen, die tanzbaren Melodien spielen. Er spürte, welch ungeheure Verantwortung es war, mit der Sorge für reale Menschenleben betraut zu sein, und war voller Zweifel. »Ich will ihnen helfen, ich will es wirklich! Aber wie? Wer bin ich, was ist meine Technik? Wie lautet meine Theorie? Wo sind die Spielfeldlinien auf meinem Platz – auf *meinem* Platz –, die dicken, neuen, kreideweißen Linien, die ich bei der Therapiearbeit *nicht überschreiten darf*? Mit dieser Frage beschäftigt, fand er sich in die Betrachtung der Fotos – Freud, Vergessen, Stephanie – versunken, und dann wußte er, daß jeder dieser geschätzten Lehrer Teil seiner Antwort war. »Bitte, Großer Häuptling, zeig mir den Weg!«

Als er am Abend nach Hause kam, fand er Nipak allein unter einer Lampe sitzend und schreibend vor. Er fragte ihn, was er da mache.

»Lukubration: nächtliche Meditation zur Beförderung des Handelns! Worte mit der Macht, Feigen vom Baum zu schütteln! Ich bin das Herzeleid wegen dieser Entführung herzlich leid! Wir müssen – haben Sie gehört, Mann? –, wir müssen die Frau finden!«

»Finden und sie umbringen«, sagte Fine, überrascht, wie stocknüchtern er auf einmal war, »den Jungen retten und ihr den Garaus machen.«

36

Der Gate of Heaven Cemetery überzog einen Hügel in South Boston. Die vielerlei Grabsteine ragten in merkwürdigen Winkeln aus dem dunkelgrünen Rund und erinnerten Fine an transplantierte Zähne, Zähne, die chaotisch in einem mißgebildeten, monströsen Embryo wuchsen. Der Tag war sonnig, hell, windig und kühl. Alle waren dunkel gekleidet. Anfangs empfand Fine den Sonnenschein als falsch für eine Beerdigung. Doch der Tod war etwas so Falsches, daß jede weitere Falschheit willkommen schien. Ein paar Krähen mit ölig-violett glänzendem Gefieder saßen auf einem schmiedeeisernen Zaun und beschimpften die düsteren Menschen. Die dunkle Kleidung der Trauernden absorbierte die Sonnenwärme und nahm so den Biß aus der kühlen Morgenluft. Gut, dachte Fine: Man brauchte sich nicht ums Wetter zu kümmern, konnte sich ganz darauf konzentrieren, wo der grausame Schmerz lag.

Dort. In dem Loch in der Erde, dort.

Die Trauergemeinde war groß: Johns Familie, Nora, Freunde und Bekannte, Abkömmlinge des notorischen Curley, viele O'Herliheys, Polizisten und Feuerwehrleute sowie städtische Honoratioren, sogar der Bürgermeister. Untadelig stand Seine Exzellenz in der ersten Reihe, und das Gesangbuch lag in seinen Händen, als sei es ein Teil von ihm. Es stand noch nicht fest, ob ihm der Generalstaatsanwalt mit seinen Untersuchungen wegen Korruption so auf die Pelle rücken würde, daß seine Wiederwahl ausgeschlossen wäre, und er nutzte deshalb jede Gelegenheit, noch Punkte zu sammeln. Stephanie stieß mit der Hüfte an Fine an. Erschrocken zuckte sie zurück – da sie noch in ihren gegenseitigen Beschuldigungen steckten, schien Körperkontakt unpassend. Aber was war schon passend? Ein großer lachender Mann war nicht mehr. Die Troika war tot.

Aber sie blieb so nahe bei Fine, daß er sie sagen hörte: »Wie kann jemand lebendig sein und dann auf einmal nicht mehr? Ist er nicht immer noch irgendwo am Leben?«

Pater O'Herlihey sprach über »die Wiederauferstehung und das Leben«. Fine schaute Katey an – ein schwarz verschleiertes, gebücktes Persönchen, ein schwarzes Taschentuch ans Gesicht gepreßt. Er versuchte dahinterzukommen, wie sich ihre Bigotterie mit ihrem Mitgefühl, ihr Haß mit ihrer Liebe vertrug. Es gelang ihm nicht.

Während der routinierten, arroganten und sachlich falschen Grabrede des Bürgermeisters ließ Fine seine Gedanken auf die Bucht hinauswandern. Das klare, windige Wetter hatte Segel aufs Wasser und Kondensstreifen an den Himmel gezaubert. Sogar Boston selbst wirkte urtümlich erhaben, als sei John Winthrops Traum in Erfüllung gegangen: »Eine Stadt Gottes auf einem Hügel.« Sein Blick schweifte über die Hafeninseln und blieb auf Spectacle haften, das zwischen Southie und Stow lag und aus dieser Höhe tatsächlich wie eine Brille aussah. Und dann, so wie in einem Traum ein Gesicht auftaucht – ein Gesicht, das man in einer Menschenmenge gesehen und sogleich wieder vergessen hat –, sah er plötzlich einen Brief an den Globe vor sich, der ihm vor ein paar Tagen ins Auge gefallen war: Ein Foto von einem Polizisten, der auf einen rauchenden Trümmerhaufen blickt, und ein Schornstein, der wie eine Kerze auf einer Geburtstagstorte aufragt. Und er sah die Unterschrift vor sich:

> Alles, was auf Spectacle Island von der Tierkörperverwertungsanstalt übrigblieb, ist dieser Schornstein. Diese Insel diente über hundert Jahre lang als Müllkippe und zur Besei-

tigung von Pferdekörpern. Sie hat so gut wie keine Vegetation aufzuweisen und ist so häßlich, wie eine Insel nur sein kann …

Häßlich? In all den vielen Sitzungen mit Sylvia hatte er sich ihr nur einmal nahe gefühlt, nämlich als sie ihn gefragt hatte: »Bin ich häßlich?« Er selbst hatte vor seinem Anfall Stephanie dieselbe Frage gestellt. Jetzt konnte er nachempfinden, wie sie, die so entstellt war, sich gefühlt haben mußte; auch jetzt noch fühlte er es als sein Eigenes, und dann – *Pferde!* Sylvia liebte Pferde! »Pferde!«

»Was?« fragte Stephanie.

»Oh, entschuldige – nichts.« Sie sah ihn zweifelnd an. Er schaute weg, wollte sie da nicht hineinziehen. Sein Gehirn arbeitete wie rasend weiter: »Das Unbewußte kennt keine Negationen« – Vergessen. Sylvia liebte Pferde und haßte sie zugleich; sie zu reiten oder sie fabrikmäßig zu verarbeiten – es war alles Kathexis. Sie hing an Pferden. Er versetzte sich an ihre Stelle. Ja, wenn sie die häßliche, der Pferdeverarbeitung dienende Insel kannte, mußte sie sich zu ihr hingezogen fühlen. Hundert Jahre Müllkippe bedeuteten, daß sonst niemand einen Fuß darauf setzen würde. Und diese Insel lag direkt neben Stow!

So richtig sich das anhörte, verwarf Fine den Gedanken doch gleich wieder. Denn: Der Sarg wurde in die Erde abgesenkt, die Frauen begannen zu klagen; Körper wurden von Schluchzern geschüttelt; Männer putzten sich die Nase, husteten und räusperten sich. Das hier ist die Wirklichkeit, dachte Fine. Meine kleine intuitive Reise im Kopf ist bloße Phantasterei, die Abwehr meines Kummers.

So unscharf waren zu der Zeit Fines innere Grenzen, daß es nichts mehr gab, dessen er sich sicher war – und seiner selbst schon gar nicht. Indem er sich mühte, sein Leben wiederauferstehen zu lassen, öffnete er sich und empfand Schmerz, zuviel Schmerz, um in seinem Kummer die Kräfte des Wandels zu spüren. Er hatte kaum Anhaltspunkte dafür, wer er wirklich war. Wenig Anhaltspunkte, und noch weniger Glauben.

Die Erde prasselte auf den Sargdeckel. Alles weinte.
Als der Onkel zum Abschied Hände drückte, konnte er kaum sprechen. Fine wußte, wenn er sich wirklich zum Handeln entschließen sollte, brauchte er noch ein klein wenig mehr Informationen, und das war seine Chance. Er fragte den Onkel, wie es Detective O'Herlihey gehe. »Gut. Die bereiten diesen Stuart Fine für die Aktion vor, und die wird schon sehr bald stattfinden.« Fine tat desinteressiert und fragte, woher dieser Stuart komme. »Aus Nebraska, auch wenn Sie's nicht für möglich halten.« Fine seufzte erleichtert. Er drückte die fleischige Hand, schaute in die blutunterlaufenen Augen – wie alt der Onkel wirkte! Fine roch wieder den üblen Atem und war traurig. Sie trennten sich.
Den ganzen restlichen Tag versuchte Fine zu Hause auf Stow, nicht mehr an die ganze Geschichte zu denken. Er war es nicht gewöhnt, intuitiv zu handeln – oder überhaupt zu handeln. Und doch zog ihn jedesmal, wenn er im Freien war, der Umriß von Spectacle Island magisch an, und jedesmal kam ihm seine Ahnung noch »richtiger« vor, so wie ein Knochen oder ein Stein oder eine Wolke in der Natur »richtig« ist. Ein Plan schälte sich heraus, so real wie der Anblick der Insel: Die Polizei hatte bestimmt schon ein Treffen zwischen Sylvia und Stuart arrangiert, wahrscheinlich heute noch, am Abend. Also erwartete sie ihn. Wenn Fine sich wie dieser Stuart anzog, konnte er sich ihr nähern. Stuart war aus Nebraska. Fine würde sich im Midwesternstil kleiden, beispielsweise in bügelfreien karierten Stoff. Er würde sich benehmen wie einer aus dem Mittleren Westen, also jungenhaft lässig auftreten. So würde es ihm gelingen, nahe genug an sie heranzukommen, um sie zu töten. Und John James? Fine erinnerte sich, daß Sylvia in dem Chaos nach dem Tod ihres Kindes einen kleinen Jungen entführt, ihn aber unversehrt den Eltern zurückgebracht hatte. Wir wiederholen tatsächlich unsere schmerzlichen Erlebnisse; ihm wird sie nichts tun. Gründe, es nicht zu tun? Angst? Nein. Gefahr? Na und? Ich fühle mich ohnehin schon halb tot. Mein fünfunddreißigster Geburtstag wird nicht allzu schmerzlich werden, wenn ich dann schon tot bin.

Und so entschloß sich Fine zum erstenmal seit sieben Jahren zum Handeln.
Er war verblüfft, wie leicht ihm die Täuschung gelang. Er stöberte seinen Seemann auf, Mr. Jefferson. Ja, bei seinen Ausfahrten sei er einmal in eine versteckte kleine Bucht von Spectacle Island gesegelt. Er habe zwar von einer Erkundung der Insel Abstand genommen, aber er habe einen Kai und Ruinen gesehen, das schon. Fine besorgte sich den Zündschlüssel für das Motorboot von Mrs. Bush und ließ sie schwören, niemandem etwas davon zu sagen. Er entschuldigte sich bei Ron dafür, daß er ihm Miss Ando bisher vorenthalten hatte, und schlug ihm vor, sie am Abend auszuhorchen – bei Sushi werde sie auftauen. Dann fragte er ihn, ob er sich nach seiner Fünf-Uhr-Sitzung die Waffen zum Üben ausborgen könne. Ron war einverstanden. Als sie sich trennten, legte Ron Fine die Hand auf die Schulter und sagte: »Fine?«
»Ja?«
»Sie sind ein großer Amerikaner.«
Fine sagte Nipak und Stephanie, er werde um sechs »Schießübungen bei schlechtem Büchsenlicht« machen, und sie sollten mit dem Essen nicht auf ihn warten.
Maurice versetzte ihn, nachdem am Morgen schon Duffy nicht erschienen war; anscheinend hatte er Probleme mit der letzten Sitzung. Fine nahm die Waffen, stieg ins Auto und fuhr in Richtung Moon Island davon.
Er stellte den Wagen ab, zog den karierten Anzug an und schnallte sich das Holster um. Er dachte an einen College-Abschlußball, setzte eine Brille auf und steckte sich eine rote Nelke ins Knopfloch. Dann hängte er sich das Gewehr um, steckte die Munition ein und schlich sich, die Maschinenpistole in der Hand, zu dem Pfad an der Küste hinab, wo er dann in Richtung der Pier nach Osten abbog. Das Motorboot *Corky* war hier festgemacht, und die Chromteile blitzten in der schräg einfallenden Sonne. Er baute die Maschinenpistole im offenen Mittelteil der Windschutzscheibe auf, die Ladestreifen hingen in die Kabine. Er schnallte sich zwei Patronengurte kreuzweise über die Brust wie Pancho

Villa. Er tätschelte die kühlen, harten Patronen. Ich, ein kleiner Jude aus dem Staat New York, bewaffnet wie ein mexikanischer Bandit? Also doch endlich West Point! Er bewunderte sich im Spiegel auf dem Armaturenbrett. Dann ließ er den Motor an und ging ans Heck, um die Leinen loszumachen.

Am Ufer standen Nipak und Stephanie. Ihre Worte gingen im Heulen des Motors unter. Stephanie sprang ins Boot, und Nipak packte die Leine. Es war klar, daß die beiden ihn nicht allein fortlassen würden, also mußte er wohl oder übel nachgeben. Er gab Gas, und sie fuhren los.

Auf dem Wasser sagte er ihnen, was er vorhatte. Sie versuchten es ihm auszureden, aber vergeblich. Die Skyline stand im Gegenlicht, die See war kabbelig. Fine gab sich ruhig, wie irgendein Mann in karierten Sachen, der in der Abenddämmerung noch schnell eine Spritztour mit seinem Fiberglasboot macht. Der Seeverkehr ließ nach, als sie sich Spectacle Island näherten. Fine wußte von Mr. Jefferson, wo sich die kleine Bucht befand. Auf der Leeseite der Insel schlug ihnen der Gestank entgegen, und da wußten sie, warum sich niemand hierher wagte. Als Fine vorsichtig an einer scheinbar ununterbrochenen Steilküste entlangfuhr – dem Steg zwischen den beiden Brillengläsern –, dämmerte es schon: genug Licht, um noch etwas zu sehen, zuwenig Licht, um gesehen zu werden. Der Gestank und die abweisende Küste hätten jeden anderen zum Abdrehen bewogen. Aber als sie langsam weiterfuhren, entdeckte Fine doch einen Spalt, der sich öffnete wie der richtige Weg in einem Spiegelkabinett. Fine ließ das Boot auf der Strömung hineintreiben und fuhr im Bogen um die Felsbastion herum. Da! Eine Anlegestelle! Keine Zeit zu verlieren! Er sagte Nipak und Stephanie, sie sollten sich ducken. Er zog seine karierte Jacke an und schob den Ring an seiner Westernkrawatte hoch. Mit der flachen Hand klopfte er auf die Pistole im Holster.

Der Gestank war hier erträglicher. Doch die Verarbeitung von hunderttausend Pferdekörpern und die dreißig Meter hohe Müllkippe hatten die Insel, die offenkundig einmal schön gewesen war, auf alle Zeiten verunstaltet. Stephanie und Nipak hatte er gesagt, sie sollten ihm mit der Maschinenpistole Feuerschutz geben. Sie hatten protestiert – sie hätten nicht die geringste Ahnung, wie man damit umging. Das sei auch nicht nötig, sagte Fine: Man zielt und drückt ab. Das Gewehr mit dem Infrarotzielfernrohr – genau dasselbe. Er ging auf die Leiter zu.

»Fine, tu's nicht!« sagte Stephanie und hielt ihn fest. »Ich hab Angst.«

»Laß mich«, fuhr er sie an. Er wollte nicht nachdenken. »Und bleib unten!«

»Hier ist kein Boot«, sagte Nipak. »Vielleicht irren Sie sich.«

»Ruhe!« sagte Fine. Er stieg die Leiter hoch und betrat vorsichtig den schmalen Sims, der sich an einer Seite der Bucht entlangzog. Die Erde schien zu schaudern und Wärme abzustrahlen, als gäre etwas Begrabenes, das nur auf einen Funken wartete, um zu explodieren. Er ging am Kai auf und ab, die Nerven aufs äußerste gespannt, weil er das uralte, unheimliche Gefühl hatte, beobachtet zu werden. Hinter der Biegung am Ende des Eisenbahngleises sah er den Ziegelschornstein der Leimfabrik. Vor dem Schornstein stand ein kleines Gebäude. Fine dachte an Duschen und schauderte. Wie konnte er angesichts der Schienen, des Schornsteins und der Schlachthofaura nicht an die Konzentrationslager denken? Erbost schwor er Rache. Er warf einen letzten Blick zurück zum Boot und ging – jungenhaft lässig – auf die Fabrik zu. Mit der Klarheit eines Déjà-vu-Erlebnisses sah er sie förmlich vor sich, wie sie …

»Fine! Fine! Hierher!« Er hörte Rufe, dann einen Motor und Schüsse. Er rannte zurück und bog um die Ecke – ein anderes Motorboot kam mit hoch aufspritzender Kielwelle vom gegenüberliegenden Ufer der Bucht angerast. Die Gestalt am Steuer gab Schüsse ab, und entsetzt sah er eine zweite Gestalt bewegungslos in dem Boot liegen. Kugeln prallten vom Granit der Uferbefestigung ab, und Fine lief geduckt zur *Corky*, sprang hinein, ließ den Motor an und schoß in der zunehmenden Dunkelheit hinter dem anderen Boot her.

Anfangs schien es, als wären die beiden Boote gleich schnell – Sylvias hatte einen Vorsprung von fünfzig Metern. Zu schießen wagten sie nicht, aus Angst, den Jungen zu treffen. Das andere Boot durchschnitt die kabbeligen Wellen mühelos, während ihres stampfte, immer wieder auf die Wellen herabkrachte und so stark schlingerte, daß es zu kentern drohte. Gischt überspritzte sie und machte sie und die Maschinenpistole klitschnaß. Sylvia hielt auf die Stadt zu, die jetzt ein lichterglitzernder Bienenstock war. Selbst penibel und paranoid, hätte Fine wissen müssen, daß sie es in noch höherem Maße sein würde. Sie hatte ihn ausgetrickst, da sie geahnt hatte, daß der Schornstein ihn anziehen würde. Auf einem getarnten Liegeplatz hatte sie ihn beobachtet und auf die erste Gelegenheit zur Flucht gewartet. War dies die falsche Zeit oder der falsche Ort für ein Zusammentreffen mit Stuart gewesen? Und wenn sie nun dachte, daß die Polizei sie hereingelegt hatte? Was bedeutete das für den Jungen? Fine war fuchsteufelswild. Er ließ seine Wut an dem Boot aus:

»Komm schon, verdammt, beweg dich, *Corky!*«

Die Gischt im Gesicht verlieh ihm ein Machtgefühl. Grimmig dachte er: Meine Ahnung war richtig. Wenn doch ein Funkgerät an Bord wäre!

Sie verloren sie fast aus den Augen. Das zu einem Pünktchen geschrumpfte Boot schoß durch die Hafeneinfahrt aufs Charleston-Ende der Mystic River Bridge zu, wo die »Old Ironsides« vor Anker lag. Sie selber brauchten eine Ewigkeit, um dorthin zu gelangen. Ihr Boot dümpelte verlassen neben dem riesigen rahgetakelten Kriegsschiff – sie war längst an Land. Fine rammte die Kaimauer, sprang auf die Leiter, tätschelte das Holster mit seinem 38er, drehte sich um und packte die Leine. Da er wußte, daß jetzt jede Minute zählte, rief er: »Kommt!«

»Au!« Nipak stolperte, fiel hin und zerriß sich seine weiße Hose. Er blutete. Stephanie besah sich den Schaden. »Ach, Scheiße! Es ist das kaputte Knie!«

»Kümmer dich um ihn, Steph!«

»Fine, du kannst ihr doch nicht einfach nachlaufen!«

»Ruf die Polizei!« schrie er. »Sofort!« Er wedelte noch einmal mit seinem Revolver und war verschwunden.

37

Fine lief durch einen dunklen Tunnel zwischen zwei Lagerhäusern. Schattenblöcke schluckten alles Licht. Er rannte einfach weiter, unter einer Rampe der Mystic River Bridge durch, und fand sich wieder auf einer beleuchteten Straße. Erschöpft blieb er stehen und rang nach Luft. Bestimmt hatte Sylvia einen Plan für den Notfall, ein zweites Versteck an Land. Aber obwohl er sich in dem labyrinthischen Charlestown befand, hatte Fine das sichere Gefühl, daß er sie finden würde. Von Verzweiflung genährt, stieg seine Hoffnung ins Unermeßliche. Er fürchtete nichts und niemanden.
Er lief noch ein paar Straßen weiter bis zum Bunker Hill Monument. Der Platz um das Denkmal war sorgfältig restauriert worden. Hier hätte sie durchaus irgendwo sein können. Der Monolith schaute von Breeds Hill herab. Seit der Zweihundertjahrfeier, bei der Weiße aus Charlestown eine Gruppe schwarzer Schulkinder aus Washington, D.C., überfallen hatten, war der Park ein Brennpunkt der Rassenunruhen. Fine lief den Pfad zu dem steinernen Dorn hinauf. Er war sich jetzt ganz sicher: Er würde *gewinnen!*
Er wurde überfallen. Jemand stellte ihm ein Bein, er stürzte schwer, spürte, wie er sich an Ellbogen und Knie die Haut abschürfte, spürte den Druck des Gehirns gegen den Schädel. Ob es sie war? Von Ron hatte er gelernt, wie man richtig abrollt. Er war sofort wieder auf den Beinen.
»Pack ihn«, rief jemand hinter ihm.
Jemand nahm seinen Kopf in die Armbeuge und drückte ihm die Gurgel zu. Er bekam keine Luft mehr. Das Licht verblaßte. Er spürte, wie ihm etwas Watteartiges, Duftendes in den Mund gesteckte wurde. Eine Hand schloß sich über seiner Nase, er konnte nicht mehr atmen. Die Welt löste sich in Sprenkel auf. Er hörte Stimmen wie von weit her, spürte, wie Hände an seinen Kleidern rissen – oder an seinem Körper, er konnte es nicht unterscheiden, denn er war wie narkotisiert. Er stürzte abermals zu Boden, spür-

te einen gräßlichen Schmerz, hörte Gelächter, dann Schritte, die sich entfernten.
Er versank, verlor das Bewußtsein und kämpfte sich dann wieder zur Oberfläche durch. Ein neuer Bunker-Hill-Slogan tauchte vor seinen Augen auf: »Schieß erst, wenn du die Augen der Weißen siehst!« Benommen spuckte er den Knebel aus – seine rote Nelke. Er rollte sich herum und sah zwei Männer in die erleuchtete City zurücklaufen. Er lag still und peilte die Lage. Sie hatten ihm alles weggenommen bis auf die blauweiß gestreiften Boxershorts, die Schnurkrawatte und die schwarzen Socken – sogar Hemd, Hose und Schuhe. Er versuchte sich zu bewegen. Trotz des brennenden Schmerzes in Ellbogen und Knie war er erleichtert, daß sonst anscheinend alles noch heil war. Er fing an, Inventur von allem zu machen, was er verloren hatte, aber es war ihm eigentlich egal, also hörte er damit auf. Plastik, hauptsächlich Plastik. Er konnte froh sein, daß er das Zeug los war. Nur noch das Nötigste. Ich fühle mich schon leichter.
Benommen, unter Schock, merkte er überhaupt nicht, wie benommen und unter Schock er tatsächlich war.
Er dachte sich, daß Sylvia John James in ihre Wohnung bringen und dann zurückkommen und Jagd auf ihn machen würde, womöglich in einer neuen Verkleidung. Aus der Theorie der stochastischen Prozesse wußte er, daß zielloses Herumgehen die optimale Art ist, ein bestimmtes Gebiet zu erkunden. Vorsichtig stand er auf, aber seine Beine waren erstaunlich kräftig. Ein bißchen Blut von dem Sturz, sonst nichts. Der fast noch volle Mond übergoß die Straße, die Gebäude und die Brücke mit zinnernem Licht. Alles sah aus wie mit einer Metallschicht überzogen. Fine fand, daß er noch nie in einer so glänzenden Mondnacht im Freien gewesen war, und flüsterte: »Galvanisiert.«
Er begann herumzuwandern. Lange stand er bei der »Old Ironsides«, starrte hinauf in das Gewirr von Tauen und gerefften Segeln und lauschte dem Knarren der Takelage, während das ausgediente Kriegsschiff an seinem Liegeplatz schaukelte, lauschte dem Gemurmel seiner Geister. Eine Uhr schlug zwei. Er befand sich am Ende eines heruntergekommenen Piers in der aufgelasse-

nen Werft der U.S. Navy, nicht weit von dem massiven Pfeiler der Mystic River Bridge. Auf der anderen Seite des Kanals funkelte die Stadt. Über ihm ragte riesig die Brücke auf. Das Meer phosphoreszierte silbern. Kein Schiff bewegte sich. Ein Jet sank mit heulenden Triebwerken dem Logan Airport entgegen und wurde dann ruhig. Die Nacht hing in der Schwebe, alles war still.
Hinter sich hörte er Schritte. Er drehte sich um. Eine Gestalt in Jeans und mit einer Kapuze näherte sich ihm, sie war kaum fünfzig Meter entfernt! Ihm wurde klar, daß er schutzlos war, ausgesetzt, offen, total verletzlich, und es überlief ihn kalt. Wie blöd ich doch bin! Ist sie das? »Wer ist da?« fragte er kleinlaut. »Was wollen Sie?« Sie kam unerbittlich näher, pirschte sich an, ging bewußt durch einen ovalen Lichtfleck von einer Straßenlaterne, und er sah etwas metallisch glitzern. Sie glitt lautlos dahin wie eine Geistererscheinung, und ihr Nahen hatte die schicksalhafte Glätte eines Traums. Er dachte: Das soll also mein Ende sein. Was konnte er tun? An ihr vorbeirennen? Ins Hafenbecken springen? Das Wasser war zehn Meter tief. Er wußte von Ron, daß er ruhig bleiben mußte, aber ein verzweifeltes Verlangen brach über ihn herein, das Verlangen nach der Stärke anderer, und er rief:
»Hilfe! So helft mir doch!«
Die Gestalt glitt wieder ins Dunkel, kam weiter auf ihn zu. Er wußte, daß er gleich sterben mußte. Was werde ich als letztes sehen? Meine Mörderin? Diese Dunkelheit? Er wandte sich ab. Er schaute hinaus übers Wasser. Ein blauweißes Quecksilberlicht kam über den Kanal von Southie auf ihn zugetanzt, von den Wellen getragen, über die Ölflecken gleitend. Fine war wie hypnotisiert, sein Leben lang hatte er noch nie so etwas Schönes gesehen. Er senkte den Kopf nicht, schloß nicht die Augen. Ich gehe offenen Auges in mein Verderben.
Er hätte nicht zu sagen gewußt, wie lange er so auf das Wasser starrte. Als er sich wieder umdrehte, war die Gestalt verschwunden.
Gerettet, dachte Fine, ich bin gerettet. Plötzlich wurde ihm klar, welches Risiko er eingegangen war, indem er sie verfolgt, sich al-

lein in diese finstere Gegend gewagt hatte, nackt und unbewaffnet, mitten in der Nacht. Er staunte über sich selbst. Warum? Warum hab ich das gemacht, warum bin ich so weit gelaufen, warum habe ich mich in diese Gefahr begeben, warum? Und dann, als hätte er lange Zeit den Atem angehalten – sein Leben lang –, atmete er scheinbar endlos aus. In der Stille vor dem nächsten Atemzug wurde ihm klar, wie vorsichtig er immer gewesen war, wie furchtsam, sich immer festgehalten, immer zurückgehalten hatte, von Angst gelähmt, atemlos vor Angst, immer bereit, den anderen das Schlimmste zuzutrauen, auf seine Kosten, wie er immer auf der Hut gewesen war und deshalb kaum etwas hatte genießen können. In diesem langen stillen Augenblick sah er sich als Reisenden in einem fremden Land, so mißtrauisch gegenüber den Einheimischen, so damit beschäftigt, nach seiner Brieftasche zu tasten, um sich zu überzeugen, daß sie noch da war, daß er sich nie den Sehenswürdigkeiten widmen konnte. Warum? Wovor habe ich Angst? Warum laufe ich ständig vor Erfahrungen davon, vor dem Leben? Warum schlage ich meine Klauen so tief ein? Warum mache ich mir ständig solche Sorgen über das Abschiednehmen, daß ich erst gar nicht zu einer richtigen Begrüßung komme? Ist es das, was Stephanie meinte, als sie davon sprach, daß man lernen muß, »ja« zu sagen?

Fine fühlte sich ruhig und entspannt. Seine Sinne wurden überscharf, öffneten ihn. Das kleine Stück der Welt, in dem er sich wiederfand – der löchrige Kai, das fahle Licht und der quecksilbrige Mondschein, der Hafengeruch und das vom Salz angerauhte Holz in seiner Hand, das Plätschern der Wellen an den Brückenpfeilern – beanspruchte seine Aufmerksamkeit mit einer rohen, traumähnlichen Intensität, die kein Zaudern erlaubte. Er ließ alles fahren, achtete nur noch auf die Welt. Und indem er dies tat, spürte er, wie er losließ.

Er stand auf und wandelte. Er schlug einen neuen Pfad in seinem Innern ein, ließ ihn in die Außenwelt dringen, ließ sich von ihm führen. Als erstes trennte er sich von seinen Anhängseln – Arbeit, Frau, Familie, Schlüssel, Reisepaß, Sozialversicherung, geschätzte Steuerschuld, Parodontosebehandlung usw. usw. Als nächstes ließ er ab von dem Vorsatz, sein Loslassen zu analysieren. Dann seine Gefühle über das Loslassen. Schließlich löste er sich auch von seinem Bedürfnis, loszulassen. Jede Entsagung stärkte ihn – durch den Tod eines Teils wurde das Ganze um so lebendiger. Wie Fummel, der ihm erzählt hatte, daß er am College einmal mit einem einarmigen Boxer im Ring gewesen war: »Können Sie sich vorstellen, wieviel Kraft der in dem einen Arm hatte?« Für jeden Teil, der aufgelöst wurde, setzte sich ein anderer neu zusammen – er stellte sich zarte, weiche Nähte auf Hemisphären vor. Wie ein Reisender, der seine schweren Koffer absetzt, spürte er, wie sich die Arme seines Wesens, von der Last befreit, hoben.

Er fürchtete die Nacht nicht mehr. Während er so umherwanderte, wurde ihm klar, daß er seine Angst durch Handeln besiegt hatte. Er stellte sich seiner Verzweiflung über Johns Tod. Was immer er von nun an sein würde, nie mehr, das spürte er, würde er Angst haben zu handeln.

Die Nacht verging wie im Flug. Kurz vor Sonnenaufgang kletterte er über eine Eisenleiter auf einen der Brückenpfeiler. Immer höher und höher stieg er. Die kühle Brise vom Meer frischte auf, so daß er, wenn er stehenblieb, um Atem zu schöpfen, in einem Netz von drei Elementen gefangen war – Erde, Wasser, Luft. Gleich würde er hoch genug sein, um Feuer zu sehen – das Feuer der Morgenröte. Unermüdlich kletterte er weiter, bis er den Laufsteg unter der Fahrbahn des Hauptteils der Brücke erreichte. Er nahm mühelos die letzten Stufen, stieß den Gitterrost auf – und stand auf der Brücke. Seit seiner Zeit als Gebühreneinnehmer auf der Rip van Winkle Bridge hatte Fine Höhenangst. Doch hier, auf dem zitternden Gipfelpunkt des langen, schwebenden Brückenteils, sechzig Meter über dem Wasser, hatte er wunderbarerweise keine Angst mehr. Er wandte sich nach Osten, dem ersten Licht zu: *Fine Lux*.

Immer noch nur in Boxershorts und schwarzen Socken, machte er sich auf den Heimweg. Sein Gang federnd – keck, lustig –, denn er fühlte sich leichter, neugierig, erheitert, sogar ehrfürchtig. Das rote Leuchten verblaßte zu einem goldenen und dann einem gelb werdenden Halo, und dann schob sich der runde Rand der

Sonne über den flachen Rand der Erde. »Das Aufgehen der Sonne? Nein«, antwortete er sich, denn er erinnerte sich daran, wie John, Stephanie und er am Tag ihrer Abschlußfeier in den grauenden Morgen gerast waren, »die Drehung der Erde um ihre eigene Achse«. Er fröstelte in der plötzlich aufgekommenen kalten Brise und wurde von uralter, unendlicher Trauer erfaßt. Und da endlich wußte er: Mein Kummer ist der gleiche wie der jedes anderen armen Teufels auf dieser Welt.

Zum erstenmal im Leben war Fine demütig.

Der Himmel und das Meer und die Gebäude aus Glas und Metall, die dem Land entsprossen, überzogen sich mit dem wäßrigen Gold der Sonne. Wie atomisiertes, elementares Calcium verfestigte sich die Nacht zum Tag. Fine atmete die frische Meeresluft ein und wußte, daß aller Wahrscheinlichkeit nach einige dieser selben Sauerstoffmoleküle auch schon durch Moses' Nase geströmt waren. Ich danke Gott, daß ich überfallen wurde! Sein ganzer Körper prickelte, von Kopf bis Fuß. Fine tankte auf.

Nicht, daß er geglaubt hätte, Antworten gefunden zu haben; er war nur gerade so weit geöffnet worden, daß ein klein wenig Licht hereinfiel, in dem er, zurück in seiner gewohnten Welt, vielleicht anfangen konnte, klarer zu sehen. Er hatte alles riskiert, alles verloren bis auf seine Hose, und fing jetzt an, Ballast abzuwerfen, verabschiedete sich von »ich bin dies oder ich bin das, ich bin Arzt oder ich bin Jude oder ich bin Ehemann« – verabschiedete sich auch von Stephanie, denn er liebte sie zumindest so sehr, daß er sich von ihr trennen konnte –, »oder ich bin zu klein oder ich bin ein Weißer oder ich bin ein Mann« oder sogar »ich bin ein Mensch«. Ein sonderbarer Frieden kam über ihn und manifestierte sich in Worten wie:

»Jedenfalls bin ich.«

Es hörte sich vernünftig an, richtig. Ja, ich bin bereit, in meinem Leben einen Sinn zu sehen, mein Leben zu akzeptieren: meine Wurzeln, meine Kindheit, meine Liebe, meine Analyse, meine kaputte Ehe, ihren Seitensprung, meinen Anfall, Johns Tod, die Entführung – wo ich herkomme, wo ich bin, wohin ich gehe. Er platzte fast vor Erregung. Besteht meine Krankheit schlicht darin,

daß ich mich anklammere? Und die Heilung schlicht darin, daß ich loslasse?
Und so wiederholte er immer wieder, während er sich beschwingten Schritts dem Kassenhäuschen näherte: »Jedenfalls bin ich – jedenfalls bin ich – jedenfalls bin ich …«
Als er diesen fast nackten, lächelnden, redenden Mann auf sich zukommen sah, schloß der Gebühreneinnehmer sein Häuschen ab und rief die Polizei.

38

»Mein Gott«, sagte Nipak und starrte Fine an. »Sie fließen ja förmlich über vor Licht!«
Nur mit seinen Boxershorts angetan, ging Fine von dem blinkenden Polizeiauto über die kiesbestreute Auffahrt auf die Veranda seines Hauses in Stow zu. Er fragte: »Wie meinen Sie das?«
»Sehen Sie's nicht auch, Stephanie?«
»Könnte sein – aber was in aller Welt ist dir denn passiert, Fine?«
»Ich bin überfallen worden, aber mir fehlt nichts – nur ein paar Kratzer und blaue Flecken.«
»Hast du sie gefunden?«
»Nein.«
»Hast du irgendwas rausgekriegt? Wo sie ist, wie's ihm geht?«
»Nichts.« Nipak ging auf Fines Krücken. »Was ist passiert?«
»Das Knie – es ist angeschwollen wie ein violetter Ballon! Man hat uns nicht die Wahrheit gesagt, alter Junge: Es stimmt nicht, daß die Realität eine Krücke ist, nein; vielmehr ist die Krücke Realität! Ich bin dabei, mich dem Problem zu widmen.«
»Eine spezielle Meditation?« fragte Fine.
»Nein, eine Cortisonspritze – die Wunderdroge! Aber nun mal raus mit der Sprache – Sie haben sich sichtbar verändert. Sagen Sie uns, was Sie durchgemacht haben?«

»Das geht jetzt nicht, in bin schon zu spät für meine Sitzung mit Duffy.«
»Moment mal«, sagte Steph, »du willst ihr doch wohl nicht so gegenübertreten?«
»Natürlich nicht – ich geh rein, wasch mich und ...«
Eine laute Stimme zerriß die stille Morgenluft. Ein zweites Polizeiauto kam die Auffahrt heraufgerast, daß der Kies spritzte. Heraus sprang O'Herlihey, mit rotem, aufgedunsenem Gesicht, dem Schlagfluß nahe. »Sie!« schrie er Fine an und stürmte die Verandatreppe hinauf. »Sie mußten ja den Schlaumeier spielen! Sie mußten Fernsehkommissar spielen, was? Gratuliere, Sie haben's geschafft! Sie ist weg, in der Stadt verschwunden, und wir haben unseren einzigen Trumpf verloren – daß wir Kontakt mit ihr hatten, verhandeln konnten! Allmächtiger!« Seine gefleckten Hände und die cyanblauen Lippen zitterten, während er sich eine neue Zigarette an der letzten anzündete. »Der Junge ist in größter Gefahr – wir sind in den Arsch gekniffen. Wenn er stirbt, tragen Sie die Verantwortung, nicht wir! Im Namen der Polizei und der Familie O'Day – was davon übrig ist – verfluche ich Sie. Gehen Sie zum Teufel, Mann!«
Fine war schockiert. Schlagartig wurde ihm klar, was für eine Dummheit er gemacht hatte. »Ich – es tut mir leid«, sagte er zitternd. »Entschuldigung.«
»Na großartig«, sagte O'Herlihey. »Sagen Sie das dem armen kleinen Kerl!«
»Vielleicht würde es was helfen«, sagte Fine, »wenn ich mal mit Stuart Fine spreche?«
»Was?« sagte der Kriminalbeamte, und sein gesprenkeltes Mondgesicht wabbelte fassungslos. »Geht nicht! Wir haben ihn schon nach Nebraska zurückgeschickt!« Er wandte sich ab, hielt dann aber inne. »Eine glänzende Idee: Am besten, Sie fahren ihm nach in das Scheiß-Nebraska. Heilige Mutter Gottes, jetzt hätte ich fast vergessen, warum ich hier rausgefahren bin – ich bin gekommen, weil ich Ihnen drohen wollte: Wenn Sie noch so ein Ding drehen und ich erwische Sie, buchte ich Sie ein!« Weswegen, wollte Fine wissen. »Wegen Beihilfe, verdammt noch mal, deswegen!«

Fine sah zu, wie er wegfuhr. Er versetzte sich an O'Herliheys Stelle und sah den ungeheuren Hochmut seiner Handlungsweise. Scham erfaßte ihn. »Er hat recht. O Gott, was hab ich getan?!«

»Was ist denn bloß über Sie gekommen, Mann?« fragte Nipak. »Sagen Sie's uns!«

»Ich muß zu meinem Termin«, sagte Fine und ging zur Tür.

Nipak versperrte ihm mit der Krücke den Weg. »Bitte – nur ein paar Worte!«

»Ach, ich weiß auch nicht«, sagte Fine niedergeschlagen. »Ich glaube, früher bin ich wie ein Schlafwandler durchs Leben gegangen, und jetzt – ich weiß nicht –, jetzt *seh* ich diesen kleinen, pummeligen Juden, diesen nicht mehr ganz jungen Juden, durch sein Leben schlafwandeln. Also was jetzt?«

»Das ist es!« rief Nipak. »Und wenn der Schlafwand–« Aber das Quietschen der Fliegentür schnitt ihm das Wort ab. Fine war ins Haus gegangen.

Fine ließ sich Zeit mit dem Anziehen, denn er fühlte sich zu offen und verletzlich, um sich mit Duffys Reaktion auf die letzte Sitzung befassen zu können, als sie ihn auf ihrem Schoß getröstet hatte. Sie war nachlässig gekleidet und wirkte abgezehrt, als hätte sie nicht geschlafen, und sie wich seinem Blick aus. Fine spürte, daß sie durch die Geschehnisse tief verstört war. Sie begann zu assoziieren: »Sicher war es angenehm, Sie zu trösten, Dr. Fine, aber seit ich es getan habe, schäme ich mich so! Als hätte ich Sie verraten. Diese ganze Analyse hindurch – sogar als Sie sich auf die Couch gesetzt und mich berührt haben – hatte ich das Gefühl, daß Sie auf meiner Seite sind, sich um mich kümmern, und dann mache ich bloß wegen meines albernen kleinen Bedürfnisses, anderen zu helfen, alles kaputt. Ich ziehe Sie auf mein Niveau herunter, bringe Sie zum Weinen und benehme mich dann wie eine nette, beherrschte kleine WASP-Mami! Mein Gott, ich finde mich einfach zum Kotzen!« Sie machte eine Pause. »Ich habe beschlossen, mit der Analyse aufzuhören. Das war's. Ich sage Ihnen ade.«

Fine war wie vor den Kopf geschlagen. So ist es doch überhaupt nicht gewesen! *Ich* bin schuld an diesem Verstoß, und *sie* macht sich Vorwürfe! Sie verzerrt die Tatsachen derart, daß alles von ihr ausgeht: Sie zieht den Schmerz aus ihrer Vergangenheit mit herein und wendet einen liebevollen Akt des Gebens gegen sich selbst. Eine unglaubliche Geschichte. Übertragung! Nach so vielen Stunden gemeinsamer Bemühung hatte er den Eindruck, daß er diese Frau wirklich kannte, daß er endlich auf *ihre* Seite des Spiegels gekommen war und ihr mit Empathie begegnete. Er spürte, wie sie sich fühlte, und er spürte ihren Schmerz als seinen eigenen. Doch da er immer noch er selbst war, sah er die Übertragung und wußte, daß er es war, der etwas unternehmen, die Beziehung erhalten, der Ballast sein mußte, der das Schiff wieder aufrichten würde. Ohne zu überlegen, so unausweichlich getragen von einer intuitiven Strömung, als sei er nur ein volles Gefäß, das ausgeschüttet wird, sagte er: »Sie machen sich Vorwürfe, weil Sie mich getröstet haben? Warum sträuben Sie sich so gegen den Gedanken, daß Sie jemand anderen stützen können?«

Sie schwieg. Er spürte, daß seine Worte wirkten. »Ja«, sagte sie, »ich nehme es mir immer übel, wenn ich gebe.«

»Woher kommt das?«

»Das hab ich von meinem Vater. Er hat sich immer furchtbar mit meiner Mutter gestritten und ist dann zu mir gekommen. Er hat mich immer dazu gebracht, daß ich ihn getröstet habe, und dabei hab ich mich, ja, genauso wie bei Ihnen gefühlt. Ich hab ihm den Kopf getätschelt, die Wange. Manchmal hat er sogar geweint! Hinterher hab ich mich immer sehr geschämt, so als hätte ich etwas Schmutziges, etwas Unrechtes getan.«

Fine begriff, wie töricht es von ihm gewesen war, sich schon in einem viel zu frühen Stadium der Analyse darauf zu versteifen, daß die Übertragung sich auf die Mutter bezogen hatte. Er fragte: »Ihre Scham dient Ihnen also dazu, sich einer Beziehung zu verweigern?«

»Meinen Sie wirklich? Daß ich mich isoliere, indem ich andere zu trösten versuche?« Sie verstummte. Er spürte, daß er ins Schwarze getroffen hatte. Was für ein zartes Gebilde unser Herz doch ist! Wieder war ihm fast zum Weinen zumute.

»Kein Wunder, daß ich bei Männern immer zu Eis erstarre!« Zitternd erzählte sie weiter. Als Mädchen hatte sie sich beim Doktorspielen immer gewünscht, erwischt zu werden, aber das war nie passiert. Sowohl ihr Vater als auch Savage hatten mit ihr geschmust und sie durch Drohungen dazu gebracht, sie nicht zu verraten. Ihr Leben mit Männern war ganz ähnlich verlaufen: Mehrmals hatte sie sich für einen entschieden, der ihr Scham und Schande bringen würde. »Wissen Sie was, Dr. Fine? – Ich hab Sie immer auf ein Podest gestellt, wie meinen Vater, und gedacht, Sie wüßten die Antworten für mich und würden sie mir sagen, wenn ich nur nahe genug an Sie herankommen würde. Und was war? Sie stehen gar nicht da oben, Sie sitzen hier unten im Dreck, genau wie ich. Wahrscheinlich sind Sie auch nicht glücklicher als ich. Ich kann mir sogar *vorstellen*, daß Sie nachts allein im Bett liegen und in Ihre Kissen weinen! Eine schöne Bescherung! Wie das erste Mal, als ich in den Spiegel schaute und eine ältere Frau mir daraus entgegensah!«

Fine war gerührt. Jeder von beiden nahm ein Stück des Wegs auf sich, und so nutzten sie den Bruch in ihrer Beziehung, um sie neu und diesmal stärker aufzubauen. Er spürte, wie die Zeit gemessenen Schrittes weiterging; nicht erfüllt von Dramatik, nicht schleifend in Trauer und Wut, noch nicht einmal verknotet vor Scham und Schuld, sondern einfach fortschreitend.

Als sie ging, sahen sie sich in die Augen. Er hielt sie mit einem unverwandten und doch einfühlenden Blick fest. Ihre Verbindung erschien ihm nüchtern und sachlich. Sie kniff die Unterlippe ein und nickte langsam, wie um zu sagen: Das bin ich also; das Leben ist schwer, aber es gibt uns noch. Fine tat es ihr nach – die Lippe, das Nicken. Als sie gegangen war, wurde ihm klar, daß er die ganze Sitzung hindurch nicht versucht hatte, sie zu analysieren: Er hatte sich nicht um die Analyse gekümmert, sondern um sie. Sie hatte seine Aufmerksamkeit gespürt. Seine Reaktionen waren intuitiv gewesen. Ist das der springende Punkt? Daß man empathisch zuhört, intuitiv reagiert und an der Übertragung arbeitet? Wenn man ein Grundvertrauen aufgebaut hat, ist die Verletzung von Grenzen ein Teil des Weges. Dennoch war ihm nicht ganz wohl. Irgend etwas stimmte nicht. Er hatte sie schon einmal irre-

geleitet. Ist dieses »gute« Gefühl meine eigene Entstellung? Je mehr ich weiß, um so mehr gibt es, was ich nicht weiß. Ich wollte, ich könnte mit Vergessen reden.
Beim Frühstück wurde ihnen so richtig bewußt, wie ungeheuer groß ihr Kummer war. Alle drei, Stephanie, Fine und Nipak, saßen schweigend am Tisch, erschöpft, unbeweglich, wie Puppen, denen man die Füllung herausgenommen hat. Stephanie stand schließlich auf und holte die Autoschlüssel, um Nipak wegen seines Knies ins Massachusetts General zu fahren. Sie sagte: »Ich stelle mir immer wieder den armen Jungen vor, und ich ...« Sie verstummte, doch dann brach es aus ihr hervor: »Ich halte das nicht aus! Zum Teufel mit diesem Weib!«
Fine spürte einen Druck unter dem Brustbein: Ein Herzanfall?
»Soviel Leid!« rief Nipak. Er rülpste zweimal und schnitt eine Grimasse. »Ich bekomme Sodbrennen davon! In Sri Lanka herrscht in diesem Moment Bürgerkrieg! Die Tamilen und die Singhalesen schlachten sich gegenseitig ab! Warum? Isolation! Das Verbrechen und die Strafe sind ein und dasselbe: Isolation!«
Fine wollte wissen, was er damit meinte. »Das hier!« Nipak schwenkte eine Fotokopie. »Mit der gestrigen Post habe ich den *Newsletter* von Vimilaji bekommen. Wie immer liegt sie genau richtig. Hören Sie zu!« Er las vor:

> »Leben drückt sich in der Bewegung einer Beziehung aus. In der Isolation ist physische Existenz, physisches Überleben möglich. Aber unter welchem Vorwand man sich auch isoliert – religiös, politisch, was immer –, es kann keine Beziehung mehr geben und daher auch kein Leben.«

»Das ist es!« rief Fine, »genau das hab ich auch entdeckt, für mich allein. Sie ist wunderbar! Wer ist sie?«
»Und sie hat recht!« sagte Nipak. »Sie hat recht!«
»Und, was hilft das?« fragte Stephanie und stand auf. »Es kann nichts helfen. Niemals. Kommen Sie, Nipak, wir müssen los.« Sie ging aus dem Zimmer.
»Ja«, sagte Fine, »im wirklichen Leben hilft es nichts.«

»Vergessen Sie die Konsequenzen!« sagte Nipak, zog Fine zu sich heran und sagte ihm ins Ohr: »Meinetwegen können Sie mir aus dem Weg gehen, aber ich sage Ihnen eins: Sie und Stephanie leben in verschiedenen Welten, und es besteht keine oder nur wenig Hoffnung auf einen Brückenbau, verstehen Sie? Sie kommt – rasch! Wenn sie einen Traum hat, einen Alptraum, dürfen Sie auf gar keinen Fall zu ihr gehen, haben Sie mich verstanden?«

»So wie es zwischen uns beiden steht, würde ich nicht zu ihr gehen, auch wenn –«

»Sie würden es versuchen – und sie aufwecken. Aber hören Sie zu, Mann: Lassen Sie sie ihren Traum zu Ende träumen, vom Anfang bis zum Ende, weil –«

Stephanie kam wieder herein. Sie und Nipak fuhren in die Klinik. Fine war erschöpft und hätte nichts lieber getan, als hinaufzugehen und sich schlafen zu legen, aber Miss Ando kam und berichtete von einem Notfall bei den Insekten, und so ging er mit ihr ins Labor. Sie führte ihn zu den letzten beiden Käfigen mit Heuschrecken. Er schaute hinein.

In jedem der beiden Käfige saß eine große, behaarte Tarantel *(Lycosa tarentula)*. Die dickere lag auf dem Boden des Käfigs mit den Kontrollexemplaren, vor sich zwei halb aufgefressene Heuschrecken. Die anderen waren wie Explosionstrümmer über alle sechs Oberflächen des Drahtgeflechtwürfels verstreut. Sie waren eine leichte Beute. Die Spinne war vollgefressen und zufrieden. Die fetten Tage würden für sie erst zu Ende sein, wenn auch die letzte Heuschrecke vertilgt war. Die Spinne in dem anderen Käfig war schlanker. Die schlauen Heuschrecken umlagerten sie in einem Ring – oder besser gesagt einer Kugel. Männchen wie Weibchen hingen an den sechs Seiten des Käfigs, dem Eindringling zugewandt. Fine und Ando sahen genauer hin. Ein erstaunliches Drama spielte sich da ab: Ein Männchen zirpte, die Spinne bewegte sich auf es zu, die Heuschrecken hinter ihr stürzten sich auf sie und knabberten an ihren Hinterbeinen. Einer für alle und alle für einen! Die Spinne hatte nur noch dreieinhalb Beine, und auch die waren schon angefressen. Fine war stolz auf seine schlauen

Heuschrecken. Aber, ach, die armen normalen Exemplare! Aufgebracht fragte er Miss Ando: »Wer war das?«
»Royce meint, Ron. Aber warum?«
»Warum?« Fine zog einen Handschuh an, packte die Spinne und gab sie Miss Ando. »Kleiner Abschiedsscherz eines unserer Regierungsbeamten.«
»Aber sehen Sie?« fragte sie aufgeregt. »Sie arbeiten zusammen!«
»Isolation«, sagte Fine.
»Isolation?«
»Tödlich.« Er ging nach Hause und legte sich aufs Ohr.

Er schlief den festen, traumlosen Schlaf des müden Kindes, und wurde am Spätnachmittag von Mrs. Neiderman geweckt, die ihn an seinen Fünf-Uhr-Termin erinnerte. Beim Aufstehen gingen Wellen von Schmerz durch seinen Körper. Im Spiegel sah er ein aufgedunsenes Gesicht mit erschrockenen, traurigen Augen, ein Auge von einem violetten Veilchen verfärbt – gespenstisch, dachte er, wie sehr ich einem von Freuds Schoßhunden ähnele.
Maurice überraschte ihn. Er wirkte völlig fertig und würdigte Fine kaum eines Blickes. Er knallte sich auf die Couch und schien bestrebt, Distanz zu Fine zu halten, also die Nähe zu leugnen, die dadurch entstanden war, daß sie miteinander gelacht hatten.
»Ich kann ja viel Mist vertragen, Fine, aber ich ertrage es nicht, wenn Sie mich auslachen, und das haben Sie getan!«
Fine war fassungslos – so hatte er das überhaupt nicht gesehen! Maurice kam richtig in Rage und wob ein Netz von Vorwürfen um seine Auffassung von der letzten Sitzung. Zum erstenmal ahnte Fine, wie Maurice die Analyse erlebte, dieser arme, zu kurz geratene, zu kurz gekommene Jude, der sich nach Liebe sehnte. Und so plötzlich, wie er aufgebraust war, wurde Maurice wieder still und schmollte vor sich hin.
Fine sagte mit Überzeugung: »Ich finde das wirklich beschissen, daß Sie die Sache so sehen, Maurice.«
»Was?«
»Daß Sie den Spaß, den wir miteinander hatten, als Kritik an Ihnen auslegen. Das ist ja furchtbar, daß Sie so reagieren!« Maurice

sagte nichts. Fine deutete seine Schweigen dahingehend, daß er sich abmühte, loszulassen und zu akzeptieren, daß Fine ihn kannte, weil er seinen Schmerz kannte. Und als die schmerzliche Stille erleichterter Stille wich, fragte Fine: »Wer hat Sie früher immer ausgelacht?«

»Meine Mutter.« Und in einem Tonfall, den Fine noch nie bei ihm erlebt hatte, fing Maurice an, von ihr zu erzählen, davon, daß er alle ihre Äußerungen als »Krittelei« empfunden hatte. Im Lauf des Gesprächs spürte Fine einen tiefen, liebevollen – man konnte es nicht anders sagen – Kontakt. Die Zeit verflog. Am Ende der Sitzung war Fine stolz, als er zusah, wie das kleine Männchen zuversichtlich zur Tür hinausging. Noch nie hatte er eine so intime Verbindung zu einem Patienten gefunden! Aber, Moment mal – was hat *mein* Stolz mit dieser Therapie, mit seinem Leben zu tun? Mir entgeht soviel! All die Nuancen von …

Das Telefon läutete. Es war Georgina. Man erzähle sich am Institut, er solle »exmittiert« werden. Er müsse sich unbedingt auf das letzte Vergessen-Seminar – »Abschiednehmen« – am nächsten Dienstag vorbereiten. Seine Zukunft werde davon abhängen, wie er sich gegen Leon schlug. Sie biete ihm ihre Hilfe an.

Ärgerlich legte er auf: Gerade jetzt, wo ich langsam verstehe, wo ich zum erstenmal eine Ahnung von der tieferen Bedeutung des Therapeutenberufs und von Freuds wahrer Weisheit bekomme, wo ich anfange, meine Welterfahrung mit der grundlegenden Technik zu verbinden und wirklich Hilfe brauche, jetzt, wo ich am Institut *lernen* muß, wollen die mich rauswerfen? Er regte sich so auf, daß er ein paar Schritte gehen mußte.

Die düstere Stimmung machte ihm den Tag durchsichtiger. Frisch, sommerlich, aber doch noch nicht Sommer – das sah er an den Rosen –, waren die Eigenschaften des Tages so scharf umrissen wie aus Buntpapier ausgeschnittene Figuren. Es war die Zeit der Violett- und Blautöne: Himmel und Meer, bärtige Iris (die beste Nachbildung der Frau im Pflanzenreich), traubige Glyzinien, blutrote Pfingstrosen und rosaviolette Tränende Herzen. Die ersten Rhododendren standen in Blüte, und sogar sie hatten einen Blauschimmer. Fedrige Tamarisken- und rubinrote Kastanienblüten waren draußen. Die Knospen des Falschen Jasmins waren schon dick und prall. Er meinte, auch schon Geißblatt zu riechen. Er dachte an die vergangenen und die kommenden Farben und versuchte, das ganze Spektrum in den Protagonisten der Jahreszeit zu entdecken. Verdüstert hörte er mit diesem Denken auf, diesem Zusammenpassen.

Er betrachtete einen weißen Hartriegelstrauch vor einer geschlossenen dunklen Kiefernreihe. Die schwarzen Zweige waren fast unsichtbar, und die hauchzarten weißen Blüten tüpfelten das Blaugrün wie Gischtspritzer. Er suchte nach ihrer Majestät, der alten Rotbuche. Er sah nur die obersten Blätter, die im Wind schwirrten, als schwatzten sie mit tausend Vögeln. Schamlos. Der Wasserturm von Stow mit seinen aufgemalten weißen Wolken war nur ebendies: ein Turm mit Wolken. Fine hörte einen Schrei und sah zum Strand hinüber. Eine Möwe segelte auf dem Wind. Er sah sie mit solcher Klarheit, daß er meinte, sie beschreiben zu können, so wie sie wirklich war, bis hin zu ihren feinsten prismatischen Details. Außerdem war er auch überzeugt, daß er sie überhaupt nicht hätte beschreiben können. Er sagte nur: »Die Möwe ist.«

Als er vor dem Jefferson House angelangt war, konnte er seine Veranda sehen, und auf dieser saßen, wie eine Fata Morgana, seine Mutter, sein Vater und Stephanies Tante Belle. Stephanie kam zu ihm herauf und erklärte: »Nipak hat sie angerufen, um etwas gegen die Isolation zu tun. Er dachte, wir bräuchten jetzt unsere Familie.«

»Familie schon«, sagte Fine, und seine Besorgnis nahm zu, »aber Juden?«

»Ach, komm schon – Belle ist ein altes Schlachtroß. Ich freue mich, daß sie hier ist.«

»Und wo ist Nipak geblieben?«

»Der Kniespezialist hat ihn gleich dabehalten. Es ist schlimmer, als wir gedacht haben.« Sie nahm seinen Arm. »Komm – wir können ihnen ja wenigstens was vorspielen.«

Er ging steif auf sie zu, gebeugt unter seiner Last, vierunddreißig Jahren Angst: Sie würden sich nur wundern über ihren Sohn und keinen Trost und noch weniger Hilfe bringen. Doch als er näherkam, als er sah, daß sie ihn bemerkt hatten und sich aus ihren Korbsesseln erhoben, als er an ihren Bewegungen sah, wie sie sich auf ihn freuten, auf ihn hofften, war er schockiert: Es war wie eine Offenbarung. Verblüfft blieb er stehen. Sie sind nicht mehr die Mutter und der Vater meiner Kindheit. Wie Orte der Kindheit wirken sie kleiner. Da! – Vater spielt doch tatsächlich den dicklichen, kahl werdenden, dunkelhäutigen kleinen Juden mit den melancholischen Augen, der, obwohl er das Schlachterhandwerk verabscheut und New York City liebt, wie ein Tschechowscher Held seiner widerwärtigen Arbeit in einem Provinznest nachgehen muß und mit Klauen und Zähnen darum kämpft, sich später einmal in Boca Raton, Florida, zur Ruhe setzen zu können, und sich wacker schlägt. Und da! Mutter ist tatsächlich eine erschlaffende, rothaarige, ältliche Jüdin, die den Metzgerladen verabscheut und New York City liebt und mit Klauen und Zähnen gegen den Umzug nach Boca kämpft, und sich wacker schlägt. Ihr verführerisches Gehabe ist der Spiegel ihres Leids – derselbe Schmerz, der mir seit Jahren wie ein verkalkter Buckel von ausgestopftem Darm unter dem Herzen klemmt. Ich sie hassen? Mich mit den beiden streiten? Debattieren? Sie aufklären? Wie töricht! Er sah es jetzt von ihrer Seite, als wäre auch er Vater oder Mutter. Er hatte sie geliebt und dann gehaßt, und jetzt akzeptierte er sie, und damit basta.

Das alles geschah in einem einzigen Augenblick, als er in ihren Augen die Sehnsucht danach sah, ihn, ihren einen unergründlichen Sohn, zu lieben und von ihm geliebt zu werden. Nüchtern führte er sich den Bogen ihres Lebens vor Augen: woher sie kamen, wohin sie gingen. Boca hin, Boca her, es war alles eins; wir sind allesamt Schwimmer, wir schwimmen. Es war, als würde er zwanzig Jahre später, wenn sie beide längst tot waren, ein Foto betrachten, das er gerade von ihnen gemacht hatte – wie sie mit erwartungsvollen Augen aufstanden. Eltern sind ältere Menschen, die ihrem Tod entgegengehen. Wie wir alle.

Sie umarmten sich. Sie begannen sich zu unterhalten.

»Du bist ja ganz grün und blau!« sagte Anna. »Du Ärmster! Meine Freundin, Mrs. Storch, sagt, bei *zwei* Straßenräubern muß man aufpassen, daß ...«

Trotz Belles mäßigendem Einfluß kamen sie, taktvoll wie immer, sofort aufs Fleisch zu sprechen und steckten schon bald bis zu den Ellbogen in bluttriefenden Einzelheiten. Fine gab sich Mühe, ihnen zuzuhören. Wie üblich rissen sie das Gespräch an sich, versuchten Ratschläge zu erteilen, gingen von Gefühlen zu Sachen über, aber Fine merkte, daß sich etwas geändert hatte. Er spürte, daß sie seine Anteilnahme und Aufmerksamkeit spürten. Sie konnten Belle zuhören, die von den Marxisten in Zentralamerika erzählte, ihre Empörung über den geheimen Krieg der USA teilen. Sie können doch ein Trost sein, hättest du das für möglich gehalten? Wer gibt, empfängt. Familie ist wie Religion: wir zerbrechen, sie hält. Er hatte richtig elterliche Gefühle für sie.

Anna brachte das Schabbes-Essen, und als alle sich die Hände waschen gingen, trafen Stephanie und Fine sich zufällig in der Diele. Auge in Auge mit ihr, fühlte Fine sich unbehaglich und sagte: »Hi.«

Sie zog die Brauen hoch, versuchte seine Stimmung einzuschätzen. »Ich weiß nicht, was über dich gekommen ist, Fuzzi, aber du bist richtig nett mit ihnen.«

»Ich weiß, es ist makaber. Ich sehe sie immer als Sterbende, und das ist ganz heilsam – zeigt uns, wozu wir auf der Welt sind ...«

Er verstummte, seiner selbst unsicher, unsicher, ob sie es hören wollte. Er spürte, wenn sie ihn jetzt bat, noch mehr zu sagen, würde das eine neue Kontaktaufnahme bedeuten – was sie seit ihrem Streit beide vermieden hatten. Er sah, daß es auch ihr klar war.

»Aha.« Ihre Stimme zitterte ein klein wenig. »Wie meinst du das?«

Er seufzte, erleichtert über die wiederhergestellte Verbindung. »Ich hab etwas begriffen: Sie führen uns ins Leben, und wir führen sie hinaus.«

Nach dem Essen setzten sie sich wieder draußen auf die Veranda. Die erste Grille begann zaghaft zu zirpen. Das Meer schwappte

rhythmisch ans Ufer. Die Abstände zwischen den Wellen waren lang. Leo wandte sich an Stephanie:
»Weißt du was? Wenn ich an den Abend vor der Familienfeier denke, muß ich immer noch lachen! Ich weiß auch einen neuen: Zwei Juden fahren in einem U-Boot mit –«
»Leo, bitte«, mahnte Anna sanft, »denk doch dran, was alles passiert ist.«
»Na und, gerade deshalb! Meinst du vielleicht, die haben sich in den Ghettos, in den KZs keine Witze erzählt?« Keiner lachte. Stephanie bat Leo nicht, den Witz zu Ende zu erzählen. Er wollte trotzdem nicht aufgeben. »Aber sag doch mal, was macht deine Comedy-Karriere?«
»Nichts.«
»Aha. Na ja.« Leo widmete sich wieder der Zeitung und pfiff »Some Enchanted Evening«. Anna erzählte von Moes großem, strammem Baby, aber plötzlich schlug sich Leo mit der Hand an die Stirn und sagte: »Du bist mir vielleicht eine! Von wegen ›nichts‹! Da ist ein Bild von dir in der Zeitung! Schau!«
Und tatsächlich, da war sie – zusammen mit zwei anderen Komikern. »Goldie Fine.« Leo las vor: »›Samstag abend in der Comedy Box bla-bla-bla und eine tolle neue Komikerin namens Goldie Fine.‹ Eine größere Sendung im New Yorker Kabelfernsehen. Willst du uns verkohlen?«
»Nein, das ist ein Irrtum. Ich hab denen gesagt, daß ich nicht mitmache.«
»Aber warum denn nicht?« fragte Belle.
»Soll das ein Witz sein? Jetzt, wo eine Katastrophe die andere jagt?«
»Na und?« sagte Belle. »Muß deshalb das Leben aufhören?«
»Ich soll *jetzt* in einer Comedy-Show auftreten?« Belle und Leo bejahten, Fine und Anna enthielten sich. »Seid ihr verrückt geworden?« Belle und Leo sagten nein, Fine und Anna enthielten sich abermals. Stephanie erregte sich: »Mein bester Freund stirbt in meinen Armen, und ich soll als Komikerin auftreten? Der netteste kleine Junge auf der Welt ist entführt worden und leidet irgendwo da draußen, und ich soll den Clown spielen? Die

Welt geht vor die Hunde, meine Ehe geht vor die Hunde – *ich* gehe vor die Hunde! –, und ich soll euch den Kasper machen? Meine Katze wird von einem Zehntonner überfahren, liegt auf der Straße wie eine Pizza Salami und schreit, und ich soll den dummen August spielen? Es ist mir egal, was ihr denkt – mir ist nicht nach Comedy.«
Schweigen.
Und dann lachte Belle.
»Das ist kein Witz, Belle, ich mein's ernst.«
»O Mann«, sagte Belle und mußte noch mehr lachen. »Ist das lustig!«
»Mir ist es ernst! Mein Leben ist auf dem Tiefpunkt, und ihr wollt Witze hören?«
»Ja!« platzte Fine gedankenlos heraus.
Ihre Augen, deren Blau so dunkel war, daß sie fast schwarz wirkten, richteten sich auf seine. Sie hob die Hand ans Gesicht, so daß ihre gelähmte Lippe verdeckt war. Fine hatte das tausendmal gesehen, und doch kam es ihm vor wie das erste Mal. Darin liegt ihr ganzes Leben. Herausfordernd sagte sie: »Warum?«
Sein Herz klopfte. »Weil John es auch tun würde.«
»John würde jetzt Witze erzählen?«
»John würde auch wollen, daß *du* welche erzählst.« Ihre Augen flackerten und blickten dann starr.
»Zum Teufel mit John! Ich kann in dieser Welt nicht leben! Ich kann nicht komisch sein, wenn ich traurig bin. Ich wollte, ich wäre nie geboren worden!«
»Ja«, sagte Leo, »aber wer hat schon das Glück? Vielleicht einer in einer Million.« Belle und Leo lachten; Fine lächelte; Anna enthielt sich.
»Ich gehe vor die Hunde!« sagte sie wütend und stand auf. »Mein Herz ist gebrochen, ich würde mich am liebsten umbringen, und ihr wollt euch amüsieren? Wißt ihr was? Ihr könnt mir gestohlen bleiben. Ich bin verdammt noch mal nicht in der Stimmung für Späße!«
Sie war so erregt, daß es den anderen die Sprache verschlug. Fine wußte nicht, ob er weinen oder lachen sollte. Er verbiß sich das

Lachen und schaute auf den Boden. Ein paar Sekunden später sagte Belle sanft:
»Außerdem, Schätzchen, weiß ich zufällig: Du hast nie eine Katze gehabt.«
Fine schaute zu Stephanie hoch. Er sah, daß ihre Lippe zuckte, und wußte, daß sie sich nur mühsam beherrschte. Stephanie sah Belle an, dann Leo und schließlich Fine, und dann konnte sie einfach nicht mehr und brach in Lachen aus – sie lachte und protestierte in einem.
Belle, Leo, Fine, Anna – alle stimmten ein.
»Großartig«, sagte Stephanie, »lacht nur. Mein Leben ist eine einzige Katastrophe!«
»Weißt du was, Schätzchen?« sagte Belle. »Von innen betrachtet würde auch jedes andere Leben wie eine einzige Katastrophe aussehen.«

Später am Abend rief Nipak aus der Klinik an. Er klang weit entfernt, wie unter Drogen, und sprach undeutlich. Nach einem kleinen chirurgischen Eingriff war es zu Komplikationen gekommen, und für den nächsten Tag war eine größere Operation zur Behandlung der Komplikation geplant. Fine sagte ihm, er solle sein Einverständnis verweigern, aber Nipak meinte, »mein Zimmer ist blitzblank«, und legte auf. Nacheinander gingen die anderen ins Bett. Am Schluß saßen Fine und Stephanie in der Küche.
»Das Licht ist zu hell«, sagte sie und machte es aus. Sie saßen im flackernden gelben Schein von Annas zwei Sabbatkerzen. »Aber selbst wenn ich wollte, womit sollte ich denn auftreten?«
»Du hast doch eine Nummer!«
»Ach ja? Welche denn?«
»Was du eben gemacht hast.«
»Was soll denn –?« Sie begriff. »Zum Teufel mit der Komik.«
»Das war lustig.«
»Ja, es war lustig, oder?«
»Sehr lustig.«
»Das mit der Katze und so?«
»Die Katze war Spitze.«

»Das?« Sie schien skeptisch. »Nur das?«
»Das ist doch schon allerhand.«
»Da ist was dran«, sagte sie und überlegte. »Und dann, am Ende, wenn die lachen, trab ich davon?«
»Warum nicht? Ein paar jüdische Witze, und du bist drin.« Sie lächelte – ein müdes, nicht mehr ganz junges Lächeln. Sie schien niedergeschlagen, hatte Mühe, sich aufzurichten. Er merkte, wie er anfing, sie mit ganz neuen Augen zu sehen – er hielt fest und ließ los, beides gleichzeitig. »Ich will damit nur sagen, Steph, daß es mir recht sein soll, wenn du nach New York gehst.«
»Was?« Sie beugte sich vor. Die Kerzen beleuchteten ihr eckiges, dunkles Gesicht, machten es blasser. »Ist das dein Ernst?«
»Du brauchst Freiraum – und den kann ich dir wenigstens geben.«
»Und was wird dann aus dir?«
»Aus mir? Mein Platz ist hier. Meine Patienten geben mir jetzt sehr viel. Sie spenden mir Trost. Kannst du dir das vorstellen?«
Sie sah ihn an – mit dem durchdringenden Blick von Mrs. Sullivan, der einzigen Lehrerin, die Fines Potential hinter Fines Paranoia erahnt hatte. »Was ist denn bloß in dich gefahren, Fine?«
»Wieso?«
»Du hast dich verändert. Merkst du das nicht selbst?«
»Irgendwie schon. Sei mein Spiegel – was siehst du?«
»Ich spüre, daß du bei der Sache bist. Ich sehe, daß du mich richtig ansiehst, ich höre, daß du zuhörst – und sogar antwortest. Das hast du früher nie getan.«
»Vielleicht ist es das«, sagte er zögernd.
»Was?«
»Vielleicht ist das ...« Er hielt inne. Es war riskant. Und wenn schon? Was hatte er zu verlieren? Sie haben, sie gehen lassen – es war ein und dasselbe. »Liebe.«
Zögernd nahm sie das Stichwort auf. »*Was* ist Liebe?«
»Liebe ist, wenn man zuhört.«
»Und sonst nichts?«
»Das ist doch schon was.«
»Ja«, sagte sie leise, »ja, das stimmt.« Ihr Gesicht schwebte

groß und verschwommen im Halbdunkel, wie ein auftauchendes Meerestier, und es überlief ihn plötzlich kalt. Er konnte ihre Miene nicht deuten. Aber dann spürte er, wie sich etwas von ihr auf ihn zu bewegte, wie der Rand einer Decke, die um ein frierendes Kind gewickelt wird. Er spürte Stephanie, die von diesem und jenem befreit war. Er sagte sich: Ich spüre sie, wie sie wirklich ist.

»Das Leben ist schwer«, sagte sie. »Das Leben ist einfach zu schwer.«

Er empfand ihren Schmerz, und es war, als stiege der Schmerz zur Decke hoch und senkte sich langsam wieder herab, um dann die Kerzenflammen zu streifen, mit elementaren Farben zu verbrennen und sich als Asche niederzulassen. All das Tote, dachte Fine, das jeden Winter die Erde füllt, die Samen nährt und jedes Frühjahr explodiert, neu geboren. Der Schmerz und die Erinnerung und der Trost der Toten. Er seufzte – das Seufzen seiner Mutter, nachdem sie die Kerzen angezündet hatte – und sagte: »Du hast gesagt, ich hätte *gewollt*, daß du mit John durchbrennst. Wie hast du das gemeint?«

»Ich weiß nicht – ich hab's einfach gespürt. Unsere Liebe war erkaltet, du wolltest nichts unternehmen – nur weiter analysieren –, also mußte ich etwas tun. Ich glaube, ich hab's getan, um dich zu verletzen, aber vielleicht wollte ich dir auch helfen – dir und auch mir –, irgendwie zu dem zurückkommen, was wir zu dritt hatten. Wer weiß.« Auch sie seufzte. »Es ist nichts mehr übrig von dem Zauber, stimmt's?«

»Es sei denn, ›nichts mehr übrig‹ ist die Definition von Zauber.«

»Wir müssen alle sterben«, sagte sie. Sie ging schlafen.

Fine blieb still sitzen. Die lange Nacht ohne Schlaf und sein Nickerchen hatten seine innere Uhr verstellt, und er war voller Energie. Er ließ in Gedanken sein Abenteuer, sein Scheitern, seinen Ausbruch in die Welt und die Rückkehr an sich vorüberziehen. Er begriff, daß er immer hin und her pendeln würde, von der Therapie zum Leben, vom Leben zur Therapie, immer hin und her, daß er versuchen würde, Drähte über der Kluft zu ziehen, die Lücken in seinem Leben zu überbrücken – sogar die Abgründe zwischen den Lebenden und den Toten. Die Kerzen gingen aus. Er saß im Dunkeln.

Nach Mitternacht hörte er Schreie, anfangs erstickt, dann immer lauter – sie kämpfte sich durch einen Traum. Er stand auf, um zu ihr zu gehen, besann sich aber, weil ihm einfiel, daß Nipak gesagt hatte, er dürfe sie nicht aufwecken. Er setzte sich wieder hin.

Doch dann wurde ihm klar, daß die anderen sie wecken würden, und ging doch hinauf. Auf dem dämmrigen Flur standen Anna und Belle, so blaß und hager ohne Make-up, daß man sie für ihre eigenen Geister halten konnte.

»Schon gut«, sagte er. »Ich kümmer mich um sie. Legt euch wieder hin.«

Er ging in ihr Zimmer und setzte sich ans Bett. Sie lag starr und steif da – die Muskelkrämpfe des REM-Schlafs. Gelegentlich murmelte sie etwas Unverständliches, und schrie »Hilfe!« Während er so über sie wachte, spürte er in seinem Innern ein altvertrautes Glühen. Fürsorge. Muttergefühle.

Nach zwei Uhr begann sie, um sich zu schlagen. Er hielt sie an den Schultern fest, während sie aus tiefstem Schlaf auftauchte, bis sie dann mit verstörtem Blick und völlig desorientiert erwachte. »Oh! Was für ein Traum! Ein furchtbarer Alptraum!«

»Was war es denn?« Ein seltsames Gefühl kam über ihn, als wüßte er schon, was sie sagen würde. Seine Erregung nahm zu.

»Ein Baby – und ich konnte nicht für es sorgen – du hast dich um es gekümmert – ich hab um Hilfe geschrien – eine Frau ist hereingekommen und –« Sie brach ab, und ihre Augen wurden immer größer.

»Sie?«

»Ja! Sylvia! Aber das ist noch nicht alles. Hör zu! Ich hab gesehen, wie wir sie kriegen können!«

»Wie denn? Komm, erzähl, bevor du's vergißt.«

»Sie liest Zeitung, sie hat bestimmt mein Bild gesehen, den Arti-

kel über die Fernsehsendung, stimmt's? Sie muß kommen, ich weiß es! Glaubst du nicht auch?«
»O Gott!« Er zitterte. »Das ist ihr zuzutrauen – die bringt's fertig und tut's – um uns eins auszuwischen – um dich zu sehen – um eine kranke, psychotische Verbindung mit mir aufrechtzuerhalten –, die bringt's fertig und läßt John James allein, verkleidet sich und schleicht sich rein –«
»Und dann kriegen wir sie!«
»Wie?«
»Dafür mußt du dir was ausdenken. Ich bin bloß der Köder.«
»Die Polizei können wir nicht einschalten – das würde sie abschrecken. Wie viele Eingänge hat der Club?«
»Zwei – den Vordereingang und einen Hintereingang in einer Gasse.«
»Okay – ich nehme den Vordereingang, und –« Er brach ab. »Moment. Das ist gefährlich. Sie ist auf Rache aus. Und wenn sie *mich* nicht bekommt, wird sie –«
»Das ist mir gleich«, sagte sie scharf.
Er spürte, wie verzweifelt sie war. Ihr war alles gleich, sie hing nicht einmal mehr am Leben. Na gut, dachte er, dann muß *ich* mich eben um alles kümmern, muß *ich* mich um sie kümmern. Er sagte: »Nein, das ist zu riskant –«
»Hältst du zu mir?« forderte sie ihn heraus. »Ja oder nein?«
Er sah sie an, spürte, wie sich etwas öffnete. »Ja. Ja, ich halte zu dir.« Sie entspannte sich, gähnte, fröstelte. Ihm war unbehaglich, er fühlte sich ihr nahe und zugleich von ihr fern.
»Findest du wirklich, daß es eine gute Nummer ist, Fine?«
»Spitze.« Er gähnte, spürte plötzlich seine Erschöpfung.
»Und dann, am Ende, trab ich einfach davon?«
»Das wird sich finden.« Er stand auf. »Vorausgesetzt, du behältst die Katze.«

39

Als Fine an diesem Samstagmorgen um elf den Rasierer an die eingeseifte Wange hielt, war sein nervöser Tic wieder da.
Und zwar schlimmer als je zuvor, denn diesmal war es nicht bloß ein Zucken in der einen Gesichtshälfte, sondern das ganze Gesicht klappte zu wie der Deckel eines offenen Schrankkoffers. Blackout! Was zum Teufel ... Langsam gingen seine Augen wieder auf, aber schon kam der nächste Blackout. Es war, als tauchte er kopfüber in dunkles Wasser – er hielt die Luft an, sein Gesicht verzerrte sich, und dann entspannte es sich, wenn er wieder hochkam. O nein, nicht auch noch das! Warum? Er empfand eine morbide Faszination: Ist das ein Überbleibsel von meinem Anfall, ein Vorbote eines entstehenden Tumors? Oder ist es psychogen, ein Produkt von Gefühlen, von Streß? In seiner Analyse, das fiel ihm jetzt ein, hatte er den Tic als ein Symptom unterdrückter Wut über seine Vereinsamung verstanden. (»Wenn Sie schmollen möchten, dann schmollen Sie halt« – Fummel.) Als er sich in Steph verliebt und sich wieder in menschliche Gesellschaft begeben hatte, war der Tic verschwunden. Ist das ein Beweis für eine psychische Ursache? Nein, denn schon damals hätte es ein Anzeichen eines langsam wachsenden Tumors sein können, der jetzt aufgeblüht war. Aber wenn es doch psychisch ist, was verdränge ich dann jetzt? Auf Johns Tod habe ich mit starken Gefühlen reagiert – Schuldbewußtsein, Scham, Zorn, Trauer. Also warum dann der Tic? Fine hob die Augen – und sie knallten wieder zu: »Hey, Großer Häuptling, wie kannst du mir das antun, jetzt, wo ich gerade anfange, alles klarer zu sehen?« Das übliche Schweigen, die deistische Lücke. »Okay, Obermacker – ist es, weil ich die Augen zu weit aufgemacht und wie ein Überlebender zuviel gesehen habe?«
Aber dann begriff er, daß alles, was ihm in der Nacht auf der Brücke so klar vorgekommen war, in Wirklichkeit kein bißchen klar war. Klar? Keine Rede! Es verschwand schon im Dunst, trübte sich. Hat sich denn irgend etwas geändert? In mir glimmt

Verständnis auf für meine Frau, die Eltern, die Patienten, aber was ist mit dem Bodennebel, dem Zweifel, der entfesselten Angst, dem Gefühl des Eingesperrtseins, der Blindheit gegenüber mir selbst und dem Leben? Genau wie vorher. Schlimmer noch – jetzt habe ich außerdem noch einen Tic!

Als Gezeichneter trat er verlegen vor seine Frau und die Eltern, wies ärgerlich ihre besorgten Fragen zurück, gab mürrische, bissige Antworten. Er stürzte in zuckende Düsternis und blies den ganzen Tag Trübsal, wie als Jugendlicher in der Zeit vor Stephanie, als er sich in seinem Zimmer verkrochen hatte. (»Wenn Sie sich in Ihrem Zimmer verkriechen möchten, dann tun Sie's halt« – Fummel.) Das Telefon: Georgina.

»Metz!« rief sie.

»Metz?«

»Frau Metz! Angeblich nimmt sie Dienstag abend an Vergessens Seminar teil, als letzte Instanz. Gib nicht auf – geh an die Arbeit!«

»Metz?«

»Metz! Was ist los mit dir, bist du taub geworden?«

»Schlimmer noch – ich hab einen Tic.« Er beschrieb ihn. »Es ist die Hölle!«

»Oh.« Sie schwieg betroffen. »Weißt du was, vielleicht ist es doch besser, du gibst auf. Dann hab ich dich trotzdem noch gern. Auf die Typen bist du doch nicht angewiesen!«

»Eben doch! Gerade jetzt, wo mir dämmert, wie schwer es ist, ein guter Therapeut zu sein, wo ich verzweifelt versuche, Intuiton mit solider Technik zu verbinden, gerade jetzt könnte ich wirklich was von ihnen lernen.«

»Von denen? Von Leon? Von diesem Affen, Fetzer Gold?«

»Die versuchen's wenigstens. Wie viele von uns geben sich denn in dieser verrückten Welt noch Mühe, andere Menschen zu verstehen?«

»Kaum einer.«

»Genau. Wenigstens versuchen die nicht, die Menschen mit Pillen vollzustopfen, sie verschreiben ihnen keine Diät, drängen ihnen keine Selbsthilfebücher auf und umarmen keine armen Schlucker im Fernsehen – sie versagen sich dem Sendungsbewußtsein und dem Schmus unseres Zeitalters. Sie versuchen sich immer noch an der schwersten aller Aufgaben: anderen Menschen zu helfen, sich zu ändern. Bei den Seminaren ist immer sehr viel Erfahrung versammelt – der Dienstag könnte eine große Chance sein.«

»Eine Chance?«

»Die Metz.« Ein Prickeln überlief ihn – und ich kann *doch* die Advokaten des Ungeistes bekämpfen, ich kann *doch* dem Tod die Stirn bieten. »Weißt du was? Wir probieren's! Komm morgen hier raus, und wir sehen mal, ob der WANG uns helfen kann, die Literatur nach ›Abschiednehmen‹ zu durchforsten. Einverstanden?«

»Abgemacht! Denen zeigen wir's! Du bist ein Schatz, Fine – tschüs!«

Doch schon bald, nachdem er aufgelegt hatte, verfiel Fine wieder dem Trübsinn. Ich werde meine Haut nicht retten können. Die glauben mir nie, was ich erlebt habe, werden nie zu würdigen wissen, wie ich das alles in die Therapie eingebracht habe. Doras Schoß, das Lachen mit dem Rattenmann – vergiß es. Ich bin so verwirrt, daß ich unzusammenhängendes Zeug reden werde. Ironisch: Gerade jetzt, wo ich allmählich Gefallen daran finde, Therapeut zu sein, wo ich endlich dahinterkomme, was einen guten Therapeuten ausmacht, und weiß, daß sie mir weiterhelfen könnten – gerade jetzt wollen sie mich rauswerfen? Blackout! Großartig – das hat mir gerade noch gefehlt, daß *die* meinen Tic sehen! Den Beweis, daß ich in meiner ersten Analyse gescheitert bin; für die zweite kriege ich den Fetzer. Warum sehen die Analytiker Symptome als Krebsgeschwüre? Sind denn Symptome nicht ein Zeichen von Gesundheit, ein Zeichen dafür, daß man sowohl verletzlich als auch tapfer ist? Ein Symptom sagt der Welt: Hier ist einer der aufrechten Verwundeten; hier kommt ein leidender Mensch. Warum können wir unsere Symptome nicht stolz vorweisen wie Ehrenzeichen? Oder vielmehr demütig, um kundzutun, daß wir die Dinge so akzeptieren, wie sie sind? Warum sollten wir sonst überhaupt leiden?

Und so versteckte er sich den ganzen Tag in seinem Zimmer, bis auf eine kurze Besprechung mit Stephanie zur Planung ihres abendlichen Comedy-Auftritts. Bei Licht besehen schien der Plan nicht mehr so vielversprechend, aber Stephanie ließ nicht locker, und sie kamen überein, es zu versuchen. Nipak hatte die Ärzte am Massachusetts General nicht davon abhalten können, ihn aufzuschneiden, und sein Zustand war »ernst«. Sie mußten ohne ihn auskommen.

Als sie zwei Stunden vor der Show bei der Comedy Box eintrafen, steckte Fine dem Rausschmeißer am Hintereingang einen Zwanziger zu, und der versprach ihm dafür, keinen Unbekannten einzulassen. Fine selbst stand verkleidet – weißer Leinenanzug, Filzhut, Brille und Bart – am Haupteingang Wache, beobachtete die in die benachbarten Theater strebenden Leute und musterte jedes Gesicht. Von Sylvia keine Spur. Um zehn begann die Show. Unmittelbar vor ihrem Auftritt kam Stephanie, um ihm zu sagen, daß sie jetzt gleich dran sei, und stellte ihm einen lüstern blickenden, schmierigen Mann vor, den New Yorker Agenten Rosensdork, der sie im Catch A Rising Star gesehen hatte. Sie gingen hinein, aber Fine blieb hinten dicht bei der Tür stehen.

»Goldie« kam auf die Bühne. Als sie nach einem guten Start gerade mit dem Hauptteil anfangen wollte, wurde sie von einem Zwischenrufer attackiert, einem kleinen, drahtigen Mann mit buschigem rotem Haar, das unter eine Celtics-Mütze hervorquoll. Er war betrunken und versuchte sie mit provozierenden Zurufen aus dem Konzept zu bringen. Sie ignorierte ihn, aber er gab keine Ruhe. Fine sah, wie sie sich wand, und spürte, wie ihre Panik zunahm. Goldie drohte unterzugehen! Sie verlor den Faden. Ihre Nervosität übertrug sich aufs Publikum. Leo, der zwischen Belle und Anna saß, versuchte den Mann zu beruhigen, wurde aber niedergebrüllt. Rosensdork saß selbstzufrieden da und lächelte dünn, wie um zu sagen: »Dann laß mal sehen, aus was für einem Holz du geschnitzt bist!« Jeder wußte, daß sie, sie ganz allein mit dem Störer fertig werden mußte. Sie stellte sich ihm: »Ah ja – wie ich sehe, ist mein Dad auch da heute ab…«

»Ich bin nicht dein Dad, und du bist nicht witzig!«

»Der Witz war lustig, bis Sie …«

»Dieser Witz ist mies – alt und mies!«

»Sie sind ein mieser Kerl –«

»Und du bist eine miese Komikerin!«
Sie machte eine Pause. »Tja, also –« Ihre Stimme zitterte. »Wo kommen Sie eigentlich her?«
»Aus East Boston.«
»Und, was ist, haben da alle Bowlinghallen ...«
»... ›früher dichtgemacht als sonst‹? Gib's auf, du Niete!«
Stephanie holte tief Luft, schaute woandershin und sagte höflich: »Also, wißt ihr, Leute, eine Komikerin muß auch lernen, mit Störenfrieden umzugehen. Als erstes probiert man's mit einer ganz – milden Beleidigung.« Sie legte eine Pause ein, warf dann den Kopf herum, so daß sie zu dem Mann hinsah, und schrie aus vollem Halse: »Hey, du Penner, verpiß dich! Okay?«
»Gib's auf, Goldie, du schaffst es nicht! Hoffnungslos!«
Fine überlief es kalt – diese Stimme! Konnte es sein ...? Aber bevor er den ersten Schritt tat, machte Steph weiter: »Und dann, Leute, wenn die milde Beleidigung nichts nützt, macht man einfach folgendes –« Sie schrie: *»Banzai!«*, sprang von der Bühne und fing an, mit den Fäusten auf den Mann einzuschlagen. »Das gehört alles zu meiner Nummer, Leute«, rief sie.
»Gar nicht wahr!« Der Betrunkene mußte lachen. »Ruft den Geschäftsführer! Hilfe!«
Aus Ernst wurde Spaß. Nach einem letzten angedeuteten Nasenstüber ging Stephanie wieder auf die Bühne und nahm den Applaus entgegen. »So bezieht man das Publikum ein!« dachte Fine, der ihre Kraft spürte. Sie errötete und lachte, und als sie dann weitermachen wollte, prustete sie noch einmal los. Sie konnte einfach nicht ernst bleiben. Die Zuschauer merkten, daß die Schauspielerin nicht mehr spielte, und lachten ebenfalls. Sie waren auf ihrer Seite, konnten sich vorstellen, daß es ihnen genauso gehen würde. Magie, dachte Fine, die reine Magie, wie sie das Gekünstelte vergißt und einfach sie selbst ist, hier und jetzt mit uns in diesem Saal! Sie schien zu glühen und gab ihm – und anderen – ebenfalls das Gefühl, daß sie glühten.
Jetzt schien sie entspannt, bearbeitete das Publikum, riß alte und neue Witze, spielte einen Zwischenrufer gegen den anderen aus, und setzte sogar ihre »Bomben« ein, um das Feuer nicht ausge-

hen zu lassen: »Wer hat da gelacht? Sie, Sir – würden Sie bitte Ihr Lachen im ganzen Saal verteilen?« Ohne Überleitung fragte sie: »Mein Leben ist eine Katastrophe, und Ihr wollt Comedy?«, benutzte die Frage als Gerüst, füllte es aus, achtete auf die Reaktionen des Publikums. Und dann fing sie zu Fines Überraschung an, über *ihn* zu reden: »– ja, ihr habt gut lachen, aber wißt ihr, was es bedeutet, mit einem Seelenklempner verheiratet zu sein? Man wacht am Morgen auf und sagt: ›Hallo.‹ Darauf macht er folgendes.« Sie stützte das Kinn auf die Hand und den Ellbogen auf die andere Handfläche und seufzte. »Im Bett! Und schaut einen so an.« Sie blickte verwirrt ins Publikum, mit gespieltem Ernst. »Und dann kommt das hier.« Sie machte seinen Tic nach! Das Publikum brüllte. »Als nächstes haben wir dann einen Fall von langer Leitung.« Sie legte eine Pause ein und trommelte mit den Fingern. »Und schließlich –« Sie imitierte Fines Analytikerstimme: »›Gut, aber was meinst du eigentlich mit ›hallo‹?« Das Publikum war hingerissen. »Das ist bloß das ›Hallo‹. Und das ist gar nichts gegen das ›Auf Wiedersehen‹! Und wie sieht's mit dem Sex aus?«
»Fehlanzeige!« rief eine Frauenstimme aus den hinteren Reihen.
»Aha! Noch eine Analytikerfrau?«
Das Publikum tobte. Und dann kam sie auf John.
Fasziniert sah Fine zu, wie sie ihre Trauer und Wut, ihre Scham und ihr schlechtes Gewissen ins Komödiantische wendete. Und es funktionierte. Er spürte förmlich das Gefühl, das durch den Saal schwirrte und die Menschen miteinander verband, sie, ja, sogar heilte. Sie steht da oben und heilt. In sieben Minuten hat sie mehr bewirkt als Fummel in sieben Jahren. Gemeinsames Lachen entzündete gemeinsame Begeisterung, und die breitete sich im Saal aus wie Elektrizität, so lebendig, dachte Fine, daß man glaubt, sie mit Händen greifen zu können. Die Leute lachten, stießen sich gegenseitig mit dem Ellbogen an, zeigten auf Stephanie und lachten. Sie zeigte ihnen, wie sie selbst waren. Fast konnte Fine die Leute denken hören: Das bin *ich* da oben auf der Bühne! Mein Leben ist genauso lächerlich wie ihres! Habt ihr gehört, was sie gesagt hat? Ihr Leben ist eine einzige

Katastrophe, und ich lache? Sie ist ich! Sie ist wir alle! Er war stolz auf sie.

Als ihre Zeit fast um war, setzte sie sich ans Klavier, und Fine wußte, was sie singen würde. Die Kehle schnürte sich ihm zusammen. Bei den ersten Takten empfand er unendliche Trauer. Sie sang:

»Carry me back to old Manhattan,
 That's where my heart belongs,
Give me a showspot to hang my hat in,
 Sing me those Broadway songs ...«

Während sie die übrigen Strophen sang, konnte Fine sogar auf die große Entfernung sehen, daß ihre Augen feucht wurden. Er war der einzige, der wußte, was der Song bedeutete, aber alle anderen spürten es. Es wurde still im Saal, und die Stimmung kräuselte nur ganz leicht die Oberfläche, wie Schwimmer in einem Weiher bei Mondschein. Sie alle badeten in der tiefen Stille.

Stephanie kam zum Ende, und das Publikum applaudierte stehend. Die Ovationen wollten gar kein Ende nehmen. Ja, dachte er, während er heftig klatschend weiter vor ging, sie *ist* eine Komikerin. Und das ist großartig! Und da wußte er, daß etwas, was er in jener unheimlichen Nacht gelernt hatte, immer noch da war: Er hatte keinen Plan mehr für sie oder für sich selbst und sie. Er liebte sie und war bereit, weiter mit ihr zusammenzuleben und ein Kind großzuziehen, aber er war auch bereit, sie gehen zu lassen. Sie sollte wirklich Komikerin werden. Ob sie nun meine Frau ist oder nicht, ob sie Mutter wird oder nicht, ob sie bleibt oder geht – es soll mir alles recht sein. Betrübt sagte er sich, daß sie ihn verlassen, nach New York gehen, großen Erfolg haben würde. Ihr Leben würde gut laufen, seines nicht. Er war eifersüchtig, und sein Gesicht spielte verrückt – dreimal hintereinander kam der Tic.

Er ging hinaus. Sie hatten ausgemacht, daß sie sich nach der Show vor dem Haupteingang treffen würden. Ihm war, als sei er zum erstenmal im Leben draußen in einer nächtlichen Stadt. Wie frisch alles ist: das glitzernde Neonschild »Combat Zone«, die Theaterbesucher, die sich den neuesten Broadway-Mist angesehen haben, die hupenden Autos, die Huren, die vielen Menschen, die ein paar Takte aus einem Song summen, die Lichter der City, die der Himmelskuppel ein unheimliches, flüchtiges Fluoreszieren verliehen.

Stephanie kam durch den Hinterausgang. Sie leuchtete förmlich. Sie hielt nach ihm Ausschau, sah ihn und versuchte, sich im Gewühl zu ihm durchzukämpfen. Als sie ihn fast schon erreicht hatte, sah er hinter ihr in der Kneeland Street den Jungen.

Er lief an der Hand eines Mannes, bei dem es sich nur um Sylvia handeln konnte. Sie steuerten auf ein Taxi zu. Fine lief los, und alles mögliche ging ihm durch den Kopf: Sie hat ihn mitgenommen? Eine unglaubliche Dummheit. War sie doch in der Comedy Show und hat sich bloß nicht getraut? Spielt sie mit uns wie die Katze mit einer Maus? Oder ist es alles ein unglaublicher Zufall? Krank!

Sie stritt sich mit einem Touristenpaar um das Taxi. Fine wußte, was er zu tun hatte, daß er nur eine einzige Chance hatte: den Jungen zu packen und wegzulaufen. Er mußte den richtigen Zeitpunkt wählen. Sylvia versuchte, John James in das Taxi zu stoßen, aber er sträubte sich. Tu's, Fine, jetzt! Er zögerte. Und wenn es mißlingt? Ich bin so verdammt ungeschickt! Er kam sich vor wie ein Kind auf einem hohen Sprungbrett, das sich vor dem harten, kalten Wasser fürchtet, an den Rand vorgeht, zurückgeht, andere vorläßt, sich einen Ruck geben und doch springen will, abermals zurückschreckt, weiter zögert. Woher soll er das Zutrauen nehmen, den Sprung zu wagen, wie soll er es schaffen, die Luft zu durchmessen von so hoch oben hinab in unbekannte Tiefen? Anders als im Film könnte das ins Auge gehen. Komm schon, Fine, du hast keine Wahl!

Er bewegte sich. Viel schneller und zugleich viel langsamer, als er es für möglich gehalten hätte, drängte er sich zwischen den Passanten auf dem Gehsteig durch. Er sah, wie sie dem Kind noch einen Stoß gab, doch der Junge setzte sich – gottlob! – so hartnäckig zur Wehr, daß Fine im nächsten Moment Sylvia mit der

Schulter von hinten rammen konnte. Er entriß ihr den Jungen, drückte ihn fest an sich wie einen Football und rannte so schnell er konnte die Straße entlang. Jeden Moment erwartete er Schüsse, den heißen Schlag einer Kugel in seinen Rücken. Er lief und lief, der Junge war leicht wie im Traum, und seine Füße waren leicht auf dem Pflaster, behende wich er Passanten aus, und dann ging ihm die Luft aus, aber er wußte, daß sie in Sicherheit waren, denn sie konnte ihm bei den vielen Menschen umöglich folgen oder gar schießen. Also blieb er keuchend in einem Eingang stehen, wo riesige Brüste (auf Fotos) ihn von drei Seiten beschützten (denn es war ein Sexshop). Er schaute zurück.

Das Touristenpaar saß auf dem Gehsteig. Das Taxi entfernte sich in Richtung der bunten rot und goldenen Pavillons von Chinatown.

Der Junge sah ihn fassungslos an. Seine Angst schlug in Freude um. Er rief »Onkel Fine!« und schrie und weinte in einem. Stephanie kam atemlos herbei, sie sah den Jungen und er sie, und die drei steckten die Köpfe zusammen und schrien und weinten und umarmten einander mit aller Kraft.

Nach einer Weile hörte John James zu weinen auf. Er fragte:

»Wo ist mein Dad?«

40

Fine sagte es ihm.

Er schaute ihn erst ungläubig und dann in sprachlosem Entsetzen an, und Fine sah, wie er in sich zusammenfiel und förmlich erlosch. Er wurde ruhig, ernst. Stephanie fragte ihn, ob er körperlich mißhandelt worden sei, und er verneinte. Fine nahm ihn bei der Hand, und sie gingen zum Auto. Die kleine Hand in seiner fühlte sich dünn an, leblos, papieren, wie aus Karton ausgeschnitten.

Stephanie ging zu einer Telefonzelle und rief Katey an. Sie fuhren die vertraute Route zum Carson Beach. Katey stand schon vor dem Haus. Sie umarmte den Jungen, versuchte ihn zu trösten. Als sie merkte, in welcher Verfassung er war, ließ sie von ihm ab und wandte sich praktischen Dingen zu – ob er etwas essen, ein Bad nehmen wolle. Nichts. Sie saßen im Wohnzimmer, still und steif, als warteten sie auf einen Anruf. Als er den Jungen so ruhig auf dem Sofa sitzen sah, hatte Fine ein Unwirklichkeitsgefühl – ihm war, als säße er völlig sinnlos in einem Purgatorium voller Gespenster. Der Junge sagte, er würde gern ein Glas Milch trinken und es sich selbst holen. Sie sahen zu, wie der kleine Kerl vom Sofa rutschte und steif, als gehörten seine Beine und Arme nicht mehr ihm selbst, in die Küche ging. Sie blickten einander an und sahen die Verzweiflung, die Erkenntnis der völligen Einsamkeit – Leblosigkeit – des Todes, und die Tränen traten ihnen in die Augen. John James kam mit seinem Glas Milch wieder. Er war nicht traurig, er war nicht wütend, er war im Moment einfach teilweise tot. Er trank einen Schluck und fragte mit hohler Stimme, wie sein Vater ums Leben gekommen sei. Fine erzählte es ihm.

»Aber wo *ist* er jetzt?«

»Sein Körper ist hier ganz in der Nähe begraben«, sagte Katey, »auf dem Hügel, von dem man unser Haus und den Strand sieht. Und seine Seele ist bei Gott.«

»Er ist schon begraben worden?«

»Ja. Am Donnerstag. Möchtest du hingehen?«

»Nein.« Er verstummte. »Granny?«

»Ja, Schatz?«

»Kann ich zu Fine und Steph?«

Sie zögerte und sagte dann: »Natürlich, Schatz, aber sicher.«

Und so nahmen sie ihn mit nach Stow. Die Polizei kam, und O'Herlihey vernahm ihn. Mit monotoner Stimme sagte er ihm alles, was er wußte – und das war herzlich wenig, weil Sylvia ihm oft die Augen verbunden oder ihn unter Drogen gesetzt hatte. Schließlich gingen die Gesetzeshüter wieder und ließen die drei allein. John James wollte bei Fine schlafen. Als sie nach Mitter-

nacht endlich ins Bett gingen, schmiegte er sich eng an ihn. Fine fragte ihn, ob er sein Nachtgebet sprechen wolle.
»Nein.«
In der Nacht erwachte er schreiend und wußte nicht, wo er war. Als er Fine erkannte, fiel ihm alles wieder ein, und er schrie wieder »Dad« und fing zu weinen an. Fine wiegte ihn stundenlang in den Armen, aber der Junge konnte nicht mehr einschlafen. Der Alptraum hatte die Schleusen des Kummers geöffnet. Zum erstenmal erfuhr der Junge, daß das Leben schrecklicher sein kann als jeder Traum. Den ganzen Sonntag tröstete Fine ihn nach Kräften.
Fines Tic fiel ihm auf. »Was ist denn mit deinem Gesicht?«
»Ach, nichts. Ich glaube, das soll nur allen Leuten sagen, wie schlecht's mir geht.«
Am Sonntagabend kniete John James dann doch am Bett nieder und betete. Fine betete mit und dachte daran, daß er als Kind immer nur dann gebetet hatte, wenn er etwas von Gott wollte.
»Bitte, lieber Gott, behüte meinen Dad. Weil, er ist ein guter Mensch. Und behüte auch mich. Und Onkel Fine und Tante Steph und Grandma Katey und meine Ma. Und den Onkel.« Er blieb noch eine Weile auf den Knien und fügte dann rasch hinzu: »Und bring auch die Frau um, Amen.«
Fine las ihm vor, John James' Lieblingskapitel »Der Pfeifer vor dem Tor zur Dämmerung« aus seinem Lieblingsbuch *Der Wind in den Weiden.* Auch Fine wurde dadurch getröstet. Er las noch weiter, als John James schon eingeschlafen war.
Stunden später wurde der Junge wach, kämpfte sich durch einen Pavor nocturnus, kratzte Fine wie besessen und klammerte sich an ihn. Fine hielt ihn in den Armen, so gut es ging, und staunte über seine Kraft. Als John James ihn erkannte, preßte er sich, am ganzen Leib zitternd, an ihn. Aber er wollte auch zu Stephanie. Und so trug ihn Fine in Stephanies Zimmer und weckte sie.
»Er will bei dir schlafen.«
»Nein, mit euch beiden! Bitte!«
Stephanie streckte die Arme nach dem Jungen aus, und er kam zu

ihr. Fine stand am Bettrand und kam sich komisch vor, als hätte er ein Verbot übertreten. John James bestand darauf, daß er sich auf seine andere Seite legte. Achselzuckend tat es Fine.
»Laßt ein Licht für mich an, ja?« bat der Junge, und dann schmiegte er sich an Stephanie und schlief bald zwischen ihnen ein, die Hand auf Fines Bauch, das Kinn an Stephanies Hals. Fine schaute zu ihr hinüber, seiner Frau. In dem schwachen Licht traten ihre ersten Falten hervor. Traurig. Sie streckte die Hand aus; er berührte sie leicht.
»Rücksichtslos«, flüsterte Fine und ließ sich zurücksinken. »Er *war* doch rücksichtslos, oder?«
»Sicher.«
»Und falsch.«
»Stimmt«, sagte sie. »So rücksichtslos und falsch wie ich.«
»Wie wir alle.«
Die beiden alten Küchenwecker tickten laut. Die Nacht, die sich gegen das Geräusch stemmte, schien viel zu still.
»Wir haben ihn beide geliebt«, sagte Fine.
»Ja, das haben wir.«
»Ich komme mir wie ein Versager vor, Steph.«
»Ich weiß.«
»Und ich bin sehr einsam.«
»Ja«, sagte sie, »ich auch. Da sind wir schon zu zweit.«
Dann schliefen sie alle drei, eingehüllt in den Trost ihres Kummers.

41

»Die großen Schiffe!« rief Jefferson.
»Die großen Schiffe!« riefen die anderen Jefferson-House-Patienten, als die Brigg der Familie Jefferson, die *Thomas*, vom Hafenmeister das Zeichen zum Auslaufen bekommen hatte und

aufkreuzte, um mit Hilfe des Ostwinds ihre Rolle bei einem historischen Schauspiel zu übernehmen, der Windjammerparade am Memorial Day, dem neunundzwanzigsten Mai, im Bostoner Hafen.

John James saß auf Fines Schoß. Der Junge hatte ein Wechselbad der Gefühle durchgemacht und war nun wieder bei der Furcht angelangt. Er klammerte sich an Fine. In seinen Augen stand die stumme Frage: Tot? Warum? Was hat er getan? Jetzt aber, sicher auf Fines Schoß, auf einem Schiff im Hafen, hatte er offenbar nicht mehr soviel Angst. Interessiert sah er den großen Segelschiffen zu. Er lächelte. Einmal lachte er. Bitte, lieber Gott, dachte Fine, während er dem Jungen übers seidige, weißblonde Haar strich, bitte, laß seine Wunden heilen.

Sie saßen auf dem Heck, unter dem Besansegel des rahgetakelten Achtermasts der Brigg. Mr. Jefferson, mit gestärkter weißer Uniform, Kapitänsmütze und glänzenden Medaillen, stand stolz und unerschütterlich hinter dem Ruder und gab dem Rudergänger, bei dem es sich um keinen anderen als den ebenfalls weißgekleideten Jefferson (schwarz) handelte, Anweisungen. Mr. Jeffersons offenkundige Freude machte Fine nachdenklich: Ist es doch unwichtiger, seinem Traum nachzujagen, als ihn verwirklicht zu sehen? Nein, denn Mr. Jeffersons Traum ist »das Segeln«, nicht »der Törn« – die Reise, nicht die Ankunft, das Träumen, nicht der Traum. Häfen sind bestimmt, Seereisen unbestimmt.

Und wie sich herausgestellt hat, ist er ein äußerst tüchtiger Seemann! Da steht er und befehligt ein so komplexes und subtiles Gebilde wie seine vierzig Meter lange Brigg. Unterstützt von ein paar Gefolgsleuten der Familie Jefferson, hatte er aus den Jefferson-House-Patienten eine Mannschaft gemacht. Sie waren mit dem Auto nach Duxbury gefahren, hatten zwei Tage lang geübt und waren dann nach Stow gesegelt. Als Fine am Morgen das riesige, elegante Schiff an der Pier liegen sah, hatte er nicht schlecht gestaunt. Die vielen Taue und Knoten und Masten und zusammengerollten Segel, die blitzenden Messingbeschläge und Luken und wer weiß was noch alles! Nie und nimmer wäre er dahintergekommen, wie man so ein Schiff in Bewegung setzt, sowenig wie er es geschafft hätte, sich aus dem Krähennest in die Lüfte zu erheben.

Mr. Jefferson kannte sein Schiff: »Ja, äh, nein, wie meine Westentasche! ›Brigg‹ kommt vom italienischen *brigare*, streiten. An beiden Masten rahgetakelt, ja, äh, aber durch die zusätzlichen Schratsegel, wie beim Schoner, ja, wird sie schneller und wendiger als größere Schiffe. War mal ein Seeräuberschiff, ja, wie die Galeonen. Familienschande, ja, äh, aber auch Familienglück, nicht wahr? Die familiären Winde und Gezeiten!«

Fine war sprachlos. Laß Mr. Jefferson – die ganze Schar – auf diesem Schiff, und sie brauchen keine Therapie mehr. Ein modernes Narrenschiff! Laß sie in großartigen historischen Pirouetten vor den Küsten segeln, im Kreis, immer im Kreis. Die anderen hatten auf Mr. Jeffersons Kommandos gehört: Eli, Cooter, Stinko, Mary, Mrs. Bush – mit ihrer Pflegehelferin und Freundin Mrs. Mustin –, Eve, die dicke Sadie und sogar Neiderman, Ando und Royce –, sie alle waren eifrig bei der Arbeit. Man hätte verrückt sein müssen, um sie für verrückt zu halten. Die mannigfaltigen Aufgaben an Bord – Taue, mit deren Funktion man sich vertraut machen mußte, Schrubben und Polieren, Kochen und Wäschewaschen und Saubermachen – hätten jahrelange Erfüllung, jahrzehntelanges Glück bedeuten können. Fine sah sie der Reihe nach an, und in seine Zuneigung mischte sich Bewunderung. Sie waren so stabil, so eifrig. Sogar sein Tic bedeutete jedem von ihnen etwas. Viele imitierten sein Zucken. Sie waren seine Gefährten.

Fine schaute über die Reling. Ein herrlicher Memorial Day. Das Morgenlicht hatte sich durch Nebel kämpfen müssen, aber jetzt war es warm, klar, windig. Fine fühlte sich wie ein Kind, das zum erstenmal Wasser sieht. Das Meer, dunkelblau wie Stephanies Augen, war neu und vertraut zugleich. Der Himmel war wolkenlos bis auf ein paar hohe Cirruskringel, die aussahen wie die Kämme von Brechern in einer Bucht. Boston, das sein zweihundertjähriges Bestehen mit einer solchen Parade gefeiert hatte, wollte das Ereignis wiederholen. Eine unübersehbare Menschenmenge säumte alle Ufer – bis auf die von Long Island und

Stow –, wie von einer Vorahnung zurückgehaltene Lemminge. Die Route der Parade war ein sanft geschwungener Bogen zwischen den beiden abgewinkelten Armen von Deer Island und Long Island. Die Parade hatte damit begonnen, daß die *U. S. S. Constitution* – »Old Ironsides« – am Hafeneingang einen Salut aus vier Kanonen geschossen hatte und dann in den Hafen geschleppt wurde, eskortiert von einem Löschboot, das acht regenbogenfarbige Fontänen hoch in die Luft spritzte. Als das älteste Schiff der U.S. Navy das größte passierte, den Flugzeugträger *John F. Kennedy*, hörten Fine und die anderen die Jubelrufe, obwohl sie so weit draußen waren, fast an den Brewsters, wo die offene See begann.

»Ich hab so Angst um Tante Steph!« sagte John James plötzlich und sah Fine an. »Warum ist sie nicht mitgekommen?«

»Sie muß im Verkehr steckengeblieben sein.«

»Geht's ihr gut?«

»Aber klar. Sie kann auf sich selbst aufpassen.«

»Kann sie nicht«, sagte der Junge. »Das kann niemand. Weil, wenn's mein Dad nicht gekonnt hat, kann's auch sonst keiner! Nie!«

»Sie schaut sich sicher alles von Stow aus an – wir sehen sie bestimmt, wenn wir nachher vorbeikommen.«

»Ich hab aber Angst um sie, Onkel Fine!«

»Ich weiß, aber ich hab keine – ihr fehlt nichts. Und ich bin ja hier bei dir!«

Stephanie hätte ebenfalls an Bord kommen sollen. Am Morgen hatte sie Belle zum Flughafen gefahren und auf dem Rückweg Nipak Dandi im Krankenhaus besuchen wollen. Der Ärmste lag im Koma, und Steph wollte die Pflegschaft beantragen, um die nächste Operation zu verhindern, einen riskanten experimentellen Eingriff, der sonst nur in Extremfällen vorgenommen wurde. Fine, der bei seinen Patienten bleiben mußte, hatte ihr gesagt, sie würden so lange wie möglich mit dem Auslaufen warten, aber sie war nicht rechtzeitig dagewesen.

Auch Fines Eltern waren am Morgen abgefahren. Als er ihnen die Tür des Oldsmobile öffnete, hatte Anna ihn freundlich angesehen und gesagt: »Weißt du, als du klein warst, hat der Rabbi mal mit mir gesprochen. Er hat dich ein ›leuchtendes Kind‹ genannt. Ich hab das nie verstanden. Bis jetzt. Auf Wiedersehen, mein Lieber, und danke.« Bevor sich die Tür schloß, hatten Leo und sie sich noch in die Haare gekriegt. Laut streitend waren sie losgefahren.

Fine hatte ihnen nachgewinkt. »Warum heiraten die Leute eigentlich?«

Belle hatte gesagt: »Weil sie dann in der Nacht, im Dunkeln, nicht allein sind.« Sie hatte niesen müssen. »Heuschnupfen! Aber was verbreite ich da für Allerweltsweisheiten! Noch ein paar Tage länger in dieser Wildnis, und ich rede wie der ›Hausfreund für Präriebewohner‹. Komm mich doch in New York besuchen – du mußt diese Farmmentalität loswerden, okay?«

Stephanie und sie waren in den betagten violetten Jaguar gestiegen und abgefahren.

»Ja, äh, nein«, sagte Mr. Jefferson jetzt zu Fine, »und vielleicht können Sie mir sagen, wie es möglich ist, daß wir gegen den Wind segeln?«

»Vektoren!« sagte Fine.

»Diese raffinierten kleinen Racker, ja, äh, nein, und doch so unendlich nützlich, wenn man sie intuitiv ausnützt. Das Gefühl für die See. Unsichtbare Fäden, die durch die Welt von Wind und Wellen gezogen sind, ja, nein, und sich verbinden, wie in geheimem Einverständnis, und in Zeiten wie diesen äußerst nützlich sind – ahoi!« Er kommandierte: »Steuerbord zehn, Jefferson!«

»Allmächtiger!« sagte der Schwarze und drehte das Rad in die falsche Richtung. »Michael row the boat ashore!« Mr. Jefferson korrigierte ihn.

»Hey, Doc«, rief Cooter, der wie ein Habicht in den Großmastwanten hing, Rons Gewehr über der Schulter, das Fernglas vor der Brust, »wir segeln glatter als Eulenscheiße durch dieses Wasser, stimmt's?«

»Die eulenscheißgroßen Schiffe!« sagte Eli. »Eichmann ist tot; fangt Barbie! Schaut – ist das ein U-Boot?«

»Wir kommen aus der Zeit der hölzernen Schiffe und eisernen Männer in die Zeit der eisernen Schiffe und hölzernen Männer. Wir sind leicht wie Aluminium und glänzen wie Messing! Heißa!« rief Cooter.

»Leben und leben lassen«, sagte Mary und bekreuzigte sich, »jedem das Seine. Vorsicht ist besser als Nachsicht. Blinder Eifer schadet nur.«

»Wir haben nichts zu befürchten«, sagte Mrs. Bush, »außer der Furcht selbst.«

»Seltsam«, sagte Neiderman, »lauter abgedroschene Sprüche, und doch sind sie wahr.«

Fine roch den frischen Geruch des Wassers, leckte sich die Lippen und schmeckte Salz. Er strich über das glatte Holz der Reling und sah die Reihe der Schiffe entlang. Eines nach dem anderen näherten sich diese prachtvollen Zeugnisse der Liebesaffäre des Menschen mit der See der Küste und strebten im Bogen wieder aufs Meer hinaus. John James bat Fine, ihm zu helfen, die Namen der Schiffe zu identifizieren. Auf den ersten Blick erkannten sie die *Juan Sebastian de Elcano* mit ihren jungen Seeleuten in roten Hemden und weißen Hosen, die wie gen Himmel weisende Pfeile auf den Rahen standen, und dann die anderen Toppsegelschoner und Slups, Barken und Ketschen, Vollschiffe und Schonerbarken – und alle paradierten vorbei wie fröhliche Damen in Leinenkleidern, gezogen von Kräften, die man nur intuitiv kannte und denen man doch vertraute, weil sie so alt waren. Krinolinen aus Segeltuch füllten sich mit leichtem Wind, glitten dahin wie auf Rollen. Die einzigen Geräusche kamen von den aufschäumenden weißen Bugwellen, und nur die dunkel blaugrünen Heckwellen verrieten irgendeine Bewegung. Vor Fines Augen stieg die Bostoner Skyline so langsam empor wie die Sonne oder der Mond: Kein erkennbarer Beginn, keine unterscheidbaren Schritte, keine Bewegung, nicht einmal ein Gefühl der Bewegung – wie das Drehen der Erde zur Nacht hin oder das Kippen der Erde zum Winter hin –, und doch ist eines Tages alles anders, eindeutig und unwiderruflich anders, während jeder Tag die Nacht bringt und jedes Jahr den Winter.

Sie passierten die Spitze von Long Island, wo dicht neben dem Leuchtturm der Galgen gestanden hatte, an dem früher Piraten aufgeknüpft worden waren. Die Insel war auffällig menschenleer, da sie ja für die Öffentlichkeit gesperrt war. Als sie die Spitze umrundeten und auf die Mole zuhielten, musterte Cooter Stow durchs Fernglas. Plötzlich rief er:

»He, Doc Fine – da läuft einer rum, der sieht genau wie Sie aus!«

»Was?«

»Wie aus dem Gesicht geschnitten! Wie Ihr Zwillingsbruder! Hier, sehen Sie selbst!«

Cooter gab ihm das Fernglas und zeigte auf eine Stelle am Strand, am Rand des Rasens unterhalb des Jefferson House. Fine sah einen Mann, der auf die Mole zuging; in der Sonne leuchtete sein kastanienrotes Haar. Fine schaute durch das Fernglas.

Es war, als beobachtete er sich selbst. Wie damals nach seinem Anfall, als er das Gefühl gehabt hatte, nicht mehr in seinem eigenen Körper zu sein. Das war er, von Kopf bis Fuß, vom Gang bis zum Armschwenken, das war er! Und ironischerweise auch noch in einem buntkarierten Anzug. Stuart Fine! Er schlenderte sorglos den Strand entlang in Richtung Mole. Fine meinte zu erraten, worum es ihm ging: Er wollte besser sehen. Es war, wie wenn man in die unendlich vervielfachten Verkleinerungen einander gegenüberstehender Spiegel schaut. Wie war der Mensch hierhergekommen? Was für ein unglaublicher Zufall!

Wie ich später erfahren sollte, war es eigentlich kaum ein Zufall.

Stuart Fine war geblieben, obwohl man ihn aufgefordert hatte, nach Nebraska zurückzukehren. Mit Hilfe der üblichen Leute – Hotelangestellte, Nutten, Taxifahrer – ließen sich die Details rekonstruieren: Da er zu Hause gesagt hatte, daß er bis nach dem Memorial Day wegbleiben würde, brauchte er vorerst nicht zu seiner Frau und den fünf Kindern, zu den Rotariern und den Schweinen zurück. Er beschloß, zu bleiben und sich einmal im Leben richtig zu amüsieren. »Ich rede nicht von Pima-*Indianern*«, hatte er zu der Prostituierten gesagt, der er – sie erinnerte ihn an seine älteste Tochter – sein Herz ausgeschüttet hatte, »ich rede von Spaß wie im *Playboy!*« Gesagt, getan: Restaurant,

Schwanenboote, Prostituierte, Theater. Sein Hang zur christlichen Seefahrt war zeitlebens von der trockenen, rechteckigen Hülse namens Nebraska unterdrückt worden, und deshalb freute er sich jetzt auf die Parade der Segelschiffe. Er hatte in der Zeitung davon gelesen, und außerdem wollte er diesen anderen »Dr. Fine« kennenlernen. Er war mit dem Taxi nach Long Island gefahren. Der Wächter am Ende der Curley Bridge, der ihn für »Doc Fine« hielt – was ihn nicht weiter wunderte, denn er wurde oft mit anderen verwechselt –, hatte ihn auf die verlassene Insel durchgewunken. Zunächst hatte er die Parade von dem hohen Hügel aus betrachtet. Dann wollte er doch lieber näher an das Geschehen heran und war zum Strand hinuntergelaufen.

Fine sah zu, wie Fine sich der Mole näherte, als ihm eine zweite Gestalt ein Stück weiter weg auffiel. Offenbar folgte sie seinem Doppelgänger. Ihm sträubten sich die Nackenhaare. War es möglich? Er drehte am Einstellrad des Fernglases, konnte die Person aber trotzdem nicht scharf genug sehen. Die Zeit verging langsam. Doch als sich die Gestalt dann Fine näherte – dem flanierenden Fine, der wie ein Verliebter oder ein Dichter stehengeblieben war, um Blumen zu pflücken –, war er sich plötzlich sicher: Sylvia Green! Unverkleidet verfolgte sie ihn. Wie war sie auf die Insel gekommen? Fine rief:

»Mr. Jefferson, nehmen Sie Kurs auf die Anlegestelle! Sofort!«

»Ja, aber, äh, nein, die Parade …«

»Ein Notfall! An die Mole! Auf der Stelle!«

»Roger! Hart Steuerbord, Jefferson, sofort! Alle Mann an Deck!« Er schrie weiter Kommandos. Langsam begann das Schiff sich zu drehen.

Unterdessen sah Fine etwas, was ihm das Blut in den Adern gefrieren ließ: Stephanies violetter Jaguar fuhr die Auffahrt zum Haus hinauf. Sie hielt an, stieg aus und sah – aus geringerer Entfernung und von oben her – dasselbe Drama, das auch Fine beobachtete. Entsetzt erkannte er, daß sie annehmen mußte, er sei der Mann am Strand. Er sah, daß sie die Situation erfaßt hatte – die Frau verfolgte »ihren« Fine – und erschrocken die Hände vors Gesicht schlug, ratlos mit den Armen wedelte, sich umdrehte und nach Hilfe Ausschau hielt. Als sie niemanden sah, lief sie den Rasen hinunter auf die beiden zu. Schockiert, aber mit der äußersten Klarheit, die mit einem Schock einhergeht, erkannte Fine: Sie setzt ihr Leben für mich aufs Spiel?! Unbewaffnet läuft sie auf eine Mörderin zu! Er schrie:

»Nein, nicht! Halt! Ich bin hier! Halt!«

Die Zeit schien stillzustehen. Das Schiff brauchte lange, um in den Wind zu drehen und zur Mole zurückzukehren. Der Abstand zwischen Sylvia und Stuart verringerte sich zusehends. Auch Steph kam immer näher. Alles geschah in Zeitlupe und doch viel zu schnell. Fine war übel. Sie würden die Mole nicht mehr rechtzeitig erreichen. Er mußte sofort handeln.

»Cooter – geben Sie mir das Gewehr!«

»Was?«

»Das Gewehr! Sofort!« schrie Fine, riß das Gewehr an sich und legte den Lauf auf die Reling. »Halten Sie das Schiff ruhig, Jefferson, hören Sie!«

»Aye, aye, Sir!« Jefferson stand am Ruder. »So ruhig, wie's geht.«

Fine blickte durch das Zielfernrohr. Stuart hatte noch immer nichts gemerkt und schlenderte pfeifend vor sich hin. Fine schwenkte das Gewehr, um zu sehen, wie nahe Sylvia schon war, aber in dem Moment drehte sich Stuart um, erschrak, erkannte die Frau und erschrak noch mehr. Er setzte zu einem Lächeln an, aber dann verzerrte sich sein Gesicht vor Angst, und er sagte etwas. Er hob beschwörend die Hände, hielt sie sich dann schützend vor Brust und Geschlecht, und da wußte Fine, daß es ernst wurde. Er schwenkte von Stuart auf Sylvia – sie zielte mit einem Revolver auf Stuart. Ihre Brust war im Fadenkreuz, aber dann drehte sie sich plötzlich um und schaute zurück – zu Stephanie! –, und als sie sich wieder Stuart zuwandte, holte Fine tief Luft, atmete aus – wie Ron es ihm beigebracht hatte – und drückte sanft auf den Abzug. Er hatte den Rückstoß noch kaum gespürt, als er zum zweitenmal abdrückte.

»Ja!« rief er begeistert und sah, wie Sylvia zu Boden stürzte. »Ich hab sie erwischt!« Er schaute auf. Eine Gestalt stand noch. Wer war es?

Mit einem Stoßgebet blickte er durchs Fernglas.
Stuart lag bewegungslos auf der Erde. Sylvia wand sich. Stephanie hatte die Hände am Gesicht, wich langsam zurück und schaute zum Schiff herüber.
Sie legten an. Fine rief John James zu, er solle an Deck bleiben, und lief über die Laufplanke und den steinigen Strand auf Stephanie zu. Sie rannte ihm entgegen, und sie schlossen einander in die Arme, Gischt bespritzte ihnen die Füße. Royce und die anderen liefen an ihnen vorbei zum Schauplatz der Schießerei. Langsam folgten sie ihnen.
Sylvia war verletzt: Ein Schultergelenk war zertrümmert – ein weißer Knochensplitter hatte die Haut durchstoßen –, und ein Bein war nur noch eine blutige, zuckende Fleischmasse. Royce und eine Schwester kümmerten sich um sie. Stuart, für den offenbar jede Hilfe zu spät kam, lag auf dem Rücken, Arme und Beine ausgestreckt, und hatte drei Löcher in seinem glänzenden ultramarinblauen Hemd. Sein Gesicht zeigte einen friedlichen und zugleich gequälten Ausdruck, als wollte er sagen: »War's das schon?«
Fine stand unbeweglich da und starrte die beiden an.
Sylvia stöhnte vor Schmerz. Wie er sie so sah, empfand Fine eine ungeheure Erleichterung. Es ist geschafft! Sie kann nicht mehr entkommen, nie mehr – wir sind sicher! Er sah Stephanie an, die beide Hände auf die Brust gelegt hatte und die beiden anschaute, als könnte sie es nicht glauben. Eine Woge unbändiger Freude hob Fine empor. Sieh doch, sie ist unversehrt, sie lebt, Gott sei Dank! Die Tränen traten ihm in die Augen. Es ist ihr nichts passiert! Als hätte Stephanie Fines innere Stimme gehört, hob sie den Blick und sah ihn an. In ihren Augen las er Entsetzen und Abscheu. Und dann wirbelte wie eine flache metallene Zielscheibe, die von einer Kugel gestreift wurde, die Kehrseite dessen, was er getan hatte, vor sein Auge. Ein kalter Dorn des Entsetzens senkte sich in sein Herz und explodierte, und die Trümmer verteilten sich über die Blutgefäße in seinem ganzen Körper und ließen ihn bis in die Knochen erkalten. Er fröstelte, begann krampfhaft zu zucken, und seine Zähne klapperten. Er biß die

Zähne zusammen, um das Klappern zu stoppen, und stellte fest, daß er dafür nur um so heftiger zitterte. Idiot! Dieses Blut, der glitzernde weiße Knochen, der Tote, das ist kein Film, kein Video, das ist Wirklichkeit, alles Wirklichkeit! Voller Abscheu vor sich selbst begriff Fine, wie nahe daran er gewesen war, einen Menschen umzubringen. Ich bin Arzt, ich stehe auf der Seite des Lebens, und ich versuche, eine meiner Patientinnen umzubringen? *Meine* Patientin? Schlimmer noch: So viele Stunden habe ich mit ihr zusammengesessen und habe nichts gemerkt? All diese schrecklichen Dinge sind passiert, und schuld daran ist eine Patientin von mir? Scham erfaßte ihn, warf ihn schier um, so daß er, als er sich umdrehte und seine Jefferson-House-Patienten ansah, in ihren entsetzten Gesichtern und offenen Mündern eine Anklage zu entdecken meinte: *Sie haben versagt*. Voller Selbsthaß senkte er den Blick.

Sie legten Sylvia auf eine Trage und brachten sie den Hügel hinauf zu einem Stow-Krankenwagen. Mit heulender Sirene raste er davon.

»Da laust mich doch der Affe«, sagte Cooter, den Blick auf Stuart gerichtet. »Mit den Schuhen und den albernen karierten Hosen sieht er genau aus wie meine alte Dame!«

Die trockene Bemerkung riß Fine aus seinem Trübsinn. Während seine anderen Jefferson-House-Patienten in ihrem schrecklichen Idiom zu schwatzen begannen, entspannte er sich allmählich. Seufzend machte er sich bewußt, daß es vorbei war. Keine Morde mehr. Keine Angst mehr. Er ließ los, erholte sich von seinem Schock. Und doch packte ihn plötzlich blankes Entsetzen, so wie damals nach dem Autounfall mit Stephanie, als ihm erst hinterher klargeworden war, wie knapp sie dem Tod entronnen waren. Es war das Entsetzen darüber, »was gewesen wäre, wenn –«. Was wäre, wenn ich Sylvia verfehlt hätte? Dann wäre Stephanie jetzt tot! Und was wäre passiert, wenn tatsächlich, wie Stephanie annahm, *ich* der Mann an der Mole gewesen wäre? Dann wäre ich tot! Ich hätte umgebracht werden können. Es hätte *mich* erwischen können!

»Mausetot!« sagte die dicke Sadie und stampfte mit dem Fuß auf.

»Heilige Maria, Mutter Gottes«, sagte Mary und knetete ihre Finger.

»Heiliger Moses!« sagte Eli. »Dr. Fine – der sieht ja genauso aus wie Sie!«

»Ja, äh, nein«, sagte Mr. Jefferson mit Autorität. »Was wir hier haben, ist eindeutig ein, nein, äh, ja, ein Doppelgänger, der seinen letzten Gang getan hat.«

Fine mußte kichern. Daraufhin entspannten sich auch die anderen, und einer nach dem anderen fingen sie an zu lachen. Ihr Gelächter war ansteckend und wollte gar nicht mehr wieder aufhören.

»Allmächtiger!« Jefferson, der große Schwarze, lachte so unbändig, daß er weinen mußte. Große schillernde Tränen liefen ihm über die kohlschwarzen Wangen. Er hob die Arme zum Himmel und sagte, immer noch lauthals lachend: »Das ist das große Heulen, Herr, jawohl, es ist das große Heulen!«

Fine spürte, wie ihr Lachen sein Entsetzen, seine Scham vertrieb. Seine Haut prickelte, als würden sich die gereinigten Poren öffnen. Und jetzt erst wurde ihm klar, was er getan hatte. Sein Herz klopfte wild, und er spürte das Echo in den Schläfen. Ich hab's geschafft! Ich hab's geschafft. Verdammt noch mal, ich hab den Tag gerettet! Ja! Ja! Ja! Die Spannung fiel von ihm ab, er atmete wieder leicht und frei, und er fühlte sich ernüchtert, voller Kraft. Tief drinnen spürte er, daß er das Richtige getan hatte.

Und dann geschah vor aller Augen scheinbar ein Wunder: Stuart bewegte sich, rülpste, stöhnte, rülpste und setzte sich auf! Er sah Fine, verdrehte die Augen und fiel wieder in Ohnmacht.

Wie sich herausstellte, war er als staatlicher Schlachthofinspektor oft angefeindet worden. Einmal in Waco war sogar auf ihn geschossen worden. Daraufhin hatte er sich eine kugelsichere Weste gekauft, aus dem neuen, leichten Kevlar. Als Berufskleidung steuerlich absetzbar, hatte die Weste ihm jetzt das Leben gerettet.

42

Menschen hungern nach Helden und Heldinnen. In Amerika ist dieser Hunger so stark, daß schon ein Mensch wie Fine genügt, ihn zu stillen.

Am Nachmittag des Memorial Day rief Mr. Royce Dr. Pelvin in seinem Refugium in Allagash über Funk an und teilte ihm die Neuigkeit mit. Pelvin befahl ihm, »die Presse zu füttern, und zwar zu hundert Prozent«, kletterte in sein Wasserflugzeug und war bei Einbruch der Nacht zurück.

In Stow-on-Wold wimmelte es von Medienleuten, die sich auf jeden stürzten, der auf dem Gelände herumlief, die alle Einzelheiten wissen und vor allem Fine aufstöbern wollten. Sie drängten sich auf seiner Veranda, klingelten Sturm, hämmerten an die Fenster. Er öffnete die Haustür, ließ aber die Fliegentür verriegelt. Die Scheinwerfer blendeten ihn. Er sagte:

»Ich werde nicht mit Ihnen sprechen.« Sie wollten den Grund wissen. »Ich bin kein Schwindler mehr.« Er warf die Tür zu. Die Presseleute waren begeistert. Am nächsten Tag wurde Fine überall zitiert. Er bat Pelvin, ihn, Stephanie und den Jungen abzuschirmen. Erfreut, im Scheinwerferlicht zu stehen, tat Pelvin ihm den Gefallen.

Fine hatte seine liebe Not. Vor dem entsetzlichen Hintergrund von Johns Tod sah er sein Leben untergehen. *Seine* Patientin hatte Menschen getötet, *während sie bei ihm in Therapie war!* Ein besserer Diagnostiker hätte etwas gemerkt; dann wären Reuben, Serena und John noch am Leben! Er war an allem schuld. Er war besessen von dem Gedanken an seine Schuld. Er hatte Angst, Stephanie würde tatsächlich nach New York gehen, während er hierblieb und aus dem Institut ausgeschlossen wurde. Sein Lebenswerk würde diskreditiert werden, er selbst gedemütigt, verachtet, vergessen. Er war wie betäubt – sein Leben war ihm aus der Hand geschlagen worden, und er mußte es wieder aufheben. Es behutsam aufheben, so wie der Sohn, der einst von seinem Vater aus der Wiege gehoben und in den Laufstall getragen wurde, jetzt

den Vater aus einem Liegestuhl hebt und ihn in ein Bett mit verchromten Stangen trägt.
Ihr gemeinsames Bedürfnis, den Schmerz des Jungen zu lindern, führte Fine und Stephanie zusammen. Ohne ein Wort darüber zu verlieren, stellten sie ihn über alles andere und bemühten sich gemeinsam, ihm jeden erdenklichen Trost zu spenden. Diese Nacht würden sie wieder alle drei im selben Bett schlafen. Fine sagte John James, er solle hinaufgehen und sich fertig machen, sie beide würden in ein paar Minuten nachkommen. Fine wollte mit Stephanie unter vier Augen sprechen, aber sie scheute offenbar vor engerem Kontakt mit ihm zurück. Auf dem Flur wich sie seinem Blick aus. Es war seine Chance, aber die Gefühle lasteten so schwer auf ihm, daß er nicht wußte, wie er anfangen sollte. Endlich sagte er: »Sagenhaft, was du da heute getan hast.«
»Was denn?«
»Daß du zur Mole hinuntergelaufen bist, um mich zu retten – obwohl du wußtest, daß sie bewaffnet ist. Ich meine, verdammt noch mal, du hast dein Leben für mich aufs Spiel gesetzt!«
»Ach, wirklich?«
»Etwa nicht?«
Sie überlegte, betrachtete den Teppich. »Ich hab das nicht so gesehen.«
»Wie dann?« Fine spürte, daß etwas wie Verzweiflung an ihm nagte.
»Ich würde sagen, das war rein instinktiv – vielleicht so wie bei einer Mutter mit ihrem Kind.«
»Wirklich?«
»Wer weiß? Es war das einzige, was ich in dem Moment tun konnte. Komm jetzt – wir brauchen unseren Schlaf.«
»Nein, ich muß noch arbeiten – morgen ist das letzte Seminar, und ich bin nicht vorbereitet. Ob sie mich rausschmeißen oder nicht, hängt davon ab, wie ich mich morgen schlage. Es ist meine letzte Chance.«
Sie sah ihn schweigend an. Ihre hängende Unterlippe – stets ein Schirm für seine Projektionen – schien Skepsis auszudrücken.

»Warum? Darauf kommt's doch jetzt nicht mehr an, Fine.«
»O doch! Eins ist mir nämlich in dieser furchtbaren Zeit klargeworden – ich bin gern Psychiater.«
»War das nicht schon immer so?«
»Das war vorgetäuscht. Jetzt ist es ehrlich. Jetzt weiß ich, was Therapie ist: Meine Patienten spüren, daß ich bei ihnen bin, wir gehen an die Arbeit, wir wachsen – es ist wie ein Wunder! Es funktioniert tatsächlich!« Er seufzte. »Ich brauche die Hilfe des Instituts, unbedingt. Wenn die mich rauswerfen, weiß ich nicht, was ich tu.«
»Aber warum denn? Du *bist* Therapeut – wozu brauchst du die?«
»Technik.«
»Technik? Ach, komm – *tu's* doch einfach –«
»Ohne eine vernünftige Grundtechnik funktioniert's nicht. Reichen gute Absichten schon? Reicht es, zu sagen: ›Ich bin hier als Ihr Therapeut, ich werde Ihnen helfen, sich zu ändern‹? Nein. Das hat nie genügt, und es wird nie genügen. Da hat Freud angesetzt. Es ist furchtbar schwer, sich zu ändern – schau doch uns an. Du siehst es nicht im Fernsehen, du kannst es nicht in einem Buch lesen oder in den Mund stecken oder auf den Arm nehmen, du kannst dich nur ändern, wenn du mit jemandem – nicht zu eng, nicht zu locker – in der Wildnis zwischen den Menschen zusammenlebst.« Er wurde verlegen – es klang verrückt. »Jedenfalls – Freud ist nicht vollkommen, aber er ist bislang der Beste, was Technik angeht, vor allem hinsichtlich der Übertragung.«
»Die Technik, die das Leben aus dir herausgepreßt hat?«
»Ich war ja so dumm! Gott sei Dank bin ich in den Strom des Lebens gestoßen worden, bin untergetaucht und hab angefangen, mich zu öffnen. Ich kann jetzt Empathie aufbringen, aber das ist nur ein Teil davon. Nipaks Bewußtsein mag für ihn gut sein, aber es ist nur ein Teil der Therapie. Seltsam – je deutlicher ich den anderen wahrnehme, um so unsicherer bin ich als Therapeut. Ich muß so viele Dinge miteinander versöhnen – Empathie und Denken, Intuition und Regeln, Aufmerksamkeit und Handeln, Vergangenheit und Gegenwart, sogar die rechte und die linke Ge-

hirnhälfte – alles, was ich draußen in der Welt gelernt habe und was mein ›perfekt analysiertes Selbst‹ zu sehr eingeschränkt hat, und zwar mit echten, durch Lehrer vermittelten, historisch getesteten therapeutischen Techniken.«

Er mußte Luft holen. Sie wartete, und er spürte, daß er ihre ungeteilte Aufmerksamkeit hatte. Er ahnte, daß er ihr eigentlich etwas anderes mitteilte, etwas, was über den Inhalt seiner Worte hinausging, etwas, was mit Sehnsucht zu tun hatte, und mit Liebe. Er fuhr fort.

»Ich muß noch so viel lernen, und bei all ihren Fehlern sind Analytiker doch die besten Lehrmeister der Welt. Lernen ist wie Therapie, wie Leben: Man kann es nicht allein tun, in Isolation, man muß es mit anderen zusammen machen. Ich *habe* schon viel gelernt, bei Fummel, wahrscheinlich so viel, wie ich damals konnte. Es *sind* gute Leute dabei, Leute, denen andere Menschen wichtig sind, die anderen als Therapeuten nach Kräften beistehen, die viel mehr Erfahrung haben als ich. Das muß man anerkennen – zumindest *versuchen* sie, Menschen zu verstehen. Sie tun nicht so, als ob, sie wollen keine Schwindler sein; sie wissen, daß Selbsthilfe nicht funktionieren kann; sie glauben nach wie vor an die therapeutische Beziehung.« Fine war angespannt, fast wütend, und sagte mit zusammengebissenen Zähnen: »Ich muß meine Sache gut machen. Ich muß sie dazu bringen, daß sie mich am Institut lassen. Das ist mir wirklich wichtig, Steph. Mein Schicksal als Therapeut steht auf dem Spiel. Es ist ein entscheidender Moment im meinem Leben.«

»Also ist der gute alte Fine wieder auferstanden?«

Es klang feindselig. »Wirklich? Meinst du das wirklich?«

»Na ja, der Mann, der die Arbeit immer über das Spiel gestellt hat – und über die Menschen.«

»Aber versteh doch«, rief er, »es ist das einzige, was mir geblieben ist!«

Sie schauten einander lange in die Augen, aber es führte zu nichts. Sie schaute weg, wandte sich ab. Sie gingen hinauf. Fine sagte beiden gute Nacht und ging in sein Behandlungszimmer.

Er arbeitete die ganze Nacht. Er nahm sich Freud vor und staunte wieder einmal über die Schönheit seines Stils, die Tiefe seiner Anteilnahme, die nie erlahmende Integrität seines Bemühens um das Schwierigste, was ein Mensch sich vornehmen kann: andere Menschen zu verstehen.

Bei Tagesanbruch hatte Fine die Weltliteratur zu einem vierzehnminütigen Block komprimiert. Der Vortrag war hieb- und stichfest, detailliert und lehrreich, etwa so, dachte er, wie ein in Formalin konserviertes Organ, beispielsweise ein Herz. Er würde imstande sein, vor sie hinzutreten und den Text leidenschaftslos und mit Selbstbewußtsein vorzutragen, und obwohl er ihnen soviel zugemutet hatte, wußte er, daß sie es als Friedensangebot verstehen, ihm den Verbleib am Institut gestatten würden. Er bekäme die Chance, in der Gemeinschaft derer, die sich der Linderung psychischen Leids verschrieben hatten, die widerstreitenden Teile seiner Persönlichkeit miteinander zu versöhnen und seinen Weg weiterzugehen, um seine Kunst zu erlernen.

Irgendwann im Lauf der Nacht hatte es zu nieseln begonnen, und Fine trat in eine krickentenblaue Dämmerung hinaus. Er duschte, rasierte sich und zog sich für die morgendliche Sitzung mit Duffy an. Er schirmte sich vor den gläsernen Augen der Fernsehkameras ab, rannte zum Jefferson House zurück und ging in sein Behandlungszimmer hinauf.

Duffy, die ebenfalls von den Fernsehleuten bedrängt worden war, kam zu spät. Wenn sie erkannt wurde, konnte das gravierende finanzpolitische Folgen haben. Sie nahm es jedoch mit Humor, nickte nur und legte sich lächelnd auf die Couch. Fine war erleichtert, daß er sich ihr nach wie vor so verbunden fühlte. Sie begann zu assoziieren, und es entwickelte sich dieselbe intensive Stimmung wie bei der letzten Sitzung. Kein verführerisches Getue, kein sadistischer Entzug, nur sie und er und die Arbeit.

Auch sie spürte die Veränderung. Er fragte sie, worauf sie die zurückführen würde. Sie sagte: »Ich weiß nicht – nach allem, was passiert ist, fühle ich mich, na ja, wie der Mensch, der ich bin. Aber wissen Sie was? Daddy hat mir geschrieben und –«

Ja, bei ihr ist es mir irgendwie gelungen, ihr den Spielraum zu lassen, den sie braucht, um sie selbst zu sein. Ist das alles, was wir

tun? Den Menschen finden, der mit uns im Zimmer ist? Die Falschheit abstreifen, die zum Seelenmord führt? Ist eine Beziehung nicht mehr und nicht weniger, als einander in die Wirklichkeit zu holen?
Sie sprach weiter, wiederholte fast wortwörtlich, was sie ihm schon früher gesagt hatte – Vater, Mutter, Onkel Savage, die Zentralbank –, und entfachte aufs neue die neurotischen Feuer ihres Verlangens und ihrer Reue. Und dennoch war ein neues Element vorhanden: Nach ihrem seelischen Striptease zeigte sie ihnen beiden, wer sie wirklich war. Sie war mit ihm in Kontakt, er mit ihr. Und sie trieb die Übertragung schon bald in einen tieferen Kreis ihres Schmerzes. Also: Leid ermöglicht es uns, freundlich zu sein; wenn wir unser Leid teilen – und unsere Tricks, das Leid zu ertragen –, werden wir real. Ich habe keine Angst mehr davor, daß sie mich liebt oder haßt.
Sein Tic schlug zu. Er war froh, daß sie es nicht sehen konnte, aber dann kam er sich wieder wie ein Schwindler vor. Warum war er froh? Warum versteckte er es? Ist das die Crux des Heilens – offen zu sein oder sich zu verstecken? Ist es so einfach?
Mit Hilfe ihrer Gefühle für Fine versuchte sie, sich denen für ihren Vater zu stellen. Ihr Kampf löste bei ihm Mitleid mit seinem Vater aus, und sein Mitleid speiste ihres, und sie bewegten sich hin und her, einer zum anderen, und spannen ein gegenseitiges Netz der Entdeckung und Akzeptanz. Und doch war Fine besorgt. Sicher, er hatte herausgefunden, wer sie war, aber was war mit dieser Übertragung? Fast unmerklich war sie zu ihrem Vamp-Verhalten zurückgekehrt, gab sich verführerisch, machte sogar, wie ganz am Anfang, ein Hohlkreuz, damit er ihre Brüste sehen konnte! Fine war verwirrt: Sollte er sie gewähren lassen, bis sie selbst merkte, welche Entstellungen sie herbeiführte, oder sollte er es ihr deuten und sie dann von diesem Punkt aus weitermachen lassen? Er hatte es schon einmal vermasselt, weil er ihr eine Mutterdeutung untergeschoben hatte, von der er jetzt einsah, daß sie nicht einmal seiner Theorie, sondern nur seinem Unbehagen über ihr erotisches Auftreten entsprungen war. Hin- und hergerissen, sagte er gar nichts. Die Sitzung ging zu Ende. Als er ihr an der

Tür gegenüberstand, fühlte er sich präsent. Unversehens streckte sie die Hand aus, streichelte ihm die Wange und sagte: »Wissen Sie, warum Duffy Adams immer wieder Dinge tut, die schlecht für sie sind?«

»Warum?« Er wurde rot.

»Um zu wachsen. Es ist die einzig mögliche Art.« Wieder streichelte sie ihm die Wange. »Oh, Dr. Fine, Sie sind einfach süß!« Ihm war ein wenig übel. Sie lachte. »Hören Sie mir doch einfach zu. Woran liegt es, daß ich immer noch die Aufmerksamkeit von euch Männern so sehr brauche? Ciao!« Sie ging. Fine legte die Hände an seine Wangen, denn er fühlte ein Brennen, ein Abebben, empfand tiefe Einsamkeit. Er hatte versagt, in dieser Sitzung – er hätte handeln müssen, deuten. Bei ihr lag noch viel Arbeit vor ihm. Und doch, wenn er sich ein bißchen anstrengte, würde sie sich gut machen. Alle werden sich gut machen, und allen wird es gutgehen – nur mir nicht.

Nach dem Frühstück fuhr er mit Stephanie und John James aufs Festland. Sie setzten den Jungen bei seiner Großmutter ab und fuhren ins Massachusetts General, um Nipak abzuholen. Stephanie ging in die Ambulanz, um etwas nachsehen zu lassen. Fine begab sich zu seinem Neurologen und erkundigte sich nach den Ergebnissen seiner axialen Computertomographie.

»Negativ«, sagte Gersh, der Neurologe, »sie haben keinen Gehirntumor.«

»Na gut, aber was war dann die Ursache meines Anfalls?«

»Die Ursache? Hm. Ich weiß nicht. In *Cosmo* hab ich etwas über die Rolle des Calciums bei Migräneanfällen gelesen. Verapamil, ein Calcium-Antagonist, scheint zu helfen. Theoretisch könnte ein hoher Calciumspiegel zu einer Kontraktion der Blutgefäße führen und dadurch eine Migräne auslösen. Ein Grand mal kann ein Migräne-Äquivalent sein – vielleicht war Ihr hoher Calciumspiegel die Ursache, hm?«

Fine registrierte, daß er kaum erleichtert war. Er dachte: So wenig liegt mir am Leben. Er stand auf, um zu gehen. Gersh sagte: »Ach, übrigens, ich hab in *Psychology Today* von einer Untersuchung an Menschen wie Ihnen gelesen, Leuten, die unter Alpträu-

men leiden. Solche Menschen lassen sich in zwei Gruppen einteilen – die eine besteht aus Schizophrenen.«
»Großartig. Und die andere?«
»Kreative Typen. Künstler und ähnliche Sonderlinge. Alpträume sind rein biochemisch bedingt. Kein Wunder, daß Ihre Analyse nichts dagegen ausgerichtet hat.«
Fine ging zu Nipak und half ihm packen. Nipak hatte gehört, daß die Fine and Dandi, Inc., glänzende Geschäfte machte und die Pharmafirmen große Investitionen in Betracht zogen. Fine sprach von seinem Beweis dafür, daß die Rolle des Calciums bei Lern- und Gedächtnisleistungen niemals spezifisch sein könne, und warnte Nipak vor den Gefahren eines hohen Calciumspiegels bei Menschen, die zu Migräne oder Epilepsie neigten. Nipak erwiderte: »Nun ja, aber allein wegen der Knochen lohnt es sich – und schon vom Lutschen werden die Leute glücklich, wie ein Hund, der eine Nuß frißt.« Fine fragte Nipak, wie das gewesen sei, als er im Koma gelegen hatte. »Waren Sie mal in Arizona?« Fine verneinte. »Im Koma liegen ist wie ein Aufenthalt in Arizona. Und jetzt fahre ich nach Hause.«
»Nach Sri Lanka?« fragte Fine.
»Nach Brooklyn Heights. Dort lebe ich. Denken Sie dran: Das Leben ist leicht, wenn man immer treu und redlich ist.«
»Ich seh Sie dann also am Donnerstag«, sagte Stephanie.
»*Was?*« rief Fine. »Du fährst …?« Es verschlug ihm die Sprache. Sie biß sich auf die Lippe, nickte; es stimmte: Sie wollte ihn nun doch verlassen. Ihm war, als hätte er einen Schlag in die Magengrube bekommen. Nipak wollte aufstehen, fiel aber aufs Bett zurück.
»Oh! Ich hab genug von dem Krankenhausessen! Setzt mich in ein Taxi!«
Fine schmollte auf dem Rücksitz, als Stephanie Nipak zum Flughafen fuhr. Anschließend holten sie John James ab, und bevor sie nach Stow zurückfuhren, kauften sie in einem riesigen Supermarkt in Neponset Lebensmittel ein. Fine konnte Supermärkte nicht ausstehen: Das grelle Neonlicht, die schrillen Markennamen, das gefräßige, wohlgenährte Volk, das Essensvorräte hamsterte – er krümmte sich jedesmal innerlich. Doch als er diesmal

in der Schlange stand und die verdrießlichen, mitgenommenen anderen Kunden musterte, sah er ihre Verletzungen als Verdienstorden, Tapferkeitsmedaillen, Leistungsabzeichen, die sie dafür erhalten hatten, daß sie es geschafft hatten, wenigstens bis in die Schlange an der Kasse. Er fragte Stephanie:
»Sind diese Leute alle genauso unglücklich wie ich?«
»Soll das ein Witz sein?« konterte sie. »Schau doch mal hin!«
Eine alte Frau fischte Kleingeld aus ihrer Börse, um ihre Bananen, ihre Dose Sardinen und ihre Diätschokolade zu bezahlen. Ihre eine Gesichtshälfte war von Hautkrebs zerfressen. Angewidert sah Fine weg und schämte sich. Aber dann überwand er seinen Abscheu und zwang sich, noch einmal hinzusehen. Stell dir vor, wie das für sie sein muß! Es drängte ihn, Abbitte zu leisten – zu ihr hinzugehen und sie genau dorthin zu küssen, auf dieses rohe, gefurchte, hängende Fleisch. »Es tut mir leid«, sagte er. »Aufrichtig leid.«
Sie kamen nach Stow zurück, als die Pressekonferenz des Bürgermeisters zu Ende ging. Wegen des Nieselregens fand sie im Carter-Pavillon statt. Pelvin auf der einen Seite, den Experten für Leiden auf der anderen, beendete der Bürgermeister seine Suada, indem er eine neue Pilotstudie forderte:
»De-de-de-institutionalisierung«, sagte er, als sei er mit einem nervösen Stottern behaftet – verständlich, denn am Morgen hatte der Staatsanwalt seine zweiundachtzigjährige Mutter vorgeladen, als Zeugin im Zusammenhang mit der Geburtstagsfeier seiner Frau, die angeblich der Geldwäsche gedient hatte. Die Presse wollte wissen, was er damit meine. »Es ist der Monat der geistigen Gesundheit! Befreit die armen psychisch Kranken!«
Sie gingen. Sie kamen sich vor wie auf einem Leichenbegängnis. Der schmierige Rosensdork tauchte auf: »Kommen Sie doch nach New York – ich habe einen Fernsehspot für Sie und einen Film ...«
»Ich komme tatsächlich nach New York«, sagte Stephanie, »aber ich mache weder einen Fernsehspot noch einen Film.«
»Was?« Rosensdork verstand die Welt nicht mehr. »Aber es gibt Leute, die würden sterben für einen Auftritt in ...«

»Ich nicht.« Sie ließen ihn stehen und gingen nach Hause, um zu reden.
Georgina rief an: »Nach allem, was man so hört, mußt du dich heute abend selbst übertreffen, wenn du deinen Rausschmiß noch verhindern willst, Fine.« Sie verabredeten sich für sieben Uhr. Fine legte auf und ging auf die Veranda hinaus. Voller Angst wegen des Seminars, starrte er trübsinnig in den Nebel. Er hatte nie begriffen, daß die Verurteilten tatsächlich zum Galgen hinaufsteigen. Jetzt verstand er es.
Eine große, bucklige Gestalt kam durch den Nebel die Auffahrt herauf. Eine Zigarette glomm auf. Es war Detective O'Herlihey.

43

»Angeblich war sie erleichtert«, sagte der Kriminalbeamte, als sie im Regen den Weg entlanggingen, der um die Insel führte. O'Herlihey hatte den ganzen Tag bei Sylvia im Krankenhaus gesessen und war gekommen, um den Fall noch einmal mit Fine zu besprechen. »Erleichtert darüber, daß sie erwischt worden ist.«
»Also hat sie uns deshalb immer wieder gereizt – ich meine, daß sie Murmeln verstreut hat, damit wir sie finden, und daß sie mit dem Jungen vor der Comedy Box aufgekreuzt ist.«
»Muß wohl so sein. Man sollte ja meinen, daß wir sie besser überprüft hätten, bevor wir sie bei der Berittenen Polizei eingestellt haben. Wissen Sie, warum sie im Central Park Zoo rausgeflogen ist? Sie hat ein Shetland-Pony erschossen. Stellen Sie sich das mal vor!«
»Das paßt – aber was hat sie zu den ersten beiden Morden gesagt?«
»Als sie im März bei der Polizei entlassen wurde, ist ihre Welt zu-

sammengebrochen. Sie fing an zu trinken, hat Drogen genommen – Angel dust, Koks –, hat sich vollgedröhnt, Männerkleider angezogen – diesen breitkrempigen Hut –«
»Sie wußte nicht mehr, ob sie eine Frau oder ein Mann ist.«
»Genau. Also sucht sie sich einen Psychoklempner. Sie will einen, der sich mit dem ganzen perversen Kram auskennt, aber selbst nicht pervers ist. Also macht sie diesen David Wholer ausfindig und beschattet ihn, spioniert ihn aus – um sicherzugehen, daß er kein Perverser ist, damit er ihr helfen kann, verstehen Sie? Und was stellt sich raus?«
»Er ist bisexuell.«
»Mindestens bi, vielleicht sogar ›tri‹! Sie dreht durch, ruft ihn an, erzählt ihm, sie wär mit einem seiner Patienten befreundet – den hatte sie ebenfalls ausspioniert, sie kennt sich wirklich aus mit dem ganzen Detektivkram –, und kriegt tatsächlich einen Termin in seiner Praxis, am Sonntag.«
»Wie hat sie denn das geschafft? Was bringt denn einen Psychiater dazu, am Sonntag zu arbeiten?«
»Geld. Sie sagt ihm: ›Geld ist kein Thema.‹ Sie sagt ihm nicht, wie sie heißt, deshalb steht sie nicht in seinem Terminkalender. Sie trinkt sich einen an und dröhnt sich die Birne zu, bringt ihn um und schreibt: ›The rapist.‹ Das hat sie aus einem Roman – und es war wichtig für sie, weil sie von Ihrem Doppelgänger, diesem Trottel Stuart Fine, vergewaltigt worden ist. Genauso ist sie bei dem anderen, diesem Timothy Myer, vorgegangen, und der war ja eine echte Tunte – sie hatte ihn mal in einem tief ausgeschnittenen Paillettenkleid im Rotlichtbezirk gesehen! Gibt's denn für euch Seelenklempner überhaupt keine Qualitätskontrolle?«
Fine lachte in sich hinein. »Und warum alle achtundzwanzig Tage?«
»Ich und der Onkel haben den Nagel auf den Kopf getroffen – sie hat diese neue Krankheit, PMS – prämenstruelles Syndrom –, darauf will sie auch ihre Verteidigung aufbauen.«
»Und wieso Reuben und Serena?«
»Genau. Also, sie sieht in Myers Terminkalender, daß er einen Psychoklempner namens Fine kennt, draußen in Stow. Kein Vor-

name. Da ist sie natürlich nicht mehr zu halten. Sie sieht Sie und ist überzeugt, daß Sie ihr Jugendfreund Stuart sind – der Stiesel, den wir inzwischen ja kennen –, und weil Sie keinen Ehering tragen, nimmt sie an, Sie wären nicht verheiratet! Ihre Hoffnungen steigen. Es ist Liebe, Mann, Liebe! Und außerdem sind Sie Ihr Therapeut! Sie fängt an, Ihnen überallhin zu folgen.«

»Nach Southie und ins Institut, am ersten Mai?« O'Herlihey nickte. »Ich hab da tatsächlich eine Frau gesehen, kurz nachdem ich Reuben angeschrien hatte – mein Gott!« Fine schauderte. »Sie hat ihn statt meiner umgebracht! Ist sie mir auch nach Columbia nachgefahren, nach Kinderhook Crik?« Erneutes Nicken. »Moment mal – sie hat also Stephanie und mich zusammen gesehen, in Stow, in Columbia – da hätte sie sich doch denken können, daß ich verheiratet bin.«

»Sie sagt nein. Sie tragen beide keinen Ring. Und Sie haben beide andere Partner – den einen Abend nehmen Sie die Vollschlanke mit nach Hause, diese Georgina, den nächsten Abend jemand anderen, und Steph tut sich derweil mit Johnny zusammen und schwirrt mit ihm ab nach Paris. Sie oder ich hätten was gemerkt, aber Sylvia? Sie hat's nicht kapiert.«

»Einspruch!« O'Herlihey sah ihn fragend an. »Sie *wollte* es nicht kapieren. Ein psychotischer Abwehrmechanismus.«

»Na, meinetwegen.« Sie waren am äußersten Ende der Insel angelangt, beim Leuchtturm. Vom Meer stieg Nebel auf, und das Nebelhorn in der Durchfahrt vor Gallup's Island ertönte ein ums andere Mal. »Und dann wird's wirklich abartig. Daß Sie zu dritt in Stow zusammenleben, macht sie fertig, ebenso wie Ihr – um es mal taktvoll auszudrücken – Rumgebumse. Diese Sunny wär ja noch gegangen, aber für eine im tiefen Süden aufgewachsene Frau war Serena natürlich das letzte, also knallt sie sie ab, nur so als Warnung. Und von da an, hat sie mir erzählt, wollte sie eigentlich erwischt werden. Sie wußte, daß was passieren würde.« O'Herlihey hielt inne und kämpfte mit den Tränen. »Der arme, liebe Johnny O'Day. Wär ich doch nur ein bißchen besser auf Draht gewesen!«

»Nein, *ich* hätt's wissen müssen.« Sie gingen schweigend weiter, und die riesigen Schuhe des Detective quatschten im Schlamm. »Sie hat also rausgekriegt, daß ich mit Steph verheiratet bin, daß Steph, John, der Junge und ich in Sünde leben, und hat beschlossen, mich zu bestrafen. Warum hat sie mich nicht einfach umgebracht, in der Nacht an der ›Old Ironsides‹, wo sie mich in die Enge getrieben hatte?«

»An der ›Old Ironsides‹? Ich weiß nicht, was Sie meinen.« Fine beschrieb sein Abenteuer ausführlich. »Da kann ich mich nicht dran erinnern«, sagte O'Herlihey. »Warten Sie mal.« Er holte einen kleinen Notizblock hervor und blätterte mit seinen dicken Fingern zurück bis zu der besagten Nacht. Mit zusammengekniffenen Augen las er sein Gekritzel. »Das ist wirklich komisch.«

»Was denn?« Fine überlief es kalt.

»Angeblich hat sie den Jungen direkt in ihre Wohnung in Charlestown gebracht und ist den ganzen Abend nicht mehr aus dem Haus.« Er schaute auf.

»Aber dann –« Fine war verblüfft. Die Gestalt, die sich ihm auf dem Kai genähert hatte – das war sie also gar nicht gewesen. Habe ich da überhaupt eine Gestalt gesehen? Hatte ich eine Erscheinung? War ich bei meinem Erwachen so nahe am Verrücktwerden? »Ach«, sagte er, »dann muß ich das geträumt haben. Aber ansonsten ist ja wohl alles klar.«

»Bis auf den entscheidenden Punkt – das Motiv.«

»Sie ist wahnsinnig. Ist das nicht Motiv genug?«

»Ist sie das wirklich? Eigentlich muß man doch ziemlich robust sein, um sich vierunddreißig Jahre lang so gut in der Welt zurechtzufinden oder gar mehrere Morde derart professionell durchzuziehen. Wenn sie es nicht gewollt hätte, wär sie auch nicht erwischt worden – sie wär längst über alle Berge und würde unbehelligt herumziehen und sich unter all die anderen Serienkiller und Massenmörder mischen.« Er seufzte. »Also, sagen Sie's mir – warum hat sie's getan?«

»Warum?« Das Wort hallte in ihm wider und begann, wie ein oft wiederholtes Wort seine Bedeutung zu verlieren. »Über eins bin ich mir ganz sicher: In den Sitzungen mit ihr hatte ich nie das Gefühl, *bei* jemandem zu sein, ich hab nie die Person im Raum gefunden. Zu jedem anderen, mit dem ich je zusammen war, habe ich irgendeine Beziehung hergestellt, und sei es nur durch Haß oder Verachtung. Bei ihr gab es das nicht – sie ist nicht beziehungsfähig. Jetzt weiß ich, was für ein schwerer Defekt das ist. Die Therapie konnte keinen Erfolg haben – es hat keine Übertragung stattgefunden.« Er dachte an seine Jefferson-House-Patienten. »Sogar Psychotiker sind zu Beziehungen fähig. Sie ist die Kränkste der Kranken, weil sie in der Lage war, ihren Defekt zu tarnen, weil sie draußen in der Welt leben und den größten Schaden anrichten konnte.«

»Und warum hat sie diesen Defekt?«

Fine versuchte, präzise zu sein. »Ist der Defekt angeboren? Ein biochemischer Fehler in ihrem Gehirn? Ein Östrogenmangel, ein Testosteronüberschuß? Ich würde meinen, ja, aber auch nicht stärker als bei vielen anderen. Und wenn der Defekt angeboren ist, hätte er dann durch Erziehung, durch Bildung überwunden werden können? Ja – das ist bei anderen, noch stärker Verkrüppelten schon gelungen. Aber vielleicht war sie bei ihrer Geburt auch mehr oder weniger normal; könnte der Defekt dann seine Ursache in ihrer Kindheit haben? Ihre Mutter starb, bevor sie sich von ihr geliebt fühlen konnte, und überließ sie einem Metzger von Vater, so daß Grausamkeit – gegen Tiere und Menschen – für sie etwas ganz Normales wurde. Aber ihre frühen Jahre waren nicht schlimmer als die vieler anderer, und viele haben eine weitaus schwerere Kindheit durchgemacht und sind trotzdem nicht zu seelischen Krüppeln geworden. Freud hat sich geirrt – man hat immer die Chance, sich zu entwickeln. An einem kritischen Punkt – Pubertät, Adoleszenz – wurde sie zerstört, vergewaltigt von Stuart Fine, der vielleicht eine Vergewaltigung durch den Vater wiederholte, und als sie dann weiterlebte, ist offenbar alles schiefgegangen, was überhaupt nur schiefgehen konnte – sie verlor ein Auge, ein Kind, und kein Therapeut konnte ihr helfen. Ein Schlüsselereignis fällt in die Zeit ihrer ersten Therapie: Als ihr Therapeut ihr eine Beziehung anbot, klammerte sie sich statt dessen an ihren Schmerz. Sie hat nie losgelassen und eine Chance genutzt, sich zusammen mit einem anderen wieder der Liebe zu öffnen. Sie schlug ihre Klauen ein, klammerte sich an den kranken Teil ihrer Persönlichkeit, versiegelte ihn mit Wut und ließ es zu, daß die Verbitterung alles Menschliche in ihr auffraß. Sie zog sich zurück, nur um festzustellen, daß sie sich in der Einsamkeit erst recht tot fühlte. Sie suchte Grausamkeit, Häßlichkeit – Zoos, die schlimmsten Polizeieinsätze – und schuf sich eine Welt, die so häßlich und grausam war, wie sie sich selbst fühlte, ohne sich jedoch damit abfinden zu können. Sie lernte ein Handwerk: Morden. Es war das einzige, was sie gut konnte.«

»Aber warum? Warum wollte sie so leben?«

»Warum?« Fine dachte an Freud, aber die klassische Theorie – Penisneid, fehlerhafte Internalisierung der Kastrationsangst ins Gewissen usw. – schien grobschlächtig, falsch, wie medizinische Theorien, denen zufolge Anämie durch Aderlaß zu heilen sei. Die Wiederholung ihres Kindheitstraumas sollte weniger einem Todestrieb dienen als dazu, sich selbst ins Leben zurückzuholen – aha! ja! – das kenne ich aus eigener Erfahrung. Voyeurismus. »Sie hat getötet, um das Opfer zu *besitzen*; sie hat getötet, um Macht auszuüben, um sich lebendig zu fühlen. Töten hat sie ›angemacht‹.«

»Ja, das hab ich schon mal gehört. Aber wissen Sie, was für mich das Gespenstischste ist? Sie ist doch allen absolut normal vorgekommen, so normal wie Sie und ich.«

»Das sagen Sie so – ich hab sie als ›neurotisch‹ eingestuft. Es ist beängstigend – sie ist der Inbegriff unseres Zeitalters: Stil, nicht Substanz, Image, nicht Wesen, Äußeres, nicht Inneres; sie sieht gut aus, aber alles ›Menschliche‹ ist aus ihr herausgelaugt worden. Sie ist autark; wenn man keine Beziehungen zu anderen hat, werden die anderen zum ›Selbst‹. Wenn sie andere tötet, tötet sie sich selbst.«

»Warum sollte sie sich umbringen wollen?«

»Aus Haß.«

»Und, warum hat sie's dann nicht getan?«

»Ruhmsucht? Weil sie sich im Fernsehen sehen wollte? Das ist eine neue Krankheit – das Video-Selbst –, unsere alte Logik greift da nicht mehr. Wenn wir fernsehen, fühlen wir uns zugleich distanziert und nahe. Unsere Politiker werden uns in die Luft sprengen, bevor wir das verstanden haben. Ohne Beziehungen gibt's kein Selbst, ohne Selbst kein Gewissen, ohne Gewissen keine Moral, ohne Moral: Atombomben, Nagasaki, das nukleare Denken, das Atomzeitalter. Sogar sie hat's gewußt – hat sich und die anderen als Objekte empfunden, glatt und gläsern wie ihr falsches Auge. Sie fühlte sich in die Enge getrieben – der einzige Ausweg war, sich selbst umzubringen, jemand anderen umzubringen oder wahnsinnig zu werden. ›Lebendig‹ hat sie sich nur gefühlt, wenn sie high war, sich an ein Opfer anpirschte, es tötete und ihm ihr ›Logo‹ aufmalte, ›wie im Fernsehen‹. Ich wette, sie hat jetzt schon –«

»Ein Typ namens Rosensdork; der hat sie heute unter Vertrag genommen.«

»Nicht zu fassen! Gibt's denn überhaupt keine Moral mehr, keine Grenze der Vulgarität? Können die *alles* rechtfertigen?« Er merkte, daß er die Arme gen Himmel gereckt hatte, als erwarte er von dort eine Antwort. Er senkte sie wieder. »Vidioten!«

»Also hat das Schicksal sie zur Mörderin gemacht? Oder war es ihre eigene Entscheidung?«

»Ist das ein Unterschied?« fragte Fine, und wie als Antwort rief er: »Mein Gott, ich hasse sie!« Er versuchte sich zu beruhigen und paßte seine Schritte dem Nebelhorn an. O'Herlihey sagte, sie habe vor, auf Unzurechnungsfähigkeit zu plädieren. Großartig, dachte Fine: Wenn die Moral des Gesetzes mit dem Determinismus der Psychiatrie zusammenstößt, kommt eine Farce dabei heraus.

»Rehabilitation?« fragte O'Herlihey.

»Bei ihr? Vergessen Sie's! Diese Krankheit ist nicht zu kurieren – wenn sie zu keiner zwischenmenschlichen Beziehung fähig ist, richtet kein Medikament, kein Therapeut und keine Therapie was aus. Diese Krankheit ist schlimmer als Krebs, und es ist die Krankheit unseres Zeitalters. Sollte ich irgendwann noch einmal so einem Monster begegnen, rufe ich Sie sofort an!« Er wurde rot vor Zorn, sehnte sich nach Rache und fand, daß es an der Zeit sei, das zu kodifizieren, was wir hochschätzen – die Empathie. »Außerdem wäre das Risiko für die Gesellschaft zu hoch. Unsere Irrtümer sollten wenigstens ein Gutes haben – sie sollten zur Verbesserung unserer Sicherheit beitragen. Diese – diese Green ist nicht therapierbar. Sicher, Haß gebiert Haß, und natürlich würde ich ihr gern verzeihen können – aber das ist unmöglich.« Er biß die Zähne zusammen. »Ich schwöre bei Gott, daß ich alles versuchen werde, um sie für den Rest ihres Lebens hinter Gitter zu bringen.«

»Ich freue mich, daß Sie als Fachmann das sagen.« O'Herlihey zündete sich eine Zigarette an der anderen an. »Ich selber bin der Ansicht, daß die Justiz sich mehr um die Opfer kümmern sollte, um diejenigen, die den Schmerz fühlen.« Er räusperte sich. »Und um die Toten.«

Sie gingen schweigend am Meer entlang. Es war windstill, und die frische, üppige Vegetation hatte schon den ganzen Tag einen Überzug aus Tau. Vor Fines Haus verabschiedeten sie sich. Sie hatten es gemeinsam durchgestanden. Durch ihre Blindheit hatten sie einen geliebten Menschen verloren.

»Es wär ja schön, wenn wir daraus etwas lernen würden, über die Gründe und Ursachen – warum wurde sie zur Mörderin und andere nicht?«

»Ja, das wär zu wünschen.« Deutlicher als je zuvor war Fine bewußt, wie unendlich albern der menschliche Intellekt ist, der offenbar immer wieder Begriffe wie »Kausalität« erfindet, um sie dann nicht zu verstehen. »Wir können noch soviel erklären, es wird trotzdem ein Mysterium bleiben. ›Warum‹-Fragen sind wie die Monster, die Kinder nachts in ihrem Zimmer sehen – die Schlange, der Löwe, das Krokodil oder die Vampir-Fledermaus, die fortfliegt, sobald das Licht angeht –, Monster, die wir erfinden, damit sie uns Trost bringen, damit die geliebten Menschen herbeieilen und uns versichern, das ist keine Schlange, Schatz, das ist bloß dein Bademantel, und Krokodile gibt's bei uns nicht, und Löwen laufen nur in Afrika frei herum. Wir wenden ein: ›Aber ich hab sie gesehen, im Zoo. Und Afrika ist gar nicht so weit weg!‹ Und dann erzählen uns diese lieben Menschen alles über die dicken Gitterstäbe im Zoo und das große Meer zwischen uns und Afrika. Und unser Rufen hat weniger mit unserer Angst vor Monstern zu tun als mit unserem Wunsch, die geliebten Menschen bei uns zu haben. ›Warum‹ zu fragen ist ein Trost, aber ein falscher Trost – es sei denn, es kommt etwas Nützliches dabei heraus, zum Beispiel, wie man Mörder entdeckt, *bevor* sie handeln. Die besseren Fragen fangen mit ›Was?‹ an.«

»Na schön, aber wir werden diese Fragen trotzdem immer wieder stellen. Schließlich bleibt uns ja kaum was anderes übrig, oder? Machen Sie's gut.«

Fine sah zu, wie O'Herlihey im Nebel verschwand. Warum wird einer zum Mörder und ein anderer nicht? Kann man so etwas wissen? Nehmen wir mal Duffy – ihre Lebensgeschichte ist fast genauso schlimm, aber sie macht weltweit Finanzpolitik. Warum? Biologie? Hat Duffy durch Geburt eine größere Portion Empathie mitbekommen? Psychologie? Wenn Duffy in der Nacht gerufen hat, ist bestimmt jemand gekommen – die Mutter, der Vater oder ihre Ausgabe von Stephs Tante Belle –, und wer immer kam, hat sich bestimmt auf ihre Seite geschlagen, gegen die Dämonen der Dunkelheit. Zumindest so weit, daß sie ihren Schmerz vergessen und später dann, als sie mit ihren Beziehungen gescheitert war, das Risiko eingehen konnte, um Hilfe zu bitten, so daß ihre Bitterkeit sich nicht verfestigte. Sie fühlte sich nie in die Enge getrieben; es gab immer einen menschlichen Ausweg. In all diesen WASP-Enklaven – Palm Beach, die Myriaden paradiesischer Inseln, die Adirondacks – muß ihre große Familie ihr wenigstens andeutungsweise das Gefühl vermittelt haben, geliebt zu werden. Und da sie geliebt wurde, liebte sie auch selbst. Ist es wirklich so einfach?

Fine, der sich immer bedrückter, einsamer und fatalistischer fühlte, sah sich plötzlich allein, hoch auf dem Wiesenhügel über der Bucht.

Der Nieselregen war feiner geworden, und der Nebel stieg. Meer und Himmel waren kanonengrau. Der Wind peitschte vom At-

lantik dichten, salzigen Ozeangeruch herüber. Fine hatte das Gefühl, daß er endgültig untergehen würde.
Und dann sah er die Heuschrecke.
Sie saß auf einem Grashalm und sah ihn an. War es möglich? Er schaute genauer hin und erblickte eine zweite, die ebenfalls zu ihm hersah, dann eine dritte und eine vierte, noch mehr – und schon bald waren sie überall um ihn herum. Sie standen so schwerelos auf den Grashalmen, daß die Regentropfen an den Unterseiten der Blätter nicht herabfielen. Sie sind zurückgekommen! Reue packte ihn. Weil er fürchtete, der Klang seiner Stimme könnte sie aufschrecken, sagte er ganz leise: »Es tut mir leid.« Sie rührten sich nicht. »Es tut mir leid, daß ich so viele von euch für meine Experimente getötet habe. Verzeiht mir.« Die Grashalme schwankten in der feuchten Brise. Ein großes Männchen zirpte. Ein zweites fiel ein. Fine sah zu, wie die exquisit gebauten, zierlich-schönen, urtümlichen kleinen Kreaturen eine nach der anderen davonhüpften und verschwanden. Vielleicht hab ich ihnen mit dem Calcium ein bißchen unter die Arme gegriffen, entwicklungsgeschichtlich gesehen. Schließlich habe ich sie als ausgewachsene Exemplare recht früh im Zyklus ihres einen Sommers in die Freiheit entlassen, Chitin und Synapsen reich an Calcium, in Altruismus geschult – sie müssen also einen erklecklichen Vorsprung gehabt haben. Er blieb noch ein Weilchen sitzen und stand dann fröstelnd auf, um in die Sitzung mit Maurice zu gehen. Die Wiederkehr der Heuschrecken erschien ihm als ein Zeichen, als eine an ihn gerichtete Mitteilung darüber, was geschehen war und was sich bei ihm ändern mußte, damit er weiterleben konnte.

Maurice ließ sich von Fines neuer Tendenz anstecken, sich selbst nicht mehr so wichtig zu nehmen. Er war stolz auf Fines Heldentaten und sagte, es falle ihm viel leichter, in die Therapie zu kommen, weil er Fine jetzt als echten Freund betrachte. Als sie über seinen Roman sprachen, konzentrierte er sich zum erstenmal mehr auf das Werk als auf den Autor. Das Foto mit Liz Taylor war jetzt weniger wichtig als das Œuvre von Maurice Slotnick.

Wie ein kleines Pelztier lag der Autor auf der Couch. Fine dachte: Was haben wir nicht schon alles miteinander durchgemacht!
»Was haben wir nicht schon alles miteinander durchgemacht, hm, Fine?« sagte Maurice. »Angefangen mit diesem Biest Joann. Wissen Sie was? Ich glaube, Sie hatten recht – sie war eine Metzgerin – eine frigide, kastrierende Fotze –, aber sogar wenn sie Liz Taylor gewesen wäre, hätte ich es irgendwie fertiggekriegt, meine Mutter in ihr zu sehen. Unsere Frauen entpuppen sich als Schlampen, unseren Müttern frißt der Krebs die Brüste weg, und wo bleiben wir dabei?«
»Ja, wo?«
»Wir sitzen in der Scheiße, wie alle anderen auch. Ob es nun die eine Scheiße ist oder die andere – Scheiße ist doch alles, oder?« Maurice fuhr fort, er habe sich in den letzten vier Wochen fast in die Hosen gemacht vor Angst, sei aber zu der Überzeugung gelangt, daß Fine etwas an ihm liege, obwohl er wisse, wer er sei, ja sogar gerade deshalb. Der Wendepunkt sei gekommen, als sie miteinander gelacht hatten. »Mir ist, als sei mir eine Last von den Schultern genommen worden. Und ich hab auch eine andere Einstellung zum Schreiben – es steht nicht mehr an erster Stelle. Hemingway hat gesagt: ›Schreiben ist eine Nebenbeschäftigung.‹ Und ich bin mir auch darüber klargeworden, *was* ich jetzt schreiben werde: Ich werde nicht den Hollywood-TV-Scheiß von Neil Simon schreiben und auch keine ›hohe‹ Literatur. Es gibt nur zwei Arten zu schreiben: Entweder es kommt aus dem Herzen oder nicht; ich bin fürs Herz. Es ist ganz einfach: Man muß nur schreiben, was wirklich ist. Man probiert's, und man scheitert – man scheitert immer, scheitert jeden Tag, aber im Scheitern liegt die Kunst. Ich hab einen neuen Slogan – wollen Sie ihn hören?« Schüchtern trug er ihm vor: »›Freude an der Arbeit, Glaube ans Werk.‹ Was sagen Sie dazu?«
Fine wurde bewußt, wie sehr er diesen Mann liebgewonnen hatte, der nicht mehr wie alle seine anderen Patienten an seinen Kräften zehrte, sondern zur Kraftquelle geworden war. »Maurice«, sagte er heiser, »ich finde das einfach wunderbar.«

»Oh – o Mann.« Er verstummte. Fine spürte, wie gerührt er war, weil er ernstgenommen wurde. »Was Sie gerade getan haben – mir das Gefühl gegeben, daß ich doch etwas in mir habe, was die Mitteilung lohnt –, das hat noch niemand für mich getan.« Eine Zeitlang sagten sie beide nichts. Fine hatte alle Schichten von Slotnicks Persönlichkeit zugleich vor Augen: den erwachsenen Hunger nach Ruhm, der dasselbe ist wie das gierige Suchen des Kleinkindes nach der Mutterbrust; die Mutter der Mutter, eine kleine Frau in Polen, die den Tänzer mit den winzigen Füßen kennenlernt und mit der Pistole an der Schläfe gezwungen wird, ihn in New York zu heiraten, worauf er nie mehr tanzt, sondern unter der Erde Metallplatten zusammenschlägt. Ein Leben. Ich sehe das jetzt, Vergangenheit und Zukunft, wie diejenigen, die ihr Leben in Kleinstädten verbringen. Unsere Mütter waren die erste Frauengeneration, die vom Amerikanischen Traum betrogen wurde, deren Frustration sich in der Kunst ihrer Kinder Bahn brach. Ich fühle seinen Schmerz, er meinen; wir bemuttern einander und gesunden. Maurice fragte: »Lieben alle großen Schriftsteller ihre Mutter? Hören Sie zu, Fine – ich verspreche Ihnen etwas: Ich werde nie wieder etwas schreiben, außer es macht Spaß.« Er verstummte. »Hey, ich könnte doch meine Autobiographie schreiben. Ich meine, Romane sind doch immer Autobiographien, oder?«

»Und Autobiographien immer Romane«, sagte Fine.

»Ich hab's!« sagte Maurice. »Wie wär's mit *Maurice Slotnick: Eine amerikanische Geschichte*?« Sie mußten lachen. Der Schriftsteller schaute auf die Uhr. »Mein Gott, wie schnell die Zeit vergangen ist! Ich muß los!« An der Tür, Auge in Auge mit Fine, sagte er: »Ach, fast hätt ich's vergessen: Ich höre auf. Ich sage Ihnen ade.« Fine war wie vom Donner gerührt. Er blickte auf den Boden, um seine Panik zu verbergen. Er verläßt mich? Dazu bin ich noch nicht bereit! Meinen Patienten geht es besser, und ich bin ein Wrack? Das ist ungerecht. Er wollte offen sein und schaute auf; sein Gesicht schnappte zu – der Tic!

»Was ist denn das?« wollte Maurice wissen.

»Ein Tic«, sagte Fine.

»Oh. Als ob Sie nicht schon genug Ärger hätten, hm?«
»Also war's das?« fragte Fine. »Ist das der Abschied?«
»Immer mit der Ruhe – wir bleiben in Kontakt.«
Fine war verwirrt – er wußte nicht, ob es nicht zu früh war, die Therapie zu beenden. Was konnte er tun? Hatten sie die Fragen im Zusammenhang mit dem Abschied durchgearbeitet? Bevor er die Sprache wiederfand, hatte Maurice sich bereits mit einem herzlichen Händedruck verabschiedet und war gegangen. Fine schaute in das leere Wartezimmer. Nach alledem weiß ich noch immer nicht über die Grundlagen der Psychoanalyse Bescheid. Mann, ich brauche wirklich Hilfe.
Unten lief Fine Mrs. Neiderman in die Arme. »Ach, Dr. Fine, wissen Sie, was das Wunderbare an Ihnen ist? Sie bleiben immer derselbe.« Fine fragte, wie sie das meine. »Ob in der Therapie oder außerhalb, Sie sind immer derselbe.«
»Woher wollen Sie das wissen?« fragte Fine, überrascht und erfreut. In diesem Augenblick wurde ihm klar, daß es stimmte: Ja, ich will immer ich selbst sein, ganz gleich, wo.
»Ich weiß es eben.«
»Aber das ist doch das Problem bei der Psychiatrie – keiner weiß, was sich hinter der verschlossenen Tür abspielt, also weiß auch keiner, welcher Therapeut wirklich gut ist.«
»*Ich* weiß es. Ach, übrigens, die haben die Mutter des Jungen noch immer nicht erreicht in Dublin. Stellen Sie sich vor, sie macht Urlaub in Ägypten.«

Sie saßen zu dritt beim Abendessen. Fine reichte Steph und John James die Hände zum Tischgebet. Sie schlossen ihren kleinen Kreis und senkten den Kopf. Den ganzen Tag war Fine halb verrückt gewesen vor Nervosität, wegen des Abendseminars, und um sich zu beruhigen, hatte er das »Gelassenheitsgebet« der Narcotics Anonymous aufgesagt. Jetzt sprach er es noch einmal:

»Gib mir die Gelassenheit,
Dinge hinzunehmen,

die ich nicht ändern kann,
gib mir den Mut,
Dinge zu ändern,
die ich ändern kann,
und gib mir die Weisheit,
das eine vom anderen zu unterscheiden.«

Das Essen war durch falsche Heiterkeit und lange Gesprächspausen gekennzeichnet. Als sie fertig waren, stand Stephanie auf, um den Tisch abzuräumen.

»Onkel Fine?« fragte John James leise.

»Ja?«

»Können wir uns mal ansehen, wo mein Dad begraben ist?«

Sie fuhren sofort los.

Auf dem Friedhof wurde der Nieselregen stärker und hüllte sie in schimmernden Nebel. Der ungepflasterte Weg den Hügel hinauf war glitschig, und Fine und Stephanie, die John James an der Hand hatten, benutzten ihre Regenschirme, um das Gleichgewicht zu halten. Sie betraten das nasse Gras, stapften unter dem dunkelnden, bleiernen Himmel weiter und bekamen nasse Füße. Sie fanden das Grab. Es war ein langer, hoher Hügel aus nasser Erde. Es lagen durchnäßte Blumen darauf, Rosen, Margeriten, Lilien. Fine und Stephanie blieben stehen. Der Junge machte sich los und schaute. Sie ließen ihn zum Grab hinaufgehen. Er ging nicht respektvoll oder trauernd, sondern eher, dachte Fine, wie zu einer halb erwünschten, halb gefürchteten Begegnung mit einem Erwachsenen, beispielsweise einem Zahnarzt. Mit jemandem, der nicht in die Welt eines Kindes gehört. Sie schauten zu. John James stand da in seiner dunklen Jacke und seinen neuen Nikes, und dann kniete er nieder und betete. Seine kleinen Schultern bebten: Er weinte. Stephanie wollte zu ihm gehen, aber Fine hielt sie zurück. Er weinte nicht lange. Er nahm eine Handvoll nasse Erde und schaute sie nachdenklich an. Der Regen strömte. Fine fröstelte und nahm Stephanie bei der Hand. Sie weinte. Er legte ihr den Arm um die Schultern, und von ihren zusammenstoßenden

Regenschirmen tropfte ihnen das Wasser aufs Gesicht. Das Wasser war kühler als seine Tränen. Sie hörten John James etwas sagen. Nein, er sang:

»Home is the rover,
His journey is over,
Yield up the nighttime to old John O'Dreams.«

Der Junge hörte auf zu singen und wandte sich zu ihnen um, mit flehenden Augen. Sie gingen zu ihm. Sie knieten neben ihm nieder und sangen mit:

»Now as you sleep, the dreams are winging clear.
The hawks of morning cannot harm you here;
Sleep is a river,
Runs for ever,
And for your boatman choose old John O'Dreams,
And for your boatman choose old John O'Dreams.«

Sie weinten und hielten sich an den Händen, standen auf und gingen fort. Der Junge hatte noch die Erde von dem Grabhügel in der Hand.

Als sie zum Auto zurückkamen, fiel Fine ein, daß er seine Verabredung mit Georgina vergessen hatte. Es war kurz vor acht. Wenn er sich ein Taxi schnappte, konnte er es gerade noch rechtzeitig zum Beginn des Seminars schaffen. Seine Kleider waren schmutzig und durchnäßt. Und dann fiel ihm noch etwas ein, und ihm wurde übel. »Oh, mein Gott.«

»Was ist?«

»Ich hab meine Unterlagen in Stow gelassen. Ich bin erledigt!«

»Wofür brauchst du jetzt Unterlagen?«

»Ich bin so müde, so nervös, ich kann mich bestimmt an nichts mehr erinnern. Scheiße! Jetzt ist alles aus! Die vielen Jahre – College, Medizinstudium, Psychiatrie, das Institut – alles für die Katz. Als ob ich mich selber zerstören wollte!« Er setzte sich auf den Bordstein und schlug die Hände vors Gesicht. Ihm war

schon wieder nach Weinen, doch diesmal um sich selbst. »Ich geb auf.«
»Das kannst du nicht machen«, sagte Stephanie.
»Wer sagt das?«
»Ich.« Sie zögerte. »Und John.«
»Wie meinst du das?«
»›Er ist gestorben, damit wir leben können.‹«
Es regnete immer stärker. Die Tropfen trommelten aufs Autodach und knisterten wie Funken. Fine schauderte. »Ja. Stimmt. Aber ich kann nicht. Ich sag dir, sobald ich da oben stehe, fällt mir nichts mehr ein. Ich weiß nichts mehr von den Aufsätzen zum Thema ›Abschiednehmen‹, die ich gestern gelesen hab.«
»Wenn es überhaupt was gibt, worüber du jetzt Bescheid weißt, dann ist es das Abschiednehmen. Du *bist* Therapeut, du *kannst* anderen helfen, ich weiß es. Also laß es dir jetzt nicht wegnehmen!«
Fine war verwirrt. »Du hast dich wirklich verändert. Was ist passiert?«
»Letzte Nacht hab ich dir zugehört und hab dir geglaubt – ich habe Vertrauen zu dir. Du wirst nicht um Worte verlegen sein, wenn du sagst, was dir am Herzen liegt – so wie du es bei mir getan hast.«
»Vor denen? Gesetzt den Fall, ich schaff's nicht. Was mach ich dann, um Gottes willen?«
Sie lächelte. »Ist doch ganz einfach.« Sie kicherte. »Kein Problem.«
»Aber wie soll ich's denn machen?«
»Mit allen Finessen.«
Sie zwinkerte ihm zu, setzte ihn in ein Taxi und fuhr mit John James nach Hause.
Fine raste los Richtung Institut. Warum geht alles schief? Ich komme mir vor, als hätte ich mein ganzes Leben in Trauer – geheimer Trauer – verbracht, als hätte ich nie wirklich gewußt, wer gestorben ist.

44

Jedes Jahr war die herausragende abschließende Veranstaltung am Boston Institute das letzte Vergessen-Seminar: »Therapieende – Abschiednehmen.«

Fine stieg bei aufklarendem Himmel auf der Commonwealth Avenue aus dem Taxi und dachte: Wieviel ist geschehen seit dem ersten Seminar, »Die Brust – Begrüßung«. Nach der Magnolie hat der Hartriegel geblüht, und jetzt ist das Geißblatt an der Reihe. Die Eingangstreppe des Instituts war mit weißen und hellrosa Blütenblättern übersät. Georgina stand an der Tür, sie trug eine rotkehlcheneierblaue Seidenbluse. Sie sah Fine und sprang die Stufen herab in seine Arme. Atemlos sagte sie: »Gott sei Dank! Ich hab mir solche Sorgen gemacht! Wo bleibst du denn? Die fangen gleich an.« Sie musterte ihn. »Mein Gott, wie siehst du denn aus!«

»Komm, gehen wir.«

»Moment noch – Metz!«

»Metz?«

»Frau Metz, sie ist hier. Höchst eindrucksvoll!« In Fines Innereien ballte sich Angst zusammen. Georgina nannte das Losungswort – »Jill Flewett«. Sie gingen hinein.

Das Seminar fand im großen, prächtigen, nußbaumgetäfelten Bullitt-Saal im Erdgeschoß statt. Fine, der sich wegen seines Aufzugs schämte – er trug nicht einmal ein Sakko, von einer Krawatte ganz zu schweigen –, schlich sich hinein und glitt an der Wand entlang zur hintersten Stuhlreihe, wo er sich zwischen die vom Boden bis zur Decke reichenden Fenster setzte. Er wunderte sich über die vielen Leute und über die gespannte Atmosphäre. Er hatte verdrängt, was für eine große Familie das Institut war. Alle waren da. Hinten sah er die Analyserekruten mit dem schockierten Ausdruck in den Augen, der, wie Fine wußte, auf ihre ersten Begegnungen mit den Lehranalytikern zurückzuführen war, die mit erbarmungslosem Schweigen auf die abgrundtiefe Psychopathologie der Kandidaten reagiert hatten. In der Saalmitte saßen die älteren, eklektischen Analytiker, die entmachtet worden waren, weil sie von Freud abgefallen waren, unter ihnen ein ebenso scheuer wie genialer Sullivaner und der gefühlvolle Reichianer, bei dem Georgina Körperarbeit machte. Weiter vorne saßen schweigend die Lehranalytiker, vom gargantuesken Fetzer Gold und dem hysterischen Hysterieexperten – und Fummel! – bis hin zu Vergessen und, in der Tat, Frau Metz! Sie war alt, ein winziges Persönchen, fast zwergenhaft, mit fältchendurchzogener Haut und stargetrübten Augen. In Wiener Haute Couture gekleidet, saß sie mit gefalteten Händen und schräggelegtem Kopf da und hörte zu. Fine war beklommen, aber auch froh darüber, daß sie gekommen war. Er spürte, daß eine Aura der Freundlichkeit um sie war. Von den anderen schlug ihm Verachtung entgegen. Von Fummel abgesehen, der ihm zunickte, begrüßte ihn keiner.

Vergessen erhob sich, fragte »Wie ändern sich Menschen?« und setzte sich wieder.

Dr. Pete Gross, dessen sonst so feste Stimme zitterte, begann:

> »*Die endliche und die unendliche Analyse*, 1937: ›Erfahrung hat uns gelehrt, die psychoanalytische Therapie, die Befreiung des Menschen von seinen neurotischen Symptomen, Hemmungen und Charakterabnormitäten, ist eine langwierige Arbeit. Daher sind von allem Anfang an Versuche unternommen worden, um die Dauer der Analysen zu verkürzen ...‹«

Angesichts von Gross' Nervosität wurde Fine klar: Jawohl, das ist das Tribunal. Frau Metz wird das letzte Wort darüber sprechen, ob ich mit meiner analytischen Ausbildung weitermachen darf oder nicht. Will ich das überhaupt? Ja – ganz entschieden ja! Allein schaffe ich es nicht, ich muß Teil dieser Gruppe sein. Warum hab ich meine Unterlagen vergessen? War das Absicht? Habe ich so wenig Ahnung von meinem Unbewußten? Was werde ich sagen? Er sah zu Leon hinüber. In Zigarrenrauch gehüllt, saß sein Rivale vor seinem für vierzehn Minuten ausreichenden Konzept, die Ruhe selbst. Fine wußte, an diesem Abend ging es ums Ganze.

Gross wagte einen Kommentar: »In der berühmten Passage, die nun folgt, kommt Freud noch einmal auf seine geliebte Hunde-Metapher zurück – eine Reaktionsbildung auf seine eigene Kastrationsangst, aber auch eine der ersten dokumentierten Analysen der Konzentrationslager: ›Von allen Seiten würde man vor der Vermessenheit gewarnt werden, im Wettbewerb mit dem Schicksal so grausame Versuche mit den armen Menschenkindern anzustellen.‹ Wer hätte nicht schon von den ›Schrecken des Krieges‹ gehört? Freud war damals einundachtzig und seit vielen Jahren von Chow-Chows angetan. In einem Brief an Marie Bonaparte schrieb er 1934: ›Oft, wenn ich Jofi gestreichelt, habe ich mich dabei ertappt, eine Melodie zu summen, die ich ganz unmusikalischer Mensch als die Arie aus dem „Don Juan" erkennen mußte: Ein Band der Freundschaft bindet uns beide.‹« Dann fuhr Gross fort:

»›Wenn ein Triebkonflikt nicht aktuell ist, sich nicht äußert, kann man ihn auch durch die Analyse nicht beeinflussen. Die Warnung, schlafende Hunde nicht zu wecken, die man unseren Bemühungen um die Erforschung der psychischen Unterwelt so oft entgegengehalten, ist für die Verhältnisse des Seelenlebens ganz besonders unangebracht. Denn, wenn die Triebe Störungen machen, ist es ein Beweis, daß die Hunde nicht schlafen, und wenn sie wirklich zu schlafen scheinen, liegt es nicht in unserer Macht, sie aufzuwecken ...‹«

Ja, dachte Fine, die Therapie findet nur im Hier und Jetzt statt. Als nächster stand Leon auf und lieferte eine brillante Kritik, ausgehend von dem Zitat:

»Nicht nur die Ichbeschaffenheit des Patienten, auch die Eigenart des Analytikers fordert ihre Stelle unter den Momenten, die die Aussichten der analytischen Kur beeinflussen und dieselbe nach Art der Widerstände erschweren.«

Leon hatte sich vorgenommen, Passagen zu erörtern, in denen es um die Eignung des Analytikers für seine Arbeit ging. Zur Verblüffung der Zuhörer startete er einen Frontalangriff auf Fine:

»›Es ist unbestreitbar, daß die Analytiker in ihrer eigenen Persönlichkeit nicht durchwegs das Maß von psychischer Normalität erreicht haben, zu dem sie ihre Patienten erziehen wollen. Analytiker sind Personen, die eine bestimmte Kunst auszuüben gelernt haben und daneben Menschen sein dürfen wie auch andere ... Es hat also seinen guten Sinn, wenn man vom Analytiker als Teil seines Befähigungsnachweises ein höheres Maß von seelischer Normalität und Korrektheit fordert; dazu kommt noch, daß er auch eine gewisse Überlegenheit benötigt, um auf den Patienten in gewissen analytischen Situationen als Vorbild, in anderen als Lehrer zu wirken. Und endlich ist nicht zu vergessen, daß die analytische Beziehung auf Wahrheitsliebe, d. h. auf die Anerkennung der Realität gegründet ist und jeden Schein und Trug ausschließt ...‹«

Leon stürmte weiter, aber Fine drehte sich der Kopf von diesem letzten Zitat: Eine Kunst, sicher – Therapeut zu sein ist eine Kunst. Bilder zogen vorüber wie Fischschwärme, die Ströme vermischten sich, kamen hereingeschossen, blitzten auf, schossen wieder davon. Er sah den wahren Freud vor sich, den Magier jenseits aller Worte, den Heiler. Er starrte Fummel auf den helmförmigen Hinterkopf. Was soll's, die Sache ist größer als ich. Was immer ich sage – ich sag's einfach.
Doch der Schlußgag raubte ihm dann doch den Atem: Leon hielt den *Herald* vom selben Tag hoch. Auf der Titelseite war eine Nahaufnahme von Fine hinter dem Drahtgeflecht der Fliegentür: SEELENDOKTOR WILL KEIN SCHWINDLER MEHR SEIN.

Fine spürte förmlich die Stoßwelle, die durch die Anwesenden ging. Leon beruhigte sie: »Freud schrieb, von uns Analytikern könne man ein besonderes Maß an ›Normalität, Korrektheit und Überlegenheit‹ fordern. Verhüte Gott, daß irgend jemand denkt, das sei einfach. Jeder von uns hat seine Probleme, weiß Gott!« Es klang freundlich, verständnisvoll. »Aber es gibt Grenzen. Werden diese Grenzen überschritten –« Er hielt inne, sah V. an, dann Metz, »– dann ist die Gegenübertragung so pathologisch, daß ... der Patient gefährdet ist.«

Leon ging zu seinem Platz zurück. Der Angriff war so bösartig gewesen, daß Fine sich am liebsten zur Tür hinausgeschlichen hätte. Aber Georgina gab ihm einen Rippenstoß, und irgendwie kam er auf die Beine und ging unter dem Getuschel der Anwesenden durch den Mittelgang nach vorne. Bei jedem Schritt quietschten seine durchnäßten Schuhe hörbar. Seine Beine fühlten sich an wie aus Wasser – es war dasselbe Gefühl der Leichtigkeit wie vor dreißig Jahren, als er sich das Bein gebrochen hatte. Wer wird mich diesmal aufheben und mich nach Hause tragen? Er stellte fest, daß er zitterte, und das vor diesem Tribunal.

Er bot einen bemerkenswerten Anblick. Zerknittertes weißes Hemd mit offenem Kragen, mit Lehm beschmierte, nasse Hose, blaues Auge, Schnittwunden und Blutergüsse: Er war wie der verrückte Cousin, der ungeladen erscheint und eine Hochzeitsfeier sprengt. Und zu allem Übel hatte er einen Tic!

Er hatte solche Angst, daß der Tic ganz schnell viermal hintereinander kam. Für einen Analytiker in Ausbildung war ein psychosomatisches Symptom vor einer Versammlung von Analytikern die denkbar schlimmste Niederlage. Und doch half ihm gerade die Lächerlichkeit seiner Erscheinung über die Peinlichkeit der Situation hinweg. Was konnte man da machen? Die Wahrheit ließ sich nicht verheimlichen. Also sagte er: »Sie haben es schon bemerkt: Ich habe einen leichten Tic.«

Totenstille. Aber dann lachte Vergessen in sich hinein, ebenso Fummel und ein paar andere. »Ich glaube, das ist der springende Punkt – ob wir uns verschließen oder uns öffnen. Wir können versuchen, uns hinter der Couch zu verstecken, aber so einfach ist es nicht: Sogar von Angesicht zu Angesicht können wir uns verstecken, und selbst wenn wir nicht zu sehen sind, können wir uns öffnen und Verbindung aufnehmen.« Er spürte ihre Verachtung und erinnerte sich an seine eigene. »Es tut mir leid, wenn ich irgend jemanden von Ihnen verletzt habe. Es war ein furchtbarer Monat. Bitte verzeihen Sie mir.«

Keine Reaktion. Das Herz schlug ihm bis zum Halse; er hatte Angst, und plötzlich fiel ihm nichts mehr ein. Lampenfieber? O nein! Um sich zu orientieren, wiederholte er:

»Wie ändern wir uns? Nicht durch Denken oder durch Theorien. Ich habe von der *Fine-Theorie* abgelassen, und ich habe meine Heuschrecken freigelassen. Ich kann hier nichts anderes tun, als einen Bericht zu liefern von dort, wo ich gewesen bin – und wo ich bin. Kein Zweifel, wir ändern uns – aber wie wir uns ändern, ist ein Geheimnis.«

Unbehagliches Rascheln im Saal.

»Die Analyse strebt danach, das Selbst zu verstehen. Das nährt Getrenntheit, Isolation. Warum ist Trennung – Selbstgenügsamkeit – etwas Gutes? Warum ist Abhängigkeit etwas Schlechtes? Wie schwer ist es doch, sich von einer Analyse zu erholen und zur Verbundenheit zurückzukehren. Isolation ist tödlich und führt zum Töten. Wir müssen uns dem ›Selbst-in-Beziehung‹ widmen. Wir ändern uns in der Therapie, da wir uns gegenseitig ändern. Bewußtsein zu erlangen – die Bewegung der Beziehung – *ist* Veränderung.« Fine machte eine Pause, weil er selbst spürte, wie unbeholfen und dick aufgetragen das klang. Doch dann sprach er weiter, erzählte ihnen, wie der Anfall das Weibliche in ihm geöffnet hatte, erzählte vom Altruismus staatenbildender Insekten, bei denen das Selbst der andere *ist*, und von Nipak, der ihm die Auszehrung des Geistes im materiellen Überfluß des Westens gezeigt hatte. Da kein Funke übersprang, legte er sich noch mehr ins Zeug: »Wir ändern uns dadurch, daß wir leben. Wir ändern uns in der Analyse, indem wir sie leben. Lassen Sie uns ruhig anwenden, was wir im Laufe der Jahre gelernt haben – die Minimalregeln, die die Erfahrung in Zeit, Ort und Person umrahmen. Doch Starrheit ist Tod; wir müssen flexibel sein. Warum muß der

Patient *immer* liegen? Warum sehen wir einander nicht an, berühren einander sogar –«

»Was?« rief Leon. »Das hätte Freud nie und nimmer erlaubt!«

»Freud hat so ziemlich alle Fehler gemacht, die man sich denken kann – wir alle wissen es, tun aber so, als wüßten wir es nicht. Er ist mit seinen Patienten in Urlaub gefahren, hat Analysen aus heiterem Himmel abgebrochen, sich mit Angehörigen von Patienten getroffen, falsche Diagnosen gestellt, den kleinen Hans per Post analysiert und Mahler an einem einzigen Nachmittag! Freud war alles andere als ein klassischer Freudianer. Doch bei ihm haben sich die Menschen geändert. Warum?«

»Durch die Macht seiner Technik«, sagte Gross, »wegen der Methode.«

»Nein, wegen der Person«, sagte Fine. »Freud hatte es.«

»Hatte was?« fragte Georgina.

»Pfiff, Chuzpe, Seele – was auch immer. Freud hat trotz seiner Theorie geheilt. Er hätte Patienten heilen können, indem er sie auf den Kopf stellte. Oder auf der Ladefläche eines fahrenden Lasters! Viele von Freuds Dogmen sind grundfalsch: Die psychosozialen Stufen? Vielleicht. Träume? Alles andere als Wunscherfüllung. Frauen? Von denen hatte er keine Ahnung! Die kathartische Entverdrängung der Vergangenheit? Nur selten wichtig, falls überhaupt – und das wissen wir alle!«

»Sie schlagen also vor«, fragte Leon, »wir sollten die Vergangenheit ignorieren?«

»Nein! Verwenden Sie sie, verwenden Sie alles! Aber die Vergangenheit ist nur ein Bild, und noch nie hat jemand in effigie geheilt. Man weicht aus, wenn man mit Leid im Hier und Jetzt konfrontiert wird und es in die Vergangenheit umleitet.«

»Will Dr. Fine damit sagen, daß es nicht die Theorie, sondern die Persönlichkeit ist, die heilt? Die Geschichte ist voll von diesen charismatischen Männern, die vertrauende Seelen in die Irre geführt haben – Hitler zum Beispiel. Und sogar im heutigen Amerika ...«

Fine hörte zu und sah jetzt Leon klarer: ein armer Kerl, eingesperrt in diesen linkischen, von Akne verunstalteten Körper, der sich so abplagte, gut zu sein, alles richtig zu machen. Er schaute in die Runde und sah dasselbe triste Verlangen bei den anderen, diesen teuren toten Seelen, die sich so anstrengten, zu Papa, zu Mama, zum Leben selbst zurückzufinden. Er spürte, daß ihr Kummer sich mit seinem verband. Und als er zur Antwort ansetzte, hatte er das seltsame Gefühl, daß nicht er sprach, sondern eine höhere Macht – irgendein heiterer Weiser, zu dem er geschickt worden war –, die ihm jetzt leise einsagte:

»Bin ich gern der, der ich bin? Nein. Sind Sie's etwa, Leon? Aber können wir anders? Würden wir tauschen? Stellen Sie sich vor, Sie wären ich, hier, jetzt! Wir alle tun andauernd Dinge, die furchtbar schlecht für uns sind – wir heiraten die falsche Frau, nehmen den falschen Job an, tragen die falschen Hosen, essen verdorbenen Hering. Warum? Warum leiden wir? Freud sagt, das sei unser Todestrieb – wir leiden, um zu sterben, wir wiederholen schmerzliche Erlebnisse, um uns selbst zu vernichten. Aber Freuds Leben beweist das Gegenteil: Er erlitt – und wie er gelitten hat! – Ächtung, Spott, Exil, und wie müssen die langen Jahre des Kieferkrebses gewesen sein, die Gaumenplatte im Mund? Stellen Sie sich die Schmerzen vor! Doch sein Leid hat ihn zum Leben erweckt. Dieser Mann hat gelitten und gelebt!«

Es wurde still im Saal. Fine spürte, daß er ins Schwarze getroffen hatte.

»Wir leiden nicht, um zu sterben, sondern um zu leben. Wir haben keine Wahl: Wenn wir offen, mit offenen Augen, in die Welt hinausgehen und leiden, können wir nicht anders, wir müssen wachsen; und wenn wir verschlossen und blind gegenüber dem Leid in die Welt hinausgehen, werden wir auch leiden und wachsen. Erstaunlich – als sei alles von vornherein so eingerichtet.«

»Ich verstehe, was Sie meinen«, sagte Leon mit zitternder Stimme, sichtlich gerührt von Fines Gefühlen für ihn, »aber viele leiden doch, ohne sich jemals zu ändern.«

»Ja. Leiden allein reicht nicht aus. Leiden *mit jemandem* – geteiltes Leid – bringt die Veränderung. Und hier kommen wir ins Spiel. Wie können wir helfen? Indem wir zuhören und reagieren, einfühlsam reagieren. Wir lassen uns von ihnen führen, so wie ein Kind die Mutter führt. Es geht ständig hin und her – zuhören, reagieren, zuhören, reagieren. Unsere Anteilnahme, auf der Spindel der Übertragung gedreht, bewirkt die Veränderung. Alles Heilen ist genau das: Wir fühlen im anderen, was wir in uns selbst fühlen. Nicht von Freuds ›überlegenem‹ Standpunkt aus, sondern aus einer Gegenseitigkeit heraus, von dorther, daß wir in unserem Herzen das Herz des anderen gefunden haben. Und dabei tritt etwas aus, erfüllt die Luft – Aura oder Schwingungen oder Elektrizität oder Empathie oder Geist, nennen Sie's, wie Sie wollen –, und jeder, der es schon einmal gespürt hat, merkt's, wenn es da ist, und manchmal erscheint es aus Versehen oder bei Zufallsbegegnungen außerhalb des Behandlungszimmers, und Frauen spüren es eher –, und dann wissen wir, wir können lieben, ohne ausgelacht zu werden, und geliebt werden, und wir öffnen uns und gesunden. Wir finden die Weisheit, die nicht aus Neutralität entsteht, sondern aus Liebe. Wir spüren unsere Rettung im anderen. Wir haben den Wunsch, unsere Patienten wirklich kennenzulernen. Wir werden die Menschen, als die wir uns kennen. Es ist religiös: Liebet einander.« Gross schaute auf die Uhr. Fine machte weiter:

»Wenn wir Angst vor ihrer Liebe haben, sind wir verloren. Wenn wir uns verstecken – hinter Regeln, der Couch, Gedanken, der Vergangenheit, Drogen –, sind wir verloren. Wenn unsere Herzen kalt sind, spüren sie den Frost. Wenn wir in Zimmern hocken und unser Leben mit Theorien verplempern – verloren! Wenn Thanatos den Fatalismus und die Grausamkeit gebiert, mit der wir einander in Institutionen begegnen – vergessen Sie's! Gute Analytiker sind wie alle guten Menschen: Von jeher, in allen Kulturen, haben Heiler intuitiv gearbeitet – Menschen begegnen Menschen, die ihr Leben verändern. Wir Analytiker sind gut dran, wir haben eine Tradition, Erfahrung, technische Fertigkeiten, wir müssen immer wieder unsere Regeln mit unseren Leidenschaften vereinbaren, unser Wissen mit unserer Macht, unsere Neugier mit unserer Ehrfurcht.«

Fine sah, daß Fummel nickte, lächelnd wie ein stolzer Vater.

»Nicht jeder ist dazu imstande. Zugehörigkeit ist hier weniger Garantie als Verpflichtung. Institute ersticken soviel! Wir lernen, unsere mannigfache Verletzlichkeit zu verbergen. Warum? Sind nicht auch wir die wandelnden Verwundeten? Offen zu sein, unsere Verletzung zu zeigen, während wir uns nach wie vor sehen lassen – ist das nicht eigentlich unser Leben? Es ist unser *Job*, verletzlich zu sein! Und wie lernen wir? Riskiert, scheitert – lebt! Kostet das Leben aus! Da draußen ist eine Welt, eine ganze weite Welt! Sie wimmelt von Leben! Man muß in ihr sein, weil zumindest einmal in jeder Analyse die Zeit kommt, da wir unser lebendiges Selbst einsetzen müssen, um den anderen zu berühren. Es ist nicht unbewußt, wir können es nicht planen, es passiert in jeder heilenden Beziehung, wir erkennen es daran, daß es sich richtig anfühlt, manchmal liegt es in Worten und manchmal jenseits der Sprache, aber es muß geschehen, damit wirklich eine Änderung eintritt. Es kann ein Versagen der gegenseitigen Empathie sein oder ein zufälliger ›Fehler‹, aber es ist der Ansporn zum Wachsen, der Kontaktpunkt – wir lassen los und wagen gemeinsam den Sprung. Tun wir's nicht, mag es so scheinen, als fände ein Heilungsprozeß statt, aber es wird eine trügerische Heilung sein, ein Schatten. Durch die ›Beziehung‹ bringen wir einander in die Realität. Das Magische daran ist, daß wir durch die anderen erfahren, was wirklich *ist*. Wir sagen: Na ja, nicht daß wir dieses oder jenes wären, nein, wie alle anderen armen Seelen auf dem Angesicht der Erde *sind* wir einfach. Und wenn das geschieht, ist es wie ein Wunder!«

Fine spürte die »Schwingungen«, die seine Worte hervorriefen, und sah sich im Saal um. Die Zuhörer waren still, gespannt.

»Geschieht es jetzt? Ich hoffe es. Ich weiß eigentlich nicht, was ich tue – ich fange gerade erst an zu lernen. Ich bitte um Ihre Hilfe.«

Er stellte sich vor, sie wären auf seiner Seite, und fuhr fort:

»Das ist alles, das war's. Wie ändern wir uns? Wir ändern uns, wenn wir aufhören, dem Selbst die Welt einzutrichtern, wenn wir beiseite treten und den Weg freimachen für die Geburt des menschlichen Geistes, der durch das Herz ins Licht hinaustritt, als Liebe. Wir nehmen unsere Verachtung und unsere Furcht, unser Gedächtnis und unser Verlangen, unseren Schmerz und unsere Wut, öffnen sie und spinnen Mitgefühl daraus. Immer und immer wieder gebären wir. Wir geben das wunderbarste Geschenk, das einer dem anderen machen kann, ein Geschenk, das über das Leben, über den Tod hinausgeht –«

Fine brach ab, erschrocken über das Wort, das ihm auf der Zunge lag, ein Wort, das er, soweit er sich erinnerte, noch nie laut ausgesprochen hatte. Er endete:

»– wir spenden Trost.«

Er setzte sich. Wie immer erhoben sich hier und dort Stimmen, gab jeder seinen Kommentar ab. Fine blieb schweigend auf seinem Platz sitzen, hörte zu, würdigte ihre Bemühungen. Er spürte bei Vergessen und Metz dieselbe Einfühlung und Aufmerksamkeit, die er von Nipak, Katey und Stephanie erfahren hatte. Ist ihr analytisches Schweigen ein bewußtes Schweigen? Sind alle Heiler gleich? Ist diese Spannkraft, dieses Vorherrschen des Geistigen das wesentliche Merkmal des Menschen? Die Nazis haben einmal verloren. Werden sie immer verlieren? Sind diese beiden Analytiker ›groß‹ trotz der Analyse? Ein neuer Autoaufkleber: RETTET DIE ANALYSE VOR DEN ANALYTIKERN. Spüren ihre Patienten in der Geborgenheit des Behandlungszimmers diese Großzügigkeit? Er sah sich um und fühlte Hingabe – so selten in einem Zeitalter der Drogen und der Kurztherapien –, Hingabe an etwas zutiefst Menschliches: an Fürsorge. Wir versuchen, das Schwerste zu tun: unsere Kunst einzusetzen, um zu heilen. Gut für uns. Werde ich akzeptiert, akzeptiere ich.

Alle warteten darauf, was Vergessen sagen würde. Unter ihren Blicken schien er sich zu öffnen, schien aufzugehen wie eine blasse, dicke Blüte. Seine Augen wurden feucht. Und schließlich fing er an zu weinen, erst leise, dann laut schluchzend.

Ein Schock lief durch den Saal. Vergessen zog ein saphirblaues Taschentuch hervor und putzte sich laut trompetend die Nase. Schniefend sagte er: »Ja, ja. Wir alle leiden, und leiden auf die gleiche Weise, alle, alle gleich. Freud würde zustimmen. Dr. Fine – schütten Sie das Kind nicht mit dem Bad aus. Sie wissen mehr über die analytische Technik, als Ihnen bewußt ist. Zum Beispiel über die ›Analyse des Widerstandes‹ – harte, tiefschürfende Arbeit, die Ihnen selbstverständlich geworden ist. Und Begabung. Gottgegebene Begabung. Wir lernen wirklich, und wir gesunden. Lernen zusammenzuleben. Eine erstaunliche Tatsache: *Wenn Menschen zusammen sind, kann das schon helfen!* Bemerkenswert – als sei es von vornherein so eingerichtet.« Er schniefte. »Freud empfiehlt, man solle sich alle fünf Jahre einer neuen Analyse unterziehen. Ich halte es für besser, alle zweieinhalb Jahre ein Jahr zu pausieren. Ich werde in der nächsten Saison nicht hier sein.« Der sanfte Albino spürte, wie seine Zuhörer erschraken, und sagte: »Ich werde mit meiner Familie um die Welt trekken. Alles Gute.« Er mußte niesen. Wie ein Junge, der dabei ertappt wird, daß er sich wie ein Mädchen benimmt, wurde er knallrot und lächelte.

Alle wandten sich Frau Metz zu. Fine betrachtete ihre getrübten Augen, ihre knorrigen Hände, ihre steife Haltung, und stellte sich vor, sie sei vollständig verkalkt, innerlich wie äußerlich. Mit kehligem Rasseln sagte sie etwas auf deutsch. Offenbar suchte sie Fine mit den Augen. Er setzte sich neben sie. Sie legte ihm die Hände aufs Gesicht. Die Berührung war leicht, und doch knisterte es. Sie streichelte ihn, bemerkte die Narbe auf dem Kopf und die dicke Unterlippe. Fine wußte, daß sie drauf und dran war, die endgültige Entscheidung über seine Zukunft als Analytiker zu fällen. Aller Wahrscheinlichkeit nach wird sie mich aus der Zunft ausschließen. Frau Metz hörte auf, ihn zu streicheln, suchte nach seiner Hand, fand sie, drückte sie – ihre fühlte sich an wie ein warmes Säckchen voll zarter, freischwebender Knochen. Sein Herz hämmerte. Sie sagte:

»Fine *ist* Fine.«

Das analytische Jahr ging zu Ende. Man defilierte hinaus. Keiner sagte auf Wiedersehen.

Ihr Abschied, darauf hatte Stephanie bestanden, mußte an ihrem Bach stattfinden. Fine, in düsterer Stimmung, hatte eingewilligt. Trennung? Er versuchte, die Wirklichkeit zu verleugnen, aber die

Verleugnung erzeugte Aufmerksamkeit, und er spürte, wie seine Lebensgeister erlahmten. Ja, dachte er traurig, das ist der Tod.

Zu dritt fuhren sie am einunddreißigsten Mai nachmittags aus Boston hinaus. Stephanie wollte tags darauf nach New York fliegen. Sie wollte ernsthaft versuchen, eine Comedy-Karriere zu machen. Fine wollte in Stow bleiben. Es war ein klarer Tag, heiß, durchzogen vom Gleißen des Sommers. Fine fühlte sich vom Tageslicht verspottet. Er sagte:

»Der Sommer ist da.«

»Tja«, sagte Stephanie, »was ist so selten wie ein Steak im Juni?«

Am Spätnachmittag waren sie in Kinderhook Crik.

Fine stand allein am Ufer des Tümpels zwischen den steinernen Wällen der imaginären Brücke. Er sah an den Felswänden entlang zur Sonne hoch. Die beiden anderen saßen auf Fines Stammfelsen in der Bachmitte. Im Licht der untergehenden Sonne waren ihre Köpfe von goldenen Haarkränzen umgeben. Einen Moment lang hatte er das Gefühl, Stephanie nicht zu kennen – er sah eine schöne, umsichtige Mutter, die mit ihrem Kind spielte –, aber dann schleppte er seine Last von Erinnerungen und Wünschen herbei, und sofort trübte sich sein Blick.

Der Bach, der diesmal nicht soviel Wasser führte, floß langsam, schlängelte sich herab von seiner Quelle tief in den blauen Vorbergen der Berkshires, verbreiterte sich vor Fine zu einem Tümpel und verschwand in einer scharfen Biegung. Bis auf einen einzelnen Häher waren die Vögel verstummt, die Grillen hatten ihr Konzert noch nicht begonnen, und das einzige Geräusch war das Gluckern des zwischen den Steinen hindurchstrudelnden Wassers. Es roch nach erdigem Wasser und Kiefern. Die Clorox-Flasche hatte sich bewegt und zwei Kinder bekommen. Fine betrachtete sie wohlgefällig: Sie werden überdauern. Das Wasser gurgelte ihm um die Fesseln und kühlte sie so stark, daß sie sich fast warm anfühlten. Er konnte sich nicht entscheiden, ob er ein bißchen schwimmen sollte oder nicht.

John James stieß einen Freudenschrei aus und zeigte Stephanie etwas Fischartiges. Sie steckten die Köpfe zusammen, betrachteten es, lachten. Fine war nach Weinen zumute. Warum konnten sie nicht ein glückliches Leben zu dritt führen? Er schaute weg, versuchte zu ergründen, was er gelernt hatte, daraus, daß er sie geliebt und sie an John verloren hatte, und in der Zeit danach. Er erkannte, daß er gelernt hatte, sie so sehr zu lieben, daß er sie freigeben konnte. Er war traurig und glücklich zugleich, und diese Gefühle verbanden ihn mit ihr. Doch eine Verbindung kann nicht nur einmal stattfinden, sie muß immer und immer wieder vollzogen werden. Man kann sich nicht an ihr festklammern, nein. Festhalten und loslassen, immer und immer wieder. Wie das Wasser.

Stephanie stand auf und kam auf Fine zu. In ihrem neuen babyblauen Badeanzug schien sie im Gegenlicht zu glühen wie von einem in ihr leuchtenden Geheimnis.

Augenblicklich überwältigte ihn die Liebe zu ihr, zu ihr, so wie er sie schon so lange kannte, und zu ihr als einem ganz neuen Menschen. Es war ein heißes Gefühl, so heiß, daß sein Herz es nicht zu fassen vermochte. Seine Liebe zu ihr bewegte sich wie eine unsichtbare Tänzerin aus einer dunklen Wiese dem Licht entgegen.

Sie blieb vor ihm stehen. Zusammen schauten sie zu dem Jungen hinüber. Alle drei winkten. Fine hatte den Eindruck, daß Stephanie zugenommen hatte. Sie merkte, daß er ihr auf den Bauch schaute. Ihre Blicke trafen sich, und da wußte er es.

Gefühle wallten auf – Hoffnung, dann Furcht. Seine Augen stellten die Frage.

»Ja«, sagte sie. »Bin ich.«

»Und von wem ist es?«

»Es ist unseres.«

»Und John –«

»Unseres.«

»Unseres?« fragte er erschüttert.

»Unseres«, erwiderte sie schlicht.

»Oh, mein Gott!« Fine spürte, wie sich tief in ihm etwas zusammenzog. Er wollte sie umarmen, aber dann fiel ihm aus seiner weiblichen Phase ein, daß Frauen manchmal grob vorkommt, was Männer als sanft empfinden, und er besann sich und berührte nur

ihre nackten Schultern und streichelte sie leicht mit den Fingerspitzen.
Sie schauderte wohlig und sagte: »Wer weiß, vielleicht bist du, nach allem, was ich über mich gelernt habe, von mir selbst, von John, von der Comedy, von dir – vielleicht bist du doch meine einzige wahre Liebe – wär das nicht irre?«
»Jetzt hätten wir heiraten sollen.«
»Jetzt, wo du endlich wieder ein Mensch bist, ein amüsanter Mensch?«
»Und du! Wir haben uns so verändert – wir könnten jetzt wirklich voneinander lernen, so wie am Anfang, weißt du noch, Kind?«
»Beängstigend, die Erinnerung.« Sie zögerte. »Traurig, nicht wahr? Diesmal hätte es gutgehen können – wenn es etwas Neues hätte sein können.«
Fine war verwirrt, ratlos. Zum erstenmal im Leben fühlte er sich ihr auf selbstlose Weise verbunden, als Teil von ihr, als wäre er selbst es, der weggehen wollte – ah! – das ist es. »Hey! Weißt du was?« Er war selbst überrascht, wie laut er das rief. »Ich hab's!«
»Was?«
»Ich komm mit!«
»Was?«
»Ich komme mit nach New York! Verlasse Boston, fange neu an! Diesmal auf deinem Terrain!«
»Und woher willst du wissen, daß ich dich mitnehme?«
»Oh.« Ihm wurde flau. »Willst – du – mich?«
Sie zögerte – eine Ewigkeit, wie ihm schien. Und dann verzog sich ihre Lippe zu einem Lächeln, ein rötlicher Schimmer stieg an ihrem Hals hinauf, sie wurde über und über rot und sagte leise: »Ja.«
»Ja?« schrie er, besinnungslos vor Freude.
»Ja!«
Noch genauso laut rief er: »Warum?«
Sie sah ihn an, als sei er verrückt geworden, und sagte: »Ach, ich weiß nicht, wahrscheinlich hab ich bloß eine Schwäche für Daddys.« Sie drückte ihn, ließ ihn dann los und trat zurück. »Komm,

Kind, komm ins Wasser!« Sie tauchte in den Tümpel unter der Phantasiebrücke, kam wieder hoch und strampelte und planschte wie eine Wassernymphe.

Fine zögerte, er scheute das kalte Wasser.

»Komm rein! Es ist herrlich!«

Er ging weiter hinein, konnte sich kaum auf den bemoosten Steinen halten, und seine Hoden wurden tiefgefroren. Er blieb stehen, strich sich über die nassen Arme.

»Na, was denn, du Memme! Gib dir einen Ruck! Komm!«

Er warf sich hinein. Die Kälte raubte ihm den Atem. Er paddelte wie wild. Und da wußte er, daß die lange amerikanische Adoleszenz vorüber war. Er wurde ruhiger, schaute auf und sah sie Wasser treten. Sie breitete die Arme aus. »Wie eine Rose«, murmelte er, »alle Dinge sind wie eine Rose.«

Er schwamm in ihre Arme, und sie umschlangen einander. Sie tanzten auf und ab wie Bälle, strampelten, berührten sich, leicht wie in Fruchtwasser schwebend, glitschig auf der Haut, kühl und warm und sirupartig zugleich. Gemeinsam Wasser tretend, schwebten sie beinahe schwerelos in dem Tümpel. Fine fühlte sich lebendiger und offener als je zuvor, als sei auch das letzte Viertel Selbst von ihm abgefallen und fortgespült worden. Er spürte, daß sie dasselbe dachte: Laß uns in die Sonne blinzeln und anfangen.

Stephanie spuckte Wasser und sagte: »Hey, du!«

»Ja?« Er keuchte, hatte Mühe, oben zu bleiben.

»Na«, lachte sie, »wie geht's, Fine?«

»Forever Fine!« sagte er und lachte mit ihr.

Glossar

Ambivalenz: gleichzeitiges Bestehen von einander widersprechenden Gefühlen bzw. Impulsen (z. B. Haßliebe).

androgyn: sowohl mit männlichen als auch mit weiblichen Eigenschaften ausgestattet.

Assoziieren, freies: psychoanalytische Technik; der Patient soll spontan alles äußern, was ihm, ohne Rücksicht auf Zusammenhänge, während der Sitzung einfällt.

Computertomographie (CT): radiologisches Diagnoseverfahren. Röntgenstrahlen, die die Dichte verschiedener Körpergewebe bestimmen, werden mit Hilfe eines Computers zu sogenannten »Schichtaufnahmen« verarbeitet. Bei der axialen Computertomographie werden die Aufnahmen in der axialen Ebene, das heißt in den parallel zur Schädelbasis verlaufenden Querschnittsebenen angefertigt.

Borderline-Patient: Patient mit einem sogenannten Borderline-Syndrom, einer Persönlichkeitsstörung, die sich weder eindeutig als Psychose noch eindeutig als Neurose manifestiert bzw. zwischen beiden alternierend verläuft.

Broca-Zentrum: in der Hirnrinde gelegene motorische Sprachregion.

Calcium-Antagonisten: Klasse von Medikamenten, die die Calciumkanäle der Zellmembran blockieren. Sie werden hauptsächlich bei Bluthochdruck und bei erhöhtem Hirndruck eingesetzt.

Deckerinnerung: in der psychoanalytischen Theorie infantile Erinnerung, die sich durch besondere Deutlichkeit und scheinbare Bedeutungslosigkeit ihres Inhalts auszeichnet. Wie das Symptom ist die Deckerinnerung eine Kompromißbildung zwischen verdrängten Elementen und der Abwehr.

Elektrokrampftherapie: künstliche Auslösung von zerebralen Krampfanfällen durch Elektroschocks unter Vollnarkose.

Empathie: emotionale Einfühlung in das Empfinden eines anderen Menschen.

Endolymphe: in der Schnecke des Innenohrs befindliche Flüssigkeit.

Enzyme: bestimmte Eiweißkörper, die als Katalysatoren bei chemischen Reaktionen im Organismus wirken.

Enzymphosphorylierung: Übertragung eines Phosphorsäurerests auf ein Enzym; durch diesen chemischen Prozeß kommt es zur Aktivierung des Enzyms.

Euphorie: Glücksgefühl, Gefühlsüberschwang.

Grand mal (frz. großes Übel): bestimmte Form des epileptischen Anfalls mit plötzlichem Bewußtseinsverlust und zunächst Streckung der Rücken- und Extremitätenmuskulatur, die von Zuckungen der Extremitäten gefolgt wird.

Gyrus cinguli: parallel zum Balken verlaufende Hirnwindung.

Hemisphären-Dominanz: die Tatsache, daß eine der beiden Hirnhälften bei bestimmten zerebralen Leistungen führend ist. So ist z.B. bei Bewegungsabläufen die linke Hemisphäre dominant.

Hypomanische Euphorie: gehobene Stimmung bei Hypomanie, einem leichten, grenzwertig krankhaften Erregungszustand.

Kastrationskomplex: psychoanalytische Modellvorstellung, nach der die Einstellungen und Verhaltensweisen eines Patienten auf Kastrationsängste bzw. Penisneid zurückgeführt werden können.

Kathexis: in der psychoanalytischen Theorie: Besetzung (eines inneren Objektes mit bestimmten Gefühlen).

Lehranalyse: analytische Selbsterfahrung; fester Bestandteil bei der Ausbildung zum Analytiker.

Limbisches System: entwicklungsgeschichtlich sehr altes System von Nervenzellen und Nervenbahnen im Hirn, das die Kerngebiete des Hirnstamms und den Balken wie ein Saum (lat. limbus) umgibt. Zum limbischen System gehören der Mandelkern, der Hippocampus (Ammonshorn) und Teile des Hypothalamus. Das Limbische System wird als Schaltzentrale für »archaische« Emotionen wie Sexualität und Aggression angesehen.

Lumbalpunktion: Entnahme von Nervenwasser aus dem Rückenmarkskanal mit Hilfe einer Hohlnadel.

Manie: schwere Form der Psychose mit inadäquat gehobener Stimmung und Hyperaktivität.

Memorial Day: 30. Mai, in den meisten US-Staaten Erinnerungstag (zum Gedächtnis gefallener Soldaten).

neonatal: das Neugeborene oder die Neugeborenenperiode betreffend.

Neurose: psychische Störung, die nicht auf einer organischen Erkrankung des Nervensystems beruht, sondern auf fehlverarbeitete unbewußte innerpsychische Konflikte zurückzuführen ist.

Ontogenese: Entwicklung eines Individuums von der befruchteten Eizelle bis zum ausgereiften Organismus.

Phylogenese: Stammesgeschichte; Entstehung der verschiedenen Pflanzen- und Tierarten im Evolutionsprozeß.

planum temporale (lat. planum = das Flache): der abgeflachte seitliche Teil des Schläfenknochens.

postiktal: nach einem epileptischen Anfall auftretend.

Priapismus: schmerzhafte, krankhafte Dauererektion des Penis ohne sexuelle Erregung.

Primärobjekt: in der psychoanalytischen Theorie die Person, mit der die ersten Gefühlserfahrungen gemacht werden, in der Regel die Mutter oder der Vater.

Psychopath: veraltete Bezeichnung für einen von einer psychischen Erkrankung betroffenen Patienten, bei der die Anpassungsschwierigkeit an die Gesellschaft im Vordergrund steht.

Psychose: allgemeiner Oberbegriff für psychische Erkrankungen, bei denen eine Veränderung des Erlebens im Vordergrund steht.

Reaktionsbildung: unbewußter psychischer Abwehrmechanismus, der den ursprünglichen Impuls in dessen Gegenteil wendet (Beispiel: die verdrängte Lust am Quälen von Tieren als Motiv, sich im Tierschutz zu engagieren).

Regression: in der psychoanalytischen Theorie das als Abwehrmechanismus des Ich betrachtete Zurückziehen auf frühere, kindliche Entwicklungsstadien.

Residency: Facharztausbildung.

schizoid: bezieht sich auf eine Persönlichkeitsstörung mit emotionaler Gleichgültigkeit, Unfähigkeit zu adäquaten Gefühlsäußerungen und Kontaktstörungen.

Schizophrenie: Oberbegriff für verschiedene, zum Teil schwer voneinander unterscheidbare Verhaltensstörungen. Hauptsymptome sind Wahn, Halluzinationen und formale Denkstörungen.

Serotonin: sogenannter Neurotransmitter; eine chemische Substanz, die die Erregung innerhalb des Synapsenspaltes von einer Zelle auf die nächste überträgt.

Spätdyskinesie: die Gesichts- und Zungenmuskulatur betreffende, ticartige, unwillkürliche Bewegungsstörungen, die vor allem als Nebenwirkung bestimmter Psychopharmaka auftreten.

Supervision: kritische Reflexion der eigenen therapeutischen Arbeit zusammen mit einem fachkompetenten Kollegen.

Synapse: der Erregungsübertragung dienende Schaltstelle zwischen einer Nervenendigung und einer anderen Nervenzelle oder einer Muskelzelle. Die Übertragung der Impulse von Zelle zu Zelle erfolgt über chemische Substanzen, sogenannte Transmitter (z.B. Serotonin).

Thalamus: »Sehhügel«, größte Ansammlung grauer Zellen des Zwischenhirns, aus verschiedenen Zellhaufen (»Kernen«) bestehend.

Thymusdrüse: hinter dem Brustbein im oberen Brustkorb gelegenes Organ, das für die Entwicklung des Immunsystems wichtig ist. Der Thymus verliert seine Funktion in der Jugendzeit und bildet sich dann zurück.

Tractus mammilothalamicus: von der Mamille (Brustwarze) zum Thalamus ziehende Nervenbahn.

Triebkonflikt: durch gegensätzliche Impulse ausgelöste innerpsychische Spannung.

Übertragung / Gegenübertragung: wichtiges Phänomen in der psychoanalytischen Therapie; vom Patienten ausgehende Projektion unbewußter positiver oder negativer Wünsche, die ursprünglich auf andere »Objekte« (z. B. die Eltern) gerichtet waren. Als »Gegenübertragung« werden die durch die Übertragung im Therapeuten ausgelösten Gefühle bezeichnet.

Urszene: der vom Kind erlebte Koitus der Eltern.

Tractus: Nervenbahn des Gehirns oder des Rückenmarks.